MARIE LOUISE FISCHER

Die Leihmutter

Der Frauenarzt

Marie Forester, die Frau mit dem Zweiten Gesicht

BASTEI LÜBBE TASCHENBUCH
Band 14500

Erste Auflage: März 2001

Vollständige Taschenbuchausgabe

Bastei Lübbe Taschenbücher ist ein Imprint
der Verlagsgruppe Lübbe

Copyright © 2001 by Verlagsgruppe Lübbe GmbH & Co. KG,
Bergisch Gladbach
Titelfoto: ZEFA
Umschlaggestaltung: Manfred Peters
Satz: hanseatenSatz-bremen, Bremen
Druck und Verarbeitung: Elsnerdruck, Berlin
Printed in Germany
ISBN 3-404-14500-3

Sie finden uns im Internet unter
http://www.luebbe.de

Der Preis dieses Bandes versteht sich einschließlich
der gesetzlichen Mehrwertsteuer.

MARIE LOUISE FISCHER

Die Leihmutter

1

»Wie konnte das geschehen?«

Beate stellte die Frage mit beherrschter Stimme, aber das Blau ihrer Augen hatte sich verdunkelt und spielte ins Violette, wie immer, wenn sie zornig war. Mit der linken Hand hielt sie Florian, ihren kleinen Sohn, fest im Griff, in der rechten, anklagend erhoben, den Brief der Hausverwaltung.

Frank Werder, ihr Mann, begriff, daß die Zeichen auf Sturm standen. Aber selbst in diesem Augenblick, vor dem er sich seit Wochen gefürchtet hatte, war ihm bewußt, wie schön sie war, wie lebenssprühend. »Reg dich doch nicht so auf!« sagte er und merkte selber, wie kläglich dieser Beschwichtigungsversuch klang. »Eine Schlamperei, nichts weiter«, fügte er hinzu, »so was kann doch mal vorkommen.«

»Daß man drei Monate vergißt, die Miete zu zahlen?«

»Ja eben.«

»Lächerlich!«

Florian spürte nichts von der Spannung zwischen den Eltern. Er war ganz darauf versessen sich loszureißen. Wie immer, wenn er in der Boutique seines Vaters war, spürte er größte Lust, zwischen all den schönen Dingen herumzustöbern.

»Sollten wir das nicht lieber in aller Ruhe zu Hause besprechen?« schlug Frank vor. »Statt hier im Geschäft, wo jede Minute ein Kunde kommen kann?«

»Ich muß wissen, woran ich bin. Hast du wenigstens das Geld?«

Frank wand sich unter ihren Fragen, die auf ihn wie ein Angriff wirkten. Er war 35, zehn Jahre älter als seine Frau, aber sein Haar hatte schon begonnen sich zu lichten, und seine Figur war schwer geworden. Nur sein gut geschnittenes Jackett konnte seinen Bauchansatz noch kaschieren. »Ich muß zugeben, daß ich momentan nicht sehr flüssig bin«, erklärte er hilflos.

»Du hast also die Miete nicht gezahlt, weil du es nicht konntest?«

»Bitte, Beate, versuch das doch zu verstehen! Ich hatte immer gehofft, von Woche zu Woche ...«

»Und nun stehen wir auf der Straße!«

»Aber nicht doch, Beate! Wir werden das schon schaffen. Irgendwie wird es uns gelingen ...« Er unterbrach sich mitten im Wort. »O mein Gott!« stöhnte er auf und verkrampfte sich.

Eine Sekunde lang, nein, nur den Bruchteil einer Sekunde, die sie sich später nie verzeihen würde, glaubte sie, daß er ihr einen Anfall vorspielte, um sich so der Auseinandersetzung zu entziehen. Aber dann sah sie, wie weiß sein Gesicht geworden war und wie angstverzerrt. Unwillkürlich ließ sie Florian los und stürzte zu ihrem Mann. »Du mußt dich hinlegen, sofort! Ich werde den Notarzt benachrichtigen.«

»Keinen Arzt, bitte nicht! O mein Gott!«

Beate führte Frank in das Hinterzimmer, bettete ihn auf die Couch und stopfte ihm das Kissen und seinen zusammengerollten Trenchcoat in den Rücken, um so sein Herz zu entlasten. Dabei zwang sie sich, beruhigend auf ihn einzusprechen, obwohl sie selber fast tödlich erschrocken war. Als sie den Telefonhörer abnahm und den Notdienst verständigte, protestierte er nicht mehr dagegen. In seinen Augen, die gewöhnlich so sanft blickten, stand die blanke Angst.

»Sie kommen sofort, Liebling!« versicherte Beate und rang sich ein Lächeln ab. »Keine Sorge, du wirst nicht sterben.« Sie zog ihm das hellblaue Einstecktuch aus der Brusttasche seines Jacketts und tupfte ihm den kalten Schweiß von der Stirn.

Der entsetzliche Schmerz ließ nicht nach. Er hatte Brust und Oberbauch wie eine Zange gepackt und strahlte bis in den linken Arm aus. Franks Gesicht war qualvoll verzerrt. Beate war sich nicht sicher, ob er noch verstand, was sie zu ihm sagte.

Florian, der inzwischen einen Turm bunter, glänzender Seidenpullis erst ins Schwanken gebracht, dann umgestoßen hatte, war es unheimlich geworden, so unbeobachtet Unfug treiben zu können. Er kam in das Hinterzimmer, blieb aber, die Hände auf dem Rücken, im Türrahmen stehen. »Pappi krank?« fragte er. In seinen runden blauen Augen stand Besorgnis.

»Pappi hat Bäuchleinweh«, erklärte Beate. Sie stand so, daß sie dem Kleinen den Blick auf seinen Vater verdeckte.

»Zuviel gegessen?«

»Mag schon sein.« Beate schoß es durch den Kopf, daß sie die Ladentür abschließen sollte. Aber sie konnte sich nicht überwinden, Frank in diesem Zustand allein zu lassen. Außerdem hätte sie es dann noch einmal tun müssen, wenn der Notarzt kam. »Gleich kommt der Onkel Doktor«, sagte sie, »geh weiter spielen.« Als Florian sich schon umdrehte, rief sie ihm nach: »Aber geh nicht auf die Straße!«

»Tu ich doch nie!«

Es ging Frank schon ein wenig besser, als der Notarzt eintraf. Sein Gesicht war nicht mehr ganz so verzerrt, aber er rang immer noch mühsam nach Atem.

»Endlich!« rief Beate.

Tatsächlich waren nicht mehr als fünf Minuten seit ihrem Anruf vergangen, aber es waren die längsten ihres Lebens gewesen.

Der Arzt glaubte sich entschuldigen zu müssen. »Wir sind schwer durchgekommen. Die Türkenstraße war wieder völlig verstopft.« Er war ein noch junger Mann, dessen scharf geschnittenem Gesicht eine randlose Brille den Ausdruck eines Wissenschaftlers verlieh. Er trug einen weißen Kittel und hatte ein Stethoskop um den Hals gehängt.

»Ich weiß«, sagte Beate ungeduldig.

Der Arzt steckte sich die Knöpfe seines Stethoskopes in die Ohren, schob Franks Pullover hoch und horchte das Herz ab. Dann richtete er sich auf und klemmte die Bügel seines Stethoskopes wieder hinter den Hals.

»Vorhin war es noch schlimmer«, sagte Beate.

Der Arzt öffnete seine Bereitschaftstasche und zog eine Einwegspritze auf.

»Ein Nitropräparat?« fragte Beate.

»Sie sind Kollegin?« fragte der Arzt erstaunt.

»Ich studiere noch.«

»Aber Sie haben die Symptome erkannt?«

»Ich fürchte ja.« Zögernd setzte sie hinzu: »Ein Angina-Pectoris-Anfall?«

»Sieht ganz danach aus.« Der Arzt setzte die Spritze und stach zu. »Hat er das schon öfter gehabt?« Er desinfizierte den Einstich.

»Ich glaube, nein. In meiner Gegenwart jedenfalls nicht.«

»Na, es gibt immer ein erstes Mal. Am besten bringen wir ihn in die Klinik.«

»Aber ich will nicht!« protestierte Frank, dessen Gesicht wieder Farbe bekommen hatte.

»Du bist jetzt Patient, Liebling, du hast gar nichts zu wollen«, bestimmte Beate.

»Es ist doch schon vorbei! Es tut mir leid, wirklich, daß ich soviel Mühe gemacht habe.«

»So ein Anfall kommt nicht von ungefähr.« Der Arzt warf die Spritze in den Papierkorb. »Es ist wirklich das beste, Sie lassen Ihr Herzchen mal durchleuchten.«

»Wozu? Ich fühle mich ganz gesund!«

»Vor fünf Minuten hast du noch Angst gehabt, du würdest sterben!« erinnerte ihn Beate.

»Das Ganze ist doch nur gekommen, weil ich mich so wahnsinnig aufgeregt habe.«

»Ein gesunder Mensch«, sagte der Notarzt, »kriegt auch bei einer Wahnsinnsaufregung keinen Anfall, im Gegenteil, so was tut von Zeit zu Zeit ganz gut.«

»Bitte«, sagte Beate, »nehmen Sie ihn mit!«

»Aber ich will nicht ...«

»Ruhig, ganz ruhig!« mahnte der Arzt. »Für heute haben wir Aufregung genug gehabt. Ihre Frau hat völlig recht. Dieser Anfall war eine Warnung. Man sollte der Sache sofort auf den Grund gehen.« Er ließ das Schloß seiner Bereitschaftstasche zuschnappen, hatte sein Stethoskop aber immer noch um den Hals hängen. »Außerdem werden Ihnen ein paar Tage Bettruhe unbedingt guttun.«

»Aber wer soll das bezahlen?«

»Irgendwer wird schon dafür aufkommen«, erwiderte der Arzt ungerührt. Er ging durch den Laden, sagte im Vorbeigehen: »Na, du?« zu Florian, der mit Krawatten spielte, öffnete die Tür und gab seinen Helfern ein Zeichen. Sie drückten ihre Zigaretten aus und zogen eine Trage aus dem Krankenwagen, der in zweiter Reihe parkte.

Im Hinterzimmer sagte Beate: »Aber du mußt doch versichert sein.«

»Nein«, gestand er.

Beate mußte sich sehr beherrschen, nicht aus der Haut zu fahren.

»Ich war doch nie krank«, versuchte er sich zu verteidigen, »und als ich mich selbständig gemacht habe, dachte ich, ich könnte mir das sparen.«

»Schon gut. Geld ist jetzt wirklich nicht das wichtigste«, behauptete Beate, obwohl sie sich tatsächlich nicht vorstellen konnte, woher sie es nehmen sollte.

»Du meinst, ich soll trotzdem ins Krankenhaus?«

»Unbedingt.«

Er war noch zu sehr geschwächt, um ernsthaften Widerstand leisten zu können. Beate verließ das Hinterzimmer, um den Trägern Platz zu machen. Frank versuchte aufzustehen, war aber dankbar, als die Männer abwinkten.

»Lassen Sie nur!«

»Das machen wir schon.«

Beate hielt Florian wieder fest an der Hand, als die Trage durch den Laden gebracht wurde. Frank schenkte seinem Sohn ein schwaches Lächeln.

»Wohin bringen Sie ihn?«

»In die Interne Ambulanz, Ziemsenstraße.«

Sie beugte sich über ihn und gab ihm einen sanften Kuß auf die Schläfe. »Ich komme, sobald ich kann!« versprach sie.

Auf der Türkenstraße hatte sich ein kleiner Auflauf von Neugierigen gebildet. Beate sah nicht zu, wie ihr Mann eingeladen wurde. Sie verschloß die Ladentür.

»Ist Pappi jetzt ganz weg?« fragte Florian.

»Nein. Nur für ein paar Tage. Dann kommt er wieder nach Hause.«

»Und hat er dann kein Bauchweh mehr?«

»Nein, Florian.« Sie strich ihm durch das weiche blonde Haar, das er fast mädchenhaft lang trug. »Weißt du, was wir beide jetzt tun? Wir räumen ganz schnell zusammen auf, ja? Und dann gehen wir nach Hause, und ich koche uns was Gutes zu essen.«

»Paghetti mit Tomaten?«

»Wenn du willst.«

Florian rieb sich sein Bäuchlein. »Immer!«

Die Wohnung der Werders lag, wie »Franks Boutique«, auf der Münchner Türkenstraße, nur wenige Minuten entfernt, in einem Hinterhaus aus der Zeit der Jahrhundertwende, das saniert worden war. Die junge Familie lebte dort zusammen mit Franks Vater, Doktor Hugo Werder, einem Richter im Ruhestand. Dieses Arrangement bedeutete für Beate eine Belastung, da sie den alten Herrn mitversorgen mußte. Allerdings war es auch eine Erleichterung für sie, denn wenn er nicht jederzeit bereit gewesen wäre, auf Florian aufzupassen, hätte sie unmöglich die Universität besuchen können. Es war auch gut zu wissen, daß Florian nie allein war, wenn sie nachts arbeitete. Frank pflegte dann schon mal auf ein Bier auszugehen.

Florian stürmte in die Wohnung, kaum daß Beate die Tür aufgeschlossen hatte. »Opa!« schrie er. »Pappi ist weg!«

Doktor Werder kam aus seinem Zimmer. Er war, wie immer, im grauen Anzug mit Hemd, Krawatte und schwarzen Slippers so adrett und korrekt angezogen, als hätte er etwas vor. Dabei verließ er das Haus nur sehr selten für einen kleinen Spaziergang, einen Besuch in der Bibliothek oder um sich die Haare schneiden zu lassen. Aber er haßte jegliche Schlamperei, und das war einer der wenigen Punkte, über die er bisweilen mit Beate aneinandergeriet. Denn sie, durch ihr Studium, die Familie und die Nachtarbeit überfordert, nahm es mit der Ordnung nicht so genau.

»Was ist denn los?« fragte er jetzt, mehr gestört als beunruhigt. »Was brüllst du hier so herum?«

»Ein Onkel Doktor war da, und zwei andere in weißen Kitteln«, berichtete Florian eifrig, »und sie haben den Pappi fortgebracht.«

»Nur für ein paar Tage«, sagte Beate beschwichtigend.

»Etwas Ernstes?«

Beate gab ihrem Schwiegervater mit den Augen ein Zeichen. »Wir sollten später darüber reden. Wenn wir gegessen haben.« Sie hing ihre Tasche über den Garderobenständer, setzte Wasser für die Spaghetti und zum Häuten der Tomaten auf, schälte eine Zwiebel.

Großvater und Enkel kamen ihr nach.

Gewöhnlich hatte sie ganz gerne Gesellschaft beim Kochen, heute aber spürte sie den dringenden Wunsch allein zu sein. »Es dauert noch eine halbe Stunde«, sagte sie.

Doktor Werder verstand. »Gehen wir bis dahin noch ein

bißchen in den Garten«, schlug er vor und nahm Florian bei der Hand.

Dieser Garten, eine Grünanlage mit Kinderspielplatz, den die Bewohner der umliegenden Häuser aus einem ehemals trostlosen Hinterhof geschaffen hatten, war in den Augen der Werders ein wahrer Glücksfall. Da er keinen Zugang zur Straße hatte, konnte Florian hier auch schon einmal unbeaufsichtigt spielen, obwohl Beate nie ein gutes Gefühl dabei hatte.

Mechanisch begann sie die Zwiebel zu würfeln, erschrak, als sie merkte, daß ihre Hände zitterten. Sie legte das Messer beiseite und atmete tief durch. Aber es half nichts. Sie mußte, so gut es ging, weitermachen und sich darauf konzentrieren, sich nicht in die Finger zu schneiden.

Später bei Tisch – sie aßen alltags gewöhnlich in der Küche – konnte sie kaum eine Gabel Spaghetti herunterbringen. Da sie gleichzeitig damit beschäftigt war, Florian beim Essen zu helfen, hoffte sie, daß es dem Schwiegervater nicht auffallen würde.

Aber er merkte es doch. »Moment mal«, sagte er und stand auf, »ich bin gleich wieder da.« Er verschwand, kam mit einer angebrochenen Flasche Rotwein zurück, nahm zwei Gläser aus der Kredenz und schenkte ein.

»Lieb von dir!« Beate nahm ihr Glas nur zögernd, aber da der Schwiegervater, sein Glas in der Hand, abwartete, bis sie es zu den Lippen führte, trank sie dann doch.

»Jetzt kriegst du endlich wieder ein bißchen Farbe«, stellte er fest.

»Ja, ich glaube, der Wein tut mir gut.«

»Du mußt jetzt aber auch versuchen, etwas zu essen!« mahnte er.

»Ich werde mein möglichstes tun.«

Tatsächlich ging es, nachdem sie ein halbes Glas getrunken hatte, jetzt besser, und es gelang ihr, den Teller zu leeren. Danach nahm sie Florian die Serviette ab, die sie ihm um den Hals gebunden hatte, führte ihn ins Bad und wusch ihm sein über und über mit Tomatensauce verschmiertes Gesicht ab. Wie stets hatte er keine rechte Lust, sich mittags hinzulegen. Gewöhnlich machte Beate ein Spiel daraus, streckte sich auf der schmalen Couch in dem kleinen Zimmer aus, erzählte Geschichten, tat, wenn es ihr zuviel wurde, als wäre sie eingeschlafen oder schlief auch wirklich ein. Aber heute wandte sie sich, nachdem sie ihn ausgezogen und in sein Gitterbett gesteckt hatte, sofort zur Tür.

»Sei brav, mein Schatz, und schlaf jetzt schön!«

»Aber, Mammi, warum willst du fort?«

»Weil ich heute keine Zeit habe. Tut mir leid, mein Schatz.«

»Bin aber überhaupt nicht müde.«

»Du mußt ja nicht schlafen. Bleib einfach liegen und ruh dich aus!« Sie zog die Tür hinter sich zu, obwohl sein Geschrei ihr ins Herz schnitt. Aber sie wußte, daß er sich in den Schlaf jammern würde.

Zu ihrer Überraschung stand der Schwiegervater in der Küche, hatte sein Jackett ausgezogen, sich die Ärmel hochgekrempelt, eine Schürze vorgebunden und spülte ab. Beate war gerührt. ›Das mußt du doch nicht tun!‹ hätte sie beinahe gesagt, aber dann dachte sie, daß es bestimmt nichts schaden konnte, wenn er sich nützlich zu machen suchte. Es kam selten genug vor. Sie nahm ein Küchentuch und trocknete ab.

»Du hast dich nicht hingelegt«, stellte er fest.

»Ich könnte doch nicht schlafen.«

»Willst du mir jetzt erzählen, was passiert ist?«

»Natürlich. Ich wollte nur vor dem Kleinen nicht sprechen. Schlimm genug, daß er es miterlebt hat.« Sie biß sich auf die Lippen. »Frank hatte einen Anfall.«

»Einen ... was?« Dr. Werder ließ den Topf, den er gescheuert hatte, auf die Ablage sinken.

»Wahrscheinlich Angina pectoris. Ich dachte schon, es wäre ein Herzinfarkt, und er würde ... würde ...« Sie konnte nicht weiter sprechen.

»Kopf hoch, Mädel, er lebt ja noch!« Er nahm ihr den Teller, den sie poliert hatte, aus der Hand und legte ihr den Arm um die Schulter. »Die Küche kann warten. Gehen wir zu mir und trinken noch einen Schluck.«

Er nahm sich die Schürze ab, zog die Ärmel glatt und schlüpfte in sein Jackett.

Sein Zimmer war gemütlich, wenn es auch, da es zum Schlafen und Wohnen dienen mußte, übermöbliert war. Der schwere Schreibtisch aus dunkler Eiche, von dem er sich nicht hatte trennen können, schien fast den halben Raum einzunehmen, den die Bücherregale und Schränke an den Wänden noch mehr verengten. Aber der Sessel, in den er Beate drückte, war sehr bequem. Er selber holte zwei schön ziselierte Gläser aus einem Fach, polierte sie mit seinem blütenweißen Taschentuch behutsam aus und stellte sie auf den kleinen, sechseckigen Eichentisch. Dann nahm er eine Flasche Rotwein aus einem Ständer und öffnete sie ein wenig umständlich. Beate wußte, daß er das alles tat, um ihr Gelegenheit zu geben, ihre Fassung zurückzugewinnen.

Er schenkte sich einen Schluck ein, probierte ihn, fand ihn lobenswert und schenkte sich und der Schwiegertochter ein. Dann setzte er sich auf die Couch, die ihm nachts zum Schlafen diente, tags mit dunkelrotem Brokat bedeckt war, und trank Beate zu.

»Du mußt mir verzeihen«, bat sie, »es war ein schwerer Schock für mich.«

»Als wüßte ich das nicht! Du bist der letzte Mensch, dem ich Tapferkeit absprechen würde.«

Sie berichtete und trank hin und wieder einen Schluck.

Er hörte ihr, ohne Zwischenfragen zu stellen, aufmerksam zu. Endlich aber konnte er nicht länger an sich halten. »Nicht versichert!« rief er. »Das sieht Frank ähnlich! Wer außer ihm könnte so hirnrissig sein!«

Sie versuchte ihren Mann zu verteidigen. »Er dachte eben, es wäre rausgeworfenes Geld. Vielleicht hoffte er auch, Monat für Monat etwas für einen Krankheitsfall beiseite legen zu können.«

»Unverzeihlicher Leichtsinn!« grollte der alte Herr.

»Er konnte doch nicht damit rechnen, daß ihm so etwas passieren würde.«

»Jeder Mensch muß damit rechnen, daß er plötzlich krank wird. Aber wieso eigentlich hast du das nicht gewußt? Ehepaare sind doch gemeinhin zusammen versichert?«

»Nein. Ich bin in einer Studentenversicherung, aus der ich, auch durch eine andere Versicherung, nicht herauskönnte.«

»Und Florian?«

»Für den habe ich eine Zusatzversicherung abgeschlossen.«

»Braves Mädel.«

»Aber das nutzt Frank nichts.«

»Eines verstehe ich nicht. Warum hast du ihn so gedrängt, sich untersuchen zu lassen? Wenn er es sich nicht leisten kann, hätte er eben darauf verzichten sollen.«

»Das Geld kriege ich schon irgendwie zusammen«, behauptete Beate und überlegte, ob jetzt wohl der Zeitpunkt gekommen wäre, das Thema der überfälligen Miete anzuschneiden.

»Aber das ist nicht deine Aufgabe! Er ist ein erwachsener Mann, und er muß selber für sich sorgen.«

»Er ist mein Mann, und ich liebe ihn. Meinst du, ich möchte riskieren, daß er tot umfällt?«

»So schlimm wird es schon nicht sein.«

»Hoffentlich nicht. Aber meiner Ansicht nach deutet alles darauf hin, daß mindestens eine seiner Arterien beschädigt ist. Dadurch kam nicht mehr genug Blut, beziehungsweise Sauerstoff in bestimmte Herzmuskelzellen. Nur so sind die heftigen Schmerzen zu erklären.«

»Aber wie kann so etwas aus heiterem Himmel passieren?«

»Wir hatten eine Auseinandersetzung, und ich fürchte, ich habe mich sehr dumm benommen.« Beate berichtete von dem Anlaß ihres Streites.

Jetzt, zum ersten Mal, verlor der Schwiegervater die Nerven; er setzte sein Glas so hart auf den Tisch, daß der Wein überschwappte. »Was sagst du da? Er hat die Miete nicht bezahlt? Was zum Teufel hat er sich dabei gedacht?«

»Bitte, nun reg dich nicht auch noch auf, Vater! Er war eben knapp bei Kasse ...«

Er ließ sie nicht aussprechen. »Dann hätte er an allem anderen sparen sollen, nur nicht an der Miete!«

»Wem sagst du das!«

»Wußtest du, daß sein Geschäft so schlecht geht?«

»Nicht in dem Ausmaß. Du weißt ja, wie er ist. Er versucht, den Erfolg durch große Sprüche heraufzubeschwören. Es liegt ihm nicht, sich zu beklagen. Aber natürlich habe ich bemerkt, daß seine Laune nicht gerade blendend war, und man muß nicht viel von Geschäften verstehen, um sich ausrechnen zu können, daß dies verregnete Frühjahr ein Reinfall werden mußte.«

»Jedenfalls war deine Wut durchaus berechtigt. Du brauchst dir keine Vorwürfe zu machen.«

»Tue ich aber. Sie war völlig sinnlos. Durch Vorhaltungen war das Geld nicht herbeizuzaubern. Außerdem hätte ich begreifen müssen, daß diese leidige Geschichte ihn ja selber sehr bedrückt. So leichtsinnig ist er ja nun doch nicht.«

Dr. Werder hatte sich wieder gefangen. Beate merkte es daran, daß er sein Taschentuch zückte, um die Rotweintropfen abzuwischen, sich dann aber eines Besseren besann und ein Papiertuch zu Hilfe nahm.

»Frank muß in Behandlung, Vater«, sagte sie, »und dafür werde ich das Geld schon zusammenkratzen, irgendwie. Wir werden eben noch sparsamer leben müssen. Aber wegen der Miete weiß ich mir wirklich keinen Rat. Wenn man uns rauswirft ... wohin? Wir brauchen doch ein Dach über dem Kopf. Billige Wohnungen sind in München so gut wie gar nicht zu haben, und einen Umzug könnten wir uns auch nicht leisten.«

»Das ist es eben, was ich nicht begreife! Daß er daran nicht gedacht hat!«

»Wahrscheinlich hat er den Gedanken immer wieder von sich geschoben, weil er ihm unerträglich war.«

»Die Vogel-Strauß-Methode also! Oder auch: im äußersten Notfall wird schon jemand einspringen.«

»Wer?«

»Ich natürlich. Ich werde meine Ersparnisse angreifen müssen.«

»Das willst du wirklich tun?« Beate empfand Erleichterung und Scham zugleich. »Mir fällt ein Stein vom Herzen.« Sie sprang auf, lief zu ihrem Schwiegervater hin und umarmte ihn.

Er wehrte ab. »Nicht doch! Ich tu's ja auch meinetwegen. Wo sollte ich alter Knacker hin, wenn ich nicht mehr bei euch leben kann?«

Beate lächelte, zum ersten Mal seit diesem schrecklichen Vormittag. »Du bist ein ganz reizender alter Herr, und du weißt das. Es wimmelt auf der Welt von Witwen, die sich alle um dich reißen würden.«

»Ich noch einmal auf den Heiratsmarkt? Ausgeschlossen.«

»Davon hat ja niemand gesprochen. Ich hatte an eine Witwe mit einer schönen, runden Pension gedacht.«

»Ich wußte gar nicht, daß du so berechnend sein kannst.«

»Du hast recht. Das sind wir beide nicht. Deshalb habe ich dich auch so lieb.« Sie drückte ihm einen Kuß auf die Stirn und ließ sich wieder im Sessel nieder.

Der alte Herr fuhr sich über das militärisch kurz geschnittene graue Haar. »Du machst mich ganz verlegen, weißt du das?«

»Ich habe noch eine kleine Bitte: Könntest du nachher etwa zwei Stunden auf Florian aufpassen? Ich muß Frank doch ein paar Sachen in die Klinik bringen, seinen Rasierapparat und so.«

»Erst gehe ich zur Bank, hebe das notwendige Geld ab und bringe die Sache mit der Hausverwaltung in Ordnung.«

»Danke.« Beate wollte aufstehen.

Er hielt sie mit einer Frage zurück. »Sag mal, könnten seine geschäftlichen Sorgen Ursache für die Erkrankung sein?«

»Nein. Eher zu wenig Bewegung, zu viele Zigaretten, seine Vorliebe für Schweinshaxen und seine nächtlichen Plünderungen des Eisschranks.«

»Wenn er also seine Gewohnheiten ändern würde ...«

»Das wird er müssen. So oder so. Ich bin sicher, daß ihm die Ärzte das einhämmern werden.« Sie stand auf. »Aber jetzt möchte ich doch versuchen, mich wenigstens ein halbes Stündchen auszuruhen.«

»Du willst doch nicht etwa heute nacht wieder ins Krankenhaus?«

»Doch, Vater.«

»Sehr unvernünftig. Du brauchst jetzt deine Kräfte.«

»Vielleicht werde ich sie bald noch mehr brauchen. Sieh mich doch, bitte, nicht so mißbilligend an!«

»Nur besorgt.«

Beate nahm ihr Glas vom Tisch. »Ich habe selber schon daran gedacht, den Knaben anzurufen, mit dem ich die Personalstelle als Nachtwache teile. Aber das würde nur ein unnötiges Durcheinander geben, und nachholen müßte ich die Arbeit doch. Also lassen wir es lieber so, wie es ist.«

»Es ist mir unbegreiflich, wie du mit so wenig Schlaf auskommen kannst.«

»Man gewöhnt sich, Vater. Außerdem sind es ja nur sieben Nächte im Monat.«

»Meiner Ansicht nach sieben zu viel!«

»Wir brauchen das Geld, außerdem nützen mir die praktischen Erfahrungen im Krankenhaus bei meinem Studium. Durch sie bin ich meinen Kommilitonen gegenüber im Vorteil.«

Der alte Herr leerte sein Glas und reichte es ihr, ebenso

das mit Rotwein durchtränkte Papiertaschentuch. »Eine seltsame Art von Vergnügungssucht.«

Sie lächelte ihm liebevoll zu, bevor sie das Zimmer verließ.

Weder Beate noch Frank Werder besaßen ein Auto, und sie brauchten auch keines. Die schmale, geschäftige, leicht schäbige Türkenstraße verläuft parallel zu der prachtvollen Ludwigstraße. Von Werders Wohnung war es nur noch zwei Blocks weit bis zur U-Bahnstation an der Ludwig-Maximilian-Universität. Von dort aus pflegte Beate abends bis zum Platz Münchner Freiheit zu fahren. Die »Private Klinik Dr. Scheuringer«, in der sie als Nachtwache angestellt war, lag nur wenige Schritte weit entfernt.

An diesem Nachmittag fuhr sie mit dem Köfferchen, das sie für Frank gepackt hatte, in die entgegengesetzte Richtung zum Marienplatz und stieg dort in eine andere Bahn um, die sie zum Goetheplatz brachte. Unterwegs gelang es ihr, ein bißchen vor sich hinzudösen. Darin hatte sie Übung. Sie hatte die Fähigkeit abzuschalten, wann immer sich eine Gelegenheit ergab, und dadurch den Mangel an nächtlichem Schlaf auszugleichen. Trotzdem war sie froh, als die Rolltreppe sie aus der Unterwelt wieder ans Tageslicht brachte. Es war Anfang Juni, aber, obwohl die Sonne schien, noch viel zu kalt für die Jahreszeit. Nach einem hoffnungslos verregneten Frühling ließ der Sommer immer noch auf sich warten.

Beate dachte darüber nach, wie sich das auf Franks Geschäft auswirken würde. Sie überlegte, wie schlecht es um seine Finanzlage stehen mußte und ob es einen Sinn hatte, wenn er einfach so weitermachte. Sicher waren seine Sorgen, wie sie schon ihrem Schwiegervater gesagt hatte, nicht die Ursache seiner Erkrankung, aber sie konnten womöglich dazu beitragen, sein geschwächtes Herz noch mehr zu strapazieren. Aber das waren Überlegungen, mit denen sie

Frank jetzt nicht kommen durfte. Der Zeitpunkt, darüber eine Entscheidung zu treffen, war noch zu früh. Erst mußte sich herausstellen, wie krank er wirklich war.

Während all dieser Überlegungen ging Beate rasch, mit weit ausholenden elastischen Schritten dahin. Der weite, weiße Leinenrock schwang um ihre schlanken Beine, das rotblonde Haar, das sie in einer Ponyfrisur trug, wehte ihr aus der Stirn. Es war ihr nicht bewußt, daß sie immer wieder interessierte Blicke auf sich zog.

Niemand, der ihr auf der belebten Straße der Innenstadt entgegenkam, wäre es eingefallen, daß sie Sorgen haben könnte. Sie wirkte ernst, ja, gefaßt, aber durchaus nicht kummervoll. Mit ihrer gesunden Gesichtsfarbe, den vereinzelten kecken Sommersprossen, der geraden, kräftigen Nase und dem festen entschlossenen Mund wirkte sie wie das blühende Leben.

Auf der Höhe des Sendlinger Tors bog sie rechts von der Lindwurmstraße ab, und dann stand sie auch schon vor der »Internen Ambulanz der Medizinischen Klinik«, einem mächtigen alten Gebäude mit renovierter Fassade. Da sie selber Medizinerin war, empfand sie nicht die Beklommenheit, die Laien gemeinhin beim Eintritt in ein Krankenhaus überfällt. Präzise stellte sie dem Pförtner ihre Fragen, fand sich rasch zurecht, eilte die breiten Treppen hinauf und einen der hohen Gänge entlang.

Frank lag in einem Vierbettzimmer, gleich neben der Tür. Seine Augen leuchteten auf, als er sie sah. »Na, endlich!« sagte er. »Ich habe schon so auf dich gewartet!«

»Es ging nicht eher!« Sie begrüßte die anderen Patienten mit einem Lächeln und gab ihm dann einen raschen Kuß. »Du siehst prima aus«, stellte sie fest.

»Ich fühlte mich auch ganz okay. Sag mal, wäre es nicht das gescheiteste, wenn ich gleich mit dir nach Hause käme?«

»Nichts da! Wie ich den Verein kenne, wirst du erst morgen untersucht, habe ich recht?«

Er nickte. »Hast du mir wenigstens einen Morgenrock mitgebracht? Im Bett brauche ich ja nun wirklich nicht zu liegen.«

Sie öffnete den Koffer und gab ihm seinen Morgenmantel, ein höchst elegantes Stück aus roter Seide. Er stand auf und hatte es eilig hineinzuschlüpfen, denn er kam sich in dem hinten offenen Klinikhemd einigermaßen komisch vor. Beate stellte ihm die Hausschuhe vor die Füße.

»Wo ist dein Spind?«

»Der außen rechts.«

Beate ordnete Unterwäsche, Strümpfe, Taschentücher und was sie ihm sonst noch mitgebracht hatte, hinein. Das Jakkett, das er am Morgen getragen hatte, hing untadelig korrekt über dem Bügel, auch die Hose war so ordentlich wie nur möglich über die Querstange gelegt. Frank liebte schöne Dinge nicht nur, sondern er ging auch sorgsam und liebevoll mit ihnen um.

Gemeinsam traten sie auf den Gang hinaus.

Kaum hatte er die Tür hinter sich geschlossen, fragte er: »Hast du eine Zigarette für mich?«

»Darfst du denn rauchen?«

»Drinnen nicht, aber ...«

»Frank, das habe ich nicht gemeint. Ich habe an dein Herz gedacht.«

»Ach was. Das bißchen Nikotin wird es schon noch vertragen.«

»Hat der Professor nicht gesagt, daß es schädlich für dich ist?«

»Keinen Ton.«

»Dann kommt das noch, darauf kannst du dich verlassen. Das klügste ist, du fängst gleich damit an, es dir abzugewöhnen. Hier in der Klinik hast du dazu die beste Gelegenheit.« Um ihn abzulenken, fragte sie: »Hat sich Professor Meyser überhaupt selber um dich gekümmert?«

»Doch. Er hat ein paar Worte mit mir gesprochen, mich

nach meinen Lebensgewohnheiten gefragt und so. Aber abgehorcht und den Blutdruck gemessen hat ein jüngerer Arzt.«

»Das ist so üblich.«

»Wie lange, meinst du, daß ich bleiben muß?«

»Ich nehme an, daß du spätestens morgen nachmittag nach Hause kannst.«

»So rasch?«

»Du hast dich wohl schon auf eine längere Faulenzerperiode eingestellt«, neckte sie ihn.

Aber er fand diese Bemerkung nicht lustig. »Du weißt, wie sehr ich an meiner Boutique hänge. Was hast du mit ihr gemacht?«

»Geschlossen natürlich.«

»Könntest du nicht ...«

»Vergiß es, Frank! Nicht dieses Thema. Du weißt, was wir ausgemacht haben: das Geschäft ist einzig und allein deine Sache.«

»Aber dies ist ein Ausnahmefall ...«

»Liebling, ich könnte dich nicht vertreten, selbst wenn ich es wollte. Ich habe heute Nachtdienst, und beim besten Willen kann ich mich nach einer schlaflosen Nacht nicht auch noch tagsüber in den Laden stellen. Das mußt du doch einsehen.«

»Schon gut, schon gut, ich sag ja nichts weiter. Sag mal, hast du nicht doch eine Zigarette für mich?«

»Woher sollte ich? Du weißt, daß ich nicht rauche.«

»Aber du hättest daran denken können.«

»Du mußt dich umstellen, Frank, und am besten fängst du gleich damit an, wie ich dir schon gesagt habe.«

»Du bist verdammt hart, Beate.«

»Wäre ich es nicht, könnte ich das Leben, das ich führe, wohl kaum aushalten.« Sie merkte sofort, daß sie zu weit gegangen war. »Entschuldige, Frank, das war nicht als Vorwurf gemeint. Du weißt, wie sehr ich dich liebe. Ich würde alles dafür tun, um mit dir leben zu können. Es ist auch nicht deine Schuld, daß du nicht besser für uns sorgen kannst.«

»Ich hätte das Geld für die Miete beiseite legen sollen«, sagte er, »aber dann hätte ich keine Ware einkaufen können ... nicht die Ware, die ich wollte, und ohne Ware ...«

Sie hatte mehrfach versucht ihn zu unterbrechen. Jetzt endlich gelang es ihr, indem sie seinen Arm heftig drückte. »Wegen der Miete brauchst du dir keine Gedanken mehr zu machen, Vater hat das für uns erledigt.«

Er atmete auf. »Soll das heißen, du hast ihn rumgekriegt?«

»Ich habe ihm unsere Misere dargelegt, und er hat sich sofort von sich aus erboten, die Sache in Ordnung zu bringen. Er ist ein fabelhafter Mann, dein Vater.«

Seine Miene verdüsterte sich. »Ich wollte, er hätte es nicht erfahren.«

»Es war unumgänglich.«

»Ja, schon, aber ...«

»Grüble nicht länger darüber nach, Liebling! Die Sache ist gelaufen.«

»Ich werde ihm das Geld zurückgeben«, versprach er.

»Ja, sicher wirst du das.«

Beate und Frank waren während ihres Gespräches auf dem langen Gang auf- und abgegangen und kamen jetzt wieder an einer mit Sand gefüllten Schale an, die als Ascher diente. Es entging ihr nicht, daß er einen sehnsüchtigen Blick auf einen halblangen Stummel warf.

»Sieh nur, was für ein Dreck!« sagte sie. »Am leichtesten gewöhnst du dir das Rauchen ab, wenn du dir die widerlichen vollen Aschenbecher vorstellst, den Geruch von kaltem Rauch, der sich in den Kleidern festsetzt.«

»Du hast gut reden«, sagte er unglücklich.

»Es ist so wichtig, daß du es schaffst. Bisher war es nur eine dumme Angewohnheit, und du wirst zugeben, daß ich mich nie deswegen angestellt habe. Aber jetzt geht es um dein Leben.«

»Du übertreibst.«

»Das würde ich mir wünschen, für dich und für mich.« Sie zog ihn fort, war sich aber nicht sicher, ob er sich, wenn sie erst gegangen war, die verlockende Kippe nicht doch holen würde. Sie schob den Gedanken von sich, denn darauf kam es jetzt auch nicht mehr an.

»Der Professor hat etwas davon gemurmelt, daß er mich röntgen müßte«, berichtete er.

»Das wird er wohl.«

»Aber warum hat er es dann nicht gleich getan? Heute? Dann könnte ich doch mit dir nach Hause und das Geschäft ...« Er brach ab.

»Es ist ein ziemlich komplizierter Vorgang«, erklärte sie vorsichtig.

»Wieso?«

»Um die Herzkranzgefäße röntgenologisch darstellen zu können ...« Sie sah ihn an. »Du verstehst mich doch?«

»Schon. Die Herzkranzgefäße müssen also geröntgt werden.«

»Ja, und dafür muß ein Kontrastmittel in jede einzelne Coronararterie eingebracht werden.«

»Wie geht denn das?«

»Mit einem Katheter.«

»Hört sich ziemlich schauerlich an.«

»Angenehm ist es bestimmt nicht, und da fällt mir ein: vielleicht lassen sie dich auch erst übermorgen nach Hause, damit du dich davon erholst.«

Abrupt blieb er stehen. »So schlimm?«

»Vielleicht bekommst du eine Narkose und spürst gar nichts davon, aber eine Narkose ist natürlich auch ein Vorgang, nach dem man nicht gleich aus dem Bett springen sollte.«

»Was werden sie mit mir machen? Ich will es genau wissen.«

»Es macht mir keinen Spaß, dich zu ängstigen.«

»Das weiß ich ja.« Er packte sie bei den Schultern und blickte ihr beschwörend in die Augen. »Sag es mir! Sag mir alles! Und komm mir jetzt nicht damit, daß ich einen der Ärzte fragen soll. Du weißt besser als ich, wie die sind.«

»Ich finde, die tun ganz recht daran, die Patienten nicht mit Einzelheiten zu beunruhigen.«

»Aber ich bin nicht dein Patient, sondern dein Mann. Einen Vorteil muß es doch haben, wenn man eine Medizinerin geheiratet hat.«

»Nur einen?« fragte sie und merkte sogleich selber, daß ihr Versuch, die Unterhaltung ins Scherzhafte abzubiegen, kläglich war.

Er ging nicht darauf ein, sah ihr nur weiter tief in die Augen.

»Es ist nicht gefährlich«, behauptete sie, »aber für einen Laien hört es sich, fürchte ich, ziemlich übel an. Also ...« Sie suchte nach leicht verständlichen Worten. »... die große Oberschenkelarterie wird in der Leistenbeuge punktiert, das ist so, als kriegtest du eine Spritze dort hinein. Tatsächlich aber wird ein Katheter durch die Aorta in Richtung Herz geschoben. Hier werden dann die Abgänge der Coronarien, also der Herzkranzgefäße, aufgesucht. Das ist natürlich nur mit Hilfe einer komplizierten Technik möglich, von der ich selber nichts verstehe.«

Endlich löste er die Hände von ihren Schultern und gab ihren Blick frei. »Und wozu das Ganze?«

»Um ein Kontrastmittel zu applizieren, also einzuführen. Unmittelbar danach wird der Abfluß des Kontrastmittels röntgenologisch in schneller Bildfolge festgehalten. Ich glaube, man macht zwei bis sechs Bilder in der Sekunde. Dabei wird sich dann herausstellen, ob es in der einen oder anderen Arterie eine Engstelle gibt.«

»Dann bin ich beruhigt«, erklärte Frank überraschend.

»Wirklich?« fragte sie.

»Na hör mal, wie sollte ich denn an eine Engstelle in einer

Arterie kommen? Das ist doch alles Unsinn. Ich bin erst fünfunddreißig, und habe nie mit dem Herzen zu tun gehabt. Mein Anfall war ein bloßer Zufall.«

»Schon möglich«, gab sie zu, um ihn nicht weiter zu beunruhigen, obwohl sie selber gerade auf dem medizinischen Gebiet nicht an Zufälle glaubte.

Er spürte, daß sie nicht seiner Meinung war. »Erklär mir doch mal, bitte, wie es zu einer solchen Engstelle hätte kommen können?«

»Es gibt verschiedene Ursachen, die zu einer Verletzung der inneren Arterienschicht führen können, hoher Blutdruck zum Beispiel. Wann hast du zuletzt deinen Blutdruck messen lassen?«

»Heute morgen.«

»Und?«

»Der Doktor murmelte irgendwelche Zahlen, mit denen ich nichts anfangen konnte.«

»Ist ja auch egal. Es könnte auch durch einen überhöhten Cholesterinspiegel passiert sein oder durch deine blöde Raucherei. Irgend etwas könnte jedenfalls zu einer Verletzung geführt haben, und daraus entsteht dann eine Art Narbenbildung, in der sich dann allerhand ablagert. Dadurch verhärtet sich dann logischerweise der betreffende Gefäßabschnitt.«

»Scheiße«, sagte er.

»Bei dir muß es nichts Ernsthaftes sein. Ich glaube das auch gar nicht. Aber ich bin jetzt nachträglich ganz froh über deinen Anfall. Morgen werden wir wissen, wie es wirklich um dich steht.« Sie umarmte ihn und legte ihren Kopf an seine Brust. »Ach, Liebling, ich wäre ja so froh, wenn alles bloß falscher Alarm gewesen wäre!«

Er beugte sich zu ihr und küßte sie zärtlich auf den Mund. »Ich bin ganz sicher.«

Beate rang sich ein Lächeln ab. »Um so besser. Sag mal, wann kommt der Professor heute nachmittag zur Visite?«

»Ich weiß es nicht.«

Sie warf einen Blick auf ihre Armbanduhr. »Wahrscheinlich gegen vier. Das ist so üblich. Ich werde mal versuchen, ihn abzufangen.«

»Wozu?«

»Weil ich dabei sein will, wenn er dir das Ergebnis der Untersuchung mitteilt.« Plötzlich hatte sie das Gefühl, zu besitzergreifend zu sein. »Das ist dir doch recht?«

»Unbedingt.« Lächelnd fügte er hinzu: »Außerdem – auch wenn ich es nicht wäre – bin ich überzeugt, du würdest deinen Willen durchsetzen.«

»Bin ich wirklich so eine Xanthippe?«

»Du bist überbesorgt.«

»Ich will dir doch nur helfen.«

Wieder umarmten sie sich, als könnten sie so einander Kraft geben.

Sie lösten sich erst voneinander, ein wenig beschämt, als Professor Meyser, gefolgt von einem Troß junger Ärzte und der Oberschwester um die Ecke bog.

Entschlossen bekämpfte Beate ihre Verlegenheit und lief auf ihn zu, bevor er noch das nächste Krankenzimmer betreten konnte.

»Herr Professor!« sagte sie, ein wenig atemlos.

»Ja?« Er war ein sehr großer, schlanker Mann, mit leicht vornüber gebeugten Schultern und einem gänzlich kahlen Kopf.

Sie kannte ihn nur vom Sehen. »Mein Mann hatte heute früh einen Angina-Pectoris-Anfall.«

»Sie scheinen sich ja auszukennen.«

»Ich möchte dabei sein, wenn er das Ergebnis der Untersuchung erfährt.«

»Na, bitte.«

»Wann wird das sein?«

Der Professor wechselte einige Worte mit einem anderen Arzt. »Morgen nachmittag um drei. In meiner Ordination.«

»Danke, Herr Professor.«

Er ließ sich die Tür zu dem Krankenzimmer öffnen, vor dem sie standen, und verschwand darin samt seinem Troß.

»Ich muß jetzt laufen«, sagte Beate, »du weißt, Vater wird nervös, wenn er zu lange auf Florian aufpassen muß.«

»Grüß die beiden von mir.«

»Wird gemacht. Dann also bis morgen.« Sie küßte ihn noch einmal zärtlich und eilte dann mit ihren weit ausholenden, elastischen Schritten davon. Aber als sie die Treppe erreicht hatte, drehte sie sich noch einmal zu ihm um.

Er stand immer noch da, wo sie ihn verlassen hatte.

Sie warf ihm eine Kußhand zu, und er winkte, ein wenig müde, zurück.

2 | Als Beate ihre Wohnung betrat, hatte sie sofort das Gefühl, daß niemand da war. Tatsächlich waren Kinderzimmer und Küche leer. Sie klopfte an die Tür des alten Herrn, aber erhielt keine Antwort.

Sie dachte kurz nach und machte sich dann daran, das Spülbecken zu säubern und das Geschirr fortzuräumen. Danach ging sie in das Schlafzimmer und riß das Fenster zum Hof auf. Werders Wohnung lag im Erdgeschoß. Das hatte den Nachteil, daß sie recht laut war, dagegen den Vorteil, daß Beate sich mit dem Kinderwagen leichtgetan hatte und der Garten mit wenigen Schritten zu erreichen war.

Auch jetzt ging es lebhaft dort zu. Ein Baby schrie und Hunde bellten. Frauen saßen in der Sonne, ließen ihre Stricknadeln klappern und unterhielten sich. Kinder spielten, lachten, lärmten.

Florian und sein Großvater waren nicht zu sehen. Beate seufzte erleichtert auf. Wahrscheinlich, dachte sie, waren sie spazierengegangen. Sie streifte die Schuhe von den Füßen, zog den Rock aus und legte sich, die Hände unter dem Kopf verschränkt, auf ihr Bett. Sie hatte sich angewöhnt, jede Gelegenheit zu nutzen, die sich ihr zum Ausspannen bot.

Sie dachte an Frank und daran, wie sonderbar klein er gewirkt hatte, als er da in seinem rotseidenen Hausmantel allein in dem hohen Gang gestanden hatte. Dabei war er tatsächlich groß, über 1,80.

Als sie ihn kennengelernt hatte, auf einem Faschingsball im Deutschen Theater, sie erinnerte sich noch genau daran, war er ihr wegen seiner Größe unter den anderen jungen Leuten aufgefallen. Er war als Pirat erschienen, ein Tuch, das aus demselben Material hätte sein können wie sein Hausmantel, um den Kopf geschlungen. Vor dem einen Auge hatte er eine schwarze Klappe getragen, aber das andere hatte vor Unternehmungslust und Heiterkeit gefunkelt.

Wie kam es, daß er in den wenigen Jahren, die sie sich kannten, seinen Schwung so gänzlich verloren hatte? War es die Ehe, die ihm nicht bekam? Bedrückte ihn die Verantwortung der Vaterschaft? Waren es die Sorgen um sein Geschäft, die ihn erstickten? Oder war die Tatsache, daß sein Herz nicht mehr genügend durchblutet war, die Ursache seiner Veränderung?

Er war nicht mehr der Mann, den sie geheiratet hatte, aber sie fühlte, daß sie ihn, nachdem sie das Stadium blinder Verliebtheit überwunden hatte, nur um so tiefer und inniger liebte.

Nein, es war kein Fehler gewesen, ihr Leben mit dem seinen zu verbinden. Vielleicht hätte sie vorsichtiger sein sollen, die ungewollte Schwangerschaft vermeiden müssen. Aber sie war immer schlecht mit der Pille ausgekommen, hatte die Präparate immer wieder ändern müssen, weil sie sie nicht vertrug. Ihr Gynäkologe war überzeugt, daß die Nebenwirkungen, unter denen sie litt – Übelkeit, Erbrechen, Schwindelanfälle und Gewichtszunahme – einen psychologischen Grund haben müßten. Sie stemmte sich, meinte er, innerlich dagegen, sich chemisch unfruchtbar machen zu lassen. Aber diese Erklärung nutzte ihr auch nichts. Sie hatte sich Mühe gegeben, sich an das jeweilige Präparat zu gewöhnen, aber immer wieder vergeblich.

Als dann Florian unterwegs gewesen war, hatte sie nicht das Herz gehabt, die Schwangerschaft abzubrechen. Frank war auch nicht dafür gewesen. Natürlich wäre das kein Grund gewesen zu heiraten. Es war heutzutage ja gar nicht einmal mehr unüblich, daß junge Paare ohne Trauschein zusammenlebten. Aber sie hatten beide gewollt, daß alles seine Ordnung haben sollte. Da er damals gerade sein Studium der Betriebswirtschaft abgeschlossen, sie das Physikum hinter sich hatte, schien auch der Zeitpunkt durchaus günstig. Sie waren damals so voller Hoffnung gewesen.

Beates Gedanken glitten in die erste wunderbare Zeit ihrer Liebe zurück. Der Lärm hinter dem geschlossenen Fenster wurde zu einem gleichmäßigen, an- und abschwellenden Geräusch. Ohne es zu merken, versank Beate aus ihrem Traum vom Glück in einen tiefen Schlaf. –

Sie wachte erst auf, als Florian sie an den Fußsohlen kitzelte.

»Mammi«, rief er, »Mammi! Du hast im Schlaf gelacht!«

»Ja, wenn du mich auch kitzelst!« Sie nahm ihn liebevoll in die Arme und zog ihn zu sich auf das Bett. »Wie spät ist es?«

»Weiß nicht.«

Sie nahm ihren Wecker vom Nachttisch und hielt ihn sich vor die Augen. »Sechs Uhr vorbei!« rief sie erschrocken. »Ich muß das Abendbrot richten.«

»Mußt du nicht!« erklärte Florian strahlend. »Haben Opa und ich ganz alleine gemacht.«

»Dann verdienst du ein ganz dickes Bussi.« Sie küßte ihn auf die Wange.

»Opa auch?«

»Ja, Opa auch. Aber jetzt laß mich aufstehen.« Sie stellte

ihn auf die kurzen, stämmigen Beine und schwang sich aus dem Bett. »Sag Opa, ich komme.« Mit einem kleinen Klaps auf den Allerwertesten entließ sie ihn.

Sie zog sich wieder an, ging ins Bad, wusch sich Gesicht und Augen mit kaltem Wasser und bürstete sich ihr vom Schlaf zerzaustes rotblondes Haar.

In der Küche war der Tisch tatsächlich schon mit allem, was dazugehört, gedeckt. Florian stand daneben, strahlend vor Selbstzufriedenheit, der Schwiegervater mit verlegenem Stolz.

»Wie lieb von euch!« rief Beate und gab dem alten Herrn den versprochenen Kuß.

»Wir dachten, du könntest eine kleine Verschnaufpause brauchen. Hast du wenigstens etwas geschlafen?«

»Und wie!« rief Florian. »Ich habe sie kaum wachgekriegt!«

»Ich bin tatsächlich eingepennt«, sagte Beate, »womit ich gar nicht gerechnet hatte. Jetzt geht es mir viel besser. Ich habe sogar Hunger.«

Sie setzten sich.

»Du siehst auch viel besser aus. Wie geht es Frank?«

»Er fühlt sich schon wieder putzmunter. Morgen wird er geröntgt.«

»Und dann?«

»Werden sie ihn wohl auf jeden Fall nach Hause schicken.«

»Wieso bist du da so sicher?«

»Er ist ja noch jung, und es war sein erster Herzanfall. Wenn er seine Gewohnheiten ändert und auf sich aufpaßt, muß es keinen zweiten geben. Für den Notfall werden sie ihm Nitrotabletten verschreiben.«

»Bist du wirklich so optimistisch?«

Sie lächelte ihren Schwiegervater an. »Ich will es sein. Ich will mich nicht verrückt machen, bevor das Untersuchungsergebnis da ist.«

»Da hast du ganz schön recht. Du warst schon immer ein vernünftiges Mädchen.« Er wechselte das Thema und begann, von Florian lebhaft unterstützt, von ihren Unternehmungen an diesem Nachmittag zu erzählen.

Nach dem Essen, als Beate die Küche mit Florians ungeschickter Hilfe aufgeräumt hatte, badete sie ihn und steckte ihn ins Bett. Sie blieb noch bei ihm und erzählte ihm eine Geschichte. Der ereignisreiche Tag hatte ihn müde gemacht, und er schlief sehr schnell ein, so daß ihr diesmal ein herzzerreißender Abschied erspart blieb.

Inzwischen war es Zeit für sie geworden, in die Klinik zu fahren. Sie mußte ihre Arbeit um acht Uhr abends antreten. Aber vorher verabschiedete sie sich noch von ihrem Schwiegervater.

»Ich wollte dir nur sagen, daß Frank dir sehr dankbar ist.«
»Cum grano salis«, erwiderte der alte Herr trocken.
»Wie meinst du das?«
»Es wird ihm wohl alles andere als angenehm sein, sich von mir helfen lassen zu müssen. Er hatte immer schon seinen dummen Stolz.«
»Von ›dumm‹ würde ich in diesem Zusammenhang nicht sprechen. Aber ich weiß schon, wie du es meinst. Also dann, bis morgen.«
»Rackere dich nicht zu sehr ab!«
Sie lächelte ihm zu. »Werd ich schon nicht! Gute Nacht, Vater!«

Kurz vor acht betrat Beate die »Privatklinik Dr. Scheuringer«. Sie trug schon ihre Schwesterntracht, ein blauweiß gestreiftes Kleid mit weißer Schürze, in der sie sich immer noch wie verkleidet fühlte. Ein weißer Kittel wäre ihr lieber und auch praktischer erschienen. Aber darin hätte man sie für eine Ärztin halten können, und das wollte die Krankenhausleitung verhindern. Die breiten gläsernen Vordertüren waren längst geschlossen, und sie benutzte, wie die anderen Angestellten, den Hintereingang, der von dem Nachtpförtner, einem kräftigen jungen Mann, Student der Philologie, bewacht wurde. Ohne sich von ihm aufhalten zu lassen, eilte sie weiter. Durch einen schwach beleuchteten Flur gelangte sie zum Lift und fuhr in das 4. Stockwerk hinauf, ihre Etage. In dem großen, fast quadratischen Zimmer, das den Schwestern tagsüber als Aufenthaltsraum diente, legte sie den Regenmantel ab, den sie über ihre Tracht gezogen hatte. Sie schloß ihren Spind auf, hängte den Mantel hinein und holte ihr Häubchen heraus. Vor dem Spiegel kämmte sie sich ihren weichen Pony aus der Stirn zurück und setzte ihr Häubchen auf. Sie tuschte sich die Wimpern nach und legte Lippenstift auf, nicht aus Eitelkeit, sondern weil sie wußte, daß eine blasse und müde Schwester auf die Patienten deprimierend wirkte.

Als Sybille hereinkam, schlank, sportlich, mit einem harten, fast männlichen Gesicht, war Beate gerade fertig geworden. Im Gegensatz zu Beate war Sybille gelernte Schwester, und sie hatte Beate im Lauf der Zeit einiges beigebracht.

»Gut siehst du aus!« sagte Sybille.

»Danke! Ich habe sehr schön geschlafen.«

»Freut mich für dich.« Sybille übergab Beate die Patientenliste, auf der auch die Medikamente vermerkt waren, die sie zur Nacht bekommen hatten, und berichtete ihr über die Neuzugänge. Zu einem privaten Wortwechsel kam es nicht. Sybille, die den Tag über Dienst gehabt hatte, drängte es nach Hause, und Beate mochte sie nicht aufhalten.

»Wenn es irgendwelche Schwierigkeiten gibt«, sagte Sybille, »im Dritten arbeitet Otti. Auf die kannst du dich verlassen.«

»Gut zu wissen.«

Sybille hatte ihr Häubchen abgelegt und ihren Mantel angezogen. »Aber ich nehme nicht an, daß es Schwierigkeiten geben wird. Ich hab' es dir nur auf alle Fälle gesagt.«

Beate lächelte sie an. »Danke.«

»Na, dann will ich mich mal auf die Socken machen.«

»Ich wünsche dir einen schönen Abend!«

»Hat sich was! Ich hau' mich gleich in die Federn. Will morgen früh zum Tennis raus.«
»Wie ich dich beneide!«
»Hättest du dir keine Familie zugelegt, könntest du es dir auch leisten.«
»Wie recht du hast!«

Beate nahm die kleine Stichelei nicht übel. Sybille hatte sie gewarnt, so früh zu heiraten, und sie war immer noch überzeugt, daß sie damit recht gehabt hatte. Aber Beate war sicher, daß sie es nur gut meinte. Natürlich war ihre Ehe für Sybille auch ein echter Verlust gewesen. Obwohl sie nicht eigentlich Freundinnen waren, hatten sie früher doch hin und wieder einen Teil der Freizeit zusammen verbracht, waren zusammen ins Kino gegangen oder zum Tennisspielen. Es war nie darüber gesprochen worden, aber Beate glaubte im stillen, daß sie Sybille ihre Stellung in der Klinik verdankte oder doch zumindest mitverdankte.

Nach dem Abitur hatte Beate, wie so viele andere, nicht gleich einen Studienplatz bekommen. Deshalb hatte sie erst einmal unentgeltlich ein Pflegepraktikum gemacht, eine Voraussetzung dafür, im Krankenhaus arbeiten zu können. Das Praktikum hatte zwei Monate gedauert. Danach hatte sie, auf ein Angebot der Klinik hin, als bezahlte Kraft weitergemacht. Als sie dann endlich studieren durfte, hatte sie sich auf die Liste der Nachtwachen setzen lassen. Man hatte ihr die halbe Personalstelle angeboten, was für sie ein großes Glück bedeutete, weil es ihr ein sicheres, wenn auch kleines Einkommen garantierte.

Normalerweise wurden Studenten, die sich für die Nachtwache aufschreiben ließen, nur bei Bedarf kurzfristig angerufen. Das war natürlich, wenn man das Geld brauchte, ein ewiges Hängen und Würgen. Außerdem hatte es den Nachteil, daß man alle Pläne umwerfen mußte, wenn dann der ersehnte, aber oft nicht erwartete Anruf der Klinik kam. Beate teilte sich ihre Planstelle mit einem Medizinstudenten namens Günther Schmidt, einem jungen Mann, den sie sehr mochte. Sie konnten untereinander ausmachen, wer wann Nachtwache halten wollte. Zusammen hatten sie vierzehn Nächte im Monat zu arbeiten, und wenn Günther einmal verreisen wollte, kam es vor, daß Beate mehr als ihre sieben Wachen übernahm. Dafür entlastete Günther sie dann im nächsten Monat. Dieser Job war für Beate die ideale Lösung, zumindest ihrer finanziellen Probleme.

Darüber hinaus liebte sie ihn aber auch noch auf andere Weise. Sie freute sich immer wieder auf den Antritt ihrer Nachtwache, den sie mit einem Rundgang durch die Krankenzimmer begann. Dabei begrüßte sie jeden Patienten einzeln, fragte nach dem Befinden und versicherte, daß sie aufbleiben und auf Klingelruf zu erreichen sein würde. Den Neuzugängen stellte sie sich erst einmal vor. Es tat ihr wohl, daß sich die Kranken durch ihr bloßes Erscheinen und die wenigen Worte, zu denen sie Zeit fand, beruhigen, ermutigen und ermuntern ließen. Das war eine Fähigkeit, die nicht jeder Mensch – auch nicht jede Schwester und jeder Arzt – besaß. Sie tat sich nichts darauf zugute, aber sie sah darin eine Bestätigung, daß es richtig war, Medizin zu studieren. Auch wenn es, bedingt durch ihre Familie, nur langsam voranging, blieb das Ziel erstrebenswert und auch erreichbar.

Nachdem sie alle Patienten besucht hatte, ging sie in das Schwesternzimmer zurück. Sie hatte sich gerade vor die Signaltafel gesetzt, als eine Kontrollampe aufleuchtete. Nummer 17. Beate wunderte sich. Nummer 17 war Ellen Klammer, eine junge Frau, die in zwei Tagen entlassen werden sollte. Es war unwahrscheinlich, daß sie einen Rückfall erlitten hatte. Dennoch eilte sie sofort in das entsprechende Zimmer.

»Gut, daß Sie kommen, Schwester!« rief Frau Klammer halblaut.

»Ja, was gibt's denn?« Beate beugte sich über das Bett.

»Schnüffeln Sie mal!«

Beate verstand nicht sogleich, was die Patientin meinte. Flüsternd gab ihr Frau Klammer einen weiteren Hinweis.

»Ich glaube, die Frau Grabowsky hat sich vollgemacht.«

»Vielleicht hat sie nur ein Buffi gelassen«, sagte Beate, mehr um sich selber, als um Frau Klammer zu beruhigen.

Aber Frau Klammer behielt recht. Das bedeutete, daß Beate die Patientin aus dem Bett heben, ihr das Nachthemd ausziehen und sie waschen mußte. Zum Glück war sie sehr leicht, eine alte Frau schon über achtzig, die kaum noch Fleisch auf den Knochen hatte. Sie wimmerte, als Beate sie behandelte.

»Haben Sie Schmerzen, Frau Grabowsky?« fragte Beate.

»Nein, nein.«

»Aber dann müssen Sie doch auch nicht weinen.«

»Ich kann nichts dafür, wirklich nicht.«

»Aber das wissen wir doch alle.«

»Es ist mir so peinlich.«

»Braucht es nicht zu sein, wirklich nicht.« Beate zog ihr ein frisches Nachthemd über. »Glauben Sie, daß Sie da einen Augenblick im Sessel sitzen können?«

»Daß ich Ihnen so viel Mühe machen muß!«

»Aber, Frau Grabowsky! Das ist mein Beruf! Wenn ich ihn nicht lieben würde, hätte ich ihn mir nicht ausgesucht.«

»Sie sind so gut, Schwester!«

»Unsinn. Ich tue ja nur meine Pflicht.«

Beate behandelte die alte Frau so vorsichtig, als wäre sie zerbrechlich, zog ihr einen Bademantel über und trug sie zu dem Korbsessel. Dann riß sie mit wenigen geschickten Griffen das Laken ab und säuberte die Gummiunterlage.

»Soll ich Ihnen helfen?« erbot sich Frau Klammer.

»Danke, nicht nötig. Das haben wir gleich.«

»Aber ich könnte doch ... ich stehe ja tagsüber schon auf ...«

»Nachts bleiben Sie ganz brav in Ihrem Bettchen! Sonst

könnten wir beide Schwierigkeiten kriegen.« Sie hatte ein frisches Laken aus dem Schrank genommen und zog es über die Matratze. »Sehen Sie, da haben wir es schon.«

Beate half der alten Frau aus dem Sessel und wollte ihr den Bademantel ausziehen.

»Bitte, nicht!« wehrte sich die Patientin. »Mir ist so kalt.«

»Dann lassen wir ihn halt an. Wenn er Ihnen in der Nacht lästig wird, dann klingeln Sie einfach nach mir!« Beate bettete die alte Frau. »Ich komme gleich zurück und bringe Ihnen was für Ihr Bäuchlein!« versprach sie. »Ich werde jetzt mal ganz kurz durchlüften.«

Als sie mit dem Medikament zurückkam, schloß sie das Fenster wieder. Sie stützte Frau Grabowskys Kopf, damit sie die beiden Pillen besser schlucken konnte und reichte ihr ein Glas Wasser.

»Ich wünsche Ihnen eine gute Nacht, meine Damen!« sagte sie, als sie zur Tür ging.

»Ihnen auch, Schwester Beate!« sagte Frau Klammer.

Frau Grabowsky hatte die Augen geschlossen und bewegte die Lippen in einem unhörbaren Gebet.

Zurück im Schwesternzimmer notierte Beate das Medikament, das sie der Patientin gegeben hatte und schrieb die Uhrzeit auf.

Bis Mitternacht gab es noch einige Unruhe auf der Station. Beate hatte kaum Gelegenheit, sich im Schwesternzimmer aufzuhalten. Danach hoffte sie sich ein wenig ausruhen zu dürfen. Von zwölf Uhr nachts bis drei Uhr morgens war gewöhnlich die friedlichste Zeit. Aber sie wurde noch einmal gerufen, nach Nummer 20. Es war das einzige Einzelzimmer in ihrer Station und besonders anspruchsvollen Privatpatienten vorbehalten. Im Moment war es von einer Schauspielerin belegt, die mit einer Gallenkolik eingeliefert worden war. Beate stürzte sofort los.

Trotzdem empfing Lilian Rotor sie unfreundlich: »Da sind Sie ja endlich!«

Beate wußte, daß es sinnlos gewesen wäre, sich zu verteidigen, und sich zu entschuldigen sah sie keinen Anlaß. Sie trat an das Bett und blieb abwartend stehen.

»Was starren Sie mich so an?« empörte sich die Patientin. »Ich weiß, daß ich entsetzlich aussehe.« Tatsächlich hatte sie kaum noch Ähnlichkeit mit der anziehenden Frau, die Beate vom Film und vom Fernsehen her kannte.

»Wenn Sie erst wieder gesund sind, werden Sie so schön wie immer sein, Frau Rotor!«

»Sie haben gut reden. Sie wissen ja nicht, wie mir zumute ist. Wegen dieser verdammten Kolik habe ich meine Rolle abgeben müssen.«

»Es wird andere interessante Rollen für Sie geben.«

»Sie haben keine Ahnung vom Theater!«

»Das sicher nicht«, gab Beate friedfertig zu, »aber vom Leben. Es geht immer auf und ab. Nach einem Tief kommt auch immer ein Höhepunkt.«

Die Patientin lachte auf. »Erst wird man älter, und dann wieder ein bißchen jünger! Ist es etwa das, was Sie behaupten wollen?«

»Sie wissen genau, wie ich es meine. Mit dem Älterwerden muß man sich abfinden. Aber Sie sind besser daran als die meisten Frauen. Sie können für Ihr Aussehen etwas tun. Diät, Gymnastik, Kosmetik. Damit bleibt man lange jung, und wenn alle Stricke reißen, gibt es immer noch eine Schönheitsoperation.«

»Sehr, sehr tröstlich.«

»Es ist für Ihren Gesundheitszustand bestimmt nicht günstig, wenn Sie grübeln und düstere Vorstellungen heraufbeschwören. Sie sollten den Klinikaufenthalt lieber nützen, sich zu entspannen. Sie haben es hier ja so schön wie in einem Sanatorium.«

»Nur daß ich krank bin und Schmerzen habe!«

»Sie würden sich besser fühlen, wenn Sie sich freundlicheren Gedanken hingeben würden, glauben Sie mir!«

»Ich will aber nicht denken, und schon gar nicht mitten in der Nacht! Ich will endlich schlafen.«

»Man hat Ihnen ein sehr starkes Schlafmittel gegeben.« Beate hatte sich darüber vergewissert, bevor sie zu der Patientin geeilt war.

»Das überhaupt nichts genutzt hat. Bitte, bitte, Schwester, helfen Sie mir! Bringen Sie mir noch etwas! Morphium!«

Das war eine jener Situationen, die Beate haßte. »Aber das darf ich nicht.« Es war ihr sehr unangenehm, einem Patienten eine Bitte abschlagen zu müssen.

»Ich glaube Ihnen nicht. Sie haben bestimmt Zugang zum Medikamentenschrank.«

»Ich muß mich an die Anweisungen der Ärzte halten.«

»Was sind Sie nur für ein Mensch! Sie können einfach mitansehen, wie ich hier vor Schmerzen und vor Elend verrückt werde!« Lilian Rotor wechselte den Ton. »Bitte, bitte, liebe Schwester ... wie heißen Sie doch gleich?«

»Beate.«

»Bitte, liebe Schwester Beate, Sie sollen es ja auch nicht umsonst tun! Ich gebe Ihnen Geld. Hundert Mark? Genügt das?«

»Ich brauche kein Geld.«

»Unsinn. Jeder Mensch hat Geld nötig.«

»Ich nicht! Aber ich werde sehen, was ich für Sie tun kann.« Beate ging zur Tür.

»Kommen Sie bestimmt zurück?«

»Sie können sich darauf verlassen.«

Beate lief zum Schwesternzimmer. Noch während des Gesprächs hatte sie über die Schauspielerin nachgedacht. Als Schauspielerin führte die Rotor wahrscheinlich ein sehr unregelmäßiges Leben. Es war möglich, daß sie Mißbrauch mit Aufputsch- und Beruhigungsmitteln trieb. Das konnte der Grund dafür sein, daß die wirklich sehr starke Dosis, die sie erhalten hatte, keine Wirkung zeigte. Andererseits konnte es aber auch sein, daß ihre innere Erregung die

Wirkung aufhob. Es waren auch wohl nicht so sehr die Schmerzen, unter denen sie litt und die sie nicht schlafen ließen, als die Angst um ihre Schönheit und damit um ihren Erfolg. Beate beschloß, es mit einem Placebo zu versuchen, einer großen rot-grünen Kapsel, die mit Puderzucker gefüllt war.

Als sie zurück kam, hatte die Patientin einen Hunderter auf den Nachttisch gelegt.

»Nein, Frau Rotor«, erklärte Beate, »ich will kein Geld. Das würde für mich die Sache noch gefährlicher machen. Falls es rauskommen sollte, daß ich etwas Verbotenes getan habe, wäre das schlimm genug für mich. Falls es sich dann noch rumspricht, daß ich mich dafür extra bezahlen lassen habe, fliege ich bestimmt.«

»Niemand wird davon erfahren.«

»Versprechen Sie mir das?«

»Ist doch ganz klar. Jetzt geben Sie mir endlich das Morphium!«

Beate zögerte. »Ich muß ganz sichergehen. Sehen Sie, Frau Rotor, es ist wahrscheinlich, daß Sie morgen eine bessere Nacht haben. Ich wünsche es Ihnen. Vielleicht können Sie aber auch morgen nicht schlafen. Dann bin ich aber nicht da. Also werden Sie meine Kollegin herbeizitieren, und sie wird sich, genau wie ich, sträuben, Ihnen etwas zu besorgen. Das macht mir angst.«

»Wieso denn?«

»Daß Sie ihr sagen werden: ›Aber Schwester Beate hat es getan!‹«

»Nie im Leben! Wer denkt denn an so etwas!«

»Ich. Jede andere an meiner Stelle würde es auch tun.«

»Ich schwöre Ihnen ...«

»Also gut. Ich werde es tun. Aber wohl ist mir nicht dabei zumute.« Beate legte der Patientin die Kapsel in die Hand.

Lilian Rotor betrachtete sie mißtrauisch. »Sieht komisch aus.«

»Ich habe es geklaut!« behauptete Beate.

»Wird man es nicht merken?«

»Doch. Die Oberschwester kontrolliert den Medikamentenschrank regelmäßig. Aber man wird es mir nicht nachweisen können. Wenn Sie den Mund halten.« Sie reichte der Patientin das Wasserglas. »Also runter damit! Oder ist es Ihnen doch zu gefährlich?«

»Quatsch!« Lilian Rotor schluckte die Kapsel. »Nehmen Sie das Geld! Ich möchte nicht in Ihrer Schuld stehen.«

»Später. Jetzt versuchen Sie sich zu entspannen. In einer halben Stunde werde ich noch einmal nach Ihnen schauen.« Sie hatte das Zimmer noch nicht ganz verlassen, als die Patientin schon das Licht löschte.

Auf der Liste trug Beate ein: »24 Uhr 20. Ein Placebo gegeben.«

Eine Stunde später schlich sie sich, ohne Licht anzuknipsen, in das Zimmer Nummer 20. Nur kurz ließ sie den Schein ihrer kleinen Taschenlampe über das Gesicht der Patientin gleiten. Lilian Rotor schlief tief und fest. Beate nahm den Geldschein an sich.

Sie notierte diese Tatsache auf der Patientenliste. Das wäre nicht nötig gewesen, aber sie wollte sich rückversichern. Sie nahm sich vor, am Morgen der Tagesschwester den Vorgang genau zu berichten.

Plötzlich fühlte sie sich erschöpft. Die Versuchung, sich eine Weile hinzulegen, war groß. Aber Beate widerstand. Aufrecht in ihrem kleinen Sessel sitzend, dämmerte sie ein wenig vor sich hin.

Doch in den nächsten Stunden geschah nichts.

Danach wurde es auf der Station lebendig. Leibschüsseln mußten gebracht, Bettlaken gewechselt, Erbrochenes weggewischt werden. Wenn auch ein guter Teil der Patienten bis zum Wecken durch die Tagesschwester schlief oder sich doch wenigstens ruhig verhielt, fühlte Beate sich fast überfordert. In diesen frühen Morgenstunden wünschte sie sich immer eine Hilfe, denn sie konnte nicht alle Anforderungen gleichzeitig erfüllen.

Kurz vor sieben Uhr kamen die Tagesschwestern. Während zwei von ihnen gleich mit der täglichen Routine begannen – Fieber messen, Betten richten, Morgenpflege der Kranken, die zu schwach waren, aufzustehen –, erstattete Beate der Oberschwester Bericht.

Oberschwester Anna war eine streng blickende Frau, vom langjährigen Krankenhausdienst abgestumpft. »Sie haben es also mit einem Placebo geschafft. Gut so. Ich werde es der Nachtschwester weitersagen. Aber daß Sie gleich hundert Mark eingesteckt haben, war ziemlich happig, wie?«

»Die Patientin glaubt ja, daß ich ihretwegen meine Kompetenzen überschritten habe. Sie würde mich für schön blöd halten, wenn ich es ohne Entgelt getan hätte.«

Die Oberschwester musterte Beate kritisch. »Ist das der wahre Grund?«

Beate zuckte die Achseln. »Zugegeben, ich bin momentan etwas knapp bei Kasse. Ich habe mir lange überlegt, sollte ich oder nicht.«

»Und dann hat Ihre Raffgier gesiegt.«

»Man hat nicht oft Gelegenheit, sich auf die Schnelle einen Hunderter zu verdienen.«

Die Oberschwester legte Beates Aufzeichnungen aus der Hand. »Na, jedenfalls haben Sie es mir mitgeteilt. Wollen wir es dabei bewenden lassen.«

»Danke, Oberschwester!«

Beate war froh, als das unerquickliche Gespräch beendet war. Sie hatte es jetzt sehr eilig, nach Hause zu kommen. Wie nach jeder Nachtwache hoffte sie inständig, daß ihr kleiner Sohn noch nicht erwacht sein würde, bevor sie bei ihm war.

Professor Meysers Ordination war ein Eckraum, sehr hoch wie alle Zimmer und Gänge der »Internen Ambulanz«, die um die Jahrhundertwende gebaut worden war. Trotz der großen Fenster wirkte er ein wenig düster durch die schweren Vorhänge und die geschnitzten Möbel. Es war ein Zimmer, ganz dazu gemacht, die Macht und Würde des Professors zu unterstreichen und die Patienten einzuschüchtern.

Der Professor selber saß hinter seinem Schreibtisch, blickte kurz auf, als Beate und Frank eintraten und wies sie mit einem Kopfrucken an, in der Sitzecke Platz zu nehmen. »Wenn Sie mich noch einen Augenblick entschuldigen wollen ...« Er beschäftigte sich weiter mit einigen Krankenbogen.

Beate, die den Umgang mit Ärzten gewohnt war, ließ sich nicht beeindrucken. Aber sie spürte, daß Frank zitterte. Sie nahm seine Hand und umschloß sie mit festem Druck.

Er mimte Galgenhumor. »Alles halb so schlimm«, behauptete er halblaut mit einem gezwungenen Grinsen.

Professor Meyser erhob sich und zog seine Weste straff. Unter dem offenen weißen Ärztemantel trug er eine tadellose graue Flanellhose mit dazu passender Weste.

Frank stand auf.

»Bleiben Sie sitzen, bleiben Sie sitzen, nur keine Umstände!« Der Professor reichte Beate eine weiche, fleischige Hand und drückte Frank mit der anderen in den Sessel zurück. »Sie sind also das Ehepaar Werder.«

»Ja«, sagte Beate, »und Sie wollten uns von dem Ergebnis der röntgenologischen Untersuchung berichten.«

Der Professor setzte sich. »Ich glaube, da sollte ich erst einmal etwas weiter ausholen und Ihnen beiden etwas über die Funktion des Herzens berichten. Es ist nicht der Sitz der Seele und hat auch nichts mit der Individualität des Menschen zu tun, sondern ist ganz einfach ein Muskel, ein Muskel, der von zwei Hauptarterien mit Blut versorgt wird. Sie entspringen aus der großen Hauptschlagader, der Aorta, und zwar unmittelbar, nachdem diese die linke Herzkammer verläßt. Zur Versorgung der verschiedenen Gebiete des Herzmuskels teilen sich die Coronararterien in einige Haupt- und sehr viele Nebenäste.« Er machte eine kleine Pause.

Beate war nahe daran, ihm ins Wort zu fallen, hielt sich aber zurück.

»Konnten Sie mir so weit folgen?« fragte Professor Meyser.

»Herr Professor, ich bin Medizinstudentin.«

»Ach ja?« Er strich sich über den blanken Schädel. »Wie weit?«

»Zwölftes Semester.«

»Sehr schön. Dann wissen Sie also, um was es geht?«

»Ja, Herr Professor! Wie weit ist die Arteriosklerose, denn darum handelt es sich ja wohl, fortgeschritten?« fragte Beate, und zu Frank gewandt fügte sie hinzu: »Die Verhärtung der Arterien.«

»Sie sind sehr direkt, junge Frau!«

»Ich finde, es hilft nichts, um den heißen Brei herumzureden. Ein Angina-Pectoris-Anfall kommt wohl kaum von ungefähr, nicht wahr?«

»Da muß ich Ihnen recht geben. Es liegt eine relative Koronarinsuffizienz vor.«

»Das heißt, eine der Arterien ist geschädigt?«

»Ja.«

»Aber wie ist das möglich?« rief Frank, der dem Wortwechsel aufmerksam gefolgt war. »Bis auf den einen Anfall habe ich nie etwas gemerkt!«

»Auch nicht beim Sport? Beim Treppensteigen?«

»Sport habe ich aufgegeben, und wir wohnen im Parterre.«

»Nun denn, in normalem Zustand spüren Sie natürlich nichts von dieser Schädigung. Erst bei Belastung stellt sich heraus, daß die Arterie ihre Elastizität verloren hat, und dieser Elastizitätsverlust ist der im eigentlichen Sinne krankmachende Faktor. Die Arterie ist nicht mehr imstande, ihren Umfang zu vergrößern, um auf diese Weise mehr Blut zu den von ihr zu versorgenden Muskelzellen zu transportieren.«

»Wenn ich also alle körperlichen Anstrengungen und alle Aufregungen vermeide, kann mir überhaupt nichts geschehen!«

»Du redest wie ein Kind!« platzte Beate heraus.

»Na, erlaube mal!«

»Ihre Frau hat leider recht. Selbst äußerste Schonung würde ja keine Heilung bringen, im Gegenteil: die betroffenen Arterien würden mehr und mehr verhärten, bis es von der relativen zur absoluten Koronarinsuffizienz kommt, in dem sich die Arterie vollständig verschließt und so überhaupt kein Blut mehr zu den betreffenden Herzmuskelzellen kommt. Dann haben wir den mit Recht so befürchteten Herzinfarkt.«

»Herr Professor«, fragte Beate, »wie weit sind in diesem besonderen Fall die Koronararterien geschädigt?«

»So weit, daß ich dringend zu einer Bypass-Operation raten muß.«

Beate schrak zusammen, und Frank starrte den Professor ungläubig an.

»Die Röntgenuntersuchung hat gefährliche Engpässe an drei verschiedenen Stellen ergeben«, erklärte der Professor.

»Aber wie hat es dazu kommen können?« rief Frank. »Ich habe immer ganz gesund gelebt.«

»Mein lieber junger Freund, ›ganz gesund‹, wie Sie es nennen, lebt wohl niemand. Haben Sie ständig Ihren Blutdruck und Ihren Cholesterinspiegel unter Kontrolle gehabt? Nicht doch mal zu fett gegessen? Sich wenig Bewegung gemacht? Vielleicht sogar geraucht? Natürlich sündigen andere Menschen noch mehr und bleiben pumperlgesund. Es ist eben auch eine Sache der Disposition, der Veranlagung.«

»Aber deshalb braucht man doch nicht gleich zu operieren!«

»Gleich sowieso nicht. Alle Herzchirurgen haben Wartelisten. Aber Sie sollten sich jetzt schon bei Professor Reicher in der Nußbaumstraße vormerken lassen. Ich schätze, daß Sie dann in etwa drei Monaten an der Reihe sein werden. Bis dahin werde ich Sie Ihrem Hausarzt überstellen.«

»Ich soll von nun an in ständiger Behandlung bleiben? Dazu habe ich gar nicht das Geld!«

»Aber Sie werden doch versichert sein?«

»Nein.«

Schweigend klopfte sich Professor Meyser mit der fleischigen Hand gegen das Kinn.

»Wir werden selbstverständlich für den Aufenthalt hier und für Ihre Bemühungen zahlen, Herr Professor!« versicherte Beate. »Und natürlich auch die Operation.«

»Und woher nimmst du das Geld?«

»Das wird sich finden!« erklärte Beate mit Entschiedenheit. »Bitte, Herr Professor, würden Sie sich mit Professor Reicher in Verbindung setzen? Die Unterlagen rüberschicken und meinen Mann anmelden?«

»Das wird das vernünftigste sein.«

»Danke, Herr Professor!«

Frank hatte das unbehagliche Gefühl, daß über seinen Kopf entschieden wurde. »Um was geht es denn eigentlich bei dieser ...« Er hatte sich den Ausdruck nicht gemerkt. »... dieser Operation?«

»Die Engstellen in der Gefäßbahn werden durch ein körpereigenes Transplantat ersetzt«, sagte Beate rasch, »aber das kann ich dir alles zu Hause erklären.«

Frank schauderte. »Körperliches Transplantat klingt grauenhaft.«

»Meist nimmt man ein Stück Beinvene dafür.«

»An Ihrer Stelle«, sagte Professor Meyser, »würde ich mir vorerst über die Operation keine Gedanken machen. Noch ist es ja nicht soweit.«

»Aber ich muß wissen, woran ich bin, damit ich mich entscheiden kann.«

»Du hast keine Wahl, Liebling.«

»Aber sicher ist es doch gefährlich?«

»Ein Eingriff am offenen Herzen ist nie ganz ungefährlich«, gab der Professor zu, »aber die Sterblichkeit während oder unmittelbar nach einer Bypass-Operation liegt nur knapp über einem Prozent. Bei schwerer Herzschädigung, die bei

Ihnen allerdings nicht vorliegt, ist sie höher. Sie haben also eine reelle Chance.«

»Und nachher? Würde ich dann wieder ganz gesund sein? Voll leistungsfähig?«

»Ein völliges Verschwinden der Beschwerden wurde bis heute in sechzig Prozent aller Fälle beobachtet, weitere zwanzig Prozent zeigten immerhin eine wesentliche Verbesserung des Zustandes.«

»Was ist mit den übrigen zwanzig Prozent?«

»Wir wissen, daß du rechnen kannst, Liebling! Wenn es soweit ist, werde ich dir alles genau erklären.«

»Es kann natürlich zu einem Frühverschluß des Transplantates kommen«, räumte der Professor ein, »dann muß der Eingriff wiederholt werden. In anderen Fällen kommt es einige Jahre später zu einem Verschluß. Da haben Sie Ihre fehlenden zwanzig Prozent.«

»Dann besteht also gar keine Gewähr, daß ich ...«

Beate fiel ihm ins Wort. »Wir werden das alles noch gut durchsprechen, Frank, zigmal nehme ich an. Dir bleibt Zeit genug, das Für und Wider abzuwägen. Jetzt geht es nur darum, daß du einen Termin bekommst. Absagen kannst du immer noch.«

»Ihre Frau hat völlig recht, Herr Werder. Ich würde sagen, machen wir es so.« Der Professor stand auf. »Da Ihre Frau ja fast eine Kollegin ist, können wir uns den Hausarzt wohl sparen. Sie wird Sie bestimmt blendend betreuen.« Er setzte sich hinter seinen Schreibtisch. »Ich schreibe Ihnen jetzt ein Rezept auf. Nitroglyzerintabletten. Die besorgen Sie in der Apotheke. Tragen Sie sie immer bei sich, damit Sie sie zur Hand haben, falls ein neuer Anfall kommt.«

Beate und Frank waren ihm zum Schreibtisch gefolgt.

»Bitte, Herr Professor, sagen Sie meinem Mann, daß er das Rauchen aufgeben muß!« bat Beate.

Der Professor kritzelte auf seinem Rezeptblock. »Das versteht sich doch wohl von selber.«

»Es wäre mir lieb, wenn Sie es ihm ausdrücklich sagen würden!«

Der Professor lächelte. »Da haben wir also wieder mal einen Mann, der auf seine kluge kleine Frau nicht hören will.« Er reichte Frank das Rezept. »Also erkläre ich Ihnen, Herr Werder, klipp und klar: keine einzige Zigarette mehr, keine Zigarre und keine Pfeife, wenn Ihnen Ihr Leben lieb ist!«

»Ja, Herr Professor«, versprach Frank kleinlaut.

»Keine Aufregung, keine Anstrengung, kein schweres Heben und so weiter. Sie müssen gut auf ihn aufpassen, Frau Werder!«

»Das werde ich, Herr Professor.«

Als sie die Klinik verließen, waren Beate und Frank sehr bedrückt, versuchten aber, es zu überspielen.

»Na, wenigstens haben sie mich nicht noch einen Tag festgehalten!« sagte Frank. »Du kannst dir nicht vorstellen, wie froh ich bin, daß ich da raus bin.«

»Doch, Liebling, ich kann's dir nachfühlen.«

»Weißt du, worauf ich jetzt Lust hätte? Auf ein kleines Bierchen. Oder ist mir das auch verboten?«

»Eins pro Tag – aber wirklich nur eins – wird dir wohl nicht schaden.«

»Kehren wir irgendwo ein, ja?«

Es war ihr nicht recht, den Schwiegervater ungebührlich lange mit Florian allein zu lassen. Aber sie mochte Frank nicht darauf hinweisen. Dies war eine Situation, in der man nicht auch noch Rücksicht auf andere von ihm verlangen durfte. »Einverstanden«, sagte sie, »fahren wir zum Stachus.«

Am Stachus, ehemals außerhalb von Alt-München gelegen, inzwischen längst zu einem zentralen Platz geworden, herrschte lebhafter Betrieb. Fontänen ergossen sich aus den Brunnen. Sie waren umlagert von sommerlich gekleideten Menschen, Touristen fotografierten, Einheimische ruhten sich auf den kleinen weißen Stühlen von einem Einkaufsbummel aus, und Stadtstreicher ließen ihre Rotweinflaschen kreisen.

Beate und Frank, aus der U-Bahn kommend, mußten sich erst an das helle Licht gewöhnen. Hand in Hand umrundeten sie die Menge und bogen durch das Karlstor in die Fußgängerzone ein. Die Lokale in der Neuhauser Straße hatten Tische und Stühle im Freien aufgestellt. Sie fanden einen Platz und bestellten.

»Am meisten«, gestand Frank, »sorge ich mich um das Geld.«

»Sorgen solltest du dich überhaupt nicht, das ist nicht gut für dein Herz, und was das Geld betrifft: die Krankenhausrechnung haben wir ja schon bezahlt, und der Professor wird es sicher gnädig machen, da er ja weiß, daß du nicht versichert bist.«

»Glaubst du?«

»Ja. Ärzte verdienen gerne gut, aber das geht nicht so weit, das sie es über sich bringen, ihre Patienten zu ruinieren. Aus den Krankenkassen und den Privatversicherungen soviel wie möglich herauszuholen, steht auf einem anderen Blatt. Was mir sehr viel mehr zu schaffen macht, ist deine Gesundheit.«

»Ach, Beate, meinst du denn wirklich, daß ich mich operieren lassen muß?«

»Ich fürchte, daran führt kein Weg vorbei.«

Beate fiel auf, daß sie und Frank mitten zwischen den lachenden, schwatzenden, trinkenden und essenden Menschen miteinander so allein waren, als wären sie auf einer einsamen Insel. Keiner aus dem Strom der vorbeischlendernden Bummler und Kauflustigen konnte auch nur ahnen, was sie bedrückte, und keiner nahm auch nur Notiz von ihnen.

»Weißt du, Frank«, sagte sie, »wir sind da in eine schlimme Geschichte geraten. Aber eine gute Seite hat sie doch auch. Sie bringt uns wieder näher zusammen.« Zärtlich berührte sie mit dem Handrücken seine Wange. »Wir müssen das gemeinsam durchstehen.«

Er nahm ihre Hand und küßte sie. »In was für einen Schlamassel habe ich dich gebracht.«

»Du bist überhaupt nicht schuld.«

»Ich hätte eine Versicherung abschließen sollen.«

»Wenn ich dir doch immer wieder sage: Geld ist das kleinste Problem.«

»Ich hätte mich untersuchen lassen sollen, bevor wir heirateten. Vielleicht hätte sich das mit meinem Herzen dann schon rausgestellt.«

»Wahrscheinlich. Aber dann hätten wir die glücklichen, sorgenlosen Zeiten nie erlebt.«

»Sorglos!« Er lachte auf. »Waren wir denn je sorglos?«

»Am Anfang schon. Erinnere dich, wieviel du dir von deinem eigenen Geschäft versprochen hast.«

»Ich war ein Narr.«

»Im zweiten Jahr ist es doch sehr gut gelaufen.«

»Aber jetzt krebse ich nur noch dahin. Sag mir, Beate, was mache ich falsch? Ich habe mich, weiß Gott, abgerackert.«

»Das hast du, Liebling. Wahrscheinlich ist es einfach nur Pech. Du bist ja nicht der einzige, der reingefallen ist. Denk nur mal daran, wie viele Geschäfte in der Türkenstraße, in der Amalienpassage und Umgebung eingegangen sind, seit wir dort wohnen! Wir wußten doch beide, daß es ein Risiko war. Es wäre wirklich blöd, wenn du dir Vorwürfe machen würdest.«

»Und wie soll es jetzt weitergehen? Wenn ich nicht mehr selber ausladen kann ...«

»Auf keinen Fall, Liebling!«

»Ich komme mir vor wie ein Krüppel.«

»Unsinn. Nach der Operation wirst du wieder wie neu sein.«

Die Kellnerin kam und stellte zwei Gläser Pilsener vor sie hin. Sie prosteten sich zu und nahmen beide einen tiefen Schluck.

»Ah, das tut gut!« rief Frank. »Wunderbar! Solange es noch ein solches Bier gibt, kann die Welt nicht ohne Hoffnung sein.«

Lächelnd war die Kellnerin bei Ihnen stehengeblieben. »Wenn ich dann gleich kassieren darf ...«

»Ist gestattet!« Frank zahlte und gab, wie es seine Art war, ein großzügiges Trinkgeld.

Er lächelte Beate an. »Das ist genau das, was ich gebraucht habe.«

Sie erwiderte sein Lächeln. »Eine Wohltat!«

Frank lehnte sich zurück, blickte hinauf zu der Barockfassade der St.-Michaels-Kirche mit ihrem schönen geschwungenen Giebeln und hoch in den blauen Himmel. »Was für ein Tag! Laß uns jetzt von etwas anderem reden, ja? Wir werden noch genug Gelegenheit haben, unsere Sorgen durchzukauen.«

»Du hast ganz recht«, stimmte sie zu, aus Rücksicht auf Frank.

Aber sie wußte nur zu gut, daß nichts dadurch besser werden konnte, wenn sie versuchten, ihre Probleme totzuschweigen.

3

Du kommst zu früh!« sagte Melanie Bock, als sie Beate die Tür zu ihrer schönen, luxuriösen Wohnung in München-Bogenhausen öffnete. »Und wo sind die anderen?«

Es war jener Sonntag nachmittag im Monat, an dem der Besuch der kleinen Familie bei Beates Mutter obligatorisch war. In der Türkenstraße war sie nur ein einziges Mal gewesen. Die kleine Wohnung beengte sie, und auch Beate hatte die gewohnte Umgebung, in der sie sich sonst sehr wohl fühlte, mit den Augen ihrer eleganten Mutter gesehen und bedrückend gefunden. Ohne daß darüber gesprochen wurde, hatte man die familiären Zusammenkünfte nach Bogenhausen verlegt.

»Ach Melanie!« Beate drückte flüchtig ihre Wange an das sorgfältig zurechtgemachte Gesicht ihrer Mutter. »Nun sei doch nicht so! Frank und Florian kommen später. Ich wollte vorher allein mit dir sprechen.«

»Das hättest du ankündigen sollen. Wozu gibt es ein Telefon? Es ist unhöflich, eine halbe Stunde zu früh zu kommen. Ich hätte in der Küche sein können, im Bett oder im Bad.«

Beate spürte, daß dies ein schlechter Anfang war, und ihr Lachen, mit dem sie die Situation zu entspannen suchte, klang nicht echt. »Ich weiß doch, daß du dich niemals mittags hinlegst, niemals Kuchen backst und von früh bis spät wie aus dem Ei gepellt bist.«

»Trotzdem ...«

»Bitte, laß uns nicht streiten! Wenn du meinst, daß ich einen Fehler gemacht habe, dann entschuldige ich mich eben. Oder soll ich etwa wieder gehen?«

»Damit wäre der Schaden auch nicht behoben. Also komm schon!«

Melanie Bock ging voraus in das sehr hohe, rechteckig geschnittene Zimmer, das sie als ihren »living room« zu bezeichnen pflegte. Tatsächlich war es der Raum, in dem sie Gäste empfing. Er war streng in schwarz und weiß gehalten, modern möbliert mit gläsernen Tischen und verschiedenen Sitzgruppen. Die großen Fenster machten ihn sehr hell. Auf einem der Tische stand ein gläserner Krug mit gelben Rosen. Sie bildeten den einzigen Farbtupfer.

Abends, wenn die niedrigen Lampen ihr goldenes Licht verströmten, bildete der Raum den richtigen Rahmen für auserwählte Gäste, das wußte Beate, aber tagsüber wirkte er, so fand sie, unpersönlich, als gehörte er zu einer Luxussuite im Hotel »Vier Jahreszeiten«. Melanie verfügte noch über ein kleineres, wesentlich gemütlicheres Wohnzimmer. Aber dort empfing sie die Werders nie, weil sie fürchtete, Florian könnte eine ihrer schönen Antiquitäten beschädigen. Beate hätte die Mutter gern gebeten, jetzt mit ihr dort hinzugehen. Aber sie wußte, daß sie damit keinen Anklang finden würde und schwieg, um unnötige Auseinandersetzungen zu vermeiden.

Seit einigen Jahren hatte Melanie es sich angewöhnt, stets mit dem Rücken zum Licht zu stehen oder zu sitzen. Dabei hatte sie diese Vorsichtsmaßnahme gar nicht nötig, denn sie sah immer noch umwerfend gut aus. Jeder, der ihr wahres Alter nicht kannte, schätzte sie zehn Jahre jünger, als sie war. Ihr Gesicht war sehr sorgfältig geschminkt, mit abgestuften Lidschatten, die das Blau ihrer Augen unterstrichen – Augen übrigens, die denen Beates glichen –, getuschten Wimpern, gezupften Augenbrauen und einer überpuderten Make-up-Schicht. Das goldblond gefärbte Haar war künstlich gewellt.

Sie war, wie Beate feststellte, mit ihren fünfzig Jahren eine immer noch schöne Frau. Ihre Figur war durch die strenge Diät, die sie sich auferlegte, schlank geblieben. Als sie sich jetzt setzte und die Beine übereinanderschlug, wirkten ihre Bewegungen fast mädchenhaft, eine Folge der täglichen Gymnastik, die sie unerbittlich trieb.

Beate kam sich im Vergleich zu ihrer Mutter wie aus gröberem Holz geschnitzt vor, ein Gefühl, unter dem sie als junges Mädchen noch mehr gelitten hatte. Melanie trug ein nahtlos wirkendes Seidenkleid in einer für Beate undefinierbaren Farbe, mauve, lila oder grau, während sie selber einen weißen Leinenrock und eine blaue Bluse anhatte. Vor dem Spiegel hatte sie sich noch recht hübsch gefunden. Jetzt erkannte sie, daß sie die Eleganz der Mutter nie erreichen würde. Unwillkürlich straffte sie die Schultern. Wollte sie das denn überhaupt? So ein Unsinn! Sie hatte andere Ziele.

»Du siehst fabelhaft aus!« sagte sie spontan.

»Erzähl mir keinen Schmus! Was willst du?«

Beate setzte sich der Mutter schräg gegenüber. »Es geht um Frank ...« begann sie.

»Um was wohl sonst? In den ganzen letzten Jahren ist es um Frank gegangen.«

»Er hatte einen Angina-Pectoris-Anfall, und man hat bei

ihm gefährliche Verengungen der Herzarterien diagnostiziert. Er muß operiert werden, Melanie, sonst kommt es zum Infarkt.«

»So jung?« sagte Melanie etwas milder. »Das ist eine schlimme Geschichte.«

»Sehr schlimm.«

»Aber soviel ich weiß, läßt sich so etwas doch heutzutage reparieren«, meinte Melanie munter, »man liest ja dauernd davon in der Zeitung, ganze Herzen werden ausgewechselt. Kein Grund sich unterkriegen zu lassen, Herzchen. Dein Frank wird schon wieder werden.«

»Das hoffe ich auch, Melanie. Nur ... so eine Operation ist schrecklich teuer.« Sie sprach hastig weiter, um ihrer Mutter keine Gelegenheit zu geben, sie zu unterbrechen. »Und Frank hat es unterlassen, sich zu versichern. Du weißt, daß er sehr knapp war, als er sein Geschäft aufmachte, und er dachte, er könnte sich die Kosten sparen. Er wußte ja nicht, daß sein Herz nicht in Ordnung war.«

»Nicht versichert? Das sieht ihm ähnlich. Nur ein Trottel wie Frank kann so fahrlässig handeln.«

»Er ist kein Trottel!« verteidigte Beate ihren Mann.

»Du wirst aber doch wohl immerhin zugeben, daß das wahnsinnig leichtsinnig von ihm war!«

»Mag sein. Aber Vorwürfe helfen ihm jetzt bestimmt auch nicht weiter.«

»Und was ist mit diesem Geschäft?«

»Darüber wollte ich auch mit dir sprechen.«

»Könnte er sich nicht auf das Geschäft hin einen Bankkredit nehmen?«

»Das hat er, soviel ich weiß, schon getan.«

»Und das Geld verpulvert?«

»So darfst du nicht über ihn denken, Melanie! Er hat hart gearbeitet, aber er hat Pech gehabt.«

»Sein Konzept war falsch. Erinnerst du dich, daß ich ihm das gesagt habe? Die Türkenstraße ist nicht das richtige Pflaster für eine anspruchsvolle Herrenboutique. Da kann man Jeans verkaufen, Pullis, Sweatshirts, all den Kram, den Studenten brauchen.«

»Es gibt Studenten genug, die Geld haben!«

»Sicher. Aber wer sich modisch und teuer kleiden will, der kauft nicht in der Türkenstraße. Nicht nur der Schnitt, die Farbe, die Marke muß stimmen, sondern auch die Adresse des Geschäfts.«

»Gut, ich gebe dir recht. Du hast es von Anfang an gewußt. Aber mit Jeans und Pullis hat Frank nun mal nichts am Hut, und eine teure Miete konnte er sich nicht leisten. Er hätte auf dich hören sollen.«

»Er hätte bei mir bleiben sollen, bei ›Melanies Moden‹ auf der Maximilianstraße, da hat er hingepaßt. Aber er mußte sich ja unbedingt selbständig machen! Als wenn ein Diplom in Betriebswirtschaft im Geschäftsleben wirklich was nützen könnte! Betriebswirtschaft, daß ich nicht lache!«

»Ich weiß, Melanie, ich weiß, du hast das immer schon komisch gefunden. Aber es hat doch keinen Sinn, diese alten Geschichten jetzt wieder aufzurollen. Er braucht einfach Geld. Es geht um sein Leben. Vater würde es ihm bestimmt geben, aber seine Ersparnisse reichen nicht aus.«

»Findest du es nicht selber lachhaft, daß du den alten Herrn ›Vater‹ nennst?« Melanie hatte ihre Kinder, als ihr Mann gestorben war – das war jetzt schon fast fünfzehn Jahre her – aufgefordert, sie mit dem Vornamen zu rufen. Auch Florian sagte Melanie zu ihr, was dem Enkel-Großmutter-Verhältnis nicht gerade förderlich war.

»Wie oft soll ich dir noch erklären, daß das für mich einfach selbstverständlich ist? Ich empfinde für ihn wie für einen Vater, und ich glaube, er hat es gern so.«

»Mir scheint das eine ziemlich absurde Beziehung, aber na ja, wie man so schön sagt: chacun à son goût.« Sie wippte mit ihrem Fuß in dem schmalen Schuh aus grauem Handschuhleder. »Wieviel wird die ganze Chose denn nun kosten?«

»Darüber habe ich schon genaue Erkundigungen eingezogen!« erwiderte Beate eifrig. »Der Pflegesatz in der Klinik kommt auf zweihundertneunzig Mark, vierzehn Tage muß er mindestens bleiben, das wären dann – ich rechne jetzt mal mit dreihundert, weil es einfacher ist – viertausendzweihundert. Natürlich nur, wenn er ein Mehrbettzimmer nimmt. Dann kommen die Kosten der Herz-Lungen-Maschine während der Operation hinzu: vierzehntausend Mark ...«

Melanie fiel ihr ins Wort: »So genau wollte ich es eigentlich gar nicht wissen! Mich interessiert nur die Gesamtsumme.«

»Sofort! Die ärztlichen Kosten, also Chirurgie, Röntgenologie, Anästhesie und Labormedizin werden zusammen etwa zwölftausend Mark ausmachen.«

»Also braucht ihr so um die dreißigtausend Mark«, stellte Melanie fest, die eine schnelle Rechnerin war.

»Ja, Melanie! Bitte!«

»Mein liebes Kind, das kannst du unmöglich von mir verlangen.«

»Mutter!«

»Erinnere dich, daß wir eine Abmachung getroffen haben. Ich habe Frank das Kapital zur Eröffnung seines Geschäfts gegeben, und du hast dafür ausdrücklich auf deinen Erbanspruch und auf jede weitere Unterstützung verzichtet. Nein, Beate, das wäre äußerst ungerecht Irene gegenüber, die bisher noch nichts von mir bekommen oder genommen hat.«

Irene, zwei Jahre älter als Beate, war ihre Schwester. Immer noch unverheiratet, verdiente sie sich ihren Lebensunterhalt als Sekretärin in Hannover. Beate war sich durchaus nicht sicher, ob die Mutter ihr nicht beim Erwerb einer Eigentumswohnung geholfen hatte. Aber da sie dafür keinen Beweis hatte, wollte sie nicht damit argumentieren.

»Wenn du uns das Geld nur leihen würdest!« flehte sie.

»Und wovon willst du es mir zurückgeben? Wann du endlich dein Studium abgeschlossen haben wirst, steht in den Sternen.«

»O nein! Diesen Herbst kommt Florian in den Kindergarten und ...«

»Selbst wenn du fertig bist, wirst du nicht automatisch eine Stellung kriegen, und daran, daß du mir das Geld zurückgeben kannst, ist dann immer noch nicht zu denken. Frank und du, ihr seid erwachsene Menschen. Ihr müßt endlich lernen, euch allein durchzuschlagen. Mit dem Kapital, das ich ihm für sein Geschäft gegeben habe, hätte er sich mehr als dreimal am Herzen operieren lassen können. Aber wo ist es jetzt? Futsch, nehme ich an. Hätte er anständig gewirtschaftet, müßte er es inzwischen verdoppelt haben, statt dessen ...«

»Melanie, wie oft soll ich dir noch sagen: es ist nicht seine Schuld!«

»Daß er es mit Absicht gemacht hat, glaube ich ja gar nicht. Aber er hat sich übernommen. Man kann kein eigenes Geschäft eröffnen, wenn man über kaum mehr als die Kenntnisse eines Lehrlings verfügt. Dies alles habe ich vorausgesehen. Ich hätte mein sauer verdientes Geld genausogut in die Isar werfen können, das habe ich von Anfang an gewußt.«

»Du bist sehr hart.«

»Nein, Beate, Frank tut mir sogar leid. Ich verstehe nichts von Medizin, aber ich könnte mir vorstellen, daß das ständige Bewußtsein, eine Verantwortung auf sich geladen zu haben, der er nicht gewachsen war – nicht gewachsen sein konnte – sein Herz kaputtgemacht hat.«

»Was sollen wir jetzt bloß tun?«

»Schließt den Laden.«

»Frank hängt an ihm.«

»Ich sage dir: er wird erleichtert sein, wenn er ihn los ist.«

»Aber ich kann ihm doch nicht gerade jetzt mit so etwas kommen. Er muß jede Aufregung vermeiden.«

»Sieh wenigstens mal mit ihm zusammen seine Bücher durch.«

»Ich verstehe nichts davon.«

»Beate, du verfügst über einen gesunden Menschenverstand. Es ist doch nicht weiter schwer, Einnahmen und Ausgaben miteinander zu vergleichen. Oder soll ich es tun?«

»Das wäre eine Demütigung für ihn.«

»Dann soll er sich mit seinem Vater zusammensetzen, aber bald. Es ist noch sechs Wochen bis zum Sommerschlußverkauf. Wenn er jetzt einen Räumungsverkauf arrangiert, kann er seine Ware womöglich noch mit einigem Gewinn abstoßen. Natürlich muß er auch sofort alle Bestellungen stornieren. Einen Teil seiner Ware – würde ich sogar für mein Geschäft übernehmen, natürlich auf Kommissionsbasis. Es müßte doch mit dem Teufel zugehen, wenn dann nicht wenigstens die dreißigtausend, die er braucht, herausspringen werden.«

»Vielleicht hast du recht«, sagte Beate niedergeschlagen.

»Bestimmt sogar! Wenn ihr damals auf mich gehört hättet, wäre das alles nicht passiert.«

»Bitte, mach ihm keine Vorhaltungen! Er braucht gar nicht zu wissen, daß ich dir von unserer Misere erzählt habe.«

»Warum, glaubt er denn, wolltest du mich unter vier Augen sprechen?«

»Ich habe es ihm nicht gesagt, schon deshalb, weil ich keine falschen Hoffnungen in ihm wecken wollte.« Beate stand auf. »Ich will jetzt mal den Tisch decken. Sie müssen jede Minute kommen.«

»Einen Augenblick Herzchen! Ich möchte dir noch etwas sagen. Ich weiß, daß du dich nicht für Mode interessierst. Mein Geschäft hat dir so wenig bedeutet wie Franks. Aber jetzt mußt du dich mal hineinknien. Mach du den Räumungsverkauf. Hugo kann dir dabei helfen. Laß Frank ganz aus dem Spiel. Es wäre für ihn sicher nicht angenehm mitzuerleben, wie sein Traum zerplatzt. Wenn erst alles überstanden ist, wird er erleichtert sein.«

»Aber ich weiß nicht ...«

»Wie man so etwas anfängt? Du setzt die Preise herab, aber nur so weit, daß noch eine ordentliche Gewinnspanne bleibt. Alle drei Tage gehst du ein bißchen mehr herunter, und zum Schluß wird dir wahrscheinlich nichts anderes übrigbleiben, als den traurigen Rest unter dem Einkaufspreis loszuschlagen.«

Es klingelte an der Wohnungstür.

»Morgen abend komme ich zu euch, und wir sehen uns sein Lager an. Dann besprechen wir die Einzelheiten.«

»Danke, Melanie«, sagte Beate bedrückt.

Es fiel ihr schwer zu lächeln, als sie ihren beiden Männern öffnete. Aber als sie sie vor sich sah, beide feingemacht, Frank in einem gutsitzenden hellgrauen Seidenanzug, Florian mit Lord Fountleroy-Kragen, wurde ihr wieder warm ums Herz.

»Wie lieb ich euch habe!« rief sie spontan und gab beiden einen Kuß. »Jetzt werdet ihr einen schönen Diener vor Melanie machen, und ich gehe in die Küche und sehe nach, was sie Gutes für uns hat!«

Erst am Abend, als Florian eingeschlafen war, hatten Beate und Frank Gelegenheit, miteinander zu sprechen.

Sie saßen zusammen in ihrem gemütlichen kleinen Wohnzimmer, dessen Einrichtung sie billig und originell vom Sperrmüll und bei Trödlern zusammengesucht hatten. Es gab einen Nierentisch, Sessel aus Kunststoff mit vielen bunten, selbstgenähten Kissen, Lampen im Jugendstil, eine hell gebeizte Kredenz, auf der der Fernseher stand, einen rechteckigen Bistrotisch mit Marmorplatte und dazugehörigem Stuhl, Beates Arbeitsplatz, und ein von Frank selbst gezimmertes, ein wenig windschiefes Regal voller Bücher. An den Wänden hingen Poster von Toulouse-Lautrec. Das einzig Wertvolle in diesem Raum war ein dicker weißer Berber, der den Fußboden fast völlig bedeckte, ein Hochzeitsgeschenk Dr. Werders. Die Vorhänge, auf die Farben der Kissen abgestimmt, waren zugezogen.

»Melanie weigert sich, uns das Geld für die Operation auch nur vorzustrecken«, mußte Beate bekennen.

»Das hätte ich dir gleich sagen können. Du hättest sie gar nicht darum fragen sollen.«

»Sie meint, ich sollte deine Bücher mit dir durchsehen.« Als sie sah, wie sein Gesicht sich verdüsterte, fügte sie rasch hinzu: »Aber das kann ich nicht und will ich nicht, und das habe ich ihr auch gesagt. Bitte, Frank, laß uns in aller Ruhe miteinander reden. Du weißt, du darfst dich nicht aufregen, und dafür besteht auch gar kein Grund. Wir lieben uns, und das ist doch die Hauptsache.«

»Haben wir noch ein Bier im Kühlschrank?«

»Ich glaube schon.« Beate wollte aufstehen.

»Bleib sitzen. So invalide bin ich nun doch nicht, daß ich mir mein Bier nicht selber holen könnte.«

»Ich wollte dich bloß ein bißchen verwöhnen.«

Er schenkte ihr sein offenes, zärtliches Lächeln, das sie immer wieder verzauberte. »Du verwöhnst mich durch deine Gegenwart.« Er ging hinaus und kam bald mit einem Glas und einer geöffneten Flasche zurück. »Was meint sie noch, die gute Melanie?« fragte er, während er behutsam eingoß.

»Daß Vater die Bücher mit dir durchsehen könnte.«

»Dazu brauche ich keine Hilfe.« Er trank durstig.

»Was soll das heißen?«

»Du weißt, daß ich nicht einmal die Miete für die Wohnung zusammenkratzen konnte. Sagt dir das nicht genug?«

»Dann hat Melanie vielleicht doch recht.«

»Womit?«

»Komm, Liebling, setz dich wieder und bleib ganz ruhig.«

»Wenn ich bloß eine Zigarette hätte!«

»Kommt nicht in Frage. Willst du ein Kaugummi?«

»Zum Bier?«

»Warte, ich hole dir ein paar Salzstangen.«

»Laß nur.« Frank nahm wieder Platz. »Womit hat Melanie recht?«

»Sie schlägt vor, daß wir einen Totalausverkauf machen sollen.«

Er blieb ganz still.

Sie betrachtete ihn besorgt, fand, daß er blasser geworden war. Die Pupillen seiner dunklen Augen waren furchtsam geweitet, und er preßte seine Lippen zusammen, um zu verbergen, daß sie bebten.

»Nimm's nicht tragisch, Liebling«, bat sie, »bitte nicht!«

»Das Geschäft aufgeben? Wovon sollen wir dann leben?«

»Das wird sich alles finden, Frank. Sei doch ehrlich: du hast in der letzten Zeit so gut wie nichts verkauft, und wenn, dann an irgendwelche Freunde, die es billiger haben wollen. Ich weiß doch, wie gutmütig du bist.«

»Ich kann doch nicht an meinen Freunden verdienen.«

»Das verstehe ich ja. Wenn du genügend echte Käufer hättest, die den vollen Preis zahlen, würde es ja auch gar nichts ausmachen. Ich kenne mich da nicht aus, aber ich nehme an, dein Lager ist noch voll von Frühjahrsbeständen, und für den Sommer hast du auch längst geordert.«

Er nickte stumm.

»Wäre es dann nicht wirklich das vernünftigste, du würdest die Ware stornieren, die noch nicht geliefert worden ist?«

»Ich weiß nicht, ob das überhaupt möglich ist.«

»Aber bestimmt, Frank. Wenn du deinen Lieferanten klipp und klar sagst, daß du aufgeben willst, werden sie ihre Sachen lieber behalten, als ihrem Geld hinterherlaufen wollen, das sie vielleicht doch nicht mehr bekommen können. Das mußt du ihnen deutlich machen.«

»Wie stehe ich dann da?«

»Wie schon, Frank? Heutzutage ist doch so etwas keine Ehrensache mehr. Täglich machen Firmen Konkurs oder melden Vergleich an. Das will dir ja niemand zumuten. Wir wollen ja nur versuchen, deine Bilanz in Ordnung zu bringen.«

»Ach, Beate ...«

»Was ist, Liebling?«

»Ich fürchte, das bricht mir das Herz.«

»Es ist ja bloß ein Geschäft, Liebling, auch wenn es den hochtrabenden Namen Boutique trägt, ein Laden, nichts weiter. Was soll schon sein. Du hast es falsch angepackt. Jeder muß mal Lehrgeld zahlen. Später, wenn du erst wieder ganz gesund bist, fängst du was Neues an.«

»Das sagst du so.«

»Ich denke es auch. Vielleicht kriegen wir ja schon bei dem Totalausverkauf genügend heraus für einen neuen Anfang. Wenn du auch wenig verdient hast, kannst du doch nicht alles verloren haben.«

Er schwieg.

»Melanie kommt übrigens morgen abend und wird sehen, was sie auf der Maximilianstraße verkaufen kann. Sie hält große Stücke auf deinen Geschmack und deinen Sinn für Qualität, das hat sie ausdrücklich gesagt.«

»Es ist alles so hoffnungslos.«

»Überhaupt nicht.« Sie legte ihre Hand auf seine Brust. »Das kommt dir alles nur so vor, wahrscheinlich, weil dein Herz nicht gesund ist! Wenn wir jetzt kurzen Prozeß machen, wirst du dich wieder besser fühlen. Ein Ende mit Schrecken ist immer besser als ein Schrecken ohne Ende. Das ist nicht nur so ein dummes Sprichwort. Melanie meint, wenn du das Geschäft erst loswärst, würdest du dich erleichtert fühlen.«

»Melanie, ja, die gute Melanie, sie weiß immer, was Sache ist.« Franks Lächeln war kläglich.

»Du kannst gegen sie sagen, was du willst, eine gute Geschäftsfrau ist sie allemal.«

»Und sie hat von Anfang an gewußt, daß es schieflaufen würde. Jetzt triumphiert sie natürlich.«

»Das meinst du doch nicht im Ernst? Schon um meinetwillen wäre es ihr bestimmt lieber, wenn deine Boutique florieren würde.«

»Damit du nicht mehr Nachtdienst machen müßtest?«

»Ach was, das tu ich doch gerne.«

Mit einem Anflug von Energie knallte Frank sein leeres

Glas auf die Resopalplatte des Nierentisches. »Ich gebe zu, es klingt ganz vernünftig, was ihr beide da ausgeheckt habt, aber ich kann das nicht. Ich bringe es nicht über mich. Bisher ist es ja gegangen – na schön, in den letzten drei Monaten war es lausig – warum sollte es nicht weitergehen? Vielleicht kriegen wir einen schönen Sommer, einen guten Herbst. Jedes Geschäft kann doch mal in eine Krise geraten. Aber das heißt doch nicht, daß man gleich aufgeben muß.«

»Wir brauchen Geld für deine Operation.«

»Ach das!« Er machte eine wegwerfende Handbewegung.

»Es ist lebenswichtig für dich, viel, viel wichtiger als dein dummes Geschäft. Von allem anderen mal abgesehen: wenn du in der Klinik bist, kannst du dich nicht um den Laden kümmern, und hinterher fällst du wahrscheinlich auch noch wochenlang aus. Jetzt ist der Zeitpunkt gekommen, einen Schlußstrich zu ziehen. Bitte, sieh es doch ein!«

»Ich bringe es nicht über mich.«

»Dann werde ich es in die Hand nehmen. Gib mir die Liste deiner Lieferanten, und ich werde gleich morgen früh herumtelefonieren. Du mußt nur die Genehmigung für den Räumungsverkauf einholen. Darin kenne ich mich nicht aus.«

»Wenn es sein muß ...« sagte er unglücklich.

»Es muß.«

»Aber dann bleibt immer noch der Ausverkauf.«

»Den übernehme ich.« Sie schenkte ihm den Rest des Bieres ein.

»Das kannst du nicht.«

»O doch. Wenn man will, kann man so ziemlich alles. Ich werde Vater zur Hilfe nehmen, und Melanie wird mich bestimmt beraten.«

»Und ich soll dabeistehen und zusehen? Das mutest du mir zu?«

»Im Gegenteil! Ich bin der Meinung, du solltest eine Weile verschwinden, bis der ganze Spuk vorbei ist. Ich habe mir das schon überlegt. Du fährst mit Florian zu deiner Mutter. Sie wird hocherfreut über euren Besuch sein. Sie klagt ja immer wieder, daß sie euch viel zu selten sieht.«

Franks Mutter hatte sich, als er sein Studium begonnen hatte, von seinem Vater scheiden lassen und bald darauf einen zehn Jahre jüngeren Mann geheiratet. Peter Rademacher, einen Bauingenieur, der auch wohl der eigentliche Scheidungsgrund gewesen war. Nach kurzer Ehe war Rademacher mit seinem Auto tödlich verunglückt, und seine Witwe war nach Kirchdorf gezogen, einem winzigen Ort am Fuß der oberbayerischen Berge. Beate war immer der Meinung gewesen, daß es schöner für sie gewesen wäre, wenn sie sich höher im Gebirge niedergelassen hätte. Jetzt aber war es ihr lieb und recht, daß Frank dort spazierengehen konnte, ohne Steigungen nehmen zu müssen.

»Zu meiner Mutter?« sagte Frank unschlüssig. »Na, ich weiß nicht.«

»Sie hängt sehr an dir.«

»Dann hätte sie nicht ...«

»Fang nicht wieder mit dieser alten Geschichte an! Sie hat deinen Vater ja erst verlassen, als du erwachsen warst. Daß er nichts mehr von ihr wissen will, kann ich verstehen. Aber du bist und bleibst nun mal ihr Sohn, und sie hat wirklich viel zu wenig von Florian.«

»Ich weiß gar nicht, was ich mit ihr reden soll.«

»Nicht über das Geschäft auf alle Fälle, denn du sollst dich ja nicht aufregen und nicht kränken. Plaudere mit ihr über deine Kindheit, kramt Erinnerungen aus. Das gibt genug Gesprächsstoff. Schließlich habt ihr zwanzig Jahre zusammengelebt.«

Frank leerte sein Glas. »Vielleicht könnte es wirklich ganz nett werden.«

»Bestimmt sogar. Florian und du solltet eine richtige Sommerfrische daraus machen. Seit wir uns kennen, hast du keinen Urlaub mehr gemacht, und dem Kleinen wird eine Erholung auf dem Land auch gut tun. Für ihn fängt ja im Herbst der Ernst des Lebens an.«

»Weißt du was? Ich rufe sie jetzt gleich mal an.«

»Gute Idee. Dann werden wir wissen, ob ich nicht ins Blaue hinein geplant habe.«

Frank stand auf und ging in den Raum hinüber, den sie ein wenig zu großartig ihr Eßzimmer zu nennen pflegten. Tatsächlich war es nur eine geräumige Nische, in der es einen Bauerntisch gab, an drei Seiten von einer Eckbank umgeben. Die dritte Seite war zu der winzigen Diele vor der Haustür hin offen. Wenn sie nicht dort aßen, was nur an Sonn- und Feiertagen geschah, stand auf dem Tisch das Telefon, so daß man das Klingeln in allen Zimmern hören konnte.

Obwohl Frank die Tür offen gelassen hatte, gab sich Beate Mühe nicht zuzuhören. Sie empfand es als indiskret, die Unterhaltung mit seiner Mutter zu belauschen.

Nach einer Weile rief Frank sie. »Mutter will dich sprechen!«

Beate nahm den Hörer entgegen.

Frau Rademacher war ganz aufgeregt. »Was für eine wunderbare Idee, daß Frank mich mit Florian besuchen will! Warum kommst du nicht auch mit, Beate? Ich habe mir schon so lange gewünscht, dich besser kennenzulernen.«

»Ich würde es ja gerne, Ilse, aber ich kann nicht fort von hier.«

»Wirklich nicht? Wie schade.«

Ihr Bedauern klang nicht ganz echt, aber Beate hatte das nicht anders erwartet. Ihr war klar, daß Ilse Rademacher lieber mit ihrem Sohn und Enkel allein sein wollte.

»Frank ist überarbeitet«, erklärte sie, »er braucht dringend Erholung. Füttere ihn nicht zu gut, und Alkohol trinken sollte er auch so wenig wie möglich. Auf Zigaretten muß er ganz verzichten, auf Bergwanderungen auch.«

»Ist er denn krank?« fragte Ilse Rademacher erschrocken.

»Sein Herz ist nicht ganz in Ordnung.«

»Du lieber Himmel! Seid ihr sicher?«

»Er war beim Arzt.«

Ilse hatte sich schon wieder gefaßt. »Auf alle Fälle bin ich froh, daß er mich besuchen kommt! Wann?«

»Nächsten Sonntag. Wir telefonieren vorher noch.«

»Willst du sie nicht wenigstens begleiten?«

»Ja, vielleicht. Soll ich dir Frank noch einmal geben?«

»Nicht nötig. Danke für den Anruf und auf Wiederhören. Gib Florian ein Bussi von mir, ja?«

Beate legte auf und drehte sich zu Frank um. »So, das wäre geritzt.«

»Mußt du allen Leuten auf die Nase binden, daß ich nicht gesund bin?« fragte er, leicht verärgert.

»Nicht allen Leuten, sondern nur den Verwandten. Außerdem wirst du zugeben müssen, daß ich es wirklich nicht dramatisch gemacht habe.«

»Stimmt!« sagte er, rasch versöhnt. »Sei nicht böse, Liebes, aber dieses ewige Gerede von meiner Krankheit macht mich ganz nervös. Ich hatte schon befürchtet, du würdest versuchen, sie anzupumpen.«

»Deine Mutter? Aber die hat doch selber nichts außer ihrem kleinen Auto, und das hat sie gebraucht gekauft, und es ist heute keine tausend Mark mehr wert.«

»Ja, sie hat sich ihre Liebe was kosten lassen.«

»Das gehört sich auch so!« behauptete Beate und gab ihm einen zärtlichen Kuß. »Und was machen wir jetzt? Hast du Lust zum Fernsehen?«

»Was gibt es denn?«

»Keine Ahnung. Aber am Sonntag abend sollte sich doch etwas finden lassen.«

4

An einem der nächsten Tage verabredete Beate sich mit Günther Schmid. Sie mußte ihn bitten, während des Totalausverkaufes ihre Nachtwachen zu übernehmen. Da sie selber ihn schon häufig entlastet hatte, sah sie darin keine Schwierigkeit.

Sie wollten sich während Florians Nachmittagsschlaf in der »Oase« treffen, einem kleinen Bierlokal in der Amalienpassage, das hauptsächlich von Studenten besucht wurde. Als Beate von der Türkenstraße her in den Innenhof trat, entdeckte sie Günther sofort, obwohl er mit dem Rücken zu ihr saß und in einer Zeitung blätterte. Da die Sonne schien, hatte man Tische und Stühle vor die »Oase« gestellt, und Günther hatte es vorgezogen, im Freien Platz zu nehmen. Er war größer als die anderen jungen Leute, breitschultrig, und sein helles Haar schimmerte im Licht.

Sie trat auf ihn zu und legte ihm die Hand auf die Schulter. »Hallo!«

Günther sprang auf. »Entschuldige, aber ich hatte dich noch nicht erwartet.« Hastig faltete er seine Zeitung zusammen.

Sie lächelte zu ihm auf. »Aber du weißt doch, daß ich überpünktlich bin.«

»Das ist etwas, das uns beide auszeichnet«, stimmte er ihr zu.

»Schön, daß du mir einen Stuhl freigehalten hast«, sagte sie und nahm auf einem der kleinen grauen Stahlsessel Platz.

Auch er setzte sich. »War gar nicht so einfach. Fast hätte ich Gewalt anwenden müssen. Die grünen Semester haben keinen Respekt mehr vor dem Alter.«

Tatsächlich war der Platz vor dem Schaufenster, durch das man in das Innere des Lokals blicken konnte, bis zu dem Brunnen in der Mitte des Hofes völlig besetzt. Es herrschte ein fröhliches Stimmengewirr. Zum Glück waren die beiden Stühle, die noch zum Tisch gehörten, von einer größeren Clique entführt worden, die beieinander sein wollte. So blieben Beate und Günther unter sich.

»Hast du schon bestellt?« fragte Beate.

»Ja. Ein Pils.«

»Mir auch eins, bitte.«

Er musterte sie mit seinen kühlen grauen Augen. »Du siehst komisch aus, Beate. Natürlich bist du schön wie immer, aber irgendwie komisch.«

»Sieht man mir an, daß ich Sorgen habe? Das wäre ganz schlecht«, sagte sie erschrocken.

»Nein, nein, aber du scheinst vor Energie zu glühen.«

»Klingt schon besser.«

»Na, dann erzähl mal dem guten Onkel Günther, was du auf dem Herzen hast.«

Wie meist, wenn er sich »Onkel« nannte, mußte sie lachen, und das war es wohl auch, was er hatte bewirken wollen. Er war gerade so alt wie sie, aber da er gleich nach dem Abitur und völlig unbehindert hatte studieren können, wesentlich weiter: er arbeitete schon an seiner Dissertation.

»Du bist lieb, Günther«, sagte sie und legte mit einer kleinen Geste der Dankbarkeit ihre Hand auf seinen Arm.

Unerwartet zuckte er zusammen, und sie zog die Hand zurück. Er trug ein verschossenes blaues Polohemd, das über der Brust spannte und die kräftigen, braun gebrannten Unterarme freigab. Sie hatte seine nackte Haut mit den flimmernden blonden Härchen berührt.

»Entschuldige, bitte«, sagte sie.

»Gib lieber zu, daß es dir kein bißchen leid tut. Du legst es doch immer darauf an, mich zu irritieren, du Mistbiene.«

»Und du versuchst wieder einmal, mit mir zu streiten. Dabei solltest du aus Erfahrung wissen, daß ich nicht darauf stehe.«

Sie funkelten sich an.

Dann lachte er plötzlich auf. »Weißt du, daß du der einzige Mensch bist, der mich auf die Palme bringen kann?«

»Glaub' ich nicht.«

»Außer meiner Mutter, zugegeben. Die hat's auch drauf.«

Ein schlankes junges Mädchen stellte ein Glas Pilsener vor

Günther auf den Tisch, den sie vorher mit einem karierten Tuch abgewischt hatte. Beate bestellte.

»Da, trink!« sagte er und schob das Glas zu ihr hin.

»Es ist deins.«

»Ich sehe dir doch an, daß du Durst hast, und bis das Nächste kommt, dauert es mindestens fünfzehn Minuten.«

Beate ließ sich nicht länger bitten und nahm einen kräftigen Schluck. »Ah!« sagte sie und: »Danke!« Sie wischte sich mit dem Handrücken den Schaum von der Oberlippe.

Dann trank auch er. »Schön wär's, wenn man einfach hier so sitzen bleiben und sich vollaufen lassen könnte. Eines Tages werde ich das auch tun. Ich habe es mir fest vorgenommen.«

»Es paßt nicht zu dir«, behauptete Beate, »du bist ein nüchterner Mensch.«

»Mit einer ungeheuren Sehnsucht, über die Stränge zu haun! Am liebsten mit dir, Beate.«

»Für diesen Vorschlag – falls es ein Vorschlag sein sollte – hast du dir den denkbar falschesten Zeitpunkt ausgewählt.«

»Ach ja, du wolltest mir was berichten.«

»Könntest du in den nächsten Wochen meine Nachtwachen übernehmen?«

»In Ordnung. Dann springst du in den Semesterferien für mich ein.«

»Danke, Günther.«

»Ist doch selbstverständlich. Ich nehme an, du willst verreisen?«

»Nein.«

»Was denn?«

»Ist doch nicht wichtig.«

»Hattest du nicht vorhin was von Sorgen gemurmelt? Oder sollte ich mich verhört haben?«

»Nein.«

»Also, spuck's heraus, Mädel! Du weißt, der gute Onkel Günther ist immer für dich da.«

Diesmal lachte sie nicht. »Du kannst mir doch nicht helfen.« Mit niedergeschlagenen Augen zeichnete sie unsichtbare Linien auf die weiße Tischplatte. »Aber zuhören, und das kann auch schon ganz nützlich sein.«

Beate hob den Blick. Er war ein so guter Freund, und sie kannte ihn schon so lange, noch bevor Frank in ihr Leben getreten war. Sie mochte keine Geheimnisse vor ihm haben. Sehr sachlich und darum bemüht, ihren Mann nicht schlechtzumachen, erzählte sie, was passiert war und was sie sich vorgenommen hatte.

Günther war tatsächlich ein guter Zuhörer; er gab keinen Kommentar ab, sondern ermutigte sie nur hin und wieder mit Zwischenfragen.

»So steht's also«, schloß sie ihren Bericht.

Er schwieg eine Weile, dann erklärte er mit Entschiedenheit: »Ich finde das nicht richtig!«

»Wieso? Das verstehe ich nicht.«

»Dein Mann sollte imstande sein, mit seinen eigenen Schwierigkeiten fertig zu werden.«

Sie sah ihn erst verdutzt an, dann lachte sie auf. »Du bist mir ein schöner Arzt! Wirst du das später auch deinen Patienten erzählen? ›Sehen Sie zu, wie Sie selber mit Ihren Schwierigkeiten fertig werden!‹?«

»Als Arzt muß man natürlich helfen, aber du bist nicht seine Ärztin.«

»Als Mensch muß man nichts für die anderen tun? Ich bin seine Frau!«

»Kein Grund, dich für ihn aufzuopfern. Ich sehe das nun schon seit Jahren mit an, wie du dich abrackerst, weil er nicht imstande ist, die Kohlen für euch ranzuschaffen. Na schön, ich will nicht so tun, als ob ich das könnte. Sicher ist es auch nicht mal seine Schuld, daß das Geschäft ein Reinfall geworden ist. Jetzt sollte er aber wenigstens die Sache selber ausbaden.«

»Sein Herz ...«

»Ach was! Es laufen 'ne Menge Leute mit verengten Coronararterien herum, nur wissen es die meisten nicht, und die es wissen, haben ihr Nitro dabei. Kein Grund, ihn so zu verhätscheln, Beate.«

»Er würde die Aufregung des Ausverkaufs nicht verkraften, ganz davon abgesehen, daß es auch körperlich eine ziemliche Plackerei werden wird.«

»Die du auf dich nimmst!«

»Ich kann es, Günther, und ich werde meinen Schwiegervater einspannen und überhaupt jede Hilfe annehmen, die sich mir bietet. Es wäre übrigens nett, wenn du dich auch mal blicken ließest.«

»Als Käufer oder als Helfer?«

Sie lächelte ihn an. »Als beides.«

»Ganz schön raffiniert.«

»Aber nicht doch. War ja nur ein Vorschlag.«

Die Kellnerin brachte das zweite Glas Pils, und Beate und Günther zahlten, jeder für sich.

»Jetzt hast du den ersten Schluck«, sagte Beate.

Er zierte sich nicht, sondern trank. »Daß du über die Runden kommst«, sagte er, nachdem er das Glas abgesetzt hatte, »bezweifle ich nicht, Beate. Aber es ist einfach psychologisch falsch. Du tust ihm nichts Gutes, wenn du ihn jetzt entlastest.«

»Frank ist kein Kind mehr, das erzogen werden muß.«

»Wenn mir so etwas passiert wäre, würde ich darauf bestehen, es durchzukämpfen.«

»Das hätte er ja auch nur zu gern getan, Günther«, erklärte Beate nicht ganz wahrheitsgemäß, »aber ich ... ich wollte es nicht, verstehst du? Ich könnte es mir nie verzeihen, wenn er zusammenbrechen würde. Kannst du mir etwa garantieren, daß das nicht passiert?«

»Es wäre nicht deine Schuld. Er hätte es sich selber zuzuschreiben.«

Sie blickte an ihm vorbei. »Günther, es tut mir leid, aber

merkst du nicht selber, daß wir da in ein ganz, ganz unfruchtbares Gespräch geraten sind?«

»Das alles hätte nicht so kommen müssen«, behauptete er.

»Hinterher ist man immer klüger.«

»Ich war ein Dummkopf.«

Jetzt sah sie ihn an. »Tatsächlich?«

»Beate, erinnerst du dich an die Zeit, als es Frank noch nicht gab ... nicht in deinem Leben, meine ich?«

»Natürlich.«

»Damals hatte ich den Eindruck, daß du mich mochtest.« Sie hielt dem Blick seiner grauen Augen stand. »Ich mag dich immer noch.«

»Wenn ich mich damals etwas mehr um dich bemüht hätte ...«

»Aber das hast du nicht getan«, unterbrach sie ihn, »du hast dich überhaupt nicht ›bemüht‹, wie du es jetzt nennst, sondern bist, im Gegenteil, immer auf Abstand erpicht gewesen.«

»Weil ich so in dich verknallt war!«

Sie errötete. »Eine überraschende Eröffnung, muß ich schon sagen.«

»Tu nicht so, als hättest du nichts bemerkt.«

»Na ja«, gab sie zu, »manchmal hatte ich den Verdacht. Aber dann hatte ich das Gefühl, ich machte mir etwas vor. Ich war mir nicht sicher.«

»Genau das wollte ich.«

»Warum?«

»Du warst kein Mädchen, mit dem man – nur so – ein Techtelmechtel anfangen kann, und eine feste Bindung wollte ich um keinen Preis eingehen. Erst nachträglich habe ich eingesehen, daß das eine Riesendummheit von mir war.«

»Vielleicht auch nicht, Günther. Wir kennen doch beide diese Studentenpaare mit ihren Haufen von ungelösten und unlösbaren Problemen.«

»Du hättest so gut zu mir gepaßt, Beate, viel besser als zu Frank!«

Ihr weiches, rötlich blondes Haar flog um ihr Gesicht, als sie den Kopf schüttelte. »Das glaube ich nicht, Günther!«

»Gib zu, daß ich dich damals hätte erobern können!«

»Ja. Vielleicht. Ich weiß nicht. Du hast es ja nie versucht.«

»Aber ich weiß es. Ich bin mir dessen ganz sicher.«

»Das sind doch alles Spekulationen, Günther, die zu gar nichts führen. Frank wußte sofort, daß ich die Richtige für ihn war, und er hatte keine Angst vor einer Bindung. Auch ich habe keine Sekunde an dich gedacht, als ich ihn kennenlernte. Selbst wenn wir beide damals zusammengewesen wären, hätte ich dich wahrscheinlich Franks wegen verlassen.«

»Unsinn! Nur meine superklugen Überlegungen waren schuld daran, daß ich dich verloren habe.«

Sie leerte ihr Glas und sah auf ihre Armbanduhr. »Selbst wenn es so gewesen wäre, wie du es dir nachträglich zurechtlegst, warum rückst du ausgerechnet heute damit raus? In all den vergangenen Jahren hast du niemals auch nur ein Wort davon erwähnt.«

»Weil ich nicht wieder zu spät kommen will, Beate. Falls du deinen Mann verlierst, will ich Nummer eins auf deiner Liste sein.«

Sie wurde blaß. »Du spekulierst auf seinen Tod? Eine solche Roheit hätte ich dir nie zugetraut. Das ist brutal.« Sie war aufgesprungen.

Er packte ihr Handgelenk. »Du verstehst mich falsch. An seinen Tod habe ich gar nicht gedacht. Wir wissen doch beide, daß er mit seinen verengten Arterien bis ins Greisenalter überleben kann. Aber ich habe den Eindruck, daß es in eurer Ehe knackst. Es wird nicht lange mehr dauern, bis du merkst, daß er nicht der richtige Partner für dich ist. Dann denk an mich, ja? Bitte!«

»Du scheinst mir nicht ganz richtig im Kopf zu sein!« erwiderte sie heftig. »Laß mich los!«

Er tat es, weil er merkte, daß sie bei den anderen Gästen Aufmerksamkeit erregten. »Jetzt bist du wütend auf mich«, bemerkte er reuig, aber doch mit einer Spur von Genugtuung.

»Das könnte dir so passen! Dabei weißt du genau: Ich kann es mir gar nicht leisten, mir Feinde zu schaffen. Also bis bald dann! Wir telefonieren zusammen.«

Er sah ihr nach, wie sie davonging. Das kunstvoll gelegte Pflaster machte ihr nicht zu schaffen, denn sie trug Leinenschuhe ohne Absatz. Sie ging mit den weit ausholenden elastischen Schritten, die er so sehr an ihr liebte, und das rotblonde Haar flog ihr um den Kopf.

Erst als sie seinem Blickfeld entschwunden war, stand er auf und machte sich durch die anderen Höfe der Passage in Richtung Amalienstraße davon.

Beate hätte ihren Mann am Sonntagvormittag gern wenigstens bis Rosenheim begleitet. Aber Ilse Rademacher, die Sohn und Enkel dort vom Zug abholen wollte, wäre sicherlich beleidigt gewesen, wenn Beate nicht wenigstens zum Mittagessen nach Kirchdorf gekommen wäre. Das aber hätte für Ilse eine nochmalige Fahrt nach Rosenheim und zurück bedeutet, was Beate ihr nicht zumuten wollte. Dennoch war sie äußerst besorgt, wenn sie daran dachte, daß Frank unterwegs einen erneuten Angina-Pectoris-Anfall bekommen könnte. Aber sie unterdrückte ihre Angst, um Frank nicht noch mehr zu verunsichern, und gab sich heiter und ausgeglichen, als sie die beiden zum Zug begleitete.

»Man könnte meinen, du bist froh, daß du uns los bist«, sagte Frank stirnrunzelnd, als sie das Gepäck aufgegeben hatten.

»Dummkopf!« Sie gab ihm einen raschen Kuß. »Ich bin nur froh, daß ihr eine schöne Zeit haben werdet. Laß dir nicht einfallen, die Koffer selber zum Auto zu bringen. Das soll deine Mutter machen.«

»Sie wird mich für einen Flegel halten.«

»Niemand, der dich kennt, käme auf diese Idee! Und ruf mich an, sobald ihr in Kirchdorf gelandet seid. Du erreichst mich im Geschäft.« Sie brachte die beiden bis in ihr Abteil und küßte sie zum Abschied. »Ihr wollt doch sicher nicht, daß ich auf dem Bahnsteig warte, bis der Zug abfährt?«

»Warum nicht?« fragte Frank.

»Ja, warum nicht?« echote Florian. »Wir könnten Winke-Winke machen.«

»Tut mir leid, aber das käme mir zu dramatisch vor. Schließlich reist ihr nicht ans Ende der Welt. Bitte, Frank, versuch nicht, das Fenster zu öffnen, du weißt schon. Die Dinger klemmen meist.«

Beate warf ihren beiden Männern noch eine Kußhand zu, bevor sie das Abteil verließ, drängte sich durch den schmalen Gang und kletterte zum Bahnsteig hinunter. Während sie zur U-Bahn Station unter dem Hauptbahnhof lief, kamen ihr dann doch die Tränen. Es war das erste Mal, daß sie längere Zeit von ihrem Mann und ihrem kleinen Sohn getrennt sein sollte. Aber sie nahm sich zusammen. Jetzt war nicht die Zeit, einem Kummer nachzugeben. –

In Franks Boutique, vor der eine Blende heruntergelassen war, arbeitete Dr. Werder daran, das Schaufenster zu dekorieren. Das Schild »Totalausverkauf wegen Räumung« war schon drapiert, am Freitag und am Samstag zuvor waren Anzeigen in allen Zeitungen erschienen.

Beate mußte, obwohl der Anlaß betrüblich genug war, doch lachen, als sie ihren Schwiegervater sah. Er, der sonst immer so korrekt und konservativ Gekleidete, hatte sich in eine braune Cordhose und dazu passenden beigefarbenen Seidenpulli geworfen.

»Wirklich, Vater, du bist einfach toll!« rief sie.

»Gefalle ich dir?«

»Und ob!«

»Es hat Spaß gemacht, die Klamotten durchzuprobieren. Ich werde sie natürlich bezahlen.«

»Aber, Vater, das weiß ich doch!«

Kurz vor zwölf rief Frank an und berichtete, daß alles nach Plan verlaufen war. Seine Mutter hatte auf dem Bahnsteig auf ihn und Florian gewartet. Sie hatte die Koffer aus der Gepäckausgabe geholt und nicht zugelassen, daß er sie selber schleppte. Inzwischen waren sie in dem kleinen Haus in Kirchdorf angekommen, das sie gemietet hatte. Florian spielte im umzäunten Garten, und die Mutter war in der Küche beschäftigt.

Als Beate aufgelegt hatte, sah Dr. Werder sie fragend an.

»Alles in Ordnung«, berichtete sie, »sie lassen dich grüßen! Ilse übrigens auch.«

»Die kann mich mal«, knurrte er.

Beate lachte. »Vater, ich erkenne dich nicht wieder! Sollte mit der neuen Kleidung auch ein neuer Geist in dich geschlüpft sein?«

Sie gönnten sich eine kurze Mittagspause und waren danach bis in den Abend hinein damit beschäftigt, Preisschilder umzuschreiben. –

Die Verkleidung Dr. Werders hatte Beate auf die Idee gebracht, sich für den Ausverkauf anders herzurichten als gewöhnlich. Sie kramte ein minikurzes schwarzes Lederröckchen aus, das ihre schlanken Beine voll zur Geltung brachte. Dazu trug sie eine grüne Seidenbluse und hochhackige Schuhe, die sie allerdings später abstreifte. Um den Hals schlang sie eine Menge modischer Ketten. Im Gegensatz zu sonst griff sie am Morgen des Ausverkaufs tüchtig in den Farbtopf und erneuerte ihr Make up mehrmals während des Tages.

Der Erfolg gab ihr recht.

Um zehn Uhr, als sie die Boutique öffneten – vorher war erfahrungsgemäß in dem Studentenviertel hinter der Universität noch nichts los – kamen die ernsthaften Kunden, die hofften, ein elegantes Stück preiswert erwerben zu können. Aber später drängten sich junge Männer in das Geschäft, um die »tolle Rothaarige« und den »ausgeflippten Alten« mit eigenen Augen zu sehen. Sie wollten eigentlich gar nichts kaufen, taten es aber doch, weil sie Beates Zureden nicht widerstehen konnten. »Die Jacke steht dir großartig!« sagte sie oder: »Der Pulli paßt zu dir!« – »Einen Augenblick, ich glaube, ich habe genau das Richtige für Sie!«

Wenn sie dann, was sie gewöhnlich taten, über den Preis murrten, erklärte sie: »Sieh doch mal nach, was er gestern noch gekostet hat! So preiswert kommst du nirgends sonst an ein so gutes Stück, hochaktuell und erste Qualität.«

Beate hatte nie geahnt, daß sie kaufmännisches Talent besaß. Aber je länger sie im Laden arbeitete, desto deutlicher wurde ihr bewußt, daß ihr die Gabe, mit Menschen umgehen zu können, im Laden genau wie im Krankenhaus von Nutzen war. Hier wie dort stand sie vor der Aufgabe zu ermutigen, zu ermuntern und zu beruhigen, und in beiden Fällen war es auch harte Beinarbeit.

Der Schwiegervater machte die Kasse, und wenn einer ihrer Freundinnen und Freunde sich erbot zu helfen, ließ Beate sie neue Ware aus dem Lager holen. Den Verkauf wollte sie sich nicht nehmen lassen.

Erst um halb acht, als kein Kunde mehr in Sicht war, machten sie das Geschäft zu. Hier in der Vorstadt, wo morgens erst spät geöffnet wurde, nahm man es auch mit den Ladenschlußzeiten nicht sehr genau. Sie stellten fest, daß sie einen guten Schwung Ware losgeworden waren.

»Du warst großartig, Beate!« lobte der Schwiegervater. »Weißt du was? Du hättest von Anfang an mit in das Geschäft einsteigen sollen. Dann wäre es bestimmt nicht schiefgegangen.«

Beate saß auf den Teppichstufen und massierte sich die Beine. »Wer weiß!« sagte sie müde. »Aber erstens wollte Frank mich gar nicht zur Seite haben, er wollte nämlich selbständig sein, was man ihm nicht übelnehmen kann, und zweitens wollte ich Ärztin werden und will es noch.«

»Was man dir auch nicht verargen kann.«

»Habe ich dir eigentlich schon gesagt, daß du toll warst?«
»Bis jetzt noch nicht.«
»Ich hätte dir gar nicht zugetraut, daß du so gut mit Leuten umgehen kannst. Nimm's mir nicht übel, aber ich hatte dich immer eher für so etwas wie einen Eigenbrötler gehalten.«
»Versuch mich zu verstehen. Mehr als dreißig Jahre lang mußte ich offen sein für Nöte, Versuchungen, Lügen und Verbrechen. Mehr als dreißig Jahre Erfahrung bei Gericht. Dann hat man die Nase gründlich voll!«
»Um so dankbarer bin ich dir, daß du deine Kräfte für uns wieder mobilisiert hast.«
»Man muß tun, was die Situation erfordert«, entgegnete er ein wenig steif.
Sie stand auf und umarmte ihn kurz. »Danke, Vater! Ich danke dir herzlich!«
Nachdem sie sich ein wenig ausgeruht, heißen Tee aus der Thermosflasche getrunken und trockene Kekse geknabbert hatten, machte Dr. Werder sich daran, die Kasse zu schließen und Bilanz zu ziehen, und Beate zeichnete neue Preisschilder aus. Erst spät kamen sie dazu, ein leichtes Abendessen einzunehmen, beide schweigsam vor Erschöpfung. Am nächsten Morgen mußte Beate früh in das Geschäft, um aufzuräumen und zu putzen. Sie bestand darauf, daß der Schwiegervater ausschlafen sollte. –
So ging es nun Tag um Tag, mal war der Ansturm schwächer, dann wieder kräftiger. Es gab viele neue Kunden und andere, die täglich hereinsahen, dies und das erstanden und darauf warteten, daß ein teures Stück endlich so tief herabgesetzt war, daß sie es sich leisten konnten. Meist erlebten sie dann die Enttäuschung, daß es ihnen vor der Nase weggekauft worden war. Beate mußte ihre ganze Diplomatie aufwenden, ihnen etwas anderes schmackhaft zu machen. Ihre Bekannten ließen sich sporadisch sehen. Auch Günther Schmid kam, aber nur einmal. Dr. Werder fand ihn nicht sympathisch und ließ es sich anmerken.

Günther spürte es und zog sich rasch zurück. »Ihr kommt ganz gut allein zurecht«, sagte er entschuldigend.

Beate machte keinen Versuch, ihn zurückzuhalten. Aber sie fragte ihren Schwiegervater, als es einmal ruhiger geworden war: »Was hast du gegen Günther?«

»Er hat es auf dich abgesehen.«

Beate lachte. »Das könntest du von einigen anderen auch sagen. Hast du nicht bemerkt, daß manche den Ausverkauf benutzen, um an mich ranzukommen?«

»Sie rechnen sich keine ernsthaften Chancen aus. Aber dieser Günther tut das.«

»Du scheinst das Zweite Gesicht zu haben.«

»Also habe ich recht?«

»Er hat genauso wenig Chancen wie alle anderen.«

»Er ist genau der Typ Arzt, den ich hasse.«

»Wie kannst du das sagen? Er ist ja noch nicht einmal fertig.«

»Zugegeben, es wird noch ein paar Jährchen dauern, bis er seine Praxis hat. Aber dann wird er gnadenlos zuschlagen. Er wird seine Patienten und besonders die weiblichen von sich abhängig machen, die Kassen und Versicherungen ausbeuten, natürlich nur eine Frau mit Geld heiraten, den Ehrenmann spielen und ein reicher Mann sein.«

»Warten wir's ab«, meinte Beate, gab aber zu, daß die Vermutung ihres Schwiegervaters nicht ganz aus der Luft gegriffen war. –

Beate hatte vorgehabt, Frank und Florian am Sonntag auf dem Land zu besuchen. Aber dann nahm sie doch Abstand von dieser Idee. Die beiden fehlten ihr sehr, aber was sie wirklich brauchte, war ein richtiger Ruhetag.

Eine Woche später hatten sie alle anspruchsvollen modischen Artikel verkauft. Jetzt galt es, die Ladenhüter loszuschlagen, zum Einkaufspreis oder notfalls noch darunter.

Das ging leichter, als Beate es sich vorgestellt hatte. Das Publikum änderte sich. Jetzt kamen die jungen Leute mit wirklich knappem Geldbeutel, die darauf aus waren, ein praktisches Stück billig zu erwerben. Sie prüften die Ware bedachtsamer, waren weniger leicht zu beeinflussen, kauften dann aber meist doch.

Als die drei Wochen um waren, die sie für den Totalausverkauf angesetzt hatten, waren Lager und Laden, bis auf wenige Einzelstücke, leer. Zum Glück hatte der Hauswirt auch schon einen Nachmieter gefunden, der die Inneneinrichtung für eine Abschlagsumme übernehmen wollte.

Beate und Dr. Werder atmeten auf.

Am Samstagnachmittag packte Beate den traurigen Rest ehemals modischer Bekleidung in einen Plastiksack; er sollte zum Roten Kreuz gebracht werden. Sie räumte auf und putzte den Laden. Die Renovierung sollte durch die Nachmieterinnen erfolgen, zwei junge Frauen, die jetzt auch schon erschienen. Sie halfen Beate das große elegante Schild abzunehmen, und Beate entfernte mit viel Wasser die Zettel, die den Totalausverkauf verkündet hatten. Dann half sie den beiden anderen, ein Plakat aufzukleben mit der Aufschrift: Margit's Uni-Shop – Eröffnung 11. Juli. Sie hatte sich nie etwas aus dem Geschäft ihres Mannes gemacht, empfand den Augenblick aber doch als sehr traurig und war froh, daß er nicht dabei war.

»Na, dann viel Glück!« sagte sie und gab Margit, der älteren der beiden Frauen, die Schlüssel.

»Danke, das können wir brauchen.«

»Wollen wir nicht noch einen Kaffee miteinander trinken?« schlug die Jüngere vor. »Sie könnten uns etwas von Ihren Erfahrungen erzählen!«

Aber dazu hatte Beate keine Lust. »Nein, danke, ich hab's sehr eilig!« erklärte sie. »Außerdem hat der Laden gar nicht mir gehört. Ich habe ihn nur aufgelöst.«

»Er war zu anspruchsvoll, wie?« fragte Margit.

»Wir wollen nur ganz einfaches Zeugs verkaufen, Baumwollpullis, Jeans und so 'nen Kram.«

Beate lag es auf der Zunge, sie darauf aufmerksam zu machen, daß es Geschäfte dieser Art in der Türkenstraße und Umgebung schon mehr als genug gab. Aber dann sagte sie sich, daß es für jede Warnung jetzt schon zu spät war. Sie nahm ihre Handtasche, schulterte den Kleidersack, versprach, bei Gelegenheit mal in den Shop hineinzuschauen und ging, nachdem sie Händedrücke gewechselt hatte.

Dr. Werder saß in seinem Zimmer über den Bilanzen. »Es wird noch eine Weile dauern!« erklärte er Beate. »Ich habe uns ein Hähnchen gekauft. Machst du ein ›Coq au vin‹ daraus? Ich finde, wir sollten uns heute etwas Gutes gönnen. Wein und Cognac stehen auf dem Küchentisch!«

»Wird das nicht ein bißchen viel für uns beide allein?«

»Den Rest kann ich morgen Mittag essen, wenn du in Kirchdorf bist.«

Beate stand der Sinn zwar nicht nach einer komplizierten Kocherei, aber sie gab sich geschlagen. Ihm diesen kleinen Wunsch zu erfüllen, war das Mindeste, was sie für den Schwiegervater tun konnte. Sie band sich eine Küchenschürze vor, krempelte die Ärmel ihrer Bluse hoch und begann damit, das Hähnchen zu enthäuten und zu zerteilen. Währenddessen ließ sie Butter in einer Kasserolle heiß werden, legte es dann hinein, würzte das Hähnchen mit Salz und Pfeffer aus der Mühle und ließ es bräunen. Sie zerkleinerte eine große Zwiebel, eine Karotte und zwei Knoblauchzehen, stellte das angebratene Hähnchen im Ofen warm und ließ das Gemüse in der Kasserolle ebenfalls schmoren. Sie tat Prisen von Estragon, Basilikum und Rosmarin hinzu und reichlich frisch geriebenen Muskat. Dann stellte sie fest, daß sie den geräucherten Speck vergessen hatte, nahm ein Stück aus dem Eisschrank, schnitt es kleinwürfelig und gab es in die Kasserolle, nachdem sie das Grünzeug herausgenommen und ebenfalls warmgestellt hatte. Sie war gerade dabei, Champignons – aus der Dose – zu zerteilen, als der Schwiegervater in die Küche kam.

Er schnupperte. »Riecht vielversprechend!« Er klopfte mit der linken Hand auf einen Hefter, den er in der rechten Hand trug. »Ich hab's inzwischen.«

Beate gab die Champignons zu dem Speck. »Und wie steht's?«

»Vierzigtausend haben wir herausgewirtschaftet.«

»Gott sei Dank!«

»Freu dich nicht zu früh. Dreißigtausend davon gehören der Bank. Frank hat sie sich dieses Frühjahr geliehen, wahrscheinlich um Ware einkaufen zu können.«

Beate runzelte die Stirn. »Aber wir können dies Geld doch vorläufig behalten! Wie lange läuft denn der Kredit?«

»Über sechs Monate. Am ersten August ist er fällig.«

»Dann verlängern wir ihn eben.« Beate stellte fest, daß die Champignons und die Speckwürfel gut waren, holte sie mit einem Holzlöffel aus der Kasserolle und tat sie zu dem kleingeschnittenen Gemüse in den Ofen.

»Unmöglich!« erklärte der Schwiegervater. »Frank hat den Kredit auf die Boutique genommen. Jetzt, da das Geschäft aufgelöst ist ...«

Beate fiel ihm ins Wort. »Ach was, das wird die Bank gar nicht so schnell erfahren.« Sie holte die Hähnchenteile aus dem Ofen und gab sie wieder in die Kasserolle.

»Das wäre Betrug«, stellte der Schwiegervater sachlich fest.

»Es geht um Franks Leben!«

»Recht muß Recht bleiben, ganz davon abgesehen: von was sollen wir die Zinsen aufbringen? Von der Rückzahlung ganz zu schweigen.«

»Wenn Frank erst wieder ganz gesund ist ...«

»... wird es ihm auch nicht gerade guttun, wieder vor unlösbaren Problemen zu stehen.«

»Du bist zu pessimistisch.«

»Im Gegensatz zu euch erkenne ich die Realität.«

Beate goß Cognac über das Hähnchen, wartete, bis er sich erwärmt hatte, nahm ein langes Streichholz und zündete den edlen Alkohol an. Bläuliche Flammen schlugen hoch, und sie wich einen Schritt zurück.

»Paß bloß auf dich auf!«

»Tue ich ja.« Sie öffnete die Flasche Burgunder. »Du meinst also, wir können den Kredit weder behalten noch verlängern.«

»Ich weiß es.«

»Schade.«

Die Flammen waren erloschen. Beate holte die Zutaten aus dem Ofen und schüttete sie in die Kasserolle, goß Rotwein dazu und schloß den Topf.

Der Schwiegervater hatte sich an den Tisch gesetzt. »Natürlich könnte ich zur Bank gehen und einen Kredit beantragen. Aber mehr als fünftausend Mark bekäme ich auf meine Pension hin sicher nicht.« Er lächelte. »Ich kenne diese Banker. Sie hätten Angst, ich würde ihnen zu schnell wegsterben.«

»Wer denkt denn an so etwas!«

»Die tun es. Da kann ich ihnen tausendmal versichern, daß ich bei bester Gesundheit bin.«

Beate setzte sich ihm gegenüber. »Weißt du, was ich am liebsten tun würde? Eine Bank überfallen.«

»Tatsächlich? Denkst du an so etwas?« Der Schwiegervater stand auf, holte Gläser aus dem Küchenschrank und schenkte ein.

»Ja. Glaub nur nicht, ich würde aus moralischen Gründen davor zurückschrecken. Ich täte es, wenn ich mir zutrauen würde, so etwas mit Erfolg durchzuziehen.«

Er trank ihr zu. »Vom Gedanken bis zur Tat ist es mehr als nur ein weiter Schritt, und das ist gut so, denn sonst wären wir alle Verbrecher.«

Beate nippte an ihrem Glas.

»Trink nur tüchtig!« ermunterte er sie. »Heute ist ein besonderer Tag, da machen wir noch eine zweite Flasche auf. Das haben wir uns redlich verdient.«

»Du bestimmt!«

»Du auch. Wo wäre Frank ohne dich?«

»Ich weiß es nicht, Vater. Wenn er mich nicht kennengelernt hätte, nicht in Melanies Geschäft gearbeitet, wenn wir nicht geheiratet hätten, vielleicht hätte er sich auf das Abenteuer, selbständig zu werden, gar nicht eingelassen.«

»Du meinst, wenn deine Mutter ihm nicht das Geld gegeben hätte, hätte er es auch nicht verbröseln können.«

»Nein, nein. Aber ich muß zugeben, daß ich nicht ganz verstehen kann, wie es zu so hohen Verlusten gekommen ist.«

Der Schwiegervater blickte nachdenklich in sein Weinglas und fragte zögernd: »Denkst du, er hat vielleicht eine Geliebte?«

»Nicht im Traum, Vater! Ich habe volles Vertrauen zu ihm.«

»Das kann ein Fehler sein. Ich habe auch einem Menschen zu sehr vertraut.«

»Du kannst Frank doch nicht mit Ilse vergleichen!«

»Er ist ihr Sohn.«

»Also versuch jetzt nicht, mir so etwas einzureden. Das ist doch Quatsch. Frank ist weder ein Casanova noch ein Spieler. Das Geld muß ihm ganz unmerklich zwischen den Händen zerronnen sein. Aber wie?« Sie trank noch einen Schluck und spürte, wie der Wein sie belebte. »Rechnen wir doch mal nach. Der Laden mußte am Anfang renoviert und neu ausgestattet werden. Da waren die ersten fünfundzwanzigtausend schon mal weg.«

»Und wir können von Glück sagen, daß wir jetzt dafür noch dreitausend zurückbekommen haben.«

»Der Laden überhaupt, die Miete, die mußte er ja bezahlen, ob er verdiente oder nicht. Gerade in den Sommermonaten, wenn in der City der große Touristenwirbel ist, wird es bei uns ja still. Die Studenten fahren nach Hause und in die weite Welt. Da hat er bestimmt so gut wie nichts losschlagen können.«

»Das hätte er miteinkalkulieren müssen, bevor er seine Boutique aufmachte.«

»Man kann nicht an alles denken. Selbst Melanie hat uns darauf nicht aufmerksam gemacht.«

Dr. Werder schenkte Beate und sich selber Wein nach. »Soll ich dir mal was sagen, Mädchen? Es hat gar keinen Sinn, darüber nachzugrübeln. Vergossene Milch kriegt man nicht in den Krug zurück.«

Aber Beate konnte nicht so schnell das Thema wechseln. »Er hat ja auch zum Haushalt beigetragen, anfangs sehr großzügig und mit der Zeit immer knapper. Ach, Vater, warum ist mir das nicht aufgefallen?«

»Ich bin sicher, du hast es gemerkt.«

»Natürlich. Aber niemals habe ich gedacht, daß es so schlecht mit seinen Finanzen stehen könnte. Warum hat er es mir nicht erzählt?«

»Um dich nicht zu beunruhigen. Weil er immer noch hoffte, sich am eigenen Schopf aus der Klemme zu ziehen. Vielleicht hat er sich auch geschämt.«

»Ich hätte ihn ausfragen, ihn festnageln sollen.«

»Du hast es nicht getan, und ich denke, es gibt eine Menge guter Gründe dafür.«

»Nein, es war feige und dumm von mir. Ich glaube, ich wollte keine unangenehmen Tatsachen erfahren. Ich habe ihn mit seinen Sorgen allein gelassen.«

»Es hätte zu nichts geführt, wenn ihr euch ausgesprochen hättet. Unter normalen Umständen wäre er ja auch jetzt noch nicht bereitgewesen, die Boutique aufzugeben. Er hätte weitergewurstelt bis zum ganz großen Knall. Wirklich, Beate, du hast nicht den geringsten Grund, dir Selbstvorwürfe zu machen. Im Gegenteil: du hast gerettet, was zu retten war. Das Geld für die Operation werden wir auch schon noch aufbringen.«

»Aber wie?«

»Immerhin steht ja auch noch die Abrechnung deiner Mutter aus. Da werden bestimmt auch noch ein paar Tausender zusammenkommen.«

Beate lächelte ihren Schwiegervater an. »Da hast du recht. Bitte, sei mir wegen meiner Lamentiererei nicht böse. Es ist so tröstlich, mich bei dir ausweinen zu können.«

»Danke, Liebes. Aber jetzt solltest du wohl doch das Wasser für den Reis aufsetzen. Sonst verbrutzelt uns noch unser leckeres Coq au vin!«

5

Beate hatte sich bei der Autovermietung in der Balanstraße für den Sonntag einen Audi 80 reservieren lassen. Es war praktischer, fand sie, Mann, Kind und Gepäck mit dem Auto aus Kirchdorf abzuholen, als mit U-Bahn und Zug zu fahren und sich dann noch von der Schwiegermutter in Rosenheim abholen zu lassen. Ein Taxi von Rosenheim nach Kirchdorf, hatte sie sich sagen lassen, kostete schon allein fünfzig Mark. Da kam sie mit dem Leihwagen billiger davon.

Um neun Uhr traf sie bei der Autovermietung ein, unterschrieb die nötigen Papiere, bekam die Schlüssel ausgeliefert und konnte gleich losfahren. Die Straßen wirkten fast wie ausgestorben. Die Münchener, die die Stadt nicht über das Wochenende verlassen hatten, schliefen wohl noch oder waren in der Kirche.

Beate, die lange nicht mehr hinter dem Steuer gesessen hatte, fand bald wieder ihre alte Sicherheit. Bei Ramersdorf fuhr sie in die Autobahn Richtung Salzburg ein, und allmählich begann sie das ungewohnte Vergnügen zu genießen. Auch hier floß der Verkehr glatt und ungehindert. Bald schon tauchten die Alpen vor ihr auf. Es herrschte Föhn, gerade stark genug, das Panorama der Berggipfel sich klar und plastisch gegen den weiß-blauen Himmel abheben zu lassen. Beate hatte Mühe, sich von dem prächtigen Anblick loszureißen und sich auf ihr Auto und den Verkehr zu konzentrieren. Hinter dem Irschenberg verließ sie bei der Ausfahrt Rosenheim die Autobahn und fuhr auf der Landstraße weiter. Zwanzig Minuten später erreichte sie Kirchdorf, einen Weiler, der zu Raubling gehörte, und in dem inzwischen die Zahl der Neubauten, meist anspruchslose Reihenhäuser, die der Bauernhöfe überbot. Sie wurden von Leuten bewohnt, die in Raubling oder Rosenheim arbeiteten, aber auch von Rentnern und Pensionären, die sich aus der Großstadt zurückgezogen hatten.

Langsam kurvte Beate durch die neue Siedlung und hielt Ausschau nach der angegebenen Hausnummer. Aber ehe sie sie noch ausgemacht hatte, sah sie Frank, der, seinen Sohn auf den Schultern, an der Tür des kleinen Vorgartens auf sie wartete. Da die beiden sie in dem fremden Auto nicht gleich erkannten, hupte sie kurz, um sie auf sich aufmerksam zu machen.

Frank setzte Florian ab, nahm ihn bei der Hand, und zusammen liefen sie auf den schmalen Bürgersteig. Beate blickte in den Rückspiegel, wendete und brachte den Audi neben ihnen zum Stehen. Kaum war sie ausgestiegen, stürzte Florian sich in ihre Arme.

Beate drückte ihn fest an sich. »Wie schön, daß ich dich wiederhabe!«

»Fahren wir jetzt nach Hause?«

»Nach Tisch!« erklärte Frank. »Oma kocht uns noch was Gutes.«

Da der Junge sie nicht loslassen wollte, reichte Beate ihrem Mann nur die Hand.

Er hielt sie lange fest. »Ach, Beate!«

»Ich freue mich so. Ich habe dich vermißt.«

»Ich dich noch mehr.«

»Gut siehst du aus.«

Leicht verlegen blickte er an sich herunter, auf seinen Bauch, der sich noch mehr gerundet hatte. »Das kommt nur, weil ich nicht mehr rauche.«

Inge Rademacher kam aus dem Haus. »Glaub ihm kein Wort!« rief sie fröhlich. »Er hat sich so richtig aufpäppeln lassen!«

Wie auf Kommando gaben Frank und Florian Beate frei.

Es war Franks Mutter anzusehen, daß sie eine schöne Frau gewesen war, aber seit dem Verlust ihres zweiten Mannes hatte sie sich gehenlassen. Das großflächige Gesicht war noch glatt für ihre Jahre, aber ihr Körper war unmäßig in die Breite gegangen, ein Eindruck, der durch das allzu jugendliche, allzu eng sitzende bunte Dirndl, das sie trug, noch verstärkt wurde. Sie trug das schwarze, mit weißen und grauen Strähnen durchzogene Haar streng aus der Stirn frisiert und im Nacken zu einem unordentlichen Knoten verschlungen. Beim Lächeln zeigte sie schadhafte Zähne.

Obwohl Beate wußte, daß jede Kritik sinnlos war, fühlte sie sich außerstande, ihren Ärger hinunterzuschlucken. »Habe ich dich nicht ausdrücklich gebeten, Frank nicht zu gut zu füttern?«

»Ach was! Essen und trinken hält Leib und Seele zusammen!« Ilse kam auf ihre Schwiegertochter zu und umarmte sie herzlich.

Beate wußte, daß sie es nur gut meinte und mochte sich dem nicht entziehen. Aber es war ihr unangenehm, da sie mit ihr wenig vertraut war. Der Geruch von Schweiß und Küche, die der schwere Leib ausströmte, stieß sie ab. Sie war froh, als dies Zeremoniell vorbei war.

»Kommt ins Haus!« rief Ilse. »Worauf wartet ihr noch?« Sie wollte Florian bei der Hand nehmen, aber der klammerte sich wieder an seine Mutter. »Na, was ist auf einmal los mit dir? Hast du deine Oma nicht mehr lieb?«

»Er hat mich lange nicht gesehen«, erklärte Beate, »das ist alles.«

»Jetzt tut er, als ob er mich fressen wollte!«

»Geh brav mit Oma!« befahl Frank. »Ich will endlich auch mein Küßchen haben.«

»Komm schon mit in die Küche! Du kriegst Gutis, warm aus dem Ofen!« lockte die Großmutter.

Widerwillig löste sich Florian von Beate und trottete mit Ilse ins Haus.

Frank umarmte Beate zärtlich, spürte aber sofort, daß sie sich nicht entspannen konnte. Er umfaßte ihre Schultern und schob sie ein Stück von sich, so daß er ihr in die Augen sehen konnte. »Hast du was gegen mich?«

»Gar nichts, Frank, ich schwöre dir: gar nichts.«

»Aber du bist nicht wie sonst. Was ist los?«

»Florian kommt mir verändert vor. Er ist gewachsen und ... jetzt weiß ich es! Sie hat ihm die Haare geschnitten.«

»Stimmt, und es war ein ganz schönes Theater, als sie mit der Schere kam.«

»Warum hat sie das getan?«

»Sie meinte, er sähe aus wie ein kleines Mädchen.«

»Sie hatte kein Recht dazu! Sie hätte mit mir darüber reden können und ...«

»Ich weiß! Ich habe versucht, sie von dieser Idee abzubringen, aber du weißt ja, wie sie ist.«

»Langsam fange ich an, es zu begreifen.«

»Bist du jetzt böse?«

»Ach was. Haare haben ja glücklicherweise die Eigenschaft, daß sie nachwachsen, und außerdem muß er sie wohl ohnehin kürzer tragen, wenn er in den Kindergarten kommt.« Sie umarmte ihn leidenschaftlich. »Aber das eine sage ich dir«, erklärte sie dann atemlos, »ich werde mich nie, nie, nie mehr freiwillig von einem von euch beiden trennen!«

»Das mußt du ja auch nicht, Liebling.«

Sie küßten sich noch einmal, und alle Fremdheit zwischen ihnen schmolz dahin.

Zum Mittagessen gab es Schweinebraten, Knödel und

Gurkensalat. Der Braten war saftig, die Kruste knusprig braun, und die Knödel zerschmolzen auf der Zunge. Beate lobte Ilses Kochkünste.

»Das ist Franks Lieblingsgericht!« erklärte Ilse mit besitzergreifendem Stolz. »Erinnerst du dich, Franki? Früher habe ich es fast jeden Sonntag auf den Tisch gebracht. Und wie dein Vater und du es euch immer habt schmecken lassen!«

»Ja«, erwiderte Frank beherrscht und mit einer Härte, die sonst gar nicht seine Art war, »genau das haben wir am meisten vermißt, nachdem du uns verlassen hattest.«

»Dich habe ich nie verlassen! Du warst es, der nichts mehr von mir wissen wollte, als ich ...«

Beate fiel ihr ins Wort. »Das sollte nun wirklich kein Thema mehr sein, und in Anwesenheit des Jungen schon gar nicht.«

Florian hatte mit großen Augen von seinem Vater zu seiner Großmutter geblickt.

»Er hat damit angefangen!« rief Ilse aufgebracht. »Die ganze Zeit, wo wir allein waren, sind wir so gut miteinander ausgekommen, war es so friedlich und schön zwischen uns, und jetzt ...«

»Sag bloß nicht, daß Beate schuld ist!« fuhr Frank ihr über den Mund. »Ja, ich habe bewußt vermieden, die alten Narben aufzureißen, um mir und dir nicht wehzutun. Aber wenn du dich jetzt als Mustermutter aufspielst, finde ich das einfach geschmacklos.«

»Ich habe alles für dich getan, wirklich alles! Wenn du nicht gewesen wärst, hätte ich deinen Vater schon viel früher verlassen!«

»Hört auf, euch zu streiten!« bat Beate. »Das ist doch alles schon so lange her und spielt heute gar keine Rolle mehr!«

»Ich will einfach, daß er mich endlich versteht! Mein eigener Sohn hat mich nie verstanden.«

»Vielleicht tröstet es dich, daß ich dich verstehe, Ilse. Wenn einer Frau die große Liebe begegnet, kann es passieren, daß alle Sicherungen durchbrennen.«

»Seinetwegen, nur seinetwegen habe ich mich so lange zusammengenommen.«

»Vielleicht doch nicht lange genug«, sagte Frank sehr ruhig, »ich war damals ja erst knapp aus der Pubertät, wenn überhaupt, ich hatte noch nie ein Mädchen gehabt.«

»Wie hätte ich das wissen sollen?«

»Du hättest es, wenn du nicht nur an dich und deinen Liebhaber gedacht hättest.«

»Frank!«

»Jetzt muß es aber wirklich genug sein!« verlangte Beate. »Nach dem, was ihr euch alles an den Kopf geworfen habt, können jetzt nur noch Wiederholungen kommen, und dann wird es langweilig.« Sie wandte sich an ihren Mann. »Nimm noch ein Stück Braten, Frank! In den Genuß wirst du so bald nicht wieder kommen.«

»Danke. Mir ist der Appetit vergangen.«

»Franki, ach Franki, wie kannst du nur so sein!« klagte Ilse.

»Noch einen Knödel, Florian?«

»Nein, Mammi, bin schon ganz satt!« Er rieb sich sein Bäuchlein.

»Wenn es so ist, denke ich, sollten wir jetzt fahren.«

»Jetzt? Schon?« rief Ilse. »Ich habe Streuselkuchen gebakken. Den ißt du doch so gerne, Franki!«

»Ausgeschlossen, Mutter! Wir wollen nicht in den Rückreiseverkehr kommen.«

Mutter und Sohn blickten sich in die Augen, und Ilse Rademacher spürte, daß alle Überredungsversuche sinnlos sein würden.

Sie gab nach. »Na gut, dann pack' ich ihn euch ein. Gebt auch Hugo ein Stück davon ab! Er hat ihn immer so geliebt.«

»Ich fürchte, heute würde er ihm sauer aufkommen«, sagte Frank.

»Du bist ... du weißt ja selber nicht, wie du bist!« In Ilses Augen schossen Tränen, und sie sprang auf.

Auch Beate fand, daß er unnötig grausam war. Trotzdem

genoß sie, wenn sie sich selber auch etwas schäbig dabei vorkam, diese Auseinandersetzung. Es war deutlich, daß Frank sich nichts mehr aus seiner Mutter machte. Sie, Beate, war die einzige Frau in seinem Leben, und sie schwor sich einmal mehr, ihn und Florian nie im Stich zu lassen.

Am Abend, als Frank schon zu Bett gegangen war, trödelte Beate noch lange im Bad herum. Sie hoffte, allerdings nur halbherzig, daß er eingeschlafen wäre, als sie zurückkam.

Aber er war wach und streckte die Arme nach ihr aus. »Komm zu mir, Liebling!«

»Frank, wir sollten nicht ...«

»Ach was! Laß uns einfach ein bißchen schmusen!«

Ihre Sehnsucht war zu groß, um sich länger zur Wehr zu setzen. Sie küßten und streichelten sich, spürten Haut auf Haut, saugten den vertrauten Geruch des anderen in sich auf. Dann wurde beider Begehren zu stark, als daß sie es hätten unterdrücken können. Er war eher ein zärtlicher als ein leidenschaftlicher Liebhaber, und er nahm sie sehr sanft. Aber erst auf dem Höhepunkt konnte sie vergessen, in welche Gefahr er sich begab.

Nachher hielt er sie fest umschlungen. »Na, siehst du«, sagte er triumphierend, »gar nichts ist passiert.«

»Gott sei Dank!«

»Du mußt nicht so ängstlich sein, Liebling! Auch ein Professor kann sich irren.«

Dies waren nicht der richtige Ort und der richtige Zeitpunkt für eine Diskussion. So machte sie nur: »Hm, hm« und bedeckte seine Brust mit kleinen Küssen. Aber deutlicher denn je war ihr klar, daß die Operation durchgeführt werden mußte. Wenn sie sich nicht mehr vorbehaltlos und ohne Ängste lieben konnten, würde ihre Ehe zwangsläufig in eine Krise geraten.

6

Die nächsten Wochen wurden anstrengender denn je für Beate. Sie ging jetzt täglich zur Universität, um Ende des Sommersemesters möglichst viele Scheine zu bekommen. Außerdem mußte sie Günther Schmids Nachtwache mit übernehmen, also vierzehn, statt sieben Mal in die Klinik. Es war eine Erleichterung, daß Frank und Hugo sich in der Betreuung Florians abwechselten. Der Haushalt blieb nach wie vor hauptsächlich ihr überlassen.

Gleich zu Beginn der Ferien wollte sie sich um einen zusätzlichen Tagesjob kümmern. Es war ihr schmerzlich, das Studium für eine Weile gänzlich an den Nagel hängen zu müssen, aber nur so konnte sie die notwendige Operation finanzieren.

Natürlich sah auch Frank sich nach einer Stellung um, konnte aber auf Anhieb nichts finden. Beate war es lieb, daß er zu Hause blieb, denn sie fand es wichtig und richtig für ihn, sich zu schonen.

Nach einer dienstfreien Nacht fuhr sie mit Florian in die Innenstadt und kaufte ihm in einem Kindergeschäft Latzhosen, Pullis, Hemden und Strümpfe, denn seine alten Sachen waren ihm zu knapp geworden. Als sie, in der einen Hand eine große Plastiktüte, an der anderen Hand ihren Sohn, durch die breite Fußgängerzone der Theatinerstraße schlenderte, blieb eine entgegenkommende Dame plötzlich stehen.

»Schwester Beate!«

Auch Beate verhielt den Schritt. Sie musterte die andere aufmerksam, konnte sich aber nicht besinnen, wen sie vor sich hatte. Die junge Frau war ein wenig rundlich, aber sehr elegant in einem weißen Leinenkostüm, schwarzer Seidenbluse, auf der eine Perlenkette schimmerte, einem schwarzen Strohhut und hochhackigen schwarzen Pumps. Sie trug, trotz der sommerlichen Hitze, Seidenstrümpfe und Handschuhe.

»Aber, Schwester Beate, kennen Sie mich denn nicht mehr?«

Da die andere »Schwester« zu ihr sagte, mußte es sich wohl um eine Patientin aus der Klinik handeln. Aber das runde, kaum gebräunte und sehr sorgfältig geschminkte Gesicht sage Beate nichts. Sie stellte nur fest, daß sie eine entfernte Ähnlichkeit mit ihr selber hatte. Ihre Augen waren blau, nicht ganz so blau wie die Beates, und das Haar, das unter dem Hut vorquoll, war rötlich blond, wenn auch blasser.

»Ich bin Bettina von Klothenburg!«

»O Gott! Verzeihen Sie mir, Frau von Klothenburg! Ich habe Sie wirklich nicht erkannt.« Das war kein Wunder, denn diese schöne gepflegte Frau hatte kaum Ähnlichkeit mit dem Bündel Elend, das vor einem Jahr nach einer Totaloperation in der Klinik gelegen hatte.

»Ich bin sehr froh, daß ich Sie treffe! Sie ahnen nicht, wie oft ich an Sie gedacht habe.«

Beate schämte sich ein bißchen, weil sie die Patientin vollkommen vergessen hatte, obwohl deren Schicksal sie seinerzeit stark berührt hatte. Wenige Monate nach der Hochzeit hatten der erst Achtundzwanzigjährigen Gebärmutter und Eierstöcke entfernt werden müssen. Wann immer ihre Zeit es erlaubte, hatte Beate sie aufgesucht, um die Verzweifelte zu trösten und zu zerstreuen.

»Und das ist Ihr kleiner Sohn, nicht wahr?« Trotz ihres eleganten Kostüms ging Bettina von Klothenburg ein wenig in die Knie, um mit Florian auf gleiche Ebene zu kommen. »Du bist der Florian, nicht wahr?«

Der Junge nickte befangen.

Bettina von Klothenburg richtete sich auf und sagte lächelnd: »Ich nehme an, er ist nicht immer so stumm!« Sehr leise, damit Florian es nicht hören konnte, fügte sie hinzu:

»Er ist goldig! Diese Augen! Wie ich Sie beneide!«

»Kinder können manchmal auch eine rechte Plage sein«, behauptete Beate und kam sich dabei wie eine Verräterin vor, denn tatsächlich war Florian ihr noch nie auf die Nerven gegangen.

»Wollen wir eine Tasse Kaffee zusammen trinken?« schlug Bettina von Klothenburg vor. »Ich hoffe, Sie haben es nicht eilig?«

Beate hatte keine große Lust, sich mit der anderen zusammenzusetzen, aber in deren Stimme war etwas so Flehendes, daß sie ihr den Wunsch nicht abschlagen mochte. Zudem hatte Frank an diesem Nachmittag wieder einmal ein Vorstellungsgespräch, so daß er sie nicht zu Hause erwartete.

»Wunderbar!« rief Bettina von Klothenburg. »Dann gehen wir ins ›Café Arzmiller‹, ja? Da können wir im Freien sitzen, und Florian kriegt eine ganz große Portion Eis!«

»Lieber eine kleine«, sagte Beate nüchtern, »sonst geht es in die Hose.«

Bettina von Klothenburg lachte. »Ganz, wie Sie es für richtig halten, Schwester Beate.«

»Sagen Sie doch, bitte, nicht immer ›Schwester‹ zu mir! Eigentlich bin ich ja gar keine richtige Schwester, und außerdem bin ich nicht im Dienst.«

»Denken Sie nur, ich weiß nicht einmal, wie Sie mit dem Nachnamen heißen. Sonst hätte ich mich bestimmt schon mit Ihnen in Verbindung gesetzt.«

Nebeneinander gingen sie jetzt in Richtung der Theatinerkirche weiter, deren barocke Türme sich leuchtend gelb gegen den klaren Himmel abzeichneten.

»Ich heiße Werder«, erklärte Beate, »aber nennen Sie mich ruhig Beate.«

»Lieb von Ihnen! Aber dann müssen Sie auch Bettina zu mir sagen. Beate und Bettina, das klingt doch hübsch, nicht wahr? Ich glaube, wir können richtige Freundinnen werden.«

Beate mochte Bettina, aber ihr Tempo irritierte sie, und außerdem war Ihr an einer Freundschaft mit dieser reichen verwöhnten Frau nichts gelegen. »Wenn ich nur etwas mehr Zeit hätte«, sagte sie abwiegelnd.

»Ich dachte, Sie arbeiten nur nachts?«

»Außerdem studiere ich, muß meinen Haushalt versorgen,

mich um Mann und Kind kümmern, und jetzt suche ich auch noch nach einem Tagesjob.«

»Warum?« fragte Bettina so erstaunt, als könnte sie nicht verstehen, daß jemand dringend Geld braucht.

»Mein Mann mußte sein Geschäft aufgeben, und außerdem ist er nicht ganz gesund.«

»Oh, wie bedauerlich!« sagte Bettina in einem Ton, der alles andere als Mitleid ausdrückte.

Beate warf ihr einen Seitenblick zu und stellte fest, daß tatsächlich ein Lächeln um Bettinas Lippen zuckte. »Sie sagen das so?«

»Bitte, seien Sie mir nicht böse! Es mag herzlos klingen, aber tatsächlich ist es so, daß Ihre Notlage ...« Bettina unterbrach sich: »Ich habe doch richtig verstanden, daß Sie sich in einer gewissen Notlage befinden?«

»Ja.«

»Das ist gut so.«

»Kann ich durchaus nicht finden.«

»Ich sehe darin ein Zeichen des Himmels! Vielleicht hätte ich gar nicht gewagt, Ihnen einen Vorschlag zu machen, wenn es anders wäre.«

»Was für einen Vorschlag?«

»Warten wir, bis wir sitzen.«

Kurz vor der Theatinerkirche bogen sie in den Theatinerhof ein, ein fast quadratisches Geviert, von Häusern mit klassizistischen Fassaden umgeben, in deren Erdgeschossen sich elegante Geschäfte aneinanderreihten. In der Mitte sprang eine Wasserfontäne, und rechter Hand waren vom »Café Arzmiller« Tische und Stühle unter Sonnenschirmen ins Freie gesetzt worden. Als ein älteres Ehepaar aufstand, nahmen Beate und Bettina deren Platz ein. Für Florian holte Beate einen Stuhl von einem anderen Tisch.

»Wenn Sie Kuchen möchten, Beate«, sagte Bettina und zog sich ihre Handschuhe aus, »den sollten Sie sich drinnen an der Theke aussuchen.«

»Nein, danke.«

»Ach, machen Sie mir doch die Freude! Das mit dem ›Kaffee trinken‹, das sagt man so, aber tatsächlich möchte ich, daß Sie richtig ›konditern‹. Die haben hier herrliche Kuchen und Torten.« Entschuldigend fügte sie hinzu: »Ich selber muß leider passen. Ich bin nach der Operation ziemlich in die Breite gegangen.«

»Daß Sie etwas voller geworden sind, steht Ihnen sehr gut.«

»Findet mein Mann auch, aber mehr darf es wirklich nicht mehr werden.«

Sie einigten sich auf einen Eiskaffee für Beate, ein Kännchen Mokka für Bettina und ein kleines gemischtes Eis für Florian.

»Du kannst ein bißchen spielen gehen!« sagte Bettina. »Nicht wahr, das darf er doch, Beate? Wenn dein Eis kommt, rufen wir dich.«

Florian wartete die Erlaubnis seiner Mutter gar nicht erst ab, sondern rutschte gleich vom Stuhl. Er gesellte sich zu einigen anderen Kindern, die sich einen Spaß daraus machten, durch die Arkaden zu hüpfen.

Bettina zündete sich eine Zigarette an. »Wissen Sie, Beate, es tut so gut, mal mit einem Menschen zu sprechen, der alles über mich weiß. Das, was mir passiert ist, hängt man natürlich nicht gern an die große Glocke. Ich habe es niemandem gesagt, außer meinem Mann natürlich und meinen Schwiegereltern, und das war schon zu viel.« Sie rauchte nervös. »Mama hatte immer schon eine Menge an mir auszusetzen, und jetzt behandelt sie mich wie einen Krüppel, was ich in ihren Augen wohl auch bin. Papa ist weiterhin lieb und nett zu mir, das ist so seine Art, aber er ist natürlich furchtbar enttäuscht.«

Beate wollte sich mit dem Schicksal der andern nicht belasten lassen, aber sie fühlte, daß es unhöflich gewesen wäre, nur schweigend zuzuhören. »Und Ihr Mann?« fragte sie.

»Egon tut, als würde es ihm nichts ausmachen. Er scherzt

sogar darüber. ›Jedenfalls brauchen wir niemals aufzupassen‹, sagte er, Sie verstehen schon, so in der Art. Aber ich weiß, daß es ihn schmerzt. Er empfindet es als einen Verlust. Wir hatten uns immer eine Ehe mit vielen Kindern vorgestellt.«

»Kinder kann man auch adoptieren.«

»Aber das wäre nicht dasselbe, nicht wahr?«

»Ich sehe da keinen großen Unterschied. Ich glaube, daß man ein angenommenes Kind nach einiger Zeit genauso lieb haben kann wie ein eigenes.«

»Vielleicht, ja, das ist möglich. Ich sehe das auch so. Aber Egon will von einer Adoption nichts wissen. Er behauptet, er könnte sich an ein fremdes Kind nie gewöhnen. Es würde ihm nur lästig sein.«

»Klingt ziemlich vernagelt.«

»Ich kann das schon verstehen, Beate. Sehen Sie, die Klothenburgs sind eine ziemlich alte Familie. Ihr Stammbaum läßt sich bis ins zwölfte Jahrhundert nachweisen, und Egon ist der letzte. Er hatte noch zwei ältere Brüder, die beide bei einem Motorradunfall ums Leben gekommen sind. Das war ein schwerer Schlag für die Familie.«

»Schwester?«

»Ja, zwei.«

»Nun, so könnten die doch die Familie fortführen.«

»Sie sind beide verheiratet und haben auch Kinder. Theoretisch können die Männer ihren Namen annehmen. Wir haben sogar schon darüber gesprochen. Aber es wäre doch nicht das Gleiche, und Egon würde es gar nichts nützen.« Bettina drückt mit einer fahrigen Bewegung ihre Zigarette aus und zündet sich sofort wieder eine neue an.

»Ja, dann!« sagte Beate vage und hoffte, daß endlich die Bedienung käme.

»Ich habe Angst!« stieß Bettina aus; sie tat es nicht laut, und doch klang es wie ein Hilfeschrei.

»Wovor?«

»Ich liebe Egon sehr. Ich weiß, ich könnte ein ganzes Leben lang mit ihm glücklich sein, auch ohne Kinder. Aber er kann es nicht. Eines Tages wird er mich betrügen ...«

»Das muß doch nicht sein!«

»Alle Männer tun das früher oder später, selbst dann, wenn sie ihre Frauen lieben. Irgendwann brauchen sie Abwechslung. Das würde mir an sich auch gar nicht so viel ausmachen. Aber wenn dann ein Kind unterwegs wäre ...«

»Sie haben zu viel Fantasie, Bettina! Sie malen sich Geschichten aus, die niemals eintreffen müssen.«

»Ich kenne Egon. Er ist ...« Sie stockte. »... leicht zu entflammen, verstehen Sie? Ich habe das gewußt, als ich ihn heiratete, und ich habe es in Kauf genommen. Er ist ein so wunderbarer Mensch. Ich habe fest damit gerechnet, daß er immer wieder zu seiner Familie zurückkehren würde. Aber nun ist es so, daß er gar keine Familie hat.«

»Aber eine Frau.«

»Das ist zu wenig, Beate. Wenn eine andere von ihm ein Kind bekommt, wird er mich verstoßen. Entschuldigen Sie, das klingt ein bißchen melodramatisch. Aber so etwas ist in seiner Familie schon mehr als einmal vorgekommen. Er wird sich scheiden lassen.«

»Das ist doch alles noch gar nicht raus!«

»Man braucht bloß zwei und zwei zusammenzurechnen. Da er sich Kinder wünscht, wird er wohl kaum Vorsichtsmaßnahmen ergreifen. Andererseits: seine Geliebte wird es von sich aus darauf anlegen, ihn mit einem Kind an sich zu fesseln.«

»Wissen Sie was, Bettina? Wenn ich so von meinem Mann denken müßte, würde ich ihn gleich verlassen.«

»Ich liebe ihn. Er ist der einzige Mensch, den ich je geliebt habe, und ich werde nie aufhören ihn zu lieben.«

»Das ist Ihr Pech!« hätte Beate beinahe gesagt, unterdrückte aber diese Bemerkung und fragte statt dessen: »Warum erzählen Sie mir das alles?«

»Weil Sie mir helfen können!«

»Wie?«

»Sie könnten für mich das Kind zur Welt bringen, das ich nie bekommen kann!«

Beate erstarrte.

»Sehen Sie mich nicht so an! Natürlich verlange ich nicht – ich wünsche es nicht einmal –, daß Sie mit ihm schlafen. Aber man kann doch eine künstliche Befruchtung durchführen. Von so etwas liest man doch alle Tage.«

Trotz des hellen Sonnenscheins und der heiteren Kulisse kam Beate die Szene mit einem Mal gespenstisch vor. »Tut mir leid, Bettina, ich fürchte, Sie haben sich da in was hinein verrannt.«

»Nein, nein, das sind keine Fantastereien. Ich habe sogar schon mit meinem Mann darüber gesprochen. Mir ist schon damals in der Klinik aufgefallen, daß Sie eine gewisse Ähnlichkeit mit mir haben. Deshalb brauche ich gerade Sie. Ich bin sicher, daß ich ein Kind von Ihnen und meinem Mann wie mein eigenes lieben würde.« Wieder drückte sie ihre Zigarette aus, diesmal ohne sich gleich eine andere anzuzünden. Sie beugte sich über den Tisch und sagte eindringlich: »Wahrscheinlich sind Sie tüchtiger als ich und haben auch mehr Charakter. Aber das kann ja nur gut für das Kind sein. Äußerlich würde es sicher ein bißchen auch mir ähneln, und das ist die Hauptsache.«

In diesem Augenblick näherte sich die Bedienung dem Tisch, sehr adrett in schwarzem Kleid und weißer Schürze und servierte. Beate sprang auf und holte Florian. Der Junge, aufgeregt und zerzaust, ließ sich sein Eis schmecken und plapperte munter. Beate löffelte schweigend ihren Eiskaffee, und auch Bettina blieb still und rauchte.

Allmählich merkte auch Florian die Spannung, die in der Luft lag, und verstummte.

»Darf ich, bitte, runtergehen?« fragte er, kaum daß er die Schale geleert hatte.

»Ja«, sagte Beate mit einem schwachen Lächeln, »aber paß auf dich auf!«

»Mach' ich, Mammi!« Florian war schon vom Stuhl geklettert und sauste davon, so schnell, wie es seine kurzen Beine zuließen.

»Haben Sie es sich überlegt?« fragte Bettina.

»Sie wissen, daß gegen solche ... nun, sagen wir ... Manipulationen größte Bedenken bestehen. Man will sie sogar gesetzlich verbieten.«

»Aber sie sind es noch nicht und selbst wenn – wie könnte es jemals herauskommen, wenn alle Beteiligten den Mund halten? Es soll ja niemand wissen, Beate, außer Ihnen, mir, meinem Mann und natürlich Ihrem!«

»Ich glaube nicht, daß er sich damit einverstanden erklären würde.«

»Sie sollen es ja nicht umsonst tun, Beate! Vorhin haben Sie mir doch erklärt, daß Sie finanzielle Probleme haben. Dann würden fünfzigtausend Mark Ihnen doch bestimmt eine Hilfe sein.«

Beate ließ sich die Summe durch den Kopf gehen.

»So viel zahlt man dafür, soviel ich weiß«, fügte Bettina hinzu, »aber vielleicht würde Egon auch ...«

»Nein, nein«, fiel Beate ihr ins Wort, »fünfzigtausend würden völlig reichen – falls ich mich dazu entschließen könnte.«

»Bitte, Beate, bitte! Ich weiß, daß das Geld kein Ausgleich für das Opfer sein kann, das Sie mir bringen. Bitte, tun Sie es mir zuliebe! Sie haben mir schon einmal so sehr geholfen. Wenn Sie nicht gewesen wären, ich weiß nicht, wie ich die schwere Zeit damals überstanden hätte. Die Chinesen haben ein Sprichwort. Ich weiß nicht, wie es genau lautet. Jedenfalls besagt es, daß man, wenn man einem Menschen das Leben gerettet hat, auf ewig für ihn die Verantwortung trägt.«

Beate mußte lächeln. »Jetzt übertreiben Sie aber ganz schön!«

»Es muß doch einen Grund geben, daß ich immer habe an Sie denken müssen. Immer habe ich Sie als meine Retterin, als die Mutter meines Kindes gesehen.« Wieder zündete Bettina sich eine Zigarette an und sagte gleichzeitig entschuldigend: »Sonst rauche ich nicht so viel, aber ich bin so aufgeregt. Es hängt ja alles davon ab, daß Sie mich richtig verstehen.«

»Ich glaube schon, daß ich Sie verstehe, aber ...« Beate unterbrach sich.

»Sprechen Sie mit Ihrem Mann! Machen Sie ihm die Situation klar! Sie sagten doch, er hat sein Geschäft aufgeben müssen? Dann wird er das Geld doch sicher brauchen können.«

»Ja«, sagte Beate, »aber das heißt nicht, daß er mit der Art und Weise einverstanden sein muß, mit der ich es mir verdienen will.«

»Passen Sie auf, Beate, ich gebe Ihnen meine Karte.« Bettina holte aus ihrer Handtasche ein Etui mit Visitenkarten und reichte eine von ihnen Beate. »Rufen Sie mich an und sagen Sie mir Bescheid! Aber lassen Sie mich, bitte, nicht allzu lange warten! Sie wissen, mein Schicksal, mein Leben hängt von Ihnen ab.«

7

Beim Abendessen ließ Florian es sich nicht nehmen, von der fremden Frau zu berichten, der sie begegnet waren. »Mit Hut«, wie er beeindruckt hinzufügte.

Das gab Beate Anlaß, von Bettina von Klothenburg zu erzählen, und wie sie sie nach so langer Zeit auf der Straße wiedererkannt hatte. In Anwesenheit des Schwiegervaters und des kleinen Jungen konnte sie das Thema nur oberflächlich berühren. Aber sie brannte darauf, Frank von dem seltsamen Vorschlag zu unterrichten.

Später – Florian war nach dem ereignisreichen Nachmittag schneller als gewöhnlich eingeschlafen – flanierten Beate und ihr Mann Arm in Arm über die abendliche Leopoldstraße. Alle Cafés und Restaurants hatten Tische und Stühle im Freien aufgestellt, und der hin- und herflutende Strom der Passanten verursachte ein erhebliches Gedränge. Der Geruch von Öl aus den Pizzerias und Abgasen der vorbeigleitenden Autos erfüllte die Luft. Dennoch war es schön, hier spazieren zu gehen, während der Himmel noch blau war und nur durch die ringsum aufflammenden Lichter verdunkelt wurde. Die sorglose Stimmung der Menge, die fast der auf einem Volksfest glich, wirkte ansteckend.

»Komisch«, meinte Beate, »es ist, als ob alle diese Leute nichts anderes zu tun hätten, als ihre Freiheit zu genießen oder Anschluß zu suchen.«

»Oder Geld auszugeben.«

»Ach, eine kleine Pizza oder ein Eis kosten ja nicht viel, und so ein Bummel, wie wir ihn machen, ist ganz umsonst.«

»Wenn ich dir nur mehr bieten könnte, Liebling!«

Sie drückte seinen Arm. »Ich habe dich und Florian, und das ist mehr als genug. Sieh mal all die jungen Mädchen hier, so schick, so hübsch, so blendend zurechtgemacht! Trotzdem tun sie mir leid. Einen Mann wie dich wird keine von ihnen finden.«

Sehnsüchtig blieb er vor einer eleganten Auslage stehen. »Wenn ich meine Boutique hier hätte aufmachen können ...«

»... hätte die hohe Miete sie nur noch schneller kaputt gemacht!« fiel sie ihm ins Wort. »Hör auf, dich mit wenn und aber zu plagen, Frank! Was vorbei ist, ist vorbei.« Sie zog ihn weiter. »Wie ist eigentlich dein Vorstellungsgespräch verlaufen?«

»Sie werden von sich hören lassen.«

»Hast du das Gefühl, daß es klappen wird?«

»Ich weiß es nicht. Um ehrlich zu sein, eher nein.«

»Mach dir nichts draus. Früher oder später findet sich bestimmt etwas.«

»Ja, sicher. Das hoffe ich auch. Aber früher wäre mir sehr viel lieber als später.«

»Mir nicht. Denk nur daran, was es für eine Entlastung für mich ist, wenn du tagsüber zu Hause bist. Nur so kann ich mal ein paar Stunden lernen oder mich langlegen.«

Er wollte stehenbleiben, wurde aber sogleich von den nachdrängenden Spaziergängern weitergestoßen. »Hoppla! Können Sie denn nicht ein bißchen Rücksicht nehmen?« sagte er ärgerlich, wich aber doch beiseite, weil ihm nichts anderes übrigblieb.

Munter und ausgelassen schob sich eine Gruppe junger Leute an ihnen vorbei.

»Du willst mich doch nicht etwa zum Hausmann machen?« fragte er.

Sie lachte. »Ich fürchte, dazu hast du kein Talent. Nein, Frank, weißt du, es beruhigt mich einfach, daß du dich bis zu deiner Operation schonen kannst. Meiner Meinung ist es jetzt nicht der richtige Zeitpunkt für dich, eine Stellung zu suchen. Außerdem: wenn du zugibst, daß du an Arteriosklerose leidest, wird dich niemand nehmen.«

»Theoretisch klingt das einleuchtend. Aber wovon sollen wir leben, wenn ich nichts verdiene?«

»Von meinem Gehalt und Vaters Zuschuß.«

»Und wie kriegen wir das Geld für die Operation zusammen, falls sie denn wirklich notwendig werden sollte?«

»Da gibt es zwei Möglichkeiten. Aber gehen wir auf die andere Straßenseite, ja? Hier ist mir zu viel Volk.«

Bei der nächsten Ampel überquerten sie die Fahrbahn und machten sich auf den Heimweg.

»Ich könnte auch tagsüber arbeiten«, schlug sie vor.

»Du willst den Nachtdienst aufgeben?«

»Nein, zusätzlich einen Job annehmen. Mach dir keine Sorgen! Wenn du mich nur ein bißchen im Haushalt entlastest, schaffe ich das ganz bestimmt.«

»Dann würdest du nicht mehr studieren können, nein, das will ich nicht.«

»Es wäre ja nur vorübergehend. Bis du wieder ganz gesund bist. Außerdem sind jetzt ja sowieso bald Semesterferien ...«

»Nein.«

Sie liefen jetzt auf das »Siegestor« zu. Auf diesem letzten Stück der Leopoldstraße gab es keine Geschäfte mehr. Links und rechts des Bürgersteigs standen hohe Pappeln. Es war dunkel und ruhig.

Sehr behutsam, tastend und die richtigen Worte suchend, vermittelte Beate ihrem Mann das Angebot Bettinas. Es dauerte eine Weile, bis er verstand, um was es ging.

Dann löste er sich von ihr und schrie: »Das kann doch nicht dein Ernst sein!«

»Bitte, reg dich doch nicht auf, Frank.«

»Du willst das Kind eines fremden Mannes austragen?«

»Es ist ja nur so eine Idee, Frank!«

»Schon die Vorstellung genügt, mich wahnsinnig zu machen!«

»Bedenk doch auch mal die Vorteile ...«

»Hör auf damit!« Er packte sie bei den Schultern und schüttelte sie.

»Aber, Frank!«

»Kein Wort mehr davon! Glaubst du, ich könnte dich noch anrühren mit einem fremden Kind im Bauch?«

»Da solltest du in nächster Zeit sowieso ...« Beate kam nicht dazu, ihren Satz zu beenden.

Er hatte ausgeholt und ihr mit der flachen Hand ins Gesicht geschlagen.

Dann standen sie sich stumm gegenüber, auf dem düsteren Fleck zwischen zwei Laternen konnten sie nur die Umrisse des anderen erkennen. Von einer Sekunde zur anderen waren sie zu Fremden geworden.

»Es tut mir leid, Liebling«, murmelte er dann, »wirklich. Ich weiß gar nicht, wie mir das passieren konnte.«

»Schon gut.« Ihre Stimme klang plötzlich mutlos.

»Aber dieses Gerede von einem fremden Kind. Ich verstehe gar nicht, wie du an so etwas auch nur denken kannst. Nur wegen des blöden Geldes.«

»Nicht nur, Frank. Ich würde Bettina und ihren Mann damit glücklich machen.«

»Was gehen uns die an?«

»Ich würde mein Studium nicht unterbrechen müssen und könnte mich auf mein letztes Staatsexamen vorbereiten.«

»Das kannst du so und so.«

»Wie denn?«

»Indem wir diese alberne Operation einfach vergessen. Ich bin vollkommen gesund. Dieser eine Anfall war doch nur blinder Alarm. Du und deine Ärzte haben aus einer Mücke einen Elefanten gemacht.«

Sie widersprach nicht, um ihn nicht noch mehr aufzuregen.

»Ich werde Geld verdienen, und du wirst dein Studium beenden, verstehst du mich?«

Sie sagte immer noch nichts.

»Ob du mich verstehst?« brüllte er.

»Du bist laut genug.« Sie wandte sich ab und ging weiter.

Eine Weile hörte sie seine Schritte noch hinter sich. Aber sie wandte sich nicht zu ihm um, und er machte auch keinen Versuch mehr, mit ihr zu sprechen. Als sie dann in die Adalbertstraße einbog, war er plötzlich verschwunden. Beate suchte ihn nicht, sondern ging schnurstracks nach Hause.

Zum ersten Mal in ihrem Leben hatte sie das Gefühl, daß die Last ihrer Sorgen sie zu erdrücken drohte.

Beate war schon zu Bett gegangen, als sie Frank nach Hause kommen hörte. Es war eine knappe Stunde vergangen, seit er sich von ihr getrennt hatte. Rasch löschte sie das Licht, wandte sich zur Seite und schloß die Augen. Aber es nutzte nichts, daß sie sich schlafend stellte.

Lärmend polterte er herein – mit Absicht, wie sie wußte, denn gewöhnlich pflegte er, gerade wenn es spät geworden war, sehr leise zu sein – und knipste die Deckenbeleuchtung an. »Hallo, Liebling!« rief er munter. »Ich war noch auf einen Sprung in der ›Wurstkuchl‹, habe ein kleines Helles gezischt. Was dagegen?«

Sie blinzelte in das Licht. »Nein, Frank. Aber ich bin sehr müde.«

Er begann sich auszuziehen. »Kannst du mir eigentlich erklären, worüber wir uns gestritten haben?«

»Ich möchte nicht mehr darüber reden.«

»Sehr gut.« Sorgfältig, wie es seine Art war, hängte er Hose und Jackett auf Bügel. Nur mit seinem Seidenhemd und Boxershorts bekleidet kam er zu ihr. »Ich weiß, ich habe mich mörderisch benommen«, sagte er reuevoll.

»Bitte, mach das große Licht aus!«

Er tat es und setzte sich dann zu ihr auf den Bettrand. »Ich kann es dir gar nicht übelnehmen, wenn du jetzt stocksauer bist.«

»Bin ich gar nicht.«

Er machte die Nachttischlampe an. »Bist du doch. Sonst würdest du mich wenigstens ein kleines bißchen anlächeln.«

»Zum Lachen, weißt du, ist mir wirklich nicht zumute. Ich bin todmüde.«

»Das kenne ich überhaupt nicht an dir.«

»Leg dich schlafen! Bitte!«

»Nicht, bevor du mir verziehen hast.«

»Gut, ich verzeihe dir.«

»Das klingt nicht sehr überzeugend.«

»Was willst du sonst noch hören?«

»Du weißt schon.«

»Frank, hör mal, wir haben schon viel zu viel geredet. Laß uns endlich schlafen.«

»Ich habe mir etwas überlegt. Meinst du nicht, daß ich wieder bei Melanie arbeiten könnte?«

»Ihr habt euch doch dauernd in den Haaren gelegen.«

»Damals hast du mir erklärt, daß alle Schwierigkeiten nur daher kämen, weil sie in den Wechseljahren wäre.«

»Stimmt.«

»Aber die müssen inzwischen doch vorbei sein. Inzwischen habe ich ja auch mehr Erfahrung. Ich würde so gerne einen neuen Anfang machen.«

Sie wußte, wie schwer ihm dieser Entschluß gefallen sein mußte, denn ihre Mutter war seinerzeit tatsächlich sehr launisch und oft auch ungerecht ihm gegenüber gewesen. »Das ehrt dich«, sagte sie.

»Glaubst du, sie wird mich nehmen?«

Sie mochte ihn nicht an sein krankes Herz erinnern. »Würde mich nicht wundern.«

Er strahlte. »Siehst du, wie einfach das alles ist, wenn man nur mal in Ruhe nachdenkt und bereit ist, ein bißchen zurückzustecken.«

»Ja, Frank.« Sie rang sich ein Lächeln ab. »Es wird schon alles gut werden.«

»Liebst du mich noch?«

»Ja!«

»Ich könnte es nicht ertragen, dich zu verlieren.«

»Es besteht keine Gefahr.«

Er nahm sie in die Arme und küßte sie leidenschaftlich. Sie wollte sich ihm entziehen, aber sie spürte, wie nötig er die Versöhnung brauchte. Seine Hand glitt zu ihrem Busen, und seine Erregung wuchs. Sie konnte nichts empfinden als lähmende Angst.

»Du liebst mich nicht mehr!« stieß er hervor.

»Doch, Frank, bestimmt, nur ...«

Da geschah es. Sein eben noch vor Begierde gerötetes Gesicht erblaßte jäh. Seine Züge verzerrten sich vor Schmerz, sein Atem stockte.

»Frank!« rief sie entsetzt, wartete aber keine Erklärung ab, sondern stieß seinen schwer gewordenen Körper von sich und rollte sich über die andere Seite des Doppelbettes. Hastig durchwühlte sie die Taschen seines Jacketts nach den Kapseln mit Nitroglyzerin. Es schien ihr eine Ewigkeit zu vergehen, bis sie sie endlich ertastete. Sie lief zu ihm hin und schob ihm eine davon in den Mund. »Versuch zu schlucken! Ich bring' dir Wasser.«

Als sie mit einem gefüllten Zahnputzglas aus dem Bad kam, hatte er die Kapsel hinuntergewürgt. Sie hielt ihm das Glas an die Lippen und stützte seinen Kopf. Er trank, während ihm Wasser über das Kinn tropfte.

»Oh, Frank, mein armer, armer Frank!« Sie barg seinen Kopf an ihrer Brust.

In weniger als zehn Minuten war alles vorüber. Aber das war nur ein schwacher Trost. Es war der zweite Angina-Pectoris-Anfall gewesen, und sie wußten es beide. Sie durften sich keine Illusionen mehr machen.

»Die Angst«, stammelte er, »diese entsetzliche Angst ... du machst dir keine Vorstellung ... mir war, als wenn ich sterben müßte ...«

»Ich weiß, Liebling, ich weiß.«

»Du kannst es nicht wissen! Ein solcher Schmerz ...«

»Es steht in meinen Lehrbüchern.« Sie löste sich von ihm, holte einen nassen Waschlappen und ein Frottiertuch, wischte ihm den kalten Schweiß ab und trocknete ihn.

»Ich muß ...« sagte er und machte Anstalten aufzustehen.

»Du mußt gar nichts. Schlaf heute mal so!«

»Bitte, bleib bei mir! Du darfst mich nicht allein lassen.«

»Ich bringe nur das Zeug weg. Dann komme ich zu dir.«

Später klammerten sie sich wortlos aneinander, bis ihnen die Erschöpfung endlich den ersehnten Schlaf brachte.

In den nächsten Tagen sprachen Beate und Frank weder über den Anfall, noch über die unausweichlich notwendige Operation, noch darüber, wie sie das Geld beschaffen sollten. Beate mochte keinen Vorteil aus seiner Schwäche ziehen und ihn zu einem Entschluß drängen, den er nicht freiwillig fassen konnte. Sie vertraute darauf, daß er von sich aus zur Einsicht kommen würde. Zwar hatte er sich rasch erholt, aber sie wußte, daß er diese zweite Warnung nicht einfach abtun konnte.

Eines Sonntags – Beate hatte Florian nach Tisch zu Bett gebracht, und auch der alte Herr hatte sich zurückgezogen – kam sie in die Küche und fand Frank dabei, wie er den Abwasch machte.

»Aber, Liebling, das brauchst du doch nicht!« rief sie impulsiv.

Er verzog das Gesicht zu einer kleinen Grimasse. »Wenn du glaubst, ich könnte darüber zusammenbrechen ...«

»Natürlich nicht! Aber ich kann es genauso gut tun.«

»Warum nicht ich?«

»Früher ...«

Er fiel ihr ins Wort. »Früher habe ich Geld verdient ...« Er verbesserte sich. »Na ja, jedenfalls habe ich in der Boutique gearbeitet. Verstehst du nicht, daß ich mich auf irgendeine Art nützlich machen möchte?«

»Doch. Und es war ganz dumm von mir, Einspruch zu erheben. Tatsächlich finde ich es toll, daß du mir im Haushalt hilfst, und das auch noch freiwillig.« Sie griff zum Trockentuch.

»Du machst dich über mich lustig.«

»Wie käme ich denn dazu?«

»Du hast Grund genug.« Ohne sie anzusehen, scheinbar ganz mit dem Ausreiben des Kochtopfes beschäftigt, fügte er hinzu: »Weil du mit allem recht hattest. Ich kann jetzt keine Stellung annehmen, weder bei Melanie oder sonst jemandem, bevor ich nicht operiert bin. Ergo kann ich auch kein Geld verdienen, es bleibt an dir hängen.«

Sie küßte ihn auf die Wange. »Sag das nicht so bitter.«

»Es ist bitter für mich.« Er stellte den Topf auf die Ablage. »Was willst du also jetzt tun? Dir einen Tagesjob suchen oder das Kind austragen?«

»Was wäre dir lieber?«

»Für mich wäre beides schlimm. Die Entscheidung liegt bei dir.«

»Ich weiß es noch nicht.«

Er sah sie zweifelnd an.

»Nein, wirklich nicht. Aber ich würde Bettina gern anrufen und mich mit ihr treffen. Vor allem natürlich möchte ich ihren Mann kennenlernen.«

»Wozu?«

»Wenn er unsympathisch ist, ist die Angelegenheit natürlich gestorben.«

»Du willst feststellen, ob du dich in ihn verlieben könntest?«

»Auch dann würde ich es nicht machen. Es würde Bettina nicht recht sein, und ich will keine zusätzlichen Komplikationen.«

»Mir kommt das Ganze ziemlich fies vor.«

»Das verstehe ich schon. Aber die Untersuchung beim Gynäkologen ist ja nie angenehm, und sehr viel ärger wird eine Fremdbefruchtung auch nicht sein.«

»Nur, daß sie neun Monate dauert.«

»Ach was. Danach ist es eine ganz gewöhnliche Schwangerschaft. Die stehe ich bestimmt leichter durch, als Tag und Nacht zu arbeiten.«

»Es ist schrecklich, daß ich dir das antun muß.«

»Du tust mir gar nichts an, Liebling, rede dir das nicht ein! Krankheit ist keine Schuld, sondern ein Verhängnis. Nur eines mußt du mir versprechen ...«

»Alles, was du willst!«

»... du darfst nie aufhören, mich liebzuhaben.«

»Werd' ich schon nicht.«

»Das fremde Kind hat mit mir und dir gar nichts zu tun.«

8 Die von Klothenburgs wohnten in einer Villa in München-Harlaching. Der Anblick des alten, gut erhaltenen Hauses, das inmitten eines Gartens lag, überraschte Beate. Es mußte mitsamt dem Grundstück mindestens eine Million wert sein. Obwohl Bettina Privatpatientin war, hatte sich Beate ihren Reichtum nicht so groß vorgestellt.

Später erfuhr sie dann, daß die Villa den alten Klothenburgs gehörte. Er, Edwin von Klothenburg, war ein erfolgreicher Rechtsanwalt und arbeitete, obwohl bereits im Pensionsalter, immer noch in seiner Kanzlei. Sein Sohn, Egon, hatte zwar auch Jura studiert und sein Staatsexamen gemacht, war aber dann nicht in die Fußstapfen des Vaters getreten, sondern hatte eine Stellung als Pressesprecher eines bedeutenden Unternehmens angenommen. In dem imposanten Haus wohnten vier Familien, im ersten Stock, von dem eine Freitreppe in den Garten führte, die Eltern, im zweiten Stock eine verheiratete Tochter mit ihrer Familie, und im dritten endlich Bettina und ihr Mann. Im Erdgeschoß war der Gärtner-Chauffeur mit seiner Frau untergebracht, die bei den alten Klothenburgs putzte und gelegentlich auch bei den jungen Eheleuten einsprang. Aber das alles erfuhr Beate erst nach und nach.

Zunächst war sie von der riesigen Halle beeindruckt, in die Bettina sie führte, nachdem sie ihr die Haustür geöffnet hatte. Der Raum war zwei Stockwerke hoch und oben von einer Galerie umzogen.

»Das verschlägt einem ja den Atem«, bekannte Beate.

Bettina lächelte ein wenig verlegen. »Beim ersten Mal geht es jedem so, aber man gewöhnt sich. Praktisch ist es ja gerade nicht.« Sie sah reizend aus in einem Hausanzug aus fliederfarbener Seide, das rötlich-blonde Haar bauschte sich in einer kunstvollen Frisur um ihren kleinen Kopf.

»Aber schön ist es doch! Hier könnte man Partys feiern.«

»Haben die Eltern früher auch oft getan. Egon erzählt, daß es hier hoch hergegangen ist, als er noch ein Junge war. Aber damit ist es inzwischen vorbei. Jetzt gibt es nur noch Bridge-

Abende und so etwas.« Bettina führte Beate die breite geschwungene Treppe in den zweiten Stock hinauf. »Ich bin ja so froh, daß Sie sich entschlossen haben!« »Noch nicht ganz«, dämpfte Beate ihre Erwartung. »Ich bin sicher, Sie werden uns nicht im Stich lassen!« Nebeneinander gingen sie die Galerie entlang. Auf der rechten Seite konnte man über das Geländer in die Tiefe der Halle blicken, gegenüber gab es einige Türen.

»Mir kommt es vor wie in einem Schloß«, sagte Beate.

»Gleich ist Schluß mit der Herrlichkeit. Seien Sie nicht zu enttäuscht. Wir wohnen im ehemaligen Dienstbotentrakt.« Bettina öffnete die Tür am Ende der Galerie. »Jetzt geht es weiter über die Hintertreppe. Wir hätten sie auch gleich von unten aus benutzen können, aber komischerweise tun wir das fast nie.«

Der zweite Aufgang hatte nichts mehr von der Großartigkeit der Halle, aber er wirkte alles andere als schäbig. Die gerade, nur einmal gewinkelte Holztreppe hatte ein gedrechseltes Geländer und war mit einem gepflegten roten Läufer belegt. Beate und Bettina stiegen hinauf.

»Hier oben«, erklärte Bettina, »haben Egon und seine Geschwister als junge Leute gewohnt. Das Haus ist von seinen Urgroßeltern erbaut worden, als man noch Personal haben konnte, so viel man wollte. Aber spätestens nach dem Zweiten Weltkrieg war es ja vorbei mit der Dienstbotenherrlichkeit. Bevor wir dann heirateten, hat Egon das Stockwerk wieder umgestalten lassen. Wir haben nur zwei Bäder und eine größere Küche behalten. Hoffentlich gefällt es Ihnen. Ich werde Ihnen auch das Kinderzimmer zeigen. Es hat ein eigenes Bad.«

Bettinas Geplauder klang nervös, aber das war Beate nur zu verständlich. Auch sie selber fühlte sich etwas beklommen. Sie folgte der Gastgeberin in einen Wohnraum, dessen Maße wohl denen der Halle entsprach. Er bildete ein weites Viereck, von dem die Türen zu den anderen Zimmern ausgingen. Die runde Rückwand war verglast und gab den Blick auf den noch hellen, ein wenig düsteren Himmel frei.

Bettina knipste einige Tischlampen an, als sie eintrat. »Egon«, sagte sie, »hier bringe ich dir Beate!«

Egon hatte mit dem Rücken zum Raum gesessen. Jetzt stand er auf, nahm ein Buch von der rechten in die linke Hand und lächelte Beate entgegen. Er war ein großer schlanker Mann, mit einem schmalen Kopf, vollem dunklem Haar und Augen, deren Iris so dunkel war, daß sie schwarz wirkten.

Beate gab ihm die Hand.

Er umfaßte sie mit festem Druck. »Nicht übel«, sagte er lächelnd.

»Egon!« rief Bettina tadelnd.

Er tat arglos. »Was habe ich falsch gemacht?«

»Sie taxieren mich wie ein Pferd!« sagte Beate.

Er verbeugte sich leicht. »Verzeihen Sie! Das war nicht meine Absicht.«

»Bitte, machen Sie es sich doch bequem«, bat Bettina, »beachten Sie ihn am besten gar nicht. Er kann reizend und charmant sein, aber wenn er ungezogen sein will, ist er unausstehlich. Sie trinken doch ein Glas Champagner mit uns?« Ohne Beates Zustimmung abzuwarten, fügte sie an ihren Mann gewandt hinzu: »Geh, bitte, in die Küche und hol die Flasche! Die Gläser stehen auf dem Tablett!«

»Wie du befiehlst, Liebste.«

»Er ist natürlich aufgeregt«, erklärte Bettina, »auch für ihn ist die Sache keine Kleinigkeit.«

Beate war an die Fensterwand getreten, sah in den Garten hinunter und bewunderte den alten Baumbestand.

Bettina trat hinter sie. »Es ist natürlich lästig, daß wir so hoch oben wohnen. Aber wir können ja jederzeit in den Garten. Die Großeltern haben nichts dagegen, auch wenn die Kinder manchmal ein rechtes Geschrei machen.«

»Ich bezweifle gar nicht, daß das Kind es gut bei Ihnen haben würde«, erwiderte Beate.

»Aber?«

»Es kostet halt doch eine große Überwindung.«

Egon von Klothenburg kam herein, in der einen Hand ein Tablett mit Gläsern balancierend, in der anderen die Champagnerflasche. Unter den Arm hatte er eine weiße Serviette geklemmt. »Worüber redet ihr beide?«

»Beate bewundert das Haus.«

»Wenn sie wüßte, wie hoch die Instandhaltungs- und Heizkosten sind, würde ihr die Freude daran vergehen.«

»Lieben Sie es denn nicht?«

»Es war immer mein Zuhause. Ich liebe es und hasse es zugleich. Wie das so ist.« Er stellte das Tablett auf einen der niedrigen Tische.

Bettina verteilt die Gläser und Schälchen mit Salzmandeln und Käsegebäck. »Es ist Ihnen doch hier recht, Beate?«

Im Raum waren mehrere moderne Sitzgruppen verteilt, und Egon hatte die vor dem offenen Kamin gewählt, in dem Holz geschichtet war.

»Hier wie überall«, sagte Beate und setzte sich endlich.

Egon hatte die Serviette um die Flasche geschlungen und machte sich daran zu schaffen. Mit einem sanften »Plopp« löste er den Korken und füllte, ohne auch nur ein Tröpfchen zu vergießen, den schäumenden Champagner in die Gläser. »Gekonnt ist gekonnt!« erklärte er, nicht ohne Selbstironie. »Ich bin eben, wie mein Vater zu sagen pflegt, der geborene Frühstücksoffizier.«

»Es hat seinen Vater sehr enttäuscht, daß Egon nicht in seine Kanzlei eingetreten ist«, erklärte Bettina.

»Und warum haben Sie das nicht getan?« fragte Beate.

»Um meinen Vater nicht noch mehr zu enttäuschen. Er ist alles, was ich nicht bin: hart, gerissen, streitlustig. Ich verfüge nur über eine gerade so eben ausreichende Intelligenz und über ein gewisses diplomatisches Geschick.«

»Du bist zu bescheiden«, sagte Bettina.

Er hob sein Glas. »Trinken wir also einen Schluck auf meine vielgerühmte Bescheidenheit!«

Beate nippte nur. »Sie gefallen mir!« sagte sie spontan.

»Ach ja?« Er sah sie aus seinen schwarzen Augen durchdringend an.

Beate hielt seinem Blick, ohne die Lider zu senken und ohne zu erröten stand. »Ich stelle mir vor, daß Ihr Kind recht putzig sein könnte.«

»Man höre!« Er lachte schallend.

»Sie sind beide nette Menschen. Ich würde Ihnen gerne helfen.«

»Wirklich?« rief Bettina. »Ich dachte, noch vorhin ...«

»Ihr Mann hat mich überzeugt, Bettina.«

»Na, wundervoll!« Egon ließ sein silbernes Etui aufschnappen und bot beiden Frauen Zigaretten an. Nur Bettina griff zu. Er zückte sein Feuerzeug und bediente erst sie, dann sich selber.

»Beschäftigen wir uns also mit den Einzelheiten!« schlug Beate vor. »Es wird nicht leicht sein, einen Arzt zu finden. Die meisten haben etwas gegen die sogenannte artifizielle Insemination ...«

»Großartig!« rief Egon dazwischen. »Können Sie das noch einmal sagen?«

»Gegen künstliche Befruchtung, wenn Sie das besser verstehen«, sagte Beate kühl, »besonders, wenn es sich dabei nicht um den Samen des Ehemannes, sondern eines Fremden handelt.«

»Sie kennen bestimmt eine Menge Ärzte«, meinte Bettina.

»Das schon. Aber von denen würde ich nur im äußersten Notfall einen hinzuziehen. Es wäre mir unangenehm, mir eine Absage einzuhandeln, und außerdem geht es ja auch niemanden was an.«

»Wozu überhaupt einen Arzt?« Egon blies einen kunstvollen Rauchkringel. »Beate und ich kriegen das doch bestimmt auch ohne ärztliche Hilfe hin.«

Die beiden Frauen sahen ihn ungläubig an.

»Ist doch wahr«, verteidigte er sich, »warum sollen wir uns auf so ein umständliches und – verzeiht! – auch unappetitliches Verfahren einlassen, wenn wir genausogut das Angenehme mit dem Nützlichen verbinden können.«

»Ich verstehe Sie nicht!« behauptete Beate.

»Doch! Das tun Sie nur zu gut!«

»Ich will Ihrer Frau helfen, nicht sie kränken.«

»Ach was. Bettina ist großzügig. Nicht wahr, das bist du doch, Liebste?« Bettina widersprach nicht, aber ihre blassen Augen füllten sich mit Tränen.

»So, mein lieber Junge, haben wir nicht gewettet! Wenn ich auch nicht behaupten will, daß ich Sie abstoßend finde – sonst hätte ich das ganze Unternehmen schon platzen lassen –, so anziehend, daß ich mit Ihnen ins Bett gehen möchte, sind Sie nun auch wieder nicht.«

»Hart, aber ehrlich«, bemerkte er amüsiert.

»Also wären wir wieder beim Thema Arzt.«

»Wenn Sie darauf bestehen ...«

»Ja.«

Er drückte seine Zigarette aus. »Ich denke, den könnte ich beschaffen. Ich habe da einen Schulfreund, Doktor Georg Keller ...« Er unterbrach sich. »Du erinnerst dich doch an Schorsch, Bettina?«

»Ja. Aber ihr seht euch doch höchstens einmal im Jahr.«

»Tut nichts zur Sache. Ich bin sicher, er würde es mir zuliebe tun.«

»Damit wäre die Frage also gelöst«, stellte Beate fest.

»Was nun das Finanzielle betrifft ...«

»Ich habe Beate fünfzigtausend versprochen«, warf Bettina ein.

»Ja, ja, Liebste, ich habe durchaus nicht vor zu handeln. So gut solltest du mich doch kennen.«

»Entschuldige, bitte!«

»Ich denke, wir teilen das Geld in Raten auf. Für die Vorbereitungen, die ja möglicherweise zu nichts führen werden, die gynäkologische Untersuchung und so weiter gebe ich Ihnen erst einmal einen Tausender.«

»Fünftausend«, verlangte Beate.

»Wieso?«

»Die artifizielle Insemination ist für mich ja das Unangenehmste an der ganzen Geschichte, und wenn es nicht klappt, liegt das sicher nicht an mir, sondern an Ihnen!«

»Hört, hört!«

»Kein Mann kann sicher sein, daß er zeugungsfähig ist.«

»Unfug!«

»Das wird Ihnen auch Ihr Freund Schorsch sagen. Bestimmt wird er auch Ihren Samen untersuchen, um die Form der Spermien, ihre Zahl und ihre Beweglichkeit festzustellen, um nur einiges zu nennen.«

»Stimmt das?« fragte Egon bestürzt.

»Ich habe dir doch gesagt, daß Schwester ... daß Beate Medizinerin ist. Sie wird es wissen.«

»Da kommen ja einige Unannehmlichkeiten auf mich zu.« Egon hatte sich schon wieder gefaßt. »Was bekomme ich, bitte, dafür?«

»Ein Kind«, antwortete Beate.

»Einen Sohn!« behauptete Bettina.

»Dafür kann ich nicht garantieren, auch das liegt ganz bei Ihrem Mann. Jedenfalls möchte ich, sobald, um es ganz unmißverständlich auszudrücken, die Qualität des Ejakulats erwiesen ist und bevor ich mich dem Eingriff unterziehen werde, fünftausend haben.«

»Sie sind eine harte Person!«

»Beate hat ganz recht«, sagte Bettina, »bevor sie das mitmacht, muß sie schon eine einigermaßen anständige Summe kriegen.«

Beate war dies Feilschen um das Leben eines ungeborenen Kindes mehr als unangenehm; sie fand es geschmacklos. Aber für Franks Operation brauchte sie die fünftausend Mark unbedingt.

»Wenn Sie darauf bestehen ...« sagte Egon noch zögernd.

»Ja.«

»Wenn ich Sie recht verstanden habe: ›à fonds perdu‹?«

»Ja. Das werde ich behalten.«

Egon wechselte einen Blick mit Bettina. »Na schön«, sagte er, »aber für die zweite Rate werden Sie mir einen Schuldschein ausschreiben müssen.«

»Wie soll ich das verstehen?«

»Wir werden Ihnen weitere zwanzigtausend aushändigen, wenn sie den Nachweis erbringen können, daß Sie schwanger geworden sind. Aber falls es dann doch nicht zur Geburt kommt ...«

Bettina fiel ihm ins Wort. »Warum sollte es nicht?«

»Ich verstehe nicht viel von solchen Dingen, aber soviel ich weiß, kann doch immer einmal etwas passieren, nicht wahr?«

Beates Augen verdunkelten sich. »Und dann wollen Sie Ihr Geld zurück?«

»Selbstverständlich.«

Sie sprang auf. »Dieses ganze Gespräch ist ekelhaft, wirklich ekelhaft!«

Bettina lief zu ihr hin und legte ihr den Arm um die Schultern. »Ich versteh' Sie ja, Beate! Glauben Sie nur nicht, daß ich Sie nicht verstehe!«

Ungerührt zuckte Egon die Achseln. »Worüber regt ihr euch auf? Wir müssen zu einer geschäftlichen Abmachung kommen. Ihr erwartet doch nicht von mir, daß ich allein das Risiko trage? Für mein gutes Geld will ich auch ein gesundes Baby haben.«

»Und wenn es nun nicht gesund wird? Was dann?« schrie sie. »Haben Sie das auch schon ausgerechnet?«

»Ja«, sagte Egon ruhig, »daran habe ich gedacht.«

»Was sind Sie doch für ein kaltblütiger Halunke!«

»Diese Bemerkung möchte ich in Ihrem und meinem Interesse überhören.«

»Was soll denn nun wirklich geschehen, falls das Kind nicht gesund ist?« fragte Bettina. »Bitte, Beate, regen Sie sich nicht auf! Setzen Sie sich wieder. Wenn wir zu keiner Vereinbarung kommen, haben Sie immer noch die Möglichkeit auszusteigen.« Sie drückte Beate auf ihren alten Platz zurück, setzte sich selber und zündete sich eine Zigarette an.

Auch Egon ließ sein Etui aufschnappen und bediente sich. »Nun, erst einmal erwarte ich von Ihnen, daß Sie während Ihrer Schwangerschaft völlig gesund leben. Es ist erfreulich, daß Sie nicht rauchen, aber, bitte, auch keine Tabletten und dergleichen.«

»Darauf brauchen Sie mich nicht aufmerksam zu machen.«

»Um so besser. Wenn Sie das Kind trotzdem verlieren oder nicht lebensfähig zur Welt bringen, dann zahlen Sie die zwanzigtausend zurück, denn Sie haben die Bedingungen unseres Vertrages nicht erfüllt. Es spielt für mich dabei keine Rolle, ob Sie eine Schuld trifft oder nicht.«

»Schon sehr beruhigend zu hören, daß ich keine strafrechtliche Verfolgung zu befürchten habe«, sagte Beate, immer noch wütend.

»Sie brauchen gar nicht ironisch zu werden. Wenn Sie mal in Ruhe über meine Bedingungen nachdenken, werden Sie feststellen, daß ich recht habe.«

»Falls es aber nun nicht gesund ist?« fragte Bettina und setzte rasch hinzu: »Was der Himmel verhüten möge!«

»Das läßt sich erst entscheiden, wenn wir wissen, was mit ihm nicht in Ordnung ist. Vielleicht willst du es dann trotzdem haben, dann bekommt Beate die restlichen fünfundzwanzigtausend nicht.« Er brachte Beate, die etwas dazu sagen wollte, mit einer Handbewegung zum Schweigen: »Sie haben ja dann die Bedingung, uns ein gesundes Kind zu liefern, nicht erfüllt.«

»Wie könnte ich denn dafür garantieren?« rief Beate.

»Das können Sie nicht, und gerade deshalb müssen wir uns absichern.«

»Wenn ich es aber nun nicht will?« fragte Bettina.

»Dann bleibt es bei Beate, und sie bekommt das Geld.«

»Äußerst edel!« rief Beate. »Aber vergessen Sie nicht: wie es auch ausfällt, es wird immer auch Ihr Kind sein! Mein Mann kann die Vaterschaft abstreiten, und dann wird man Sie zur Zahlung von Alimenten verdonnern.«

»Sie sind ein kluges Köpfchen, Beate! Alle Achtung. Genau das ist noch ein Punkt, über den wir sprechen müssen. Bevor wir den Vertrag abschließen, muß Ihr Mann unterschreiben, daß er die Vaterschaft anfechten wird. Wird er das tun?«

»Ja.«

»Erst wenn gerichtlich festgestellt ist, daß ich der leibliche Vater bin, können wir einen Antrag auf Adoption stellen.«

»Aber wird das nicht endlos dauern?« fragte Bettina.

»Ich will das Kind nicht, wenn es schon ein paar Monate, ein paar Jahre alt ist. Ich will es sofort.«

»Sehr richtig«, stimmte ihr Mann ihr zu, »wir übernehmen das Kind, sobald es die Klinik verläßt, spätestens zehn Tage nach der Geburt.« Er wandte sich an Beate. »Einverstanden?«

»Sehr. Ich habe nicht vor, mich an ein Kind zu gewöhnen, das mir doch nicht gehört.«

Egon drückte seine Zigarette aus und rieb sich die Hände. »Na, dann ist ja wohl alles klar. Ich setze noch heute abend einen entsprechenden Vertrag auf und schicke ihn Ihnen zu. Trinken wir darauf, ja?«

Sie hoben ihre Gläser, aber Beate nippte nur.

Egon merkte es, als er nachschenkte. »Schmeckt Ihnen der Champagner nicht?« Er zeigte ihr das Etikett. »Es ist eine gute Marke.«

Beate hatte keine Lust zu trinken, denn zuviel war in der letzten Stunde auf sie eingestürmt; sie hatte das Gefühl, einen klaren Kopf behalten zu müssen. »Als werdende Mutter«, entschuldigte sie sich, »sollte ich doch wohl mäßig sein.«

Egon lachte. »Das ist die richtige Einstellung.« Er leerte sein Glas. »Da fällt mir übrigens ein, daß ich etwas vergessen habe. Ihr Mann, Beate, muß noch etwas unterschreiben: daß er während der Empfängniszeit von seinen ehelichen Rechten keinen Gebrauch macht.«

»Mein Mann«, erklärte Beate kalt, »wäre zur Zeit nur unter Lebensgefahr dazu in der Lage. Er leidet an Arteriosklerose.«

»O, wie schrecklich!« rief Bettina. »Warum haben Sie uns das nicht erzählt?«

Beate zuckte die Schultern. »Privatsache. Ich wollte eigentlich überhaupt nicht darüber reden.«

»Na, dann wird er es ja leichten Herzens unterschreiben können. So sehr ich mir einen Sohn wünsche – es sollte dann auch tatsächlich meiner sein.«

»Nur zu verständlich.«

»Ist jetzt endlich alles klar?« wollte Bettina wissen; sie hatte hastig getrunken, und auf ihren Wangen hatten sich runde rote Flecken gebildet. »Oder gibt es sonst noch etwas zu besprechen?«

»Daß die Sache völlig ›entre nous‹ bleiben muß«, sagte Egon, »versteht sich wohl am Rande.«

»Sie sagen es«, erklärte Beate.

»Wenn auch nur eine Zeile unserer Abmachung in der Yellow Press erscheinen sollte, sehe ich sie als geplatzt an.«

Beate stand auf. »Was könnte ich wohl für ein Interesse daran haben? Glauben Sie, ich möchte zur Zielscheibe öffentlicher Schmähungen werden?«

»Erlauben Sie, daß ich diesen Punkt trotzdem in unseren Vertrag hineinnehme?«

»Ach, tun Sie doch, was Sie wollen.«

Bettina ergriff ihre Hand. »Kommen Sie, bitte! Ich möchte Ihnen noch die Kinderzimmer zeigen!«

»Die?« fragte Beate.

»Ja, eines zum Schlafen und eines zum Spielen.«

Es waren zwei helle, hübsche Räume, in die Bettina sie führte. Sie waren nicht möbliert, nur in dem einen stand ein altes, schön geschnitztes hölzernes Kinderbett.

»Das stammt von Egon«, erklärte Bettina, »etwas Neues

wage ich nicht einzukaufen. Ich bin ein wenig abergläubisch.« Sie öffnete eine weitere Tür. »Das ist das Bad.«

Es war ganz in Rosa und Weiß gehalten, bis zur Decke gekachelt und luxuriöser ausgestattet, als das Familienbad in der Türkenstraße.

Aber Beate wollte sich nicht allzu beeindruckt zeigen. »Hübsch«, sagte sie, »es fehlen nur die goldenen Hähne.«

»Meinen Sie wirklich?« fragte Bettina überrascht. »Wir haben uns das selber auch schon überlegt. Aber wir fanden das irgendwie protzig.«

»Hören Sie nicht auf mich! Es sollte nur ein Witz sein.«

»Ach so. Ich verstehe.« Bettina errötete leicht. »Wissen Sie, dieses ganze Gerede darüber, was alles mit dem Kind passieren kann, hat mich auch nervös gemacht. In einem normalen Fall denkt man doch bestimmt nicht an so etwas – na, vielleicht denkt man manchmal daran, man hat ein bißchen Angst –, aber man kalkuliert es doch nicht so kaltblütig mit ein.«

»Es ist kein normaler Fall.«

»Trotzdem, ich bin sicher, daß Sie das Kind heil und gesund zur Welt bringen.«

In der Wohndiele wartete Egon von Klothenburg auf sie. »Ich werde Beate hinunterbringen«, erbot er sich.

Bettina protestierte. »Aber das kann ich doch ...«

Er schnitt ihr das Wort ab. »Nein, Liebste! Du bist nicht mehr ganz sicher auf den Beinen.«

Die beiden Frauen verabschiedeten sich, und Beate nahm ihre Handtasche. Sie folgte Egon die Hintertreppe hinunter. Nebeneinander gingen sie über die Galerie. Eine der Türen öffnete sich, ein kleines, blondgelocktes Mädchen kam heraus. Es flitzte, als es Beate sah, ohne zu grüßen davon und verschwand in einem anderen Zimmer.

»Schüchtern?« fragte Beate.

»Schlecht erzogen, würde ich sagen.«

»Sie werden es mit Ihrem Kind sicher besser machen.«

»Mit unserem Kind, Beate.«

Ihr war der Gedanke, daß das Kind eine Verbindung zwischen ihr und Egon von Klothenburg herstellen würde, unangenehm.

»Hören Sie, Beate, wäre es nicht doch weit vernünftiger, wir würden Ihre Schwangerschaft auf die alt bewährte Weise in die Wege leiten? Meine Frau braucht es ja gar nicht zu erfahren, und Ihr Mann ...«

»Nein! Das wäre unter anderem ein gemeiner Vertrauensbruch.«

»Verheiratet sein bedeutet doch nicht, daß man ein ganzes Leben lang treu bleiben muß.«

»Ihre Frau hat mir schon angedeutet, daß Sie dieser Auffassung sind. Aber ich sehe es anders. Ich werde meinen Mann nie betrügen.«

Auf dem Absatz der breiten geschwungenen Treppe blieb er stehen. »Aber ich dachte, er wäre gar nicht fähig ...«

»Er muß sich schonen, ja. Das heißt aber nicht, daß er nie mehr gesund werden wird.«

»Was fehlt ihm denn eigentlich?«

Ohne zu antworten ließ Beate ihn stehen und stieg weiter die Treppe hinunter.

Er lief ihr nach und packte sie beim Arm. »Sagen Sie es mir doch! Es wird ja kein Geheimnis sein.«

»Warum wollen Sie das wissen?«

»Ist es nicht nur zu natürlich, daß ich mich auch menschlich für die Mutter meines Kindes interessiere?«

Sie maßen sich mit den Augen.

Dann war es Beate, die nachgab. »Na schön. Er hatte Anfälle von Angina pectoris. Beim Röntgen hat man dann festgestellt, daß drei seiner Herzarterien verengt sind.«

»Du lieber Himmel! Wie alt ist er denn?«

»Ich schätze, nicht viel älter als Sie.«

»Wie kann denn so etwas passieren?«

»Wie kriegt man eine Blinddarmentzündung, Gallensteine,

Krebs?« Sie zuckte die Achseln. »Krankheiten spielen nun mal eine Rolle in unserem Leben, niemand kann ihnen entgehen, auch wer sich noch so vorsieht.«

»Es tut mir leid«, sagte er, und Spott und Blasiertheit waren aus seinem gutgeschnittenen Gesicht wie weggewischt, »aufrichtig leid.«

Beate hatte gar nicht über Frank sprechen, auf keinen Fall Mitleid erregen wollen. Doch jetzt war sie doch ganz froh, daß sie es gesagt hatte. Schweigend gingen sie durch die Halle und die Stufen zur Haustür hinunter.

Sie reichte ihm zum Abschied die Hand. »Auf Wiedersehen, Egon!«

Er nahm ihre Hand, öffnete die Tür jedoch nicht. »Ich verstehe nichts von Medizin, aber er muß operiert werden, nicht wahr?«

»Ja.«

»Und dafür brauchen Sie Geld?«

»Warum fragen Sie mich?«

»Um Sie besser zu verstehen.«

Sie entzog ihm ihre Hand. »Für das, was wir vorhaben, braucht es kein gegenseitiges Verstehen. Es kommt bloß auf die Eizelle und den Samen an.«

»Sie gefallen mir, Beate! Sie gefallen mir sehr.« Jetzt hatte sein Gesicht wieder jenen Ausdruck spöttischer Überlegenheit, den es gewöhnlich wie eine Maske trug. »Ein Jammer, daß wir uns nicht früher und bei anderer Gelegenheit kennengelernt haben.«

9 An einem der nächsten Tage traf der »Vertrag zwischen Bettina von Klothenburg und Beate Werder« mit der Post ein.

Beate hatte eine schwere Nacht hinter sich. Sie hatte in der Scheuringer Klinik Dienst getan. Zwei schwere Gewitter hatten sich in kurzen Abständen über München entladen, und die Patienten waren entsprechend unruhig gewesen. Zu allem Überfluß hatte es am Morgen immer noch geregnet, sie hatte keinen Mantel mitgehabt und war bis auf die Haut durchnäßt nach Hause gekommen.

Florian hatte vor dem Unwetter bei seinem Vater Unterschlupf gesucht. Die beiden hatten noch geschlafen, so daß sie ein heißes Bad nehmen und sich die Haare waschen konnte. Erst danach hatte sie Florian und Frank geweckt, den Jungen angezogen und das Frühstück gerichtet.

Als die Post kam, war sie nervöser, als es sonst ihre Art war. Wortlos überreichte ihr Frank den dicken gelben Umschlag. Florian, der schlecht geschlafen hatte und nicht ins Freie konnte, war quengelig.

Sie bat Frank, mit ihm spielen zu gehen. Er war beleidigt, aber sie konnte es nicht ändern. Sie wollte das Schriftstück erst allein lesen.

»Sei mir nicht böse, Liebling«, sagte sie und küßte ihn auf die Wange, »ich habe keine Geheimnisse vor dir, wirklich nicht.«

»Sieht aber doch ganz so aus.«

»Florian geht mir mit seiner Heulerei auf den Geist. Ich muß das doch in Ruhe lesen. In fünf Minuten komme ich zu euch.«

Sie war froh, daß sich die beiden endlich ins Kinderzimmer verzogen hatten. Mit einem Küchenmesser öffnete sie den Umschlag. Der Vertrag in doppelter Ausfertigung hatte eine Länge von zweieinhalb mit der Maschine geschriebenen Seiten. Beates Herz klopfte heftig, als sie ihn las, und sie spürte, wie ihr das Blut in die Wangen stieg. Aber schon bald stellte sie fest, daß ihre Aufregung unnötig gewesen war. Die in Juristendeutsch verfaßte Abmachung war sehr sachlich gehalten. Es war kaum zu glauben, daß sie in einer so unangenehmen Auseinandersetzung ausgehandelt worden war. Auf dem Papier wirkten die Absicherungen, die Egon von Klothenburg für seine Frau eingebaut hatte, nur vernünftig. Der Begleitbrief war so kurz, wie er nur sein konnte, und ganz unpersönlich. Ein Schriftstück, ebenfalls in doppelter Ausführung, lag zur Unterschrift für Frank bei.

Erleichtert lief sie ins Kinderzimmer. »Sei schön brav, Florian, und spiel mal allein!« rief sie.

»Darf ich zu Opa?«

»Stör ihn lieber nicht! Ich bin sicher, er will seine Ruhe haben.«

»Hat er sich auch vor dem Bum-Bum gefürchtet?«

»Das ›Bum-bum‹ war ein Gewitter, und wahrscheinlich hat er auch ein bißchen Angst gehabt. Alle Leute haben das. Bau einen schönen Turm aus deinen Steinen. Nachher gehen wir zusammen einkaufen.«

Frank folgte ihr ins Wohnzimmer. Sie legte die Schriftsachen vor ihn hin. Er las sie, sehr sorgfältig, eine nach der anderen.

»Ziemlich schlau, dieser Herr von Klothenburg«, sagte er endlich, »aber nicht schlau genug.«

»Was willst du damit sagen?«

»Witzlos, dir das zu erklären.«

»Wirst du unterschreiben?«

»Sicher. Ich habe nicht vor, mich mit seinem Kind zu belasten, und daß ich dich nicht mehr glücklich machen kann, wissen wir ja beide.«

»Mach dir nichts draus, Liebling. Du wirst wieder ganz gesund werden.«

»Deine Zuversicht möchte ich haben.«

»Ich habe sie für uns beide.«

Sie setzten sich nebeneinander und unterschrieben. Dann sahen sie sich in die Augen.

»Ob es wirklich richtig ist, auf was wir uns da einlassen?« fragte Frank.

»Noch gibt es ein Zurück.«

»Wie meinst du das?«

»Wir brauchen die Papiere nicht abzuschicken. Wir können sie einfach zerreißen, falls du das Gefühl hast, es ist zu viel für dich.«

»Auf mich kommt es nicht an.«

»O doch. Du bist ein Teil von mir, Frank. Wenn ich fürchten müßte, daß unsere Ehe daran kaputt geht ...«

»Das wird sie nicht!« sagte er rasch. »Es geht mir bloß um dich. Ich habe dir schon so viel aufgebürdet, und jetzt auch das noch!«

»Ach was«, widersprach sie mit einem schwachen Lächeln, »ich hatte schon längst Lust darauf, wieder einmal ein Kind zu kriegen.«

»Warum hast du das nie gesagt?«

»Die Verhältnisse, sie waren nicht so. Aber du mußt mir glauben, Liebling, es macht mir gar nichts aus. Es ist wirklich kein Opfer für mich.«

»Dann wollen wir nicht länger darüber reden und uns das Herz schwermachen. Ich schreibe dir gleich einen Umschlag, und du kannst den Brief dann einwerfen.«

»Ich danke dir, Liebling.«

»Dafür, daß ich dir die Adresse tippe?«

»Daß du so bist, wie du bist. Weißt du, Egon von Klothenburg ...« Sie stockte, denn eigentlich hatte sie sich vorgenommen, über diesen anderen nicht zu sprechen.

»Ja?« fragte Frank begierig.

»Er ist intelligent, er hat Humor, er sieht nicht übel aus, aber ich könnte ihn unmöglich lieben. Mit ihm zusammenzuleben wäre mir unerträglich.«

»Aber ein Kind von ihm willst du bekommen?«

»Das ist etwas anderes. Was glaubst du, wie viele Frauen Kinder von Männern bekommen haben, die sie nicht mochten, die sie ablehnten, ja, die sie sogar haßten. Für Kinderkriegen ist die Liebe nicht ausschlaggebend.«

Nun, da es entschieden war, wartete Beate ungeduldig auf eine weitere Nachricht von den von Klothenburgs. Sie wollte es jetzt so schnell wie möglich hinter sich bringen. Täglich suchte sie vergeblich in der Post nach einem Brief.

Aber eines späten Nachmittags, als sie aus einem wissenschaftlichen Institut nach Hause kam, empfing sie Frank mit den Worten: »Dein Typ hat angerufen!«

»Wer?« fragte sie, obwohl sie sofort wußte, von wem er sprach.

»Dieser Egon von Klothenburg, wer sonst?«

»Du hättest auch Günther Schmid meinen können. Den hast du doch auch oft genug meinen Typ genannt.« Sie legte ihre Collegemappe ab. »Was hat er gesagt?«

»Daß du morgen abend um neunzehn Uhr einen Termin bei Doktor Georg Keller hast.«

Wider aller Vernunft war sie enttäuscht, daß er nicht mit ihr selber hatte sprechen wollen. »Wie geschmackvoll, dir das zu sagen!«

»Oh, er war sehr dezent. Er hat nicht einmal die Bezeichnung ›Frauenarzt‹ oder ›Gynäkologe‹ benutzt.«

»Reizend von ihm.«

»Ich habe ihm natürlich gesagt, daß ich mir weitere Anrufe verbitte.«

»Und er?«

»Blieb ganz höflich. Gab seiner Hoffnung Ausdruck, daß sich das erübrigen würde.«

»Sieht ihm ähnlich. Und wo wohnt dieser Doktor Keller?«

»In der Schellingstraße. Ich habe mir die Nummer aufgeschrieben.«

»Das ist ja fast um die Ecke!«

»Ja, immerhin sehr praktisch.«

Die Praxis von Dr. Keller lag in einem großen Haus, das gleich nach dem letzten Krieg erbaut oder wieder erbaut worden war. Es hatte die typisch langweilige Fassade eines Zweckbaus, rötlich gestrichen, mit großen, gleichmäßig verteilten Fenstern. Wie Beate den Türschildern entnahm, reihte sich hier Praxis an Praxis. Auch zwei Rechtsanwälte hatten Kanzleien im Haus und die Zweigstelle einer Versicherung ihre Büros. Nur der fünfte Stock war an Privatleute vermietet.

Die Haustür war offen.

Mit dem Aufzug, dessen Wände von Barbarenhänden häßlich zerschrammt waren, fuhr Beate in den dritten Stock. Oben angekommen, stellte sie fest, daß es rechts zu einem Hals-Nasen-Ohren-Spezialisten, links zum Gynäkologen ging. Sie klingelte und drückte auf, als der Summer ertönte.

Der große, in hellen Farben gehaltene Vorraum, hinter dessen weißlackierter Theke wohl gewöhnlich eine Empfangsdame saß, war leer. Aber Beate mußte nur wenige Minuten warten, dann kam Dr. Keller aus einer Tür, die bisher halb offen gestanden war. Er war groß, breitschultrig, hatte kurz geschnittenes blondes Haar und trug eine randlose Brille. Unter dem zugeknöpften, sauberen weißen Ärztekittel waren eine blaue Leinenhose und flache Schuhe zu sehen.

»Beate Werder?« fragt er.

»Ja.«

Er reichte ihr die Hand. »Ich bin Doktor Keller.«

Beate verschluckte die Bemerkung, daß sie sich das nach Lage der Dinge schon gedacht hatte.

Er sah sie stirnrunzelnd an. »Sie wissen, daß ich mit dieser Geschichte ein großes Risiko eingehe.«

»So groß nun auch wieder nicht. Sie machen sich ja nicht strafbar.«

»Aber ich könnte – und das wäre in meinem Beruf genauso schlimm – in einen Skandal verwickelt werden.«

»Keiner der Beteiligten wird Anlaß haben, den Mund aufzumachen.«

»Hoffen wir's. Man darf keine Vorsichtsmaßnahmen außer acht lassen.«

»Haben Sie mich deshalb zu einer Zeit bestellt, in der keine Ihrer Mitarbeiterinnen mehr da ist?«

»Damit gehe ich natürlich noch ein weiteres Risiko ein. Aber da mein Freund Sie mir als absolut vertrauenswürdig geschildert hat ...«

Sie fiel ihm ins Wort. »Haben Sie auch daran gedacht, daß es für mich ein Risiko ist, hier ganz allein mit Ihnen zu sein?«

»Ich kann für mich garantieren.«

»Wie schön für Sie!«

»Wenn Sie allerdings nicht einverstanden sind ...« Er unterbrach sich. »Ich jedenfalls halte es für entschieden klüger, wenn Sie erst in der Graviditas offiziell in meiner Praxis auftauchen und in meine Kartei aufgenommen werden. Eine artifizielle Insemination ist zwar vom medizinischen Standpunkt kein Problem, aber doch vom moralischen, wenn es sich um eine heterologe handelt.«

»Das weiß ich alles, Herr Doktor.«

»Ich mache das nur meinem Freund zuliebe.«

»Das ist sehr nett von Ihnen.«

»Es macht Ihnen also nichts aus, mit mir allein zu sein?«

»Nein.«

»Dann gehen wir hinein.« Dr. Keller führte Beate in ein etwas unpersönliches, aber freundliches Sprechzimmer. Vor dem Fenster waren gelbe Jalousetten heruntergelassen. Er zog sie hoch, um das Licht des Sommerabends hereinzulassen. Dann setzte er sich in einen der kleinen, bequemen Sessel Beate gegenüber.

»Ich nehme an, Sie halten sich für ganz gesund, Frau Werder«, eröffnete er das Gespräch.

»Ich bin sicher, daß ich es bin. Ich habe keinerlei Beschwerden und gehe regelmäßig zur gynäkologischen Untersuchung.«

»Was für Antikonzeptionsmittel benutzen Sie?«

»Keines. Ich habe mit verschiedenen Pillen experimentiert, aber ich habe die Nebenwirkungen nicht ertragen können.«

»Sie hätten zu mir kommen sollen. Ich hätte sicher für Sie etwas gefunden!«

»Es geht auch so, Herr Doktor!«

»Und wie?«

»Ich richte mich nach der Knaus-Ogino-Methode. Da ich meine Menstruation sehr regelmäßig bekomme, alle achtundzwanzig Tage, macht das keine Schwierigkeiten.«

Beate holte einen Kalender aus ihrer Umhängetasche und reichte ihn aufgeschlagen dem Doktor. »Hier, meine Aufzeichnungen von diesem Jahr.«

Er sah sie sich aufmerksam an. »Das bedeutet wohl, daß sie fünf Tage im Monat Enthaltsamkeit üben.«

»Ja.«

»Aber das weibliche Ei ist nur wenige Stunden befruchtbar.«

»Ich weiß, aber ich bin lieber vorsichtig.«

»Na, jedenfalls, ihr Kalender ist eine recht brauchbare Hilfe. Normalerweise müssen wir die Patientinnen monatelang vor der Insemination beobachten. In Ihrem Fall können wir wohl rascher vorgehen, zumal es auch mein Freund Egon sehr eilig zu haben scheint.«

»Ich auch«, gestand sie.

Er blickte auf und sah sie etwas befremdet an.

»Ich möchte es hinter mich bringen«, fügte sie erklärend hinzu, »und ich möchte das Kind gern im Frühjahr kriegen. In der heißen Jahreszeit hochschwanger zu sein, stelle ich mir nicht gerade angenehm vor.«

»Sie haben Ihre Tage gerade hinter sich, stelle ich fest. Dann können wir mit der Beobachtung gleich beginnen. Sie werden also ab sofort die Basaltemperatur messen, und zwar rectal, damit wir zu einem genauen Ergebnis kommen.«

»Ja.«

»Führen Sie diese Messung immer zur gleichen Zeit durch.

Vorangegangen sollte ein mindestens sechsstündiger Schlaf sein.«

»Gut, mache ich«, sagte Beate, wobei sie sich den Kopf zerbrach, wie sie, trotz Nachtdienst, an einen sechsstündigen Schlaf kommen konnte.

»Es geht darum, den Zeitpunkt der Befruchtbarkeit möglichst genau zu ermitteln. Er ist dann gegeben, wenn das Ei aus dem reifen Follikel ausgestoßen wird. Das Follikel, eine Art Hülle, platzt zuvor. Man spricht deshalb von diesem Ereignis auch als Follikelsprung.«

»Und dabei ändert sich die Temperatur?«

»Wenn es nur so einfach wäre! Tatsächlich findet der Temperaturanstieg erst etwa zwei Tage später statt. Er wird durch Hormone verursacht, die erst dann zur Wirkung kommen.«

»Wenn ich also einen Temperaturanstieg feststelle, ist die Gelegenheit schon verpaßt. Was soll die ganze Messerei dann nützen?«

»Im nächsten Monat machen wir dann zum angenommenen Zeitpunkt einen Vaginalabstrich.«

»O Gott, klingt das alles umständlich.«

»Wir müssen genau sein. Wie gesagt, handelt es sich darum, einen Zeitraum von wenigen Stunden zu treffen.«

»Und wenn der bei mir nun mitten in der Nacht liegt?«

Er zuckte die Achseln. »Dann haben wir Pech gehabt.«

»Und was ist mit dem Vaginalabstrich?«

»Er dient dazu, den Schleim des Uterushalses zu untersuchen. Zum Zeitpunkt der Ovulation zeigt er besondere Eigenschaften, höhere Transparenz, höhere Spinnbarkeit – es lassen sich Fäden ziehen – und höhere Durchlässigkeit für Samen.«

»Herr Doktor«, sagte Beate, »nach meinem Kalender kann man ja auch schon den Zeitpunkt des Eisprungs erkennen, wenigstens ungefähr. Er wird doch wahrscheinlich um den dritten Tag der fünf Tage liegen, die ich aussetze. Wenn ich dann zu Ihnen zur Untersuchung käme? Ich würde natürlich auch zusätzlich die Basaltemperatur messen. Dann könnten wir es doch schon im nächsten Monat mit der künstlichen Befruchtung versuchen.«

»Wenn Sie es so eilig haben, dann kommen Sie doch am besten an allen fünf Tagen zu mir.«

»Danke, Herr Doktor.«

»Das erste Mal, also am siebten August, um die gleiche Zeit wie heute.« Er gab Beate ihren Kalender zurück. »Ich werde es mir notieren.« Er stand auf, ging zu seinem Schreibtisch und machte eine Eintragung. »Mit dem Ejakulat Ihres ...« er räusperte sich »... ähäm, Partners ist übrigens alles in Ordnung, sowohl was die Form, die Zahl, die Beweglichkeit und die Überlebensfähigkeit der Spermien betrifft.«

»Ich habe nur eine Sorge ...« begann Beate, verstummte aber wieder.

»Ja?« ermunterte Dr. Keller sie. »Sprechen Sie sich nur aus!«

»Die Klothenburgs sind eine so alte Familie. Der Stammbaum läßt sich bis ins zwölfte Jahrhundert nachweisen, heißt es. Ist es nicht möglich, daß es da zu Degenerationserscheinungen kommen könnte?«

»Theoretisch vielleicht, aber praktisch sieht das anders aus. Auch wenn es in den Stammbäumen nicht verzeichnet wird, ist das blaue Blut doch immer wieder mit gesundem roten, bürgerlichen oder bäuerlichen Blut vermischt worden. Da ist immer irgendwann mal ein Pferdeknecht oder ein Chauffeur zum Zuge gekommen, und umgekehrt genauso. Wenn eine adelige Dame nicht schwanger werden wollte oder konnte, hat der Herr des Hauses ein Kind mit einer Magd gemacht, das dann stillschweigend in die Familie aufgenommen worden ist. Die Menschen waren früher nicht moralischer als heute.«

Beate erhob sich. »Sehr beruhigend.«

»Sie sind wild entschlossen, dieses Kind zu kriegen? Warum eigentlich?«

»Dafür, Herr Doktor«, erklärte sie lächelnd und sehr distanziert, »gibt es verschiedene Gründe.«

»Dann will ich nicht weiter in Sie dringen.«

Sie reichte ihm die Hand: »Auf Wiedersehen.«

10

Günther Schmid war sehr ungehalten, als sie ihm sagte, daß sie in diesen Semesterferien seinen Nachtdienst nicht mit übernehmen konnte. »Als ihr den Ausverkauf hattet, bin ich doch auch eingesprungen!«

»Dafür bin ich dir auch dankbar. Aber das habe ich längst ausgeglichen.«

»Meine Mutter wird es nicht verstehen, wenn ich nicht nach Hause komme.«

»Du kannst ja vierzehn Tage fahren. Sieh mal, ich habe dir aufgeschrieben, wann ich Dienst tun kann!« Sie hatte dafür die Zeit nach dem wahrscheinlichen Follikelsprung bis zum Ende ihrer jeweiligen Menstruation gewählt, aber das sagte sie ihm natürlich nicht.

»Es paßt mir überhaupt nicht!«

»Dann entschuldige dich bei der Klinik. Sie werden bestimmt jemand anderen haben, der für dich einspringen kann.«

»Aber dann verliere ich Geld, und vielleicht sogar meine Anstellung.«

»Das ist dein Problem.«

Obwohl es ein regnerischer Tag war und sie nicht im Hof sitzen konnten, hatten sie sich wieder in der »Oase« getroffen. Jetzt, Ende Juli, waren die meisten Studenten schon fort, und in dem kleinen Gastraum waren nur drei Tische besetzt. Draußen wehte ein starker Westwind Papierfetzen über das kunstvoll gelegte Pflaster. Obwohl der Sommer erst vor wenigen Wochen begonnen hatte, lag Herbststimmung in der Luft.

»Du hast mir versprochen, mich in den Semesterferien abzulösen«, beharrte Günther.

»Ich weiß, und es ist mir auch nicht angenehm, dich enttäuschen zu müssen, das kannst du mir glauben.«

»Warum tust du es dann?«

»Ich habe keine Wahl.«

Er blicke sie aus seinen kühlen grauen Augen durchdringend an. »Du hast dich verändert, Beate.«

»Das glaube ich nicht.«

»Doch. Früher hast du zu den wenigen Menschen gehört, auf deren Wort man sich verlassen kann.«

Sie wurde ungeduldig. »Herrgottnochmal, warum willst du mich nicht verstehen?«

»Das kann ich nicht. Beim besten Willen nicht.«

»Nimm einfach an, daß es gesundheitliche Gründe sind.«

»Du bist krank?«

»Überanstrengt.«

Er griff nach ihrer Hand. »Tut mir leid, Beate.«

Sie hätte sich ihm gern entzogen, ließ sich seine Berührung aber gefallen, weil sie ihn nicht kränken wollte. »Schon gut«, sagte sie, »aber so schlimm ist es auch wieder nicht. Nur, daß ich mir augenblicklich vierzehn Nachtwachen im Monat einfach nicht erlauben kann. Es würde doch niemandem nutzen, wenn ich zusammenbreche.«

»Natürlich nicht. Warum hast du mir das nicht gleich gesagt?«

»Weil ich kein Mitleid brauche.«

Er zog seine Hand zurück. »Wie geht es deinem Mann?«

»Er wird sich operieren lassen.«

»Und woher nehmt ihr das Geld?«

»Das wird sich finden.« Sie winkte der Kellnerin. »Entschuldige, bitte, Günther, aber ich habe es sehr eilig.«

»Ich kann deinen Kaffee mitbezahlen.«

»Sehr lieb von dir!« Beate sprang auf, zwang sich, ihm ein Lächeln zu schenken, schulterte ihre Tasche und eilte aus dem Lokal.

Sie war sich darüber klar, daß sich ihre Einstellung zu Günther geändert hatte. Das hatte seine Reaktion auf Franks Erkrankung bewirkt, und auch die Charakterisierung durch ihren Schwiegervater hatte dazu beigetragen. Mit der leichten Bewunderung, die sie früher für ihn empfunden hatte, war es aus und vorbei. Das war bedauerlich, ließ sich aber nicht ändern. Sie zweifelte daran, ob er feinfühlig genug war, das zu spüren. Auf keinen Fall wollte sie sich ihn zum Feind machen.

Auf der Türkenstraße parkten die Autos links und rechts der Fahrbahn, manche sogar in der zweiten Reihe, so daß kaum ein Durchkommen war. In den Schaufenstern kündeten Plakate den Sommerschlußverkauf an. Beate war erleichtert, daß sie sich keine Gedanken mehr darüber machen brauchte, ob das Geschäft gut oder schlecht gehen würde.

Ihre Mutter in der eleganten Maximilianstraße würde ihre Waren schon an den Mann bringen, dessen war Beate sicher.

Am neunten Tag nach der Beendigung ihrer Periode suchte Beate Dr. Keller auf. Er empfing sie, wie das letzte Mal, allein in seiner Praxis. Nach der Begrüßung fragte er sie nach ihrer Temperatur.

»Gleichbleibend«, erklärte sie.

»Haben Sie sich auch täglich gemessen?«

»Aber ja.«

»Na, dann muß ich Sie heute mal auf den Behandlungsstuhl bitten.«

Damit hatte Beate gerechnet. Sie streifte ihren Schlüpfer ab und machte sich bereit.

»Gebährmutter etwas geschwollen«, stellte Dr. Keller fest.

Dazu wußte Beate nichts zu sagen.

»Ich glaube, wir sollten einen Schwangerschaftstest machen«, schlug Dr. Keller vor.

»Wozu?« fragte Beate ärgerlich.

»Wir wollen doch verhindern, daß der gute Egon den Sohn eines anderen Mannes bekommt.«

Beate befreite sich aus ihrer Lage. »Sie denken doch nicht ...?« rief sie empört.

»Ich unterstelle Ihnen keine böse Absicht, aber es könnte doch sein ...«

»Nein!«

»Nur nicht aufgeregt, meine liebe junge Dame. Wenn ich mich irre, haben Sie ja nichts zu befürchten.«

Beate beruhigte sich wieder. »Ich habe überhaupt keine Angst, ich finde das nur alles so umständlich.« –

Natürlich fiel der Test negativ aus, und nachträglich war Beate doch ganz froh darüber, daß er gemacht worden war, wenn sie Dr. Keller auch nach wie vor für übervorsichtig hielt. Die Klothenburgs hätten sich bestimmt kein Siebenmonatskind unterschieben lassen.

Bei ihrem nächsten Besuch beim Frauenarzt ergab sich nichts Neues, aber am Abend darauf fand er den Schleim des Uterushalses verändert.

»Es wäre möglich«, sagte er, »ja, es könnte sein, daß es heute so weit wäre.«

Beate, die, in einer medizinischen Zeitung blätternd, abgewartet hatte, sprang auf. »Warum machen wir es denn nicht gleich?«

Dr. Keller lächelte überlegen. »Nur nichts überstürzen, junge Dame, wir müssen ganz sicher sein.«

»Aber wir könnten es doch versuchen!«

»Erstens habe ich das Sperma nicht zur Verfügung ...«

»Rufen Sie doch Herrn von Klothenburg einfach an!«

»Nein, nein, wir wollen ihn doch nicht für nichts und wieder nichts bemühen.«

»Aber Sie sagten doch eben ...«

»Daß es möglich wäre, ja, das stimmt. Aber ich möchte ganz sicher sein.«

»Kann man das überhaupt?«

»Ich gebe zu, ich habe mich falsch ausgedrückt. So sicher wie möglich, wäre richtiger gesagt. Ich habe schon einige Inseminationen durchgeführt, homologe, versteht sich, also vom eigenen Mann der Patientin, aber in jedem Fall sind der eigentlichen Befruchtung Monate der Beobachtung vorausgegangen.«

»Eine homologe Insemination ist doch auch etwas ganz anderes!«

»Würden Sie so nett sein, mir das näher zu erklären?«

»Wenn eine Frau nicht auf normale Weise von ihrem Mann ein Kind bekommen kann, dann stimmt es doch bei einem der Partner nicht. Entweder fehlt es an der Zahl oder der Qualität der Samenfäden, oder die Frau hat ...«

Dr. Keller fiel ihr ins Wort. »Sie halten sich wohl für sehr schlau, wie?«

»Ich studiere Medizin, und da liegt es doch auf der Hand, daß ich inzwischen über artifizielle Insemination nachgelesen habe.«

»Jetzt bilden Sie sich wohl ein, Sie könnten sie auch ohne meine Hilfe durchführen?«

»Das nicht. Aber ich kenne mich, und ich kenne meinen Körper. Mit Warten gewinnen wir gar nichts.«

»Da bin ich anderer Meinung. Bevor ich nicht weiß, wann der Temperaturanstieg erfolgt ...«

»Spätestens übermorgen!«

»Ich hoffe, Sie irren sich nicht.« –

Beate behielt recht. Zwei Tage später stieg ihre morgendliche Temperatur um null Komma fünf Prozent. Da ihre nächste Menstruation pünktlich am 28. Tag, also am 27. August, einsetzte, beschied Dr. Keller sie für den 6. September zu sich.

An diesem Abend erwies sich der Schleim des Uterushalses als normal.

»Temperaturanstieg?« fragte der Gynäkologe.

»Dann hätte ich ja gar nicht zu kommen brauchen.«

»Sehr richtig«, bestätigte der Arzt ein wenig pikiert.

»Wie soll es also weitergehen?«

»Wir müssen jetzt aufpassen, daß wir den Follikelsprung nicht verpassen. Morgen ist Samstag, da ist meine Praxis an sich geschlossen. Also versuchen wir es morgen mittag.«

»Ja«, sagte Beate, »meiner Rechnung nach müßte es morgen soweit sein. Und wenn nicht?«

»Wie Sie sicher wissen werden – Sie sind ja so bemerkenswert gut orientiert –, halten sich die Spermien bis zu drei Tagen. Wir können also die Insemination ruhig etwas vor dem zu erwartenden Follikelsprung durchführen. Ich erwarte Sie also morgen gegen elf, wenn es Ihnen recht ist.«

»Ja, Herr Doktor.«

»Sollte aber morgen früh die Temperatur schon gestiegen sein, brauchen Sie natürlich nicht zu kommen. Dann rufen Sie mich einfach an, und wir verschieben die Sache um einen Monat.«

11 »Was machst du eigentlich dauernd beim Frauenarzt?« fragte Frank, als Beate nach Hause kam.

»Nichts Besonderes!« behauptete Beate achselzuckend. »Er führt Untersuchungen durch. Es kommt jetzt darauf an, den richtigen Zeitpunkt zu erwischen.«

»Mir ist das sehr unangenehm.«

»Glaubst du, mir nicht? Aber da kann man nichts machen.«

Sie ließ Wasser in ein Glas laufen und trank durstig. »Übrigens muß ich morgen Vormittag zu ihm.«

»Schon wieder?«

»Läßt sich nicht vermeiden. Würdest du wohl so lieb sein, die Küche zu übernehmen?«

Er antwortete nicht, holte sich eine Flasche Bier aus dem Kühlschrank und schenkte mit düsterer Miene ein.

»Wenn du nicht magst«, sagte sie, »dann eben nicht. Essen wir also notfalls ausnahmsweise später.«

»Wann bist du zurück?«

»Spätestens zwölf Uhr, wahrscheinlich früher.«

Er nahm einen durstigen Schluck. »Wahrscheinlich hältst du mich für sehr ungefällig.«

»Nein. Ich verstehe, daß dir die ganze Situation nicht paßt, und daß du keine Lust hast, den Hausmann zu spielen.«

»Stimmt genau. Aber ich gebe zu, daß mein Verhalten kindisch ist.«

»Wie nett du das sagst!« Sie lachte. »Als kindisch würde ich dich aber nicht bezeichnen, eher als etwas kindlich. Du und Florian, ihr habt viel gemeinsam.« Sie gab ihm einen raschen Kuß.

»Auch nicht ganz schmeichelhaft. Sag mal, was soll ich denn kochen?«

»Was ganz Einfaches. Du könntest zum Beispiel gefüllte Paprika von ›Vinzenz Murr‹ holen. Die brauchst du dann nur mit Fett in die Kasserrolle zu tun. Dazu kannst du dann Reis kochen. Wenn es dir lieber ist, schäle ich aber auch vorher noch Kartoffeln.«

»Das kann ich selber.«

»Ich möchte es dir aber nicht zumuten. Nichts, was dich in deiner männlichen Ehre kränken würde.«

»Ich sehe im Kartoffelschälen keine Erniedrigung.«

»Gut gesagt. Aber mach doch lieber Reis. Ich möchte nicht riskieren, daß du dich in den Finger schneidest und mich verfluchst.« Zögernd fügte sie hinzu: »Und, Frank, wenn du schon einkaufst ... natürlich könnte ich das auch selber tun, bevor ich zum Arzt gehe ...«

»Nein, laß mich das nur machen. Ich nehme Florian mit. Der erbt bei der Gelegenheit immer ein Scheibchen Wurst und freut sich.«

»Dann such doch auch gleich was für Sonntag aus! Es muß ja nicht gleich ein Braten sein. Steaks, Koteletts oder Rouladen tun es auch. Nimm, was dir ins Auge sticht.«

»Rede nicht wie meine Mutter mit mir! Ich kriege sowieso immer die besten Stücke.«

»Zugegeben! Aber ich habe dich schon lange im Verdacht, daß du mit den Verkäuferinnen flirtest.«

Jetzt lachte er.

Das machte Beate froh. »Flirten kann ich nun mal nicht. Weißt du, auf was ich Lust hätte?«

»Auf Schweinebraten?«

»Mal wieder ins Kino zu gehen. Im Fernsehen läuft ja doch nur Schwachsinn. Aber im ›Film-Casino‹ gibt es einen spanischen Film, der gute Kritiken hat.«

»Na ja«, sagte er, nicht sehr begeistert.

»Ach, komm schon, sei nicht so! Es hat doch keinen Sinn, dauernd zu Hause herumzusitzen. Wenn wir jetzt loslaufen, kommen wir noch gerade recht zur nächsten Vorstellung. Ich sehe nur schnell noch nach Florian und sage Vater Bescheid.«

Der Film zeigte eine leidenschaftliche Liebesgeschichte mit viel Tanz zu aufheizenden Flamenco-Klängen.

Beate und Frank diskutierten den ganzen Heimweg darüber. Als sie dann allein in ihrem Zimmer waren und sich für die Nacht zurechtgemacht hatten, wollte er sie an sich reißen. Aber sie stieß ihn energisch zurück.

Er wollte nicht aufgeben. »Wenn du mich liebtest ...«

»Natürlich liebe ich dich!«

»... dann würdest du nicht ...«

»Gerade weil ich dich liebe. Wir können das nicht riskieren, nicht so.«

»Es muß doch nicht jedesmal passieren. Du kannst doch nicht davon ausgehen, daß ich jedes Mal einen Anfall kriege.«

»Nein, das nicht! Aber schon der bloße Gedanke, daß dir dabei etwas zustoßen könnte, macht mich krank.«

Er griff wieder nach ihr. »Lassen wir es drauf ankommen!«

Sie entzog sich ihm. »Wenn du mich nicht in Ruhe läßt, werde ich ausziehen.«

»Und wohin? Etwa zu deiner Mutter? Die wird eine Freude haben.«

»In ein anderes Zimmer. Ich lege mich bei Florian auf die Couch.«

»Nein!«

»Dann sei vernünftig!«

»Aber ich sehe nicht ein ...«

»Liebling! Ich habe zu allem Überfluß noch meine gefährlichen Tage.«

»Ach so«, sagte er ernüchtert, »das ist es also. Du willst kein Kind von mir.«

»Nicht jetzt! Wir können es uns einfach nicht leisten.«

»Du willst das Kind des anderen nicht gefährden.«

»Noch habe ich es ja nicht. Noch ist ja nicht einmal der Anfang gemacht.«

»Aber du hast Angst, daß ich dazwischenfunken könnte.«

»Frank! Wir haben doch alles besprochen!«

»Ich habe nicht gewußt, daß du dich mir entziehen würdest«, sagte er voller Bitterkeit.

»Liebling, wir sind doch immer vorsichtig in dieser Zeit gewesen. Du hast mich immer unterstützt. Warum jetzt auf einmal nicht mehr?«

»Wenn du das nicht begreifst!«

»Wir dürfen aus unserem Leben nicht einen noch größeren Schlamassel machen.«

Er streckte die Arme nach ihr aus. »Ich begehre dich so sehr!«

»Bitte, nicht auf diese Art!«

»Wie sonst?«

»Liebling, wir haben doch immer auch in der gefährlichen Zeit eine Möglichkeit gefunden, Spaß miteinander zu haben, ein bißchen anders als sonst.«

»Aber gerade heute ...«

»Gerade heute müssen wir doppelt vorsichtig sein. Also sei lieb!«

Er seufzte schwer. »Du bist eine eisenharte Person.«

Sie schmiegte sich in seine Arme und bedeckte seine Brust, seinen Körper mit kleinen Küssen. »Das ist gut so, nicht wahr? Wenn ich nicht wäre, wie ich bin, könnte ich dich nicht glücklich machen.«

Am nächsten Morgen stellte Beate fest, daß ihre Temperatur gleich geblieben war. Sie hatte es zwar nicht anders erwartet, verspürte aber dennoch eine gewisse Erleichterung.

Nach dem Frühstück zogen Frank und Florian zum Einkaufen los. Beate brachte die Küche in Ordnung, machte die Betten und badete dann. Sonnabends hatte sie gewöhnlich ihren großen Putztag, aber diesmal ließ sie fünf gerade sein. Sie wollte nicht abgehetzt in Dr. Kellers Praxis erscheinen.

Diesmal kam sie sogar ein wenig zu früh. Die Tür war offen, sie trat ein, aber Dr. Keller kam nicht, wie gewohnt, um sie zu begrüßen. Sie rief »Hallo«, erhielt keine Antwort und überlegte schon, ob sie im Wartezimmer Platz nehmen sollte. Aber dann blieb sie unentschlossen im Empfangsraum stehen.

Nach einer Weile öffnete sich die Tür. Dr. Keller kam heraus. Er begleitete Egon von Klothenburg noch einige Schritte.

Beate hätte sich am liebsten versteckt, aber sie unterdrückte diesen Impuls. Erstens wäre sie sich albern dabei vorgekommen, und zweitens war es wahrscheinlich auch schon zu spät. Aber sie konnte nicht verhindern, daß sie heftig errötete.

Egon von Klothenburg zuckte zusammen, als er sie sah. »Na, wen haben wir denn da?« fragte er, sehr verlegen und ziemlich töricht.

»Ja, das ist eine Überraschung«, gab Beate zurück.

»Ich hatte nicht erwartet ...«

»Verzeihen Sie, daß ich zu früh gekommen bin.«

Es war eine peinliche Situation. Egon von Klothenburg hatte soeben seinen Samen gespendet. Beate hatte das begriffen, und er wußte, daß sie es wußte. Sie standen sich einander gegenüber wie ertappte Sünder.

Dr. Keller griff ein. »Kein Grund zu Entschuldigungen! Mach, daß du fort kommst, Egon, und grüß deine reizende Frau von mir! Und Sie, meine liebe junge Dame, kommen jetzt gleich mit mir, damit wir es hinter uns bringen.«

Zum ersten Mal war Beate dem Frauenarzt dankbar; sie erkannte, daß er wesentlich mehr Feingefühl besaß, als sie vermutet hatte.

»Ich könnte Sie jetzt noch mal untersuchen«, sagte er im Behandlungszimmer, »aber das will ich Ihnen ersparen. Es bringt ja nichts. Klug, wie Sie sind, wissen Sie ja sicher, daß ein direkter Nachweis des Follikelsprungs zuverlässig gar nicht möglich ist. Wenn unsere Berechnungen stimmen, muß es ja heute oder morgen soweit sein.«

»Ja«, sagte sie, »dessen bin ich sicher.«

»Unregelmäßigkeiten können natürlich immer auftreten«, dämpfte er ihren Optimismus.

Ohne seine Aufforderung abzuwarten, streifte sie ihr Höschen ab und kletterte auf den Untersuchungsstuhl. Er machte sich, mit dem Rücken zu ihr, an einer Phiole zu schaffen.

Dann drehte er sich zu ihr um. »So, jetzt die Beine breit, junge Dame!«

Sie legte ihre Füße auf die Halterungen.

»Ich habe das Ejakulat auf eine Portikappe gestrichen, ein sogenanntes Okklusivpessar«, erklärte er, »keine Angst, es tut nicht weh. Haben Sie sich schon einmal eine Spirale einsetzen lassen? So ungefähr ist das Gefühl dabei.«

Es war doch schmerzhaft. Beate mußte die Zähne zusammenbeißen, um einen Wehlaut zu unterdrücken. Aber in dem Augenblick, als sie glaubte, es nicht mehr aushalten zu können, war es schon vorbei.

»Tapfer«, lobte Dr. Keller sie, »sehr tapfer!« Er trat an das kleine Becken und wusch sich die Hände.

Beate nahm ihre Füße herunter und richtete sich auf.

Dr. Keller drehte sich, die Hände an einem Wegwerftuch trocknend, wieder zu ihr hin. »Sie sind ja ganz blaß geworden!« Sie rang sich ein Lächeln ab. »So fühle ich mich auch. Ich fürchte, ich war nahe daran, in Ohnmacht zu fallen.«

»Die natürliche Methode ist eben doch angenehmer. Hat Ihnen Freund Egon diese nicht vorgeschlagen?«

»Doch«, gab sie zu.

»Das habe ich mir gedacht!« sagte er, ließ aber dann zu Beates Erleichterung das Thema fallen. »Ich glaube, wir haben uns beide jetzt ein Schnäpschen verdient!« Er ging zum Medizinschrank.

Rasch schlüpfte Beate in ihre Hose. »Wird das dem Kind nicht schaden?«

»Sie haben ganz recht, wenn Sie während Ihrer Schwangerschaft Alkohol möglichst meiden. Aber jetzt geht es darum, Ihren Kreislauf wieder in Schwung zu bringen.« Dr. Keller goß aus einer schmalen Flasche eine klare Flüssigkeit in zwei kleine Gläser. »Ein sogenannter Selbstgebrannter«, erklärte er, »ich beziehe ihn von einem Bauern. Im Notfall tut er gute Dienste.« Er reichte Beate eines der Gläser. »Na, dann Prost! Auf das Ungeborene!« Er kippte den Schnaps, ohne eine Miene zu verziehen, in einem Zug.

Beate versuchte es ihm nachzumachen, geriet aber ins Husten. »Das Zeug brennt ja wie Feuer«, keuchte sie.

Er lachte. »Das kommt nur, weil Sie es nicht gewohnt sind.«

Als sie sich von ihrem Hustenanfall erholt hatte, mußte sie zugeben, daß sie sich entschieden besser fühlte. »Danke, Herr Doktor«, sagte sie, »das hat mir gutgetan.«

»Wußte ich es doch.«

»Wann sehen wir uns wieder?«

»Wenn Ihre Menstruation ausbleibt, in sechs Wochen. Melden Sie sich dann ganz offiziell zu einer Frühuntersuchung an.«

Beate hatte das Gefühl sich entschuldigen zu müssen. »Ich hoffe, ich war nicht zu schwierig.«

»Wenn Sie wüßten, was man so alles an Patientinnen erlebt, und Kolleginnen sind die schlimmsten.«

»Kann ich mir vorstellen!« Sie reichte ihm zum Abschied die Hand.

Er hatte sie schon zur Tür begleitet, als ihm noch etwas einfiel. »Warten Sie, ich habe etwas für Sie!« Er eilte in sein Sprechzimmer.

Beate folgte ihm und sah von der Tür aus zu, wie er einen weißen Umschlag aus einer Schreibtischschublade nahm. Er reichte ihn ihr. Sie drehte ihn in der Hand. Er war unbeschriftet.

»Was ist das?«

»Freund Egon hat ihn für Sie abgegeben.«

»Danke.« Sie ließ den Umschlag in ihre Umhängetasche gleiten.

Aber schon im Treppenhaus konnte sie der Verlockung nicht widerstehen, ihn aufzureißen – er enthielt fünf braune Scheine: 5000,– DM.

Beate atmete tief durch. Wenn Dr. Keller ihr das Geld gleich gegeben hätte, dachte sie, hätte er sich den Schnaps sparen können. Der Anblick war Anregung genug für ihren Kreislauf. Mit dem Geld, das sie beim Totalausverkauf von Franks Boutique hereinbekommen hatte und dem, was sie noch von ihrer Mutter zu erwarten hatte, würde es, wenn auch knapp, für Franks Operation reichen.

›Vielleicht‹, dachte sie, während sie die Treppen hinunterlief, ›werde ich gar nicht schwanger. Dann ist die Sache ausgestanden. Noch einmal gebe ich mich nicht dafür her.‹

Die Vorstellung erleichterte sie. Sie hatte Schwierigkeiten genug mit ihrem Mann, der sich vor der Operation am offenen Herzen fürchtete und in seinem Zustand nichts mit sich anzufangen wußte. Wenn sie ein fremdes Kind austragen müßte, würde das die Situation noch komplizieren. Wider aller Logik klammerte sie sich jetzt an diese Hoffnung.

12 Am 16. September, zu Beginn des neuen Schuljahrs, sollte Florian zum ersten Mal in den Kindergarten in der Leopoldstraße gehen. Beate hatte ihn lange zuvor dort angemeldet und ungeduldig auf diesen Tag gewartet. Aber jetzt, als es soweit war, wurde ihr das Herz schwer. Es war ein einschneidender Tag in Florians jungem Leben. Nun würde er nicht mehr Tag für Tag in ihrer Nähe sein.

Natürlich wußte sie, daß dieser Schritt für seine Entwicklung nötig war. Obwohl er hin und wieder mit anderen Kindern im Hof gespielt hatte, war er doch viel zu oft und viel zu intensiv mit Erwachsenen zusammen gewesen. Er neigte dazu, altklug zu werden. Wenn er in der Schule und im späteren Leben Erfolg haben sollte, war es für ihn an der Zeit zu lernen, mit Gleichaltrigen auszukommen und sich durchzusetzen.

Sie selber würde endlich Gelegenheit haben, sich in ihr Studium zu knien. Das Wintersemester hatte schon vor mehr als vier Wochen begonnen, aber sie hatte die Vorlesungen nicht regelmäßig besuchen können, weil sie immer wieder durch ihre persönlichen Sorgen, den Haushalt und auch Florian abgelenkt worden war. Aber sie mußte unbedingt die nötigen Scheine zusammenbekommen, da sie sich zum nächsten Staatsexamen im März melden wollte.

Das alles sah sie völlig klar, und dennoch fühlte sie sich elend. Es kostete sie eine gewaltige Anstrengung, sich so wie immer zu geben. Beim Frühstück überließ sie das Gespräch den Männern und begnügte sich damit, eine heitere Miene aufzusetzen.

Frank brach als erster auf; er hatte einen Termin bei Professor Reicher in der Nußbaumstraße. Nach einem Blick auf seine Armbanduhr stieß er seinen Stuhl zurück und erklärte: »Ich muß jetzt los!« Er gab Beate einen raschen Kuß, fuhr seinem Sohn durch das weiche blonde Haar und nickte seinem Vater zu.

»Mach's gut, Liebling!« rief Beate ihm nach.

Er wandte sich, schon in der Tür, noch einmal um und fragte mit einem schiefen Lächeln: »Was könnte ich schon falsch machen? Ich bin ein Dulder.«

»Es könnte dir einfallen, unterwegs ein Bier zu trinken!«

»Wenn das deine einzige Sorge ist!«

Bald darauf hörten sie die Wohnungstür hinter ihm zuklappen.

Florian rutschte ungeduldig auf seinem Stuhl hin und her. »Ich muß auch!« behauptete er. »Die fangen sonst ohne mich an.«

»Tun sie nicht«, erklärte sein Großvater, »du hast noch Zeit.«

»Wieviel?«

»Bis du die Milch ausgetrunken und dein Butterbrot gegessen hast.«

»Aber dort kriege ich doch auch zu essen, hat Mammi mir erzählt.«

»Ja. Aber kein Frühstück.«

»Und habe ich dort auch ein eigenes Bett?«

»Ich weiß nicht.«

»Mammi sagt, daß ich mich dort nach dem Essen ausruhen muß. Also habe ich dort auch ein eigenes Bett. Sag doch, Mammi!«

Beate erwiderte nichts.

Er kniff sie leicht in den Arm. »Sag schon!«

Beate zuckte zusammen. »Was hast du gefragt?«

»Ob ich ein eigenes Bett dort habe!«

»Ich weiß nicht.«

»Aber wenn ich mich dort hinlegen soll ...«

»Vielleicht ist es auch nur eine Matratze.«

Florians runde Augen wurden vor Staunen groß. »Ach!« sagte er sehr beeindruckt. »Dann ist es dort wie im Wilden Westen.«

»Sag nicht immer dort«, tadelte sein Großvater, »es heißt Kindergarten, und das weißt du ganz genau.«

»Blödes Wort. Oder wachsen dort in Wirklichkeit Kinder?«

»Nein.«

»Und ein Garten ist es auch nicht, hat Pappi mir gesagt. Warum heißt es dann Kindergarten?«

»Weil Kinder sich dort tummeln können.«

»Wie macht man das? Tummeln?«

Sein Großvater antwortete nicht; er hatte seine Aufmerksamkeit Beate zugewandt. »Du bist ja so still.«

»Bin ich das?«

»Eigentlich wäre es ja deine Aufgabe, Florian das mit dem Kindergarten zu erklären.«

»Habe ich schon ein dutzendmal getan.«

»Aber er will es anscheinend immer wieder hören.« Beate schenkte ihm ein schwaches Lächeln. »Tut mir leid, Vater. Aber ich hatte eine schwere Nacht.«

»Davon läßt du dich doch sonst nicht unterkriegen. Machst du dir Gedanken wegen Frank?«

»Das auch.«

Florian plapperte munter weiter. »Vielleicht wachsen Äpfel und Pflaumen und Apfelsinen im Kindergarten, und die kriegen wir dann zu essen!«

»Mach dir nur keine Illusionen, Florian!« warnte Beate. »Im Kindergarten wächst gar nichts. Es sind bloß Zimmer, in denen man spielen und lernen und essen und sich ausruhen kann.«

»Aber warum soll ich dann dort hin? Essen und mich ausruhen und spielen und lernen kann ich doch auch zu Hause.«

»Ein Kindergarten ist eine Art Schule, wie oft habe ich dir das schon erklärt, eine Vorschule. Man kann nicht einfach immer zu Hause bleiben. Für jeden Menschen kommt der Tag, wo er ins ...« Sie stockte, konnte gerade noch verhindern, daß sie feindlich sagte: »... ins Leben hinaus muß.«

»Ist es das?« fragte der Schwiegervater.

Beate nickte.

»Aber leben tun wir hier doch auch!« trompetete Florian.

»Fällt es dir so schwer, Beate?«

»Ich hätte das nie gedacht.«

»Dann melde ihn einfach wieder ab.«

»Das wäre unvernünftig.«

»Ein Jahr früher oder später ...«

»Es nutzt ja nichts. Ich muß mich damit abfinden.«

»Soll ich ihn bringen?«

»Das sähe doch dumm aus.«

»Aber wieso denn? Ich werde den Tanten einfach die Wahrheit sagen. Daß du Nachtdienst in der Klinik gehabt hast. Das wird als Entschuldigung wohl ausreichen.«

»Würdest du das wirklich für mich tun?«

»Warum denn nicht? Ein kleiner Spaziergang ist für mich kein Opfer.«

Sie streckte ihre Hand nach ihm aus. »Ich danke dir so sehr. Du hältst mich jetzt sicher für eine dumme Pute, aber ich ...« Ihre Stimme erstickte.

»Schon gut, schon gut. Ich verstehe dich ja. Versprich mir, daß du dich hinlegst, sobald wir fort sind.«

»Ja, Vater.«

Er wandte sich seinem Enkel zu. »Wir beide gehen zum Kindergarten, Florian! Aber jetzt beeil dich, bitte. Sonst kommen wir wirklich zu spät, und das wäre ein schlechter Anfang.«

Hastig leerte Florian seinen Becher und rutschte vom Stuhl. »Du gehst auch in den Kindergarten, Opa?«

»Nein, das habe ich längst hinter mir. Aber ich bring' dich hin.«

Florian steckte den Rest seines Butterbrotes in den Mund, während Beate ihm schon in seinen leuchtend roten Anorak half. Sie holte einen feuchten Lappen und wischte ihm Gesicht und Hände ab. Am liebsten hätte sie ihn an sich gepreßt und ihn mit Küssen überschüttet. Aber er durfte von ihrer Angst und ihrem Schmerz nichts spüren. So gab sie ihm nur einen flüchtigen Kuß und schob ihn dann seinem Großvater zu.

»Gute Lehren brauche ich dir zum Glück nicht mit auf den Weg zu geben!« sagte sie. »Sei ganz, wie du bist, Florian, und laß dich nicht einschüchtern! Ich freue mich schon auf heute abend, wenn du wieder nach Hause kommst.« Florian schob seine kleine Hand vertrauensvoll in die des Großvaters. Die Augen wurden Beate feucht, als die beiden miteinander loszogen. Jetzt, wo sie allein war, hätte sie ihren Tränen getrost freien Lauf lassen können. Aber sie tat es nicht, sondern nahm sich zusammen.

Sich auszuruhen, wie sie versprochen hatte, war sie viel zu nervös. Statt dessen nutzte sie die Gelegenheit, das Bett ihres Schwiegervaters neu zu beziehen und sein Zimmer zu putzen. Als er eine halbe Stunde später zurückkam, war sie gerade damit fertig geworden.

»Alles gutgegangen?« fragte sie.

Er lächelte. »Was hätte denn schiefgehen sollen. Die Tanten sind sehr nett ...«

»Ich weiß«, warf sie ein, »ich kenne die beiden.«

»... und die Kinder, scheint es, auch. Jedenfalls waren sie alle sauber, gut gekleidet und ordentlich gekämmt.«

»Florian hätte doch zum Schluß Angst bekommen können.«

»Nicht die Spur! Er hat sich voll Vergnügen in das neue Abenteuer gestürzt. Er hat sich nicht einmal mehr nach mir umgesehen, als ich gegangen bin.«

»Ist das nicht schrecklich?«

»Nein, ganz normal. Die Kinder entwickeln sich von uns alten Leuten weg. Es wäre schlimm, wenn es anders wäre.«

»Aber er ist ja noch so klein!«

»Das kommt dir nur so vor. Zwischen den anderen wirkte er wie ein ziemlich großer Junge.«

»Weißt du, warum ich zugelassen habe, daß du ihn bringst?«

»Ich kann es mir vorstellen. Du hattest Angst, in Tränen auszubrechen.«

»Wie gut du mich kennst! Sag, bin ich nicht sehr töricht?«

»Es heißt, Liebe macht blind, aber ich glaube, sie macht auch immer ein bißchen dumm.«

Beate lächelte. »Wie klug du bist, Vater.«

»Für einen wie mich, der jenseits von Gut und Böse steht, ist es leicht, weise zu werden.«

»Trinkst du noch eine Tasse Kaffee mit mir? Ich kann das Wasser gleich aufstellen.«

»Nehmen wir lieber ein Glas Wein zur Brust. Das ist besser für einen alten Knaben wie mich und wird dir helfen dich zu entspannen.«

Tatsächlich verging der Vormittag für Beate besser, als sie erwartet hatte. Kurz nach elf Uhr kam Frank nach Hause. Er brachte gute Nachrichten. Er sollte Anfang November operiert werden.

»Falls nicht ein Notfall dazwischenkommt!« fügte er hinzu. »Du siehst, Liebling, die denken nicht, daß ich schon mit einem Bein im Grabe stehe.«

Beate umarmte ihn. »Als ob ich das je behauptet hätte! Aber ich bin froh, wirklich froh, daß du jetzt bald an die Reihe kommst. Danach fangen wir ein neues Leben an.«

Er sah ihr lächelnd in die Augen. »War das alte denn so schlecht?«

»Überschattet, würde ich sagen.«

»Na, jedenfalls Professor Reicher meint, daß ich gute Chancen hätte, wieder ganz gesund und voll leistungsfähig zu werden.«

Beim Mittagessen – Beate hatte einen Auflauf aus Nudeln und Bratenresten gemacht, mit Käse überbacken – wurde sie dann wieder ziemlich still. Es wurde ihr quälend bewußt, daß sie das erste Mal ohne Florian zu Tisch saßen. Sonst hatte er nur gefehlt, wenn er krank gewesen war und das Bett hüten mußte. Sie fragte sich, was er wohl im Kindergarten vorgesetzt bekäme. Aber sie sprach nicht darüber, weil sie wußte, daß es töricht war, sich darüber Gedanken zu machen und sie sich nicht lächerlich machen wollte.

Später legte sie sich hin, und nach einer Weile gelang es ihr einzuschlafen. Aber plötzlich schreckte sie hoch, saß aufrecht im Bett und spürte das wilde Klopfen ihres Herzens.

Frank stürmte ins Schlafzimmer. »Was ist passiert?«
»Ich weiß nicht. Mir war es, als hätte Florian geschrien.«
»Nein, das warst du selber.«
»Ich? Ich soll geschrien haben?«
»Ganz entsetzlich sogar.« Er setzte sich zu ihr auf das Bett und legte einen Arm um ihre Schultern. »Du mußt einen bösen Traum gehabt haben.«
»Meinst du nicht, daß Florian was zugestoßen sein könnte?«
»Unsinn. Er ist in bester Obhut. Sie machen im Kindergarten bestimmt keine gefährlichen Sachen.«

Sie zwang sich zu lächeln. »Du hast sicher recht. Aber ich habe mich so erschrocken.«
»Mich erst mal! Das kannst du mit deinem armen, herzkranken Mann wirklich nicht machen.«
»Verzeih mir! Ich hab's doch nicht mit Absicht getan.«
»Das weiß ich doch. Sollte ja nur ein Scherz sein.« Er küßte sie zärtlich.

»Ich hätte nie gedacht, daß ich mich so albern benehmen könnte«, gestand sie, als er sie freigab.

»Du kannst dich doch nicht für einen Traum verantwortlich machen.«

»Es war ja nicht nur der Traum. Dauernd denke ich an Florian und ob es ihm auch gutgeht. Ich stelle mir die blödesten Dinge vor. Daß die Kindergärtnerin ihn in die Ecke stellt oder daß ein großes Mädchen ihn mit einem harten Gegenstand auf den Kopf schlägt und all so etwas.«

Er lachte. »Unsinn! Florian ist doch kein Zuckerpüppchen. Der läßt sich bestimmt nichts gefallen.« Er wollte sie wieder küssen.

Aber sie drehte den Kopf zur Seite. »Bitte, nicht!«

»Warum nicht?«

»Ich muß auf andere Gedanken kommen.«

»Das versuche ich ja gerade.«

»Nicht so, Liebling. Ich werde mir meine Bücher vornehmen. Hilfst du mir?«

»Wie denn? Ich verstehe ja nichts von Medizin.«

»Aber du kannst mich abhören.« –

Sie arbeiteten miteinander, bis es Zeit wurde, Florian abzuholen. Zwar erbot sich der alte Herr dazu, aber diesmal lehnte Beate ab. Sie konnte es kaum erwarten, ihren kleinen Sohn in die Arme zu schließen.

Unterwegs mußte Frank sie immer wieder zurückhalten. »Nicht so hastig, Liebling! Du gewinnst ja nichts damit. Wir machen uns bestimmt nicht beliebt, wenn wir zu früh kommen. Wahrscheinlich lassen sie uns nicht einmal vor Punkt vier herein.« Er machte sie auf die Auslagen in den Schaufenstern aufmerksam, auf entgegenkommende Menschen und auf Kinoplakate, blieb selber immer wieder einmal stehen, und so gelang es ihm, das Tempo seiner vorwärts stürmenden Frau zu bremsen.

Wenige Minuten vor der Zeit kamen sie vor dem schönen alten Haus an, in dem der Kindergarten untergebracht war. Sie waren nicht die ersten. Einige Leute warteten ungeduldig auf dem breiten, von Pappeln gesäumten Bürgersteig, Mütter, Väter und Großmütter. Andere waren schon in den Vorgarten und auf die Treppe zur Haustür vorgedrungen. Beate kam sich nicht mehr ganz so dumm vor.

»Sollte man nicht klingeln?« fragte Frank und wies auf den Messingknopf unter dem Türschild.

»Habe ich schon getan«, erklärte eine Frau mit Regenhut, die auf der obersten Stufe stand.

»Nutzt nichts!« rief eine andere. »Die machen erst auf, wenn Schluß ist.«

»Da, siehst du!« sagte Frank. »Wie ich es mir gedacht habe.«

Punkt vier Uhr wurde die schwere Eichentür von innen geöffnet. Eine junge Frau erschien. Sie war sehr schlank, sehr blaß, hatte rabenschwarzes Haar und leuchtend blaue Augen. »Bitte, machen Sie die Treppe frei!« rief sie. »Ja, auch den Weg, damit die Kinder unbehelligt hinaus können. Empfangen Sie sie, bitte, auf dem Bürgersteig!«

Alle wichen bis vor das schmiedeeiserne Tor zurück. »Das ist Friederike Beckmann«, sagte Beate zu Frank, »genannt Fritzi.«

Dann kamen sie heraus, die Kleinen, in Zweierreihen, Hand in Hand. Sie hatten wichtige Gesichter aufgesetzt und ließen ihren Partner erst los, wenn sie die Straße fast erreicht hatte, liefen lachend und jubelnd auf ihre Verwandten zu.

Auch Florian beschleunigte seine Schritte, auch er lächelte den Eltern zu. Aber es lag etwas so ungewohnt Würdevolles in seiner Haltung, daß Beate darauf verzichtete, ihn in die Arme zu nehmen. Sie hatte das Gefühl, daß er es im Beisein der anderen nicht gemocht hätte.

Auch Frank schien das zu spüren, denn er begrüßte ihn nur mit einem leichten Knuff gegen die Schulter. »Na, du alter Rabauke!«

Beate gab Florian die Hand. »Wie ist es denn gegangen?«
»Gut.«

»Warte einen Augenblick auf mich, Frank! Ich bin gleich zurück.«

Beate drängte an den letzten Kindern vorbei und lief die Stufen hinauf. »Hallo, Fritzi!«

»Grüß dich, Beate.«

»Wie war er?«

»Florian? Ganz normal.«

»Was heißt das?«
»Ziemlich still.«
»Und das ist normal?«
»Kinder, die alle Tassen im Schrank haben, versuchen erst mal, sich zu orientieren. Das nenne ich normal. Mit denen, die gleich aufdrehen und eine besondere Rolle spielen wollen, hat man später meist Schwierigkeiten. Die machen mehr Ärger als die, die weinen und nach der Mutter jammern.«
»Das hat er also nicht getan?«
Fritzi lachte. »Das hättest du wohl gern gehört?«
Beate fühlte sich durchschaut. »Sei nicht so biestig!«
»Ärgere dich nicht, Beatchen! Auch dein Verhalten ist ganz normal. Du hängst an deinem goldigen Kleinen. Wen wundert's? Du wünschst dir, daß du ihm alles auf der Welt sein könntest. Stinknormal.«
»Danke, Fritzi.«
»Wofür?«
»Für deine Offenheit. Ich hatte schon gefürchtet, ich wäre eine besonders blöde Gans.«
Fritzi lachte. »Das ist schon der Beweis, daß du es nicht bist. Andere Mütter kommen sich nicht einmal komisch dabei vor.«
Auf dem Heimweg blieb Florian ziemlich stumm und beantwortete die vielen Fragen seiner Eltern recht einsilbig. Aber beim Abendessen, als sich niemand mehr besonders für ihn zu interessieren schien, legte er dann los. In seinem farbigen, wenn auch nicht sehr deutlichen Bericht von den Ereignissen des Tages kam immer wieder »Tante Fitzi« vor. »Tante Fitzi sagt«, und »Tante Fitzi kann« und »Tante Fitzi will, daß wir ...«
Endlich konnte Beate nicht länger an sich halten. »Sie heißt Fritzi mit einem ›rrr‹, Florian, das ist eine Abkürzung von Friederike.«
»Stimmt ja gar nicht. Alle sagen ›Fitzi‹ zu ihr, und sie sagt es auch.«

Zum ersten Mal sah Beate in den runden blauen Kinderaugen ihres Sohnes einen Ausdruck von Rebellion. Sie mußte schlucken.

Frank berührte rasch ihre Hand. »Mach dir nichts draus, Liebling«, sagte er tröstend, »für mich wirst du immer die einzige Frau bleiben, die in meinem Leben eine Rolle spielt.«

Sie sah ihn an. Tränen schossen ihr in die Augen, und gleichzeitig mußte sie lachen. »Wie dumm, wie dumm, wie dumm man doch sein kann!«

»Wenn sie aber doch ›Fitzi‹ heißt«, sagte Florian nicht mehr aufsässig, sondern eher kleinlaut.

»Schon gut, schon gut, du sollst recht haben.« –

Später, als Beate Florian badete und ins Bett brachte, war er wieder lieb und zärtlich und ließ sich gern verwöhnen. Auf seine »Gute-Nacht-Geschichte« wollte er nicht verzichten, und Beate mußte bei ihm bleiben, bis er eingeschlafen war.

Sie begriff, daß er noch viele Jahre ihr kleiner Junge bleiben würde, wenn auch die Trennung schon vorprogrammiert war.

Für Beate kam nun eine Zeit des Wartens. Sie wußte nicht, ob sie ein Kind erwartete oder nicht, wußte nicht einmal, ob sie es hoffen oder fürchten sollte. Ihr medizinisch geschulter Verstand sagte ihr, daß die Möglichkeit einer Schwangerschaft sehr groß war. Aber gefühlsmäßig konnte sie sich nicht vorstellen, daß ein Kind so gemacht werden könnte, ohne Leidenschaft, ohne Zärtlichkeit, ohne jede Emotion, ohne irgendeine persönliche Beziehung der Eltern zueinander.

Seinerzeit, als sie Florian empfangen hatte, war ihr das lange Zeit gar nicht bewußt geworden. Sie war völlig benommen gewesen von ihrer Verliebtheit. Als ihre Menstruation das erste Mal nicht eingetreten war, hatte sie es noch für einen Zufall gehalten. Frank und sie waren von einem Flug nach Venedig zurückgekommen, und es war ja bekannt, daß Reisen Einfluß auf den Hormonhaushalt nahmen. Erst als ihre Tage dann weitere Wochen lang ausblieben, hatte sie die Möglichkeit in Erwägung gezogen, schwanger zu sein. Sie beide hatten es als einen gewissen Schock, als eine Belastung, aber auch als ein großes Glück empfunden.

Diesmal prüfte sie tag-täglich wieder ihren Kalender, rechnete nach, wann ihre Menstruation kommen mußte, obwohl sie es tatsächlich ganz genau im Kopf hatte. Sie horchte in ihren Körper hinein und versuchte Symptome festzustellen.

Der wichtige Tag verging, ohne daß etwas geschah. Aber sie konnte es nicht glauben. Am nächsten Morgen fand sie dann ein wenig Blut in ihrem Nachthemd. Also war doch nichts geschehen! In ihre grenzenlose Erleichterung mischte sich zu ihrem eigenen Staunen doch auch Enttäuschung. Sie konnte mit niemandem darüber reden.

Sie war sicher, daß dies der Anfang ihrer monatlichen Menstruation wäre. Aber es blieb bei den wenigen Tropfen Blut. Ihre Tage setzten nicht ein. Aber natürlich konnte das auch ein Zufall sein. Beate glaubte nicht daran. In der Apotheke besorgte sie sich Teststreifen. Nach wenigen Stunden hatte sie Gewißheit. Die Flüssigkeit verfärbte sich: sie war schwanger.

Sofort rief sie die Praxis Dr. Kellers an und ließ sich einen Termin geben. Das Mädchen am Telefon sagte ihr, daß sie am 9. Oktober um 9 Uhr morgens kommen könnte.

»Geht es nicht früher?« drängte Beate.

»Leider nein. Der Herr Doktor ist voll belegt.«

»Aber es ist dringend.«

»Wenn es sich um einen Notfall handelt, sollten Sie es bei einer Klinik versuchen.«

»Nein, ein Notfall ist es eigentlich nicht.«

»Sie waren bisher noch nicht Patientin?«

Beate wollte nicht lügen. »Ich kenne Doktor Keller«, erklärte sie ausweichend.

»Das glaube ich Ihnen gerne. Aber vor dem Neunten sehe ich keine Möglichkeit.«

»Also dann, bis dahin.«

»Wenn Sie mir Ihre Telefonnummer geben würden. Es ist immer möglich, daß kurzfristig ...«

Beate wollte nicht, daß von Dr. Kellers Praxis aus angerufen und Frank womöglich aufgeregt würde. »Danke, nein«, sagte sie, »ich werde mich lieber gedulden.«

Jetzt, da sie Gewißheit hatte, versuchte Beate, sich auf die Schwangerschaft durch einen ungeliebten Mann einzustellen. Aber es gelang ihr nur schlecht. Sie mochte ihren Zustand auch niemandem verraten, nicht einmal ihrem Mann. Es würde früh genug sein, darüber zu sprechen, dachte sie, wenn es sich nicht mehr verbergen ließ.

Frank stellte ihr auch gar keine Fragen. Sie war erleichtert darüber, wunderte sich aber auch über sein mangelndes Interesse. Seit ihre ständigen Besuche beim Frauenarzt aufgehört hatten, schien er ganz beruhigt zu sein. Seine bevorstehende Operation nahm all seine Gedanken in Anspruch.

Der 9. Oktober war ein Mittwoch. Da Beate an diesem Vormittag keine Vorlesung hatte, gab sie vor, ein wissenschaftliches Werk aus der Universitätsbibliothek ausleihen zu müssen und bat Frank, ihren Sohn zum Kindergarten zu bringen.

Es war das erste Mal, daß sie die Praxis Dr. Kellers offiziell als Patientin betrat, und es war ihr, als verleihe ihr dieser veränderte Status eine Art von neuer Würde. Diesmal saß hinter dem Empfangstisch eine hübsche junge Frau mit Brille, die ihre Daten und ihre Versicherungsnummer aufschrieb. Beate mußte im Warteraum Platz nehmen, bis eine Assistentin sie holte und in das Sprechzimmer brachte. Dr. Keller schien nicht recht zu wissen, wie er sie begrüßen sollte.

»Ich bin Frau Beate Werder«, half sie ihm, »wir haben uns bei den von Klothenburgs kennengelernt.«

»Ach ja, richtig«, sagte er und schüttelte ihr die Hand.

»Ich bin schwanger, Herr Doktor, und da dachte ich ...«

»Sind Sie sicher?«

»Meine Tage sind ausgeblieben, und ich habe einen Test gemacht.«

»Na, dann wollen wir uns mal vergewissern.« Er führte sie in das Untersuchungszimmer.

Wieder mußte sie auf den gynäkologischen Stuhl, aber es war tröstlich zu wissen, daß es für lange Zeit das letzte Mal sein würde.

»Eigentlich hatte ich Sie nicht so rasch erwartet«, murmelte er.

»Ich bin sicher, daß es soweit ist.«

»Wir werden sehen. Die Gebärmutter ist jedenfalls deutlich vergrößert.«

Danach wurde Beate wieder ins Wartezimmer geschickt. Auch Dr. Keller machte einen Test. Beate blieb ganz ruhig. Es war kein Grund, aufgeregt zu sein. Dennoch sah sie immer wieder auf die Uhr. Sie wollte nicht allzuspät mit den Büchern, die sie auch noch ausleihen mußte, zu Hause sein.

Endlich wurde sie wieder in das Sprechzimmer geführt.

»Gratuliere!« sagte Dr. Keller herzlich. »Es hat geklappt!«

Beate erwiderte sein Lächeln nicht.

Er schickte seine Assistentin fort. »Bitte, lassen Sie mich mit der Patientin allein! Sie können schon Frau Brauer vorbereiten.«

»Sie hatten es doch gewollt, nicht wahr?« wandte er sich an Beate.

»Ja. Aber jetzt, wo es Tatsache geworden ist ...« Sie zögerte.

»... können sie sich nicht recht freuen?« half er ihr ein.

»Über das Kind eines wildfremden Mannes?«

»Glauben Sie, es würde etwas helfen, wenn sie ihn näher kennengelernt hätten?«

»Nein. Natürlich nicht. Aber Sie verstehen doch, was ich meine.«

»Durchaus. Doch das sind Überlegungen, die Sie früher hätten anstellen sollen.«

»Ich hatte kaum eine Wahl.«

Er runzelte die Stirn. »Wie das?«

Jetzt rang sie sich ein Lächeln ab. »Es hat keinen Sinn darüber zu sprechen.«

»Sie können sich noch überlegen, ob Sie es austragen wollen. In Ihrem Fall ist eine Indikation durchaus gegeben. Obwohl ich es den Klothenburgs gegenüber nicht fair finden würde. Aber noch liegt die Entscheidung bei Ihnen.«

»Nein, nein«, sagte Beate rasch, »an so etwas habe ich überhaupt nicht gedacht. Nur, die neun Monate, die jetzt vor mir liegen, kommen mir verdammt lang vor.«

»Ach was! Ein Monat ist ja schon vorbei, also bleiben nur noch acht. Wissen Sie, was ein unbedingter Vorteil der artifiziellen Insemination ist?«

»Hat sie denn einen Vorteil?«

»Man kann den Geburtstermin haargenau berechnen. Normale Ehe- und Liebesleute wissen ja selten, wann es passiert ist. Die meisten glauben, daß ein toller Orgasmus etwas damit zu tun hätte, was durchaus nicht stimmt. In Ihrem Fall wissen wir, daß es der siebte oder spätestens der achte September gewesen sein muß. Wollen wir gleich mal rechnen.« Dr. Keller fuhr mit dem stumpfen Ende eines Kugelschreibers die Spalten eines Kalenders ab. »Ihr Kind wird am achten Juni das Licht der Welt erblicken.«

»Ich freue mich!« sagte Beate und wußte selber nicht genau warum.

»Na endlich! Wollen Sie es den Klothenburgs sagen?«

»Nein, bitte, machen Sie das!«

»Mit dem größten Vergnügen! Das wird das ohnehin nicht geringe Selbstgefühl unseres Freundes Egon gewaltig stärken.«

13 Gleich am nächsten Tag rief Bettina an.

Beate war in der Küche, und so ging Frank an den Apparat. Wenig später kam er zu ihr und sagte: »Eine Bettina von Klothenburg möchte dich sprechen!«

»Ach so? Ja!« Beate wischte sich die Hände an ihrer Schürze ab. »Bist du so lieb und paßt auf, daß die Milch nicht überläuft?« Sie trat in die Diele, nahm den Hörer und meldete sich.

»Ach, Beate, ich bin ja so froh, daß ich Sie erreiche.« Bettinas Stimme klang ein wenig atemlos und übertrieben lebhaft. »Ich störe doch hoffentlich nicht?« Ohne eine Antwort abzuwarten fuhr sie fort: »Ich habe es gerade eben erst erfahren! Ist es nicht wunderbar?«

»Ich freue mich auch«, erklärte Beate und fand selber, daß es recht trocken klang.

»Ich muß Sie unbedingt sehen!«

»Ich habe sehr viel zu tun, Bettina.«

»Das kann ich mir vorstellen. Trotzdem werden Sie doch irgendwann ein Stündchen für mich Zeit haben. Es gibt so viel zu besprechen.«

Unwillkürlich hob Beate die Augenbrauen. »Was denn noch?«

»Nichts Geschäftliches, natürlich nicht. Darüber sind wir uns ja zum Glück völlig einig geworden. Nein, aber ich möchte einfach mal wieder mit Ihnen plaudern, verstehen Sie das nicht? Wann können Sie kommen?«

»Raus nach Harlaching?«

»Wenn es Ihnen nichts ausmacht, Beate. Hier bei uns ist es doch am gemütlichsten, und wir werden ganz ungestört sein.«

»Ich habe nur am Mittwoch frei.«

»Wunderbar! Also wann?«

»Nach dem Mittagessen. Um vier Uhr ist der Kindergarten aus und ...«

Bettina fiel ihr ins Wort. »Geht Florian jetzt schon in einen Kindergarten? Davon müssen Sie mir unbedingt erzählen!«

»Sagen wir um zwei Uhr«, schlug Beate vor.

»Einverstanden. Ich freue mich!« Sie wechselten noch einige belanglose Worte, und dann legte Beate auf.

»War das diejenige welche?« fragte Frank, als sie zurück in die Küche kam.

»Ja.«

»Und was wollte sie von dir?«

»Daß ich sie besuche. Du hast doch bestimmt gehört, wie wir uns verabredet haben.«

»Ja«, gab er zu, »schon.« Dann fügte er in aggressivem Ton hinzu: »Aber ich sehe keinen Sinn darin.«

»Ach, weißt du, sie ist einfach nett, und sie mag mich.«

»Eine ziemlich lausige Erklärung.« Er zog die aufbrodelnde Milch von der Herdplatte.

Sie beobachtete ihn aufmerksam und überlegte, ob jetzt nicht vielleicht der Moment gekommen wäre, ihm von ihrer Schwangerschaft zu erzählen. Aber dann nahm sie doch davon Abstand. Es war besser, dachte sie, mit dieser Eröffnung bis nach der Operation zu warten. »Kannst du denn nicht verstehen, daß ich auch mal Lust habe, mit einer Freundin zusammenzukommen?«

»Sie ist nicht deine Freundin.«

»Aber vielleicht kann sie es werden.«

»Ich halte gar nichts davon.«

Mit einem Lächeln versuchte Beate die Spannung zu mindern. »Du bist doch nicht etwa eifersüchtig, Liebling? Ich habe ja auch nichts dagegen, wenn du dich mit deinen Freunden triffst. Obwohl das in letzter Zeit ziemlich häufig der Fall ist.«

»Ich habe ja sonst nichts zu tun.«

»Ich mache dir auch keinen Vorwurf daraus. Ich finde nur, du solltest auch mir ein bißchen persönliche Freiheit gönnen.«

Beleidigt verließ er die Küche. Beate ärgerte sich ein wenig über seine Uneinsichtigkeit. Sie hatte selber keine große Lust, Bettina zu besuchen. Aber sie fand nichts dabei. Immerhin war das Thema jetzt vom Tisch.

Am nächsten Morgen regnete es in Strömen. Beate, die Regenschirme nicht mochte und zu umständlich fand, hatte eine gelbe Ölhaut an, einen dazu passenden Hut und entsprechende Stiefel.

Bettina, die ihr die Haustür öffnete, sagte spontan: »Ach, Sie Ärmste, Sie sind ja ganz naß! Ich hätte Sie bei diesem Wetter nicht aus dem Haus jagen dürfen.«

»Machen Sie sich nichts draus!« Beate schüttelte sich, daß die Tropfen flogen. »Ich bin es gewöhnt.«

»Aber das Kind! Wenn Sie sich nun erkälten!«

»Du lieber Himmel!« Beate lachte. »Erwarten Sie von mir, daß ich mich bis zur Entbindung in Watte packe?«

»Nein, das natürlich nicht.« Diesmal führte Bettina sie nicht durch die hohe Halle und die Galerie, sondern unten herum, durch einen Raum, dessen Ausmaße der der Halle entsprachen, der aber sehr niedrig war. Auf dem blanken Boden lagen keine Teppiche, und außer einigen riesigen Schränken gab es keine Möbel. »Es ist besser, wir gehen zur Hintertreppe«, erklärte sie, »weil Mama ihr Mittagsschläfchen hält. Sie ist wahnsinnig geräuschempfindlich.« Sie drehte sich zu Beate um. »Es macht Ihnen doch nichts aus?«

»Warum sollte es?«

»Nun, Sie könnten sich als einen Gast zweiter Güte betrachten, aber ich versichere Ihnen, das sind Sie nicht für mich.«

»Nur keine Sorge. Ich leide nicht unter Minderwertigkeitskomplexen.«

Oben angekommen, zog Beate, noch bevor sie den Wohnraum betrat, ihr Ölzeug aus und auch die Stiefel, unter denen sie rote Wollsocken trug. Mit einem Gästetuch, das Bettina ihr brachte, trocknete sie sich ihr Gesicht ab und fuhr dann mit den Fingern durch ihr Haar, um es aufzulockern.

Diesmal brannte im offenen Kamin ein Feuer, und die beiden Frauen nahmen davor Platz. Auf dem Tisch brodelte Kaffee in einer kleinen Maschine, daneben stand eine Schale mit Gebäck und ein Aschenbecher. Gegen die Fensterwand trommelte der Regen.

»Es ist wirklich gemütlich hier«, sagte Beate anerkennend und streckte ihre bestrumpften Beine weit aus, der Wärme entgegen.

Bettina zündete sich ihre unvermeidliche Zigarette an. »Ich staune immer noch, daß es so schnell geklappt hat! Bitte erzählen Sie mir doch ...« Sie stockte leicht verlegen, sah aber, wie immer, sehr elegant aus in ihrem bodenlangen Hauskleid aus naturfarbener Wolle und hochhackigen Pumps.

Beate trug eine graue Flanellhose, die sie für sich aus dem Totalausverkauf gerettet hatte, und dazu einen rotbraunen Rollkragenpullover. »Einzelheiten«, sagte sie rasch, »sind doch gar nicht interessant.«

»Ich möchte es genau wissen«, beharrte Bettina.

»Dann werde ich es Ihnen, so gut ich kann, erklären.«

Das tat sie dann auch, während Bettina Kaffee einschenkte und sie tranken.

»Ach, wie ich Sie beneide!« rief Bettina.

»Warum?«

»Daß Sie so leicht ein Kind empfangen können!«

»Ich habe es ja für Sie getan.«

»Das weiß ich, und ich bin Ihnen auch von Herzen dankbar.« Ihre Augen füllten sich mit Tränen. »Aber es selber austragen zu dürfen, wäre doch etwas anderes.«

»Es ist nicht nur angenehm.«

»Aber man fühlt sich dabei so ganz als Frau.«

»Das sind Sie doch auch, Bettina.«

»Ich möchte so gerne ...«

Beate fiel ihr, ein wenig grob, ins Wort, denn sie wollte verhindern, daß die andere in Tränen ausbrach. »Bettina, seien Sie froh, daß es Ihnen erspart bleibt. Glauben Sie, es würde Ihnen zum Beispiel leichtfallen, das Rauchen aufzugeben?«

»Wenn ich schwanger wäre, täte ich es sofort.«

»Auch für ein Neugeborenes oder ein kleines Kind ist es nicht gut, wenn die Mutter raucht.«

Bettinas Augen wurden trocken. »Da haben Sie es mir aber ganz schön gegeben.«

»Mit voller Absicht. Es geht mich ja nichts an, aber ich würde es tatsächlich für besser halten, wenn Sie das Rauchen aufgäben.«

»Das werde ich tun, sobald das Kind da ist!«

Die beiden Frauen sahen einander in die Augen. Bettina war es, die als erste den Blick senkte.

Beate wußte, daß sie ihr Versprechen nicht halten würde. »Ach, es macht ja nichts«, sagte sie leichthin, »alles halb so wild. Sie werden eine sehr gute Mutter sein.«

»Das will ich auch! Ich habe mir schon ein paar Bücher über Babypflege gekauft. Aber leider stimmen die Autoren nicht überein. Die einen sagen, Regelmäßigkeit wäre das wichtigste, die anderen, man sollte sich nach den Bedürfnissen des Kindes richten. Ich werde noch ganz wirr von all den widersprüchlichen Meinungen. Was soll man denn nun wirklich tun!«

»Das kommt darauf an. Eine berufstätige Mutter muß ihr Kind ja mit einer gewissen Regelmäßigkeit versorgen, also immer zu den gleichen Zeiten füttern, baden und wickeln. Das ist dann schon ein Anfang der Erziehung. Ob es gut oder schlecht für das Kind ist, darüber sind sich die Gelehrten nicht einig. Eines steht fest: wenn man einem Kleinkind den Willen läßt, hält es einen vierundzwanzig Stunden auf Trab.«

Noch eine ganze Weile unterhielten sie sich über ähnliche Probleme.

Dann sprang Bettina unvermittelt auf. »Ach, beinahe hätte ich es ganz vergessen ...« Sie lief in ein anderes Zimmer und kam mit einigen Papieren und einem Kugelschreiber zurück. »Egon hat mir einen Verrechnungsscheck für Sie gegeben. Sie haben doch sicher ein Bankkonto?«

»Ja.«

»Dann unterschreiben Sie mir doch, bitte, noch den Schuldschein. Es ist mir sehr unangenehm, Sie darum bitten zu müssen. Ich halte es auch für ganz unnötig. Aber Sie wissen ja, wie Egon ist.«

»Es macht mir nichts aus.« Beate nahm den Kugelschreiber entgegen. »So war es ja abgesprochen.« Sie unterschrieb, gab Bettina den Schuldschein zurück und steckte den Scheck ein, nicht ohne einen langen Blick darauf geworfen zu haben. »Dieses Geld bedeutet mir sehr viel«, sagte sie ehrlich.

»Jetzt können Sie Ihre Arbeit in der Klinik aufgeben, nicht wahr?«

»Nein, das werde ich nicht tun.«

»Wieso nicht?«

Beate versuchte es zu erklären. »Ich habe mich daran gewöhnt, und ich möchte diese Stellung auch nicht verlieren. Sie war in den vergangenen Jahren meine Existenzgrundlage, und wer weiß, wie lange ich noch darauf angewiesen sein werde.«

»Aber wollten Sie nicht Ärztin werden?«

»Das will ich noch. Ich werde versuchen, Ende März mein letztes Staatsexamen zu schaffen ...«

»... und dann sind Sie Frau Doktor?«

»So schnell geht das nicht. Erst muß ich noch ein praktisches Jahr absolvieren, und danach werde ich promovieren.«

Bettina stand immer noch, und Beate hätte sich am liebsten verabschiedet. Nur schien es ihr taktlos, jetzt, da sie gerade erst den Scheck eingesteckt hatte, Eile zu zeigen.

»Tun Sie mir die Liebe und trinken noch einen Schluck mit mir, ja?« bat Bettina. »Ein winziges Schlückchen wird Ihnen bestimmt nicht schaden, und wenn ich allein trinke, komme ich mir so verworfen vor.«

»Also gut.«

Bettina öffnete eine Hausbar, die hinter einer Wandtäfelung verborgen gewesen war. »Was darf es denn sein?«

»Ich nehme das gleiche wie Sie, aber wirklich nur ganz wenig.«

Bettina stellte zwei bauchige Gläser auf den Tisch, schenkte goldgelben Cognac ein, stoppte aber sofort, als Beate abwehrend die Hand erhob. Dann setzte sie sich wieder. »Auf unser Kind!« sagte sie lächelnd und nahm einen kräftigen Schluck. »Wird es ihm auch nicht schaden?«

Beate hatte nur genippt. »So ein bißchen Cognac? Nein.«

»Ich habe an Ihre Nachtarbeit gedacht.«

»Bestimmt nicht. Als Florian unterwegs war, habe ich das auch gemacht.«

Sie sprachen noch eine Weile über den Jungen.

»Jetzt muß ich aber gehen«, erklärte Beate endlich.

»Die Zeit ist so schnell vergangen!« sagte Bettina bedauernd. »Wann sehen wir uns wieder?«

Beate zögerte. »Ich weiß es nicht. Ich habe viel zu lernen, muß meine Vorlesungen besuchen, und außerdem ...«

»Rufen Sie mich einfach an, wenn Sie mal Zeit haben!« schnitt Bettina ihr das Wort ab. »Oder besser noch – ich werde mich bei Ihnen melden.«

»Es tut mir leid, Bettina, aber – bitte, verstehen Sie mich richtig – ich möchte nicht so gern, daß Sie bei uns anrufen. Dadurch würde mein Mann nur unnötig beunruhigt.«

»Er hat das alles ...« Bettina machte eine vage Handbewegung »... nicht gern?«

»Natürlich nicht. Was hatten Sie gedacht?«

»Es ist außerordentlich großmütig von ihm, daß er es überhaupt zuläßt.«

Beate sah keinen Anlaß zu erzählen, wie schwer er sich dazu durchgerungen hatte. »Ja«, sagte sie nur.

»Was machen wir denn jetzt? Ich will Sie nicht aus den Augen verlieren, und ich möchte miterleben, wie es wächst und gedeiht. Sie müssen mich doch auch wegen der nötigen Anschaffungen beraten.«

»Ach, das können Sie doch auch mit Ihren Schwägerinnen besprechen.«

»Sie wollen mich nicht wiedersehen.«

»Das ist einfach nicht wahr.«

»Dann muß es doch eine Möglichkeit geben!«

»Mittwochs kann ich mich am leichtesten freimachen. Sagen wir also ...« Beate dachte nach »... Mittwoch in vier Wochen um die gleiche Zeit?«

Bettina sprang auf. »Gut, ja! Ich werde es mir gleich notieren!«

Auch Beate erhob sich. »Sie brauchen mich nicht zur Haustür zu begleiten. Ich finde den Weg schon allein. Über die Hintertreppe.«

Der Regen prasselte immer noch gegen die Fensterwand.

Bettina erschauerte leicht. »Eigentlich sollte ich Sie mit dem Auto nach Hause bringen. Ich würde es auch tun, wenn ich nicht Egon erwartete und ...«

»Sie brauchen mir nichts zu erklären. Wenn mir der Regen etwas ausmachen würde, wäre ich ja gar nicht erst gekommen.«

»Sie sind so lieb und tapfer!«

Beate lachte. »Und Sie sind ein bißchen weltfremd, Bettina! Denken Sie denn gar nicht daran, daß Millionen Berufstätige und Schulkinder tagtäglich bei jedem Wetter auf die Straße müssen? Von den Hunden, die Gassi gehen müssen, mal ganz zu schweigen? Das ist nun wirklich keine Heldentat.«

14

Da Beate ihrem Mann noch verheimlichen wollte, daß sie schwanger geworden war, konnte sie ihm konsequenterweise auch nicht erzählen, daß sie die zweite Rate des versprochenen Geldes bekommen hatte. Aber sie reichte gleich am nächsten Morgen den Verrechnungsscheck bei ihrer Bank ein. Als das Geld auf ihrem Konto war, fuhr sie zur Universitätsklinik in der Nußbaumstraße. Bei der Kasse zahlte sie die Kosten für den Krankenhausaufenthalt im voraus – sie rechnete mit 14 Tagen – und äußerte den Wunsch, daß ihr Mann in ein Zweibettzimmer gelegt werden sollte. Das kostete einen Zuschlag von 65,– DM täglich, und sie war der Meinung, daß dies ein Luxus war, den Frank sich jetzt leisten könnte. Inzwischen hatten sie erfahren, daß die Operation am 5. November stattfinden sollte. Zwei Tage vorher wurde Frank in der Klinik erwartet.

Je näher der Termin heranrückte, desto nervöser wurde er. Beate verstand das. Sogar seine Rauchsucht, die er schon überwunden zu haben glaubte, wurde wieder wach. Sie mußte ihm mit allem Nachdruck ins Gewissen reden, damit er nicht schwach wurde.

»Ich habe Angst!« gestand er. »Wenn ich nun während der Operation einfach wegbleibe!«

»Für dich wäre das ein sehr angenehmer Tod. Du würdest es ja gar nicht merken. Schrecklich wäre es nur für uns. Aber ich mache mir gar keine Sorgen deswegen. Die Wahrscheinlichkeit ist nicht größer, als auf der Straße angefahren zu werden.«

»Wenn ich nur wüßte, was die mit mir machen wollen!«

»Aber das weißt du doch! Die verengten Herzgefäße werden dir durch entsprechend lange Stücke aus der Beinvene ersetzt.«

»Klingt schauderhaft.«

»Du wirst gar nichts davon spüren. Du wirst ja eine Vollnarkose bekommen. Schon am Abend davor kriegst du so starke Beruhigungsmittel, daß du gar nichts mehr dabei finden wirst, wenn sie dich in den Operationssaal rollen.«

»Ach, Beate!«

Sie saßen eng aneinander geschmiegt in ihrem kleinen Wohnzimmer.

»Wollen wir nicht ein bißchen fernsehen?« schlug sie vor.

»Beim besten Willen nicht. Ich kann mich für nichts interessieren, was die da über die Mattscheibe flimmern lassen.«

»Vielleicht könnte es dich ablenken.«

»Wenn du möchtest ...«

»... dann gehst du aus!« Beate lachte, obwohl es ihr gar nicht fröhlich zumute war. »Du trinkst, und ich bin mir gar nicht sicher, ob du nicht auch zur Zigarette greifst. Du hast neulich ganz kräftig nach Rauch gestunken.«

»Das waren die anderen«, verteidigte er sich.

»Ja, ja, immer sind's die anderen gewesen. Aber um die geht es nicht, sondern nur um dich, um dein Leben, deine Gesundheit. Also bleib schön hier bei mir zu Hause. Wir können ja auch wieder mal Karten spielen.«

Beate wußte sehr genau, wie eine Bypass-Operation vor sich ging. Aber sie wollte keine Einzelheiten preisgeben, weil sie fürchtete, daß sie Frank noch mehr erschrecken würden.

Aber er beharrte darauf. »Wozu bist du Medizinerin?« fragte er.

»Was soll das?« gab sie zurück. »Die wenigsten Ärzte behandeln ihre eigenen Angehörigen, und operieren tun sie sie nie.«

»Von dir würde ich mir auch bestimmt nicht die Brust aufschneiden lassen. Ich will nur wissen, was mit mir geschieht. Oder muß ich wirklich in der Medizinischen Bibliothek darüber nachlesen?«

»Nein, nein«, sagte Beate ein wenig bestürzt, denn an diese Möglichkeit hatte sie gar nicht gedacht.

»Also, raus mit der Sprache! Gib zu, es ist doch eine schwierige Operation, und man macht sie ja erst seit ein paar Jahren.«

»Das stimmt. Man kann sie erst durchführen, seit es Herz-Lungen-Maschinen gibt. So eine Maschine ist unerläßlich, weil der Eingriff nur am stillgelegten Herzen durchgeführt werden kann.«

Frank zuckte zusammen. »Wie das?«

»Du weißt doch, daß das Blut unentwegt durch den Körper strömt. Jeder Mensch hat das in der Schule gelernt. Bei deiner Operation wird nun das sauerstoffarme Blut aus der oberen und unteren Hohlvene abgefangen, bevor es in die rechte Herzkammer fließen kann, wie es das gewöhnlich tut. Zu der Herz-Lungen-Maschine gehört ein sogenannter Oxygenator. Er übernimmt die Funktion der Lungen, nämlich den Gasaustausch. Das Blut wird mit Sauerstoff angereichert, Kohlendioxyd wird ihm entzogen. Danach fließt es durch einen Wärmeaustauscher, der dafür sorgt, daß es die Körpertemperatur beibehält. Verstehst du?«

»Das Herz schlägt währenddessen also gar nicht?«

»Das soll es ja auch nicht. Sonst könnte man es nicht operieren.«

»Aber dann muß doch der Körper allmählich blutleer werden.«

»Nein, du Dummer, natürlich nicht! Durch eine Kanüle im Aortenbogen tritt nun das sauerstoffhaltige Blut wieder in deinen eigenen Kreislauf ein, verstehst du? Das ist ja der Witz der Prozedur. Die Maschine erfüllt während der Operation die Funktion von Herz und Lunge, deshalb der Name Herz-Lungen-Maschine.«

»Hört sich nicht gut an.«

»Ist es aber. Sie hat schon unzähligen Menschen das Leben gerettet. Warte mal, ich werde versuchen, sie dir zu zeichnen, natürlich nur in groben Zügen.« Beate sprang auf, holte Papier und Bleistift von ihrem Schreibtisch und setzte sich neben Frank. »Dies hier ...« sie malte einen Kreis, »... soll das Herz sein. Durch diesen Schlauch fließt das Blut jetzt in den Oxygenator, den kannst du dir als einen rechteckigen Kasten vorstellen. Hier unten wird Sauerstoff eingeführt, da oben weicht Kohlendioxyd aus. Anschließend geht's durch eine Pumpe in den Wärmeaustauscher hinein und zurück oberhalb des Herzens in den körpereigenen Kreislauf.« Sie sah ihn erwartungsvoll an. »Ist doch eine tolle Sache.«

»Für die Chirurgen.«

»Mein lieber Junge, die Chirurgen arbeiten nicht zu ihrem Lustgewinn, sondern um den Patienten zu helfen.«

»Gut gebrüllt, Löwe.«

»Aber es ist doch tatsächlich so, das mußt du mir glauben. Du kannst zu Professor Reicher volles Vertrauen haben.«

»Aber wie kommt er überhaupt an mein Herz ran?«

»Ach, Liebling«, sagte sie, »hör endlich auf, mir Fragen zu stellen.« Zögernd fügte sie hinzu. »Man muß natürlich den Brustkorb öffnen.«

»Aber wie? Werden mir womöglich Rippen entfernt?«

»Nein. Das Brustbein wird in Längsrichtung gespalten und zu den Seiten hin auseinander gezogen.« Hastig fügte sie hinzu: »Nach der Operation fügt man die Teile mit einigen Drahtschlingen wieder zusammen.«

»O Gott!«

»Ich will dir gar nichts vormachen, Liebling, du wirst Schmerzen haben, aber es sind normale Schmerzen wie nach einem Beinbruch, nur daß es eben in deinem Fall die Brust ist.«

»Ich fürchte, mir wird schlecht.«

»Jetzt möchtest du einen Cognac, aber den kriegst du nicht. Weißt du was? Laß uns an die frische Luft gehen.«

»Bei dem Wetter?«

»Macht doch nichts, daß es etwas regnet. Ein bißchen Bewegung wird uns guttun.«

Es war nicht das letzte Mal, daß Beate ihrem Mann die bevorstehende Operation erklären mußte. Wieder und wieder kam er mit neuen, aber auch mit den gleichen Fragen, und die beantwortete sie so behutsam und so aufrichtig wie möglich. Allmählich, ganz allmählich gewöhnte er sich an die Vorstellung, und als er dann am 4. November, es war ein Montag morgen, das Haus verließ, schien er guten Mutes zu sein.

Beate hatte ihm ein Taxi bestellt. »Soll ich dich nicht doch begleiten?« fragte sie.

Er küßte sie zärtlich. »Wozu denn? Ich bin doch kein Kind mehr.«

»Ich möchte sicher sein, daß du auch gut untergebracht bist.«

Er konnte jetzt sogar scherzen. »Darüber machst du dir Sorgen. Ich dachte immer, du hättest so viel Vertrauen zu deiner Zunft.«

Sie puffte ihn liebevoll in die Rippen. »Habe ich auch. Aber wenn sich ein Patient dumm anstellt ...«

»Ich doch nicht! Ich werde der Liebling der Station sein.«

»Halte ich durchaus für möglich.«

Das Taxi kam. Sie hatten auf der Straße gewartet. Es war ein kühler, windstiller Tag.

Beate zog Frank den Schal zurecht. »Paß auf dich auf, Liebling!«

»Das wird jetzt Aufgabe der Ärzte und der lieben Schwestern sein.«

»Du hast das Recht auf einen Platz in einem Zweibettzimmer.« Ihr kam ein neuer Gedanke. »Oder möchtest du lieber allein liegen?«

»Noch mehr Unkosten? Kommt nicht in Frage.«

»Aber wenn du möchtest ...«

»Tu ich nicht. Ich glaube sogar, es ist netter, wenn man einen Leidensgenossen hat.«

Sie küßten sich noch einmal. Der Fahrer wurde ungeduldig und hupte.

»Ich muß los!« sagte Frank. »Mein Taxi hält den ganzen Verkehr auf.«

Sie sah ihm zu, wie er einstieg, sein elegantes Köfferchen in der Hand. Er winkte ihr noch einmal zu, und dann war er fort. Langsam ging sie durch den Hinterhof zu ihrer Wohnung.

Der Schwiegervater wartete auf sie in der Diele. Eine geöffnete Flasche Burgunder und zwei Gläser hatte er auf dem

Tisch in der Eßecke bereitgestellt. Er nahm sie beim Arm und führte sie dorthin.

»Endlich sind wir beide wieder mal allein. Das muß gefeiert werden.«

»Ach, Vater!«

»Schweres Herz?«

Sie nickte.

Er drückte ihr ein volles Glas in die Hand.

»Deine Allheilmedizin«, sagte sie und nahm einen Schluck.

»Ein guter, reiner Wein ist bestimmt besser als all eure Pillen und Tabletten. Komm, setz dich zu mir!«

Sie nahmen einander gegenüber Platz.

»Es ist eine gefährliche Operation, nicht wahr?« fragte er.

»Sie ist ziemlich schwierig, ja.«

»Du hast Angst vor einem Exitus?«

»Nicht eigentlich. Das kommt sehr, sehr selten vor. Ich frage mich nur, ob er je wieder werden wird wie früher.«

»Kein Mensch wird, wie er früher war. Damit solltest du gar nicht rechnen, das wäre ja auch ganz schlimm.«

»Ob er wieder ganz gesund werden wird, meine ich.«

»Du warst doch immer der Meinung, daß er eine Chance hätte. Sonst wäre es doch unsinnig gewesen, auf die Operation zu drängen.«

Sie seufzte tief. »Du hast natürlich recht. Ich weiß selber nicht, warum ich plötzlich so mutlos bin.«

»Das ist nur natürlich, Beate. Man kann nicht immer den Kopf oben haben. Hie und da gibt's auch ein kleines Tief. Aber du kennst dich doch selber. Du gehörst nicht zu denjenigen, die sich unterkriegen lassen.«

Beate rang sich ein Lächeln ab. »Nein, Vater, bestimmt nicht!«

»Braves Mädchen! So gefällst du mir schon besser.«

Am frühen Nachmittag, kurz bevor sie Florian aus dem Kindergarten abholte, rief Beate in der Klinik an. Frank gab sich sehr munter. Das Zimmer, sagte er, wäre schön, die Schwestern wären freundlich zu ihm und die Ärzte schienen sehr kompetent. Er sollte am nächsten Tag operiert werden.

»Ich komme dann morgen nicht zu dir, Frank«, erklärte Beate.

»Warum denn nicht?«

»Gleich nach der Operation bist du bestimmt nicht ansprechbar, und man ist da allen im Wege. Aber übermorgen bin ich bei dir. Verstehst du? Übermorgen.«

»Sprich nicht mit mir, als wenn ich ein Trottel wäre.«

»Ich möchte bloß nicht, daß du vergebens auf mich wartest!« – ›Ich werde für dich beten!‹ hätte sie beinahe gesagt, aber das schien ihr dann doch zu dramatisch. »Ich halte dir beide Däumchen«, versprach sie statt dessen.

»Wofür?«

»Daß alles glatt über die Runden geht.«

»Aber du hast mir doch gesagt ...«

»Ja, es ist ganz ungefährlich. Aber ich werde trotzdem in Gedanken bei dir sein. Das ist doch nur natürlich.« –

In der Nacht konnte sie nicht schlafen. Sie bedauerte, daß sie keinen Dienst in der Klinik hatte, denn dann wäre ihr die Zeit schneller vergangen. Sie lag wach in ihrem Bett und alles, was sie mit Frank erlebt hatte, ging ihr wieder und wieder durch den Kopf. Sie wußte, daß die Sterbequote bei Bypass-Operationen sehr gering war, und doch, sie hatte Angst um ihn. Fast bereute sie jetzt, daß sie ihn dazu gedrängt hatte. Auch ohne Operation hätte er uralt werden können.

Aber was wäre das für ein Leben gewesen? Immer auf der Hut sein, jede Anstrengung vermeiden müssen. Er würde aufgehört haben, ein wirklicher Mann zu sein. Es war schon besser so.

Beate fühlte sich sehr allein. Florian wußte nichts von der Operation und schlief friedlich in seinem Bettchen. Der Schwiegervater war zu alt. Er hatte schon selber fast mit dem

Leben abgeschlossen. Beate war überzeugt, daß auch der Tod seines einzigen Sohnes ihn nicht umwerfen würde. Melanie konnte ihre Sorge um Frank bestimmt nicht verstehen. Sie mochte ihn, wußte seine Vorzüge zu schätzen, aber sie hätte ihr einen anderen Mann gewünscht. Wenn ihm etwas zustieß, würde sie es wahrscheinlich nicht einmal bedauern. Sie würde darin für ihre Tochter die Möglichkeit sehen, ein neues Leben anzufangen. Günther Schmid dachte jedenfalls so, daraus hatte er keinen Hehl gemacht. Auch von ihren Freundinnen durfte sie kein Verständnis erwarten; die einen lehnten Frank ab, die anderen beneideten sie um ihn.

Es gab nur einen Menschen, der ganz eins mit ihr war: das ungeborene Kind in ihrem Leib. Was immer auch die Klothenburgs sich erhofften, Beate war sich ganz sicher, daß es ein Mädchen war, ihr kleines Mädchen. Es hatte ein so gutes Leben vor sich. Nicht in der Hektik der Türkenstraße würde es aufwachsen, sondern in der wunderschönen alten Villa in Harlaching. Es würde nicht im Wege sein und herumgeschubst werden, weil die Mutter studierte oder praktizierte. Die andere Mutter würde es vergöttern und nur für es auf der Welt sein.

›Mein kleines Mädchen‹, dachte sie zärtlich. Würde es je erfahren, wer es zur Welt gebracht hatte? Aber das war ja im Grunde gleichgültig. Wichtig war nur, daß es gesund und glücklich wurde. Jetzt war es noch winzig, ein Embryo. Aber es nahm an ihrem Leben teil. Deshalb durfte sie sich nicht verrückt machen und es mit ihren Sorgen belasten. Sie mußte tapfer sein, heiter und optimistisch. Die Schattenseiten des Lebens würde ihr kleines Mädchen noch früh genug erleben. Sie mußten jetzt beide versuchen sich zu entspannen. Beate fiel ein altes Wiegenlied ein, das ihr ihre Mutter – oder war es eine Kinderfrau gewesen? – vor langer Zeit gesungen hatte, und sie summte es leise vor sich hin: »Horch nur, wie der Regen fällt, horch, wie Nachbars Hündchen bellt! Hündchen hat den Mann gebissen, hat des Bettlers Rock zerrissen ...«

Und darüber schlief sie ein. –

Am nächsten Tag hätte sie liebend gern in der Klinik in der Nußbaumstraße angerufen und sich erkundigt, wie die Operation verlaufen war. Aber sie versagte es sich, weil sie aus Erfahrung wußte, wie störend solche Anrufe für die Schwestern und die Ärzte waren.

Sie wußte, und sie sagte es auch ihrem Schwiegervater: »Wenn etwas passiert wäre, würden die sich schon von sich aus melden.«

»Da hast du recht!« antwortete er ihr. »Was sollte auch schon passiert sein?«

Wie sie voraus gesehen hatte, war es sinnlos, mit ihm über ihre Ängste zu sprechen. Er gab sich nicht einmal besonders liebevoll – vielleicht mit Absicht, um jede Sentimentalität zu vermeiden –, sondern nörgelte am Essen und beklagte sich darüber, daß Florian in den Kindergarten ging. »Daß der Junge mir fehlen würde, daran hat niemand von euch gedacht!«

»Du selber ja auch nicht, Vater. Gib zu, daß es oft lästig war, auf ihn aufzupassen.«

»Das stimmt nicht. Ich habe es gern getan.«

»Die meiste Zeit. Aber manchmal ist er dir doch auch auf den Wecker gegangen.«

»Das geht einem mit jedem Menschen so. Aber das ist doch kein Grund, ein Einsiedlerleben zu führen.«

»Mußt du ja auch nicht, Vater. Ich bin ja noch da, und Frank kommt auch bald wieder nach Hause, und Florian hast du jeden Abend und das ganze Wochenende.«

Aber er ließ sich nicht versöhnen, brummelte beleidigt vor sich hin und zog sich bald in sein Zimmer zurück.

Aber Beate kannte ihn gar nicht von der Seite. Noch nie hatte sie ihn so unleidlich erlebt. Sie ärgerte sich über ihn, bis sie begriff, daß auch er sich Sorgen machte, es aber nicht zugeben wollte.

Florian dagegen war puppenmunter und erzählte beim Abendessen pausenlos von »Tante Fitzi«. Es dauerte eine ganze Weile, bis ihm auffiel, daß die Mutter und der Großvater ziemlich einsilbig reagierten.

Plötzlich ließ er den Löffel sinken. »Wann kommt Pappi?«

»Pappi ist verreist«, erklärte Beate rasch und warf ihrem Schwiegervater einen beschwörenden Blick zu.

»Zu Oma?« – Das war das einzige Reiseziel, das Florian sich vorstellen konnte.

»Ja. Nach Kirchdorf.«

»Warum hat er mich denn nicht mitgenommen?«

»Du gehst doch jetzt in den Kindergarten. Denk doch nur, wie sehr du Tante Fritzi fehlen würdest!«

Er starrte sie aus seinen runden blauen Augen an. »Sie heißt Fitzi!« Florian schlug mit dem Löffel auf den Tisch.

»Nenn sie, wie du willst. Für mich ist und bleibt sie Fritzi.«

»Stimmt ja gar nicht.«

»Wahrscheinlich läßt sie sich ›Fitzi‹ nennen, weil viele von euch das ›R‹ noch nicht aussprechen können.«

»Du wirst doch nicht mit dem Jungen wegen einer solchen Nichtigkeit streiten?« mischte sich Dr. Werder ein.

Ihre Augen nahmen eine violette Farbe an, als sie ihn anfunkelte. »Ich würde mich niemals mit einem Kind streiten. Ich versuche nur, etwas richtigzustellen.«

Es wurde ein unerfreulicher Abend. Zwar nahm Beate sich zusammen, versuchte einzulenken und einen heiteren Ton anzustimmen. Aber der Schwiegervater blieb schlecht gelaunt, weil er sich Sorgen um seinen Sohn machte. Florian war beleidigt, weil er nicht recht behalten sollte.

Beate war froh, daß sie Nachtdienst hatte; sie verließ das Haus, noch bevor Florian eingeschlafen war. »Bitte, kümmere dich um Florian, Vater!« sagte sie. »Erzähl ihm eine Geschichte!«

»Wieso ich?« Dr. Werder blickte unwillig von seinem Buch auf.

»Weil du ihn tagsüber so vermißt hast!«

»Das, mein liebes Kind, ist eine billige Retourkutsche!«

»Mag sein. Aber ich habe jetzt wirklich keine Zeit mehr, und ich will dir auch ganz offen sagen, daß ihr beide mir heute auf den Wecker fallt.«
»Was ist mit dir, Beate? So habe ich dich noch nie erlebt!«
»Ich dich auch nicht!« Ohne Gruß stürmte sie davon.

Am nächsten Morgen versuchte Beate ihren Schwiegervater zu versöhnen; sie hatte Florian für den Kindergarten zurechtgemacht und sich selber ihre Schafpelzjacke angezogen, denn es war sehr kalt geworden. »Komm doch mit uns, Vater!« bat sie. »Bitte!«
»Fährst du gleich anschließend ...?«
»Ja. Es wäre doch schön, wenn du mich begleiten würdest.«
»Du wirst mir doch alles berichten.«
»Natürlich, Vater! Aber ich würde mich so freuen, wenn du mitkämst. Er bestimmt auch.«
»Heute nicht, Beate. Wenn man selber schon mit einem Bein im Grabe steht, hat man eine gewisse Scheu vor solchen Konfrontationen.«
»Aber, Vater!«
»Im übrigen möchte ich mich entschuldigen ...«
Sie fiel ihm rasch ins Wort. »Nein, das brauchst du nicht! Wir waren beide nervös. Und wir hatten ja auch allen Grund dazu. Es soll nicht wieder vorkommen.« Sie küßte ihn auf die Wange.
»Ich werde mich zusammennehmen«, versprach er.
»Manchmal muß man sich auch gehenlassen, und wo könnte man das sonst als zu Hause?«
Florian dauerte die Unterhaltung schon zu lange; ungeduldig hüpfte er von einem Fuß auf den anderen. »Komm, komm, Mammi!«
»Ja, ich weiß, Tante ›Fitzi‹ wartet.«
Beate und ihr Schwiegervater lachten sich über den Kopf des Kleinen hinweg an, und beide wußten, daß ihr schönes Einverständnis wieder hergestellt war. –

Später war sie froh, daß er sie nicht begleitet hatte. Frank war auf die Intensivstation gelegt worden. Sie selber erschrak nicht so sehr beim Anblick der vielen Apparaturen, mit denen er durch Schläuche verbunden war, denn sie hatte in der Scheuringer Klinik oft genug auf der Intensivstation gearbeitet. Dennoch war es etwas anderes, einen Menschen, den man liebte, als Schwerkranken zu sehen. Sie starrte durch die Trennscheibe, unfähig, sich von der Stelle zu rühren. Erst als ein junger Arzt sie ansprach, kam wieder Leben in sie.

»Sie sind Frau Werder?«

»Ja.«

»Ich bin Doktor Hiller.« Er reichte ihr die Hand. »Hoffentlich sind Sie nicht erschrocken. Wir haben Ihren Mann nur auf die Intensivstation gelegt, um ihn leichter kontrollieren zu können. Morgen kommt er wieder zurück in sein Zimmer.«

»Hat es Komplikationen gegeben?«

»Überhaupt keine. Ich weiß, wovon ich spreche. Ich durfte assistieren.«

Jetzt konnte Beate wieder lächeln. »Wunderbar. Da fällt mir ein Stein vom Herzen.«

»Das kann ich mir vorstellen. Übrigens ist der Patient – das sagte auch Professor Reicher – körperlich in allerbester Verfassung, mal abgesehen von der Verengung der Coronararterien. Aber dieses Übel haben wir ja jetzt behoben.«

»Darf ich zu ihm hinein?«

»Er wird Sie kaum erkennen.«

»Bitte, Herr Doktor!« Ihre dunkelblauen Augen flehten ihn an.

»Tja, ich weiß nicht ... Sie müssen sich natürlich vorher die Hände desinfizieren. Vielleicht ist eine der Schwestern so nett und gibt Ihnen was zum Überziehen.« Er hielt eine junge Schwester an, die gerade vorbei kam. »Schwester Anna, bitte, Frau Werder möchte gern einen Augenblick zu ihrem Mann hinein. Besorgen Sie ihr das Nötige, ja?« Zu Beate gewandt fügte er hinzu: »Aber wirklich nur für einen Augenblick. Ich werde es kontrollieren.«

»Danke, Herr Doktor.«

Schwester Anna, sehr jung, sehr blond und leicht gestreßt, führte Beate in einen Waschraum und brachte ihr frische OP-Kleidung. Beate ließ sich in den Mantel helfen und ihn auf dem Rücken zubinden. Aber als Anna ihr die Haube auf den Kopf drücken wollte, wehrte sie ab.

»Vielen Dank, Schwester, aber das kann ich selber.«

»Das Haar muß ganz bedeckt sein.«

»Ja, ich weiß.« Beate hatte keine Lust, die Schwester darüber aufzuklären, daß sie so etwas wie eine Kollegin war.

»Mundschutz ist wahrscheinlich gar nicht nötig«, überlegte die Schwester, »aber vielleicht besser doch. Wir wollen doch verhindern, daß der Patient eine Infektion bekommt.«

»Geben Sie nur her!« Beate band sich den Mundschutz vor und warf einen Blick in den Spiegel über dem Waschbecken. »So wird mein Mann mich bestimmt nicht erkennen.«

»Er ist noch ganz weit weg, steht unter schweren Medikamenten.«

»Ich bin Ihnen sehr dankbar, daß Sie mich trotzdem zu ihm lassen.«

Schwester Anna zuckte die runden Schultern. »Doktor Hillers Entscheidung«, erklärte sie mit einem deutlichen Unterton von Mißbilligung.

Sie ging Beate voraus und öffnete ihr die Tür zur Intensivstation.

Frank sah erbarmungswürdig aus. Die geschlossenen Augen schienen tief in die Höhlen gerutscht zu sein, die Wangen hohl geworden, und seine kräftige Nase wirkte spitz. Sein linkes Bein und seine Brust waren dick bandagiert. Aus einem Gefäß oberhalb des Bettes tropfte Traubenzuckerlösung – Beate nahm jedenfalls an, daß es sich bei der sehr hellen Flüssigkeit darum handelte – durch einen Schlauch und eine Kanüle in die Vene seines rechten Ellenbogens. Ein dünnes Schläuchlein war durch ein Nasenloch geführt, bis zum Magen hinunter; es diente zur künstlichen Ernährung.

»Frank«, sagte Beate, »ich bin es, deine Frau.«

Er reagierte nicht.

Behutsam nahm sie seine freie Hand. »Ich bin so froh, daß du alles gut überstanden hast. Du warst sehr tapfer, Frank.«

Er öffnete die Augen, und ihre Blicke trafen sich kurz. Sie war nicht sicher, ob er sie verstanden hatte, aber sie glaubte, eine Reaktion der Erleichterung festgestellt zu haben. Sie gab seine Hand frei und legte sie sachte neben sich.

Die grellgrüne Linie auf dem Bildschirm, die seine Herztätigkeit anzeigte, verlief in beruhigend gleichmäßigen Wellenbewegungen.

Dr. Hiller und Schwester Anna erwarteten Beate auf dem Gang.

»Alle Achtung!« lobte der Arzt. »Sie haben sich nicht lange aufgehalten.«

Beate nahm Mundschutz und Haube ab. »Das hatte ich auch nicht vor.«

Die Schwester hatte es eilig, ihr aus der OP-Kleidung zu helfen und lief mit den Sachen davon.

»Er wird durchkommen, nicht wahr, Herr Doktor?«

»Aber sicher. Es war sehr vernünftig von ihm, sich diesem Eingriff zu unterziehen.«

15 Als Beate ihn am nächsten Tag besuchte, war Frank, wie versprochen, auf sein eigenes Krankenzimmer verlegt worden. Er teilte es mit einem sehr ruhigen jungen Mann, der wegen eines Herzklappenfehlers operiert worden war.

Frank sah immer noch elend aus, aber unvergleichlich besser als gestern. Die Schläuche und Apparaturen waren verschwunden, und er war wieder bei vollem Bewußtsein.

Er begrüßte sie mit einem Fluch. »Verdammter Mist! Wenn ich gewußt hätte, daß es so weh tun würde, hätte ich niemals mitgemacht!«

Beate lachte erleichtert. »Ich merke, du bist schon wieder auf dem besten Weg zur Gesundheit.«

»Du hast leicht reden!«

»Schlimmer als ein Angina-Pectoris-Anfall ist es aber doch nicht?«

»Nein«, mußte er zugeben.

»Na, siehst du!« Sie zog sich ihre Schaffelljacke aus und hängte sie in seinen Schrank. »Du mußt immer daran denken: die Operation hat dir das Leben gerettet.«

»Ich wäre schon nicht gestorben.«

»Aber du hättest die kommenden Jahre als Invalide verbringen müssen.«

»Wer weiß ...«

Sie setzte sich auf einen Stuhl neben sein Bett und nahm seine Hand. »Ich weiß es, Professor Reicher und alle anderen Ärzte.«

»Ihr superschlauen Mediziner!«

»Hast du gemerkt, daß ich gestern bei dir war?«

»Das warst du wirklich? Ich dachte, ich hätte es geträumt.«

»Du warst schwer benebelt. Ich will dir übrigens nichts vormachen. Noch stehst du unter Anti-Schmerzmitteln. Im Laufe der Zeit werden sie abgesetzt werden.«

»Damit ich so richtig was davon habe, wie?«

»Damit du dich nicht an sie gewöhnst.«

»Verdammte Schweinerei!«

Um ihn abzulenken, erzählte sie ihm etwas über Florian. Aber sie merkte bald, daß er nicht wirklich interessiert war. Vorläufig war er noch voll mit seinem leidenden Zustand beschäftigt.

»Wann komme ich hier raus?«

»In etwa vierzehn Tagen.« Sie verbesserte sich. »Das heißt, jetzt sind es ja nur noch zwölf. Ich hätte dir übrigens gern ein paar Blümchen mitgebracht. Aber die sind solch eine Plage für die Schwestern. Brauchst du sonst etwas? Können wir dir etwas mitbringen?«

»Ich möchte bloß raus und wieder gesund sein.«

»Vielleicht ein paar schöne Trauben«, überlegte Beate, »sicher bekommst du heute schon wieder feste Nahrung.«

»Eine Flasche Bier wäre mir lieber.«

»Hör mal, Frank, morgen komme ich nicht. Es würde eine zu große Hetze werden. Ich schicke dir Vater. Daß du dich bloß nicht mit ihm zankst.«

Frank knurrte nur.

Sie fuhr ihm zärtlich mit der Hand über die glatte Wange. »Wer hat dich denn so schön rasiert?«

»Schwester Gisela.«

»Na, ich sehe schon, daß du in bester Obhut bist.« Sie stand auf. »Soll ich dir das Radio anstellen?«

»Von mir aus.«

Sie tat es, legte ihm den Kopfhörer an, gab ihm einen zärtlichen Kuß, holte ihre Jacke aus dem Schrank, nickte seinem Zimmergenossen zu und ging. Obwohl sie ein wenig enttäuscht über sein Verhalten war, mußte sie sich doch zugeben, daß sie nichts anderes hätte erwarten dürfen. Ein Mensch, der mit großen Schmerzen in die Klinik kommt, um operiert zu werden, ist danach erleichtert. Frank aber hatte sich, abgesehen von den beiden Anfällen, ganz gesund gefühlt. Nun stand er unter dem Eindruck, daß erst die Operation ihn krank gemacht hätte. Aber sie wußte, daß er sich bald schon wohlfühlen würde.

Frank war schon wieder zu Hause in der Türkenstraße, als die Zeit für Beates Besuch bei Bettina gekommen war. Sie hatte keine große Lust, die andere wiederzusehen, aber sie dachte, daß sie es ihr schuldig wäre. Sehr viel lieber wäre sie bei ihrem Mann geblieben, der jetzt ihrer Pflege und Aufmerksamkeit bedurfte. Ihrer Ansicht nach mußte sie ihn ohnehin zu oft allein lassen, doch sie durfte ihre Vorlesungen nicht vernachlässigen. Sie hatte es sich in den Kopf gesetzt, im Frühjahr zu ihrem letzten Staatsexamen anzutreten.

Auch diesmal öffnete Bettina ihr die Haustür und führte sie durch das Souterrain und die Hintertreppe hinauf. Dabei brachte sie, wie es ihre Art war, nervöse Erklärungen und Entschuldigungen vor. Es war ein kalter, unfreundlicher Tag, und Beate trug ihre Lammfelljacke, die sie, oben angekommen, ablegte. Sie hatte sich schon auf das offene Feuer im Kamin gefreut, aber es war zwar Holz eingeschichtet, doch nicht angezündet. Auf dem Tisch davor stand wieder die kleine Kaffeemaschine, die Tassen, eine Schale mit Gebäck, aber auch zwei bauchige Gläser und eine Flasche Cognac.

»Ich dachte«, sagte Beate, »bei einem Gläschen redet es sich besser, und ob wir es jetzt gleich oder erst beim Abschied trinken, macht keinen Unterschied. Was meinen Sie?«

Beate lächelte. »Ich glaube, ich brauche nichts, was mir die Zunge löst.«

»Aber Sie müssen mir doch erzählen? Was macht unser Baby? Wie geht es Ihnen?« Sie goß Cognac in die Gläser. »Setzen Sie sich doch! Wenn es Ihnen zu kalt ist, mache ich Feuer.«

Beate fand, daß sie mit ihrer langen Flanellhose, dem Rollkragenpullover und gefütterten Stiefeln warm genug angezogen war; sie wollte auch der anderen keine Umstände machen. »Nein, danke«, sagte sie, »wirklich nicht.«

Merkwürdigerweise schien Bettina geradezu erleichtert. »Es ist ja auch gut geheizt«, erklärte sie, »wärmen wir uns also von innen.« Sie nahm einen Schluck Cognac und zündete sich eine Zigarette an.

»Ich warte lieber bis zum Kaffee«, sagte Beate.

»Ach ja, der Kaffee! Er müßte eigentlich schon fertig sein.« Bettina fummelte, etwas ungeschickt, an der Maschine herum, bis sie sie endlich abgestellt hatte. Dann schenkte sie ein, die brennende Zigarette in der Hand. »Hoffentlich ist er recht so.«

Beate trank, sehr vorsichtig, um sich nicht die Lippen zu verbrennen. »Er ist wunderbar.«

»Das freut mich. Sagen Sie, Beate, wie fühlen Sie sich? Leiden Sie unter Übelkeit? Haben Sie ausgefallene Gelüste? Ich meine, so etwas soll es doch während der Schwangerschaft geben.«

»Ja, das stimmt. Aber erstens ist es dafür wohl noch zu früh, und zweitens rechne ich nicht damit. Als Florian unterwegs war, habe ich das alles nicht gehabt.«

»Ach ja, Florian!«

Über Florian wußte Beate immer etwas zu berichten, und so begann sie munter zu erzählen. Aber bald merkte sie, daß Bettina gar nicht richtig zuhörte. Ihr Lächeln wirkte gequält, sie schien nicht zu wissen, wo sie ihre Hände lassen sollte, hatte ihren Cognac rasch getrunken und zündete sich eine Zigarette nach der anderen an.

Endlich unterbrach sie Beate mitten im Satz. »Meinen Sie, es wäre sehr schlimm ...« sie beendete ihre Frage mit einem sehnsüchtigen Blick auf die Cognacflasche.

Beate verstand. »Nein, gar nicht. Sie sind keine werdende Mutter, und Sie müssen sicher auch nicht mehr Autofahren.«

Mehr brauchte es nicht zu Bettinas Ermunterung; sie goß sich einen zweiten Cognac ein. »Sie dürfen nicht denken, daß ich eine Säuferin bin, Beate, nein, wirklich nicht. Tagsüber trinke ich gewöhnlich gar nichts, nur abends hie und da ein Gläschen, mehr zu Egons Gesellschaft als aus einem Bedürfnis.«

»Sie können trinken, so viel Sie wollen, wenn Sie bloß nicht das Baby von der Wickelkommode fallen lassen.«

»Ach, Beate!«

Beate entschloß sich, den Stier bei den Hörnern zu packen. »Was ist eigentlich los mit Ihnen?«

»Gar nichts!« erklärte Bettina rasch und fügte dann abschwächend hinzu: »Nichts Besonderes.«

»Warum sind Sie dann so supernervös?«

»In meinem ganzen Leben bin ich noch nie in einer so entsetzlichen Situation gewesen!« brach es aus Bettina heraus.

Beate erschrak. »Gibt es einen Konflikt mit Ihrem Mann? Denken Sie etwa an Scheidung?«

»Nein, nein, das nicht!«

»Aber Sie wollen das Kind nicht mehr, nicht wahr?«

»Das auch nicht.«

»Dann weiß ich nicht, von was für einer Situation Sie sprechen.«

»Von dieser hier. Von uns beiden.«

Beate beschloß, keine weiteren Fragen mehr zu stellen. Bettina mußte früher oder später von sich aus damit herauskommen, was sie auf dem Herzen hatte. Obwohl sie elegant wie immer war – sie trug ein Kleid aus silbergrauer Wolle mit einem dazu passenden Pelzbesatz und einer langen Perlenkette, die sicherlich echt war –, wirkte sie alles andere als selbstsicher. Ihr helles Haar hatte sie sich, ohne es zu merken, leicht zersaust, ihre Wangen waren vom Alkohol gerötet und ihre Augen feucht.

Jetzt rang sie die Hände, die ausnahmsweise einmal keine Zigarette hielten. »Wenn ich nur wüßte, wie ich es Ihnen erklären soll!«

»Fangen Sie einfach von vorne an!«

»Ich habe mich wirklich mit Egon gestritten. Ihretwegen, Beate. Aber er ... ach, Beate, Männer können manchmal so starrsinnig sein.«

»Was hat er an mir auszusetzen?«

»Nicht an Ihnen.« Bettina machte einen tiefen Atemzug, als wolle sie einen Anlauf nehmen. »Es paßt ihm nicht, daß Sie mich besuchen!«

Beate spannte sich innerlich, um sich ihre Betroffenheit

nicht anmerken zu lassen. »Aber das war doch Ihre Idee, nicht meine.«

»Das habe ich ihm natürlich gesagt. Ich habe ihm gesagt, daß gar nicht die Rede davon sein kann, daß Sie sich aufgedrängt haben.«

»Aber das hat er Ihnen nicht geglaubt.«

»Er hat gesagt, darauf käme es nicht an. Wenn ich selber den Wunsch hätte, mit Ihnen zusammenzukommen, wäre es noch schlimmer. Er hat gesagt ...« Sie stockte. »... geschmacklos.«

»Geschmacklos?« wiederholte Beate und nahm jetzt doch auch einen Schluck Cognac.

Bettina griff wieder zu einer Zigarette. »Sie sind mir doch nicht böse?«

»Nein.«

»Vielleicht hätte ich es Ihnen nicht so offen wiedergeben sollen. Aber ich wußte einfach nicht, wie ich es Ihnen schonend ...« Sie verbesserte sich: »ich meine: taktvoll beibringen sollte.«

»Na ja, ob taktvoll oder nicht, jetzt weiß ich wenigstens Bescheid.« Beate stand auf.

»Sie wollen doch nicht schon gehen? Sie haben ja noch nicht einmal Ihren Kaffee und Ihren Cognac zur Hälfte ausgetrunken.«

»Ich glaube, es ist besser so, Bettina. Wir wollen doch den guten Egon nicht unnötig ärgern.«

»Sie müssen doch auch versuchen, ihn zu verstehen! Er hat Angst, wissen Sie.«

»Wovor?«

»Wir könnten Freundinnen werden. Und Sie könnten dann später – wenn das Kind erst da ist – das Recht daraus ableiten, bei uns ein- und auszugehen, sich in die Erziehung einzumischen, so eine Art Tantenrolle zu übernehmen.«

»Daran habe ich nie gedacht.«

»Ich weiß es doch, Beate.« Auch Bettina erhob sich jetzt.

»Gegen Sie persönlich hat Egon gar nichts. Er meint sogar, Sie wären die richtige Freundin für mich. Von Ihnen könnte ich etwas lernen. Er hätte nicht einmal etwas gegen eine Tantenrolle, wenn Sie nicht die richtige Mutter wären. Er sagt, daß Sie, so lange Sie das Kind jederzeit sehen können, niemals aufhören werden sich als seine Mutter zu fühlen.«
»Da hat er vielleicht nicht einmal so unrecht.«
»Meinen Sie?«
»Ich hatte zwar höchstens die Absicht, das Kind einmal im Jahr zu besuchen. Aber wahrscheinlich wäre das auch schon zu viel.«
»Einmal im Jahr! Aber dagegen kann Egon nichts haben.«
»Doch.« Beate trat in den Vorraum hinaus.
Bettina folgte ihr. »Es tut mir alles so leid, Beate. Ich hatte es mir ganz anders vorgestellt.«
»Es ist nicht Ihre Schuld. Wir haben wohl beide nicht weit genug gedacht.«
»Es wäre nur schrecklich, wenn Sie jetzt schlecht über uns denken würden!«
Beate schlüpfte in ihre Jacke. »Täte ich das, könnte ich Ihnen das Kind nicht überlassen. Leben Sie wohl, Bettina!« Sie wandte sich der Treppe zu.
»Passen Sie gut auf sich auf!« rief Bettina ihr nach. »Und auf mein Kind!«
›Noch haben Sie es nicht!‹ hätte Beate beinahe erwidert, aber noch rechtzeitig begriff sie, daß das nichts anderes als eine Trotzreaktion gewesen wäre. Die Klothenburgs hatten ein Recht auf das Kind, sie hatten dafür bezahlt.
Sie, Beate, hatte es ihnen versprochen, und sie konnte sich gar nicht leisten, es zu behalten, ganz davon abgesehen, daß dies all ihre Zukunftspläne über den Haufen geworfen hätte.
Sie ärgerte sich über sich selber, weil sie im ersten Augenblick über Egons Forderung verletzt gewesen war. Das war kindisch von ihr gewesen. Tatsächlich war es weit vernünfti-

ger, ihre Beziehung zu den Klothenburgs auf eine sachliche Basis zu stellen.

Im Grunde war sie froh, Bettina nicht mehr wiedersehen zu müssen.

Franks Gesundheit machte zügige Fortschritte. Die Wunden verheilten gut, und in dem Maße, in dem seine Schmerzen nachließen, schwand auch sein Mißmut. Anfangs war er nur wenige Stunden am Tag aufgestanden, später gönnte er sich nur noch eine Stunde Mittagsruhe. Schließlich folgte er auch dem Drang, aus dem Haus zu gehen. Regelmäßig brachte er Florian morgens zum Kindergarten und holte ihn nachmittags wieder ab. Sein Interesse an der Welt der Mode erwachte, und er durchstreifte Boutiquen, elegante Geschäfte und auch Warenhäuser, um sich die neuen Kollektionen anzusehen.

»Übertreib es nicht!« mahnte Beate. »Du weißt, du sollst dich noch eine Weile schonen.«

»Wie lange noch?«

»Bis zum Frühjahr, denke ich.«

»Dann verlerne ich das Arbeiten ganz und gar.«

»Du nicht.« Sie fuhr ihm mit der Hand durchs Haar.

Er war mittags zu spät nach Hause gekommen, Beate hatte ihm sein Essen aufwärmen müssen und saß nun ihm gegenüber, während er es verzehrte. Der Schwiegervater hatte sich schon in sein Zimmer zurückgezogen.

»Ach, laß das!« sagte er unwillig. »Behandle mich nicht wie einen kleinen Jungen.«

»Das lag nicht in meiner Absicht.«

»Verstehst du denn nicht, daß ich es hasse, so herumzuhängen? Ich möchte endlich wieder was tun.«

»Aber du merkst doch selber, daß dich das alles noch zu sehr anstrengt. Du wirkst ganz erschöpft.«

»Ich sehe schlecht aus?« fragte er betroffen.

»Das nicht. Nur eben erschöpft. Ansonsten bist du viel attraktiver als vor deiner Krankheit.«

»Wirklich?« Seine schönen braunen Augen leuchteten auf.
»Das weißt du doch selber.«

Tatsächlich hatte er einige Kilo abgenommen, und es stand ihm gut, ließ ihn jünger und sportlicher erscheinen. Unter seinen geliebten Seidenpullis zeichnete sich keine Rundung mehr ab, und täglich kontrollierte er sein Gewicht – nicht aus Eitelkeit, wie er behauptete, sondern um seiner Gesundheit willen. Beate war es recht so.

»Ich finde, ich sollte mich nach einer neuen Stellung umsehen«, beharrte er.

»Das wäre noch zu früh, Frank. Wie willst du arbeiten, wenn schon ein Bummel durch die Geschäfte dich so kaputt macht? Warte, bis du wieder ganz fit bist.«

»Und wovon sollen wir bis dahin leben?«

»Darüber brauchst du dir nun wirklich keine Sorgen zu machen.«

»So gut wie alles, was wir hatten, ist doch durch die Operation draufgegangen. Die siebenhundert Mark, die du verdienst, und Vaters Haushaltsgeld können doch vorne und hinten nicht reichen.«

Beate begriff, daß die Stunde gekommen war, ihm die Wahrheit zu sagen. Aber noch fand sie nicht den Mut. »Iß erst mal auf, dann werde ich dir alles erklären.«

»Ich habe gar keinen Hunger mehr.«

»Auch gut.« Sie nahm ihm den Teller fort und stellte ihn in die Spüle. »Möchtest du vielleicht ein Bier?«

»Am hellen Tag?« fragte er erstaunt. Mit Beates Hilfe hatte er seinen Alkoholkonsum erheblich eingeschränkt.

Sie war schon zum Kühlschrank gegangen und hatte eine Flasche herausgenommen. »Ausnahmsweise.« Sie öffnete die Flasche und stellte ihm ein Glas dazu.

Er schenkte sich selber ein. »Also raus mit der Sprache!«

Sie wartete, bis er einen kräftigen Schluck getrunken hatte. »Es hat geklappt«, sagte sie dann.

Er riß die Augen auf. »Was?«

»Aber, Frank, du mußt dich doch erinnern!«
»Heißt das, du bekommst ein Kind?«
»Ja.«
»Seit wann weißt du es?«
»Schon ziemlich lange.«
»Und warum erfahre ich es erst jetzt?«
»Ich wollte dich nicht damit belasten, vor der Operation schon gar nicht. Danach habe ich darauf gewartet, daß du dich wirklich besser fühlst. Du hast ja auch nie danach gefragt.«
»Ich glaube, ich wollte nicht daran denken.«
»Das verstehe ich sehr gut, Frank. Nur, bitte, glaub auch nicht, daß ich ein Geheimnis daraus machen wollte. Ich habe nur den geeigneten Zeitpunkt abgewartet.«
»Ein Geheimnis«, sagte er mit einem Anflug von Zynismus, »hätte es ja auch kaum bleiben können.«
»Ja«, gab sie zu, »man wird es mir wohl bald ansehen.«
»Im wievielten Monat bist du denn?«
»Mitte des dritten.«
»Du lieber Himmel! Und du hast noch keinen Ton davon gesagt?«
»Was hätte es für einen Zweck gehabt?«
»Und diese Leute? Wie heißen sie doch gleich?«
»Du meinst die von Klothenburgs? Sie haben sich gefreut und gezahlt.«
»Und was sonst?«
»Was meinst du damit?«
»Kommst du mit ihnen zusammen?«
»Überhaupt nicht«, erklärte sie und war froh, daß es die Wahrheit war.
»Ich bin einfach baff«, gestand er.
Sie lächelte vor Erleichterung, denn sie hatte eine sehr viel ärgere Reaktion befürchtet. »Jetzt weißt du also, daß du dir überhaupt keine finanziellen Sorgen zu machen brauchst.«
»Mußt du noch häufig zum Gynäkologen?«

»Nur zu den üblichen Routineuntersuchungen. Aber jetzt, wo du im Bilde bist, werde ich mit meiner Schwangerschaftsgymnastik anfangen.«

»Du gehst alles methodisch an, was?«

»Es wird mir die Geburt erleichtern.«

»Und wann wird es soweit sein?«

»Am achten oder neunten Juni, Frank. Danach ist alles ausgestanden.«

»Wie kannst du das so genau wissen?«

»Weil man es nach einer künstlichen Befruchtung ziemlich genau errechnen kann. Sie hat ja nur ein einziges Mal stattgefunden.«

»Wie so etwas überhaupt möglich ist!«

»Ja, es ist und bleibt sehr merkwürdig. Aber wahrscheinlich klappt es nicht bei jeder Frau so ohne weiteres. Ich war immer schon eine besonders gute Stute.« Sie rückte ihren Stuhl dichter an seinen. »Eines mußt du mir versprechen, Frank ...«

»Daß ich dich während deiner Schwangerschaft nicht anrühre?«

»Überhaupt nicht. Wie kommst du darauf? Das kann doch weder dem Kind noch mir schaden. Nein, ich wollte dich um etwas ganz anderes bitten. Daß wir später auch noch Kinder haben werden.«

»Bei allem, was du beruflich vorhast?«

»Wenn es so klappt, wie ich es mir vorstelle, habe ich spätestens in drei Jahren promoviert, und dann sind wir doch immer noch jung genug für Babys.«

»Du bist, scheint es, auf den Geschmack gekommen.«

»Ach, weißt du, Frank, das einzige, was wir Frauen euch Männern wirklich voraushaben, ist doch, daß wir Kinder zur Welt bringen können. Ich finde, das ist eine ganz große Sache, und es ist einfach dumm, ohne Not darauf zu verzichten.«

Er zog sie an sich. »Überredet. Was bleibt mir schon übrig bei einer Frau, die sich so leicht von einem beliebigen Mann ein Kind machen lassen kann.«

»Das wird nie wieder vorkommen. Ich schwöre es dir.«

»Möchte ich dir auch geraten haben.« Er küßte sie auf den Hals. »Wollen wir uns nicht ein bißchen hinlegen, hm?«

Sie wußte, was er wollte, und sie hatte Angst, daß er der Anstrengung noch nicht gewachsen sein könnte. Aber sie wagte es nicht, ihn abzuwehren, denn sie fürchtete, er würde sie falsch verstehen.

»Ja«, sagte sie, »wunderbar, aber erst kuscheln wir ein bißchen und ruhen uns aus.«

»Ich bin gar nicht müde!« protestierte er.

»Aber ich! Ich hatte ja Nachtdienst.«

»Wie konnte ich das vergessen, ich Wüstling.«

»Bist du gar nicht!« Sie küßte ihn zärtlich. »Aber lassen wir uns ein bißchen Zeit, ja?«

Das taten sie. Beate schlummerte in seinen Armen ein, und ihre gleichmäßigen Atemzüge wirkten einschläfernd auf ihn. Als sie erwachten, fühlten sie sich erfrischt, und sie liebten sich, das erste Mal seit langer Zeit, ohne Angst und ohne Verkrampfung.

»Das hat mir gutgetan«, gestand sie und bedeckte die lange Narbe auf seiner Brust mit kleinen Küssen, »jetzt weiß ich erst, was mir bei der artifiziellen Insemination so gefehlt hat.«

»Und ich, warum du mich so zu dieser Operation gedrängt hast.«

»Keine Beschwerden?«

»Keine. Ich bin jetzt wieder wie neu.«

»Ich liebe dich so sehr.«

»Ich dich auch.«

16 Noch war Beates Zustand nicht zu erkennen, aber sie hatte sich vorsorglich Umstandskleidung anfertigen lassen: eine Latzhose und eine warme Winterhose mit verstellbarer Taillenweite und einem Einsatz, ein grün-weiß kariertes Wollhemd mit Kragen und Manschetten und ein raffiniert geschnittenes Kleid aus fliederfarbenem Crêpe de Chine für festliche Anlässe.

Das Spezialgeschäft lag im zweiten Stock eines Hauses in der Residenzpassage. Als sie, eine große Plastiktüte in der Hand, auf den Max-Josefs-Platz hinaustrat, stieß sie fast mit einem großen, breitschultrigen Mann zusammen, der in Richtung Ludwigstraße eilte. Es war Günther Schmid.

Beide blieben überrascht stehen.

»Was machst du denn hier?« fragte Beate.

»Habe Weihnachtseinkäufe gemacht.« Auch er war beladen. »Und du?« Er musterte sie aufmerksam.

Beate zögerte mit ihrer Antwort. Auf ihrer Tüte stand »Barbaras Moden«, nichts weiter, aber sie wußte, daß das Geschäft einen Schaukasten in der U-Bahnstation Odeonsplatz hatte. Günther konnte also sehr gut wissen, was der Name bedeutete. Sie entschloß sich, es hinter sich zu bringen. »Ich habe Umstandskleider abgeholt.«

»Ach«, sagte er nur.

Es schneite leicht. Auf den Straßen lag grauer Matsch, aber das Nationaltheater hatte eine weiße Haube bekommen.

Beate lächelte ihn an. »Richtiges Vorweihnachtswetter, wie?«

»Der Schnee wird nicht bleiben.«

»Macht nichts. Aber jetzt kommt er gerade recht.« Sie waren nicht stehengeblieben, um den andern Fußgängern nicht im Weg zu sein, Beate hatte sich ihm angeschlossen, und sie gingen nebeneinander weiter.

»Lenk nicht ab!« forderte er.

»Was willst du wissen?«

»Hast du die Umstandskleider etwa für dich gekauft?«
»Du hast es erfaßt.«
»Ich glaube dir kein Wort. Du willst mich auf den Arm nehmen.«
»Nein.«
Er sah sie von der Seite an; sie wirkte so strahlend jung, gesund und unbekümmert, daß es ihn wütend machte.
»Ich nenne das den Gipfel der Unvernunft.«
Sie lachte. »Wenn die Menschheit vernünftig wäre, wäre sie wahrscheinlich längst ausgestorben.«
»Daß du das so leichtnehmen kannst!«
»Warum nicht?«
»Ich bitte dich, Beate, in deiner Situation! Dein Mann hat sein Geschäft aufgeben müssen ...« Er unterbrach sich. »Wie geht es ihm eigentlich?«
»Er erholt sich blendend.«
»Und da mußte er natürlich gleich ...« Er stockte.
»Nein, Günther, ich bin fast im vierten Monat.«
»Zu spät für alles.«
»Kennst du mich so schlecht?«
»Was soll das heißen?«
»Ich hatte nie die Absicht, etwas dagegen zu unternehmen.«
»Herr des Himmels, wir haben die liberalsten Gesetze der Welt! Jeder Arzt hätte es dir weggemacht und du ...«.
Sie fiel ihm ins Wort. »Du meinst, bei den zweihunderttausend Abtreibungen jährlich in Deutschland käme es auf eine mehr oder weniger auch nicht an? Du irrst dich. Mein Kind soll zur Welt kommen.«
»Mit deinem Studium ist es dann also endgültig Essig.«
»Nein. Ich will mich im Frühjahr zum letzten Staatsexamen melden.«
Sie bogen nach links ab und blieben vor der Feldherrnhalle stehen. Hier störten sie niemanden und hatten reichlich Platz, um zu diskutieren.

»Das schaffst du nie«, behauptete er.

»Du solltest wissen, daß man als werdende Mutter besonders in Schwung ist. Wegen der berühmten Hormone.«

»Du wirst vor Sorgen nicht ein noch aus wissen.«

»Mache ich den Eindruck?«

»Du bist einfach noch nicht fähig zu begreifen, was du dir da eingebrockt hast. Schon Florian war so überflüssig wie ein alter Hut ...«

Jetzt wurde auch sie zornig. »Wie kannst du so etwas sagen? Er ist ein ganz wundervoller kleiner Mensch!«

»Aber du und Frank, ihr konntet ihn euch nicht leisten.«

»Wir haben es keinen Augenblick bereut.«

»Und jetzt noch ein Kind, ein Baby! Du wirst ans Haus gefesselt sein.«

Sie atmete tief durch und zwang sich zur Ruhe. »Nein, Günther, ich werde es weggeben.«

»Was wirst du?« Sein Gesicht hatte sich gefährlich gerötet, und seine sonst so kühlen Augen funkelten.

»Du hast mich sehr gut verstanden.«

»Ich kann es nicht fassen!«

»Ich werde es zur Adoption freigeben.«

»Ungeheuerlich! Du stößt ein Kind in diese Welt und überläßt es fremden Leuten.«

»Sie sind mir nicht fremd. Ein junges Ehepaar. Sie war Patientin in der ›Scheuringer Klinik‹ und kann keine Kinder bekommen.«

»Ob du sie kennst oder nicht, das ist doch nicht der wesentliche Punkt!«

»Du hast ganz recht. Wesentlich ist nur, daß es leben wird.«

»Und was sagt dein Mann dazu?«

»Er ist natürlich einverstanden. Er begreift genauso gut wie du, daß ich mir im Augenblick kein zweites Kind leisten kann.«

Er packte sie bei den Schultern und schüttelte sie. »Warum um alles in der Welt willst du es dann bekommen?«

Sie starrte ihn so lange an, bis er sie losließ. Er murmelte eine Entschuldigung.

»Ich nehme es dir nicht übel«, sagte sie, »du bist einfach außerstande, irgend etwas zu verstehen.«

»Nein, wahrhaftig nicht. Das ist das Blödsinnigste, was ich je erlebt habe. Wenn du mir nur erklären könntest ...«

»Wozu? Es geht dich doch nicht das Geringste an.«

»Wir sind alte Freunde.«

»Ja. Aber ob wir uns je wirklich verstanden haben?«

»Wenn ich das alles nur früher erfahren hätte! Ich wette, ich hätte dich davon abbringen können. Notfalls hätte ich dich zu einem Psychologen geschleppt.«

»Glaubst du, daß ich so leicht zu beeinflussen bin?«

»Leicht wäre es sicher nicht gewesen. Aber ich hätte es geschafft.«

»Günther«, sagte sie, »das ist doch alles sinnlos. Du führst dich auf, als wenn das Kind von dir wäre. Aber es hat nichts mit dir zu tun. Vergiß es! Es wird dich in keiner Weise belasten. Ich werde meinen Nachtdienst machen wie eh und je. Also was soll's?«

»Bis du nicht mehr dazu imstande bist.«

»Bis ich meinen gesetzlich verlangten Mutterschaftsurlaub antrete. Du hast davon keinen Schaden.«

»Es macht dir Spaß, mich als gedankenlosen Egoisten hinzustellen, wie? Aber es geht mir ja gar nicht um mich, sondern um dich! Kapier das doch endlich!«

»Wenn es wirklich so wäre, würdest du mich nicht so aufregen. Du weißt, wie empfindlich man in diesem Zustand ist. Was ich brauche, ist Sympathie, Freundlichkeit, Verständnis ...«

»... Musik von Mozart und schöne Bilder!« ergänzte er. »Sag mal, in welchem Jahrhundert lebst du eigentlich? Das Hier und Jetzt ist eine rauhe Welt, in der niemand Schonung erwarten darf.«

»Ja, ich weiß. Vor allem nicht die Kinder, die man nicht haben will. Aber auch in dieser gräßlichen Welt gibt es Menschen, die gut zueinander sind. Wie kannst du so mit mir rumbrüllen. Vorhin hatte ich den Eindruck, daß du mich schlagen wolltest.«

»Das hätte ich auch am liebsten getan«, gestand er und fügte rasch hinzu: »Aus Sorge um dich.«

Beate hatte genug, genug von Günther und von dieser Szene. »Ich bin ganz gedankenlos mitgelaufen«, sagte sie, »aber ich muß noch in die Theatinerstraße.« Sie reichte ihm die Hand.

»Heißt das, daß du nicht mehr mit mir reden willst?« Er hielt ihre Hand ganz fest.

»Ich habe schon eine Menge Zeit vertrödelt«, erklärte sie ausweichend.

»Du hättest früher zu mir kommen sollen. Als noch Gelegenheit für eine Entscheidung war.«

»Aber jetzt ist es vorbei. Komm, laß mich los! Ich muß mich wirklich beeilen.«

Er gab sie frei, und sie schenkte ihm noch ein Lächeln, das ihre Augen nicht erreichte. Dann sah er ihr nach, wie sie davonging, mit ihrem weit ausholenden elastischen Schritt, an dem auch ihre Schwangerschaft nichts verändert hatte. Sie hatte keine Mütze auf, und die Flocken zergingen auf ihrem leuchtenden Haar.

Jetzt erst wurde ihm klar, daß jedes seiner Worte, jedenfalls zu diesem Zeitpunkt, falsch gewesen war. Daß er nur die halbe Wahrheit erfahren hatte, ahnte er nicht.

Den Heiligen Abend verbrachten Beate und ihre kleine Familie sehr friedlich und vergnügt. Sie hatte es vermieden, in der Vorweihnachtszeit mit Florian die Innenstadt aufzusuchen, wo prächtig geschmückte Schaufenster voll von sagenhaftem Spielzeug die Erwartungen der Kinder hochschraubten. So war er ganz zufrieden mit ein paar Kleidungsstücken, einem schönen Bilderbuch, einer hölzernen Eisenbahn und einem Teller mit Äpfeln, Nüssen und Süßigkeiten. Ihm war das wichtigste das Bild, das er im Kindergarten aus Fetzen von Buntpapier zusammengeklebt hatte, und das er jetzt stolz seinen Eltern überreichen konnte. Die Erwachsenen waren seit langem übereingekommen, sich nichts mehr zu schenken. Beate hatte einen hübschen kleinen Baum geschmückt und ein Hähnchen im Topf geschmort.

Am nächsten Morgen fuhren sie nach Bogenhausen, wo auf Florian in der Wohnung seiner Großmutter eine zweite Bescherung wartete. Das schönste Geschenk war ein Dreirad, gerade passend für seine Größe, mit dem er sofort lossauste. Beate war nicht sehr erbaut darüber, weil sie voraussah, daß er damit die Zimmer in der Türkenstraße unsicher machen würde. Aber sie ließ es sich nicht anmerken. Melanie hatte eine Blautanne im Stil »Livingroom« ganz in Schwarz und Weiß dekoriert, mit nur wenigen goldenen Effekten.

Irene Bock, Beates Schwester, hatte auf der Reise zum Wintersport in die Schweiz in München Station gemacht, und die Begrüßung war, da man sich lange nicht gesehen hatte, von etwas gekünstelter Überschwenglichkeit. Auch Frank und sein Vater gaben sich herzlich. Nur Florian brachte einen Mißton in das Idyll, weil er sich um keinen Preis zum Dank für einen Riesenteddybär von seiner Tante küssen lassen wollte.

»Was hat er gegen mich?« fragte Irene beleidigt. Sie war kleiner als Melanie und, obwohl sie eine Diät nach der anderen ausprobierte, rundlicher und hellblond. Eine gewisse Farblosigkeit versuchte sie mit sehr viel Schminke wettzumachen.

»Gar nichts!« erwiderte Beate rasch. »Ganz bestimmt nicht.«

»Es kommt mir vor, als hätte man ihn gegen mich aufgehetzt.«

»Sei nicht töricht, Irene!« mahnte ihre Mutter. »Niemand würde das tun. Er kennt dich einfach nicht ...«

»Aber er muß doch spüren, wie lieb ich ihn habe!«

»... und er ist es nicht gewöhnt, abgebusselt zu werden, von jemand Fremdem schon gar nicht.«

»Ich bin seine Tante!«

»Es ist wahrscheinlich meine Schuld«, behauptete Beate einlenkend, »ich habe es wohl versäumt, ihn auf dich vorzubereiten. Aber ich werde das nachholen. Ich werde ihm von nun an laufend Geschichten über uns erzählen, wie es war, als wir noch klein waren. Wie ich immer so wütend wurde, weil du eine Stunde länger aufbleiben durftest.«

»Und wie du mich immer verpetzt hast, wenn ich mit einem Jungen losgezogen bin!«

»Nur ein einziges Mal!« protestierte Beate. »Und dann habe ich von Mutter die Ohrfeige gekriegt, die du eigentlich verdient hättest!«

Alle lachten, und der Friede war wieder hergestellt.

Die Erwachsenen tranken Aperitifs, plauderten und knabberten Weihnachtsgebäck. Florian war an nichts interessiert als an seinem Dreirad. Er erhob ein großes Geschrei, als es Zeit zum Aufbruch wurde. Beate konnte ihn nur mit Mühe beruhigen, indem sie ihm versprach, daß er das Rad später mit nach Hause nehmen dürfte.

Bei all ihren Fähigkeiten war Melanie keine gute Köchin, und es machte ihr keinen Spaß, sich für die Familie an den Herd zu stellen. Deshalb hatte sie es eingeführt, am ersten Feiertag alle ins Restaurant »Walterspiel« im Hotel »Vier Jahreszeiten« einzuladen. »Warum soll ich mich um etwas bemühen, was die Profis doch viel besser können als ich«, pflegte sie zu sagen.

Wie immer wollte Dr. Werder nicht mit von der Partie sein. Er schützte eine Verabredung mit einem Studienfreund vor. Alle wußten, daß er nur deshalb nicht mitkam, weil er es haßte, wenn jemand für ihn bezahlte. Selber die Kosten für alle zu übernehmen, wäre ihm zu teuer gewesen, seine eigene Rechnung zu begleichen unhöflich.

Jedes Jahr wieder versuchte Melanie, ihm gut zuzureden, gab es aber bald auf, weil sie spürte, daß es sinnlos war. »Sie stoßen aber dann wenigstens zum Kaffee wieder zu uns?« fragte sie.

»Wenn ich es eben einrichten kann.«

»Tu das, Vater!« Beate gab ihm einen raschen Kuß auf die Wange. »Ohne dich ist es der halbe Spaß.«

»Das will ich nicht gehört haben!« scherzte Frank. »Manchmal habe ich den Eindruck, du hast mich nur geheiratet, weil du meinen Vater nicht kriegen konntest.«

»Quatschkopf!« Beate küßte auch ihn.

Auf der Straße quetschten sich Melanie, Irene und Beate hinten in ein Taxi. Frank nahm, seinen Sohn auf dem Schoß, neben dem Fahrer Platz. Dr. Werder winkte ihnen noch zu und wandte sich dann, als sie losfuhren, in die entgegengesetzte Richtung.

»Was hat er jetzt bloß vor?« fragte Melanie.

»Ihm wird schon etwas einfallen«, erwiderte Beate, »er hat nie Schwierigkeiten, etwas mit sich anzufangen.«

»Ich finde es blöd, daß er uns nicht begleitet«, meinte Irene.

»Er ist ein alter Starrkopf«, fügte Melanie hinzu.

»Ich verstehe ihn gut!« verteidigte Beate ihren Schwiegervater. »Er hat seinen Stolz, und ich kann ihm das nicht verargen.«

»Ihr scheint ja wirklich ein Herz und eine Seele zu sein«, spottete Irene.

»Wir haben ihm viel zu verdanken, nicht wahr, Frank?«

»Ja, Liebling, viel zu viel.«

»Jedenfalls finde ich eure Dreierbeziehung rührend.«

»Es ist eine Viererbeziehung«, stellte Beate richtig, »Florian gehört ja auch dazu.«

»Niemals hätte ich gedacht, daß ausgerechnet du eines Tages so in Familie machen würdest.«

»Ja, so kann man sich irren. Von dir hätte jeder geglaubt, daß du mindestens mit zwanzig verheiratet sein würdest.«

»Ich ziehe mein freies Leben als Single unbedingt vor.«

»Tust du das wirklich?«

»Bitte, Kinder, hört auf, euch zu kabbeln!« mahnte Melanie energisch. »Kaum seid ihr eine knappe Stunde zusammen, da geht es schon wieder los.«

»Wir sind wirklich kindisch!« gab Beate zu. »Wißt ihr, was ich jetzt beinahe gesagt hätte? Irene hat angefangen.«

Die Frauen lachten.

Die Fahrt bis zum Hotel »Vier Jahreszeiten« in der Maximilianstraße war nur kurz. Frank zahlte, und sie stiegen aus. Es war nicht kalt, aber es ging ein unangenehmer Wind. Sie hatten es eilig, durch die Schwingtür in die gut geheizte Halle zu kommen.

Beate trug ihre Lammfelljacke über ihrem neuen Crêpe-de-Chine-Kleid. Sie wußte selber, daß das keine gute Kombination war, ärgerte sich aber dennoch, als ihre Mutter eine Bemerkung darüber machte.

»Ist doch egal, wie das aussieht!«

»Ja, das war schon immer dein Standpunkt. Aber ich bin absolut nicht dieser Meinung, und Frank ist es auch nicht.«

»Beate ist mir recht, wie sie ist.«

»Ganz ehrlich: wäre es dir nicht doch lieber, sie würde etwas mehr Wert auf ihr Äußeres legen?«

»Wenn sie dadurch eine ihrer vielen anderen Tugenden verlieren würde: nein.«

»Trotzdem, Beate! Komm vor dem Winterschlußverkauf zu mir, dann suchen wir einen anständigen Mantel für dich aus.«

»Danke, Melanie.«

»Du hast es gut, Beate!« sagte Irene neidvoll. »Kannst jederzeit zu Mutter ins Geschäft gehen und dir was holen.«

»Nicht jederzeit«, stellte Beate vergnügt richtig, »nur vor dem Ausverkauf.« Dennoch war sie froh, als sie ihre Jacke an der Garderobe ablegen konnte. Die kritischen Bemerkungen ihrer Mutter hatten sie unsicher gemacht und ihr das Gefühl gegeben, daß auch die livrierten Pagen und die überaus korrekt gekleideten Herren an der Rezeption sie abfällig musterten. In ihrem neuen Kleid dagegen fühlte sie sich vollkommen wohl.

Im Restaurant hatte man für Melanie einen großen Tisch reserviert. Sie war hier sehr bekannt, weil ihr Geschäft in der

Nähe lag und sie zuweilen, allein oder mit Bekannten, hier einzukehren pflegte. Entsprechend wurden sie sehr aufmerksam bedient. Jeder suchte sich auf der Speisenkarte ein anderes Gericht aus. Melanie bestellte französischen Weißwein und für Florian ein Glas frisch gepreßten Orangensaft. Das Essen schmeckte köstlich, aber natürlich kam in Anwesenheit der sie umschwirrenden Kellner kein persönliches Gespräch auf. Selbst Florian wagte es nicht, seine Stimme zu erheben, sondern gab sich von seiner besten Seite.

Als sie dann wieder in Melanies Wohnung waren, hatte all das Bravsein ihn so müde gemacht, daß er sich widerstandslos zum Schlafen hinlegen ließ. Er bestand nur darauf, daß das geliebte Dreirad in Reichweite aufgestellt wurde.

In der supermodernen Küche hatte Irene schon das Kaffeegeschirr auf einem Tablett zusammengestellt, während das Wasser in der Maschine brodelte.

Beate steckte den Kopf hinein. »Kann ich dir helfen?«

»Eigentlich nicht.« Nach kurzem Zögern fügte sie hinzu: »Aber du könntest mir Gesellschaft leisten.«

»Nichts, was ich lieber täte!« Beate trat ein. »Es ist eine Schande, daß wir so wenig voneinander wissen. Immer wieder nehme ich mir vor, dir zu schreiben. Aber es fehlt mir einfach die Zeit.«

»Dann könntest du wenigstens mal zum Telefonhörer greifen.«

»Warum tust du's nicht selber? Für uns, weißt du, ist das eine Frage des Geldes.«

»Ihr habt Pech gehabt, wie? Mutter hat mir schon erzählt ...«

Beate schnitt ihr das Wort ab. »Bitte, sprechen wir nicht darüber! Das ist ein ganz trauriges Kapitel, aber zum Glück ist es jetzt abgeschlossen.«

»Es tut mir so leid.«

Tut es das wirklich? hätte Beate beinahe gefragt, denn sie nahm ihrer Schwester dieses Mitgefühl nicht ab. Aber sie mochte sich nicht streiten und sagte statt dessen: »Dir scheint es ja gutzugehen. Jedenfalls deinem edlen Pelz nach zu schließen.«

»O ja, ich habe alles, was ich brauche, und ich kann mir leisten, was ich will.«

»Wie schön für dich.«

Irene hielt es für nötig hinzuzufügen: »Ich habe niemals verstanden, wieso du unbedingt Medizin studieren mußt. Bis du so viel verdienst wie ich heute, wirst du alt und grau sein.«

»Schon möglich!« gab Beate friedfertig zu. »Und was macht die Liebe? Bist du immer noch mit deinem Chef zusammen?«

»Was heißt ›zusammen‹? Ich habe doch nie mit ihm gelebt.«

»Aber wenn ich mich recht erinnere, hast du doch eine ganze Weile gehofft, daß er dich heiraten würde.«

Irene lachte auf. »Zugegeben! Aber da war ich noch sehr jung und sehr dumm.«

»Und heute?«

»Natürlich ist er immer noch rasend verliebt in mich. Weißt du, gerade wenn man nicht dauernd zusammenklebt, kann man einen Mann auf Trab halten. Otto leidet wie ein Hund, wenn er mich nicht wenigstens anrufen kann.«

»Von Scheidung ist also nicht mehr die Rede?«

»Weil ich eine Heirat abgelehnt habe.« Irene nahm eines der Weihnachtsplätzchen aus der bereitgestellten Schale, knabberte daran und sprach mit vollem Mund weiter. »Ihm die Socken waschen, die Hemden bügeln, nein! Meine Talente liegen auf anderem Gebiet.«

»Aha.«

»Das klingt banal, ich weiß. Aber es gibt noch einen anderen Grund. Ich genieße meine Freiheit.«

»Und wie machst du das?«

»Ihr glaubt immer, daß Hannover ziemlich langweilig wäre. Aber das ist es nicht. Einmal davon abgesehen, daß man jederzeit einen Abstecher nach Hamburg machen kann, haben wir ja unsere Messe. Da ist immer was los, du kannst es dir nicht vorstellen! Da strömen Geschäftsleute und Ingenieure aus der ganzen Welt zusammen. Die knackigsten Typen sind darunter.«

Beate hob die Augenbrauen. »Und du läßt dich mit denen ein?«

»Sei bloß nicht so spießig! Ein Flirt hier, ein kleines Abenteuer da, was ist schon dabei. Mir tut es gut und bringt mich in Schwung.«

»Und was sagt dein Chef dazu?«

»Er kann mir gar nichts sagen. Zum Glück bin ich ja nicht mit ihm verheiratet.« Sie steckte sich das nächste Plätzchen in den Mund.

»Sag mal, hast du immer noch Hunger?« fragte Beate ehrlich erstaunt.

»Mir schmeckt's einfach zu gut. Das ist mein größter Kummer. Du bist aber auch nicht mehr so schlank, wie du mal warst.«

»Kann schon sein.«

»Überhaupt, du hast dich verändert. So ein Kleid hättest du früher nie getragen.«

Beate machte eine kleine Pirouette, was in der Enge der Küche gar nicht so leicht war. »Aber es ist doch schön!«

Irene blieb kritisch. »Nicht dein Stil.«

Beate begriff, daß die Schwester recht hatte, und zu ihrem Ärger errötete sie leicht.

»Was ist daran peinlich?« fragte Irene. »Es sei denn ...« Mit einer unerwarteten Bewegung legte sie ihr die Hand auf den Bauch, »... du bekommst ein Kind?«

Diese intime Berührung war Beate so unangenehm, daß sie unwillkürlich zurückzuckte und mit dem Rücken gegen den Kühlschrank stieß. Sie hatte am Morgen ihr Aussehen im Spiegel geprüft und war sich so sicher gewesen, daß ihre Schwangerschaft für niemanden zu erkennen sein würde. Jetzt mußte sie einsehen, daß gerade das allzu elegante Kleid, dazu geschaffen, ihren Zustand zu kaschieren, sie verraten hatte.

Einen Augenblick war sie nahe dran, es abzustreiten, aber dann entschloß sie sich, zum Gegenangriff überzugehen.

»Und warum nicht?«

»Du bist verrückt geworden!« Irene schrie es heraus.

Beate schloß rasch die Küchentür.

»Ihr könnt es euch doch gar nicht leisten! Ausgerechnet jetzt, nach Franks Pleite!«

»Es war keine Pleite, er hat sein Geschäft aufgegeben. Das ist alles.«

»Und deine schöne Mitgift verplempert!«

»Das hat doch mit meinem Kind nichts zu tun!«

»Es ist einfach unverantwortlich von euch! Frank hat's am Herzen, wahrscheinlich wird er nie wieder richtig arbeiten können. Aber das schert dich nicht, wie? Hauptsache, du kannst wieder einmal ein Kind auf die Welt bringen!«

»Ja«, sagte Beate und wunderte sich selber, daß sie so ruhig blieb.

»Weiß Melanie schon davon?«

»Nein, und ich hoffe, du wirst es ihr auch nicht erzählen. Jedenfalls nicht heute.«

»Also hast du doch ein schlechtes Gewissen! Du weißt, daß sie es genauso hirnrissig und unverantwortlich finden wird wie ich.«

»Ich hoffe nicht. Sie hat ja selber zwei Kinder geboren, und das, obwohl sie damals schon im Geschäft gearbeitet hat.«

»Lüg dir doch selbst nichts vor! Das waren andere Zeiten. Heute braucht man doch bloß hinzugehen und ...«

Beate fiel ihr ins Wort. »Ich weiß, wie es gemacht wird. Das mußt du mir nicht erklären. Aber ich würde so etwas nie tun.«

»Und warum nicht?«

»Darüber brauchen wir nicht diskutieren. Wir haben es schon einmal getan. Erinnerst du dich? Als du dir dein Kind hast wegmachen lassen.«

»Was hätte ich denn sonst tun sollen?«

»Es zur Welt bringen. Vielleicht hätte dein Otto dich dann doch geheiratet, denn daß du es warst, die das nicht wollte, kannst du einem anderen aufbinden. Wenn nicht, hätte er zumindest dafür zahlen müssen.«

»Was verstehst du von den Problemen einer berufstätigen alleinstehenden Frau?«

»Vielleicht nichts, vielleicht zu wenig. Ich räume ein, es kann Situationen geben, in denen eine Frau es nicht durchstehen kann. Ich jedenfalls kann es, und ich will es, und um das mal ganz deutlich auszusprechen – dich geht es gar nichts an.« Sie nahm das Tablett mit dem Geschirr und öffnete die Tür mit dem Ellenbogen. »Bringst du uns dann, bitte, den Kaffee?«

Als sie in das große Wohnzimmer trat, musterte ihre Mutter sie aufmerksam. »Habt ihr euch wieder gestritten?«

»Es scheint unvermeidbar zu sein. Unsere Ansichten klaffen zu weit auseinander.«

»Aber müßt ihr euch das immer gegenseitig vorhalten? Es gibt doch auch neutrale Themen.«

Beate lachte. »Wir sind Schwestern, Melanie, wir können nicht neutral miteinander umgehen.« Sie hatte das Tablett abgestellt und war dabei, Teller und Tassen, Sahne und Zucker und die Schale mit dem Gebäck auf dem weißen Tisch zu verteilen. Als es an der Haustür klingelte, unterbrach sie ihre Tätigkeit. »Das wird Vater sein. Bitte, mach du weiter, Frank!« Sie lief hinaus, öffnete Dr. Werder und half ihm aus dem schweren Überzieher. »Du kommst gerade zur rechten Zeit«, sagte sie, »der Kaffee ist fertig.«

Als sie in den Wohnraum traten, war Irene schon dabei einzuschenken. Auch Melanie und Frank zeigten ihre Freude darüber, daß der alte Herr noch gekommen war.

»Während ihr euch in der Küche gezankt habt ...« begann Melanie, als alle Platz genommen hatten.

»Wer hat das behauptet?« fiel ihr Irene ins Wort.

»Ich bitte dich, das kann man euch doch an der Nasenspitze ansehen, und außerdem wart ihr auch ziemlich laut.«

»Tut mir leid, Melanie«, sagte Beate.

»Was soll's? Ich kenne es ja nicht anders. Ich wollte nur erzählen, daß Frank und ich inzwischen ein sehr gutes Gespräch hatten.«

»Ja?« fragte Beate erwartungsvoll.

»Frank wird am ersten Februar bei mir eintreten.«

»Als was?« wollte Irene wissen.

»Als meine rechte Hand. Er wird mit mir zusammen die Einkäufe tätigen, das Personal schulen und überwachen, auch mal wichtige Kunden bedienen ...«

»... und später dann das ganze Geschäft übernehmen, gib es zu!« rief Irene. »Das ist es doch, was ihr euch ausgedacht habt!«

»Da ich weder daran denke abzutreten, noch zu sterben, ist das einfach nicht wahr«, erklärte Melanie.

»Wie kannst du ihm nur immer wieder helfen!«

»Ich tue es nicht aus Nächstenliebe. Frank wird mir eine Stütze sein. Er hat einen klugen Kopf, guten Geschmack und viel Verantwortungsgefühl.«

»O ja, und aus lauter Verantwortungsgefühl hat er deiner geliebten Tochter Beate ein Kind gemacht! Weißt du das auch?«

»Nein«, sagte Melanie, jetzt doch betroffen.

»Wie ich diese Typen liebe! Monatelang krank sein, auf der faulen Haut liegen, aber Kinder machen, ja, das können sie!« Irenes Stimme überschlug sich.

»Ihr wißt, daß Beate sich nie zu einem Schwangerschaftsabbruch bereit finden würde«, warf Frank ein.

»Aber wie konnte so etwas überhaupt passieren?« schrie Irene.

»So schwer ist das nun auch wieder nicht zu erklären.«

»Du Schwein!« Irene sprang auf, und es sah aus, als wollte sie auf Frank losgehen.

»Irene, bitte, setz dich!« befahl Melanie. »Reiß dich zusammen. Ich bin ganz deiner Meinung, daß die beiden sich für ihr zweites Kind nicht den richtigen Zeitpunkt ausgesucht haben, aber sie sind verheiratet und ...«

Irene ließ ihre Mutter nicht aussprechen. »Gibt ihm das das Recht, sich über mich lustig zu machen?«

»Hat er ja gar nicht«, sagte Beate.

»Doch!« Irene war den Tränen nahe.

»Beruhige dich! Das Ganze ist doch nicht dein Bier.«

Irene schluckte ihre Tränen und nahm wieder Platz. »Ich jedenfalls spreche ihm jegliches Verantwortungsgefühl ab, daß ihr es nur wißt. Melanie! Bist du nicht auch meiner Meinung?«

»In diesem Punkt: ja.«

»Ihr irrt euch alle beide«, erklärte Beate, »es besteht überhaupt kein Grund, auf Frank loszugehen. Ich habe das Kind gewollt.«

»Ach ja?« höhnte Irene. »Ist es etwa als ein kleines Trostpflaster für seinen Bankrott gedacht?«

»Du bist wirklich eine entzückende Schwester. Ich fürchte, es liegt doch nicht nur am mangelnden Kleingeld, daß ich mich nie dazu aufraffen kann, dich anzurufen. Du bist einfach unausstehlich.«

»Und deine blinde Verliebtheit in diesen Typen ist unerträglich! Du würdest wirklich alles für ihn tun. Nur um ihn zu entlasten, bist du sogar imstande, uns vorzumachen, daß es sich um ein Wunschkind handelt.«

»Es ist ein Wunschkind«, sagte Beate sehr ruhig.

Sekundenlang erstarrten alle in Schweigen. Frank ergriff Beates Hand und drückte sie zärtlich.

»Ich muß schon sagen«, ließ Melanie sich endlich vernehmen, »das ist sehr, sehr unvernünftig von euch und spricht absolut nicht zu deinen Gunsten, Frank. Du hättest das nicht zulassen dürfen. Auch wenn Beate sich eine solche Verrücktheit in den Kopf gesetzt hatte – und ich traue ihr das durchaus zu –, du trägst die Verantwortung für deine Familie. Ich glaube, ich werde mir tatsächlich noch einmal überlegen müssen, ob ich dich unter diesen Umständen in mein Geschäft ...«

Beate unterbrach sie. »Melanie! Wie kannst du nur! Was hat denn dies mit jenem zu tun?«

»Franks Charakter ...«

»Jetzt platzt mir aber der Kragen! Frank hat mit meinem Kind gar nichts zu tun. Es ist von einem anderen.«

Diese Eröffnung schlug wie eine Bombe ein. Melanie und Irene saßen wie versteinert. In dem Gesicht des alten Herrn zuckte es, als wäre er nahe daran, in Tränen auszubrechen.

Irene gewann als erste die Fassung zurück. »Ich glaube dir kein Wort. Du schreckst vor nichts zurück, um ...«

»Glaubst du, ich würde mir so etwas ausdenken?«

»Ja.«

»Nein«, sagte Melanie, »das täte sie nicht. So weit würde sie selbst um Franks Willen nicht gehen. Wer war es?«

»Das tut nichts zur Sache.«

»Werdet ihr euch jetzt scheiden lassen?«

»Nein«, sagten Beate und Frank gleichzeitig.

»Ich würde das verstehen, Frank. Es würde nichts an unseren gemeinsamen Plänen ändern.«

»Nein, Melanie. Du solltest wissen, daß ich Beate liebe.«

»Und ich liebe ihn.«

»Trotzdem konntest du ihm das antun?«

»Wir brauchten Geld für seine Operation. Erinnere dich, Melanie, wie sehr ich dich darum gebeten hatte. Aber du wolltest mir nicht helfen.«

»Ich konnte es nicht, und ich habe dir erklärt, warum.«

»Also mußte ich es mir auf andere Weise beschaffen.«

»Du bist auf den Strich gegangen?« erkundigte sich Irene begierig.

»Irene, bitte!« mahnte Melanie.

»Und habe mir bei der Gelegenheit ein Kind andrehen lassen? Für wie verrückt hältst du mich eigentlich?«

»Sehr!«

»Es verhält sich alles ganz anders.« Beate berichtete von der artifiziellen Insemination, so kurz und so sachlich wie nur möglich.

Als sie geendet hatte, redeten Melanie und Irene gleichzeitig los. »Du hast deinen Bauch verkauft!« – »Wie konntest du das nur!« – »Und du, Frank, hast das zugelassen?« »Einfach widerlich das Ganze.« – »Ordinär!«

Beate wartete ab, bis sich der erste Sturm gelegt hatte. »Das war's also. Eigentlich wollte ich es euch gar nicht erzählen. Daß ihr kein Verständnis haben würdet, war ja vorauszusehen.«

»Ich muß zugeben«, sagte Melanie, »die Sache geht über meinen Horizont. Vielleicht werde ich doch langsam alt. Was meinen Sie?«

»Ach was, Melanie!« rief Irene. »Es liegt nicht an dir. Jeder Mensch, der seine gesunden fünf Sinne beisammen hat, würde Beates Verhalten ungeheuerlich finden.«

Beate stand auf. »Nun denn, das Monster verläßt euch jetzt. Ich habe da eben ein Geräusch gehört. Wahrscheinlich ist Florian aufgewacht.«

Sie verließ das Zimmer.

»Du hättest sie davon abbringen müssen, Frank«, sagte Melanie.

»Ich habe alles versucht, das darfst du mir glauben. Aber wir hatten nur zwei Möglichkeiten: entweder hätte sie zusätzlich zu ihrem Nachtdienst noch einen Tagesjob annehmen müssen, oder eben die künstliche Befruchtung.«

»Du konntest nicht arbeiten, wie?« fragte Irene spitz. »Nicht ein klein bißchen?«

»Ein klein bißchen hätte nicht genügt, und zu mehr war ich nicht imstande.«

»Kennst du diesen Typen wenigstens?«

»Nein, und er interessiert mich auch nicht.«

»Und Beate? Kennt sie ihn?«

»Flüchtig. Es besteht keinerlei Verbindung.«

»Dann werdet ihr das Kind eines völlig Fremden im Haus haben!«

»Nicht im Haus, Irene. Beate wird es ja schon wenige Tage nach der Geburt fortgeben. Das ist ja der Sinn der Sache.«

»Sich für so etwas herzugeben!«

»Es gibt Schlimmeres, Irene, zu was Menschen sich hergeben.« Auch Frank stand jetzt auf. »Denk mal darüber nach!« Er beugte sich über die Hand seiner Schwiegermutter.

»Es muß furchtbar für dich sein, Frank«, sagte Melanie mitfühlend.

»Schlimmer wäre es, wenn sie das Bild eines anderen im Herzen trüge. Auch so etwas soll ja vorkommen.«

»Du zeigst erstaunlich viel Haltung.«

»Was bleibt ihm anderes übrig?« spottete Irene.

Frank überging ihre Bemerkung. »Ich muß zugeben, daß ich Beate anfangs ein paar ganz wüste Szenen gemacht habe. Auch jetzt möchte ich manchmal noch aus der Haut fahren. Aber ich darf es ihr einfach nicht noch schwerer machen. Sie trägt ja die Hauptlast.«

»Und du kassierst, wie?«

»Ich habe von dem Geld keinen Pfennig angerührt, und ich werde es auch nicht tun.«

»Hast du nicht die Operation davon bezahlt?«

»Einen Teil, ja. Aber das hat Beate für mich getan.«

»Was bist du doch für ein ekelhafter Heuchler!«

»Hör nicht auf Irene!« sagte Melanie. »Ich verstehe deine Haltung.«

»Danke.«

Beate kam mit Florian zurück. Er hatte rosige Wangen vom Schlaf. Mit der rechten Hand zog er sein Dreirad hinter sich her, im anderen Arm hielt er seinen Teddy.

»Na, du Süßer!« rief Irene. »Jetzt wirst du aber doch wenigstens zum Abschied deiner Tante Irene ein Bussi geben?«

Florian schüttelte den Kopf, daß die blonden Locken flogen.

»Dann aber wenigstens deiner Großmutter! Sie hat dir das tolle Dreirad geschenkt.«

Florian blickte zu Beate auf. »Wer ist Großmutter?«

»Aber das weißt du doch. Melanie ist deine Großmutter.«

Zögernd ging Florian auf Melanie zu.

»Nein, danke«, sagte sie, »ich mache mir nichts aus feuchten Kinderküssen. Sie sind kein Genuß, sondern ruinieren nur das Make up. Gib mir deine Patschhand.«

Florian ließ den Teddy fallen und gab ihr seine linke.

»Die schöne Hand!« verlangte Irene.

Aber Florian mochte sein Rad nicht loslassen.

»Das ist doch ganz egal!« sagte Melanie. »Du hast zwei schöne Hände, nicht wahr?«

Der Kleine nickte ernsthaft.

Der allgemeine Abschied ging ohne Herzlichkeit, aber doch einigermaßen zivilisiert über die Bühne.

Auf der Straße kletterte Florian sofort auf sein Dreirad und strampelte los. Frank hielt sich an seiner Seite und paßte auf ihn auf.

Beate hakte sich bei ihrem Schwiegervater ein. »Warum hast du dich ausgeschwiegen?«

»Habe ich das?«

»Du hast kein Wort gesagt.«

»Was hattest du erwartet?«

»Daß du dich auf meine Seite stellen würdest.«

»Vielleicht hätte ich das sogar getan, wenn ich es früher gewußt hätte. Ich bin sehr traurig, daß du dich mir nicht anvertraut hast.«

»Ach, Vater, das ist eine Sache, über die man nur sehr schwer reden kann.«

»Dann hättest du dich nicht darauf einlassen sollen. Über alles, was in Ordnung ist, läßt sich leicht sprechen.«

»Oh«, sagte sie betroffen, »so habe ich das nicht gesehen.«

»Aber es ist so.«

Eine Weile gingen sie schweigend nebeneinander her.

Dann sagte Beate: »Es stimmt nicht, Vater, ich habe darüber nachgedacht. Man erzählt Außenstehenden auch keine Bettgeschichten.«

»Bin ich ein Außenstehender?«

»In diesem Sinne schon«, erklärte Beate lächelnd, machte sich von ihm frei und gesellte sich zu Frank und ihrem kleinen Sohn.

17 Am Silvesterabend gingen Frank und Beate aus. Sie genossen es, in einem Kreis alter Freunde endlich einmal von ihren Alltagssorgen abschalten zu können. Dennoch fand Beate es gut, daß Frank schon bald nach Mitternacht zum Aufbruch drängte. Er hatte sich beim Trinken sehr zurückgehalten und sich auch versagt, zu einer verlockenden Zigarette zu greifen. Trotzdem konnte der Aufenthalt in den verräucherten Räumen nicht gerade günstig für ihn sein.

»Bist du mir böse?« fragte er, als sie in die Nacht hinaustraten.

»Warum sollte ich?«

»Weil ich dir das Vergnügen verdorben habe.«

»Hast du ja gar nicht.«

»Du warst so munter. Du hättest bestimmt die ganze Nacht durchmachen können.«

Sie lachte. »Kunststück! Ich bin das ja gewohnt.«

»Und ich werde immer noch so rasch müde.«

»Nach allem, was du mitgemacht hast, ist das nur natürlich. Es wird sich bald geben.« Sie atmete tief durch. »Ich bin froh, daß wir wieder an der frischen Luft sind!«

Der Himmel war zwar bedeckt, aber es regnete nicht. Autos waren kaum unterwegs, aber von nah und fern knallten immer noch Feuerwerkskörper. Einmal stieg eine verspätete Rakete zischend und fauchend hoch. Beate und Frank gingen mit raschen Schritten die Türkenstraße entlang.

»Wenn man es recht bedenkt«, sagte Beate, »ist es ja nur ein ganz willkürliches Datum. Trotzdem ist es ein tolles Gefühl, daß heute ein neues Jahr begonnen hat. Findest du nicht auch?«

Er stimmte zu. »Man bildet sich ein, man könnte wieder von vorn anfangen.«

»So ähnlich ist es ja auch für uns zwei.«

»Aber man kann die Vergangenheit nicht ungeschehen machen.«

»Wer will das schon? Alles, was wir erlebt haben, hat uns doch nur einander näher gebracht.«

Sie durchquerten den Hinterhof, und Frank schloß die Tür zu ihrer Wohnung auf.

»Ob wir nicht Vater noch ein gutes neues Jahr wünschen sollten?« fragte Beate.

»Lieber nicht. Er schläft sicher schon.«

»Bei dem Geknalle?«

»Wenn er uns sehen wollte, würde er von sich aus aus seinem Gehäuse kommen.«

Sie öffneten die Tür zum Kinderzimmer, so daß der Lichtschein aus der Diele es erhellte. Florian schlief ein wenig unruhig, aber er schien die Silvesternacht verpaßt zu haben. Seine Stirn war leicht gerunzelt, und die Lippen hatte er fest geschlossen. Beate hätte ihn am liebsten geküßt, aber sie versagte es sich, um ihn nicht womöglich zu wecken.

Sie umarmte ihren Mann. »Bei allem, was passiert ist, haben wir doch viel Glück gehabt.«

Es dauerte nicht lange, dann ließ sich Beates Zustand nicht mehr verbergen.

»Mir scheint«, sagte Schwester Sybille eines Morgens mit einem unverhohlenen Blick auf Beates Bauch, »du hast ein halbes Pfund zugenommen.« Sportlich und energisch wie immer war sie ins Schwesternzimmer gekommen.

Beate übergab ihr die Patientenliste. »Ich bekomme ein Kind«, erklärte sie so beiläufig wie möglich.

Sybille pfiff durch die Zähne. »Dann hat Otti also doch recht gehabt!«

»Wird schon geklatscht?«

»Aber sicher. Du kennst doch den Betrieb. Wir sind eine glückliche kleine Gemeinschaft. Jeder redet über jeden.«

»Jetzt wißt ihr also Bescheid.«

»Ich hab's nicht glauben wollen. Kannst du dir ein Kind denn überhaupt leisten?«

»Nein. Deshalb werde ich es auch weggeben.«

»Im Ernst?«

»Ja.«

»Das finde ich hochanständig von dir!« sagte Sybille beeindruckt. »Jede andere hätte es gar nicht erst gekriegt.«

»Ach was!« Beate errötete, weil sie das Lob als unverdient empfand, aber den wahren Sachverhalt wollte sie der anderen doch nicht auf die Nase binden.

»Die Leute können sagen, was sie wollen. Für mich ist eine Abtreibung immer noch etwas Furchtbares.«

»Für mich auch.«

»Hast du schon mal richtig darüber nachgedacht?«

»Ja, sicher.«

Aber Sybille war nun nicht mehr zu bremsen. »Man muß sich das nur vorstellen! Es fängt damit an, daß sich ein Spermium und ein Ovum zu einer Zelle verbinden, einem Spermium unter zigtausend gelingt dieses Kunststück. Was haben wir also dann? Eine einzige Zelle. Die teilt sich in zwei, dann in vier, in acht, in sechzehn und so fort. Es entsteht also erst mal ein großer Zellhaufen, nichts weiter. Aber in jeder dieser Zellen sind schon Informationen, daß sie zu einer Leber, einer Schilddrüse, einer Bauchspeicheldrüse oder sonst etwas werden. In einem bestimmten Stadium entsteht dann eine Zelle, deren Nachkommenschaft das menschliche Hirn sein wird. Sie setzt sich genau an die richtige Stelle und hält ihren Platz. Damit ist die Zukunft des neuen Menschen bestimmt, ehe sich auch nur das Embryo gebildet hat! Ist das nicht staunenswert?«

»Ein Wunder«, sagte Beate.

Mit einer ihr ganz ungewohnten Anwandlung von Zärtlichkeit nahm Sybille sie in die Arme und küßte sie auf beide Wangen. »Wie ich dich beneide!«

»Mach's mir doch einfach nach.«

»Dazu fehlt mir der Mumm.«

Die beiden Frauen sahen sich lächelnd in die Augen. Dann verabschiedete Beate sich. Sie hatte gehofft, daß man in der Klinik Verständnis für sie haben würde. Jetzt aber wußte sie es, und das war eine große Erleichterung für sie.

Am ersten Februar trat Frank seine Stellung bei Melanies Moden an. Er fühlte sich wieder ganz gesund, und auch das Bein, in das man ihm eine künstliche Vene gezogen hatte, schmerzte nur noch selten. Aber wie nicht anders zu erwarten war, kam er abends doch immer sehr erschöpft nach Hause. Er mußte sich erst wieder an die Arbeit gewöhnen, und Melanie war nicht der Mensch, der Rücksicht nehmen konnte.

Beate bemühte sich, ihn aufzumuntern und zu verwöhnen. Das bedeutete eine zusätzliche Anstrengung für sie. Aber das machte ihr nichts aus. Als quälend empfand sie nur, daß sie mit ihm nicht über ihr ungeborenes Kind sprechen konnte. Sie hätte das als taktlos empfunden, und es wäre eine zusätzliche Belastung für ihn gewesen. So machte sie ihre Schwangerschaftsgymnastik nur, wenn er nicht zu Hause war und erzählte auch nichts von ihren Besuchen beim Frauenarzt.

Gern, nur zu gern, hätte sie Florian von seinem Schwesterchen erzählt – sie war sicher, daß es ein Mädchen werden würde –, aber wie konnte sie das, wenn er es nie zu sehen bekommen würde?

Als sie einmal mit ihrem Schwiegervater darüber sprechen

wollte, brach er schroff ab. Sie wußte nicht, ob er darüber beleidigt war, daß sie ihn nicht als ersten eingeweiht hatte oder ob er die artifizielle Insemination grundsätzlich ablehnte.

Ohne es zu merken, gewöhnte sie sich an, mit ihrem ungeborenen Kind Zwiesprache zu halten, oft nur in Gedanken, manchmal aber auch mit halblauter Stimme.

»Du darfst nicht glauben, daß ich dich nicht liebhabe«, sagte sie zum Beispiel, »das ist nicht wahr. Ich habe dich sehr, sehr lieb. Keine Mutter kann ihr kleines Mädchen lieber haben als ich dich. Du hast mir bisher nur Freude gemacht. Warum ich dich trotzdem fortgebe? Deine anderen Eltern brauchen dich sehr. Du wirst ihr einziges Kind sein, und du wirst es gut bei ihnen haben, das verspreche ich dir. Sie wohnen in einer großen schönen Wohnung, nicht so beengt wie wir hier in der Türkenstraße. Du wirst nicht auf dem Hinterhof spielen müssen wie Florian, sondern die Klothenburgs haben einen richtigen Garten, fast schon einen Park. Zwei Zimmer bekommst du, denk dir nur, ganz für dich alleine, und ein eigenes Bad, du wirst staunen, wenn du es siehst. Bestimmt werden sie dir auch die allerhübschesten Kleidchen und Schühchen und Lätzchen und Hütchen kaufen. Du wirst es richtig gut haben.

Was sagst du? Du möchtest trotzdem lieber bei mir bleiben? Unsinn! Ich kann dir ja gar nichts bieten, nicht einmal ein eigenes Zimmer. Und ich habe so viel zu tun. Was würdest du schon von einer abgehetzten Mutter wie mir haben. Nein, nein, mein kleines Mädchen, ich weiß schon, was das beste für dich ist.«

Oder sie sagte: »So, jetzt gehen wir beide zum Onkel Doktor. Er wird prüfen, ob alles mit uns in Ordnung ist. Aber das wissen wir beide ja sowieso, nicht wahr? Warum ich dann trotzdem hingehe? Das macht man heutzutage so, und er würde sehr böse sein, wenn wir es nicht täten. Der Onkel Doktor ist ja auch kein gewöhnlicher Doktor für uns. Ohne ihn wären wir beide gar nicht zusammengekommen, stell dir nur vor. Jetzt soll ich dir das erklären? Nein, dazu bist du viel zu klein. Das wirst du erst erfahren, wenn du erwachsen bist.«

An diesem Punkt stoppte sie das Gespräch. Würden die Klothenburgs es ihr wirklich später sagen? Doch, wahrscheinlich mußten sie es sogar. Aber was würde die Kleine dann von ihr denken? Würde sie verstehen, daß sie ihren Eltern ein Geschenk hatte machen wollen? Aber sie war ja gar kein Geschenk, sie war gekauft worden.

Sehnsüchtig wünschte sich Beate, sie hätte das Kind umsonst hergeben können. Dann hätte das Mädchen später nur gut von ihr denken können. So würde sich ihr das Ganze vielleicht in einem sehr merkwürdigen Licht darstellen. Sie überlegte sich ernsthaft, ob sie nicht auf die Restsumme des Geldes verzichten sollte, die ihr bei der Übergabe des Kindes zustand. Aber das würde die Sache auch nicht bessermachen, dachte sie. Zumindest Egon würde das, wie sie ihn kannte, überhaupt nicht verstehen. Für die Kleine würde es später wohl verständlicher sein, daß sie es für fünfzigtausend Mark gemacht hatte, wenn das dann überhaupt noch eine Summe war.

Einmal überwand sie sich sogar, mit ihr über diesen wunden Punkt zu sprechen. »Du darfst mir nicht böse sein, daß ich mich für dich habe bezahlen lassen. Ich habe das Geld so sehr gebraucht, weißt du. Unter Geld kannst du dir jetzt noch gar nichts vorstellen, ich weiß. Aber du wirst später auch schon merken, daß Geld wichtig ist. Ich wünsche dir nur, daß du es nie so nötig haben wirst wie wir.«

Wenn Beate sich bei solchen Zwiesprachen ertappte, kam sie sich albern vor. Ihr Verstand sagte ihr, daß das Kind in ihrem Leib noch nichts von alldem verstehen konnte, was sie ihm sagte. Sie versuchte damit aufzuhören. Aber es geschah immer wieder, oft ohne daß es ihr bewußt wurde.

Sie war überzeugt, daß dieses Kind, das ohne Leidenschaft gezeugt worden war, etwas Besonderes sein mußte. Zuweilen dachte sie aber auch: ›Vielleicht war es nicht recht, daß wir dem lieben Gott ins Handwerk gepfuscht haben, und er wird uns dafür bestrafen. Aber wenn er nicht will, daß so etwas geschieht, warum läßt er es zu? Die Natur müßte doch die Möglichkeit haben, künstlichen Befruchtungen einen Riegel vorzuschieben, wenn sie denn nicht sein sollten. Nein, wir haben nichts Böses getan. Und war denn Maria, wenn man der ganzen Geschichte glauben will, nicht auch eine Art Leihmutter? Die medizinische Wissenschaft ist jetzt ja schon so weit, daß sie eine künstliche Befruchtung außerhalb des Körpers vornehmen und die befruchtete Eizelle dann in die Gebärmutter einer anderen Frau, einer Fremden, einpflanzen kann. Das ist doch gewiß viel bedenklicher, auch vom moralischen Standpunkt aus. Dennoch hat man es schon getan, und es ist gelungen. Ein gesundes Kind ist zur Welt gekommen, und von einer Strafe Gottes konnte nicht die Rede sein.«

Beate wußte, daß sie sich innerlich zu viel mit diesem Problem beschäftigte. Aber sie konnte nicht anders. Wenn sie sich mit einem wirklichen Partner darüber hätte aussprechen können, wäre es für sie leichter gewesen. Aber sie mußte mit ihrer seelischen Belastung allein fertig werden.

Allmählich gewöhnte Frank sich wieder an seine Arbeit. Er war nicht mehr völlig abgeschlafft, wenn er nach Hause kam, sondern erzählte munter von seinen Erlebnissen und Erfolgen.

Beate freute sich für ihn. Aber es war ihr nicht angenehm, daß er jetzt abends oft noch etwas unternehmen wollte. Ihr Studium, der Nachtdienst, der Haushalt, Florian und ihre Schwangerschaft nahmen alle ihre Kräfte in Anspruch. Doch sie ließ es sich nicht anmerken, sondern machte sich schön und begleitete ihn zu Partys, ins Kino oder auch ins Theater. Sie wollte verhindern, daß er wieder in die schlechten Angewohnheiten aus der Zeit vor seinem ersten Angina-Pectoris-Anfall zurückfiel. Damals hatte sie ihn oft allein ausgehen lassen, obwohl sie gewußt hatte, daß er dazu neigte, im

Kreis seiner zwielichten Freunde zu viel zu trinken, zu rauchen und zu essen. Jetzt fühlte sie sich daran mitschuldig.

Sie atmete auf, als sie endlich ihre letzten »Scheine« erworben und sie mit den anderen zusammen an das Landesprüfungsamt einschicken konnte. Jetzt waren Semesterferien, und sie brauchte nicht mehr zur Universität.

Frank hatte zur Feier des Tages Karten für die Münchener Kammerspiele besorgt. »War gar nicht so einfach!« verkündete er stolz. »Das Stück hat gute Kritiken und ist seit Wochen ausverkauft.«

»Ja, ich weiß«, sagte sie und gab ihm einen Kuß.

»Aber?«

»Ich habe nichts von einem ›Aber‹ gesagt.«

»Mach mir nichts vor. Ich habe es aus deiner Stimme heraus gehört.«

»Also wenn du es genau wissen willst: vier Stunden sind für mich eine lange Zeit. Und dann noch auf diesen unbequemen Stühlen.« Sie war jetzt im sechsten Monat.

»Wir brauchen ja nicht bis zum Schluß zu bleiben. Ich möchte nur mal hineinschnuppern.«

»Das klingt schon besser.« –

An einem der nächsten Abende zogen sie los, beide sehr elegant. Beate trug ihr Kleid aus fliederfarbenem Crêpe de Chine, darüber einen Kamelhaarmantel, den Melanie ihr geschenkt hatte. Frank hatte sich in einen dunklen Anzug geworfen und dazu ein hellblaues Seidenhemd mit Smokingfliege gewählt. Sein Mantel war aus schwarzem Leder.

Sie gingen zu Fuß, denn die Kammerspiele waren von der Türkenstraße aus in einer knappen halben Stunde zu erreichen. Es lag schon etwas wie Frühling in der Luft, und die Bäume und Büsche im Hofgarten hatten grüne Knospen angesetzt.

Im Foyer herrschte eine erwartungsvolle Stimmung. Die Theaterbesucher waren teils festlich, teils alltäglich oder auch ausgesprochen salopp gekleidet. Beate empfand sich und

Frank als ein wenig »overdressed«, aber es war auch wieder schön, sich einmal fein zu machen. Frank nahm ihr den Mantel ab und brachte ihn zur Garderobe. Beate betrachtete sich im Spiegel. Sie hatte sich ihr Gesicht sehr sorgfältig zurechtgemacht und gefiel sich mit ihrem dicken Bauch.

Sie suchten ihre Plätze auf.

In dem Stück ging es um eine verklemmte Mutter-Sohn-Beziehung, und Beate konnte wenig damit anfangen. Sie paßte nur gerade so gut auf, daß sie später mit ihrem Mann darüber reden konnte. Ansonsten ließ sie ihre Gedanken schweifen. Als der Vorhang zur ersten Pause fiel, atmete sie auf.

Frank lächelte ihr zu. »Interessant, wie?«

Sie stimmte ihm zu, denn sie hatte zu nichts weniger Lust als mit ihm zu diskutieren. »Trotzdem bin ich froh, daß ich endlich wieder meine Beine bewegen kann.«

»Mein armer Liebling.«

Sie schlossen sich den Leuten an, die im Rundgang um den Besucherraum flanierten. Beate hörte Frank zu, der ihr eifrig seine Gedanken zu dem Theaterstück erklärte. Es interessierte sie, daß er in der Handlung Parallelen zu dem Verhältnis zwischen ihm und seiner Mutter sah. Nur aus den Augenwinkeln nahm sie war, daß eine junge Frau sich aus dem entgegenströmenden Fluß der Besucher löste und einen Schritt auf sie zu tat.

Es war Bettina von Klothenburg.

Egon, an ihrer Seite, riß sie fast brutal zurück, grüßte aber gleichzeitig Beate mit einem leicht süffisanten Lächeln. Dann wurden die beiden Paare von den Nachkommenden in die einander entgegengesetzten Richtungen weitergedrängt.

»Waren sie das?« fragte Frank.

»Ja.«

»Er sieht gut aus.«

»Ein arroganter Affe. Komm, laß uns an die frische Luft gehen.«

Sie bahnten sich einen Weg aus dem Foyer hinaus, durch die Verkaufshalle auf die Maximilianstraße. Hier standen Gruppen, Grüppchen und einzelne Theaterbesucher. Die meisten rauchten.

»Warum wollte er nicht, daß sie dich ansprach?« fragte Frank.

»Er möchte mir keinen Vorwand geben, sich später in sein Familienleben zu drängen.«

»Das kann bitter für dich werden.«

»Wieso?«

»Ich stell' mir vor, du begegnest ihnen mit dem Kind. Du möchtest es dir ansehen und er ...«

»Zu einer solchen Situation wird es nicht kommen.«

»Wie kannst du da so sicher sein?«

»Weil ich akzeptieren muß und akzeptieren werde, daß das Kind mir dann nicht mehr gehört. Unter anderen Voraussetzungen könnte ich es gar nicht weggeben.«

»Du bist sehr stark.«

»Ach was. Wenn man sich für etwas entschieden hat, muß man es auch konsequent durchführen. Anders geht es nicht.«

Es läutete zum ersten Mal.

»Gehen wir wieder rein!« sagte er. »Oder möchtest du lieber nach Hause?«

»Nein.«

»Wir könnten auch irgendwo einen trinken gehen.«

»Aber das Stück interessiert dich doch.«

»Ja, schon. Ich dachte nur ...« Er zögerte. »... es könnte dir unangenehm sein, ihnen noch einmal zu begegnen.«

»Dazu besteht kein Grund«, sagte sie, »ich brauche mich nicht zu schämen.«

Während der Semesterferien bekam Beate die Zulassung zum 3. Staatsexamen. Jetzt wurde es ernst. Der Termin für die schriftliche Prüfung war auf den 20. März festgesetzt.

Zum Glück war sie körperlich in guter Verfassung. Sie trug

nicht schwer an ihrem Kind. Schon seit einigen Wochen hatte sie sich auf eine salzlose Diät gesetzt, um ihre doppelt geforderten Nieren zu entlasten. Täglich betrieb sie ihre Schwangerschaftsgymnastik. Wenn sie Florian morgens zum Kindergarten gebracht hatte, lief sie, gleichgültig wie das Wetter war, noch ein ganzes Stück weiter, um sich Bewegung zu verschaffen. Erst bei der Münchner Freiheit pflegte sie umzukehren.

Die meiste Zeit saß sie über ihren Büchern. Es war ihr klar, daß sie in diesen letzten Wochen nichts Neues hinzulernen konnte, aber sie wollte ihr Wissen noch einmal überprüfen und festigen. Ohne große Worte zu machen, nahm ihr der Schwiegervater im Haushalt einiges ab. Frank, der jetzt sehr beschäftigt war, verzichtete ihretwegen auf manche Bequemlichkeiten.

Da die Prüfungstermine stets ungefähr zur gleichen Zeit stattfanden, nämlich Ende der jeweiligen Semesterferien, hatte sie vorsorglich für jene Woche den Nachtdienst an Günther Schmid abgegeben.

Am Morgen des Examenstages überließ sie es dem Schwiegervater, Florian zu begleiten. Sie mußte um neun Uhr im großen Seminarsaal der medizinischen Fakultät antreten. Beate und die anderen Kandidaten setzten sich mit einem gehörigen Abstand voneinander an die Tische, der ein Abschreiben oder Einsagen unmöglich machte. Außer ihren Schreibutensilien durften sie nichts bei sich haben.

Der wissenschaftliche Assistent, der die Aufsicht hatte, musterte Beate ein wenig spöttisch, als er die Fragebogen verteilte. Aber das ließ sie kalt. Ob er ihr wohlwollend oder ablehnend gegenüberstand, war völlig gleichgültig. Jetzt kam es nur auf das reine Wissen an. Das schriftliche Examen bestand aus einer sogenannten »Multiple-Choice-Prüfung«. Es waren Fragen der inneren Medizin und der Chirurgie zu beantworten. Als Wahlfach hatte Beate Gynäkologie gewählt.

Bevor sie sich an das Ausfüllen machte, redete sie ihrem kleinen Mädchen gut zu: »Du darfst mich jetzt nicht ablenken, hörst du? Ich muß mich ganz, ganz fest konzentrieren. Das ist ungeheuer wichtig für mich.«

»Fräulein Werder«, mahnte der Assistent, »Sie dürfen hier nicht plaudern. Wenn das noch einmal vorkommt, muß ich Sie ausschließen.«

»Entschuldigen Sie, bitte, Herr Doktor, ich habe nur ein Stoßgebet zum Himmel geschickt.«

»Na dann«, sagte er gnädig.

Die anderen Kandidaten lachten nervös.

Beate überlas erst die gesamten Fragen des ersten Komplexes, bevor sie eine nach der anderen gewissenhaft beantwortete. Genauso machte sie es beim zweiten und beim dritten Thema. Sie war voll bei der Sache und arbeitete mit großem Selbstvertrauen. Ihr war es, als verleihe ihr Kind ihr eine besondere Kraft. Obwohl die meisten Kandidaten ihre Bogen schon abgegeben hatten, nahm sie sich die Zeit, alle Fragen und Antworten zum Schluß noch einmal zu überprüfen. Sie konnte keinen Fehler entdecken. Kurz vor 1.30 Uhr war sie fertig.

»Ich hoffe, Fräulein Werder«, sagte der Assistent, »Sie haben sich nicht auf ihr Gebet, sondern auf Ihren Verstand verlassen.«

»Auf beides zusammen, Herr Doktor«, erwiderte sie lächelnd, »das ist die sicherste Methode.« Sie war sehr zuversichtlich.

18

Am nächsten Morgen war das mündliche Examen. In der Medizinischen Universitätsklinik wurde Beate von einer Prüfungskommission je ein Patient pro Fach vorgestellt. Sie mußte bei jedem eine Anamnese machen, also die Vorgeschichte seiner Krankheit herausbringen, die Diagnose stellen und eine mögliche Therapie vorschlagen. Hier kam ihr ihre langjährige Erfahrung im Umgang mit Patienten in der Scheuringer Klinik zugute.

Einer der Professoren, bekannt dafür, daß er es werdenden Medizinern gern schwierig machte, versuchte sie zu verwirren. Er stellte Fragen wie: »Sind Sie sicher, daß Sie sich auf die Angaben der Patienten verlassen können?« und: »Gibt es nicht eine andere Erkrankung, die ein ganz ähnliches Erscheinungsbild hat?« Beate gelang es, ihre Aussagen zu präzisieren. Die Gesichter der Herren von der Prüfungskommission blieben ausdruckslos. Aber Beate zweifelte nicht an ihrem Erfolg.

»Das haben wir gut gemacht, mein Kleines«, sagte sie, als sie durch das Treppenhaus ins Freie eilte, »du kannst stolz auf deine Mutter sein.« Laut fügte sie hinzu: »Langsam kriegst du aber wirklich eine Meise, Beate! Hör auf mit dem Quatsch!« –

Zu Hause erzählte sie vorsichtshalber nichts von ihrem Gefühl, gut abgeschnitten zu haben. Zwei Wochen später erhielt sie ihr Diplom. Sie hatte das Staatsexamen mit der bestmöglichen Note »Summa cum laude« bestanden.

Frank und auch ihr Schwiegervater waren sehr stolz auf sie. Melanie hätte gerne ihr zu Ehren ein kleines Fest gegeben. Doch Beate winkte ab. Sie wollte weder ihre Diät unterbrechen, noch in Versuchung geraten, ein Glas zu viel zu trinken. Statt dessen lud sie Melanie in die Türkenstraße ein, obwohl sie wußte, daß die Mutter sich hier nicht wohl fühlte. Wie sie nicht anders erwartet hatte, lehnte Melanie ab.

So feierte sie denn am Abend, als Florian eingeschlafen war, mit ihrem Mann und ihrem Schwiegervater bei einer guten Flasche Wein und einem Blitzkuchen, den sie selber gebacken hatte. Sie hatten es sich in der Eßecke gemütlich gemacht. Mitten auf dem Tisch stand ein Strauß Moosröschen, die Frank ihr mitgebracht hatte. Die beiden Männer tranken ihr zu.

»Beate, du bist wundervoll!« sagte Frank.

»Halb so wild. Es war auch eine ganze Portion Glück dabei.« Beate wagte nicht zu gestehen, daß sie das Gefühl hatte, einen Teil ihres Glücks dem Kind in ihrem Leib zu verdanken.

»Und wie soll es jetzt weitergehen?« fragte Dr. Werder.

»Jetzt muß ich mein praktisches Jahr machen. Natürlich nicht sofort. Aber am ersten Juli trete ich meine Stellung in der Scheuringer Klinik an. Vier Monate in der Inneren, vier in der Chirurgie und vier in der Gynäkologie. Es ist alles schon geregelt.«

»Ich dachte, Ausbildungsplätze wären so schwer zu bekommen.«

»Nicht für mich. Ich habe doch schon so viele Jahre dort gearbeitet. Doktor Scheuringer hätte mich auch mit einem schlechteren Abschluß genommen.«

»Dann kann ich dir nur noch einmal gratulieren.« Der alte Herr leerte sein Glas und machte Anstalten aufzustehen.

Beate legte ihre Hand auf seinen Arm. »Du willst doch nicht etwa schon zu Bett gehen?«

»Ich laß euch allein, wie es sich für einen Außenstehenden gehört.«

Beate lachte und hielt ihn am Ärmel fest. »Du bist wirklich nachtragend wie ein alter Elefant! In dieser Situation gehörst du doch zu uns. Wenn du mir nicht so sehr geholfen hättest, hätte ich bestimmt nicht genug Zeit zum Büffeln gehabt.«

»Was war schon dabei?«

»Eine ganze Menge. Also sei lieb und setz dich wieder. Natürlich muß ich mich auch bei dir bedanken, Frank. Von nun an, das verspreche ich, werde ich euch beide wieder richtig verwöhnen.«

Frank küßte ihre Fingerspitzen.

»Außerdem wollte ich mit euch auch über die Zukunft sprechen. Jetzt ist ja auch endlich abzusehen, wann ich fertig sein werde. Erst das praktische Jahr, dann noch ein Jahr für die Dissertation und dann ...«

»... bist du Frau Doktor!« nahm Frank ihr das Wort aus dem Mund. »Wie ich mir vorkommen werde!«

»Glaubst du, daß du eine bezahlte Assistentenstelle an der Scheuringer Klinik kriegen wirst?« fragte der alte Herr.

»Das hoffe ich schon. Aber ewig möchte ich das nicht machen. Auf Dauer steure ich eine eigene Praxis an.«

»Das wird hier in München nicht sehr aussichtsreich sein.«

»Ich weiß, aber auf dem Land gibt es noch Orte, wo es an der ärztlichen Versorgung hapert.«

»Du willst aufs Land?« fragte Frank betroffen. »Das höre ich zum ersten Mal.«

»Reg dich nicht auf, Liebling, noch ist es ja lange nicht so weit. Natürlich sollte der Flecken nicht mehr als hundert Kilometer entfernt sein, so daß wir uns an den Wochenenden sehen können. Solche Trennungen halten die Ehe frisch.«

»Ich hätte schon Lust, mit dir aufs Land zu ziehen,« sagte Dr. Werder.

»Wirklich, Vater?« Sie gab ihm einen raschen Kuß auf die Wange. »Das wäre ja wunderbar.«

Sie saßen noch lange beisammen, freuten sich über Beates Erfolg und machten Pläne für die Zukunft.

Die nächste Zeit verlief für Beate ohne besondere Ereignisse, und wenn das Kind nicht gewesen wäre, hätte sie sich unausgefüllt gefühlt. Aber es begann sich jetzt schon kräftig zu rühren. Obwohl sie sich mit Eifer in den Haushalt stürzte, war nach der Anspannung der Examensvorbereitungen eine gewisse Leere in ihrem Leben entstanden. Zum ersten Mal nach vielen Jahren mußte sie nicht mehr lernen, und das fehlte ihr jetzt. Als sie Ende Mai ihren Nachtdienst aufgeben mußte, hatte sie noch mehr Muße für sich.

»Ich fürchte,« sagte sie einmal zu Frank, »ich werde noch ein richtiges Faultier.«

»Genieße es!« riet er ihr. »Das ist dein gutes Recht. Denk

nur mal an all die Frauen, die ihr Lebtag nichts anderes tun, als ihren Mann, ihr Kind und den Haushalt zu versorgen.«

»Ich würde dabei wahnsinnig werden.«

»Ach was. Alles Gewohnheitssache.«

Beate lief noch mehr spazieren als bisher. Wenn sie Florian zum Kindergarten gebracht hatte, ging sie auf dem kürzesten Weg zum »Englischen Garten« und wanderte dort zwischen Büschen, Bäumen und weiten Rasenflächen umher, bis es Zeit wurde, sich um das Mittagessen zu kümmern. Sie war nicht der Typ, der braun wurde, aber sie sah blendend aus. Ihre blauen Augen waren blank und strahlend, und ihrer strengen Diät verdankte sie es, daß sie nicht übermäßig zugenommen hatte. Dr. Keller war sehr zufrieden mit ihr und Frank verliebter denn je.

Beate fühlte sich wundervoll, und auf ihren Spaziergängen führte sie lange Gespräche mit ihrem kleinen Mädchen. Doch wenn sie Müttern im Park begegnete, die ihre Kinderwagen vor sich her schoben, empfand sie jedesmal wieder einen jähen Schmerz.

Sie zwang sich hinzusehen, versuchte durch Gewöhnung abzustumpfen. Aber es gelang ihr nicht.

»Deine Mutter ist sehr dumm«, sagte sie zu ihrem Kindchen, »du wirst mich auslachen, wenn du es erfährst. Aber ich mag keine Babies sehen. Das hat nichts mit dir zu tun, und es ist ganz bestimmt nicht gegen dich gerichtet. Ich weiß selber nicht, was mit mir los ist. Sonst bin ich doch nicht so blöd und sentimental.«

Es wurde Juni.

Beate wollte abwarten, bis die ersten Wehen kamen. Aber Dr. Keller bestand darauf, sie am 6. Juni in die Privatklinik Dr. Scheuringer einzuweisen.

»Das ist doch unnötig«, erklärte sie, »bei meinem Sohn ...«

»Da konnten Sie auch nicht genau wissen, wann er kommen würde. In Ihrem Fall können wir uns eine Menge Aufregungen sparen, diesen hastigen Aufbruch, die Überlegungen, ob man auch nichts vergessen hat, die Angst, man könnte zu spät dran sein.«

»Ich bin nicht der nervöse Typ.«

»Das habe ich auch nicht behauptet. Trotzdem: wir wissen genau, daß es am siebten oder spätestens am achten kommen muß. Also werden Sie es sich ganz brav am Abend des sechsten in der Klinik gemütlich machen. Die Entspannung wird Ihnen und auch dem Kind die Geburt erleichtern.«

Es war ein sonderbares Gefühl, die Klinik, in der sie so lange als Angestellte gearbeitet hatte, nun als Patientin zu betreten. Frank begleitete sie und brachte sie bis auf ihr Zimmer. Sie hatte einen Erste Klasse-Raum für sich allein.

»Das wäre doch nicht nötig gewesen«, sagte sie sofort.

»Warum denn nicht?« entgegnete Schwester Sybille, die sie empfangen hatte. »Ich nehme doch an, das werden die künftigen Adoptiveltern bezahlen.«

»Trotzdem ...«

»Bloß keine Skrupel, Beate. Hier hast du es so bequem wie nur möglich. Außerdem können wir dir ein Bettchen für das Kind hereinstellen.«

Beates Augen wurden dunkel. »Das will ich nicht!« entgegnete sie heftig.

»Ach so, entschuldige, bitte, das war gedankenlos von mir.« Schwester Sybille ließ das Paar allein.

»Brauchst du etwas?« fragte Frank.

»Nein, danke. Ich habe alles dabei. Sogar einen Haufen Romane.«

»Soll ich dich morgen besuchen?«

Beate zögerte. »Lieber nicht.«

»Ich würde es gerne.«

»Nein, nein.« Beate hätte sich zwar über seine Gesellschaft gefreut, wollte ihn aber nicht in eine Vaterrolle drängen.

»Aber du rufst mich an, sobald es da ist?«

»Weißt du, Frank, eigentlich brauchst du es doch gar nicht zu sehen.«

»Was für Ideen! Ich komme doch nicht wegen des Kindes, sondern deinetwegen. Du bist meine Frau, ich bin besorgt um dich, und ich werde dich vermissen, das ist doch wohl mein gutes Recht.«

»Ja, Frank, natürlich.«

Zärtlich umarmten sie sich zum Abschied. –

Natürlich blieb Beate am nächsten Morgen nicht im Bett. Sie stand nach dem Frühstuck auf, zog sich an und unternahm einen Spaziergang im Englischen Garten, noch länger als gewöhnlich, denn sie brauchte ja erst zur Essenszeit wieder im Haus zu sein.

Danach ruhte sie sich ein wenig aus.

»Ob ich noch einmal losziehen kann?« fragte sie dann Schwester Sybille.

»Du spürst noch nichts?«

»Nein.«

»Dann lauf nur. Das kann dir bestimmt nichts schaden.«

Das Wetter war wunderbar, der Himmel von einem seidigen Blau, das von einigen schneeweißen Wolkentupfern noch betont wurde. Es wimmelte von bunt gekleideten Menschen, die sich in der Natur vergnügen wollten. Für Sekunden überfiel Beate das seltsame Gefühl, als wollte die Welt sich von ihrer schönsten Seite zeigen, weil es ein Abschied war.

In der Nacht traten die ersten Wehen auf. Jetzt war Beate ihrem Arzt dankbar. Es war angenehm, nicht an Aufbruch denken zu müssen, sondern einfach liegen bleiben zu dürfen und zu warten, bis die Abstände kürzer wurden.

Als am Morgen eine Schwester mit dem Frühstückstablett hereinkam, winkte Beate ab. »Nein, danke, lieber nicht.«

»Haben Sie denn keinen Hunger?«

»Das schon. Aber ich glaube, es ist bald soweit.«

»Ich werde die Hebamme verständigen.«

Frau Hörner, die Hebamme, war eine ruhige, mütterliche Person. »Gut, daß Sie nüchtern geblieben sind, Frau Werder«, sagte sie, »aber Sie haben noch Zeit. Nehmen Sie erst noch ein warmes Bad.«

»Das werde ich gerne tun.«

»In einer halben Stunde lasse ich Sie in den Gebärraum holen. Dann werde ich auch Dr. Keller Bescheid sagen.«

»Ich glaube nicht, daß ich einen Arzt brauche.«

»Nur für den Fall der Fälle. Damit er sich bereit hält. Aber ich bin auch überzeugt, daß wir das alleine schaffen.« –

Sie behielten beide recht. Es wurde eine leichte Geburt. Zwei Stunden später war das Kind da. Es schrie, als es noch halb im Mutterleib steckte. Beate hatte das gute Gefühl, eine Leistung vollbracht zu haben. Während das Baby abgenabelt und gewaschen wurde, fühlte sie sich froh und stark.

»Sie haben ein kleines Mädchen bekommen«, sagte die Hebamme und zeigte es ihr.

Beate mußte es anblicken. Es schien sich schon von den Strapazen der Geburt erholt zu haben. Sein Gesicht war ganz hell, der Flaum auf der Kopfhaut flammend rot. Aus großen blauen Augen sah es seine Mutter an.

Obwohl Beate wußte, daß das winzige Wesen noch nichts wirklich erkennen konnte, ging ihr dieser Blick durch und durch. Er schnitt ihr ins Herz.

Die Hebamme legte ihr das Baby in eine Decke gehüllt, auf die Brust.

»Bitte, nicht!« sagte Beate, aber sie hatte nicht die Kraft sich zu wehren.

»Na, einen Augenblick werden Sie es wohl halten können! Bis die Nachgeburt da ist.«

Beate spürte die animalische Wärme ihres Kindes, und es war ihr näher, noch näher, als es schon in ihrem Leib gewesen war. »Mein kleines Mädchen«, stammelte sie, und dann war wieder dieser Schmerz da, der gleiche Schmerz, den sie beim Anblick der Kinderwagen im Park empfunden hatte, nur sehr viel heftiger. Es war ein Schmerz, der sie innerlich zu zerreißen drohte, und sie begann zu weinen.

»Aber, aber«, sagte die Hebamme milde, »was haben Sie denn nur? Ist doch alles in Ordnung. Es ist ein entzückendes kleines Mädchen, und Sie waren bisher so tapfer. Na ja, die Erschöpfung danach.« Sie nahm Beate das Kind fort und ließ sie eine Beruhigungstablette schlucken.

Später, zurück auf ihrem Zimmer, dämmerte Beate vor sich hin, als Frank nach kurzem Anklopfen hereintrat. Noch ehe er etwas sagen konnte, schossen ihr schon wieder die Tränen aus den Augen.

Sein Lächeln erstarb. »Nanu, was ist mit dir? So habe ich dich noch nicht erlebt.« Er setzte sich auf den Rand ihres Bettes und ergriff ihre Hand. »Weißt du, daß ich dich im ganzen Leben noch nie habe weinen sehen?«

»Ich kann es nicht hergeben, Frank«, schluchzte sie, »ich kann es nicht!«

»Das brauchst du doch auch gar nicht, wenn du es nicht willst.«

»Aber wir haben doch unterschrieben ...«

»Na, wenn schon. Diese Verträge bedeuten doch nichts.«

Ihre Tränen versiegten. »Nein?« fragte sie erstaunt.

»Natürlich nicht. Sie sind sittenwidrig. Er kann sie nicht einklagen, und das weiß er bestimmt selber ganz genau.«

»Und du hast das auch gewußt? Von Anfang an?«

»Ja.«

»Warum hast du dann nichts gesagt?«

»Ich dachte, es wäre dir Ernst damit, das Kind herzugeben.«

»Ich wollte es ja auch. Ich wollte es wirklich.«

»Jetzt fang bloß nicht wieder an zu weinen.« Er reichte ihr ein großes, hellblaues Taschentuch. »Niemand kann dir einen Vorwurf daraus machen, daß du es dir anders überlegt hast.«

»Es geht doch nicht, Frank. Da ist immer noch das Geld, das ich angenommen habe.«

»Aber du wirst es doch nicht ganz ausgegeben haben?«

»Nein, nein.«

»Wieviel fehlt denn?«

»Ich weiß es nicht genau. Vielleicht fünftausend.«

Er lachte. »Und deshalb machst du dir Gedanken? Fünftausend treiben wir allemal auf. Entweder streckt Melanie sie uns vor – ich bin ziemlich sicher, daß sie das tun wird –, oder ich nehme einen Bankkredit. Das ist wirklich kein Problem, wo ich jetzt wieder verdiene.«

»Aber das würde bedeuten, das wir wieder sparen und sparen und sparen müssen.«

»Willst du das Kind nun behalten oder nicht?«

»Natürlich will ich es. Aber es kommt mir so schlecht vor, dich damit zu belasten.«

»Na hör mal! Du hast so viel für mich getan. Es macht mich glücklich, richtig glücklich, daß ich mich mal revanchieren kann.«

»Ach, Frank, du bist so gut. Dabei hast du das Kind noch nicht einmal gesehen!«

»Es ist ja dein Kind, Beate. Auch wenn es ein Monster wäre, würde ich es liebhaben.« Er beugte sich über sie und küßte sie. »Ist jetzt alles in Ordnung?«

»Ach, Frank, da sind doch auch noch die Kosten für den Arzt und das Krankenhaus.«

»Hör auf, dir Gedanken wegen des verdammten Geldes zu machen! Du hast es für mich zusammenbekommen, als ich operiert werden mußte, da werde ich das jetzt wohl auch für dich schaffen.«

»Und du wirst mir später keine Vorwürfe deswegen machen?«

Er lächelte. »Mag schon sein, daß ich das tun werde. Also entscheide dich: kein Kind und keine Vorwürfe oder dein Kind und Vorwürfe.«

»Ich will mein Kind. Um jeden Preis.«

»Hast du dir das auch wirklich überlegt? Das Kind würde all deine Pläne über den Haufen werfen.«

»Was macht das schon, wenn ich ein oder zwei Jahre aussetze? Vielleicht kann ich ja die Arbeit an meiner Dissertation vorziehen.«

»Du bist also wild entschlossen?«

»Ja.«

»Dann möchte ich die Kleine endlich sehen!« Er drückte auf die Klingel.

Kurz darauf erschien eine Schwester.

»Bitte, zeigen Sie mir meine kleine Tochter!« verlangte er.

»Ja, gern! Wenn Sie mit mir kommen wollen.«

»Nein, Schwester!« sagte Beate. »Bringen Sie das Kind zu uns herein, und auch ein Bettchen. Ich will es bei mir haben.«

»Tagsüber?«

»Nein, Tag und Nacht.«

Die Kleine schlief, als die Schwester sie hereintrug und behutsam in Beates Arme legte.

»Sie wird wie du«, stellte Frank bewundernd fest.

»So rot ist mein Haar aber wirklich nicht! Vielleicht legt sich das noch.«

»Warum denn? Ich finde rotes Haar sehr schön. Es ist etwas Besonderes.«

»Ihre Augen sind blau. Aber ob sie so bleiben werden, kann man natürlich auch noch nicht wissen.«

»Sie wird schon deine Augen kriegen. Da bin ich sicher.«

»Ob sie Vater auch gefallen wird?«

»Er wird froh sein, daß er wieder eine Aufgabe hat.«

»Und Florian?«

»Er wird wohl kaum was mit ihr anfangen können. Dazu ist sie noch zu klein. Aber später wird er stolz auf sie sein.«

»Wir wollen sie Désirée nennen, ja? Die Ersehnte.«

Die Schwester öffnete die Tür. »Besuch für Sie, Frau Werder!«

Bettina und Egon von Klothenburg traten ein. Er begriff sofort, was die Szene zu bedeuten hatte und blieb bei der Tür stehen.

Bettina eilte auf das Bett zu. »Oh, wie entzückend!« rief sie. »Bitte, darf ich es halten?«

Frank stand auf. »Nein, das dürfen Sie nicht. Wir haben uns entschlossen, unsere Tochter nicht herzugeben.«

»Ach, es ist ein Mädchen«, sagte Bettina.

»Und was das Geld betrifft – Sie bekommen es natürlich zurück. Über die juristische Seite der Angelegenheit brauchen wir uns wohl nicht zu streiten.«

»Nein«, sagte Egon ruhig, »da haben Sie recht.«

»Es tut mir so leid für Sie«, erklärte Beate, aber das Strahlen ihrer noch verweinten Augen strafte ihre Worte Lügen.

»Gehen wir, Bettina!« befahl Egon.

Die beiden verließen das Zimmer.

Wenige Minuten später kam Egon zurück. Allein. »Ich möchte sie wenigstens einmal sehen«, bat er.

Beate hielt sie ihm auf ausgestreckten Armen hin.

»Ich war ein Trottel«, bekannte er, »wenn ich es Ihnen nicht so schwer gemacht hätte ...«

»Ja, vielleicht. Ich weiß es nicht.«

»Es hat wohl wenig Sinn zu fragen, ob ich mein eigen Fleisch und Blut hie und da mal besuchen darf?«

»Überhaupt keinen.«

»Dann nur noch eins: machen Sie sich wegen der Arztrechnung und des Krankenhauses keine Sorgen. Die Kosten übernehme ich. Das ist das wenigste, was ich für mein Kind tun kann. Nein, bedanken Sie sich nicht. Ich will nur verhindern, daß Sie meiner Tochter später erzählen, ihr Vater wäre schofel gewesen. Überhaupt geben Sie mir nur das Geld zurück, was Sie noch nicht ausgegeben haben.« Mit gewohntem Zynismus fügte er hinzu: »Dadurch, daß sie mein Mädchen behalten, ersparen Sie mir ja eine Menge Unkosten.« Sehr rasch zog er sich zurück.

»Er scheint doch kein so übler Typ zu sein«, sagte Frank.

»Liebling, er interessiert mich nicht und hat es nie getan. Für mich gibt es nur dich und Florian und Désireé auf der Welt, und dann natürlich noch Vater und Melanie. Das genügt mir völlig.«

»Ich freue mich, daß du mich an erster Stelle genannt hast.«

»Das wird immer so bleiben. Ich weiß, du wirst der Kleinen ein guter Vater sein.«

»Und dir ein guter Mann, hoffe ich.«

Sie sahen einander an und dann das Kind; beide spürten, daß sie sehr glücklich waren.

›Unverschämt glücklich‹, dachte Beate, ›und das hast nur du geschafft, mein kleines Mädchen!‹

MARIE LOUISE FISCHER

Der Frauenarzt

1 »Meine lieben Kinder ...«, begann Professor Dr. Konrad Hartwig, aber seine Worte gingen in der allgemeinen Fröhlichkeit unter. Der Polterabend seiner Tochter Vera hatte den Höhepunkt erreicht. Die Gäste – fast ausschließlich Ärzte der privaten Frauenklinik des Professors und Freundinnen der Braut – hatten unter Scherzen und Lachen billige Töpferwaren auf dem schönen eingelassenen Steinboden zerschlagen, von dem die bunten kostbaren Teppiche eigens zu diesem Zweck beiseite gerollt worden waren.

Jetzt bemühte sich Vera, mit einem riesigen Strohbesen die Scherben zusammenzukehren. Sie sah dabei, mit schwarzem, schimmerndem Haar, den sanft geröteten Wangen, den vor Glück strahlenden tiefblauen Augen, sehr reizend aus, wenn sie auch etwas ungeschickt mit dem großen Besen hantierte, denn hausfrauliches Können war nicht gerade ihre Stärke: Sie mußte eine Menge ausgelassener Witze über sich ergehen lassen, aber sie tat es mit Humor.

»Meine lieben Kinder«, begann Professor Hartwig noch einmal, aber wieder unterbrach er sich: »Verdammt, warum hört mir denn niemand zu?«

Claudia, seine Frau, die neben ihm auf der breiten, mit Schaffell bezogenen Couch saß, lächelte ihm mit leichtem Spott zu. »Wenn du einen Toast ausbringen willst, mein Lieber, mußt du vorher an dein Glas klopfen. Aber ich weiß nicht, ob jetzt gerade der richtige Moment ist, um ...«

»Und ob er das ist!« Professor Hartwig zog einen goldenen Füllhalter aus seiner Westentasche, schlug einmal, zweimal, dreimal gegen das Glas, das er in seiner Rechten hielt, mit jener sturen Hartnäckigkeit, wie sie nur ein Schwips verleiht, und hatte schließlich Erfolg.

Das Glas zersprang. Im gleichen Augenblick wandte sich die allgemeine Aufmerksamkeit ihm zu.

»Macht nichts!« meinte Dr. Klaus Berg, der Bräutigam, beruhigend. »Je mehr Scherben, desto mehr Glück!«

Er war ein breitschultriger großer Mann, und es sah ein wenig komisch aus, als er jetzt einer der Brautjungfern Handbesen und Kehrblech abnahm und die Glassplitter mit geradezu rührender Behutsamkeit zusammenfegte.

»So«, sagte er dann, »wenn niemand von euch auf die Idee kommt, barfuß zu tanzen, kann nichts passieren!« Alle lachten, als wenn er einen großartigen Witz gemacht hätte.

Von dem allgemeinen Trubel blieb nur ein einziger Mensch unberührt – Assistenzarzt Dr. Günther Gorski. Er stand unbewegt, die eine Hand in der Hosentasche, in der anderen eine brennende Zigarette, an der Längsseite des großen Raums, etwas seitlich von dem wunderbaren Renoir, dem Prunkstück der Wohnung, die Professor Hartwig und seine Frau für das junge Paar im Obergeschoß ihres Hauses eingerichtet hatten.

Dr. Gorski lächelte, er lächelte unentwegt, aber seine dunklen Augen waren verhangen, und sein Lächeln wirkte starr und ohne Heiterkeit.

Frau Claudia erhob sich, nahm zwei Sektschalen und schritt quer durch den Raum auf Dr. Gorski zu. Der junge Mann war ein entfernter Verwandter ihres Mannes, und sie hatte sich um ihn gekümmert, seit er nach Abschluß seines Studiums nach Düsseldorf gekommen war.

»Du hast noch nichts zu trinken, Günther«, sagte sie.

Eine Sekunde lang reagierte er verwirrt, wie aus einem Traum gerissen. Dann zog er die Hand aus der Hosentasche, nahm das eine Glas entgegen, verbeugte sich geschmeidig. »Sehr lieb von dir, Tante Claudia.«

»Du solltest nicht so ein Gesicht machen«, mahnte sie leise, »es nutzt dir nichts, wenn morgen über dich geklatscht wird.«

Er zuckte mit den Schultern. »Geklatscht wird so und so.«

»Das muß nicht sein«, erklärte sie mit Nachdruck, »nicht, wenn du keinen Anlaß dazu gibst. Und du hast gar keinen Grund, niedergeschlagen zu sein. Onkel Konrad ist sehr zufrieden mit dir, du siehst glänzend aus, bist jung ... das ganze Leben liegt noch vor dir!«

Dr. Gorski drückte mit einer heftigen Bewegung seine Zigarette aus. »Ich bin durchaus nicht deprimiert.«

»Das ist sehr vernünftig«, sagte Frau Claudia, »du warst immer schon ein vernünftiger Junge. Es muß nicht gerade Vera sein. Es gibt noch viele hübsche und ... reiche Mädchen, Günther!«

In seinen dunklen Augen zuckte es auf, aber sofort hatte er sich wieder in der Hand. »Danke, Tante Claudia«, sagte er steif.

Frau Claudia war unzufrieden mit sich. Dennoch behielt ihr immer noch schönes, sehr gepflegtes Gesicht den Ausdruck lächelnden Gleichmutes bei.

Die frohe Laune von Vera und Klaus durfte auf keinen Fall gestört werden, das war jetzt am wichtigsten.

»Ich bin sehr glücklich«, ertönte Professor Hartwigs tiefe, eindrucksvolle Stimme, »und ich frage mich immer wieder: Worüber eigentlich? Im Grunde müßte ich ja böse sein, daß Klaus Berg ... na, immerhin mein Oberarzt, aber doch noch ein junger Dachs ... mir meine Tochter entführt ...«

»So klein bin ich gar nicht mehr, Vati«, warf Vera dazwischen.

Alle lachten.

Der Professor drohte ihr mit dem Finger. »Eigentlich«, sagte er, »hatte ich ja andere Pläne mit dir. Ich hatte mir sehr gewünscht, daß du Medizin studieren würdest, und ich bin nach wie vor davon überzeugt, daß eine tüchtige Ärztin aus dir geworden wäre, wenn nicht eben dieser junge Dachs dazwischengefunkt hätte. Na, Schwamm drüber. Wie ich schon sagte ... ich bin glücklich ... glücklich, liebe Vera, daß deine Wahl wenigstens auf einen Mediziner gefallen ist, und nicht auf einen Rennfahrer oder einen Löwenbändiger ...«

Das allgemeine Gelächter zwang ihn zu einer Pause.

»Du hast dir einen guten, klugen und tüchtigen Mann ausgesucht, liebe Vera ... und du, Klaus, du hast das wundervollste Mädchen von der Welt erobert, das sage ich dir, weil ich ihr Vater bin, und weil ich es weiß!«

»Ein solcher Vater«, sagte Frau Claudia lächelnd, »kann ja nur das wundervollste Mädchen von der Welt zur Tochter haben!«

Professor Hartwig wandte sich seiner Frau zu. »Nein, so eingebildet bin ich nun doch nicht, Claudia! Du bist eine herrliche Frau, und wir alle können nur hoffen, daß aus unserem kleinen Mädchen mal eine Frau wird wie du! Dann werdet ihr beide, Vera und Klaus, so glücklich werden wie wir beide ...« Der Professor legte den Arm um seine Frau, hob sein Glas dem Brautpaar entgegen. »Das ist es, was ich euch wünsche, und es ist, glaubt mir, sehr viel! Auf euer Glück!« Die Gläser klirrten. Der Professor, seine Frau, nach ihnen die anderen Gäste stießen mit dem jungen Paar an. Selbst Günther Gorski, der sich der Gruppe genähert hatte, folgte ihrem Beispiel.

»Ich wünsche euch von Herzen alles Gute!« sagte er mit unbewegtem Gesicht.

»Nein«, sagte Dr. Berg, »mit dir möchte ich lieber auf unsere alte Freundschaft anstoßen ...«

»Ich auch!« rief Vera. »Du wirst doch unser Freund bleiben, Günther, nicht wahr?«

»Immer.«

Sie stießen an. Vera hob sich auf die Zehenspitzen und küßte Dr. Günther Gorski flüchtig auf beide Wangen.

Im gleichen Moment hatte jemand den Plattenspieler eingeschaltet. Vera wandte sich Klaus zu, er nahm sie in die Arme, und sie tanzten zu der zarten, leicht melancholischen Melodie einen langsamen Walzer.

Allmählich waren sie auf die halb geöffnete Tür des Balkons zugetanzt, jetzt löste sie sich von ihm, nahm ihn bei der Hand und zog ihn mit sich ins Freie.

»Ach, tut das gut!« Sie atmete tief durch. »Nach all dem Lärm und dem Qualm da drinnen! Ich bin nur froh, daß ich morgen nicht saubermachen und aufräumen muß!«

Er legte den Arm um ihre Taille. »Nein, mein Sonntagskind, du brauchst morgen nicht zu putzen, sondern nur zu heiraten!«

Sie drängte ihn zur Brüstung. »Ist es nicht herrlich hier oben? Im Sommer werden wir hier sitzen ... ganz allein ... und Bowle trinken ... zu den Sternen schauen und zum Mond ...«

»Und zu den Lichtern der Klinik da drüben!« Jenseits des Parks lag die Frauenklinik, ein weitläufiges weißes Gebäude, aus dessen Fensterläden jetzt die mildblaue Nachtbeleuchtung schimmerte.

Sie schmiegte sich enger an ihn. »Weißt du, Klaus, es ist natürlich fabelhaft, daß du in Vaters Klinik arbeitest, und daß du jeden Mittag nach Hause kommen kannst, und daß ich tagsüber mal ein Schwätzchen mit Mutti halten kann, wenn mir danach zumute ist ...«

»Aber?« fragte er.

»Ich freue mich doch riesig, wenn ich das alles mal eine Weile nicht sehen muß ... die Klinik, die Krankenwagen, die Patienten!«

Sie schauderte.

»Frierst du?« fragte er besorgt.

»Halt mich nur ganz fest, dann wird mir gleich wieder

warm! Oh, Klaus, am allermeisten freue ich mich, daß wir beide schon übermorgen weit fort von hier sein werden ... ganz allein, nur wir beide, vor uns das blaue Meer, Palmen und blühende Kakteen, über uns die strahlend helle Sonne und der blaue Himmel ... Teneriffa und du! Es wird wunderbar werden!«

»Du und ich!« Er beugte sich über sie.

Sie schlang ihre schlanken bräunlichen Arme um seinen Hals, ihre Lippen fanden sich zu einem Kuß voll leidenschaftlicher Zärtlichkeit.

Erst als die Balkontür aufgestoßen wurde, fuhren sie auseinander.

Eine von Veras Freundinnen steckte den Kopf heraus. »Anruf aus der Klinik, Herr Oberarzt!« rief sie unbekümmert.

»Entschuldige mich, bitte, Vera«, entgegnete Klaus Berg sofort.

Sie klammerte sich an ihn. »Nicht, Klaus, bitte, bleib! Die anderen können doch ...«

Er zog sie noch einmal in die Arme, flüsterte dicht an ihrem Ohr: »Ich mach's ganz kurz, Liebste, ich bin gleich wieder da!«

Die Freundin trat auf den Balkon, gab dann Dr. Berg die Tür frei. Halb mitleidig, halb schadenfroh betrachtete sie Vera, die ihm mit zusammengepreßten Lippen nachstarrte.

»Pech, was?« sagte die Freundin. »Na, an so etwas wirst du dich als Arztfrau gewöhnen müssen!«

Die Atmosphäre hatte sich verändert, es war sehr still geworden, selbst der Plattenspieler war verstummt. Mit geröteten Gesichtern, leicht glasigen Augen starrten die Ärzte auf Professor Hartwig, der den Telefonhörer am Ohr hielt und lauschte.

Der Chefarzt ließ den Hörer sinken, blickte seinem zukünftigen Schwiegersohn entgegen. »Schwester Marie von der Operativen«, sagte er. »Sie berichtet, daß eine Patientin von der Allgemeinstation stark blutet ... hör du dir das mal an, du wirst den Fall kennen ...«

Dr. Berg nahm ihm den Hörer aus der Hand, meldete sich. »Ja, Schwester Marie, um wen handelt es sich? Um Frau Rainer? Ja, seit wann denn? So ... ganz recht. Bitte, verständigen Sie die OP-Schwestern, lassen Sie die Patientin in den OP fahren und den Anästhesisten rufen ... natürlich, sofort!« Er legte auf.

»Die Operation ist unumgänglich?« fragte der Professor. Er bemühte sich, kurz und präzise zu sprechen, aber seine Stimme klang verschwommen. Es war deutlich, daß er, obwohl sein Verstand klar arbeitete, unter Wirkung des genossenen Alkohols stand.

»Ja, Chef«, erklärte Dr. Berg gefaßt. »Es handelt sich um einen Uterus myomatosus, den wir ... ich glaube, schon vor fünf Tagen stationär aufgenommen haben. Ich habe dir damals von dem Fall berichtet. Die dreiundvierzigjährige Patientin, Frau Rainer, kam in stark ausgeblutetem Zustand zu uns. Wir haben abradiert, worauf die Blutung stand.«

Professor Hartwig zog die Augenbrauen zusammen, bemühte sich mit äußerster Willenskraft um Konzentration. »Sie war nicht operationsfähig?«

»Nein. Wir haben ihr täglich Blut gegeben. Ich hoffte, sie Anfang nächster Woche so weit zu haben. Laut Schwester Marie blutet die Frau aber jetzt plötzlich wieder so stark, daß nur die sofortige Amputation des Uterus übrigbleibt.«

»Ach so, ja, ich verstehe ...« Der Chefarzt strich sich über die Stirn. »Wie hoch ist denn jetzt das Hämoglobin?«

Noch ehe Dr. Berg antworten konnte, schaltete sich Dr. Günther Gorski, der Stationsarzt, ein. »Sie wurde mit 26 Prozent Hb eingeliefert, Onkel Konrad, der heutige Hb-Wert war 58!«

Professor Dr. Hartwig sah den jungen Arzt mit deutlichem Mißfallen an. Es war absolut unüblich, dem Oberarzt, der ja ebenfalls informiert sein mußte, ins Wort zu fallen. – Verdammter Ehrgeizling! dachte der Chefarzt. Er war nahe daran, eine Rüge auszusprechen, unterließ es dann aber doch. »Keine ideale Ausgangsposition für einen Eingriff«, sagte er nur, »sind wenigstens Blutkonserven ausgetestet?«

»Selbstverständlich«, erklärte Dr. Gorski, »ich habe das veranlaßt, obwohl die Patientin am Nachmittag noch gar nicht blutete!« Das Lob, auf das er gewartet hatte, blieb aus.

Der Chefarzt seufzte. »Ja, dann kann man nichts machen, meine Herren!« Er sah sich im Kreise seiner Assistenten um. »Verdammte Schweinerei! Aber unser Beruf nimmt eben auf das Privatleben keine Rücksicht. Wer käme denn als Operateur in Frage?«

»Ich würde das gern übernehmen«, erklärte Dr. Gorski prompt.

Professor Hartwig musterte ihn mit gerunzelter Stirn. »Du? Nein, lieber nicht! Glaube nicht, daß ich an deinen Fähigkeiten zweifle, mein Junge, aber ...« Er zog die Luft durch die Zähne.

Die anderen Ärzte wichen seinem Blick aus. Die meisten von ihnen waren es gewohnt, selbständig zu operieren und wären – unter normalen Umständen – durchaus in der Lage gewesen, diesen Eingriff durchzuführen. Aber jetzt, angetrunken, jäh aus festlicher Fröhlichkeit herausgerissen, fühlte sich keiner stark genug, das unvermeidliche Risiko zu übernehmen.

Professor Hartwig sah seinen Oberarzt nicht an, aber Dr. Berg begriff, was von ihm erwartet wurde. »Ich bin bereit!« sagte er.

Der Professor protestierte schwach. »Na hör mal, ausgerechnet heute, an deinem Polterabend ... also, das möchte ich dir denn doch nicht zumuten!«

Klaus Berg lächelte. »Ich mach's schon, Papa ... ab morgen müßt ihr dann ja sowieso für ein paar Wochen sehen, wie ihr ohne mich fertig werdet! Solltest du auf die Idee kommen, mir ein Telegramm nach Teneriffa zu schicken, dann wird es ... das sage ich dir allerdings gleich ... ungelesen in den Papierkorb wandern!«

Dankbares Gelächter belohnte ihn für diesen Scherz. Die Stimmung begann sich wieder aufzulockern.

»Jetzt brauche ich zwei Assistenten«, sagte Dr. Berg, »du kommst natürlich mit, Günther, und dann ... Sie, Hartenstein! Stellen Sie das Glas rasch wieder aus der Hand! Ich hoffe, daß Schwester Marie uns einen starken Kaffee gebraut hat, der wird uns allen wieder auf die Beine helfen!«

Die Patientin Brigitte Rainer lag schon im Vorzimmer des Operationssaales, als die Ärzte eintrafen. Sie war vom Lande eingeliefert worden, Mutter von vier Kindern, eine Frau, die ihr ganzes Leben hart gearbeitet und längst aufgehört hatte, sich gegen ihr Schicksal aufzulehnen.

Dr. Berg lächelte ihr zu. »Wir werden Sie nun doch gleich operieren, Frau Rainer ... Sie müssen nicht ängstlich sein, es geht sicher gut. Einmal hätten wir es ja doch machen müssen, so haben Sie es rasch überstanden. Sie sind doch mit der Operation einverstanden?«

Brigitte Rainer sah ihm voll rührenden Vertrauens in die Augen, nickte stumm.

»Na, bravo«, sagte der Oberarzt, »ich wußte es ja, Sie sind eine tapfere Frau!«

Er war erleichtert, als der Anästhesist eintrat, besprach den Fall kurz mit ihm.

Frau Rainer hatte schon seit längerer Zeit unter starken Blutungen gelitten, die ihr Arzt zunächst mit blutstillenden Mitteln behandelt hatte, bis es zu einem Kollaps kam. Als sie in die Frauenklinik eingeliefert worden war, hatte der Farbstoff der roten Blutkörperchen, das Hämoglobin, tatsächlich nur noch 26 Prozent betragen, sehr wenig, wenn man bedenkt, daß bei gesunden Frauen immerhin über 80 Prozent nachweisbar sind. Durch den Mangel an roten Blutkörperchen war die Sauerstoffversorgung des Körpers stark gefährdet.

Zunächst hatte man eine Ausschabung vorgenommen, bei der man festgestellt hatte, daß die Ursache der Blutungen von einer Gebärmuttergeschwulst herrührte. Es handelte sich also in diesem Fall nicht um Krebs. Trotzdem blieb keine Wahl, als die Gebärmutter, die mit Muskelgeschwülsten durchsetzt war, herauszunehmen, weil auf andere Weise die Gefahr des Verblutens nicht gebannt werden konnte.

Um die Patientin operationsfähig zu machen, hatte Oberarzt Dr. Berg ihr täglich Bluttransfusionen verordnet, nicht zu viel, da sie die wenigsten Menschen vertragen und zu rasches Blutauffüllen außerdem die Blutungsneigung fördert.

Noch während Dr. Berg mit ihm sprach, begann der Anästhesist damit, die Patientin zu untersuchen, um sich mit ihrer körperlichen Verfassung vertraut zu machen.

Im Waschraum schütteten indessen Dr. Gorski und Dr. Hartenstein starken Kaffee in sich hinein, auch der Oberarzt trank zwei Tassen, bevor er daran ging, sich mit geübten Bewegungen Hände und Unterarme zu bürsten. Die beiden anderen Ärzte folgten seinem Beispiel. Sie alle trugen jetzt weiße Hosen, Unterhemd, darüber eine Gummischürze. Eine junge Schwester setzte ihnen die grünen Mützen auf den Kopf, band ihnen den Mundschutz, die »Schnauze«, vor, hinter der sie während der Operation atmen mußten, desinfizierte ihnen die Hände mit Alkohol.

Dr. Berg warf immer wieder einen Blick durch die große Glasscheibe in den Operationssaal, wo die Patientin inzwischen aufgelegt worden war. Der Operationstisch, mit grünen Tüchern abgedeckt, stand mitten im Raum, direkt unter der vielstrahligen Lampe, die ein grünviolettes Licht ausstrahlte.

Schwestern in langen weißen Mänteln, das Haar mit Tüchern fest eingebunden, huschten umher, enthüllten das steril verpackte Operationsbesteck, das aus einer Vielzahl von Messern, Faßzangen, Nadelhaltern, Pinzetten und Nadeln bestand.

Heute empfanden alle, auch Dr. Klaus Berg, eine gewisse Nervosität.

Er atmete tief durch. »Also gehen wir's an!« sagte er – ein deutlicher Unterton von Besorgnis schwang in seiner Stimme.

Dr. Gorski meinte: »Leicht vergrößerter Uterus, was soll das schon? Ist doch schließlich kein Kunststück!«

Der Oberarzt sah ihn an. »Ich stimme mit deiner Diagnose nicht überein, Günther. Aber wir werden ja sehen!«

Als die Ärzte in den OP traten, hatte der Anästhesist Frau Rainer die Spritze zur Einleitung der Narkose schon gegeben und eine Blutkonserve mit ihrer Armvene verbunden. Jetzt öffnete er ihr mit einem beleuchteten Spachtel den Mund, schob ein elastisches Rohr in die Luftröhre; um sie künstlich beatmen zu können.

Der schwarze Atemballon füllte sich, erschlaffte, füllte sich wieder, erschlaffte. Die Beatmungspumpe zischte leise.

»Können wir?« fragte Dr. Berg.

Die Ärzte nahmen Aufstellung am Operationstisch – Berg auf der linken, Gorski auf der rechten Seite der Patientin, Hartenstein zwischen ihren Beinen.

Die OP-Schwester reichte Dr. Berg das Skalpell; ohne zu zögern führte er den ersten Schnitt bogenförmig quer durch die Haut.

Blutgefäße spritzten, wurden mit kleinen Klemmen gefaßt.

Der nächste Schnitt durchtrennte das Fett des Unterhautgewebes. Die abgeklemmten Blutgefäße wurden unterbunden, alles ging schnell, geübt, schweigend vor sich.

Mit einem größeren Skalpell durchtrennte Dr. Berg die Bauchmuskulatur, erst mit einem Querschnitt, dann mit einem Längsschnitt.

Ohne den Anästhesisten anzusehen, für den diese Bemerkung bestimmt war, sagte er: »Wir eröffnen das Bauchfell!«

Er wartete einige Atemzüge lang, bis der Narkosearzt durch die Gabe bestimmter, schnell wirkender Mittel eine völlige Erschlaffung der Patientin herbeigeführt hatte. »Jetzt!« sagte er.

Dr. Berg durchschnitt das Peritoneum, den letzten Schutz der Eingeweide. Die genau dosierte Narkose sorgte dafür, daß der Darm, der sich sonst aufgebläht und in die Schnittwunde gedrängt hätte, wie von Geisterhand gelenkt zurücksank.

Die OP-Schwester reichte heiße Tücher, mit denen Berg das große Netz und die Vielfalt der Darmschlingen nach oben schob und feststopfte und so das kleine Becken, in dem die Gebärmutter lag, zur Operation frei bekam.

Der Uterus, der bei einer gesunden Frau nicht größer als ein Hühnerei ist, war kindskopfgroß, die Oberfläche nicht glatt, wie normal, sondern grobhöckerig, knollig.

Es bereitete Dr. Berg keine Genugtuung, daß er Dr. Gorski gegenüber recht behalten hatte. Lieber wäre es ihm gewesen, sich dieses eine Mal geirrt zu haben.

Immerhin konnte er mit Erleichterung feststellen, daß Eierstock und Eileiter keine krankhaften Veränderungen aufwiesen.

Mit der Uteruszange erfaßte er die unheimlich vergrößerte Gebärmutter, zog sie aus ihrer Lage heraus. Die Mutterbänder, die sich rechts und links von der Gebärmutter zur Beckenwand ziehen und zu ihrer Befestigung dienen, spannten sich. Klemmen wurden gesetzt, sorgfältig an ihnen langgeschnitten, mit Catgut unterbunden.

Rechts ein Stück, links ein Stück, so arbeitete sich Dr. Berg langsam in die Tiefe, gelangte in das Gebiet der Uterina, der sehr starken Arterie, die die Gebärmutter mit Blut versorgt.

Er grub, unter dem Mundschutz, die Zähne in die Unterlippe. Jetzt mußte seine Hand ganz sicher sein! Wurde die Uterina angeschnitten oder nicht richtig unterbunden, so konnte das den sofortigen Verblutungstod der Patientin zur Folge haben.

Sorgfältig legte er die Klemme an, unterband zur Sicherheit mit Seide – der Faden durfte auf keinen Fall reißen. Er saß!

Auf der Seite von Dr. Gorski hatte die Klemme nicht genau gesessen. Der Seidenfaden, der den Gewebsstumpf, in dem die Uterina saß, umfassen und unterbinden sollte, rutschte ab.

Hoch im Bogen spritzte das rote Blut aus dem Gefäß.

Mit eiserner Ruhe beherrschte Dr. Berg die Situation. »Schwester, Tuch!«

Er drückte das kräftig aufsaugende Tuch in den Blutsee, suchte sich zu orientieren, fand das spritzende Gefäß, brachte es fertig, die Klemme daraufzusetzen. Die Blutung kam zum Stillstand. »Schwester, Seide!«

Dr. Berg unterband den Schnitt, atmete auf. Schweiß rann ihm von der Stirn. Die Operation dauerte jetzt schon fast eine Stunde.

Aber dann war es soweit. Die Gebärmutter war von den Mutterbändern befreit, hing jetzt nur noch am Gebärmutterhals. Mit einem scharfen Schnitt wurde er durchtrennt.

Dr. Gorski hob die Gebärmutter heraus, während Dr. Berg den Cervixstumpf vernähte, das Wundgebiet überprüfte: keine Blutung mehr!

Mit raschen Stichen vernähte der Operateur das Bauchfell. Jetzt sah das Wundgebiet wieder glatt aus.

»Wie geht es der Patientin?« fragte der Oberarzt, ohne aufzusehen.

»Nicht besonders«, antwortete der Anästhesist.

Dr. Berg arbeitete noch rascher. Er wußte, was diese Auskunft bedeutete. Es stand schlecht um die Patientin, äußerste Eile war geboten.

Er riß die Tücher, die er zum Abstopfen verwandt hatte, aus dem Bauchraum, befahl: »Zählen!«

Hinter ihm gab es ein Rennen und Getuschel, offensichtlich waren neue Blutkonserven eingetroffen.

Der Anästhesist kämpfte um das Leben der Patientin. Der Blutdruck war gesunken. Er beschäftigte Schwestern, die Ampullen öffneten, Infusionsflaschen herrichteten, jetzt auch die neuen Blutkonserven herbeibrachten.

Der Puls der Patientin ging sehr schnell, flatterte.

»Wir müssen uns beeilen, Herr Oberarzt«, drängte der Narkosearzt, »ich habe größte Schwierigkeiten!«

Klaus Berg arbeitete verbissen: Naht des Bauchfells, Naht des Muskels, Naht des Unterhautgewebes, schließlich der Haut.

Bei den letzten Hautnähten ließ der Anästhesist die Patientin bereits aufwachen – ihr Leib zuckte.

»Kreislauf bessert sich«, meldete er.

Es war geschafft.

Die Operateure rauchten im Waschraum ihre erste Zigarette. Klaus Berg fühlte sich gleichzeitig erschöpft und unendlich befriedigt. Seine grauen Augen strahlten.

Bei Dr. Hartenstein machte sich die Erleichterung in einem Redeschwall Luft. Er wiederholte die aufregenden Momente der Operation wie ein Junge, der einen interessanten Film erzählt, lachte, gestikulierte. Dr. Gorskis Augen waren verhangen. Er sah die Kollegen nicht an, es war, als wenn er sich nicht so schnell entspannen könnte, sein Mund war leicht verzerrt.

Dr. Berg legte ihm die Hand auf die Schulter. »Du bist mir doch nicht etwa böse, Gorski, weil ich recht behalten habe?«

»Ach wo«, erwiderte der andere, ohne ihn anzusehen, »du hast eben die größeren Erfahrungen!«

In diesem Augenblick stürzte die OP-Schwester in den Waschraum. Ihr rundes, sonst so rosiges Gesicht war schreckensbleich. »Herr Doktor«, stieß sie atemlos hervor, »ein Tuch fehlt!«

Dr. Berg zuckte zusammen, als wenn man ihn geschlagen hätte. »Nein«, sagte er, »nein! Das kann doch nicht sein!«

»Doch, wir haben alles durchsucht! – Eines der Tücher fehlt!«

Die Kollegen wagten es nicht, Dr. Berg anzusehen. Alle wußten, was diese Feststellung bedeutete. Die Tücher, die zum Abstopfen des Bauchraums benutzt werden, sind numeriert. Wenn eins fehlte – wirklich fehlte –, konnte es nur im Leib der Patientin vergessen worden sein.

Wenn das so war, bedeutete es fast mit Sicherheit den Tod der Patientin, an ein Aufmachen oder Nachsehen war bei dem Zustand Brigitte Rainers nicht zu denken.

Dr. Berg kämpfte verzweifelt gegen diese furchtbare Erkenntnis. »Es kann nicht sein«, sagte er, »es ist unmöglich! Ich weiß genau, daß ich alle Tücher entfernt habe!«

Dr. Gorski stieß den Rauch seiner Zigarette durch die Nase. »Fragt sich dann nur, wo das verlorene Tuch geblieben ist!«

Dr. Berg überhörte die Bemerkung. »Warum haben Sie die Tücher nicht rechtzeitig gezählt, Schwester?« fragte er. »Noch bevor ich vernäht hatte?«

Die Schwester geriet ins Stottern. »Ja, ich weiß, das hätten wir tun sollen, aber ... es ging alles so schnell, und wir haben einfach nicht daran gedacht!«

»Aber ich habe Sie doch daran erinnert! Ich habe laut und deutlich befohlen: Zählen!«

»Nein«, sagte die Schwester, »wirklich nicht, ich meine ... dann muß ich es einfach überhört haben!«

Dr. Berg wandte sich an seinen Assistenten: »Aber du, Gorski, du mußt dich doch noch daran erinnern!«

Günther Gorski hob die Schultern. »Ich habe nicht darauf geachtet, ich hatte anderes zu tun.«

»Dr. Hartenstein, Sie werden doch wissen ...«

»Leider nein«, behauptete auch der zweite Assistent, »aber ich finde, auch wenn Sie es nicht ausdrücklich gesagt hätten, Herr Oberarzt, hätten es doch die Schwestern wissen müssen.«

»Danke«, unterbrach ihn Dr. Berg, »es nutzt jetzt nichts mehr, wenn wir versuchen, die Schuld abzuschieben!«

»Wir? Was heißt denn ... wir?« protestierte Dr. Gorski. »Du warst der Operateur ... du allein bist verantwortlich!«

Eine Sekunde lang sahen sich die beiden Männer in die Augen, eine Sekunde, die genügte, um Klaus Berg erkennen zu lassen, daß Günther Gorski sein Feind war.

»Stimmt«, sagte er dann beherrscht, »deshalb werde ich heute nacht bei der Patientin bleiben. Du, Gorski, wirst das Vergnügen haben, Professor Hartwig von dem Zwischenfall zu unterrichten.«

»Danke«, sagte Hartenstein, »in dessen Haut möchte ich nicht stecken!«

»Ich«, sagte Dr. Gorski, »bedauere nur die Patientin, die er auf dem Gewissen hat!«

Die Operationsschwester rang nervös die Hände. »Eine Mutter von vier Kindern! Ja, es stimmt, der Herr Oberarzt trägt die Verantwortung ... aber ich werde mir das nie verzeihen, nie, so lange ich lebe!«

»Darf ich eintreten?« fragte Dr. Gorski förmlich.

»Ja, natürlich, aber sei leise.« Professor Hartwig schloß die Haustür hinter dem späten Gast, schritt auf Zehenspitzen voraus in sein Arbeitszimmer, einen ausgesprochen luxuriös und repräsentativ eingerichteten Raum, in dem es kostbare Perserteppiche, wunderbare alte Gemälde und sehr schöne bequeme Möbel gab.

»Setz dich«, sagte er, »ich nehme an, du trinkst noch ein Glas mit mir!« Er zog den gläsernen Stöpsel aus einer Karaffe mit goldenem alten Cognac, schenkte ein. »Kommt mein verehrter Schwiegersohn noch? Oder hat er es vorgezogen, sich schon langzulegen?«

»Nein«, sagte Günther Gorski.

»Nein? Was soll denn das nun wieder heißen ... ist das etwa eine Antwort?«

Dr. Gorski zündete sich mit einigem Umstand eine Zigarette an. »Ich bedaure es sehr, lieber Onkel, dir eine unangenehme Nachricht überbringen zu müssen.«

Professor Hartwig ließ das Glas wieder sinken. »Ist Klaus etwas zugestoßen?« fragte er alarmiert.

»Nicht ihm«, entgegnete Dr. Gorski gefaßt, »aber der Patientin.«

Professor Hartwig hob sein Glas, nahm einen kräftigen Schluck. »Ah, ich verstehe ... Operation gelungen, Patientin tot. Tut mir leid, verdammt noch mal, aber damit war ja zu rechnen. Riskanter Eingriff ohnehin – überaus geschwächte Frau! Hat es Berg sehr mitgenommen?«

»Du mißverstehst die Situation, Onkel Konrad ...«

»Tue ich das? Na, ich hoffe, dann wirst du so gut sein und Licht in die Angelegenheit bringen!« Professor Hartwig ließ sich schwer in einen der Sessel fallen.

Günther Gorski gab einen sehr genauen Bericht der Vorgänge im OP, die mit der tödlichen Gefährdung der Patientin ihren Höhepunkt erreichten.

»Du mußt das verstehen, Onkel Konrad«, sagte er abschließend, »unsere Nerven waren aufs äußerste gespannt, wir mußten befürchten, daß das Leben der Patientin unter unseren Händen erlosch, deshalb ist es immerhin verständlich, wenn Berg ...«

Professor Hartwig brachte ihn mit einem scharfen Blick zum Verstummen. »Wer gibt dir das Recht, deinen Oberarzt zu verteidigen?«

»Entschuldige«, sagte Dr. Gorski sofort, »ich wollte nur ...«

»Mir ist völlig klar, was du wolltest ... völlig klar auch, daß du diese Situation genießt!«

»Also ... da tust du mir aber wirklich Unrecht, Onkel Konrad!« verteidigte sich Dr. Gorski, aber in seiner Stimme war nicht eine Spur von Erregung.

Professor Hartwig stützte den schweren, klugen Kopf in die Hand, starrte vor sich auf die mattpolierte Tischplatte.

»Ich kann nicht glauben, daß Berg so etwas passiert ist, es wäre unvorstellbar! Einem so erfahrenen und zuverlässigen Operateur ... nein, nein!«

Der Professor schwieg lange, und Dr. Gorski wagte nicht, ihn zu stören.

Endlich hielt der junge Mann es nicht länger aus, fragte: »Und was wirst du nun tun?«

Hartwig hob den Kopf, sah ihn an. »Was kann ich tun? Was bleibt uns übrig? Wir können jetzt nur noch hoffen, daß sich das verschwundene Tuch doch noch findet ...«

»Die Schwestern haben alles durchsucht, es besteht nicht die geringste Hoffnung, daß das Tuch noch irgendwo auftaucht!«

»Trotzdem. Etwas anderes bleibt uns nicht als zu hoffen. Auch der Macht der Ärzte sind Grenzen gesetzt.«

Dr. Gorski sprang auf. »Und wenn die Patientin stirbt?«

»Können wir den Leib aufschneiden und uns Gewißheit verschaffen. Sonst nichts. An eine zweite Operation ist nicht zu denken.« Professor Hartwig erhob sich müde. »Dich, Günther, mache ich dafür haftbar, daß in der Klinik nicht gequatscht wird. Sprich mit Hartenstein, sprich mit der OP-Schwester. Alles hängt jetzt von deiner Geschicklichkeit ab.«

Dr. Gorskis dunkle Augen öffneten sich weit in ungläubigem Staunen. »Du willst den Fall vertuschen?«

»Noch gibt es keinen Fall, Günther. Ich lehne es ab, auch nur daran zu denken, daß mein Oberarzt so versagt haben könnte.« Er legte seine Hand mit einer fast hilfesuchenden Geste auf Dr. Gorskis Schulter. »Es geht ja nicht nur um das Leben der Patientin, nicht nur um den Ruf meiner Klinik ... es geht vor allem um das Glück meiner Tochter! Du kennst Vera, und du weißt, wieviel sie mir bedeutet. Bisher habe ich jeden Kummer, jeden Schatten einer Sorge von ihr ferngehalten. Ich kann nicht zulassen, daß ausgerechnet heute – am Tag ihrer Hochzeit – ihr ganzes Glück durch einen dummen und schrecklichen Zwischenfall zertrümmert wird.«

»Ich verstehe«, sagte Dr. Gorski mühsam, mit schmalen Lippen.

»Danke, Günther. Du bist mir jetzt verantwortlich ... verantwortlich auch dafür, daß Klaus rechtzeitig zur Trauung erscheint. Wenn nötig, schlepp ihn mit Gewalt hin, sorge dafür, daß jemand anders, vielleicht Hartenstein, die Wache bei der Patientin übernimmt!«

2

Vera Hartwig war ahnungslos, strahlend und beschwingt, als sie am Morgen mit ihren Eltern zum Standesamt fuhr.

Sie saß hinten in dem mit Blumengirlanden geschmückten Wagen neben ihrer Mutter, die kein Auge von der blühenden Schönheit ihrer Tochter lassen konnte und immer wieder sanft ihre Hand streichelte.

»Wollen wir nicht rasch in die Klinik schauen und Klaus abholen? Ach ja, bitte!« Vera beugte sich vor, legte ihre schmale bräunliche Hand auf die Schulter des Fahrers. »Halten Sie vor dem großen Tor, Herr Schmitz, ja?«

»Kommt nicht in Frage, fahren Sie weiter, Schmitz!« entschied der Professor, der vorn neben dem Fahrer saß. »Getrennt marschieren, und vereint schlagen ... das gilt nicht nur für den Krieg, sondern auch für die Hochzeit!«

»Es bringt Unglück, wenn der Bräutigam die Braut vor der Trauung im Hochzeitsstaat sieht, das weißt du doch, Liebling«, sagte Claudia Hartwig.

»Schade!« Vera ließ sich in die Polster zurücksinken und schwieg während der weiteren Fahrt.

Der Fahrer hatte den Wagen vor dem Standesamt, einem schönen alten Haus in der Hofgartenstraße, gestoppt, stieg jetzt aus und öffnete die Türen.

Er half zuerst der jungen Braut heraus, und als sie – leichtfüßig in ihren kleinen weißen Atlasschuhen – auf den Bürgersteig sprang, ging ein Raunen durch die Zuschauer, eine kleine Gruppe Neugieriger, die sich wie fast immer hier zusammengefunden hatte.

Vera richtete ihren Schleier, lächelte nach allen Seiten. Sie trug ein Kleid aus echten Brüsseler Spitzen, das die schmale Taille, den kleinen festen Busen und die hübschen geraden Schultern betonte, um dann in einen weiten, schwingenden Rock auszulaufen. Auf ihrem schwarzen, schimmernden Haar saß eine weiße Spitzenkappe, an der ein Myrtenkranz und der lange hauchdünne Schleier befestigt waren. Sie sah zauberhaft aus, und sie wußte es, aber das störte den Eindruck nicht – Vera Hartwig war an Bewunderung gewöhnt, und sie genoß sie mit der Naivität eines verwöhnten Kindes.

Sie hätte sich gern noch länger dem staunenden Publikum gezeigt, aber ihr Vater schob seine Hand unter ihren Arm und führte sie in das Standesamt.

»Warum denn?« schmollte Vera. »Klaus muß doch jeden Augenblick kommen.«

»Du wirst noch genug Gelegenheit haben, dich zu präsentieren«, sagte Professor Hartwig. »Denk an die kirchliche Trauung mit all den vielen Menschen und an das Galadiner im Parkhotel! Erst wenn wir die standesamtliche Trauung überstanden haben, geht es ja richtig los.«

»Auch wieder wahr«, gab Vera zu. »Wieviel Uhr ist es, Mutti?«

»Fünf Minuten vor.«

»Dann könnte Klaus doch eigentlich schon hier sein! Vielleicht ist er drinnen?«

Vera riß ohne weiteres die Tür zum Trauungszimmer auf.

Der Raum war bis auf einen Mann im dunklen Anzug, der ganz vorn hinter einem Tischchen saß, leer.

»Oh, pardon!« rief Vera.

Der Standesbeamte erhob sich, verbeugte sich leicht. »Macht gar nichts«, sagte er lächelnd, »Sie sind für neun Uhr aufgeboten, nehme ich an? Dann treten Sie doch, bitte, ein!«

Vera folgte etwas zögernd dieser Aufforderung, Professor Hartwig und seine Frau drängten nach.

»Mein Bräutigam ist noch nicht da«, sagte Vera, »ich dachte schon ...«

»Er wird bestimmt gleich kommen! Treten Sie nur ein, nehmen Sie Platz ... wir haben ja noch Zeit!«

Vera fühlte sich auf einmal seltsam beklommen.

Dr. Berg und Dr. Gorski, beide im Smoking, beide ihre Mäntel über dem Arm, stürmten die Treppe der Klinik hinunter.

Im ersten Stock blieb der Oberarzt plötzlich stehen. »Einen Moment noch, Günther«, sagte er, »ich will nur eben ...«

»Nein. Du kommst jetzt mit«, sagte Gorski energisch. »Es ist gleich neun. Du willst doch wohl nicht zu deiner eigenen Hochzeit zu spät kommen?«

»Laß mich nur eben noch einen Blick auf Frau Rainer werfen!«

»Wozu? Hartenstein ist bei ihr. Es ging ihr heute früh relativ gut ...«

»Trotzdem!« Dr. Berg hatte schon die Türklinke in der Hand. »Ich habe keine ruhige Minute, bevor ich mich nicht überzeugt habe ...«

Dr. Gorski blickte auf seine Armbanduhr. »Na gut. Aber mach schnell. Ein Mädchen wie Vera läßt man nicht warten, schon gar nicht an so einem Tag!«

Klaus Berg hörte ihm nicht mehr zu. Er hatte die Tür zum Wachzimmer geöffnet, trat mit großen Schritten ein. Dr. Hartenstein, der neben dem Bett der Patientin gesessen hatte, stand auf.

»Wie steht's?« fragte Berg.

»Nicht besonders.«

Er ergriff das Handgelenk der Patientin, die sehr blaß, mit geschlossenen Augen dalag. Ihr Puls flatterte. »Verdammt«, stieß er durch die geschlossenen Zähne.

Er legte die Hand auf die Stirn Brigitte Rainers und fühlte kalten Schweiß.

»Na, was ist? Kommst du?« rief Gorski von der Tür her.

»Nein, tut mir leid«, antwortete Berg, ohne sich umzudrehen.

»Was heißt das?«

»Daß ich jetzt nicht fort kann!«

»Aber du mußt! Es ist höchste Zeit!«

Dr. Berg drehte sich kurz um. »Tu mir die Liebe, fahr du!«

»Und was soll ich Vera ... was soll ich dem Professor sagen?«

»Bitte sie, zu warten. Ich werde sobald wie möglich nachkommen!«

Für eine Sekunde blitzte Triumph in den dunklen Augen Dr. Gorskis auf, aber fast sogleich senkte er die Lider. »Na, wie du willst.«

Dr. Berg warf seinen Mantel über einen Stuhl, seine Smokingjacke hinterher. »Ich werde der Patientin eine kreislaufanregende Spritze geben, wenn nötig Sauerstoff ... wie lange liegt sie schon in diesem Zustand?«

»Seit etwa zehn Minuten geht es ihr schlechter«, gab Dr. Hartenstein Auskunft.

Dr. Berg konnte ein Stöhnen nicht unterdrücken. »Mein Gott, was würde ich darum geben, wenn ich die Frau retten könnte!«

Der Standesbeamte zog seine silberne Uhr an einer langen Kette aus der Westentasche. »Zehn Minuten über die Zeit«, sagte er, »tut mir leid, ich glaube, ich werde einmal sehen ...«

Er ging über den schmalen roten Läufer nach hinten, öffnete die Tür, steckte den Kopf hinaus.

»Wie kann Klaus mir nur so etwas antun?« sagte Vera gepreßt.

»Er wird bestimmt gleich da sein«, versuchte Claudia Hartwig sie zu trösten.

»Das erzählst du mir schon seit einer Viertelstunde!«

Der Standesbeamte kam zurück.

»Wir haben Glück«, sagte er, »das nächste Brautpaar ist schon da. Ich werde diese Herrschaften also zuerst trauen, und in einer Viertelstunde kommen Sie dann an die Reihe ... bis dahin wird der Bräutigam ja bestimmt eingetroffen sein!«

Vera sprang auf. »Wir sollen wieder gehen?« rief sie.

»Ja. Nur auf den Flur. Sonst kommt mein ganzes Tagesprogramm durcheinander.«

»Was für eine Blamage«, sagte Vera unterdrückt, während sie am Arm ihres Vaters mit hocherhobenem Kopf das Trauungszimmer verließ.

»Mir macht etwas anderes viel mehr Sorge«, sagte der Professor. »Was wird aus der kirchlichen Trauung? Die können wir doch nicht auch verschieben!«

»Sie ist ja erst für zehn Uhr angesetzt«, erinnerte ihn seine Frau, »bis dahin schaffen wir es leicht, selbst wenn sich Klaus um eine halbe Stunde verspäten sollte!«

Vera löste sich von ihrem Vater. »Tut mir leid, aber ich halte es hier in diesem engen Flur nicht aus. Wenn wir noch eine Minute hierbleiben, werde ich hysterisch. Ich brauche Luft!«

Sie marschierte mit wehendem Schleier auf die Haustür zu. Die Eltern wechselten hinter ihrem Rücken einen besorgten Blick, bevor sie ihr folgten.

Der Tag draußen war sonnig und klar. Von der Hochstraße tönte der Lärm des Großstadtverkehrs herüber, aber hier, nahe beim Hofgarten, war es sehr still. Einige Kinder spielten unter den grünbelaubten Bäumen. Die Neugierigen hatten sich verlaufen.

Vera wandte sich um, lächelte ihren Eltern tapfer zu. »Seid mir nicht böse! Jetzt geht's mir schon besser!«

»Ein Taxi!« rief Frau Claudia.

Vera war sofort wieder obenauf. »Das ist Klaus!« rief sie. »Er hat mit seinem Auto eine Panne gehabt ... mein Gott, und ich habe mich schon so gesorgt!«

Sie rannte die Stufen hinab, das Taxi hielt.

Aber es war nur Dr. Gorski, der ausstieg. Sein Gesicht war blaß und gespannt.

»Wo ist Klaus?« rief Vera. Sie packte Gorski bei den Schultern, schüttelte ihn stark. »Warum hast du ihn nicht mitgebracht?«

Günther Gorski sah über ihre Schulter hinweg auf das Schild des Standesamts. »Es tut mir schrecklich leid«, sagte er trocken, »Klaus läßt sich entschuldigen ...«

Vera Hartwigs frisches Gesicht wurde von einer Sekunde auf die andere so weiß wie ihr Brautkleid. »Klaus ... kommt nicht?« stieß sie fast tonlos hervor.

Mit wenigen Schritten war Claudia Hartwig an Veras Seite, legte mit einer schützenden Geste den Arm um ihre Tochter. »Bitte, Liebling, reg dich nicht auf! Ein Mißverständnis ... Klaus wird bestimmt gleich ...« Auch ihr versagte die Stimme.

Unendliches Mitleid mit ihrer Tochter zerschnitt ihr fast das Herz. Sie hätte alles darum gegeben, Vera diese maßlose Enttäuschung zu ersparen oder sie wenigstens zu lindern, aber in diesem Augenblick war sie selbst völlig hilflos. So beschränkte sie sich darauf, Vera in die Arme zu ziehen, sie zu streicheln wie ein Kind, das sich verletzt hat.

Professor Hartwig nahm Gorski beiseite. »Also ... was gibt's?« fragte er rauh. »Raus mit der Sprache, aber ehrlich!«

»Die Patientin hat einen Rückfall erlitten, und der Oberarzt hielt es für unumgänglich ... er hat mich vorgeschickt, um ...«

Professor Hartwig hörte gar nicht zu. Er hob die Hand und

winkte seinem Fahrer. »Ich werde zur Klinik fahren«, sagte er entschlossen.

Vera löste sich von der Mutter, wandte ihrem Vater das weiße Gesicht mit den brennenden Augen zu. »Du willst Klaus holen?«

»Nein«, erwiderte der Professor schroff. Dann besann er sich, fügte in sanfterem Ton hinzu: »Sei tapfer, mein Schätzchen! Du fährst jetzt brav mit der Mutter nach Hause.«

Plötzlich war es um Veras Fassung geschehen. Sie begann bitterlich zu weinen, ohne darauf zu achten, daß sie den Neugierigen, die sich wieder angesammelt hatten, damit ein willkommenes Schauspiel bot.

Während die Mutter sich verzweifelt bemühte, sie zu trösten, wandte sich Professor Hartwig an Dr. Gorski: »Du nimmst dir jetzt ein Taxi ... ich sehe, deines wartet ja noch ...«

»Ich habe noch nicht gezahlt.«

»Um so besser. Dann kannst du gleich weiterfahren. Zur Johanniskirche. Sprich mit dem Pfarrer, mach ihm klar, daß die Hochzeit ausfallen muß ... sag es auch den anderen Gästen.«

Dr. Gorskis dunkles Gesicht blieb ganz unbewegt. »Aber ... mit welcher Begründung?« fragte er.

»Vera ist plötzlich erkrankt. Ich hoffe, du wirst Arzt genug sein, dir eine Diagnose einfallen zu lassen. Und wenn du das erledigt hast, fährst du weiter zum Hotel, sagst das Hochzeitsessen ab ... das heißt, mach den Leuten klar, daß es auf morgen oder übermorgen verschoben werden muß!«

»Bist du sicher, daß Vera bis dahin wieder gesund sein wird?« fragte Dr. Gorski unverschämt.

Unter dem scharfen Blick seines Chefs und Onkels verging ihm die Frechheit. »Entschuldige bitte«, murmelte er zerknirscht, »ich wollte nur sagen ...«

»Schon gut. Es ist mir völlig klar, daß du diesen Zwischenfall genießt. Aber ich rate dir in deinem eigenen Interesse, deine Freude nicht allzu deutlich zu zeigen. Du erweckst mit dieser Haltung keinerlei Sympathien, weder bei Vera noch bei mir.«

»Tut mir leid, Onkel Konrad, ich wollte wirklich nur ...« Dr. Gorski sprach seinen Satz nicht zu Ende.

Professor Hartwig hatte ihn stehenlassen, wandte sich seiner Tochter zu. »Kopf hoch, Liebling«, sagte er, »jetzt reiß dich zusammen! Du wirst doch nicht wollen, daß ganz Düsseldorf über dich lacht? Eine geplatzte Hochzeit ist immer noch besser als eine schmutzige Ehescheidung! Hak dich bei mir ein, lächle ... es geht die Leute nichts an, wie es in dir aussieht!« Er zog ein großes Taschentuch hervor, tupfte Vera sanft die Tränen ab. Dann reichte er ihr den Arm, führte sie zu dem Wagen, der inzwischen vorgefahren war.

Vera verbiß ihren Kummer, sah starr geradeaus, während sie, den schönen Kopf mit dem Brautschleier hocherhoben, an der Seite ihres Vaters zum Wagen schritt.

Erst als sie wieder neben ihrer Mutter im Auto saß, die Türen hinter ihnen zugefallen waren und das Auto sich langsam in Bewegung setzte, zerbrach ihre krampfhafte Beherrschung.

»O Mutter«, schluchzte sie unbeherrscht, »warum mußte das gerade mir passieren? Ausgerechnet mir? Ich bin ja so unglücklich!«

»Es geht vorüber«, sagte Frau Claudia sanft, »alles geht vorüber! Du wirst sehen, morgen ...«

Sie fühlte sich so elend, als wenn dieses Leid nicht ihre Tochter, sondern sie selbst getroffen hätte. Zehn Jahre ihres Lebens hätte sie darum gegeben, ihrem behüteten Kind diesen ersten großen Schmerz zu ersparen. Aber das Schicksal war stärker als ihre mütterliche Liebe.

Verbissen hatte Dr. Klaus Berg um das Leben der Patientin gekämpft, obwohl er in jeder Faser seines Körpers spürte, wie die Zeit unaufhaltsam verrann.

Nicht für eine Sekunde schwand der Gedanke an seine

Braut, die zu gleicher Zeit im Standesamt auf ihn wartete, aus seinem Unterbewußtsein. Dennoch gelang es ihm, sich – gleichsam mit der anderen Hälfte seines Wesens – auf den vorliegenden Fall zu konzentrieren.

Er war sich darüber klar: Er mußte Brigitte Rainer retten, wenn er Vera nicht verlieren wollte!

Es waren qualvolle Minuten, die er durchstand, qualvoll besonders deshalb, weil sein Gewissen, seit die Operationsschwester ihm das Verschwinden des Tuchs gemeldet hatte, nicht eine Sekunde mehr zur Ruhe gekommen war.

Endlich schien es geschafft. Der Puls der Patientin hatte sich wieder gefüllt, Farbe war in ihre Wangen zurückgekehrt, sie schlug die Augen auf.

Dr. Berg beugte sich über sie. »Frau Rainer«, sagte er eindringlich, »wie fühlen Sie sich?«

Die Patientin lächelte schwach.

»Ganz gut«, sagte sie.

Er blickte auf seine Armbanduhr, richtete sich auf. Es war halb zehn vorbei. Würde er es noch schaffen?

Dr. Hartenstein, der während der ganzen Zeit im Zimmer geblieben war, erriet seine Gedanken. »Beeilen Sie sich, Herr Oberarzt«, sagte er, »ich bleibe hier und ... alles Gute!«

Die Schwester half Dr. Berg aus dem Kittel, reichte ihm die Smokingjacke.

In diesem Augenblick wurde die Tür aufgerissen. Professor Hartwig marschierte ins Zimmer. Mit einem Blick überschaute er die Szene.

»Nicht mehr nötig, Herr Oberarzt«, sagte er, »die Hochzeit ist abgesagt!«

Die Schwester ließ die Smokingjacke sinken. Dr. Hartenstein wußte vor Verlegenheit nicht, wohin er blicken sollte. Ohne ein Wort der Entgegnung schlüpfte Dr. Berg wieder in seinen Kittel. Kein Muskel zuckte in seinem übernächtigten, von Anstrengung gezeichnetem Gesicht.

Professor Hartwig ergriff die Hand der Patientin, fühlte

den Puls, nahm das Stethoskop, horchte die Herztöne ab. »Na, ich sehe, Frau Rainer«, sagte er dann, »es geht Ihnen jetzt ganz gut.«

Wieder bemühte sich die Frau um ein Lächeln. »Danke, ja, Herr Professor! Wenn mein Mann kommt ...«

»... darf er Sie für fünf Minuten besuchen! Aber jetzt denken Sie, bitte, nicht an Ihre Familie, versuchen Sie lieber sich zu entspannen. Sie wollen doch wieder ganz gesund werden, nicht wahr?«

»Möglichst schnell nach Hause ...«, sagte Brigitte Rainer schwach.

»Aber ja. Wir werden sehen, was wir tun können. Doch jetzt wird geschlafen, verstanden! Und keine dummen Gedanken, wenn ich bitten darf!«

Der Professor wandte sich zur Tür. »Komm mit, Klaus! Sie bleiben bei der Patientin, Dr. Hartenstein. Bis auf weiteres.«

Professor Hartwig rauschte hinaus, Dr. Berg folgte ihm mit gesenktem Kopf.

Der Professor sprach kein Wort, bevor sie sein Arbeitszimmer betreten hatten.

Dann baute er sich vor Dr. Berg auf. »Also ... was hast du mir zu sagen?«

Klaus Berg sah ihm gerade in die Augen. »Ich verstehe, daß das alles furchtbar ist, besonders für Vera ... aber ich konnte die Patientin nicht allein lassen! Ich konnte Vera nicht mein Jawort geben, in der Vorstellung, daß gerade im gleichen Augenblick Frau Rainer vielleicht ...« Seine Stimme brach. »Und alles durch meine Schuld«, sagte er noch mühsam.

Professor Hartwig zog die schlohweißen Augenbrauen zusammen. »Es stimmt also, was Gorski mir erzählt hat? Du hast wahrhaftig ein Tuch im Leib der Patientin vergessen?«

»Ich weiß es nicht«, sagte Dr. Berg gequält, »ich weiß es wirklich nicht. Die ganze Nacht habe ich darüber nachgegrübelt, aber ...« Er strich sich mit der Hand über die breite Stirn, »ich kann mich einfach nicht erinnern.«

Professor Hartwig drehte sich brüsk um, wandte sich zum Fenster.

»Ich sehe den offenen Leib noch vor mir, es war kein Tuch mehr drin, wahrhaftig nicht, ich könnte es beschwören! Aber andererseits ... ein Tuch ist verschwunden! Wo könnte es sein – außer im Bauch der Patientin? Die Schwestern haben doch alles durchsucht. Es ist grauenhaft!«

»Wenn du das Tuch wirklich vergessen hast«, sagte der Professor langsam, »weißt du, was das bedeutet?«

»Ja, die Patientin ist unrettbar verloren. Es hat auch keinen Zweck, die Operation zu wiederholen, wenn Frau Rainer wieder einigermaßen bei Kräften ist ...«

»Stimmt. So ein Fremdgegenstand wandert. Wer weiß, wo er jetzt schon sitzt.«

»Ich hätte die Operation nicht übernehmen dürfen«, sagte Dr. Berg, »damit fängt es an. Ich hielt mich gestern abend noch für einigermaßen nüchtern, aber ... ich war es eben doch nicht. Anders ist alles, was geschehen ist, nicht zu erklären.«

»Dann«, sagte Professor Hartwig und wandte sich um, »liegt genausoviel Schuld bei mir. Ich hätte dich nicht gehen lassen dürfen.«

Dr. Berg schüttelte den Kopf. »Nein«, sagte er, »für das, was man tut oder versäumt, trägt man allein die Verantwortung.« Die Hand, die er in die Hosentasche steckte, zuckte wieder zurück.

»Steck dir nur eine an«, sagte Professor Hartwig, »mich stört es nicht.«

»Danke.« Klaus Berg zog sein Zigarettenpäckchen heraus, schob sich eine Zigarette zwischen die Lippen, zündete sie an. »Wie hat ... Vera es aufgenommen?« fragte er mit Überwindung.

»Sie war außer sich, verzweifelt, unglücklich, alles, was du willst. Kein Wunder, sie ist ja noch ein halbes Kind. Es hat einen Moment gegeben, da hätte ich dich am liebsten persönlich erschlagen.«

»Es ist mir furchtbar«, sagte Dr. Berg.

»Ich glaub's dir sogar. Ich verstehe auch, warum du nicht anders handeln konntest. Ein Todesfall ist nicht gerade der richtige Auftakt für eine Hochzeit.«

»Ein Mord.«

Professor Hartwig legte seinem Oberarzt die Hand auf die Schulter. »Nicht übertreiben, mein Junge! Wenn du die Dinge so betrachtest, wären wir Ärzte alle Mörder. Jedem unterläuft mal eine falsche Diagnose, ein Kunstfehler ... ich könnte dir aus dem Handgelenk drei Fälle aufzählen, bei denen ich Patienten auf dem Gewissen habe.«

»Das ist für mich keine Entschuldigung.«

»Sicher nicht. Ich will auch nicht behaupten, daß mir das, was passiert ist, gefällt. Aber so ein Malheur gehört zum Berufsrisiko. Man muß sehen, daß man damit fertig wird. Etwas anderes bleibt uns ja nicht übrig.«

Dr. Berg hatte seine Zigarette zwischen Daumen und Zeigefinger genommen, tat einen tiefen Zug. »Ich bin total erledigt«, sagte er, »ich habe nicht die geringste Vorstellung, wie es jetzt weitergehen soll.«

»Na, dann will ich es dir sagen ...« Professor Hartwig drehte einen Sessel herum, nahm Platz. »Komm, setzen wir uns. Du wirst dich erst mal richtig ausschlafen, dann sieht die Welt schon wieder anders aus. Die Hochzeit wird nachgeholt ... morgen oder übermorgen. Dann fliegt ihr beide, wie geplant, nach Teneriffa. Aber unter den gegebenen Umständen halte ich es für richtig, wenn ihr eure Hochzeitsreise etwas ausdehnt, sagen wir drei Monate. Das wird ein kleines Trostpflaster für Vera sein, und außerdem ... diese Zeitspanne sollte genügen, damit Gras über die Sache wächst. Einverstanden?«

»Ich weiß nicht«, sagte Klaus zögernd.

»Was weißt du nicht, mein Junge?«

»Ob man so einfach nach einem solchen Fall wieder zur Tagesordnung übergehen kann. Versuch doch, bitte, mich zu verstehen! Die ganze Sache hat mich furchtbar geschlaucht und ...«

Professor Hartwig hob die Hand. »Halt! Eine Zwischenfrage: Liebst du Vera?«

»Ja.«

»Na, dann gibt es doch überhaupt keinen Zweifel. Du bist ein Mann, du mußt lernen, deine Niederlagen zu verkraften wie deine Siege. Du kannst auf keinen Fall die Frau, die du liebst, unter deinem eigenen Versagen leiden lassen.«

Es wurde an die Tür geklopft. »Herein!« rief Hartwig unwillig.

Schwester Klara, eine ältliche, sehr energische und tüchtige Person, stürzte herein. »Herr Professor«, rief sie atemlos, »Sie werden dringend im OP verlangt!«

»Ich? Sind Sie des Teufels? Meine Klinik wimmelt von Ärzten, und ausgerechnet ich ...«

Schwester Klara fiel ihm, ganz gegen die Gepflogenheiten des Hauses, ins Wort: »Es ist wirklich dringend, Herr Professor! Es handelt sich um Frau Baumann aus der Privatabteilung. Das Kind liegt quer. Aber sie weigert sich, einem Kaiserschnitt zuzustimmen!«

Beim Eintritt in das Kreißzimmer wurden Professor Hartwig und Dr. Berg von dem diensthabenden Arzt, Dr. Ott, empfangen.

»Gut, daß Sie da sind, Herr Professor!« sagte er aufatmend.

Jürgen Ott war Anfang Vierzig, ein erfahrener Arzt, der sich so leicht nicht aus der Ruhe bringen ließ. Aber jetzt zeigte sein verstörtes Gesicht, daß er der Situation nicht ganz gewachsen war. Seine Stimme klang belegt.

»Also, was gibt's?« fragte Professor Hartwig nicht gerade freundlich.

Dr. Ott schluckte. »Querlage. Ich habe das Kind von außen her gewendet. Aber bei jeder Wehe rutscht es wieder mehr in diese verdammte Querlage zurück!«

»Na, dann machen Sie doch eine Sectio!«

»Das wollte ich ja, Herr Professor. Aber Frau Baumann weigert sich. Sie will nicht. Auf keinen Fall. Ich habe alles versucht.«

»Angst?« fragte Professor Hartwig.

»Ja«, sagte Dr. Ott gepreßt. Er warf Dr. Berg, der hinter dem Professor stand, einen Blick zu.

Professor Hartwig war schon zum Kreißbett getreten. Er nickte der Hebamme, die beruhigend die Hand von Frau Baumann hielt, kurz zu, wandte sich dann an die Patientin:

»Na, meine Liebe«, sagte er väterlich, »was machen Sie denn für Geschichten?«

Er kannte Frau Evelyn Baumann als eine hübsche, sehr gepflegte junge Frau. Aber jetzt, da sie vor ihm lag, wirkte sie weder gepflegt noch hübsch.

Ihr helles blondes Haar war von Schweiß verklebt, ihr zartes Gesicht verzerrt, und ihre hellen Augen zeigten den Ausdruck einer wilden, kreatürlichen Angst.

»Ich will nicht, Herr Professor!« rief sie hysterisch. »Ich will nicht! Lassen Sie mich fort, rufen Sie meinen Mann an! Ich will hier raus, ich kann nicht mehr!« Sie bäumte sich auf unter dem Ansturm einer neuen Wehe.

»Aber, aber«, sagte Professor Hartwig, »Sie müssen doch Ihr Kindchen zur Welt bringen ... oder wollen Sie es etwa gar nicht mehr haben?«

»Ich will leben!« schrie die Patientin.

»Das sollen Sie doch auch! Sie sollen leben, und Ihr Kindchen soll leben!«

»Nein, Sie wollen mich töten ... Sie werden mich umbringen wie ...«

»Wir haben hier noch niemanden umgebracht, Frau Baumann«, sagte Professor Hartwig, »nun nehmen Sie sich mal zusammen!« Er winkte der Hebamme. »Frau Weber wird Ihnen jetzt eine schmerzstillende Spritze geben ...«

»Nein! Nein!« schrie die Frau. »Sie wollen mich einschläfern ... ich will nicht!« Sie schrie gellend auf, schlug der Hebamme die aufgezogene Spritze aus der Hand. Sie fiel klirrend zu Boden, zerbarst.

Professor Hartwig bewahrte eiserne Ruhe. »Na schön«, sagte er, »wenn Sie so eigensinnig sind, müssen Sie eben leiden. Dann kann ich Ihnen auch nicht helfen!« Er richtete sich auf.

Die Frau klammerte sich an ihn. »Bitte, bestellen Sie einen Krankenwagen! Bitte, lassen Sie mich fort!«

»Aber selbstverständlich, wenn das wirklich Ihr Wille ist«, sagte Professor Hartwig, »aber erst darf ich Sie doch noch untersuchen, ja?«

»Ich will keinen Kaiserschnitt!«

»Das ist mir durchaus klar. Aber vielleicht geht es auch ohne Sectio!«

Professor Hartwig belastete behutsam den geschwollenen Leib der Patientin mit beiden Händen – der kindliche Kopf stand rechts, eine Querlage, kein Zweifel. Trotzdem horchte er zwischen zwei Wehen mit dem hölzernen Stethoskop die kindlichen Herztöne ab. Sie waren kräftig, aber ihr Ausgangsort bestätigte seine Diagnose.

»Ihrem Kindchen geht es gut«, sagte der Professor, »es scheint kräftig und gesund zu sein.«

Für Sekunden ließ die Anspannung der Patientin nach.

Professor Hartwig setzte sich an den Rand des Kreißbettes, nahm die zuckende, von kaltem Schweiß bedeckte Hand der Patientin zwischen seine warmen Hände. »Nun sagen Sie mal ganz ehrlich, Frau Baumann ... haben Sie denn gar kein Vertrauen zu mir?«

»Doch«, flüsterte die Patientin.

»Raten Sie mal, wie oft ich schon einen Kaiserschnitt durchgeführt habe ... nein, geben Sie sich keine Mühe ... viele hundert Male, und immer ist es gutgegangen.«

»Das glaube ich Ihnen ja ...«

»Eine Sectio«, fuhr Professor Hartwig immer mit der gleichen gelassenen Stimme fort, »ist heutzutage doch kein Problem mehr. Viele gesunde junge Frauen bitten mich darum, obgleich gar keine Indikation gegeben ist ... sie wollen einen Kaiserschnitt, um sich die Wehen und die Schmerzen der Geburt zu ersparen.«

Eine neue Wehe packte den Körper der Patientin. »Tief durchatmen«, mahnte der Professor, »sehen Sie, das ist ja ganz gut gegangen ... Sie waren sehr tapfer!«

Die Patientin zwang sich ein Lächeln ab.

In diesem Augenblick sah sie Oberarzt Dr. Berg, der hinter den Professor getreten war. Ihr Lächeln erstarb, blankes Entsetzen trat in ihre Augen.

»Da ist er«, keuchte sie, »da sehen Sie!«

»Wen? Was haben Sie denn?«

»Den Mörder!«

Die ungeheuerliche Anklage gellte durch den kleinen Raum.

Dr. Berg stand wie erstarrt. Es war ihm, als wenn alle ihn anblickten, als wenn alle dieses schreckliche Wort wiederholten, aber es war sein eigenes Gewissen, das wie ein Echo den Schuldspruch wiederholte: Mörder! Mörder! Du bist ein Mörder!

»Schicken Sie ihn weg!« schrie die Patientin. »Er ist es, der diese Frau umgebracht hat ... lassen Sie nicht zu, daß er mich anrührt!«

»Geh!« sagte Professor Hartwig mit einer Kopfbewegung zu seinem Oberarzt. »In den Waschraum«, fügte er leiser hinzu.

Er drückte die Patientin auf das Kreißbett zurück. »Aber, aber«, sagte er, »er ist ja schon fort! Und jetzt beruhigen Sie sich, bitte. Denken Sie doch an Ihr Kindchen! Es bekommt ihm ganz und gar nicht, wenn Sie sich so aufregen.«

»Dieser Arzt, der ...«

»Es geht jetzt nur um uns beide, Frau Baumann! Sehen Sie mich an, und beantworten Sie mir meine Frage: Wollen Sie mir vertrauen?«

»Ihnen schon!«

»Na sehen Sie, das ist ein Wort. Ich will Ihnen doch nur helfen, begreifen Sie doch. Noch ist Ihr Kind gesund und lebt. Aber es kann nicht aus Ihrem Leib heraus ...«

»Ich«, stammelte die Frau, »aber die Wehen ... ich tue doch alles.«

»Es liegt nicht an Ihnen, Frau Baumann! Ihr Kind ist in eine falsche Lage gerutscht. Es liegt mit dem Rücken zum Muttermund, verstehen Sie?«

»Ich habe Angst«, sagte Frau Baumann kaum hörbar.

»Das brauchen Sie nicht. Ich werde den Eingriff selbst durchführen, ich habe es hundertmal gemacht. Das Risiko ist nicht größer als bei einer Blinddarmoperation.«

»Wann?«

Professor Hartwig stand auf. »Jetzt, sofort! Sie sollen doch nicht sinnlos leiden. In einer Viertelstunde wird alles überstanden sein. Sind Sie einverstanden?«

Eine Wehe, stärker als die vorhergegangenen, durchfuhr den Leib der Gebärenden. »Ja«, schrie sie, »ja! Ich kann nicht mehr! Machen Sie mit mir, was Sie wollen!«

Zehn Minuten später lag Frau Baumann auf dem Operationstisch. Der Anästhesist hatte die Narkose eingeleitet. Als Professor Hartwig, gefolgt von Dr. Berg und Dr. Ott, den OP betrat – alle drei in ihren grünen Kitteln, durch Mundschutz und Schiffchen fast unkenntlich gemacht – führte er den Trachealkatheter in die Luftröhre ein.

Noch einmal überprüfte Professor Hartwig mit dem hölzernen Stethoskop die kindlichen Herztöne.

Dann richtete er sich auf, fragte: »Können wir?«

Der Anästhesist nickte. »Ja!«

Professor Hartwig nahm das Skalpell, tat den ersten

Schnitt, Dr. Ott, der zwischen den Füßen der Patientin stand, setzte Hauthaken. Professor Hartwig durchtrennte das Fettgewebe, dann, mit einem glatten Längsschnitt, die Muskulatur. Dr. Ott setzte die Hauthaken neu. Professor Hartwig eröffnete das Bauchfell.

Eine Schwester reichte die sterilen Tücher – eins, zwei, drei, vier, fünf. Professor Hartwig und Dr. Berg deckten die freigelegten Därme ab, schoben sie vorsichtig zur Seite, stopften sie fest.

Dr. Klaus Berg war es wie in einem unheimlichen Traum. Es war alles wie gestern nacht und doch anders, ganz anders.

Mit einem sehr feinen Skalpell malte Professor Hartwig einen Querschnitt durch den unteren Teil der Gebärmutter, erweiterte den Schnitt behutsam mit dem Finger. Mit der rechten Hand faßte er in die Öffnung. Dr. Berg unterstützte ihn durch vorsichtigen Druck von oben. Professor Hartwig zog das Kind, ein Mädchen, ans Licht. Es schrie sofort, kräftig und durchdringend.

Professor Hartwig klemmte die Nabelschnur zweimal ab, durchtrennte sie, reichte das kleine Mädchen der Hebamme weiter, machte sich daran, die Plazenta herauszulösen. Die OP-Schwester reichte ihm die runde Nadel, mit geschickten Stichen vernähte er die Uterusmuskulatur.

Dr. Ott nahm die Tücher aus der Bauchhöhle.

»Zählen!« rief Professor Hartwig.

Wenig später kam der Bescheid: Alle Tücher waren vorhanden.

Die Blicke von Professor Hartwig und Dr. Berg trafen sich über dem Operationstisch. In Bergs Augen stand blanke Verzweiflung. Er hatte gehofft, daß die Erinnerung an das, was gestern nacht geschehen war, ihm jetzt, während dieser Operation, zurückkäme.

Aber alles war noch verschwommener als vorher. Hatte er es versäumt, seine Mitarbeiter aufzufordern, die Tücher zu zählen? Wieviel Tücher hatte er benutzt? War es möglich, daß er wirklich eines im Bauchraum vergessen hatte?

Er wußte nur eines: Diese Frage würde ihn bis ans Ende seiner Tage verfolgen.

Professor Hartwig begann, das Bauchfell zu vernähen. Wenige Minuten später war die Operation beendigt. Das Kind lebte. Puls und Atmung der Patientin waren befriedigend.

Die drei Ärzte standen nebeneinander an den Waschbecken.

Endlich brach Professor Hartwig das drückende Schweigen. »Nicht noch einmal möchte ich gezwungen sein, unter solchen Voraussetzungen zu operieren«, sagte er. »Ohne das unbedingte Vertrauen meiner Patientinnen kann ich nicht arbeiten ...«

Mit einer hastigen Bewegung stellte Dr. Ott den Wasserhahn ab, murmelte eine Entschuldigung, schlüpfte in seinen Kittel und verließ fast fluchtartig den Waschraum.

»Ich bin bereit, die Konsequenzen zu ziehen«, erklärte Klaus Berg.

Professor Hartwig fuhr herum, starrte ihm ins Gesicht. »Spiel nicht den Empfindlichen«, knurrte er, »das steht dir nicht zu!«

»Du verstehst mich ganz falsch, ich wollte doch nur sagen ...«

Professor Hartwig ließ ihn nicht aussprechen. »Ich möchte bloß wissen, wer da gequatscht hat«, sagte er, »aber im Grunde ist es ja egal. Ich hatte gehofft ... na, Schwamm drüber. Tatsache ist, daß die ganze Klinik Bescheid weiß. Ich mache dir keinen Vorwurf, Klaus, aber wir müssen den Tatsachen ins Gesicht sehen.«

Dr. Berg reckte die breiten Schultern. »Das habe ich bereits getan. Ich werde meinen Posten als Oberarzt niederlegen und die Klinik verlassen.«

Professor Hartwig wollte sich seine Erleichterung nicht anmerken lassen. »Jetzt verdreh die Dinge aber nicht«, polterte er los, »von Entlassung habe ich kein Wort gesagt!«

»Das war auch nicht nötig«, erwiderte Berg gefaßt, »ich weiß sehr gut, was ich zu tun habe.«

Professor Hartwig richtete sich zu seiner vollen Größe auf. »Na schön, wenn du es hören willst: Du hast ganz recht. Ich lasse mir den Ruf meiner Klinik nicht ruinieren. Von niemandem, auch nicht von dir. Ich habe gearbeitet und geschuftet, bis ich den Punkt erreicht habe, an dem ich heute stehe, die Klinik ist mein Lebenswerk, Klaus!«

»Darüber«, antwortete Dr. Berg, »bin ich mir völlig klar. Aber das ist nicht der Grund, warum ich mich entschlossen habe zu gehen. Versteh mich richtig. Ich würde nicht einmal bleiben, wenn du mich darum bitten würdest ... nicht einmal dann, wenn Hoffnung bestünde, die Sache doch noch zu vertuschen.«

Professor Hartwig drehte den Wasserhahn zu, trocknete seine Hände ab. »Das sind große Worte, mein Junge.«

»Es sollte mir leid tun, wenn du mich jetzt noch zu allem Überfluß für einen Wichtigmacher halten würdest, Papa! Aber ich kann nach dem, was geschehen ist, einfach nicht weiterleben und weiterarbeiten wie bisher. Wenn Frau Rainer stirbt – durch meine Schuld ...«

»... wirst du dich vor Gericht und vor der Ärztekammer verantworten müssen«, ergänzte der Professor trocken.

»Aber darum geht es ja nicht!« rief Berg leidenschaftlich. »Bitte, versuche doch, mich zu verstehen! Ich fürchte nicht den Skandal, nicht die Strafe ... es ist einfach grauenhaft für mich, daß mir das passieren konnte!«

»Jeder Operateur macht früher oder später mal so etwas durch«, sagte Professor Hartwig, aber es klang nicht überzeugend. »Kein Grund, verrückt zu spielen.«

»Aber Grund genug, die Konsequenzen zu ziehen. Ich trete ab, Papa. Du kannst dir einen neuen Oberarzt suchen. Der

Ruf deiner Klinik soll durch mein Versagen nicht geschmälert werden.«

»Und ... was hast du vor?«

»Ich werde die Praxis meines Vaters übernehmen.«

Professor Hartwig zog die weißen buschigen Augenbrauen zusammen. »Du willst nach Dinkelscheidt? Junge! Kein Mensch, der alle fünf Sinne zusammen hat, vergräbt sich freiwillig in so einem Nest!«

Klaus Berg zündete sich eine Zigarette an. »Auch in solch einem Nest werden Ärzte gebraucht, Papa.«

»Stimmt. Aber das bedeutet doch nicht, daß ausgerechnet du dort am richtigen Platz bist! Ein Arzt mit deiner Ausbildung und mit deinen Fähigkeiten!«

Dr. Berg schnippte die Asche seiner Zigarette ins Waschbecken. »Es sieht so aus, als wenn ich meine Fähigkeiten bisher überschätzt hätte. Sonst wäre mir das gestern nacht nicht passiert. Und was meine Ausbildung betrifft ... sie wird mir, wo immer ich auch arbeite, von Nutzen sein.« Er nahm den weißen Kittel des Professors vom Haken, half ihm hinein.

»Danke«, sagte Professor Hartwig, »überleg dir gut, was du tust ... in Dinkelscheidt wirst du kaum noch Gelegenheit haben, als Chirurg zu arbeiten.«

»Gerade deshalb ist es die einzig richtige Lösung. Als Chirurg habe ich versagt. Vielleicht werde ich als praktischer Arzt und Geburtshelfer mehr Erfolg haben.«

»Und du glaubst, das wird dir genügen?«

»Ja«, erklärte Klaus Berg mit fester Stimme. »Ich rufe heute noch meinen alten Herrn an. Er hat meine Karriere immer mit einiger Skepsis betrachtet ... mit einer Skepsis, die ich ihm bisher übelgenommen habe. Aber es sieht ganz so aus, als wenn er, als einziger, mich immer richtig eingeschätzt hätte. Er wird sich freuen, daß ich zur Vernunft gekommen bin.«

»Na, dann freut sich wenigstens einer.«

Dr. Berg drückte seine Zigarette aus, zog sich selbst seinen Kittel über. Die beiden waren fertig, aber sie konnten nicht gehen, bevor sie nicht das Wichtigste besprochen hatten, und jeder scheute sich, den Anfang zu machen.

So standen sie nur da, sahen sich stumm in die Augen, und beide empfanden den gleichen ehrlichen Schmerz. Sie hatten sich immer verstanden, hatten gut zusammengearbeitet, sich aufeinander verlassen, sich innerlich nahegestanden – und all das sollte nun zu Ende sein, weil etwas geschehen war, was mit ihnen selbst und ihren Beziehungen zueinander eigentlich gar nichts zu tun hatte. Sie waren tief deprimiert und doch beide viel zu männlich, um auch nur den Versuch zu machen, ihren Gefühlen Ausdruck zu geben.

Klaus Berg räusperte sich, um seine Stimme freizubekommen. »Also dann ...«, sagte er.

Professor Hartwig riß sich zusammen, stellte jetzt endlich die Frage, die ihm am meisten am Herzen lag: »Was wird mit dir und Vera?«

»Ich werde mit ihr sprechen.«

»Soll ich nicht lieber ...«

»Danke. Aber das ist meine Angelegenheit.«

»Klaus«, sagte Professor Hartwig eindringlich, »Vera ist sehr verwöhnt, sie ist ein Großstadtkind, sie paßt nicht in ein Nest wie Dinkelscheidt ...« Er unterbrach sich. »Aber warum erzähle ich dir das alles? Du weißt es so gut wie ich.«

»Nein, Papa«, sagte Klaus Berg, »ich glaube, daß in Vera viel mehr steckt, als ihr alle für möglich haltet.«

»Ich kenne sie besser als du!«

»Das glaube ich nicht.«

Professor Hartwigs volles Gesicht unter dem schlohweißen Haar rötete sich gefährlich. »Herrgott, warum bist du nur so ein Dickkopf?« polterte er los. »Kannst du denn wirklich nicht über deine eigene Nase hinaussehen? Vera gehört hierher, in die Großstadt, sie ist die ideale Frau für einen erfolgreichen Chirurgen, aber nicht für einen ... einen ...« Ihm fehlten die Worte.

»Für einen Dorfbader«, ergänzte Dr. Berg. »War das der Ausdruck, den du suchtest?«

Wider Willen mußte Professor Hartwig lachen. »Nun werde nur nicht auch noch unverschämt«, sagte er, »du weißt genau, wie ich es meine!«

»Vera muß sich selbst entscheiden.«

»Stimmt. Und das wird sie auch tun. Es hat gar keinen Zweck, daß ich ein Verbot erlasse oder die Faust zum Himmel recke und sie verfluche. Sie hat noch immer genau das durchgesetzt, was sie wollte.« Professor Hartwig legte seine Hand auf den Arm seines Oberarztes. »Ich kann dich nur bitten ... Klaus, sei nett zu ihr, mach es ihr leicht!«

»Darauf kannst du dich verlassen«, versprach Dr. Berg ernst, »ich liebe Vera, und ich würde ihr niemals mutwillig weh tun.«

3   Als Vera mit ihrer Mutter vom Standesamt nach Hause kam, war sie schnurstracks auf ihr Zimmer gestürmt. Sie hatte ihre weißen Atlasschuhe in die Ecke geschleudert, sich Brautschleier und Myrtenkranz vom Kopf gerissen und war mit beiden Füßen darauf herumgetrampelt. Dann hatte sie sich quer über ihr Bett geworfen, das Gesicht in die Kissen vergraben und wild und bitterlich geschluchzt.

Claudia Hartwig setzte sich auf die Bettkante, öffnete den langen Reißverschluß des weißen Spitzenkleides, richtete ihr weinendes Kind ein wenig auf, streifte ihr das Oberteil über die Schultern.

Vera ließ es mit sich geschehen. »Warum«, schluchzte sie, »sag mir, Mutti, warum hat er mir das angetan?«

»Vielleicht ... ein schwieriger Fall in der Klinik ...«

Vera warf sich herum. Ihr verheultes Gesichtchen war immer noch sehr hübsch, ihre tiefblauen Augen standen voller Tränen. »Ich könnte ihn umbringen!« schrie sie. »Mit meinen eigenen Händen könnte ich ihn erwürgen!«

»Aber, Vera«, sagte Frau Claudia und benutzte die Gelegenheit, ihr das Brautkleid über die Füße zu ziehen, »das glaubst du doch selbst nicht! Du hast ihn doch lieb!«

»Eben deshalb!« rief Vera. »Nur auf einen Menschen, den man liebhat, kann man eine solche Wut haben!«

»Du tust ihm sicher unrecht«, sagte die Mutter.

Vera richtete sich kerzengerade auf dem Bett auf. »Du verteidigst ihn noch?«

»Ja. Jemand muß es wohl tun.«

»Es erschüttert dich also gar nicht, daß er mir die größte Enttäuschung meines Lebens bereitet ... daß er mich bis auf die Knochen blamiert hat?«

»Es tut mir sehr leid für dich«, sagte Claudia Hartwig, »und ich kann mir durchaus vorstellen, wie unglücklich du jetzt bist. Nur eben ... ich kenne auch Klaus. Er hätte dich bestimmt nicht im Stich gelassen, wenn nicht etwas Unaufschiebbares dazwischengekommen wäre.«

»Etwas Unaufschiebbares? Heute? An unserem Hochzeitstag?« Vera schüttelte so heftig ihren Kopf, daß ihre kunstvolle Frisur sich löste und die schwarzen Locken ihr in den Nakken fielen. »Nein, Mutti, etwas Wichtigeres als eine Trauung kann es gar nicht geben!«

»Klaus ist anders als du. Er ist ein Arzt mit großem Pflichtgefühl. Das hat Vater oft gesagt. Und mir hat das immer ganz besonders an ihm imponiert!«

»Mir nicht«, erklärte Vera entschieden. »Die Kranken sind wichtig, das gebe ich ja zu, ein guter Arzt muß sich um sie kümmern, aber ich, seine Braut, müßte seinem Herzen näher stehen!« Wieder kamen ihr die Tränen. »Wie konnte er mir das antun! Mich vergeblich warten lassen! Auf dem Standesamt, vor allen Leuten! Nein, das ist keine Liebe, Mutti. Wenigstens anrufen hätte er doch können, das mußt du zugeben!«

»Warte ab, bis du dich mit ihm ausgesprochen hast.«

Vera hatte sich auf den kleinen Hocker vor ihrem Toilettenspiegel gesetzt und musterte ihr von Tränen zerstörtes Make up. Jetzt wandte sie sich der Mutter zu.

»Ich!? Mich mit Klaus aussprechen? Ich denke ja nicht daran! Nie! Ich will ihn nicht mehr wiedersehen ... nie mehr im Leben!« Sie befeuchtete einen Wattebausch mit Reinigungsmilch, fuhr sich energisch über Wangen, Stirn, Hals und Mund.

»Wie eine Hexe sehe ich aus«, sagte sie böse, »das ist auch seine Schuld ... oh, wenn ich mir nur vorstelle, wie sie jetzt miteinander tuscheln und hämisch kichern werden, meine geliebten Freundinnen, ich könnte wahnsinnig werden!«

»Aber Günther Gorski hat doch allen gesagt, daß du ganz plötzlich erkrankt bist und die Hochzeit deshalb abgeblasen werden mußte!«

»Na, wenn schon! Als wenn das auch nur eine von denen glauben würde! Blöd mögen sie sein, aber so blöd nun doch nicht. Ich weiß nicht, wie ich ihnen noch ins Gesicht sehen, ich weiß nicht, wie ich ihnen Rede und Antwort stehen soll ... oh, Mutti, über diese Blamage werde ich nie hinwegkommen!«

»Vera«, sagte Dr. Klaus Berg nach zehn Minuten, »glaube mir, ich verstehe deine Aufregung, deine Empörung vollkommen. Trotzdem ... du darfst mich nicht verurteilen, bevor du alles weißt.«

»Ich weiß genug! Du liebst mich nicht! Das hast du vor aller Welt klar bewiesen! Ich war immer nur ein Spielzeug für dich, ein Spielzeug, das man wegwerfen kann, wenn es einem lästig geworden ist!«

»Du verkennst die Situation.«

»Was gibt es denn da zu verkennen? Du hast mich sitzenlassen ... an unserem Hochzeitstag! Du hast es nicht einmal für nötig gehalten, anzurufen, dich zu entschuldigen.«

»Vera!«

»Geh, geh! Laß mich allein! Erspar mir wenigstens diese Quälerei!«

Er schwieg, zündete sich eine Zigarette an, um Zeit zu gewinnen. »Gut«, sagte er endlich und schnippte das Streichholz in den Papierkorb, »wenn du darauf bestehst, werde ich dich allein lassen, aber erst, wenn du mir eine Frage ganz ehrlich beantwortet hast!« Er richtete den Blick fest und durchdringend auf ihr vor Nervosität und Zorn leicht verzerrtes Gesicht. »Liebst du mich noch?«

»Nein!«

Er zuckte zusammen, brauchte Sekunden, bis er sich wieder in der Gewalt hatte.

»Das war es, was ich wissen wollte«, sagte er dann. »Leb wohl, Vera! Ich wünsche dir alles Glück, auch wenn ich selbst es dir nicht bieten konnte!« Er drückte die eben angerauchte Zigarette aus, drehte sich um.

Sie stand wie erstarrt. Erst als er die Klinke schon in der Hand hatte, löste sich ihre Verkrampfung. Sie machte eine Bewegung, als wenn sie ihn zurückhalten wollte, rief mit erstickter Stimme: »Klaus!«

Er drehte sich so rasch wieder um, als wenn er nur auf diesen Zuruf gewartet hätte. »Ja?« sagte er. »Willst du mir noch etwas sagen?«

»Oh, Klaus!« Sie flog in seine Arme, klammerte sich an ihm fest. »Als wenn ich dich nicht liebte, Klaus! Gerade darum tut es ja so weh! Wie konntest du mir das antun?!« Sie brach in Tränen aus. »Ich bin ja so unglücklich ...«

Aber während sie es sagte, war es schon nicht mehr ganz wahr. Die Tränen linderten ihren Schmerz, und von seiner Nähe, der Kraft seiner Arme, die sie umschlungen hielten, dem stetigen starken Pochen seines Herzens, das ganz dicht an ihrem Ohr schlug, ging eine Beruhigung aus, die alles, was sie an diesem Tag ausgestanden hatte, unwirklich und unwichtig erscheinen ließ.

»Ich liebe dich, Vera«, sagte er, »ich liebe dich mehr als mein Leben.«

»Und wirst du mich nie wieder im Stich lassen?«

»Vera«, sagte er, »ich bin ein Mann, und bald werde ich dein Mann sein, aber darüber hinaus bin ich Arzt! Für einen richtigen Arzt kann es immer wieder Situationen geben, bei denen sein Privatleben hinter der Berufspflicht zurückstehen muß. Du bist doch eine Arzttochter, du müßtest das doch verstehen.«

»Vater hat ein Privatleben!« sagte sie mit einem Nachklang des kaum gebrochenen Trotzes.

»Stimmt. Heute hat er es. Aber nur, weil er Professor ist, weil er ganz oben steht, weil er genügend Ärzte zur Verfügung hat, die er einsetzen kann, wenn es irgendwo brennt und er selbst nicht gestört werden will!«

Sie zog sein Taschentuch, wischte sich die Tränen ab, putzte sich kräftig die Nase. »Langsam beginne ich zu verstehen«, sagte sie, »diese Operation heute nacht, das war so ein Fall, nicht wahr?«

»Ja«, sagte er, »du weißt, wir alle waren nicht mehr ganz nüchtern, aber einer von uns mußte die Verantwortung übernehmen. Jedenfalls schien es mir gestern nacht so. Wenn ich noch einmal entscheiden könnte, würde ich anders reagieren, das kannst du mir glauben.«

»Und«, fragte sie, »was ist passiert?«

Er erklärte ihr alles, bezichtigte sich selbst.

Sie fiel ihm ins Wort. »Und wenn du tausendmal ein Mörder wärest, Klaus, ich würde zu dir halten!«

Ihr vorbehaltloses Bekenntnis erschütterte ihn. »Vera! Liebling!« stammelte er.

Sie warf den schönen Kopf mit dem blauschwarz schimmernden Haar in den Nacken. »Außerdem«, sagte sie nüchtern, »wenn einem Arzt ein Versehen passiert, ist das noch lange kein Mord! Wirklich, Klaus, du hast dich da in ein Schuldbewußtsein hineingesteigert, das einfach übertrieben ist!«

»Aber diese Frau ist jung, Vera, sie ist Mutter! Wenn sie wirklich stirbt ... niemand kann mir diese Schuld abnehmen!«

Sie verstand ihn nicht. »Klaus, bitte«, sagte sie, »jetzt denk doch mal vernünftig! Solche Sachen kommen vor, es braucht doch niemand davon zu erfahren!«

Er straffte die Schultern. »Tut mir leid, wenn ich dir auch diese Hoffnung nehmen muß. Jeder in der Klinik weiß schon davon.«

»Verdammtes Pech! Da hat jemand die Klappe nicht halten können ... bestimmt Günther Gorski! Er war doch bei der Operation dabei, nicht wahr? Ich bin sicher, daß er dahintersteckt!«

»Das ist doch jetzt vollkommen gleichgültig«, sagte er müde, »es hat gar keinen Zweck, wenn wir uns darüber den Kopf zerbrechen. Jedenfalls ... ich habe die Konsequenzen gezogen!«

Sie runzelte die Stirn.

»Was soll das heißen?«

»Ich verlasse die Klinik.«

Sie brauchte eine Sekunde Zeit, um mit dieser Eröffnung fertig zu werden. Dann brach es aus ihr heraus: »Ach, so ist das also! Vati hat dich rausgeschmissen.«

»Nein, Vera, ich ...«

»Also ... das gibt es ja gar nicht! Ich werde heute noch mit Vati sprechen! Was fällt ihm denn ein? Schließlich bist du nicht nur Oberarzt und sein bester Mitarbeiter, das hat er oft genug betont, sondern auch sein zukünftiger Schwiegersohn! Du gehörst zur Familie, da kann er doch nicht einfach ...«

Er unterbrach sie. »Es ist mein freier Entschluß«, behauptete er, »dein Vater hat damit gar nichts zu tun! Ich kann nicht an seiner Klinik bleiben, nachdem das passiert ist, auch wenn ich der einzige Mensch wäre, der um den Fall wüßte, ich könnte es nicht! Ich habe versagt, soviel steht fest ... ich kann nicht länger als Chirurg arbeiten!«

Sein Ton überzeugte sie stärker als seine Worte davon, wie ernst es ihm mit seinem Entschluß war. »Aber was willst du anfangen?«

»Ich werde nach Dinkelscheidt zurückkehren und die Praxis meines Vaters übernehmen. Du weißt, daß mein alter Herr nicht gesund ist ... er wird sich freuen, wenn ich ihn entlaste.«

Vera reagierte ganz anders, als er erwartet hatte. Ohne eine Sekunde zu überlegen, erklärte sie: »Gut, aber dann komme ich mit. Wir können hier oder in Dinkelscheidt heiraten, ganz wie du willst.«

Er ergriff ihre schmale, eiskalte Hand. »Ich danke dir, Vera«, sagte er, »ich werde dir das nie vergessen, glaube mir! Aber ... so geht es nicht!«

Sie riß ihre Hand zurück. »Du willst mich los sein?«

»Bestimmt nicht, Vera! Ich würde am liebsten gleich morgen unsere Hochzeit nachholen. Aber sieh mal, wir haben doch in Dinkelscheidt noch nicht einmal eine Wohnung ... nein, ich kann nicht zulassen, daß du dich kopfüber in ein Abenteuer stürzt, dem du nicht gewachsen bist! Wir werden heiraten, das verspreche ich dir, aber laß mir Zeit, erst die nötigen Vorbereitungen zu treffen ... einen Rahmen zu schaffen, in dem du dich wirklich wohlfühlen kannst!«

Noch am Nachmittag des gleichen Tages packte Dr. Klaus Berg seine Koffer, verlud sie ins Auto und fuhr nach Dinkelscheidt.

Hier gab es keine eleganten Geschäfte, keine Prachtstraßen, kein Nachtleben, hier schien alles in das Grau eines endlosen Alltags getaucht. Schon als Junge hatte Klaus Berg sich aus der Engstirnigkeit des Kleinstadtlebens hinausgesehnt, hatte es sich zum Ziel gesetzt, sich einen Platz in der großen Welt zu erobern. Jetzt kam er zurück als ein Geschlagener, und vielleicht war es gerade das, was ihm die gradlinigen Straßen der kleinen Stadt so eintönig und trostlos erscheinen ließ.

Zu allem Überfluß ging nun ein leichter Nieselregen nieder, der die Sicht behinderte, die Fahrbahn gefährlich glatt machte. Unermüdlich arbeiteten die Scheibenwischer, schoben Regenwasser und Schmutz beiseite.

Die Praxis seines Vaters lag im zweiten Stock eines alten Hauses. Im Erdgeschoß war noch immer die Tierhandlung, an deren Schaufenster er als Junge nie hatte vorübergehen können, ohne stehenzubleiben. An diesem Abend schenkte er den Papageien und Kanarienvögeln, den Laubfröschen und Eidechsen keinen Blick. Er war froh, einen Parkplatz zu finden, schlug seinen Mantelkragen hoch, stieg aus, nahm einen kleinen Koffer aus dem Auto, schloß ab.

Er hatte Angst vor der unausbleiblichen Auseinandersetzung mit seinem Vater. Aber diese wenigstens blieb ihm erspart.

»Komm herein, Junge! Ich bin froh, daß du da bist«, sagte der alte Mann nur, »ich wußte, daß es eines Tages so kommen würde. Sonst hätte ich meine Praxis längst aufgegeben. Die Wahrheit ist, ich bin schlecht, sehr schlecht beisammen.«

Erst als Dr. Berg seinem Vater im hellen Licht der Wohnzimmerlampe gegenüberstand, sah er, wie elend er tatsächlich wirkte. Seine Haut, sogar das Weiß der Augen war gelblich verfärbt.

Aber er weigerte sich, einen Kollegen aufzusuchen. »Ich weiß selbst, was mir fehlt«, sagte er, »es ist die Leber. Sie ist angeschwollen und verhärtet, ich tippe auf eine Zirrhose.«

»Und damit läufst du einfach so herum? Du gehörst in klinische Behandlung, Vater!«

»Stimmt. Aber wie hätte ich das bisher machen können?

Einen Stellvertreter nehmen? Viel zu teuer! Und die Praxis aufgeben? Das wollte ich eben nicht, weil ...«

»Aber jetzt kannst du fort, Vater, jetzt bin ich da! Ich werde noch heute abend ein Bett für dich organisieren!«

»Das kann ich selbst«, sagte der alte Doktor, »aber ich glaube, es wäre besser, ich bliebe noch ein paar Wochen hier, um dich bei den Patienten einzuführen.«

Dr. Berg legte den Arm um die Schultern seines Vaters, den Alter und Krankheit hatten zusammenschrumpfen lassen. »Kommt nicht in Frage: Du gehst ins Krankenhaus, so bald wie möglich.«

»Ich sehe schon, du hast es eilig, mich loszuwerden ... hätte ich mir denken können. Na ja, vielleicht hast du recht!«

In dieser Nacht saßen die beiden Männer noch lange zusammen, tranken Schnaps, obwohl Klaus wußte, daß es Gift für den Vater war, sprachen von alten Zeiten, sahen zusammen die Krankenkartei durch. Am nächsten Morgen fuhr der alte Berg mit einem Taxi nach Essen ins Krankenhaus.

»Mach's gut, Junge, ich verlaß mich auf dich«, sagte er zum Abschied.

Mehr nicht. Beide waren sehr darauf bedacht, keine Sentimentalität aufkommen zu lassen. Dann war Dr. Klaus Berg in seinem neuen Reich allein.

Die Praxis war gut und solide eingerichtet, das Wartezimmer wirkte ein wenig schäbig. Na ja, dachte Klaus, wahrscheinlich nehmen es die Patienten hier nicht so genau.

Aber in der kleinen Wohnung, das hatte er schon am Abend zuvor bemerkt, und jetzt, bei Tageslicht, trat es doppelt deutlich hervor, sah es nicht nur unordentlich, sondern geradezu verwahrlost aus. Anscheinend hatte der kranke alte Vater nicht mehr die Kraft aufgebracht, hier Ordnung zu halten.

Am liebsten hätte er die ganze Wohnung neu eingerichtet.

Aber er brachte es nicht über sich, seinem Vater das vertraute Heim, in dem er sich viele Jahre wohlgefühlt hatte, zu nehmen.

So beschränkte er sich darauf, die von Motten zerfressenen Teppiche auf den Dachboden zu schaffen, neue Gardinen aufhängen zu lassen und Frau Hommes, die Zugehfrau seines Vaters, die sich bisher nur um die Ordination und um das Wartezimmer gekümmert hatte, darum zu bitten, die Wohnung gründlich zu putzen.

Die ersten Tage in der Praxis wurden für den jungen Dr. Berg zu einer Enttäuschung. Es kamen nur wenige Patienten zu ihm, und die waren erstaunt, von ihm empfangen zu werden und nicht von dem alten vertrauten Doktor. Es waren vorwiegend ältere Frauen, die seit vielen Jahren vom alten Dr. Berg behandelt worden waren und sich jetzt nur schlecht an ein neues Gesicht gewöhnen konnten.

Aber das spärlich besetzte Wartezimmer hatte auch sein Gutes. Klaus Berg hatte Zeit genug, sich mit jeder Patientin ausgiebig und ganz persönlich zu befassen. Er hatte keinen Operationsplan mehr zu erfüllen, keine Visite zu machen, kein Chef wartete auf seine Berichte.

Er war ein guter und gewissenhafter Arzt, und das spürten seine Patientinnen. Von Woche zu Woche hatte er mehr Zulauf. Viele, die aus Neugier gekommen waren, blieben ihm treu, weil sie spürten, daß sie bei ihm in guten Händen waren.

Vera rief Abend für Abend an, und es war beglückend für ihn, ihre frische Stimme zu hören. Aber er scheute immer noch davor zurück, sie zu sich zu holen. Er war sich nur zu sehr bewußt, daß er ihr die Lebensumstände, die sie gewohnt war, nicht bieten konnte.

Dr. Berg war etwa drei Wochen in Dinkelscheidt, als eines Nachts das Telefon klingelte. Er fuhr hoch, aus dem ersten Schlaf gerissen, knipste die Nachttischlampe an, warf einen Blick auf seinen Wecker. Es war Mitternacht vorbei.

Als er den Hörer abnahm, war er gewärtig, Vera zu hören. Es hätte zu ihr gepaßt, ihn mitten in der Nacht, aus einer Laune heraus, wachzuklingeln.

»Guten Abend, Herr Doktor«, sagte eine rauhe, ein wenig atemlose Frauenstimme, »können Sie wohl sofort in die Duisburger Straße kommen? Es handelt sich um eine schwere Geburt, hier spricht die Hebamme Lenz!«

»Ja, natürlich«, sagte er, »welche Hausnummer?«

»127, ganz am Ende der Straße. Klingeln Sie bitte bei Krüger im ersten Stock.«

»Ich bin in fünf Minuten dort«, versprach Dr. Berg.

Er legte auf, sprang aus dem Bett, begann sich mit fliegender Hast anzukleiden, nahm seine Bereitschaftstasche und lief in den Hof hinunter, in dem sein Auto stand.

Als er in der angegebenen Wohnung in der Duisburger Straße klingelte, warf er einen Blick auf die Armbanduhr und war mit sich zufrieden. Er hatte es in kürzester Zeit geschafft.

Fast im gleichen Augenblick wurde die Tür geöffnet. Er sah sich einer kräftigen jungen Frau gegenüber, die einen weißen Kittel trug. Ihr Gesicht unter dem straff zurückgebürsteten blonden Haar war nicht eigentlich hübsch, aber offen und sympathisch.

Sie streckte ihm unbefangen die Hand entgegen. »Gut, daß Sie da sind, Herr Doktor ... ich bin die Hebamme!«

Er schüttelte ihr die Hand. »Und ich bin Dr. Berg ... guten Abend, Fräulein Lenz!«

Sie erwiderte seinen Händedruck mit erstaunlicher Kraft, ließ ihn in die Wohnung eintreten, half ihm, den Mantel abzulegen.

»Hausentbindungen sind schon an sich nicht meine Spezialität«, bekannte sie, »ich habe immer wieder einen furchtbaren Bammel davor! Wenn man so ganz auf sich allein gestellt ist, wird auch die kleinste Komplikation zu einem Problem ... und diesmal sieht's wirklich übel aus!«

Ihre offene Art gefiel ihm. »Na, vielleicht ist es doch nicht so arg«, sagte er beruhigend, »um was handelt es sich denn?«

»Frau Krüger ist eine achtundzwanzigjährige Drittgebärende. Stammt vom Lande. Sehr dickköpfig und ein bißchen primitiv. Ich habe ihr von Anfang an zugeredet, sich in der Klinik anzumelden. Aber sie wollte nicht. Heute abend hat sie mich erst rufen lassen, als die Wehen schon in vollem Gange waren. Sie mußte erst ihre Familie fortschicken, hat sie mir erklärt.«

»Na, das ist aber ja immer noch kein Beinbruch«, sagte Dr. Berg, »sie scheint eine tapfere Frau zu sein.«

»Ja, das ist sie. Aber bei meiner ersten Untersuchung mußte ich feststellen, daß das Kind quer lag. Durch Lagerung und äußere Wendung konnte ich noch eine Schräglage erreichen. Aber jetzt, wo die Wehen kräftiger werden, rutscht das Kind immer mehr in eine richtige Querlage. Die kindlichen Herztöne sind gut.«

»Na, dann will ich mir die Patientin mal ansehen! Wo liegt sie denn?«

Die Hebamme öffnete die Tür zum Schlafzimmer. »Hier, bitte!«

Das Gesicht der Patientin war von Sorge und Schmerzen gezeichnet. Aus ängstlichen Augen sah sie dem Arzt entgegen, bemerkte seine breiten Schultern, das noch vom Schlaf zerzauste Haar, den offenen Hemdkragen, den achtlos umgebundenen Schlips. Der kann bestimmt sehr grob werden, dachte sie.

Eine Wehe packte sie, sie schloß die Augen, preßte die Lippen fest zusammen, um ihr Stöhnen zu unterdrücken.

»Entspannen«, sagte Dr. Berg und faßte ihren Puls. »Sie brauchen sich nicht so zusammenzunehmen, Frau Krüger! Stöhnen Sie ruhig, wenn Ihnen danach zumute ist, schreien Sie! Fräulein Lenz und ich, wir sind das gewöhnt, wir haben volles Verständnis!«

»Aber die Nachbarn«, sagte Frau Krüger gepreßt.

»An die wollen wir jetzt mal gar nicht denken. Uns geht es bloß um Sie und um Ihr Kind!«

»Ich ... noch nie habe ich solche Wehen gehabt! Bei den anderen Kindern – da war es nicht so, Herr Doktor!«

»Das glaube ich Ihnen ja! Nur ruhig jetzt. Gleich werden wir wissen, woran es liegt!«

Dr. Berg betastete den Leib der Patientin genauestens. Nein, dachte er erleichtert, das ist keine ausgesprochene Querlage! Ein bißchen schräg steht es, ja, aber da müßte doch noch eine Wendung möglich sein!

Die Hebamme reichte ihm einen sterilen Handschuh, er untersuchte vaginal, stellte fest, daß der vorangehende Teil des Kindes noch sehr weit oben stand.

Er streifte den Handschuh ab, setzte sich zu der Patientin an den Bettrand. »So«, sagte er, »das hätten wir! Sie bekommen jetzt erst einmal eine Spritze, damit die Schmerzen nachlassen. Atmen Sie in den Wehenpausen immer schön tief durch, damit das Kind genügend Sauerstoff bekommt. Es hat leider eine sehr ungünstige Lage, deshalb wäre es das beste, wenn Sie sich doch noch entschließen könnten ...«

Dr. Berg kam nicht dazu, seinen Satz zu beenden. Die Patientin bäumte sich auf, schrie: »Nein! Nein! Nicht in die Klinik!«

Er versuchte sie zu beruhigen. »Aber hören Sie mal! Warum regen Sie sich so auf? Von Klinik habe ich doch kein Wort gesagt! Aber erklären Sie mir, warum haben Sie solche Angst davor? Eine klinische Entbindung ist doch heutzutage ...«

»Nein!« Die Patientin schluchzte trocken auf. »Nein, nur das nicht!«

Dr. Berg streichelte ihre Hand. »Aber es ist möglich, daß wir einen Kaiserschnitt vornehmen müssen. Das kann ich doch nicht hier, in Ihrer Wohnung, etwa auf dem Küchentisch!«

Diesmal reagierte die Patientin nicht so heftig, und Dr. Berg glaubte schon, sie überzeugt zu haben. Aber dann sagte sie mit einer Stimme, die tonlos vor Entsetzen war: »Meine Schwester ... meine eigene Schwester ist in der Klinik gestorben. Bei einem Kaiserschnitt.«

Er entschloß sich, das Thema erst einmal fallen zu lassen. »Na«, sagte er, »vorläufig ist es ja noch nicht soweit! Wir werden alles dransetzen, das verspreche ich Ihnen, daß Sie Ihr Kindchen zu Hause bekommen können!«

Er stand auf, gab der Hebamme einen Wink mit den Augen, trat in den Flur hinaus. Kirsten Lenz folgte ihm.

»Jetzt haben Sie es selbst erlebt!« sagte sie. »Glauben Sie mir, ich habe es schon mehrmals versucht. Mit Vernunft ist dieser Frau nicht beizukommen.«

»Na, von einer richtigen Querlage kann ja noch nicht die Rede sein«, erklärte er beruhigend. »Lagern Sie die Frau auf der rechten Seite, vielleicht stellt sich doch noch eine Längslage ein.«

»Das wäre fast zu schön, um wahr zu sein«, meinte Kirsten Lenz.

Dr. Berg strich sich nachdenklich über den Nasenrücken. »Ich werde mich erst mal umziehen ... wo kann ich das hier am besten? Dann komme ich, um Sie abzulösen.«

Die Hebamme führte ihn ins Badezimmer, ging dann rasch wieder zu der Patientin.

Als Dr. Berg nach einer guten Viertelstunde – er hatte sich die Hände gründlich gewaschen, das Haar gebürstet, einen weißen Kittel übergezogen – zurückkam, hatte das Spasmolytikum seine Wirkung getan. Die Wehen hatten nachgelassen, Frau Krüger war ruhiger geworden.

»Es geht uns viel besser, Herr Doktor«, meldete die Hebamme.

»Na, sehen Sie!« Er beugte sich über den Leib der Patientin, horchte mit dem hölzernen Stethoskop die kindlichen Herztöne ab. Er fand sie in Nabelhöhe, sie kamen kräftig und gut.

Aber die Lage des Kindes hatte sich nicht verbessert. Der Leib der Patientin war quer aufgetrieben. Auf der linken Seite war der Kopf des Kindes einwandfrei zu tasten, ein harter runder Gegenstand, der die Bauchdecke stark vorwölbte.

Noch einmal versuchte Dr. Berg die Patientin schonend auf die Notwendigkeit einer Sectio vorzubereiten, aber er gab es bald auf, weil er einsah, daß es sinnlos war. Die Patientin war eher bereit, das Leben ihres ungeborenen Kindes zu opfern, als sich einem chirurgischen Eingriff zu unterziehen. Zu tief und zu panisch war ihre Angst.

Gegen drei Uhr früh war es endlich soweit. Der Muttermund war vollständig eröffnet. Sie wußten beide, Arzt und Hebamme, was jetzt zu tun war. Es gab nur eine einzige Möglichkeit, das Leben des Kindes zu retten: es mußte im Mutterleib gewendet werden.

Kirsten Lenz deckte den Küchentisch ab und breitete ein frisches Laken darüber. Dr. Berg schob die Lampe so hoch, daß sie nicht mehr störte, aber noch ausreichend Licht spendete. Sie verrückten den Küchentisch gemeinsam in die günstigste Lage. Dann holten sie die Patientin, legten sie auf.

Wären sie in einer Klinik gewesen, hätte jetzt der Anästhesist in Aktion treten müssen. Das war in diesem Fall ausgeschlossen. Dr. Berg mußte der Patientin selbst die Narkose geben.

Er hatte sich vorher noch einmal die Hände unter heißem Wasser gebürstet. Kirsten zog ihm die sterilen Handschuhe über. Die Patientin schlief.

Jetzt mußte alles sehr rasch gehen. Die Fruchtblase sprang auf. Bergs linke Hand tastete sich zu dem Kopf des Kindes vor, drückte ihn aus dem kleinen Becken hinaus nach oben. Die rechte Hand unterstützte ihn dabei von außen, durch die Bauchdecke hindurch.

Dann wanderte die linke Hand am Körper des Kindes

entlang, bis sie die Extremitäten erfaßte – waren es die Hände oder die Füße? An den Händen zu ziehen wäre lebensgefährlich gewesen. Dr. Berg stand der kalte Schweiß auf der Stirn.

Endlich war er sich seiner Sache sicher. Ja, er hatte die Füße erwischt, er spürte deutlich die runden kleinen Fersen. Vorsichtig zog er, von der äußeren Hand unterstützt, beide Füße aus der Quer- in die Längslage, zog weiter, bis sie bis zu den Knien aus der Scheide ragten.

Die Wendung war vollendet. Aufatmend wartete er einen Augenblick. Die Hebamme kontrollierte die kindlichen Herztöne. Sie hatten sich bedenklich verlangsamt. Also weiter!

Dr. Berg zog das Kind so weit heraus, bis nur noch die Schultern im Mutterleib steckten. Mit einigen speziellen Handgriffen löste er die Arme, ließ die Beinchen auf seinen Armen reiten, löste so den Kopf aus dem Geburtskanal.

Das Neugeborene schrie sofort. Die Hebamme nabelte ab.

Die Patientin blutete stark. Noch einmal fuhr Dr. Berg mit dem Arm in die Scheide, löste mit äußerster Behutsamkeit die Plazenta von der Gebärmutter. Die Blutung stand.

Die Hebamme hatte inzwischen das Neugeborene gebadet, es mit einer aseptischen Nabelbinde versorgt. Jetzt schlief es, ein kleines Mädchen, friedlich in seinem Bettchen – vielleicht würde es niemals erfahren, welch ungeheure Gefahr es schon am Anfang seines Lebens zu durchstehen gehabt hatte.

Dr. Berg blieb bei der Patientin, die langsam erwachte, während die Hebamme rasch das eine der Ehebetten im Schlafzimmer frisch bezog. Dann lagerten sie gemeinsam die Patientin um. Es ging ihr gut.

Kirsten Lenz begleitete Dr. Berg in den Flur hinaus.

»Sie waren großartig, Herr Doktor«, sagte sie begeistert, »das war das Tollste, was ich je erlebt habe: am liebsten möchte ich Ihnen zum Dank einen Kuß geben!«

Warum tun Sie es nicht? hätte er beinahe gesagt. Aber dann dachte er an Vera. Auf keinen Fall durfte er sich in eine schiefe Lage manövrieren, auch wenn Kirsten Lenz, dessen war er sicher, nicht die geringsten Nebenabsichten hatte.

»Es war sicher nicht das letztemal, daß wir zusammengearbeitet haben«, sagte er deshalb nur, »passen Sie gut auf Mutter und Kind auf. Benachrichtigen Sie mich sofort, wenn doch noch irgend etwas schiefgehen sollte!«

»Wird gemacht, Herr Doktor«, sagte Kirsten Lenz lächelnd, »also dann ... bis zum nächstenmal!«

4 Auf dem Gang der Klinik rannte Vera Hartwig fast Dr. Günther Gorski in die Arme.

»Hallo, Vera!« rief er.

Sie prallte zurück. »Was suchst du denn hier?«

»Mit deiner Erlaubnis möchte ich mit deinem Vater sprechen!«

»Von mir aus jederzeit.«

Sie wollte an ihm vorbei, aber er vertrat ihr den Weg. »Schlechte Laune, Prinzessin?«

»Und ob«, gestand sie, »ich könnte platzen vor Wut! Kannst du mir erklären, warum Vater sich weigert, Klaus zurückzuholen? Obwohl diese Frau Rainer quietschvergnügt und munter ist?«

»Soviel ich verstanden habe«, sagte Günther, »ist der Herr Oberarzt ja von sich aus gegangen.«

»Ach was! Das ist nur so ein Gerede!«

»Das glaube ich nicht, Vera. Klaus war immer schon ein Arzt von ungeheuer ehrenhaften Grundsätzen, ein bißchen überspitzten Grundsätzen, wenn du mich fragst. Er gehört zu den Menschen, die einfach keine Niederlage ertragen können.«

Sie runzelte leicht die Stirn. »Wie kommst du darauf?«

»Na, schließlich kenne ich ihn lange genug«, erwiderte er achselzuckend, »und du auch, Vera. Sei mal ehrlich! Ein Mann, der seine Braut, der ein Mädchen wie dich am Hochzeitstag sitzenläßt, mit dem muß doch irgend etwas nicht in Ordnung sein!«

Das Blut schoß ihr ins Gesicht. »Darüber möchte ich mit dir nicht debattieren.«

»Vielleicht wäre es doch ganz gut, wenn wir beide uns mal in aller Ruhe über den Fall unterhalten würden. Nicht hier und nicht jetzt natürlich. Vielleicht heute abend?«

Sie zögerte. »Nein«, sagte sie dann, »heute abend habe ich keine Zeit.«

Er verzog das Gesicht zu einem schiefen Grinsen. »Willst du deinen Süßen etwa besuchen? In diesem ... na, wie heißt das Kaff?«

»Dinkelscheidt«, sagte sie trotzig. »Und wenn du nichts dagegen hast ... ja, ich werde ihn besuchen.«

»Dann viel Spaß, Kleines!«

»Danke. Ich werde Klaus herzliche Grüße von dir bestellen, das wird doch in deinem Sinne sein?«

Für Klaus Berg kam Veras Besuch völlig überraschend, aber er war deshalb nicht weniger erfreut. Sie rief ihn erst vom Bahnhof Dinkelscheidt aus an, und als er begriff, wie nahe sie ihm schon war, brach seine ganze Sehnsucht nach ihr, die er in den Wochen der Trennung gewaltsam unterdrückt hatte, plötzlich auf.

Er war gerade von seinem letzten Hausbesuch an diesem späten Nachmittag zurückgekehrt, setzte sich sofort wieder in seinen Wagen und fuhr zum Bahnhof, um sie abzuholen.

Sie wartete auf der breiten Treppe des grauen Gebäudes auf ihn, und als er sie von weitem sah, wurde ihm klar, daß er fast vergessen hatte, wie schön sie war. Sie sah bezaubernd aus, schlank und rank in ihrem brombeerfarbenen, kniefreien Courège-Kostüm, den wadenhohen Stiefelchen. Um das blauschwarze Haar hatte sie ein weißes Tuch geschlungen, und die Seide ihres Stockschirms harmonierte genau mit dem Farbton des Kostüms.

Als er auf sie zukam, vergaß sie ihre damenhafte Haltung von einer Sekunde zur anderen. Sie flog die Stufen hinunter und auf ihn zu, warf sich in seine Arme, ihre Lippen fanden sich in einem langen, leidenschaftlichen Kuß, der all ihre Sehnsucht und ihre Liebe ausdrückte.

Auf der Fahrt in die Stadt plauderte sie ununterbrochen von tausend Nichtigkeiten. Ihre muntere Stimme war für ihn wie Musik.

Einmal, als sie einen flüchtigen Blick zum Fenster hinaus warf, fragte er: »Na, wie gefällt es dir hier?«

»Och, es geht«, sagte sie obenhin.

»Ich hoffe, du findest es nicht zu scheußlich.«

»Ach wo. Auch in Düsseldorf gibt es triste Gegenden.«

Er legte seine Hand auf ihr Knie. »Ich bin froh, daß du es so auffaßt.«

Sie lachte. »Was hattest du denn gedacht? Außerdem ist es ja auch ganz egal. Du wirst sowieso nicht alt hier.«

Unwillkürlich zog er seine Hand zurück. »Wie meinst du das?«

Sie merkte, daß sie nicht sehr diplomatisch vorgegangen war, und sagte rasch: »Mein Magen knurrt! Ich hoffe, du hast was zu essen im Haus.«

»Wir können auch in ein Lokal gehen«, schlug er vor.

Sie lehnte ab. »Nein, ich will doch unbedingt sehen, wie du haust.«

Aber dann zeigte sie nicht das geringste Interesse an seiner kleinen Wohnung, und als er ihr erklären wollte, wie er alles anders einzurichten gedachte, falls sie wirklich fürs erste hier wohnen bleiben sollten, winkte sie ab.

»Du brauchst dich nicht zu entschuldigen«, sagte sie, »die Wohnung ist doch ganz unwichtig.« Sie nahm ihr Kopftuch ab, warf es über die Stuhllehne. »Hast du eine Schürze für mich? Damit ich mich hausfraulich betätigen kann?«

Er lachte. »Sag lieber, daß du möglichst rasch etwas zu essen haben möchtest. Aber heute bist du mein Gast. Mach's dir bequem, ich mache uns ein paar Brote ...«

»Kann ich dir dabei wenigstens Gesellschaft leisten?«

»Dazu ist meine Küche zu klein. Nimm dir was zu lesen. Ich werde mich beeilen.«

Erst nachdem er sie allein gelassen hatte, sah Vera sich wirklich um, und das, was sie sah, paßte ihr überhaupt nicht. Sie runzelte die Stirn und stieß einen tiefen Seufzer aus.

Als das Telefon klingelte, zuckte sie zusammen, aber im Bruchteil einer Sekunde hatte sie sich gefaßt, nahm den Hörer ab.

»Hier bei Dr. Klaus Berg«, sagte sie.

»Bitte, ich möchte den Herrn Doktor sprechen!« sagte eine kräftige, ein wenig rauhe Mädchenstimme.

»Wer sind Sie denn?« fragte Vera scharf.

»Kirsten Lenz, die Hebamme.«

»Ach so!« Vera kam sich ein wenig dumm vor. »Tut mir leid, der Herr Doktor ist nicht zu Hause.«

»Wo kann ich ihn erreichen?«

»Keine Ahnung. Ich weiß auch nicht, wann er zurückkommt.«

Rasch legte Vera auf, denn sie hörte, daß Klaus die Küchentür aufstieß.

Eine bange Sekunde lang fürchtete Vera, ihr Verlobter könnte das Telefongespräch mit angehört haben. Mehr aus dem Instinkt als aus einer Überlegung heraus begann sie zu singen, den erstbesten Schlager, der ihr einfiel.

Aber als sie Klaus Bergs Gesicht sah, begriff sie erleichtert, daß er nicht ahnte, was während seiner kurzen Abwesenheit vorgefallen war.

»Du singst?« sagte er. »Und ich dachte schon ...
Sie lachte, ein wenig zu laut. »Was dachtest du?«
»Daß du Selbstgespräche führtest!«
»Nein«, sagte sie und begann rasch, den Tisch frei zu machen, »so weit ist es mit mir noch nicht gekommen! Obwohl ich manchmal das Gefühl habe, ich könnte wahnsinnig werden ... vor Sehnsucht nach dir.«
»Glaub bloß nicht, daß mir die Trennung leicht fiele!«
Er stellte das Tablett ab, und sie half ihm, den Tisch zu decken. Er nahm einen Korkenzieher, machte sich daran, die Weinflasche zu öffnen.
Sie schnupperte. »Lachs, gekochter Schinken, Roquefort, Oliven ... hör mal, du scheinst aber durchaus für überraschende Besuche gerüstet zu sein!«
»Zum Glück leben wir ja im Zeitalter der Konservenbüchsen!« Er ließ die goldene Flüssigkeit in die Gläser rinnen. »Für nachher habe ich eine Flasche Sekt kaltgestellt.«
Sie ging um den Tisch herum. »Ehrlich, Klaus ... kannst du mir schwören, daß du außer mir hier keine Besuche empfängst?«
Er stellte die Flasche auf den Tisch, legte die kräftige Stirn in Falten, als wenn er nachdenken müßte. »Hm«, sagte er, »warte mal ...«
Veras tiefblaue Augen wurden fast schwarz vor Erregung. »Also doch!« stieß sie hervor. »Ich habe es ja geahnt!«
»Liebling, ich habe doch nur einen Witz machen wollen! Ja, es war eine andere Frau hier in der Wohnung, Frau Hommes, die Zugehfrau meines Vaters. Sie ist über fünfzig und häßlich wie die Nacht.«
Ihr Gesicht glättete sich, aber sie war immer noch nicht ganz überzeugt. »Sonst niemand?«
»Natürlich nicht!«
Sie ließ ihn los, ein wenig beschämt. »Entschuldige, Klaus, aber so natürlich kann ich das gar nicht finden. Du bist ein sehr attraktiver Mann ...«

»Das findest doch nur du, Vera, weil du verliebt in mich bist!«

»Dann sind die Hälfte aller Schwestern in Vaters Klinik auch verliebt in dich. Willst du mir wirklich weismachen, du hättest nie bemerkt, wie du angehimmelt worden bist?«

Er legte den Arm um sie, zog sie an sich. »Das werden alle Ärzte, Liebling, das ist sozusagen Berufsrisiko. Wenn deine Mutter auch so eifersüchtig wäre wie du, hätte sie in ihrer ganzen Ehe keine ruhige Sekunde gehabt. Der schöne Professor Hartwig! Neben ihm waren wir anderen doch alle nur Statisten.«

»Bist du deshalb von Düsseldorf fort?«

»Aber nein, Vera. Du weißt ganz genau, warum. Ich möchte nicht gern noch einmal alles durchkauen, erspar mir das, ja?«

Sie schlug die dichten dunklen Wimpern auf, sah ihm in die Augen, fast triumphierend. »Frau Rainer ist heute früh entlassen worden!«

»Ja, und?«

Sie konnte ihre Enttäuschung darüber, daß er so anders reagierte, als sie erwartet hatte, nicht verbergen. »Sie ist gesund, Klaus«, rief Vera, »verstehst du denn nicht? Damit ist der Fall geklärt! Du kannst wieder nach Düsseldorf zurück, du mußt darauf bestehen, daß mein Vater dich wieder einstellt!«

Er lächelte traurig. »Nein, Vera, so einfach ist das nicht, und du weißt das ganz genau. Solange kein Beweis dafür vorliegt, daß ich das Tuch nicht im Leib der Patientin vergessen habe ...«

Sie stieß ihren Teller so heftig zurück, daß sie beinahe das Weinglas umgestoßen hätte. »Du redest genau wie Vater ... aber von ihm kann ich das schließlich noch verstehen! Aber du, du müßtest doch um deine Karriere kämpfen, um unser Glück!«

»Ich kämpfe darum, als Arzt und als Mensch vor mir selbst bestehen zu können«, sagte er sehr ernst.

»Ach was, du hast ganz einfach einen Komplex!«

Er zündete sich eine Zigarette an. »Nenn es einen Komplex, Vera, wenn das die einzige Erklärung ist, die dir einleuchtet. Aber das ändert nichts an den Tatsachen.«

Sie beugte sich vor, legte beschwörend ihre Hand auf seinen Arm. »Klaus«, sagte sie, »ich bin Vaters einzige Tochter. Ich bedeute ihm sehr viel ... mindestens soviel wie die Klinik und das alles. Ich würde ihn rumkriegen, verlaß dich darauf, ich habe immer alles bei ihm erreicht, was ich wollte. Aber du mußt mich dabei unterstützen, du mußt wenigstens den Willen haben, nach Düsseldorf zurückzukehren.«

Er nahm einen tiefen Zug aus seiner Zigarette. »Das kann ich nicht, Vera, solange ich nicht sicher bin, daß ...«

»Auch nicht mir zuliebe?«

Er sah die Erwartung in ihrem schönen, lebensvollen Gesicht. Die Antwort fiel ihm schwer, er kam sich plötzlich wie ein Schuft vor. Das Telefon klingelte.

Sie überlegte blitzschnell, dann sagte sie: »Klaus, sei mir nicht böse, ich habe dich vorhin belogen ... es hat schon einmal telefoniert, als du draußen warst. Ich habe gesagt, du wärst fort.«

Als er sie beiseite schieben wollte, erhob sie die Stimme. »Bitte, nicht, Klaus! Du willst mich doch nicht so blamieren ... bestimmt ist es gar nicht so wichtig und ...«

Aber da war er schon an ihr vorbei, hatte den Hörer aufgenommen, meldete sich: »Ja ...«, sagte er in die Muschel, »ja, ich verstehe, ja, Herr Reich, ich komme sofort ... Nein, warten Sie erst die Untersuchung ab! Ich bin in wenigen Minuten da!«

Er legte auf, und sie hing sich an seinen Arm. »Klaus«, sagte sie, »Klaus, du willst doch nicht gehen? Du kannst mich doch nicht einfach allein lassen, du weißt doch, daß ich nur deinetwegen ...«

»Bitte, sei vernünftig, Vera! Es dauert ja nicht lange. Ich komme so schnell wie möglich zurück.« Er küßte sie sanft, schob sie von sich, eilte in den Flur hinaus.

»Klaus«, rief sie, »wenn du jetzt gehst ...«

Er erschien wieder an der Zimmertür, schon den Mantel über dem Arm, die Bereitschaftstasche in der Hand. »Bis nachher, Liebling ... ich verspreche dir, dann kannst du mich nach Herzenslust beschimpfen!«

Er lächelte ihr zu, verschwand. Sie stand wie erstarrt, als sie die Wohnungstür hinter ihm ins Schloß fallen hörte.

Während Dr. Klaus Berg durch die nächtlichen Straßen der kleinen Stadt fuhr, versuchte er sich vorzustellen, was der Patientin, zu der er noch am Abend und so dringend gerufen worden war, fehlen mochte. Frau Reich war siebenunddreißig Jahre alt, seit zwölf Jahren verheiratet, anscheinend gut, ihr Mann arbeitete in dem größten Bauunternehmen Dinkelscheidts. Sie hatte drei Kinder, die sie alle bei seinem Vater entbunden hatte, das jüngste war vor einem halben Jahr auf die Welt gekommen.

Dr. Berg erinnerte sich, daß Frau Reich blühend gesund gewirkt hatte, sehr ruhig und vernünftig aufgetreten war. Welche Krankheit konnte sie so plötzlich überfallen haben? Aus den Worten ihres Mannes am Telefon war nicht viel zu entnehmen gewesen. Nun, jedenfalls war nicht anzunehmen, daß sie ihn aus reiner Hysterie nach Feierabend kommen ließ, dazu war sie nicht der Typ.

Als er die Frau dann wenige Minuten später vor sich liegen sah, wußte er sofort, daß von Simulieren bei ihr nicht die Rede sein konnte. Ihr Gesicht war totenblaß, die Augen lagen tief in den Höhlen. Schweiß lief ihr von der Stirn. Beide Hände fest auf den Leib gepreßt, warf sie sich im Bett herum.

Ihr Mann, der Berg in das kleine Haus am Stadtrand eingelassen und ihn ins Schlafzimmer geführt hatte, war mindestens so blaß wie sie. »Bitte, helfen Sie, Herr Doktor! Was kann das nur sein? Vor einer halben Stunde fing es an ... meine Frau hat früher nie so etwas gehabt!«

Für kurze Zeit wurde Frau Reich etwas ruhiger, brachte sogar ein schwaches Lächeln fertig, als sie Dr. Berg erkannte. »Bitte, Gerhard«, sagte sie, »kümmere dich um die Kinder ...«

Dr. Berg tastete mit weichen, vorsichtigen Händen den Leib ab. Im Bereich des rechten Oberbauchs war eine deutliche Abwehrspannung zu spüren. Als er eine Stelle rechts unter dem Rippenbogen berührte, schrie die Patientin laut auf.

»Schon gut, schon gut«, sagte Dr. Berg beruhigend, »Sie werden sich gleich besser fühlen!«

Er entnahm seiner Bereitschaftstasche eine Spritze, zog sie mit einem starken Mittel auf, band den Arm der Patientin am Ellbogen ab, so daß die hellblaue Vene deutlich hervortrat, injizierte, während er ihr die Binde abnahm. Dann desinfizierte er die Einstichstelle.

Nach wenigen Minuten setzte die Wirkung der Spritze ein. Die verzerrten Züge der Patientin glätteten sich, sie sank erschöpft ins Bett zurück.

»Bitte, Herr Doktor«, sagte sie, »was war das? So etwas Furchtbares ... ich kann Ihnen nicht sagen ...«

Dr. Berg zog sich einen Stuhl zum Bett der Patientin, nahm ihre Hand. »Ich weiß«, sagte er, »eine Gallenkolik pflegt sehr schmerzhaft zu sein.«

Sie öffnete weit die Augen. »Eine ... aber ich habe niemals etwas mit der Galle zu tun gehabt!«

»Sagen wir lieber, Sie haben bisher nichts davon gemerkt. Sie haben Gallensteine, vielleicht schon lange. Haben Sie heute abend vielleicht etwas Schweres gegessen?«

»Nein ...«

»Eine besondere Aufregung gehabt?«

»Ja, ich ... ich habe mich mit meinem Mann gestritten. Eigentlich wegen nichts. So was kommt ja in jeder Ehe mal vor. Deshalb dachte er anfangs, ich würde mich nur anstellen, um ...«

»Sie haben sich nicht angestellt, Frau Reich, im Gegenteil,

Sie waren sehr tapfer. Ihre Aufregung hat sich auf die Gallenblase ausgewirkt«, erklärte Dr. Berg. »Sie hat sich stark zusammengezogen, und dadurch ist ein kleiner Stein in den Gallengang gedrückt worden. Der Gang war verstopft, die Gallenflüssigkeit konnte nicht mehr in den Dünndarm abfließen, wurde aber natürlich immer weiter von der Leber nachproduziert ...«

»Und was haben Sie gemacht, daß das so plötzlich aufhörte?«

»Ich habe Ihnen ein krampflösendes Mittel gespritzt. Dadurch sind Gallenblase und Gallengang erschlafft, das Steinchen ist wieder in die Gallenblase zurückgefallen.« Dr. Berg stand auf. »Morgen früh kommen Sie am besten zu mir in die Praxis, damit wir eine Blutuntersuchung machen. Dann werde ich Ihnen auch eine bestimmte Diät aufschreiben. Sie dürfen Ihre Galle nicht mehr ärgern, sonst ärgert sie Sie wieder.«

Frau Reich richtete sich halb auf. »Sie meinen, daß sich die Gallensteine durch eine Diät entfernen lassen?«

»Das nicht gerade. Aber wenn Sie vernünftig leben ... kein schweres Essen, keine Aufregungen ... werden sie sich vielleicht nie wieder melden.«

»Und wenn doch?« Frau Reich lächelte verlegen. »Wollen Sie das alles, bitte, noch meinem Mann erklären?«

Dr. Berg verstand den Wunsch der Patientin, und normalerweise hätte er ihn auch erfüllt. Aber jetzt, da die Gefahr vorüber war, hatte er es eilig, zu Vera zurückzukehren.

»Nein, nein«, sagte er, »tun Sie das nur selbst ... und wenn das nicht genügt, bringen Sie ihn einfach morgen in die Praxis mit!«

Er verabschiedete sich hastig, nickte Herrn Reich, der, immer noch sehr bleich, in der Diele auf ihn wartete, flüchtig zu. »Alles in Ordnung!«

Er stürzte aus dem Haus, fuhr im Eiltempo in seine Wohnung zurück. Aber als er die Tür aufschloß, war alles dunkel.

Im ersten Augenblick konnte er es nicht fassen. Er knipste das Licht an, lief durch die wenigen Räume, rief: »Vera, Vera!«

Noch gelang es ihm, sich einzureden, daß sie sich nur einen Spaß mit ihm machte, sich versteckt hatte. Erst als er den Zettel auf dem Wohnzimmertisch fand, begriff er die Wahrheit.

Konnte nicht länger warten, Vera, stand da in ihrer steilen kindlichen Schrift.

Er zerknüllte den Zettel in der geballten Faust. Die Enttäuschung war wie ein Schlag für ihn. Vera hatte ihn verlassen.

Als der Zug in den Hauptbahnhof Düsseldorf einfuhr, hatte Vera ihr seelisches Gleichgewicht wiedergefunden. Sie tupfte sich die Tränen ab, putzte sich kräftig die Nase, warf einen prüfenden Blick in ihren Taschenspiegel, fast darauf gefaßt, das Bild einer verhärmten, leidgeprüften Frau zu sehen – aber ihr Gesicht war schön, jung und lebendig wie eh und je. Die Tränen hatten ihre Augen nicht gerötet, sondern reingewaschen, ihren faszinierenden Glanz noch erhöht.

Als sie dann auf dem Bahnsteig stand, sich durch die Sperre hinausschob, begriff sie, daß sie so nicht schlafen gehen konnte. Sie hatte nicht die geringste Lust, nach Hause zurückzukehren, die fragenden Blicke ihrer Eltern auszuhalten.

Kurz entschlossen trat sie in eine Telefonzelle, wählte die Nummer der Privatklinik ihres Vaters, verlangte Dr. Gorski zu sprechen.

Sekunden später hörte sie eine helle, leicht nasale Stimme.

»Ich bin's, Günther«, sagte sie schmelzend, »Vera!«

»Nanu«, sagte er, »was verschafft mir die ungewohnte Ehre?« Aber seine Freude überwog den aufgesetzten Spott.

»Sei nicht albern, Günther!« Sie holte tief Atem. »Hör mal, hättest du Lust, heute abend noch ein bißchen mit mir bummeln zu gehen? Oder ... liegst du etwa schon im Bett?«

»Ein Wink von deinem kleinen Finger genügt, mich wieder auf die Beine zu bringen, Prinzessin, das weißt du doch!«

»Wie lange wirst du brauchen?«
»Wo bist du?«
»Am Hauptbahnhof!«
Er pfiff vielsagend durch die Zähne. »Warte in der Halle auf mich. Ich bin in einer knappen halben Stunde dort.«
Sie lachte, hängte ein.

Zwanzig Minuten vor Mitternacht rief Klaus Berg in der Privatvilla Professor Hartwigs an. Er hatte den Fahrplan studiert und ausgerechnet, daß seine Verlobte um diese Zeit zu Hause sein müßte. Aber seine Rechnung ging nicht auf.
»Tut mir leid«, sagte Professor Hartwig, der selbst an den Apparat gekommen war, »Vera ist nicht da.«
Klaus Berg war so überrascht, daß er im ersten Augenblick nichts zu sagen wußte.
»Ja, sie ist ... Wo steckt sie denn, Claudia? Auf der Geburtstagsfeier einer Freundin, sagt meine Frau.«
Klaus Berg hatte sich schon wieder gefaßt. »Schade«, sagte er nur.
»Na ja, du weißt, wie die jungen Dinger sind! Soll ich ihr etwas ausrichten?«
»Nur, daß ich angerufen habe ... nein, besser nicht. Ich möchte nicht, daß sie das Gefühl hat, ich spioniere ihr nach. Ich werde gelegentlich wieder telefonieren.«
»Wie geht's dir sonst, Klaus? Zufrieden mit der Praxis?«
»Es macht sich. Ich sammle Erfahrungen.«
»Das ist in jedem Fall gut.«
»Ja, es ist sehr interessant. Nur unsere Lagebesprechungen, die fehlen mir manchmal verdammt.«
Professor Hartwig lachte geschmeichelt. »Ja, das kann ich mir denken. Es ist nicht so ganz einfach, von heute auf morgen nur auf sich allein gestellt zu sein. Also, mach's gut, Junge ... und wenn mal was Besonderes sein sollte, du weißt, ich bin jederzeit für dich zu sprechen.«
»Danke, Papa!«

Claudia Hartwig hatte während dieses Gesprächs den Fernseher leiser geschaltet. Jetzt, da ihr Mann zurückkam und sich in den Sessel neben sie fallen ließ, sagte sie: »Hättest du ihm nicht von Frau Rainer erzählen sollen? Klaus muß sich doch immer noch furchtbare Sorgen machen ...«

Professor Hartwig nahm seine erloschene Zigarre aus dem Aschenbecher, zündete sie umständlich wieder an. »Dazu hat er auch allen Grund.«

»Die Patientin ist also ... noch nicht aus der Gefahr heraus?«
»Nein.«

Claudia seufzte. »Eine furchtbare Geschichte. Wenn ich nur wüßte, wie es weitergehen soll.«

»Nun, vom medizinischen Standpunkt aus gesehen ...«

Sie fiel ihrem Mann ins Wort. »Nein, das meine ich nicht. Wenn ich mir Sorgen mache, dann denke ich nur an Vera. Glaubst du, daß sie in diesem Dinkelscheidt je glücklich werden kann?«

Professor Hartwig paffte eine dicke Rauchwolke gegen die Zimmerdecke.

»Na, vorläufig ist sie ja noch nicht da.«

»Aber eines Tages, wenn Klaus sich erst eingelebt, eine Wohnung beschafft hat, wird er sie doch vor die Entscheidung stellen! Wirklich, es hat doch keinen Sinn, wenn wir dieses Problem einfach vor uns herschieben.«

»Was bleibt uns anderes übrig? Wir haben Pläne für Vera gemacht, seit sie auf der Welt ist ... erst war die Schule so wichtig, das Abitur ... na, das hat sie ja mit einigem guten Zureden geschafft. Mit dem Medizinstudium war es nichts, mit der Heirat auch nicht ... Ganz ehrlich, Claudia, findest du nicht auch, daß Vera langsam alt genug ist, selbst zu wissen, was sie will?«

Claudia nahm das Likörglas vom Tisch, drehte es langsam in den schönen schlanken Fingern. »Sie möchte hier bei uns, hier in Düsseldorf, mit Klaus glücklich sein«, sagte sie leise.

Professor Hartwig sah sie an, runzelte die Stirn.

»Und du bildest dir ein, ich könnte das trotz allem arrangieren?«

»Ja.«

Professor Hartwig drückte seine Zigarre im Aschenbecher aus. »Du irrst dich, Claudia. Als Chefarzt bin ich in erster Linie für meine Klinik und meine Patientinnen verantwortlich.«

»Nicht für das Glück deiner einzigen Tochter?«

»Das Glück, Claudia, kann jeder nur für sich selbst erkämpfen. Wir haben auch harte Jahre mitgemacht, erinnerst du dich? Aber wir haben zusammengehalten und es durchgestanden.«

»Vera ist nicht wie wir. Wir haben sie verwöhnt.«

»Aber das kann nicht ihr ganzes Leben lang so weitergehen. Stell dir nur vor, was passiert, wenn bei der Patientin Komplikationen auftreten ... wenn die Ursache gefunden wird, Klaus sich verantworten muß! Dann kann ihm blühen, daß er mit hohem Bogen aus der Ärztekammer fliegt, seinen Beruf nicht mehr ausüben darf ... Würde Vera das durchstehen?«

Claudia stand auf. »Wenn das so ist ... ich mag Klaus sehr gern, und er tut mir von Herzen leid ... aber dann darf sie ihn überhaupt nicht heiraten. Ich kann nicht zulassen, daß unsere Tochter in so etwas hineingezogen wird.«

»Vollkommen richtig. Ich wundere mich eigentlich, daß du erst jetzt zu dieser Ansicht kommst.«

»Aber ich wußte doch nicht ... Warum hast du mir das nicht schon früher erklärt?«

Auch Professor Hartwig hatte sich erhoben, er legte den Arm um seine Frau. »Ich hatte Angst, daß du Vera entsprechend zureden würdest. Das wäre nämlich das Verkehrteste, was wir tun könnten. Du kennst sie. Sie ist trotz aller Oberflächlichkeit hochanständig. Wenn sie erst ganz begreift, wie schwierig seine Lage ist, würde sie sich hundertprozentig auf seine Seite stellen.«

»Vielleicht hast du recht ...«

»Bestimmt sogar. Lassen wir den Dingen ihren Lauf, Claudia. Je weniger wir Vera zu beeinflussen versuchen, desto gründlicher wird sie sich überlegen, ob sie wirklich die Frau eines verkrachten Provinzdoktors werden will!«

Bei der morgendlichen Visite in der privaten Frauenklinik Professor Hartwigs machte Dr. Gorski eine schlechte Figur. Er hatte heiß und kalt geduscht, sich gründlich rasiert, Tabletten genommen, aber dadurch ließ sich der fehlende Schlaf nicht ersetzen. Seine Hände zitterten, sein dunkles Gesicht wirkte gelblich, tiefe Schatten lagen unter seinen Augen. Zu allem Überfluß war er unkonzentriert, gab zweimal falsche Antworten auf die Fragen des Professors.

Als der Stab sich auflöste, sagte der Chefarzt, nachdem er seine Anweisungen gegeben hatte, ohne Dr. Gorski anzusehen: »Sie kommen bitte noch mit in mein Arbeitszimmer, Herr Kollege!«

Dr. Gorski folgte schweigend dieser Aufforderung, fühlte die hämischen Blicke der anderen in seinem Rücken.

Professor Hartwig nahm hinter seinem Schreibtisch Platz. »Schließ die Tür«, sagte er, »und setz dich!«

Dr. Gorski wußte, was ihm bevorstand, versuchte, dem drohenden Gewitter durch ein reuiges Geständnis die Kraft zu nehmen. »Entschuldige, bitte, Onkel Konrad, daß ich heute morgen nicht ganz auf dem Posten bin, aber ...«

»Du hast gebummelt!«

Dr. Gorski verzog seinen Mund zu einem schiefen Grinsen. »Zugegeben, ja, aber so was kann doch mal passieren ...«

»Bei dir, Günther, nur zu oft!«

»Es tut mir wirklich leid, Onkel Konrad!«

Der alte Herr beugte sich vor. »Und damit, glaubst du, ist die Sache aus der Welt geschafft?«

»Wenn ich dir doch versichere ...«

»Dr. Gorski! Du weißt, die Position des Oberarztes in dieser Klinik ist vakant, und ich hatte dich dafür vorgesehen.«

Eine fahle Röte schoß in Dr. Gorskis übernächtigtes Gesicht.

»Mich?«

»Ja, wen denn sonst? Ich liebe zwar keine Vetternwirtschaft, aber schließlich bist du, ganz abgesehen davon, daß du doch ein Verwandter von mir bist, auch der fähigste Anwärter für diesen Posten. Das heißt, du könntest es sein, wenn du endlich lernen wolltest, dich zu beherrschen.«

»Nun ja, aber ... ein paar Gläser Wein ...«

»Du kannst trinken, soviel du willst. Aber nur, wenn du einen dienstfreien Tag vor dir hast.«

»Von jetzt an werde ich ...«

»Das ist noch nicht alles, Günther! Ich dulde nicht ... merke dir das bitte ganz genau! – ich dulde nicht, daß du dich an Vera heranmachst!«

»Aber, Onkel Konrad ...«

»Du warst gestern nacht mit ihr zusammen. Ich habe euch nach Hause kommen sehen. Erspare mir Lügen.«

Gorski sprang auf. »Ja, ich war mit Vera zusammen, warum sollte ich denn daraus ein Geheimnis machen? Wir haben einen netten und harmlosen Abend zusammen verlebt ...«

»... der bis heute früh um fünf Uhr gedauert hat!«

»Es war lustig, und wir haben vergessen, auf die Uhr zu schauen!«

Professor Hartwig strich sich mit der Hand über das Gesicht. »Schön, unterstellen wir also, daß alles ganz harmlos war ...«

»Aber wirklich, Onkel Konrad, frag doch Vera!«

Der Professor ließ sich nicht unterbrechen, sprach weiter, als wenn er diese Zwischenbemerkung nicht gehört hätte: »... trotzdem erwarte ich von dir, daß du diese Eskapaden unterläßt. Vera hat eine arge Enttäuschung hinter sich. Kein Wunder, daß sie dadurch einigermaßen aus dem seelischen Gleichgewicht geraten ist. Es wäre mehr als schäbig von dir, wenn du dir diesen Zustand jetzt zunutze machen würdest.«

»Du verkennst mich vollkommen, Onkel Konrad.«

»Nein, das glaube ich nicht. Mach mir nichts vor, Günther. Du warst immer schon hinter Vera her.«

Dr. Gorski straffte die Schultern. »Ja«, sagte er, »ja, du hast recht. Ich liebe Vera seit langem. Vielleicht ist es ganz gut, daß das Thema auf diese Weise endlich einmal zur Sprache gekommen ist. Ich möchte dich um Veras Hand bitten, Onkel Konrad.«

Professor Hartwig öffnete den Mund, schloß ihn wieder, preßte die Lippen zusammen.

»Ich verspreche dir, daß ich sie glücklich machen werde!«

»Noch«, sagte der Professor, »ist sie die Braut eines anderen, Günther. Du hast den Zeitpunkt für deine Werbung nicht gerade passend gewählt.«

»Du wirst doch nicht im Ernst zulassen wollen, daß sie einen gescheiterten Arzt heiratet? Er hat versagt, Onkel Konrad, auf die sträflichste Weise ...«

»Und dir, Günther, ist dieses Versagen gerade recht gekommen! Es ist nicht ehrenhaft, wenn du jetzt für dich und deine Pläne daraus Kapital zu schlagen versuchst! Laß Vera in Ruhe, Günther, warte ab, bis die Sache zwischen ihr und Klaus Berg entschieden ist.«

»Aber dann, Onkel Konrad, kann ich dann auf dein Ja-Wort hoffen?«

»Wenn Vera dich haben will ...«

»Danke, Onkel Konrad, mehr wollte ich nicht wissen.«

5 Klaus rief Vera am nächsten Tag nicht an. Er hatte das Gefühl, daß ein Telefongespräch nicht mehr genügen konnte, um die Mißverständnisse zwischen ihnen zu klären. Er nahm sich vor, seinen nächsten freien Tag zu einem Besuch in Düsseldorf zu benutzen. Aber dieser Entschluß tröstete ihn kaum. Er war sehr unruhig, und auch während der Arbeit irrten seine Gedanken immer wieder zu Vera ab.

Als er am späten Nachmittag von seinen Hausbesuchen zurückkam und die Tür zu seiner Wohnung aufschließen wollte, vertrat ihm eine junge Frau den Weg. Sie war einfach gekleidet. Ihr Gesicht, das ehemals hübsch gewesen sein mußte, wirkte verhärmt, ihre dunklen Augen hatten einen unnatürlichen, fast irren Glanz.

»Herr Doktor«, sagte sie mit erstickter Stimme, »das bringe ich Ihnen!« Sie hielt ihm ein in eine Decke geschlagenes Bündel hin.

Mit einem flüchtigen Blick erkannte Dr. Berg ein blasses Kindergesicht mit verängstigten Augen.

»Kommen Sie herein«, sagte er.

Er führte die Frau in das Sprechzimmer, zog sich den Mantel aus, seinen weißen Kittel an, wusch sich die Hände. »Na, was fehlt denn dem Kleinen?« fragte er, während er sich abtrocknete.

Die Frau schlug die Decke zurück. »Das fehlt ihm!« sagte sie mit unnatürlich hoher Stimme.

Nur mit Mühe konnte Dr. Berg seinen Schock verbergen. Erst jetzt sah er, daß das Kind ein ausgewachsener Junge von etwa sechs bis sieben Jahren war, ein Junge, dem beide Beine fehlten, dessen rechte Hand verkrüppelt war: ein Contergan-Kind!

Er zwang sich zu einem Lächeln. »Und wie heißt du, junger Mann?«

Die Stimme des Kindes war klar und fest. »Peter!«

»Fein, Peter, und was ist los mit dir? Bist du krank?«

»Haben Sie denn keine Augen?« schrie die Frau. »Sehen Sie denn nicht, was er hat?«

»Ich nehme doch an, daß Sie den Jungen nicht wegen seines Geburtsfehlers zu mir gebracht haben ... oder?«

»Glauben Sie, ich würde Sie um diese Zeit aufsuchen, weil er einen Schnupfen hat? Grippe? Die Masern? Keuchhusten? Wegen irgendeiner dummen Kinderkrankheit?«

»Auch mit Kinderkrankheiten läßt sich nicht spaßen«, sagte Dr. Berg ruhig. Er fühlte den Puls des Jungen, legte ihm die Hand auf die Stirn. »Aber mir scheint, Peter ist ganz gesund.«

»Er wird nie gesund werden, Herr Doktor, nie, nie! Er wird nie mit anderen Kindern spielen. Wissen Sie, was mir der Rektor seiner Schule gesagt hat? – ›Bringen Sie ihn nur, Frau Schmitz, die anderen Kinder werden schon recht lieb zu ihm sein!‹« Sie verkrampfte ihre Hand in die schmale Schulter des Jungen, schüttelte ihn. »Sag dem Herrn Doktor, ob sie lieb zu dir sind! Sag's ihm!«

»Nein«, brachte Peter mit zitternden Lippen hervor.

»Niemand will neben ihm sitzen. Sie lehnen ihn ab, alle. Für die Gesunden ist er nur ein elender Krüppel.«

»Kinder können oft sehr grausam und sehr unvernünftig sein, Frau ...«

»Schmitz, Eugenie Schmitz.«

»... Frau Schmitz. Aber Sie als Mutter, Sie können Peter die Kraft und den Mut geben, mit seinem schweren Schicksal fertig zu werden!«

»Ich? Ich habe ja selbst keine Kraft mehr.«

»Krankheit«, sagte Dr. Berg, »ist kein Makel und keine Schande. Peter ist ein gleichwertiger und gleichberechtigter Mensch ... vielleicht ein wertvollerer Mensch als manches gesunde Kind. Sie müssen ihm helfen, Vertrauen zu sich und zu seinem Schicksal zu gewinnen.«

Die Frau lachte verzweifelt auf. »So ähnlich wie Sie reden sie alle! Worte, Worte, leeres Geschwätz. Niemand will wirklich helfen.«

»Doch«, sagte Dr. Berg, »ich würde alles tun, was in meiner Kraft liegt!«

»So? Würden Sie das?« Die Augen der Frau flackerten. »Dann geben Sie ihm eine Spritze! Sehen Sie mich nicht so an, Herr Doktor, Sie wissen genau, was ich meine ... geben Sie ihm eine Spritze, die ihn erlöst!«

Dr. Berg warf einen erschrockenen Blick auf den kleinen Peter, las in seinen Augen, daß er durchaus verstand, um was es ging.

»Das kann ich nicht«, sagte er. »Und Sie wissen das genau.«

»Weil Sie Ihr feines ärztliches Gewissen nicht belasten können! Wer ist denn schuld daran, daß solche armen Wesen zur Welt gekommen sind? Doch nur Sie ... Sie und Ihre Kollegen! Sie haben uns das Gift verschrieben!«

Eugenie Schmitz schlug die Decke über ihrem Jungen zusammen, wollte mit ihm zur Tür. Dr. Berg vertrat ihr den Weg.

»Sie bleiben«, sagte er mit fester Stimme, »ich lasse Sie so nicht fort!«

Auf den Wangen der Mutter brannten rote, hektische Flecken. »Mit welchem Recht?« schrie sie auf. Ihre Stimme überschlug sich.

»Mit dem Recht der Menschlichkeit!« Er nahm ihr den Jungen von den Armen, die graue Decke fiel zu Boden, lächelte ihm ermunternd zu, schwenkte ihn hoch durch die Luft. »Paß auf, Peter«, sagte er, »für dich hab ich was!« Er setzte ihn mitten auf den abgeschabten Teppich, zog die Schublade seines Schreibtisches auf, holte ein paar kleine Spielautos heraus, die sein Vater gesammelt hatte, baute sie vor dem Jungen auf.

»Danke«, sagte Peter und griff sofort mit seiner gesunden Hand zu. »Das da, das ist ein Mercedes, nicht?«

Dr. Berg bückte sich, strich ihm mit der Hand über das blonde Strubbelhaar. »Ja, Peter. Schau dir die Autos gut an, such dir eins aus, das darfst du nachher mit nach Hause nehmen. Ich muß jetzt mit deiner Mutter sprechen.«

Er trat zu Frau Schmitz, führte sie energisch zu einem Sessel, deutete mit dem Kopf auf Peter. »Da sehen Sie, wie wenig er braucht, um glücklich zu sein ... und das alles wollen Sie zerstören?«

Eugenie Schmitz kämpfte mit den Tränen. »Sie werden mich sicher für furchtbar egoistisch halten ...«

»Ja, das tue ich«, erklärte Dr. Berg hart, »es geht Ihnen nämlich gar nicht darum, Peter von seinem schweren Schicksal zu erlösen. Er ist ein prächtiger Junge und wird schon etwas aus seinem Leben machen. Aber Sie selbst sind nicht imstande, die Last länger zu tragen.«

»Wenn Sie wüßten, was ich alles durchgemacht habe.«

»Ich kann es mir lebhaft vorstellen. Und jetzt sind Sie fertig mit den Nerven. Ihre Reserven sind verbraucht. Sie brauchen ärztliche Hilfe, Frau Schmitz, und deshalb bin ich froh, daß Sie zu mir gekommen sind.«

Sie schluchzte auf. »Verschreiben Sie mir jetzt bloß keine Stärkungsmittel«, sagte sie mühsam, »von dem Zeug habe ich schon so viel genommen, das nützt nichts.« Ihre Hände zitterten, als sie nach einem Taschentuch suchte.

»Das beste wäre, ich könnte Sie, wenigstens für ein paar Wochen, in ein Erholungsheim schicken.«

»In ein Sanatorium, wie?« Eugenie Schmitz gab einen hysterischen Laut von sich, der weder Lachen noch Weinen war. »Und was wird aus dem Jungen? Ich wage ja nicht mal mehr, meine Mutter in Duisburg zu besuchen ... oder mal auszugehen ... mit einem hilflosen Krüppel zu Hause!«

»Ich werde versuchen, für Peter einen Platz in einem Heim zu finden«, sagte Dr. Berg langsam.

Frau Schmitz zuckte zusammen. »Nein, nein, das will ich nicht!«

»Jetzt seien Sie aber mal ganz vernünftig!« Klaus Berg legte beschwörend seine Hand auf ihren Arm. »Peter soll ja nur so lange fort, bis Sie sich erholt haben. Außerdem, im Heim wird er mit Kindern zusammenkommen, denen es noch schlechter geht als ihm. Dort wird ihn bestimmt niemand verspotten, er wird sich nicht mehr als Ausgestoßener fühlen, und gerade das ist es doch, was Ihnen so schwer zu schaffen macht.«

Eugenie Schmitz preßte ihr Taschentuch vor den Mund. »Ich weiß nicht ...«, sagte sie undeutlich.

»Aber ich«, erklärte Berg sehr bestimmt. Er stand auf, ging zum Telefon, wählte die Nummer von Kirsten Lenz. Er war erleichtert, als sie sich meldete.

»Kirsten«, sagte er, »bitte, würden Sie mal zu mir in die Praxis kommen?«

»Ja, natürlich«, sagte sie, »was gibt's denn?«

»Das erkläre ich Ihnen, wenn Sie hier sind, ja? Bitte, beeilen Sie sich!«

Dr. Berg legte auf, bückte sich, nahm Peter hoch. Der Junge hielt ein knallrotes Auto mit schwarzem Schiebedach fest umklammert.

»Das hier«, sagte er, »das möchte ich!«

»Sollst du auch kriegen! Aber erst mußt du dich mal ganz brav vom Onkel Doktor untersuchen lassen.«

Er legte Peter auf den Untersuchungstisch, knöpfte ihm das Hemdchen auf. Frau Schmitz kam näher.

»Vielleicht«, sagte sie, »wenn Peter erst ... vielleicht wird dann auch mein Mann zu mir zurückkommen!«

»Gut möglich.«

Dr. Berg nahm das Stethoskop, begann die Herztöne des Jungen abzuhören. Als Frau Schmitz noch etwas sagen wollte, machte er eine abwehrende Handbewegung – der Gedanke, daß dieser hilflose kleine Kerl seelisch noch tiefer verletzt werden könnte, war ihm unerträglich.

Er hatte die Untersuchung beendet, als es an der Wohnungstür klingelte.

»Das ist Fräulein Lenz«, sagte er, »bitte ziehen Sie Peter wieder an, Frau Schmitz ... ich lasse die junge Dame nur rasch herein!«

Der Anblick von Kirsten Lenz tat ihm wohl. Sie wirkte gesund, zuverlässig und unkompliziert, wie sie da vor ihm stand und ihn mit ihren kräftigen weißen Zähnen anlächelte – hübscher, als er sie in Erinnerung gehabt hatte, aber vielleicht lag das auch daran, daß er sie bisher immer nur im weißen Kittel gesehen hatte. Diesmal trug sie einen sportlich eleganten Kamelhaarmantel und hatte einen leuchtend blauen Schal um den Hals geschlungen.

Aber es blieb keine Zeit zu einer persönlichen Begrüßung. In hastigen Worten schilderte er ihr den Fall. »Ich weiß, daß das nicht zu Ihren beruflichen Aufgaben gehört, Kirsten«, sagte er, »aber ich brauche jetzt jemanden, der sich um Mutter und Kind kümmert.«

»Klar. Wird gemacht.«

»Bringen Sie die beiden nach Hause, stecken Sie sie ins Bett, geben Sie Frau Schmitz eine Beruhigungsspritze und bleiben Sie bei ihr, bis sie eingeschlafen ist, aber lassen Sie ihr keine Tabletten da, auch wenn sie darum bittet. Ich fürchte, die Frau macht kein Theater, sie ist eine ernst zu nehmende Selbstmordkandidatin.«

»Mir tut sie furchtbar leid«, sagte Kirsten Lenz.

»Mir auch«, bestätigte der Doktor, »wenn man sieben Jahre lang täglich sein mißgestaltetes Kind vor Augen sehen, es mit anderen glücklicheren Kindern vergleichen muß, dann kann man schon durchdrehen. Ich werde alles versuchen, den Jungen – wenigstens vorläufig – in einem Heim unterzubringen.«

»Das wird gar nicht so einfach sein«, gab Kirsten zu bedenken.

»Ich weiß«, sagte Berg, »aber ich muß es einfach schaffen. Solange Frau Schmitz und Peter zusammenbleiben, schweben beide in akuter Gefahr.«

Er führte Kirsten in das Sprechzimmer, machte sie mit Frau Schmitz bekannt, bewunderte die ruhige Art, in der das junge Mädchen mit der seelisch kranken Frau umging, wie sie es verstand, das Vertrauen des kleinen Peter zu gewinnen.

Nachher, als er wieder allein war, setzte er sich sofort ans Telefon. Er versuchte sein Glück bei allen Heimen, die für die Aufnahme des körperbehinderten Jungen in Frage kamen, und ließ sich durch keine Absage entmutigen. Gegen elf Uhr hatte er endlich von zwei Heimleitern halbe Versprechungen erreicht.

Professor Hartwig hatte Brigitte Rainer, als er sich entschließen mußte, sie zu entlassen, ans Herz gelegt, regelmäßig zur Nachuntersuchung zu erscheinen.

Als sie sich das erstemal sehen ließ, war er von ihrem Aussehen angenehm überrascht. Dr. Gorski war anwesend, aber er hielt sich weitgehend im Hintergrund, seine dunklen Augen blickten düster.

»Da bin ich also, Herr Professor«, sagte Brigitte Rainer strahlend, »und damit Sie mich nicht erst fragen müssen ... es geht mir glänzend. Eine Weile habe ich mich noch ein bißchen wacklig gefühlt, aber inzwischen hat sich das auch gegeben.«

»Freut mich zu hören«, sagte der Professor, »also keinerlei Beschwerden?«

»Nein, warum auch?« Frau Rainer lachte. »Sie glauben doch nicht etwa auch an das Märchen von dem verschwundenen Operationstuch?«

Professor Hartwig war auf der Hut. »Ich verstehe nicht ganz ...«

»Aber, Herr Professor! Die ganze Klinik hat doch darüber geredet, daß Dr. Berg irgendeinen Fetzen in meinem Bauch vergessen haben soll! Aber ich habe jedem gesagt ... ausgeschlossen! Vielleicht ist schon mal einem Chirurgen so was passiert, aber nicht Oberarzt Dr. Berg. Der ist doch so nett und zuverlässig.«

»Ganz bestimmt, Frau Rainer«, sagte Hartwig, »es ist recht, daß Sie sich nicht um das Geschwätz kümmern. In einer

Klinik wird immer viel geredet, wenn der Tag lang ist. Wollen Sie sich jetzt, bitte, freimachen?«

Die Untersuchung gab keinen Anhaltspunkt für eine nachoperative Komplikation.

»Ich bin sehr zufrieden«, sagte Professor Hartwig, »wirklich sehr zufrieden, Frau Rainer.«

Die Patientin war hinter dem Wandschirm verschwunden, um sich wieder anzuziehen. »Brauche ich also nicht noch einmal zu kommen?« fragte sie. »Das wäre mir schon sehr lieb, denn schließlich, ich habe drei Kinder, und Sie wissen, der Haushalt ...«

»Das verstehe ich alles. Trotzdem, Vorsicht ist besser als Nachsicht. Die Schwester wird Ihnen einen neuen Termin geben.«

Brigitte Rainer kam hinter dem Wandschirm vor. »Na ja, wenn es sein muß.«

»Es muß, Frau Rainer ... und so unangenehme alte Knaben sind wir doch hoffentlich nicht, daß man uns soweit wie möglich aus dem Weg gehen sollte!«

Die Patientin wurde ein wenig verlegen. »Bestimmt nicht, Herr Professor.«

»Fein. Dann wünsche ich Ihnen alles Gute ... nein, nach Hause dürfen Sie noch nicht, Dr. Gorski wird Sie erst noch zum Röntgen begleiten.«

Auf dem Weg zum Röntgenraum fragte Dr. Gorski wie zufällig: »Was hat denn eigentlich Ihr Mann zu dieser dummen Geschichte gesagt? Ich meine, zu dem Gerücht von dem verschwundenen Operationstuch?«

»Ach«, sagte Brigitte Rainer, »dem habe ich gar nichts davon erzählt.«

Dr. Gorski hob die Augenbrauen. »Nichts?«

»Nein. Wissen Sie, mein Mann ist ein herzensguter Mensch, aber er regt sich immer so leicht auf. Der wäre imstande, das größte Theater zu machen. Da habe ich lieber den Mund gehalten.«

»Verständlich.« Dr. Gorski zog die Luft durch die Zähne. »Aber immerhin, es gibt Dinge, die man nicht vor dem Ehemann geheimhalten sollte.«

»Ja, wenn es was Ernsthaftes wäre!«

»Darauf kommt es nicht an. Stellen Sie sich nur vor, wenn Ihr Mann von dritter Seite etwas darüber erführe. Wie stünden Sie dann da?«

Brigitte Rainer wurde blaß. »Daran habe ich noch gar nicht gedacht.«

»Sehen Sie. Ich will Sie natürlich in keiner Weise beeinflussen. Aber immerhin, Sie sollten sich das doch mal in aller Ruhe durch den Kopf gehen lassen.«

»Das werde ich tun, Herr Doktor ... und ich danke Ihnen auch schön!«

Dr. Gorskis Gesicht blieb ganz unbewegt. Erst als er Frau Rainer beim Röntgenologen abgeliefert hatte und, die Hände in den Taschen seines weißen Kittels, den langen Gang zurückschritt, spielte ein leises, triumphierendes Lächeln um seine Lippen.

Am Nachmittag des gleichen Tages sahen sich Hartwig und Gorski gemeinsam die Röntgenaufnahmen an. Vier waren einwandfrei, zeigten nicht den geringsten krankhaften Befund, aber auf einer Aufnahme war ein undefinierbarer Schatten im Unterbauch sichtbar.

Da Dr. Gorski sicher war, daß der Professor ihn von sich aus nicht übersehen würde, enthielt er sich jeden Hinweises.

»Verdammt«, sagte der Professor und tippte mit dem Zeigefinger auf die verdächtige Stelle, »was hältst du davon?«

Dr. Gorski zuckte mit den Schultern. »Könnte ein Fehler in der Platte oder in der Aufnahme sein«, meinte er gleichgültig.

»Könnte, ja! Und wenn nicht?«

»Dann haben wir das verschwundene Tuch gefunden.«

»Du nimmst das sehr leicht, scheint mir.«

»Warum nicht? Es war ja nicht mein Fehler.«

Hartwigs Gesicht lief rot an, er stand kurz vor einem Ausbruch, beherrschte sich mühsam. »Für wann ist die Patientin bestellt?«

»Ihr nächster Termin ist in vierzehn Tagen.«

»Ich muß sie früher sehen«, sagte der Professor, »ich muß diese Stelle noch mal ganz genau unter die Lupe nehmen. Wenn sich der Schatten fixieren läßt, muß ich aufschneiden.«

»Wie du meinst«, sagte Dr. Gorski, »aber würde diese Eile nicht verdächtig wirken?«

»Verdächtig? Hier geht es um ein Menschenleben!«

Professor Hartwig nahm noch einmal die anderen Aufnahmen zur Hand. »Hier ist dieselbe Stelle im Bild ... ganz klar, ohne jeden Schatten ... und hier auch! Dieser verfluchte Klaus Berg!«

Professor Hartwig fuhr sich mit der Hand durch sein dekoratives schlohweißes Haar. »Der hat uns da eine schöne Suppe eingebrockt! Aber weiß Gott, ich glaube, du hast recht, Junge ... wir werden doch erst einmal abwarten.«

»Und hoffen«, sagte Dr. Gorski mit undurchdringlichem Gesicht.

Dr. Klaus Berg hatte Kirstens Hinweis beherzigt und sich mit Dr. Hellwege in Verbindung gesetzt, der – mit dem Geld seiner reichen jungen Frau und einer gewaltigen Hypothek – eine kleine, aber ganz modern eingerichtete Frauenklinik am Stadtrand von Dinkelscheidt gebaut hatte.

Dr. Hellwege war bereit gewesen, ihm – von Fall zu Fall – einige Betten und die Benutzung des Operations- und Entbindungssaals zur Verfügung zu stellen, aber er verlangte verständlicherweise eine monatliche Garantiegebühr dafür, die ein gewaltiges Loch in Dr. Bergs vorerst nur geringen Etat riß. Trotzdem hatte er sich entschlossen, einen entsprechenden Vertrag abzuschließen, denn ohne eine Klinik im Hintergrund hätte für ihn kaum Aussicht bestanden, sich als Geburtshelfer durchzusetzen.

Er sollte bald sehr froh über diese Entscheidung sein.

Mitten in der Nacht wurde er zu einer Patientin, Frau Lola Krüger, gerufen, die, nach Aussage ihres Mannes, in den Wehen lag und der es, wie Dr. Berg den aufgeregten und nicht sehr verständlichen Erklärungen entnahm, gar nicht gut ging.

Berg machte sich sofort auf den Weg, verwünschte, während er sich in der Dunkelheit der Winternacht in den Straßen eines neuen Wohnblocks zurechtzufinden suchte, den Leichtsinn der werdenden Mutter, die es bisher nicht für nötig gehalten hatte, einen Arzt aufzusuchen, und jetzt, im letzten Moment, so dringend seine Hilfe beanspruchte.

Als er endlich Hausnummer und Wohnung gefunden hatte, klingelte er Alarm. Der werdende Vater öffnete ihm in Pantoffeln, die Hose über den Schlafanzug gezogen, mit verstörten Augen; kaum der Sprache mächtig. Dr. Berg begriff, daß er von ihm keine Hilfe erwarten konnte, schob ihn beiseite, drang in das Schlafzimmer vor.

Die Patientin war eine Frau von etwa achtunddreißig bis vierzig Jahren.

Sie warf sich unruhig im Bett hin und her, stöhnte.

»Guten Abend, Frau Krüger«, sagte Dr. Berg, »ich bin der Arzt. Wann haben denn die Wehen begonnen?«

»Gestern abend.«

»Und warum haben Sie mich da nicht gleich rufen lassen?«

»Nun, ich dachte ... man sagt doch immer ...«

Dr. Berg hatte die Decke zurückgeschlagen, sah, daß Hände und Füße der Patientin stark zitterten.

»Haben Sie sich während Ihrer Schwangerschaft untersuchen lassen? Nein? Auch nicht von einer Hebamme? Das wievielte Kind ist es denn?«

»Das erste«, sagte die Frau schwach. »Ich wollte es ja gar nicht haben, ich weiß ja, ich bin zu alt, aber ...«

»Nein, nein, Sie sind sicher nicht zu alt. Schlagen Sie sich nicht mit solchen Einbildungen herum. Solange eine Frau

Kinder empfangen kann, kann sie sie auch zur Welt bringen.«

»Aber ... diese furchtbaren Kopfschmerzen! Ich habe zweimal heute abend erbrochen, was bedeutet denn das, Herr Doktor?«

»Daß Sie schleunigst in die Klinik sollten. Ich werde jetzt anrufen und alles vorbereiten lassen. Wo ist Ihr Mann?« Er verließ das Zimmer, sagte zu Herrn Krüger, der blaß wie ein Gespenst an der Wand lehnte: »Packen Sie das Notwendigste für Ihre Frau zusammen ... Nachthemden, Morgenrock, Toilettensachen ... ich werde mit ihr in die Klinik fahren.«

Er ging zum Telefon, verständigte die Klinik, rief einen Krankenwagen herbei, riß Kirsten Lenz aus dem Schlaf und bat sie, sofort zu Dr. Hellwege zu fahren.

Dann ging er ins Schlafzimmer zurück. Die Patientin stöhnte, zitterte. Er hielt ihr drei Finger vors Gesicht.

»Können Sie meine Hand erkennen? Wieviel Finger sind das?«

»Ja, ja ... ich weiß nicht ... drei?«

»Sehr schön!« Dr. Berg streifte das Nachthemd zurück. Unter- und Oberschenkel waren stark geschwollen. Er drückte mit dem Finger auf die Haut. Es entstand eine deutlich sichtbare Delle, die nur langsam wieder verschwand.

Seine Diagnose stand fest: Eklampsie.

Die Nieren der Erstgebärenden waren der vermehrten Belastung durch die Schwangerschaft nicht Herr geworden. Stoffe, die normalerweise ausgeschieden werden, waren zurückgehalten und zu Giften geworden. Die Sauerstoffversorgung des Körpers war schlecht. Nicht nur die Mutter, sondern auch das Kind waren gefährdet, denn der Mangel an Sauerstoff mußte sich auch in der Placenta bemerkbar machen.

Dr. Berg begann den Blutdruck zu messen. Er war, wie erwartet, ungewöhnlich hoch. Er war erleichtert, als der Krankenwagen mit heulenden Sirenen vorfuhr. Der Ehemann war schon zur Tür gelaufen, hatte sie geöffnet. Zwei Sanitäter verfrachteten die Patientin auf eine Liege, deckten sie zu.

Noch ehe der Krankenwagen abfuhr, saß Dr. Berg schon wieder am Steuer seines Autos, brauste in Richtung der Privatklinik davon. Unterwegs wurde er von dem Krankenwagen überholt, erreichte die Klinik fünf Minuten später.

Die Patientin lag schon im Kreißzimmer; Kirsten Lenz, im blütenweißen Kittel, stand neben ihr, zählte den Puls. Im Augenblick, da Dr. Berg eintrat, kam es zu einem eklamptischen Anfall.

Die Pupillen der Gebärenden öffneten sich überweit, das Gesicht zuckte, die Hände ballten sich zusammen, der ganze Körper wurde geschüttelt, die Zähne verbissen sich. Das Antlitz nahm eine bläulichweiße Farbe an.

Die junge Hebamme war fast so blaß geworden wie die Patientin. Sie hatte einen solchen Anfall noch nie erlebt. Aber Dr. Berg hatte keine Zeit, sie zu beruhigen oder ihr den Fall zu erklären.

»Vene abbinden«, befahl er kurz, zog ein stark dämpfendes Mittel auf, injizierte in die Vene. »Dauertropfinfusion vorbereiten!«

Noch während er die Injektion gab, wies er Kirsten an, wie sie die Traubenzuckerlösung mit dämpfenden Mitteln vermischen sollte, legte dann selbst die Dauertropfinfusion in die Armvene an.

Der Körper der Patientin streckte sich, ihre Gesichtsfarbe wurde besser, sie fiel in eine Art Dämmerschlaf. Der erste Anfall war überwunden, aber auf keinen Fall durfte es zu einem zweiten kommen. Aus einem Glasbehälter tropfte die Infusion über einen dünnen Schlauch in die Vene der Patientin.

Dr. Berg nahm das hölzerne Stethoskop, horchte die kindlichen Herztöne ab.

Sie waren fast normal.

»Was jetzt?« fragte Kirsten. Sie wirkte immer noch verstört.

Dr. Berg streifte rasch die Jacke ab, krempelte die Hemdärmel hoch, schrubbte und bürstete sich die Hände, schlüpfte in den bereithängenden weißen Kittel, zog die sterilen Handschuhe über.

»Mal sehen. Vielleicht können wir eine Vakuumextraktion machen. Bitte, überprüfen Sie dauernd den Blutdruck. Sobald er steigt, ist ein neuer Anfall zu befürchten.«

»Ja«, sagte Kirsten Lenz, »ja, sofort ...«

Dr. Berg war mit der Hand in die Scheide gefahren. Das Kind lag normal, den Hinterkopf voraus. Die Wehen kamen alle fünf Minuten.

Der Arzt wählte unter den flachen metallenen Saugschalen die entsprechende Größe, setzte sie in die Scheide ein, erzeugte einen luftleeren Raum, ein Vakuum, das saugend den Geburtsvorgang beschleunigte.

Mit sanfter Gewalt, ohne direkte Berührung, nur durch den Saugeffekt wurde das Kind im Rhythmus der Wehen aus dem Mutterleib entwickelt. Es dauerte nur fünf Minuten, dann war die Geburt vollendet. Ein kleiner Junge hatte das Licht der Welt erblickt.

Er begann schon zu schreien, als Kirsten ihn abnabelte.

Später, als Mutter und Kind versorgt waren, saßen sich Klaus Berg und die junge Hebamme in der kleinen Schwesternküche gegenüber. Die Oberschwester hatte mit einem verständnisinnigen Augenzwinkern eine Flasche Schnaps und zwei Gläser zwischen sie auf den Tisch gestellt. Dr. Berg schenkte ein, hob sein Glas.

»Nehmen Sie einen Schluck, Kirsten«, sagte er, »den haben Sie redlich verdient!« Sie tranken beide.

»Tut gut«, gestand Kirsten, »mir sitzt der Schreck noch in den Knochen! Ausgerechnet eine Eklampsie! Natürlich wußte ich, daß es so was gibt, aber in der Praxis ...«

»... kommt diese Art der Selbstvergiftung kaum noch vor«,

ergänzte Berg. »Wenn diese Frau wenigstens einmal vorher bei mir in der Praxis gewesen wäre, hätte ich rechtzeitig vorbeugen können.« Er bot Kirsten eine Zigarette an. »Aber so! Das wäre um ein Haar schiefgegangen!«

Kirsten zog eine Zigarette aus dem Päckchen, Dr. Berg gab ihr Feuer, bediente sich selbst. Sie nahm einen tiefen Zug.

»Vorige Woche«, sagte sie, »hätte ich Sie einmal ganz dringend gebraucht. Aber da war ein Mädchen am Telefon und erklärte mir sehr entschieden, daß der Herr Doktor nicht zu sprechen sei.«

Sein Gesicht verdüsterte sich. »Das war Vera«, sagte er.

Kirsten schwieg, nippte an ihrem Schnaps.

»Meine Verlobte«, fügte Klaus erklärend hinzu.

Sie drehte sich um, angelte nach ihrer Handtasche, die hinter ihr auf dem Spültisch lag. Als sie sich wieder umwandte, war ihr Gesicht unbewegt. »Sie sind verlobt, Herr Doktor? Dann darf ich wohl gratulieren?«

»Nein«, sagte er, »dazu besteht kein Grund. Selten ist etwas so schiefgelaufen wie diese Verlobung. Doch mit des Geschickes Mächten ...« Er hob die Hände, ließ sie mit einer resignierenden Geste wieder sinken.

Sie heftete die Augen auf die Glut ihrer Zigarette.

Er hatte nicht vorgehabt, mit irgendeinem Menschen darüber zu sprechen, am allerwenigsten mit Kirsten Lenz, die er doch, bei Licht besehen, eigentlich kaum kannte. Aber irgend etwas zwang ihn zu sprechen. Vielleicht war es ihr ruhiger, fragender Blick, vielleicht war es die Stille der Nacht, die seltsame Situation, die beiden das Gefühl gab, die einzigen Menschen auf einer einsamen Insel zu sein, vielleicht war es auch einfach nur die Reaktion auf die gewaltige Anspannung der letzten Stunde.

Dr. Berg erzählte der jungen Hebamme alles, was in Düsseldorf geschehen war und was ihn in die kleine Heimatstadt zurückgetrieben hatte, und sie hörte ihm zu, mit einer Gelassenheit, die ihm guttat.

Als er geendet hatte, füllte er noch einmal die Gläser. »So, jetzt ist es heraus«, sagte er, »und es war wunderbar, mir einmal alles von der Seele herunterzusprechen. Auch wenn Sie jetzt Ihre gute Meinung über mich wohl erheblich geändert haben werden.«

»Sie haben das Operationstuch nicht im Leib der Patientin vergessen«, erklärte sie ruhig.

»Verdammt! Haben Sie mir denn gar nicht zugehört? Ich habe Ihnen doch erklärt ...«

Sie brachte ihn mit einer Handbewegung zum Schweigen. »Ich habe alles genau verstanden. Ein Tuch hat nach der Operation gefehlt. Aber das bedeutet doch nicht, daß Sie versagt haben ... nein, nein, es ist völlig ausgeschlossen, daß Ihnen ein solcher Fehler unterlaufen wäre!«

»Aber es ist doch alles durchsucht worden!«

»Ja, da hat vielleicht eine Schwester später den Mut verloren, ihren Fehler zu gestehen, und hat das Tuch endgültig verschwinden lassen. Als sie merkte, was für eine Aufregung entstand, kann sie in eine Panik geraten sein.«

»Sehr unwahrscheinlich«, sagte Dr. Berg und kippte den Inhalt seines Glases durch die Kehle.

»Oder irgend jemand hat Ihnen ganz bewußt ein Bein stellen wollen! Hatten Sie Feinde in der Klinik, Herr Doktor?«

»Wer hat die nicht!«

»Na sehen Sie! Nichts ist leichter, als so ein kleines Tuch verschwinden zu lassen, wenn man es darauf abgesehen hat oder wenn sich zufällig eine günstige Gelegenheit bietet!«

Dr. Berg lächelte ein wenig verkrampft. »Sie scheinen die Menschen für sehr schlecht zu halten, Fräulein Lenz.«

»Nein. Ich laufe bloß nicht mit Scheuklappen durch die Welt.«

»Wie ich?«

»Wenn man selbst betroffen ist, sieht man die Situation oft nicht klar. Das geht wohl jedem so. Sie hätten auf einer wirklichen Untersuchung bestehen sollen, notfalls durch die Polizei. Das wäre besser gewesen, als alles hinzuwerfen.«

»Vielleicht haben Sie recht.« Seine Zigarette war, ohne daß er es gemerkt hatte, tief herabgebrannt. Jetzt spürte er die Hitze an den Fingerspitzen, drückte sie rasch aus.

»Ich verstehe Ihre Verlobte durchaus, daß sie Sie unbedingt wieder zurückholen will«, sagte Kirsten, »das arme Mädchen hat ja wirklich allerhand mit Ihnen durchgemacht. Der letzte Krach war so, wie Sie ihn mir geschildert haben, völlig überflüssig. Ich finde, Sie sollten sich schleunigst mit ihr aussöhnen.« Nach einer kleinen Pause fügte sie hinzu: »Wenn Sie sie noch lieben ...«

Dr. Berg lachte. »Na, jetzt haben Sie mir aber ganz schön den Kopf gewaschen, Kirsten. Aber ich glaube fast, das hatte ich verdient. Gleich am Mittwoch werde ich nach Düsseldorf fahren. Wenn ich Vera sage ...«

Kirsten fiel ihm ins Wort: »Von unserem Gespräch sollte Ihre Braut doch wohl besser nichts erfahren. Das würde sie nur unnötig verletzen.«

Vera Hartwig hatte sich eingeredet, sehr gut ohne Klaus Berg leben zu können. In den ersten Tagen nach ihrem Streit schien ihr das auch tatsächlich zu gelingen.

Sie war den ganzen Tag unterwegs, traf sich mit Freundinnen, ging einkaufen, ins Kino, zum Reiten, traf Verabredungen für die Abende. Aber während sie nach außen hin so beschäftigt war, wurde die Leere in ihrem Herzen immer größer und immer schmerzhafter. Sie mußte sich gestehen, daß sie ihren Verlobten, ihrem Verstand zum Trotz, liebte und sich nach ihm sehnte.

Mehr als einmal war sie nahe daran, ihn anzurufen, aber der Stolz hielt sie immer wieder davon zurück. Einige seitenlange Briefe an ihn wanderten zum Schluß zerrissen in den Papierkorb.

Aber als Klaus dann unvermittelt vor ihr stand – sie war gerade im Begriff gewesen, das Haus zu verlassen und zum Friseur zu gehen –, flog sie ihm wortlos in die Arme, erwiderte seine Küsse mit leidenschaftlicher Zärtlichkeit.

Dr. Berg, der auf eine unangenehme Auseinandersetzung gefaßt gewesen war, fühlte sich überwältigt vor Glück. Beide waren sich in den ersten Minuten des Wiedersehens so nahe wie nie zuvor.

Endlich machte sie sich frei. »Oh, Klaus!« rief sie und strich sich das Haar aus dem erhitzten Gesicht. »Warum bist du nicht eher gekommen?! Ich habe solche Sehnsucht nach dir gehabt!«

»Wenn ich das nur geahnt hätte! Ich dachte, du wärst mir böse!«

»War ich auch! Aber das hat doch nichts zu bedeuten. Liebesleute und Ehepaare streiten sich nun mal hin und wieder. Du solltest doch wissen, daß ich nicht nachtragend bin.«

Er zog sie lachend in die Arme. »Kurzum, ich habe mich wie ein Trottel benommen, das wolltest du doch sagen?«

»Und ich mich wie eine dumme Gans«, sagte sie strahlend, »wir beide haben uns wirklich nichts vorzuwerfen!«

»Mein Mädchen«, sagte er zärtlich, »mein wunderbares, zauberhaftes kleines Mädchen. Ich weiß gar nicht mehr, wie ich es ohne dich aushalten konnte!«

Sie küßten sich wieder, fuhren erst auseinander, als beide, gleichzeitig, ein Geräusch zu hören glaubten.

»Mutti ist wach geworden«, flüsterte Vera, »komm, gehen wir, ehe sie auf der Bildfläche erscheint.«

»Aber sollte ich nicht lieber ...?«

»Nein. Sie verträgt's nicht gut, wenn sie im Mittagsschlaf gestört wird. Und dann ... ich möchte mit dir allein sein!«

Sie zog ihn an der Hand mit sich aus dem Haus, zog die Tür leise hinter sich ins Schloß. Dann rannten sie, immer noch Hand in Hand, ausgelassen wie die Kinder, zu seinem Auto.

»Wohin fahren wir?« fragte er, als sie nebeneinander im Wagen saßen.

»Irgendwohin, wo uns niemand stört! Vielleicht in den Grafenberger Wald? Ich hätte direkt Lust zu einem langen Spaziergang!«

»Keine schlechte Idee«, sagte er und startete.

Sie kuschelte sich an seine Schulter. »Du, Klaus, ich habe mir alles gründlich überlegt, ich hatte ja Zeit genug dazu! Also, dieses ganze Hin und Her tut unserer Liebe nicht gut. Wir sollten doch so bald wie möglich heiraten.«

»Ich kann nicht nach Düsseldorf zurück, das weißt du!«

Sie schmiegte sich noch enger an ihn. »Sollst du auch gar nicht, Liebling! Ich komme zu dir nach Dinkelscheidt!«

»Vera«, sagte er überwältigt.

»Es braucht ja vielleicht nicht für immer zu sein«, sagte sie, »aber darüber sollten wir uns jetzt noch nicht den Kopf zerbrechen. Hauptsache ist, wir sind erst mal verheiratet.«

»Ich möchte nichts lieber als das, aber ...«

Sie fiel ihm ins Wort. »Am Stadtrand von Dinkelscheidt sind schöne neue Häuser entstanden. Wenn du dort etwas suchen würdest ... sag bitte nicht, du hast kein Geld! Das weiß ich selbst. Aber schließlich, du heiratest kein armes Mädchen ...«

»Ich weiß nicht recht ...«, sagte er zögernd.

»Aber ich! Schließlich habe ich ein Anrecht auf eine Mitgift! Vati hat ja schon allein Unsummen dadurch gespart, daß ich auf mein Studium verzichtet habe! Und die Möbel, Klaus, die nehmen wir einfach aus der Wohnung, die ja schon für uns eingerichtet war!«

»Das alles«, sagte er, »klingt sehr überzeugend. Aber Dinkelscheidt bleibt eine langweilige kleine Stadt, ganz gleich, wo wir dort wohnen. Es gibt kein Theater, keinen Reitklub, keine Nachtlokale ...«

»Aber Düsseldorf ist nicht weiter als eine Autostunde entfernt! Klaus, wirklich, langsam habe ich das Gefühl, du willst mich gar nicht mehr heiraten, sonst würdest du nicht so furchtbar umständlich sein!«

»Ich will dich nicht unglücklich machen, Vera«, sagte er sehr ernst.

»Das kannst du doch gar nicht, Klaus!« Sie fuhr ihm mit der Hand über das dichte Haar. »Wenn du nur ahntest, wie ich mich danach sehne, endlich ganz und für immer bei dir zu sein!«

Er ergriff ihre Hand, führte sie an die Lippen. »Ich danke dir, Vera!«

»Also ... ausgesprochen und abgemacht?«

»Ja. Aber, weißt du was? Ich denke, wir sollten lieber für heute auf unseren Spaziergang verzichten und die Gelegenheit beim Schopfe packen und mit deinem Vater sprechen.«

»Nein«, sagte sie, »fahr nur weiter. Vati ist gar nicht da. Er ist zu einem Kongreß geflogen, nach London. Und überhaupt, überlaß das nur mir. Ich weiß besser, wie man ihn anpacken muß. Verlaß dich drauf. Ich habe bei Vati immer alles erreicht, was ich wollte.«

Erst spät am Abend kehrte Dr. Berg nach Dinkelscheidt zurück. Er war so froh wie seit langem nicht mehr. Er hatte einen herrlichen Tag mit Vera verbracht, und ihre Zuversicht hatte ihn angesteckt. Er war jetzt sicher, daß alles in Ordnung kommen würde.

In seiner Wohnung angekommen, trat er, noch in Hut und Mantel, ans Telefon, das er vor seinem Fortgang auf Auftragsdienst gestellt hatte. Die Nachricht, die die sachliche Stimme des Telefonfräuleins ihm vermittelte, alarmierte ihn.

»Herr Dr. Kremser vom Heim für körperbehinderte Kinder hat angerufen«, sagte sie, »und läßt Ihnen ausrichten, daß der gewünschte Platz jetzt frei geworden ist.«

»Danke«, sagte Dr. Berg, »ich danke Ihnen sehr.«

Er hängte ein, wählte die Nummer von Frau Schmitz. Das

war die Krönung eines wunderbaren Tages! Endlich hatte er die Möglichkeit, dem kleinen Peter und seiner Mutter zu helfen! Bisher hatte er sie immer wieder vertrösten müssen.

Im Apparat ertönte das Freizeichen, aber niemand meldete sich. Langsam erlosch Dr. Bergs Lächeln. Er sah auf seine Armbanduhr. Es war gerade erst zehn vorbei. Unwahrscheinlich, daß Frau Schmitz schon schlief, ebenso unwahrscheinlich, daß sie ausgegangen war.

Er wartete noch weitere fünf Minuten, in steigender Unruhe. Dann stürzte er aus der Wohnung, setzte sich ans Steuer seines Wagens, fuhr wenige Straßen weiter zu Frau Schmitz. Er wußte, wo sie wohnte, denn er hatte sie inzwischen noch einmal aufgesucht.

An der Haustür klingelte er Sturm. Aber nichts rührte sich. Er drückte auf den Knopf zur Nachbarwohnung. Der Summer ertönte, er eilte die Stufen zum ersten Stock hinauf. Ein Mann in Hausjacke und Pantoffeln stand in der geöffneten Tür.

»Entschuldigen Sie«, sagte Dr. Berg atemlos, »wissen Sie vielleicht, ob Frau Schmitz ausgegangen ist? Ich bin Arzt, ich muß dringend zu ihr!«

»Ausgegangen? Nein, das tut sie nie. Sie hat doch das Kind ... na, Sie wissen es sicher.«

»Ja, ich bin im Bilde. Könnte sie vielleicht verreist sein?«

Der Mann rief in die Wohnung zurück: »Du, Klara, weißt du vielleicht, ob Frau Schmitz verreist ist? Hier ist ein Arzt, der muß sie unbedingt sprechen.«

Eine ältliche Frau im Hausmantel, Lockenwickler im Haar, kam an die Tür. »Nein, verreist ist die bestimmt nicht. Das müßte ich wissen.«

»Wann haben Sie sie zuletzt gesehen?«

Die Eheleute sahen sich an, zuckten die Schultern.

»Gibt es hier einen Hausmeister? Irgend jemand, der die Wohnung öffnen könnte?« fragte Dr. Berg. »Ich muß unbedingt hinein, um ... Ich habe Angst, daß etwas passiert sein könnte!«

»Selbstmord?« Die Frau schrie auf, schlug sich auf den Mund. »Ja, davon hat sie oft gesprochen, aber wer denkt denn gleich ...«

»Über den Küchenbalkon«, sagte ihr Mann, »kommen Sie mit! Das geht ganz einfach, wenn sie die Tür aufgelassen hat ...«

Dr. Berg folgte dem Ehepaar durch die Wohnung auf den Balkon, kletterte auf die Brüstung, war mit einem Schritt auf der anderen Seite, sprang hinunter. Die Balkontür war zu. Er nahm seinen Schal ab, wickelte ihn um die Hand, stieß die Glasscheibe ein, drehte den Schlüssel von innen herum, drang in die Wohnung.

Die Küche war sorgfältig aufgeräumt, kein Gasgeruch! Das war immerhin etwas. Er ging weiter, knipste die Lichter an, warf einen Blick in den Wohnraum, öffnete die Tür zum Schlafzimmer.

Auf den ersten Blick sah er, was geschehen war. Frau Schmitz lag im Ehebett, den kleinen Peter fest an sich gedrückt. Ihr Gesicht war leichenblaß. Auf dem Nachttisch eine leere Glasröhre, die ehemals Schlaftabletten enthalten hatte.

Noch bevor Dr. Berg ihren Puls fühlte, wußte er, daß Eugenie Schmitz tot war. Dr. Klaus Berg hob mit Daumen und Zeigefinger der rechten Hand die Augenlider, während er mit der linken den Puls fühlte.

Die Augen starrten stumpf und tot ins Leere, der Puls war nicht zu spüren. Berg nahm einen Spiegel aus der Tasche, hielt ihn ihr vor den Mund – nichts, kein Atemhauch.

Dr. Berg wandte sich dem kleinen Jungen zu, der ohnmächtig in ihren Armen lag. Hinter ihm wurde das Tappen von nackten Füßen laut, er achtete nicht darauf. Der Nachbar von Frau Schmitz hatte sich entschlossen, dem Arzt über den Balkon in die Wohnung zu folgen. Er hatte die Pantoffeln ausgezogen, um sicherer springen zu können.

Jetzt kam er ins Schlafzimmer, gab einen dumpfen, entsetzten Laut von sich. »Sind sie beide tot?«

Dr. Berg antwortete nicht. Er hatte den kleinen Peter aus der kalten, tödlichen Umklammerung seiner Mutter gelöst. Der verkrüppelte Körper lag schlaff in seinen Armen, aber er war noch nicht kalt. Dr. Berg trug ihn ins Wohnzimmer hinüber, legte ihn auf den niedrigen Tisch, nahm das Stethoskop, lauschte nach den Herztönen ...

Er hob die Lider, und sekundenlang war es, als wenn die Pupillen im grellen Licht der Tischlampe, die Dr. Berg tief herabgezogen hatte, zuckten. Aber der Spiegel, den der Arzt dem Jungen vor den Mund hielt, beschlug noch nicht.

Der Nachbar war ihm lautlos gefolgt. Sein Gesicht war grau und verfallen, aber seine Augen funkelten vor Erregung. Er genoß schaudernd das ungewöhnliche Erlebnis. »Soll ich die Polizei anrufen, Herr Doktor?«

»Ja, das auch ... aber vorher wählen Sie eine andere Nummer ... warten Sie, ich habe sie im Kopf ...« Dr. Berg nannte die Telefonnummer von Kirsten Lenz. »Verlangen Sie Fräulein Lenz, bitten Sie sie, sofort hierherzukommen. Sie brauchen ihr nichts zu erklären, sagen Sie nur, daß ich sie darum bitte ... Dr. Berg.«

Der Nachbar war schon am Telefon. »Mach ich«, sagte er, »geben Sie mir noch einmal die Nummer!«

Dr. Berg wiederholte sie, während er schon eine Schnur mit einer Schlinge versah, die Zunge des Jungen aus dem Mund zog und sie mit einem Apothekerknoten so befestigte, daß sie nicht in den Rachen zurückrutschen konnte. Er zog seine Jacke aus, faltete sie flach zusammen, legte sie unter die Schulterblätter des Jungen, begann mit der künstlichen Atmung. Arme zurück, Arme vor, Ellbogen andrücken. Arme zurück. Arme vor ...

Er achtete nicht auf das Telefongespräch, das der Nachbar führte, war ganz auf seine Tätigkeit konzentriert. Dabei war er sich darüber klar, daß es vielleicht Wahnsinn war, was er tat, und doch, er konnte nicht anders. Er durfte nichts unversucht lassen, um das Leben dieses Kindes zu retten.

Der Nachbar hängte auf. »Das Fräulein kommt«, sagte er, »soll ich jetzt die Polizei ...?«

»Später. Kommen Sie hierher! Sehen Sie, was ich mache?«

»Ja.«

»Sehen Sie, wie ich's mache, und versuchen Sie's dann selbst ... ja. Sie sollen mich ablösen! Wichtig ist, daß Sie es gleichmäßig machen, darauf kommt es an ... also los!«

»Und Sie?«

Dr. Berg knöpfte wortlos Peters Schlafanzugjacke auf, begann mit der Herzmassage. Er schlug taktmäßig mit dem Daumenballen der geöffneten Hand auf das Herz des Jungen, um es zum Schlagen anzuregen.

»Aber der ist doch tot«, sagte der Nachbar, »und wenn Sie mich fragen, es ist wohl auch das beste für den armen kleinen Kerl! War ja immer nur 'ne halbe Portion und jetzt ... ohne Mutter ...«

»Halten Sie den Mund, und tun Sie, was ich Ihnen sage!« fuhr Dr. Berg ihn an.

»Na, so was! Wie komme ich denn dazu?!« protestierte der Mann, aber machte doch weiter.

»Weil es um ein Menschenleben geht und weil Sie nicht das Zeug zu einem Mörder haben!«

»Das schon, aber ...«

»Zählen Sie, damit Sie nicht aus dem Rhythmus kommen ... laut, wenn ich bitten darf!«

Verbissen arbeiteten die beiden Männer weiter, bis es nach etwa zehn Minuten an der Wohnungstür klingelte.

»Sie können öffnen«, sagte Dr. Berg.

»Puh!« Der Nachbar stieß die Luft aus. »Ein Glück! Ich spüre meine Arme schon nicht mehr!«

Er ging zur Tür, dann stürzte Kirsten Lenz ins Zimmer. Sie brachte einen Schwall winterlich frischer Luft mit. »Herr Doktor, melde mich gehorsamst zur Stelle!« rief sie munter. »Was gibt's denn?« Dann erst sah sie den totenblassen kleinen Jungen und schlug sich mit der Hand vor den Mund. »Was ist geschehen? Hat die Mutter ...?«

»Sie ist tot. Aber vielleicht können wir den Jungen noch retten. Geben Sie ihm eine Spritze Nostradamin. Drüben steht meine Bereitschaftstasche, da ist alles drin, was Sie brauchen! Weiter, Herr Nachbar, keine Müdigkeit vorschützen! Fräulein Lenz wird Sie gleich ablösen, aber vorläufig brauche ich Sie noch! Eins, zwei, drei und ...«

Kirsten war sehr blaß geworden, aber umsichtig und geschickt führte sie aus, was Dr. Berg von ihr verlangte. Ihre Hände zitterten nicht, als sie dem Jungen die Spritze gab. Erst dann zog sie ihren Kamelhaarmantel aus, unter dem sie den weißen Berufskittel trug.

»Vielen Dank«, sagte sie freundlich zu dem Nachbarn, »jetzt sind Sie erlöst!«

Der Mann wischte sich mit dem Ärmel den Schweiß von der Stirn.

»Kann ich gehen? Meine Frau ...«

»Bitte, rufen Sie doch noch die Funkstreife!« sagte Dr. Berg. »Aber das können Sie natürlich auch von Ihrer Wohnung aus tun.«

»Mach ich! Also ... gute Nacht dann, und viel Glück!«

»Danke«, sagte Dr. Berg, »aber vergessen Sie den Anruf nicht!«

Der Mann tappte barfuß hinaus.

»Lassen Sie die Wohnungstür offen«, rief Dr. Berg ihm noch nach, »und drücken Sie bitte die Haustür auf, wenn die Funkstreife kommt!«

Sie hörten, wie er die Tür anlehnte, dann waren sie allein.

»Wenn Sie nicht mehr können, Kirsten, werden wir wechseln«, sagte Dr. Berg.

»Später gerne. Aber jetzt geht's noch!« Nach einer kleinen Pause fügte sie hinzu, während ihre Arme unentwegt weiterarbeiteten: »Hoffentlich sind Sie noch rechtzeitig gekommen!«

»Für die Mutter auf jeden Fall zu spät«, sagte er bitter. »Es ist meine Schuld, ich hätte mich mehr um sie kümmern sollen.«

»Sie haben getan, was Sie konnten!«

Als die Beamten der Funkstreife – zwei sehr sicher auftretende junge Männer – eintrafen, hatte Dr. Berg mit Kirsten Lenz gerade gewechselt. Er führte die Atemübungen aus, sie die Herzmassage. Das war, wenigstens anfangs, für beide eine Erleichterung.

Die Polizisten grüßten kurz, ließen sich von dem Nachbarn, der sich das nicht hatte nehmen lassen, ins Schlafzimmer führen. Wenig später kam einer mit der leeren Glasröhre, die die Schlaftabletten enthalten hatte, zurück.

»Damit scheint sie's gemacht zu haben«, sagte er, »haben Sie ihr die Dinger verschrieben, Doktor?«

»Nein«, antwortete Klaus Berg, ohne ihn anzusehen.

»Klar, daß Ihnen das nicht angenehm sein kann«, sagte der Polizist, »aber sehen Sie mal, es wäre doch besser, die Wahrheit zu sagen. Das Zeug ist doch rezeptpflichtig, oder ...?«

»Ja.«

»Und Sie haben es ihr nicht verschrieben?«

»Sagte ich schon.«

»Wir werden das nachprüfen.«

»Tun Sie das nur«, mischte sich Kirsten Lenz ein, »aber Dr. Berg hat nichts damit zu tun. Er hat mich kommen lassen, als die Frau in seiner Praxis aufkreuzte, hat mich gebeten, sie nach Hause zu bringen ... Ich erinnere mich genau, daß er mich gewarnt hat, ihr Schlaftabletten zu geben.«

»Hm.« Der Beamte sah Kirsten an. »Darf ich fragen, wer Sie sind?«

»Hebamme. Dr. Berg ist praktischer Arzt und Geburtshelfer. Wir arbeiten häufig zusammen.«

»Und der Doktor hat Ihnen also schon damals – wann war

das genau? – gesagt, daß die Frau mit Selbstmord gedroht hat?«

»Stimmt«, sagte Kirsten.

»Es war am vorigen Donnerstag«, erklärte Dr. Berg, »also nicht ganz eine Woche her. Die Frau war sehr aufgeregt.«

»Hätten Sie sie dann nicht in eine psychiatrische Klinik einweisen sollen?«

»Dazu hatte ich keine Handhabe. Außerdem ... da war doch der Junge. Ich habe mich erst einmal um einen Heimplatz für ihn bemüht. Dann wollte ich Frau Schmitz in einem Sanatorium unterbringen.«

Der Beamte zog ein schwarzes Heftchen aus der Uniformtasche, machte sich Notizen. »Und was hat Sie heute abend hierhergeführt?«

»Ich habe Nachricht erhalten, daß ein Platz für den Jungen frei geworden ist. Auf mein Klingeln meldete sich niemand. Frau Schmitz hatte mir gesagt, daß sie das Kind niemals allein läßt, die Nachbarin hielt es für ausgeschlossen, daß sie verreist sein könnte. Deshalb hielt ich es für richtig, in die Wohnung einzudringen.«

»Und da war die Frau schon tot?«

»Ja.«

Der Polizist steckte sein Notizbuch ein. »Verdammter Mist. Wir haben keinen Abschiedsbrief gefunden. Haben Sie vielleicht so etwas gesehen?«

»Ich hatte keine Zeit, mich darum zu kümmern.«

»Warum sie es getan hat, ist doch klar«, sagte Kirsten, »sie war mit den Nerven herunter. Der Junge ... und dann ... sie sagte mir, daß ihr Mann sie verlassen hätte.«

»Kennen Sie die Adresse des Mannes?«

»Nein.«

»Tja, da kann man nichts machen. Aber wir werden den Dingen schon auf den Grund kommen.«

Der andere Polizist kam aus dem Schlafzimmer. »Nichts«, sagte er, »ich habe zur Vorsicht Fingerabdrücke genommen.«

Jetzt meldete sich der Nachbar. »Aber sie hat's bestimmt selbst getan«, sagte er, »wer denn sonst? Die Tür war von innen verriegelt, ich habe sie vorhin erst aufgemacht.«

»Und die Balkontür war auch zu«, erklärte Dr. Berg, »ich mußte eine Scheibe einschlagen. Sie können sich das mal ansehen.«

Die Polizisten verschwanden in Richtung Küche. Der Nachbar zündete sich eine Zigarette an. Dr. Berg und Kirsten hatten ihre Wiederbelebungsversuche auch nicht für eine Sekunde eingestellt.

Die Beamten kamen wieder zurück. Der eine beugte sich über den mißgebildeten Körper des kleinen Jungen, zog den Atem durch die Zähne.

»Na, wie steht's mit dem?«

»Wir versuchen, ihn zu retten«, sagte Dr. Berg.

»Ich werde Ihnen einen Krankenwagen schicken.«

»Danke, aber das hat keinen Sinn. Wenn wir unterbrechen, ist alles verloren. Lassen Sie die Frau abholen, das genügt.«

»Wie Sie meinen, Doktor ... Sie tragen die Verantwortung.«

Die Polizisten tippten an ihre Mützen und verzogen sich. Der Nachbar folgte ihnen. Kirsten und Dr. Berg atmeten auf, als sie wieder allein waren.

»Als wenn das nicht anstrengend genug wäre«, sagte sie, »aber dazu auch noch dumme Fragen beantworten!«

»Die Leute tun nur ihre Pflicht.«

»Trotzdem könnten sie ruhig ein bißchen mehr Verständnis zeigen!«

Sie arbeiteten ununterbrochen. Ihre Arme schmerzten, der Schweiß lief ihnen über den Rücken, sie brachten kaum noch die Kraft auf, zu reden. Aber sie gaben nicht auf.

Die Leiche von Frau Schmitz wurde abgeholt, die Stunden vergingen, allmählich verloren sie jedes Gefühl für Zeit.

Aber dann, auf einmal – Dr. Berg hatte gerade wieder die Herzmassage übernommen – spürte er eine Bewegung unter seiner geöffneten Hand. Er war zu erregt, um ein Wort hervorzubringen, aber Kirsten begriff auch so, als sie sah, daß er das Stethoskop anlegte. Sie hielt den Atem an.

»Sein Herz schlägt«, sagte Dr. Berg heiser, »stell dir vor, Kirsten ... es schlägt!«

»Oh, Klaus! Das ist ein Wunder!«

Beide waren sich nicht bewußt, daß sie sich plötzlich mit dem vertrauten Du ansprachen.

Er drängte sie von ihrem Platz. »Laß mich jetzt weitermachen! Geh in die Küche und sieh, ob du ein paar Bohnen findest ... koch uns einen starken Kaffee, den können wir jetzt brauchen!«

Sie beeilte sich so sehr, mit der Bereitung des Kaffees fertig zu werden, daß sie eine Tasse zerbrach. Aber das bekümmerte sie nicht. Sie hatte nur den einen Gedanken, so schnell wie möglich wieder zurückzukommen, um dabei zu sein, wenn Peter den ersten Atemzug tat.

Sie goß Dr. Berg Kaffee ein, tat Zucker und Milch in die Tasse, reichte sie ihm. »Da, trink«, sagte sie, »und laß mich weitermachen! Ich fühle mich so frisch wie ein Veilchen am Morgen!« Ihre klaren Augen strahlten ihn an.

Er ließ sich ablösen, trank den heißen starken Kaffee in kleinen Schlucken, sah ihr zu, wie sie mit anmutiger Kraft die Arme des kleinen Jungen bewegte.

»Du kannst aufhören«, sagte er plötzlich.

Sie zuckte zusammen. »Was?«

»Er atmet ja schon ... merkst du es denn nicht?« Dr. Berg stellte die Tasse ab, löste die Apothekerschlinge, mit der er die Zunge des Jungen zurückgehalten hatte. »Am besten geben wir ihm jetzt auch einen Kaffee, mit viel Zucker, damit er ihn herunterbringt ... damit er eine Weile wach bleibt!«

Peters zögernde, zaghafte Atemzüge wurden tiefer, regelmäßiger.

»Er lebt! Klaus! Er lebt wirklich!« Kirsten flog Dr. Berg in die

Arme, küßte ihn herzhaft und – wurde über und über rot, weil ihr plötzlich zum Bewußtsein kam, daß er ihr Benehmen falsch auffassen könnte.

Er nahm ihren Kopf in beide Hände, erwiderte ihren Kuß. »Schon gut, Mädchen«, sagte er, »den Kuß hatte ich verdient. Das war der schönste Glückwunsch!«

Sekundenlang sahen sie sich tief in die Augen, dann machte sie sich frei, lief zu dem Jungen. Dr. Berg folgte ihr, setzte ihn auf, rüttelte ihn bei den Schultern. »Peter, Peter! Wach auf!«

Er öffnete verschlafen die Lider, rieb sich mit der gesunden Hand die Augen, schluckte mühsam. »Mutti, ist es schon Zeit?« fragte er endlich.

»Ja, Peter«, sagte Dr. Berg, »höchste Zeit, munter zu werden!«

Zu Kirsten Lenz gewandt, fügte er hinzu: »Nun rasch in die Klinik zum Magenauspumpen!«

6

Vera Hartwig hatte sich vorgenommen, gleich nach seiner Rückkehr aus London mit ihrem Vater zu sprechen. Sie holte ihn vom Flugplatz ab, wollte ihn gleich mit nach Hause lotsen, aber er bestand darauf, zuerst in die Klinik zu fahren, kam erst spät am Abend heim, wortkarg, niedergeschlagen, erschöpft. Sie entschloß sich, die fällige Aussprache zu verschieben, hoffte, daß Professor Hartwig besserer Laune sein würde, wenn er ausgeschlafen hatte. Aber seine Stimmung besserte sich in den nächsten Tagen nicht, er blieb mißgelaunt und deprimiert.

Endlich, nach einem besonders guten Mittagessen, das dem Professor doch immerhin ein lobendes Wort entlockt hatte, gab sich Vera einen Ruck. »Vati«, sagte sie zaghaft, »habe ich dir eigentlich schon erzählt, daß Klaus hier war?«

Der Professor brummte nur, und Frau Claudia sagte rasch: »Das kannst du Vati alles ein andermal erzählen, Liebling.«

Vera hob den Kopf. »Wann denn?« fragte sie gereizt.

»Jetzt jedenfalls nicht!« Professor Hartwig schob seinen Stuhl zurück und stand auf. »Ich habe gerade eine halbe Stunde Zeit, mich hinzulegen, und die will ich mir nicht verderben lassen.«

Vera sprang auf, vertrat ihm den Weg. »Aber ich muß mit dir sprechen, Vati, es ist wichtig!«

»Liebling, bitte!« rief Claudia Hartwig.

Doch Vera ließ sich nicht mehr unterbrechen. »Klaus und ich«, sagte sie eifrig, »haben uns entschlossen, so bald wie möglich zu heiraten!«

Der Professor maß sie mit zusammengezogenen Augenbrauen. »So, habt ihr das?«

»Ja. Und du brauchst nicht denken, daß ich dich jetzt bitten werde, Klaus nach Düsseldorf zurückzuholen, nein! Wir haben uns das anders überlegt. Wir werden, wenigstens vorläufig ... die nächsten Jahre, meine ich ... in Dinkelscheidt leben.«

»In Dinkelscheidt?« rief Frau Claudia. »Jetzt denk doch mal nach, Vera, das ist ganz unmöglich, du wirst dich dort nie und nimmer ...«

Professor Hartwig schnitt ihr mit einer Handbewegung das Wort ab. »Laß die junge Dame erst mal ausreden, ja? Ich bin wirklich gespannt, was sich in diesem unreifen Gehirn alles zusammengebraut hat.«

»Ich bin nicht unreif!« sagte Vera heftig und stampfte mit dem Fuß auf. »Ich liebe Klaus, und er liebt mich! Es gab eine Zeit, da wart ihr beide damit einverstanden, daß wir heiraten würden!«

Professor Hartwig fuhr sich mit der Hand über die Stirn,

als wenn er etwas wegzuwischen versuchte. »Inzwischen«, sagte er, »ist einiges geschehen.«

»Ja«, sagte Vera, »Klaus hat Pech gehabt. Du hast ihn hinausgeworfen, und jetzt muß er sich ein neues Leben aufbauen. Aber für mich ist das kein Grund, ihn im Stich zu lassen. Ganz im Gegenteil.«

»Du willst ihm also nachlaufen?«

»Aber wieso denn? Schließlich sind wir seit langem verlobt. Er hat mich gebeten, seine Frau zu werden, und ich habe ja gesagt. Nennst du das nachlaufen, wenn man zu seinem Wort steht?«

Frau Claudia legte den Arm um Veras Schultern. »Liebling«, sagte sie, »ich kann mir nicht denken, daß Klaus das von dir verlangt! Er muß doch einsehen, daß er dir das nicht zumuten kann.«

»Deine Mutter hat ganz recht«, sagte Professor Hartwig, »sprich mal in aller Ruhe mit ihr. Ich werde mich jetzt hinlegen und ...«

»Nein, Vati«, sagte Vera hartnäckig, »ich will mich nicht von Mutti bearbeiten lassen. Das hätte auch keinen Zweck, ich habe mir alles gründlich überlegt. Ich werde Klaus heiraten, und wenn ihr euch auf den Kopf stellt.«

Professor Hartwig seufzte leicht, wandte sich ins Zimmer zurück.

»Und wie hast du dir das im einzelnen vorgestellt?« fragte er müde.

»Du willst mit ihm in Dinkelscheidt leben, soviel habe ich schon begriffen ... aber wo? Hat er wenigstens eine Wohnung aufgetrieben?«

»Ja«, sagte sie, »eine sehr schöne, ganz moderne Wohnung am Stadtrand. Gerade heute habe ich einen Brief von ihm bekommen, in dem er sie mir beschreibt.«

»Wenn das so ist«, sagte Professor Hartwig, »dann steht eurem Glück ja nichts mehr im Wege. Ich merke, du willst uns vor vollendete Tatsachen stellen. Wozu fragst du uns dann überhaupt noch? Unsere Erlaubnis zu dieser Hochzeit haben wir ja schon, Gott sei's geklagt, beim Düsseldorfer Standesamt hinterlegt.«

»Vati«, sagte Vera schmeichelnd, »bitte, sei doch nicht so! Du weißt doch genau, Klaus ist nicht reich, er hat erst die Praxis seines Vaters übernommen ...«

»Genau darüber wollte deine Mutter mit dir reden!«

»Ja, ich weiß, aber reden nutzt doch nichts ... wir brauchen Geld! Bitte, bitte, Vati!«

»Nein«, sagte Professor Hartwig kurz.

Vera war es nicht gewohnt, daß der Vater ihr eine Bitte abschlug, und dazu noch in so schroffer Form. Ihre tiefblauen Augen weiteten sich in ungläubigem Staunen. »Du willst uns nicht helfen, Vati? Es geht doch um mein Glück!«

»Ich kann es nicht.«

Vera lachte unnatürlich auf. »Nun sag nur noch, daß die Klinik pleite gemacht hat!«

»Noch nicht«, sagte Professor Hartwig ernst, »aber es kann leicht dahin kommen.«

»Konrad!« rief Claudia Hartwig entsetzt.

»Ich wollte es euch nicht sagen, um euch nicht zu beunruhigen, aber es steht schlecht, sehr schlecht.« Professor Hartwig machte eine kleine Pause, biß sich auf die Lippen. »Als ich von London zurückkam, erwartete mich ein Kriminalbeamter in der Klinik. Herr Rainer hat im Namen seiner Frau Anzeige erstattet. Wegen fahrlässiger Körperverletzung. Wißt ihr, was das bedeutet?«

»Aber du, Konrad, du hast doch nichts mit der Sache zu tun!« rief seine Frau. »Du warst ja bei der Operation nicht einmal anwesend.«

»Aber ich habe meinem Oberarzt den Auftrag gegeben, obwohl ich wissen mußte, daß er nicht mehr ganz nüchtern war. Nein, Claudia, machen wir uns nichts vor. Man kann die Dinge drehen und wenden, wie man will, ich hänge immer mit drin. Und wenn die Patientin wirklich stirbt, wird das

Gericht mir die Hauptverantwortung auflasten, schon weil ich zahlungskräftig bin, während Klaus ...« Er stockte, zuckte mit den Schultern.

Vera hatte sich wieder einigermaßen gefaßt. »Aber vorläufig lebt die Patientin ja noch«, sagte sie, »und wer weiß, ob sie überhaupt in absehbarer Zeit sterben wird!«

»Auch wenn sie das nicht tut, steht die Sache miserabel. Sie liegt zur Zeit in der Universitätsklinik, wird auf Herz und Nieren untersucht ... und wenn man das verdammte Tuch in ihrer Bauchhöhle findet, dann gnade Gott uns allen! Dann kommt es nämlich zu einem Prozeß, und daß wir zahlen müssen, wird nicht das Schlimmste sein. Es wird einen Skandal geben, der Fall wird durch die gesamte Presse gehen, und meine Klinik ist ruiniert.«

»Daß du immer nur an dich und deine Klinik denken kannst!« rief Vera. »Hast du dir auch schon mal überlegt, was aus Klaus wird, wenn es soweit kommt?«

»O ja«, sagte Professor Hartwig ernst, »er wird verurteilt, von der Ärztekammer ausgestoßen und kann sehen, wie er sich sein Brot als Laborant oder schlechtbezahlter wissenschaftlicher Mitarbeiter verdient. Eine Chance, je wieder zu praktizieren, hat er nicht.«

Claudia strich ihrer Tochter sanft über das schimmernde schwarze Haar. »Ich weiß, wie dir jetzt zumute ist, Liebling, aber ich glaube, du mußt es einmal erfahren. Du kannst Klaus nicht heiraten. Oder willst du mutwillig dein Leben zerstören?«

Vera war blaß geworden. »Ich werde ihn nicht im Stich lassen«, sagte sie tonlos, »jetzt erst recht nicht. Wenn ihr das von mir geglaubt habt, dann habt ihr euch schwer getäuscht. Ich werde zu ihm halten und die Sache mit ihm durchkämpfen, koste es, was es wolle. Nein, hört auf, mir die Ohren vollzureden, ich will kein Wort mehr hören ... ich fahre zu ihm. Heute noch.«

Klaus holte Vera am Bahnhof ab. Sie hatte ihn angerufen, ihm überstürzt erzählt, was passiert war, daß sie sich mit ihren Eltern zerstritten hätte und nun für immer zu ihm käme. Er hatte sich das alles mit etwas gemischten Gefühlen angehört. Er sehnte sich nach Vera, war glücklich über diesen großen Beweis ihrer Liebe und doch – er spürte, welches Maß von Verantwortung sie ihm durch diesen Entschluß aufbürdete. Er empfand immer noch Hochachtung und Dankbarkeit für Professor Hartwig und seine Frau, es war ihm nicht angenehm, daß er sich in offenen Gegensatz zu ihren Wünschen setzen mußte.

Trotz allem – als Vera jetzt aus dem Zug stieg, eine schmale, anmutige Gestalt in ihrem kniefreien Sportmantel, da schlug ihr sein ganzes Herz entgegen. In großen Schritten eilte er zu ihr, half ihr, die Koffer auf den Bahnsteig zu befördern, nahm sie in die Arme.

»Wie schön, daß du endlich da bist!«

Er wollte sie küssen, aber sie bog den Kopf zurück. »Freust du dich ehrlich?«

Er zwinkerte mit den Augen. »Diese Frage erfüllt nahezu den Tatbestand der Beleidigung!«

»Ich bin jetzt ein armes Mädchen, Klaus! Alles, was ich habe, trage ich auf dem Leib und in den paar Koffern da. Mehr nicht.«

Er hob die Augenbrauen. »Nun, das ist natürlich einigermaßen bedenklich!«

Er hob den Finger an die Nase. »Ich überlege ...«

»Was?«

»Ob ich dich nicht mit dem nächsten Zug zurückschicken soll!«

»Versuch's nur!« Sie stellte sich auf Zehenspitzen, küßte ihn innig. »Du wirst es schwer haben, mich wieder loszukriegen!«

Er faßte sie um die Taille, wirbelte sie durch die Luft. »Will ich ja gar nicht!« rief er übermütig. »Ich bin ja froh, froh und noch einmal froh, dich endlich hier zu haben!«

Sie lachte und strampelte, bis er sie wieder auf die Beine stellte, holte ihren Spiegel aus der Tasche, sagte vorwurfsvoll: »Jetzt hast du meine ganze Frisur zerstört!«

»Nicht so schlimm. Dann machst du dir eben eine neue!« Er winkte einem Gepäckträger, ordnete an, die Koffer zu seinem Auto zu bringen, zog Veras Arm durch seinen Ellbogen. Ihre Hände schlangen sich ineinander, Seite an Seite gingen sie zum Ausgang.

»Was nun?« fragte sie, als er den Kofferraum aufschloß. »Ich hoffe, du hast dir heute abend einmal ausnahmsweise für mich freigenommen?«

Er half dem Träger, Veras Gepäck zu verstauen, bevor er antwortete. »Praxis geschlossen, Hausbesuche erledigt ... ich bin frei wie ein Vogel in der Luft!«

»Wunderbar!« rief sie begeistert.

Er kratzte sich den Schädel. »Falls nicht ein voreiliges Baby auf die Idee verfällt, gerade heute auf die Welt kommen zu wollen, und falls keine geplagte Hausfrau sich ein Bügeleisen auf die Zehen fallen läßt, kein Kind in kochendheißes Wasser purzelt ...«

»Mal nicht den Teufel an die Wand!«

»Tu ich ja gar nicht. Ich versuche nur, dich auf jene Zufälle, Zwischenfälle und Unfälle schonend vorzubereiten, die nun mal das Leben eines praktischen Arztes bestimmen. Du wirst dich daran gewöhnen müssen.«

»Ich werd's versuchen«, sagte sie friedfertig, »aber nun komm ... laß uns die Zeit nutzen, bevor der erste Anruf kommt!«

»Bravo! So gefällst du mir!« Er schloß das Auto auf, setzte sich ans Steuer, öffnete die gegenüberliegende Wagentür von innen, ließ sie einsteigen.

»Wenn du nichts dagegen hast, fahren wir jetzt erst einmal zur Klinik.«

»Warum?«

»Weil ich dir etwas zeigen möchte.«

»Eine Überraschung?«

»Mehr. Ein kleines Wunder.« Er erzählte ihr von Frau Schmitz und ihrem kleinen Jungen, den er buchstäblich vom Tod wieder ins Leben zurückgeholt hatte. »Du mußt ihn sehen«, schloß er, »Peter ist ein so liebes Kerlchen. Ich habe ihn ganz ins Herz geschlossen.«

Sie war nicht sehr erbaut, aber klug genug, ihr Unbehagen zu verbergen. »Na schön«, sagte sie, »aber dann ... dann fahren wir nach Hause, nicht wahr?«

»Ich habe ihm Buntstifte gekauft«, sagte er, »von denen braucht der kleine Racker jede Menge. Mach mal das Handschuhfach auf, sie müssen da drin sein. Ich möchte, daß du sie ihm gibst.«

»Wenn du meinst ...«

»Ja. Es wäre mir sehr lieb, wenn ihr beide euch ein bißchen anfreunden würdet.«

»Ich werde mein Bestes tun«, versprach sie.

Aber als sie dann, wenig später, am Bett des kleinen Peter standen, vergaß sie alle ihre guten Vorsätze. Der Junge saß in seinem Bettchen, hatte die Decke abgestrampelt, man sah seine beiden Beine, die nichts als verkümmerte Stummel waren, das verkrüppelte Ärmchen hing schlaff herunter.

»Onkel Doktor!« krähte er. »Onkel Doktor!«

Dr. Berg beugte sich über das Bettchen. »Guten Tag, Peter! Ich sehe schon, du warst brav, und dir geht es gut! Zur Belohnung hat dir die Tante auch was mitgebracht! Gib ihm die Buntstifte, Vera, ja?«

Doch Vera war unfähig, sich zu rühren. Mitleid, Entsetzen und Abscheu würgten ihr die Kehle zu. Ihre Muskeln verkrampften sich.

Klaus Berg nahm ihr die Buntstifte aus der Hand, reichte sie Peter, der jubelte und mit seinem gesunden Händchen danach grapschte.

»Prima, Onkel Klaus!« rief er. »Jetzt werde ich dir ein schönes Bild malen! Was magst du lieber? Eine Lokomotive oder ein Auto?«

»Einen Garten mit vielen, vielen Kindern drin!«

»Uiih, das ist aber schwer!«

Vera ertrug es nicht länger. Sie drehte sich um, stürzte wortlos aus dem kleinen Raum. Draußen, auf dem Gang, lehnte sie sich gegen die Wand, schloß die Augen und holte tief Luft. Sie fühlte sich so unbeschreiblich elend.

Als Dr. Berg endlich aus dem Krankenzimmer kam, hatte sie sich wieder einigermaßen erholt. Sie zwang sich sogar zu einem Lächeln, das aber sofort wieder erlosch, als sie sein finsteres Gesicht sah.

»Was ist los mit dir?« fragte er rauh. »Warum bist du weggelaufen?«

»Oh, Klaus, entschuldige, bitte ... ich konnte es einfach nicht aushalten!«

Seine braunen Augen blickten plötzlich besorgt. »Bist du etwa krank, Vera?«

»Nein, das nicht, nur ... ich bin einfach fertig! Dieses schreckliche, armselige Kind! Du hättest es nicht retten sollen!«.

Dr. Klaus Berg faßte seine Verlobte bei den Schultern, schüttelte sie leicht. »Was sagst du da, Vera? Bist du verrückt geworden?«

»Nein, nein! Kannst du das denn wirklich nicht verstehen?« Ihr hübsches Gesicht war noch immer sehr blaß, jetzt, in der Erregung, verzerrte es sich. »Dieses Kind ... es hat doch überhaupt keine Chance, es hätte nie geboren werden dürfen, Klaus!«

Er ließ sie los. »Du maßt dir also an, über Tod oder Leben zu bestimmen?«

»Nein, natürlich nicht, nur ...«

»Du verlangst allen Ernstes von mir, ich hätte es töten sollen?«

»Darum geht es ja gar nicht«, sagte sie verzweifelt, »obwohl ich auch das verstanden hätte. Jawohl, schau mich nicht so an! Vater hat oft gesagt, es wäre besser, wenn man einer Mißgeburt gleich eine Spritze gäbe, bevor die Mutter sie noch zu sehen kriegte.«

»Peter ist keine Mißgeburt«, erklärte Dr. Berg kalt, »er ist ein empfindender Mensch!«

»Ja, ja, ich weiß! Er kann sprechen, wahrscheinlich wird er auch lesen und schreiben lernen ...«

»Besser sogar als manches körperlich gesunde Kind!«

»Aber er wird doch nie ein vollwertiger Mann werden! Wer wird ihn je lieben können? Welche Frau, meine ich?«

»Wirkliche Liebe, Vera, umfaßt den ganzen Menschen, sein Herz, seine Seele, seinen Geist, seinen Charakter ... nicht nur seine körperlichen Vorzüge!«

Sie warf mit einer heftigen Bewegung den Kopf in den Nacken. »Du willst mich nicht verstehen!«

Er atmete tief durch. »Doch«, sagte er, »ich begreife dich durchaus. Das Schicksal hat es dir bis heute erspart, Leid und Not kennenzulernen. Und jetzt glaubst du, es dürfte all das nicht geben, und wenn dir menschliches Elend begegnet, willst du es verleugnen.«

Sie stampfte mit dem Fuß auf. »Behandle mich nicht wie ein dummes kleines Mädchen, nur weil ich ausnahmsweise einmal anderer Meinung bin als du!«

»Ich bin Arzt, Vera! Es ist meine Aufgabe, zu heilen und zu helfen, aber nicht zu töten!«

»Wer spricht denn überhaupt von Töten? Du bildest dir ein, du kannst mich mundtot machen, indem du die Tatsachen verdrehst! Du hast mir doch selbst erzählt, der Junge war praktisch schon tot, als du ihn fandest! Du hättest es dabei belassen sollen, das ist alles, was ich sage. Kein Mensch hätte dir einen Vorwurf daraus gemacht, im Gegenteil! Aber du, du mußt den großen Wundertäter spielen! Dabei war es seine eigene Mutter, die ihn nicht am Leben lassen wollte!«

»Seine Mutter war mit den Nerven fertig, sie wußte nicht mehr, was sie tat. Auch das habe ich dir erklärt, wenn du dich erinnerst.«

Vera schwieg.

»Angenommen, dieses Kind wäre dein eigenes. Würdest du nicht von jedem Arzt verlangen, daß er alles, aber auch alles tut, um das Leben deines Kindes zu retten?«

Sie legte ihre Hand auf seinen Arm. »Bitte, Klaus, laß uns nicht mehr darüber reden. Ich weiß, ich habe mich dumm benommen. Aber der Anblick dieses Kindes ... es war einfach ein Schock für mich.«

Dr. Berg hätte ihr jetzt erklären können, daß auch ihr Verhalten ein Schock für ihn gewesen war, aber er zog es vor, nichts zu sagen. Nach wenigen Minuten saßen sie wieder im Wagen.

»Bist du mir noch böse?« fragte sie.

Er schüttelte den Kopf. »Nein.«

»Warum sprichst du dann nicht mit mir?«

»Ich habe nachgedacht.«

»Über mich? Über uns beide?«

Tatsächlich hatte er an den kleinen Peter gedacht und daran, daß er ihn morgen ins Heim bringen mußte. Er hatte so sehr gehofft, daß Vera seine Gefühle für den Jungen teilen, mithelfen würde, ihm sein schweres Schicksal zu erleichtern. Er war sich darüber klar, daß er das Kind, das er dem Tod entrissen hatte, nun nicht einfach sich selbst überlassen durfte. Auch die besten Ärzte, Schwestern und Erzieher konnten Peter ja nicht die Liebe ersetzen, die er so dringend brauchte, um trotz seines Gebrechens das Leben zu meistern.

Aber er sah ein, daß es sinnlos war, Vera das begreiflich zu machen. So flüchtete er denn in eine Ausrede. »Ja, das auch«, sagte er.

»Du hältst mich für lebensfremd und untüchtig, nicht wahr?« Veras Stimme klang mühsam beherrscht. »Aber ich werde dir beweisen, daß ich es nicht bin.«

»Nur zu. Daran kann ich dich nicht hindern!«

»Sprich nicht so kalt und fremd zu mir! Sieh mich doch wenigstens an!«

Er warf ihr einen flüchtigen Seitenblick zu. Ihr schönes junges Gesicht wirkte angespannt, ihre tiefblauen Augen funkelten vor Erregung.

»Ich werde bei dir als Sprechstundenhilfe arbeiten«, sagte sie entschlossen, »das kann ich doch als deine Frau, nicht wahr?«

»Das wäre keine schlechte Idee«, sagte er langsam, »wirklich nicht, alle Achtung, Vera!«

Sie strahlte vor Stolz wie ein Schulmädchen, das von seinem strengen Lehrer eine unerwartet gute Note bekommen hat. »Es wird wunderbar werden«, rief sie, »wir werden Tag und Nacht zusammensein und ...«

Er fiel ihr ins Wort. »Vorläufig nur am Tage, Vera. Ich halte es entschieden für besser, wir schieben die Hochzeit noch ein wenig hinaus.«

Ihr Gesicht erlosch. Eine böse Falte grub sich in ihre glatte Stirn. »Du verlangst, daß ich mich bewähre?«

»Bestimmt nicht, Vera«, sagte er rasch, »dazu hätte ich doch kein Recht. Aber ich denke, es ist richtiger, wir warten ab, bis dein Vater seine Zustimmung gibt ... bis sich die Wogen ein wenig geglättet haben.«

»Du liebst mich nicht mehr«, sagte sie erbittert.

Er legte seinen Arm um ihre Schultern. »Das stimmt nicht, Vera, ich liebe dich trotz allem, was zwischen uns steht. Aber ich möchte dich nicht unglücklich machen. Gerade weil ich dich liebe. Du kommst mir vor wie ein Küken, das aus dem Nest gefallen ist.«

»Danke für die Blumen!«

Er ließ sich nicht beirren. »Lerne erst auf eigenen Beinen zu stehen. Wenn du dich in Dinkelscheidt eingelebt hast, wenn du ganz sicher bist, daß du mein Leben wirklich teilen willst ...«

»Das bin ich jetzt schon.«

»Du kennst ja mein Leben noch gar nicht, Vera! Als du dich in mich verliebtest, da war ich der junge Oberarzt mit der glänzenden Karriere, aber jetzt bin ich nur noch ein kleiner Wald- und Wiesendoktor. Das ändert alles.«

»Für mich nicht«, beharrte sie.

»Dann beweise es mir! Hilf mir in meinem Beruf, steh mir zur Seite!«

Vera atmete schwer. »Klaus, ich will bei dir bleiben!«

Er fuhr an den Straßenrand, trat auf die Bremse, nahm ihren Kopf in beide Hände und küßte sie zärtlich. »Ich danke dir, Vera ... und nun, steig aus!«

Sie warf einen Blick aus dem Fenster. »Hier wohnst du doch nicht?«

»Aber du. Der ›Goldene Schlüssel‹ ist das beste Hotel der Stadt. Hier wirst du bleiben, bis wir ein möbliertes Zimmer für dich gefunden haben.«

Seit jener Nacht, als es ihnen in gemeinsamer Anstrengung gelungen war, den kleinen Peter dem sicheren Tod zu entreißen, waren Dr. Klaus Berg und die Hebamme Kirsten Lenz bei dem vertrauten Du geblieben, allerdings gebrauchten sie es nur, wenn sie allein waren. In der Anwesenheit von Patientinnen, Ärzten oder Schwestern waren sie nach wie vor förmlich.

Kirsten war es, die darauf bestanden hatte. »Natürlich ist nichts dabei«, hatte sie gesagt, »aber ein Arzt muß Respekt genießen, und man soll die Leute nie auf dumme Gedanken bringen. Das gibt nur Ärger!«

Aber als Klaus Berg sie von der Wohnung ihrer Mutter abholte, um mit ihr zusammen Peter in das Heim zu bringen, begrüßte sie ihn mit einem fröhlichen: »Hallo, Klaus! Alle Achtung, du bist aber pünktlich!«

»Du aber auch, Kirsten«, sagte er anerkennend.

Sie zeigte lachend ihre kräftigen weißen Zähne. »Kunststück, ich habe ja auch ab Mittag geschlafen, während du deine Krankenbesuche machtest. Ich habe eine lange Nacht hinter mir. Zwei Entbindungen, glücklicherweise ohne Komplikationen.«

Er führte sie zu seinem Auto. »Ich bin dir sehr, sehr dankbar, daß du mich begleiten willst«, sagte er, »es wird nicht einfach werden.«

»Ich bin ja froh, daß ich mitkommen darf! Ich hatte schon gedacht ...« Sie stockte.

»Ach was«, sagte sie mit entwaffnender Ehrlichkeit, »wozu soll ich dir etwas vormachen? Die Eingeborenentrommeln haben sich schon gerührt. Ich weiß, daß gestern ein sehr elegantes und bezauberndes junges Mädchen aus Düsseldorf angekommen ist, daß du sie im ›Goldenen Schlüssel‹ untergebracht hast und daß sie dir in der Sprechstunde hilft! Bitte, glaube nicht, daß ich dir nachspioniere. Dinkelscheidt ist ein kleines Nest, jede Neuigkeit verbreitet sich wie ein Lauffeuer!«

Sie ging um den Wagen herum, wartete, bis er ihr von innen öffnete, stieg ein.

»Und nun willst du wissen, wer dieses junge Mädchen ist?« fragte er. »Vera Hartwig, meine Verlobte.«

Kirsten lächelte. »Da ich dich nicht für einen Blaubart halte, bin ich schon selbst zu diesem Schluß gekommen.«

»Sie kam ganz überraschend«, sagte er, als wenn er sich entschuldigen wollte.

Kirsten setzte sich zurecht, zog den Rock über die Knie. »Ich möchte sie gern kennenlernen. Wo ist sie jetzt? Wie wäre es, wenn wir sie abholen und mitnehmen würden?«

Er ließ den Motor an, wartete, bis er das Auto in den Straßenverkehr einordnen konnte. »Lieber nicht.«

»Und warum nicht?«

»Vera ist auf Zimmersuche.«

Sie sagte nichts, aber nach einer Weile, als sie schon über die Hauptstraße fuhren, beantwortete er ihre unausgespro-

chenen Zweifel. »Das ist natürlich nicht der wahre Grund«, sagte er, »ich nehme an, die Eingeborenentrommeln haben auch gemeldet, daß ich gestern mit ihr in der Klinik war.«
»Das nicht.«
»Noch nicht«, sagte er, »du wirst es schon noch erfahren. Wir hatten einen Riesenkrach ... ausgerechnet auf dem Gang! Jeder konnte ihn hören!«
»Ziemlich unklug«, erklärte Kirsten gelassen, »ihr solltet eure Auseinandersetzungen in Zukunft lieber in den häuslichen vier Wänden austragen.«
»Es ging um Peter.« Dr. Bergs Gesicht war angespannt, Kirsten merkte, daß ihm das Sprechen schwerfiel. »Sie ... konnte es nicht verstehen«, sagte er mühsam.
Kirsten begriff sofort.
»Ich habe jetzt die Adresse von Peters Vater«, lenkte sie ab, »aber bei der Polizei teilte man mir mit, daß Schmitz nicht nach Dinkelscheidt zurückkommen wird. Er lebt jetzt in Hamburg und hat einen Makler beauftragt, den Haushalt völlig aufzulösen.«
»Er hat also keinerlei Interesse an dem Jungen?«
»Sieht ganz so aus. Aber zahlen muß er natürlich.«
»Den möchte ich mal zwischen die Finger kriegen«, erklärte Berg.
»Mit Gewalt kann man da gar nichts machen. Ich habe ihm einen netten Brief geschrieben und an sein Gewissen und sein Vaterherz appelliert!«
»Ob das was nutzt?«
»Jedenfalls muß man es versuchen.«
In der Klinik wartete Peter schon mit Ungeduld. Die Schwestern hatten ihm einen hübschen Matrosenanzug angezogen, sein blondes Haar gebürstet. Sein Gesicht glänzte geradezu vor Sauberkeit und Frische, seine blauen Augen blitzten vor Erregung.
»Da seid ihr ja endlich!« rief er. »Ich konnte es schon kaum noch abwarten!«

Peter wußte nicht, daß er in ein Heim kommen sollte, man hatte es ihm bisher verschwiegen. Aber jetzt ließ es sich nicht länger hinauszögern, sie mußten ihm die Wahrheit sagen.

Kirsten übernahm diese schwierige Aufgabe. Sie redete mit guten, klugen Worten auf den Jungen ein, während sie ihn fest an ihr Herz drückte.

Peters Augen wurden groß, sein Mund öffnete sich wie zu einem Schrei. Aber dann brachte er nur ein paar stammelnde Worte heraus: »In ein Heim? Nein, ich will nicht in ein Heim! Oh, Mutti ... Mutti!«

»Es ist ja kein gewöhnliches Heim, Peter«, sagte Dr. Berg, »es ist ein Heim für ganz besonders brave und kluge Kinder ... Kinder wie dich! Dort wirst du einen künstlichen Arm bekommen und zwei künstliche Beine ...«

»Ich will nicht! Ich will nicht!«

»Peter, Liebling!« Kirsten streichelte seinen Kopf. »Du willst doch bestimmt auch laufen können wie die anderen Kinder, nicht wahr? Denk nur mal, wie schön das sein wird ...«

»Nein, nein! Ich will bei euch bleiben!«

»Wir können dir doch nicht richtig helfen, Peter. Wir können dich nicht zu einem Jungen machen, der Arme und Beine gebrauchen kann! Das können nur die Ärzte dort in dem schönen Heim!«

»Ihr habt mir versprochen«, schluchzte Peter, »so oft habt ihr mir versprochen, ihr werdet mich nie allein lassen ... ihr werdet euch um mich kümmern.«

»Das wollen wir ja auch, Peter«, sagte Dr. Berg, »wir lassen dich nicht im Stich. Wir werden dich besuchen, und in den Ferien werden wir dich zu uns holen ...«

»Das ist kein Waisenhaus, Peter«, sagte Kirsten eindringlich, »die Kinder, die dort sind, haben alle Väter und Mütter, die sie liebhaben, und gerade deshalb dürfen sie in das schöne Heim, um gesund zu werden.«

»Ich ... die anderen Kinder, die sind so gemein! Sie wollen mich ja nicht ... niemand will mit mir spielen!«

Peter war keinem Zureden zugänglich. Er weinte herzzerreißend, rief nach seiner Mutter, die ihn verlassen hatte. »Oh, Mutti, Mutti ... ich möchte zu meiner Mutti!«

»Deine Mutti«, sagte Kirsten, »ist jetzt im Himmel, das weißt du doch.«

Peters Schluchzen verstummte plötzlich, er sah unwillkürlich zum Himmel hinauf, als hoffte er, seine Mutter dort oben zu entdecken.

»Du weißt doch genau, wie traurig deine Mutti immer war, weil du nicht gesunde Beinchen und Ärmchen hast wie die anderen Kinder ... daran erinnerst du dich doch?«

Peter nickte ernsthaft.

»Und nun stell dir einmal vor, wie sie sich droben im Himmel freuen wird, wenn sie sieht, daß ihr großer Junge laufen lernt!«

Peter zog die Nase hoch. »Meinst du, ich kann es wirklich lernen?« fragte er mißtrauisch.

»Wenn dir der Arzt im Heim Prothesen anmessen läßt, das sind künstliche Beine, und wenn du immer fleißig übst ... doch, ich glaube es«, sagte Kirsten. »Und du wirst lernen, deinen gesunden Arm genauso zu brauchen, als hättest du zwei ... vielleicht wirst du ja auch einen künstlichen Arm bekommen! Auf alle Fälle darfst du dort viel lernen und lesen und malen und singen und fröhlich sein! Es wird dir ganz bestimmt gefallen, paß nur auf.«

»Und wenn es ganz schrecklich dort ist? Holt ihr mich dann wieder ab?«

»Ehrenwort«, sagte Kirsten und drückte das gesunde Händchen des Jungen.

Damit war das Schlimmste überstanden. Während der Weiterfahrt weinte Peter zwar noch, aber seine Tränen waren nur noch wie ein milder kleiner Regen nach einem gewaltigen Unwetter. Er hatte begonnen, sich in das Unvermeidliche zu fügen, wenn er auch immer noch tief beunruhigt war.

Der Abschied ging dann sehr schnell. Eine ältere Schwester mit guten, freundlichen Augen nahm Peter in Empfang, brachte ihn sofort in das Spielzimmer zu den anderen Kindern, erzählte ihm, daß er schon sehnsüchtig erwartet wurde. Als Dr. Berg und Kirsten ihn, nachdem sie mit dem leitenden Arzt, Dr. Kremser, gesprochen hatten, noch einmal sehen wollten, winkte sie lächelnd, aber energisch ab. »Es würde ihn nur aufregen«, sagte sie, »und Ihnen würde es das Herz schwermachen!«

Auf der Rückfahrt war Dr. Berg sehr schweigsam, und Kirsten versuchte nicht, ihn in seinen Gedanken zu stören.

»Ich habe ein schlechtes Gewissen«, sagte er, als die Stadt schon wieder in Sicht kam, ganz unvermittelt.

»Weil wir Peter zu viel versprochen haben? Ich bin sicher, Klaus, daß Dr. Kremser wirklich alles tun wird, um ihm zu helfen, und die Schwester war auch ganz besonders nett.«

»Ich weiß nicht, ob ich mich in Zukunft so um den Jungen kümmern kann, wie ich es eigentlich möchte und müßte«, antwortete Dr. Berg. »Ich hätte ihn so gern in den Ferien zu mir genommen, aber ...« Er ließ das Ende des Satzes unausgesprochen.

Aber Kirsten verstand ihn auch so. »Ich werde es tun«, sagte sie, »ich habe meiner Mutter schon von Peter erzählt. Sie wird ihn gern betreuen, wenn ich unterwegs bin. Du brauchst dir keine Gedanken deswegen zu machen, Klaus. Ich werde ihn bestimmt nie im Stich lassen.«

»Solange du unverheiratet bist, sicher nicht, aber wenn erst mal ein Mann kommt, der ...«

»Ich werde niemals einen Mann heiraten, der kein Herz für Kinder hat«, sagte Kirsten mit fester Stimme, »niemals! Du kannst unbesorgt sein.«

Dr. Berg verstand nicht, warum ihn diese Erklärung wie ein schmerzlicher Vorwurf traf.

7 Vera Hartwig hatte sich mit Ehrgeiz in die ihr ganz ungewohnte Arbeit als Sprechstundenhilfe gestürzt. Sie wollte sich selbst, sie wollte ihrem Verlobten und auch ihren Eltern beweisen, daß viel mehr in ihr steckte, als alle glaubten.

Dr. Klaus Berg beobachtete sie mit Freude. Es machte ihm Spaß, ihr alle Kniffe und Handgriffe zu zeigen, festzustellen, wie schnell Vera begriff. Sie sah reizend aus in ihrem kurzen, eng gegürteten weißen Kittel, und ihre etwas wichtigtuerische Art brachte ihn oft zum Schmunzeln.

Merkwürdigerweise nahm auch der Strom der Patientinnen zu, seit Vera in seiner Praxis arbeitete. Dr. Berg wußte wohl, daß es die Neugier war, die die Frauen zu ihm trieb, aber er nutzte die Gelegenheit, ihr Vertrauen zu gewinnen. Der neue Zulauf hatte natürlich auch den Nachteil, daß die morgendliche Sprechstunde sich oft über die Mittagszeit hinausdehnte und ihm dann, vor den unumgänglichen Hausbesuchen, kaum Zeit blieb, hastig sein Essen hinunterzuschlingen.

Eines Tages ging es, als er endlich dazu kam, auf seine Armbanduhr zu blicken, schon auf zwei zu. Vera hatte eine Mutter, die ihr krankes Mädchen zur Behandlung gebracht hatte, gerade hinausbegleitet. Als sie wieder ins Sprechzimmer kam, bemerkte er, daß sie sehr blaß war.

»Na, was ist?« fragte er. »Müde?«

»Eigentlich nicht«, sagte sie tapfer, »nur ... die Füße!«

Er zündete sich eine Zigarette an, nahm ein paar Züge. »Daran wirst du dich schon noch gewöhnen, Liebes.«

»Hoffentlich!«

Er reichte ihr die brennende Zigarette. »Wieviel sind denn noch draußen?«

»Nur noch eine«, sagte sie, zwischen zwei Zügen, »ein Fräulein Emma Kolbe.« Sie reichte ihm die Karteikarte.

Dr. Berg warf einen kurzen Blick darauf, versuchte, sich zu erinnern. Die Patientin war erst einmal bei ihm gewesen, vor sechs Wochen, einer der ersten Fälle, mit denen er in seiner neuen Praxis zu tun gehabt hatte. Er hatte sie untersucht, die Blutgruppe bestimmt. Sie war im achten Monat gewesen.

»Verdammt«, sagte er, »die hätte schon vor Wochen zur Kontrolluntersuchung kommen sollen!«

»Ist denn das so wichtig?« fragte Vera.

»Und ob! Die Franzosen machen das richtig. Da bekommt keine Schwangere finanzielle Unterstützung zur Geburt, wenn sie sich nicht regelmäßig untersuchen läßt.« Er steckte die Karteikarte zurück. »Na, führ sie herein!«

Vera gab ihm die Zigarette zurück, er nahm noch einen Zug, drückte sie aus, als Vera schon die Hochschwangere ins Zimmer führte. Emma Kolbe war sehr blaß.

»Guten Tag, Herr Doktor«, sagte sie leise und stockend, »ich ...«

»Na, fein, daß Sie endlich einmal wieder den Weg zu mir gefunden haben! Haben Sie denn ganz vergessen, was ich Ihnen gesagt hatte? Jetzt sind Sie ja schon zehn Tage über den Termin! Ist Ihnen das wenigstens aufgefallen?«

Die Schwangere sagte kein Wort, sie preßte die Lippen zusammen, ihr Gesicht verkrampfte sich, sie krümmte sich zusammen.

Eine Sekunde lang war Dr. Berg sprachlos. »Ja, ist denn das die Möglichkeit!« brachte er endlich heraus.

Mit starken Armen hob er die schmale Patientin auf, trug sie auf das Untersuchungssofa.

»Seit wann haben Sie die Wehen? Schon seit gestern abend? Und da kommen Sie erst ...« Er unterbrach sich mitten im Satz, weil ihm plötzlich auffiel, daß die Wehe immer noch nicht aufgehört hatte und die Patientin mitzupressen schien.

»Vera!«

Dr. Berg streifte den Rock der Patientin hoch, tastete mit beiden Händen den Leib ab, spürte, wie er langsam wieder weich wurde. Der Rücken des Kindes war zu spüren, der

Kopf mußte schon tief in das kleine Becken eingetreten sein, die Geburt war also schon im vollen Gange.

»Freimachen! Kissen unter das Gesäß!«

Vera begriff nicht. »Aber ...«, sagte sie töricht.

»Das sind Austreibungswehen!« schrie er. »Los! Mach! Hilf mir!«

Mit zitternden Händen zog Vera der Patientin den Mantel aus, das Kleid über den Kopf, rannte im Zimmer herum, um ein Kissen zu finden, schob es der Patientin unter. Dr. Berg benutzte die Wehenpause, um die kindlichen Herztöne zu hören. Sie waren verhältnismäßig langsam, und das so kurz nach einer Wehe!

»Gummischürze!« rief er. »Hilf mir doch aus dem Kittel! Ich brauche einen zweiten sterilen Handschuh ... na, du weißt doch, wo sie sind!«

Es schien endlos zu dauern, bis Vera alles begriffen hatte, aber tatsächlich waren es nur Sekunden. Noch während Dr. Berg die Patientin vaginal untersuchte, setzte die nächste Wehe ein, und der Kopf des Kindes wurde sichtbar.

»Ruhig atmen, Emma ... einen Augenblick nicht mitpressen!« Ohne sich umzusehen, brüllte er Vera zu: »Gib mir ein steriles Tuch ... rasch!«

Die Patientin saß auf dem zusammengerollten Kissen, die Beine angezogen.

»Halt dich an den Knöcheln fest, Emma«, rief Dr. Berg. »Ja, so ist's richtig ... so geht's am besten!«

Die nächste Wehe kam, mit großer Heftigkeit.

»Kopf auf die Brust und tüchtig mitpressen!« befahl Dr. Berg. Mit der rechten Hand versuchte er dem austretenden Kopf den Weg zu erleichtern. »Nur jetzt nicht nachlassen! Mitdrücken, mitdrücken! Gleich haben wir's!«

Die junge Patientin war wirklich tapfer. Kein Stöhnen kam über ihre Lippen, kein Schrei. Jetzt erst verstand Dr. Berg, wieso es keiner der anderen Patientinnen im Wartezimmer aufgefallen war, was sich da vor ihren Augen abspielte. Niemand hatte das stille junge Mädchen beachtet, das, von Wehen gepeinigt, im Vorraum auf und ab lief, um die Wartezeit und die immer schlimmer einsetzenden Wehen zu überstehen.

Eine kurze Erholungspause und wieder eine neue Preßwehe. Der kindliche Kopf stand jetzt so, daß er das Gewebe stark vorwölbte. Durch den Druck wurde der Damm ganz blaß – ein sicheres Zeichen dafür, daß er bald einreißen würde.

»Schwester, Schere!« forderte er.

Vera, völlig verwirrt, reichte ihm eine Verbandsschere.

»Nicht die!« brüllte er. »Verdammt, es handelt sich hier um eine Geburt und nicht um einen verletzten Finger! Bring meine Bereitschaftstasche, mach sie auf ... da, siehst du, hier vorne ... ganz links!«

Endlich hatte er die Schere. Mit dem Zeige- und Mittelfinger der linken Hand fuhr er, hart am kindlichen Kopf vorbei, hinter den Damm, spreizte die Finger und gewann so einen Raum, in den er schneiden konnte, ohne das Kind zu verletzen. Er wartete ab, bis die Wehe ihren Höhepunkt erreicht hatte; in dem Augenblick, da der Damm durch die Anspannung praktisch unempfindlich geworden war, schnitt er. Die junge Mutter stieß einen Laut aus, einen kleinen, fast glücklichen Schrei.

Dr. Berg warf die Schere fort, denn langsam schob sich der kleine Kopf jetzt aus dem Geburtskanal, das mit schwarzen Härchen verklebte Hinterhaupt, das Gesichtchen nach unten ...

Sobald der Kopf ganz ausgetreten war, nahm Dr. Berg ihn in beide Hände, drehte ihn sachte so, daß das Gesicht zum Oberschenkel der Mutter schaute. Durch diese Drehung um neunzig Grad half er den Schultern durch das Längsoval des Beckens. Er zog nicht, er leitete nur, denn die Kraft der Wehen war so groß, daß er bremsen mußte, um zu verhindern, daß der Damm nicht doch noch, trotz des Schnittes, einriß.

Jetzt wurde die vordere Schulter sichtbar. Dr. Berg drehte den kleinen Kopf, den er nun quer in den flachen Händen hielt, noch etwas weiter in Richtung auf den Fußboden, hob ihn an und – hebelte so auch die hintere Schulter über den Damm.

Alles andere war nur noch ein Kinderspiel. Als die beiden Schultern im Freien waren, glitt der restliche Körper widerstandslos aus dem Geburtskanal.

Kaum seinem bisherigen Heim entronnen, zog das Neugeborene – es war ein kleiner Junge – die schlaffen Gliedmaßen kräftig an, verzog sein faltiges Gesichtchen wie ein Dakkel und ließ ein paar kräftige Schreie los. Damit nicht genug: sein winziges Glied hob sich, ein gelber Strahl schoß in hohem Bogen durch den Raum und traf Vera, die mit der geöffneten Bereitschaftstasche neben Dr. Berg stand, mitten auf den weißen Kittel.

Dr. Berg lachte. Er konnte Veras Gesicht nicht sehen.

»Die Kornzangen, rasch«, sagte er, »ein Tuch!«

Er klemmte die Nabelschnur ab, durchschnitt sie, wickelte den kleinen Kerl ein und legte ihn der jungen Mutter in die Arme.

Emma Kolbe sah mit großen, ungläubigen Kinderaugen auf das kleine Menschlein in ihren Armen. Langsam traten Tränen in ihre Augen, kullerten ihr über die Wangen, während der Kleine aus Leibeskräften schrie und am ganzen Körper vor Anstrengung zitterte.

Dr. Berg betrachtete die beiden, und ein starkes Glücksgefühl erfüllte sein Herz. »Gratuliere«, sagte er heiser, »ihr wart wunderbar, alle beide!«

Die junge Mutter lächelte unter Tränen. »Danke, Herr Doktor! Es war ... ich hätte nie gedacht ...«

»Schon gut! Sie haben das großartig gemacht!« Jetzt erst dachte er daran, sich nach Vera umzusehen. »Nicht wahr, Schwester?«

Seine Freude verflog jäh. Er sah, daß Vera sich kaum noch

auf den Beinen halten konnte. Sie war fast grün im Gesicht, hatte die Zähne in die Lippen gebohrt, schwankte leicht.

»Vera, du wirst doch jetzt nicht schlappmachen?« Er streifte die blutigen Gummihandschuhe ab, nahm eine Cognacflasche und ein Glas aus seinem Schreibtisch, füllte das Glas bis zum Rand, hielt es ihr an den Mund. Veras klappernde Zähne stießen gegen das Glas, nur mit Mühe konnte er ihr das belebende Getränk eintrichtern. »Besser?« fragte er.

»Ich ... sei mir nicht böse, ich ... ich kann einfach nicht mehr«, stieß sie mühsam hervor.

»Setz dich«, sagte er, »das hätte gerade noch gefehlt, daß du jetzt umfällst! Schließ die Augen und atme tief durch ... ich werde erst mal allein weitermachen!«

Vera tat, was Dr. Berg ihr geraten hatte. Als sie die Augen wieder öffnete, sah sie, daß er nicht mehr bei ihr war. Er hatte das Sitzkissen unter der Patientin mit einer Schüssel vertauscht. Rasch schloß Vera die Augen wieder, bevor noch die Nachgeburt kam. Ihr war sterbenselend, und es dauerte eine ganze Weile, bis sie sich einigermaßen erholt hatte.

Die Patientin lag jetzt lang ausgestreckt. Dr. Berg hatte die blutige Gummischürze ausgezogen, wusch sich die Hände. Ihre Augen trafen sich im Spiegel über dem Waschbecken.

»Geht's jetzt wieder, Vera?« fragte er. »Wunderbar! Dann kannst du mir helfen, die Patientin in den Behandlungsraum hinüberzubringen. Ich muß noch nähen.«

»Ich«, stammelte Vera mit zitternden Lippen, »es tut mir so leid ...«

»Mach dir keine Gedanken, Liebes, es war ein bißchen viel auf einmal, ich weiß.« Er lächelte ihr ermutigend zu. »Jetzt hast du's mal gesehen! Es ist nicht so einfach, eine richtige Arztfrau zu werden!«

Die Herren von der Düsseldorfer Kriminalpolizei begnügten sich nicht damit, Professor Hartwig zu befragen: Als das Ergebnis der amtsärztlichen Untersuchung Frau Rainers vorlag, kamen sie wieder. Auch der Amtsarzt hatte zwar keine Spur des verschwundenen Tuches entdecken können, aber es hatte sich auch nichts ergeben, das den Verdacht einer fahrlässigen Körperverletzung entkräftet hätte.

Kriminalkommissar Schubert und sein Assistent strichen durch die ganze Klinik, stellten viele Fragen, um sich ein Bild machen zu können, nahmen jede Schwester, die bei der fraglichen Operation anwesend gewesen war, einzeln vor, kamen auch zu Dr. Günther Gorski, der inzwischen in die Räume des Oberarztes gezogen war.

Dr. Gorski empfing die beiden Herren mit einem Ernst, der der Situation angemessen war, gleichzeitig aber auch mit ausnehmender Höflichkeit, bat sie, in der Sitzecke seines Sprechzimmers Platz zu nehmen, bot Zigaretten an.

»Tja«, sagte er und rieb sich die schmalen, gepflegten Hände, »ich will Ihnen nichts vormachen, meine Herren. Ich weiß natürlich, weshalb Sie zu mir gekommen sind. Ein sehr unangenehmer, ja, ein tragischer Fall. Die arme Frau. Wirklich, sehr, sehr tragisch.«

Kriminalkommissar Schubert sah ihn aus aufmerksamen, ruhigen Augen an. »Sie nehmen also an, daß Dr. Berg tatsächlich das fragliche Mulltuch im Leib der Patientin vergessen hat?«

Dr. Gorski sprang auf. »Ich? Wie kommen Sie darauf? Wie können Sie ...«

Der Kriminalkommissar fiel ihm ins Wort. »Entschuldigen Sie bitte, da scheinen wir uns mißverstanden zu haben!«

»Aber unbedingt«, erklärte Dr. Gorski, »wie käme ich dazu, einen Kollegen zu beschuldigen?«

»Nun gut, fangen wir also von vorne an. Setzen Sie sich doch, bitte, wieder hin.« Kriminalkommissar Schubert gab seinem Assistenten einen Wink, der daraufhin sein Notizbuch zückte. »Meine erste Frage ...«

»Moment mal!« Dr. Gorski ließ die Zigarette, die er sich gerade zwischen die Lippen stecken wollte, wieder sinken.

»Darf ich Ihnen einen Vorschlag machen? Es wäre doch viel besser, wenn Sie sich mit Dr. Berg direkt über die Vorgänge unterhalten würden. Er muß doch schließlich am besten wissen ...«

»Nur, keine Sorge. Das werden wir schon noch tun. Jetzt möchten wir zuerst einmal hören, was Sie als *Zeuge* zu sagen haben. Hat Dr. Berg verlangt, daß die benutzten Tücher, wie es bei solchen Operationen üblich ist, gezählt wurden?«

Dr. Gorski zuckte die Schultern. »Darüber kann ich leider nichts sagen.«

»Was soll das heißen?«

»Daß ich eine dahinzielende Aufforderung Dr. Bergs nicht gehört habe. Das beweist aber nicht, daß sie nicht doch gefallen sein könnte.«

»Aber Sie haben jedenfalls nichts gehört?«

»Nein. Und, um Ihrer nächsten Frage gleich zuvorzukommen, ich habe auch nicht gehört, daß die OP-Schwester eine entsprechende Meldung erstattet hätte.«

»Aber das hätten Sie doch unbedingt, wenn es wirklich geschehen wäre, hören müssen?«

»Ja«, sagte Dr. Gorski ruhig und zündete sich seine Zigarette an.

Kriminalkommissar Schubert beugte sich vor. »Das heißt also, Dr. Berg hat den offenen Leib der Patientin wieder zugenäht, ohne sich vergewissert zu haben, daß alle Tücher wieder da waren?«

»Ja«, sagte Gorski wieder.

»Und Sie würden das auch vor Gericht aussagen? Sie würden es auf Ihren Eid nehmen?«

Dr. Gorski sah dem Kriminalkommissar gerade in die Augen.

»Ja«, sagte er, »das kann ich jederzeit beschwören!«

»Danke, Herr Doktor Gorski«, sagte Kriminalkommissar Schubert, »das bringt uns einen ganzen Schritt weiter.«

Sein Assistent blickte von seinen Notizen auf. »Ihre Aussage schließt aber nicht aus«, sagte er, »daß Dr. Berg die Tücher selbst gezählt haben könnte ... oder?«

Dr. Gorski antwortete nicht sogleich. »Nein«, sagte er nach einer kleinen Pause.

Kriminalkommissar Schubert beobachtete ihn scharf. »Das klingt aber ein bißchen zögernd, Herr Doktor!«

»Ich habe natürlich keine Ahnung, was Dr. Berg während der Operation gedacht hat. Sie überfordern mich, wenn Sie dazu eine Stellungnahme von mir erwarten.«

»Sie arbeiten doch selbst als Chirurg«, sagte Kriminalkommissar Schubert, »pflegen Sie die Mullkompressen in Gedanken mitzuzählen?«

»Ja, schon«, gab Gorski zu, »zur Kontrolle. Aber letzten Endes verläßt man sich ja doch auf die Schwester.«

»Ich verstehe.« Kriminalkommissar Schubert erhob sich. »Das wär's dann. Haben Sie nochmals vielen Dank, Herr Doktor. Und entschuldigen Sie die Störung.«

Auch Dr. Gorski stand auf. »Ich stehe Ihnen selbstverständlich jederzeit zur Verfügung«, sagte er geschmeidig, »Sie werden verstehen, daß ich, schon im Interesse der Klinik, sehr viel Wert darauf lege, daß dieser tragische Fall so bald wie möglich vollkommen geklärt wird.«

»Ihr Chef«, sagte der Assistent und steckte den Kugelschreiber und das Notizbuch ein, »scheint in diesem Punkt nicht ganz Ihrer Meinung zu sein, Herr Doktor. Ich habe den Eindruck, daß er die ganze Sache am liebsten niedergeschlagen sehen möchte.«

Dr. Gorski lächelte überlegen. »Das ist doch durchaus verständlich.«

»So?« Kriminalkommissar Schubert hob fragend die Augenbrauen.

»Er fürchtet um den Ruf der Klinik, und dann ...« Dr. Gorski stockte.

»Sprechen Sie ruhig weiter«, sagte der Kriminalkommissar, »alles, was Sie zu dem Fall zu sagen haben, interessiert uns. Auch wenn Sie Ihrer Meinung nicht ganz sicher sein sollten.«

»Nun, ehrlich gestanden, ich habe den Eindruck«, erklärte Dr. Gorski mit gut gespielter Überwindung, »daß Professor Hartwig sich selbst die schwersten Vorwürfe macht. Er wußte ja, daß Berg nicht mehr ganz nüchtern war ...«

»Und er hat ihn trotzdem operieren lassen?«

»Ja, das ist eben der springende Punkt. Tatsächlich konnte er sich schlecht anders entscheiden. Immerhin war Berg damals noch Oberarzt der Klinik. Es hätte sozusagen gegen das Reglement verstoßen, ihm einen anderen Arzt vorzuziehen.«

»Gab es denn überhaupt einen anderen Arzt im Bereich der Klinik«, fragte der Assistent, »der für diese Operation in Frage gekommen wäre?«

»Aber selbstverständlich. Ich hatte mich ja erboten, die Operation vorzunehmen. Immerhin war ich ja wohl der einzig Nüchterne an diesem Abend. Mehr als einen Schluck Sekt hatte ich nicht getrunken.

»Man hat Sie also übergangen?« fragte der Kriminalkommissar mit ausdruckslosem Gesicht.

»Keineswegs. Professor Hartwig konnte sich lediglich nicht entschließen, seinen Oberarzt zu übergehen. Ich bin sicher, daß er sich jetzt, nachträglich, die schwersten Vorwürfe deswegen macht. Wer hätte allerdings eine solche Katastrophe voraussehen können!«

Als die beiden Männer von der Kriminalpolizei wenige Minuten später gegangen waren, blieb Dr. Gorski, die Klinke der Tür, die er eben hinter ihnen zugedrückt hatte, noch in der Hand, sekundenlang regungslos stehen.

Sein schmales dunkles Gesicht war angespannt. Er versuchte das ganze Gespräch in allen Einzelheiten zu rekonstruieren. Hatte er zuviel gesagt? Wäre es nicht besser gewesen, nur die Fragen zu beantworten, sich auf die knappsten Auskünfte zu beschränken?

Als an die Tür geklopft wurde, schrak er zusammen. Aber blitzschnell hatte er sich wieder in der Gewalt, ließ die Cognacflasche und das Glas verschwinden, bevor er »Herein« sagte.

Die Tür wurde einen Spaltbreit geöffnet, und Schwester Edeltraut schlüpfte ins Zimmer, ein junges, blondes, sehr schüchternes Mädchen, das darunter litt, daß sie, trotz ihrer zwanzig Jahre, bei jeder passenden und unpassenden Gelegenheit errötete und deswegen einigen Spott von den Kolleginnen und auch von den jüngeren Ärzten auszustehen hatte.

Auch jetzt wieder wurde sie puterrot, wußte nicht, was sie mit ihren Händen anfangen sollte, blickte gequält zu Boden.

Dr. Gorski war sich nicht darüber klar, wen er eigentlich erwartet hatte, aber das Erscheinen dieses harmlosen Mädchens erfüllte ihn mit uneingestandener Erleichterung.

»Na, Schwester«, sagte er, »was gibt's?«

»Herr Doktor«, stammelte sie, »es ist mir so furchtbar peinlich ...« Sie stockte.

»Immer heraus mit der Sprache«, sagte er lächelnd, »so schlimm wird's schon nicht sein!« Er ging um den Schreibtisch herum, trat auf sie zu. »Seh ich denn so aus wie einer, der Ihnen den Kopf abreißt?«

»Nein ... eben deshalb. Sie waren immer so nett zu mir, und ...«

Er legte ihr die Hand unter das Kinn, wollte sie zwingen, ihn anzusehen, aber sie hielt die Lider gesenkt. »Was haben Sie angestellt? Ein Tablett fallen lassen? Morphiumampullen verlegt? Oder sich mit einer Patientin zerstritten?«

»Wenn es das nur wäre ...« Dicke Tränen perlten aus Schwester Edeltrauts geschlossenen Lidern.

»Kommen Sie, kommen Sie«, sagte er, »ich habe keine Zeit, mich den ganzen Tag mit Ihnen zu befassen! Die Herren von der Polizei haben mich schon lange genug aufgehalten ...«

Schwester Edeltraut schluchzte auf. »Bei mir waren sie

auch! Gestern! Drei Stunden lang haben sie mich verhört ... ich habe die ganze Nacht nicht schlafen können.«

Dr. Gorski nahm seine Hand von ihrem Kinn, sein Gesicht verzerrte sich. Aber sie sah es nicht, weil ihre Augen voller Tränen standen. »Sind Sie deshalb zu mir gekommen?« fragte er tonlos.

»Ja, Herr Doktor ... bitte, bitte, Sie dürfen mir nicht böse sein ...«

Er wandte sich ab, ging zum Tisch, stäubte die Asche seiner Zigarette ab. »Warum sollte ich denn?« fragte er, ohne sie anzusehen.

»Dieser Kriminalkommissar hat mich so in die Zange genommen, richtig ausgequetscht hat er mich, ganz verrückt gemacht, bis ich schon gar nicht mehr wußte, was ich eigentlich sagte ...«

Er fuhr herum, starrte sie an. Seine dunklen Augen funkelten in dem schmalen Gesicht, aus dem alles Blut gewichen war. »Was, zum Teufel, haben Sie denn gesagt?« fuhr er sie an, außerstande, sich länger zu beherrschen.

Der Schreck ließ ihre Tränen versiegen. Sie schnappte nach Luft, unfähig, ein Wort herauszubringen.

»Entschuldigen Sie«, sagte er mühsam, »aber Sie können einen schon wirklich nervös machen. Ich wollte Sie nicht so anschreien ... also los, erzählen Sie schon!«

Schwester Edeltraut zog ein Taschentuch aus ihrer blendendweißen Schürze, tupfte sich die Tränen ab, putzte sich die Nase. »Ich mußte ihnen alles ganz genau beschreiben«, sagte sie, »immer und immer wieder haben sie mich nach jeder Einzelheit gefragt ... wo die OP-Schwester gestanden hat, als der Herr Oberarzt die Tücher entfernt hat, was der Anästhesist in diesem Augenblick gemacht hat, womit ich und Schwester Hilde beschäftigt waren und ... was Sie taten, Herr Doktor!«

»Na ja, und das haben Sie dann auch erzählt! Was ist schon weiter dabei?«

»Aber sie wollten doch alles wissen! Und da ... da habe ich ihnen auch gesagt, daß Sie sich gebückt haben!«

Mit einer fahrigen Bewegung stieß Dr. Gorski den Aschenbecher vom Tisch.

Schwester Edeltraut stürzte herbei, um die Stummel aufzusammeln, und das gab ihm Gelegenheit, sich wieder zu fassen.

»Danke«, sagte er, als sie den Aschenbecher wieder auf den Tisch stellte und sich mit hochrotem Kopf aufrichtete, »also, ganz ehrlich, ich verstehe nicht recht ... wie kommen Sie darauf, daß ich mich gebückt hätte?«

Schwester Edeltraut wandte ihm ihr verheultes kleines Gesicht zu. »Aber das haben Sie doch getan!«

»Ausgeschlossen!«

»Ganz bestimmt«, beharrte sie, »ich habe es deutlich gesehen, aber natürlich fiel es mir nicht weiter auf, weil ... weil es doch so schlecht um die Patientin stand und ich auch ein bißchen aufgeregt war. Aber dann, als der Kriminalkommissar immer weiter bohrte, ob ich nicht doch etwas Ungewöhnliches bemerkt hätte, da erinnerte ich mich plötzlich ...«

»Und Sie haben es ihm gesagt?«

»Ja! Ich war so verwirrt und dann ... es ist doch wirklich sehr ungewöhnlich, wenn ein Arzt sich während einer Operation zum Boden bückt ... wo er doch die sterilen Handschuhe anhat und alles!«

Dr. Gorski drückte seine Zigarette aus. »Sonderbar«, sagte er, »sehr sonderbar. Ich kann mich beim besten Willen nicht daran erinnern.«

»Vielleicht ist Ihnen ein Taschentuch hingefallen, und Sie haben es aufgehoben?« fragte Schwester Edeltraut.

»Haben Sie diese Möglichkeit auch dem Kriminalkommissar erzählt?«

»Nein. Er fragte mich, ob Sie etwas aufgehoben hätten. Aber das wußte ich ja nicht. Ich habe ja nur gesehen, wie Sie sich gebückt haben ... und dann sagte Schwester Hilde etwas zu mir, und ich guckte wieder weg.«

Dr. Gorski biß sich auf die Lippen. »Was hat der Kriminalkommissar noch gefragt?«

»Nur immer wieder dasselbe. Ob Sie vielleicht doch etwas aufgehoben und eingesteckt hätten, aber darauf konnte ich natürlich nicht antworten. Ich habe auch gar nicht begriffen, was er damit wollte ... aber dann, heute nacht, habe ich plötzlich das Gefühl gehabt, als ob ...« Sie schlug sich mit der Hand vor den Mund.

»Reden Sie weiter, Schwester! Sie müssen mir jetzt alles sagen!«

Mit niedergeschlagenen Augen begann Schwester Edeltraut: »Als ob der Kriminalkommissar geglaubt haben könnte, Sie, Herr Doktor, hätten eines der Tücher aufgehoben und verschwinden lassen! Und da ... da habe ich überhaupt erst begriffen, was ich mit meinem dummen Gerede angestellt habe!«

Dr. Gorski atmete tief durch. »Ist das alles, was Sie mir anvertrauen wollten, Schwester?«

»Ja. Ist es sehr schlimm? Werden Sie mich jetzt ... entlassen?«

Dr. Gorski lächelte. »Aber, aber, Schwester Edeltraut! Ich entlasse doch niemanden, nur weil er die Wahrheit gesagt hat! Im Gegenteil, Sie haben ganz recht daran getan, dem Kriminalkommissar alles zu erzählen.«

Schwester Edeltrauts Augen leuchteten auf. »Wirklich?« fragte sie, geradezu überwältigt vor Erleichterung.

»Ja, man darf niemanden belügen, vor allem keine Polizisten.«

»Nein, Herr Doktor.«

»Da sehen Sie! Ich bin unschuldig, also, was kann mir so ein Verdacht schon schaden? Nichts. Es ist mir ganz egal, was die Herren von der Polizei sich denken. Aber ich bin Ihnen sehr dankbar, daß Sie es mir erzählt haben, Schwester Edeltraut.«

»Und Sie sind mir nicht böse?«

»Ganz bestimmt nicht.« Er legte seinen Arm um ihre Schulter, brachte sie zur Tür. »Sie haben sehr gut beobachtet. Inzwischen ist es mir nämlich wieder eingefallen, ich habe mich wirklich gebückt ...«

»Ja?«

»Meine Schnürsenkel waren aufgegangen, ich war darauf getreten und beinahe gestolpert. Deshalb bückte ich mich, um sie wieder zuzubinden ... aber dann fiel mir ein, daß ich ja steril bleiben mußte, und ich richtete mich wieder auf, bevor ich sie noch berührt hatte. Das ist alles. Zu dumm, nicht wahr? Und wegen so etwas haben Sie weinen müssen!«

Schwester Edeltraut lächelte ihn an. »Ich bin ja so froh, Herr Doktor ... so froh, daß jetzt alles in Ordnung ist!«

Sobald sie das Zimmer verlassen hatte, war sein Gesicht grau, gezeichnet von Furcht und Erschöpfung.

Frau Liselotte Mengede kam zum erstenmal in Dr. Bergs Praxis. Sie war eine gepflegte, saubere, wenn auch ein wenig abgearbeitete Frau. Vera hatte eine neue Karteikarte für sie angelegt. Sie reichte sie Dr. Berg, bevor sie die Patientin hereinführte. Er überflog die Eintragungen, stellte fest, daß Frau Mengede 37 Jahre alt war, verheiratet, drei Kinder zur Welt gebracht hatte, bisher keine schweren Krankheiten durchgemacht hatte.

Als die Patientin jetzt, von Vera begleitet, hereinkam, merkte er sofort, daß sie sehr nervös und bedrückt war. Das Lächeln, mit dem sie ihn begrüßte, wollte nicht ganz gelingen.

»Bitte, setzen Sie sich doch, Frau Mengede«, sagte er freundlich, »was führt Sie zu mir?«

»Ich ... bitte, lachen Sie mich nicht aus, vielleicht bilde ich mir alles nur ein, aber ich glaube, irgend etwas ist mit mir nicht in Ordnung!«

»Was ist es, das Ihnen Sorgen macht?«

Frau Mengede warf einen scheuen Blick zu Vera. »Es kommt mir so vor, als wenn ein Knoten in meiner linken Brust säße«, sagte sie tonlos.

»Und wann haben Sie das festgestellt?«

»Vor ... na ja, vor etwa einem Monat!«

»Sie hätten damals gleich zu mir kommen sollen, Frau Mengede!«

Die Augen der Patientin waren dunkel vor Angst. »Glauben Sie, daß es etwas Schlimmes ist?«

»Aber nein«, sagte Dr. Berg beruhigend, »woher sollte ich das wissen, ohne Sie überhaupt untersucht zu haben? Nur, es ist immer besser, wenn man mit jedem Wehwehchen gleich zum Doktor kommt.«

Es klingelte an der Außentür, und Vera verließ das Zimmer.

Als die Patientin hinter dem Wandschirm hervorkam, konnte Dr. Berg zunächst nichts Auffälliges an ihr entdecken. Erst als er ganz genau hinsah, fiel ihm auf, daß die Haut unterhalb der Brustwarze, an der Außenkante, nicht glatt war. Ein mittelgroßer Bezirk hatte das Aussehen einer Apfelsinenschale.

Dr. Berg ließ sich nichts anmerken. »Stemmen Sie doch, bitte, mal die Arme in die Hüften«, sagte er.

Frau Mengede folgte dieser Aufforderung. Durch diese Haltung wurde die Brustmuskulatur angespannt und die Brüste angehoben. Tatsächlich zeigte dabei die linke Brust einen etwas deutlicheren Anstieg der Brustwarze, auch der veränderte Hautbezirk wölbte sich leicht vor.

Dr. Berg tastete zunächst einmal die rechte Brust ab, spürte nichts Verdächtiges. Die linke Brust jedoch zeigte etwas außer- und unterhalb der Brustwarze einen derben Knoten. Die Geschwulst war gut pflaumengroß, die Haut war sehr derb, sie ließ sich über dem Knoten nicht verschieben.

Es schien sich um ein sogenanntes Mammakarzinom zu

handeln, einen Brustkrebs. Dr. Berg war sich seiner Diagnose ziemlich sicher, aber sein Gesicht verriet nichts.

Er tastete die Lymphknoten in der Achselhöhle ab. Er wußte: wenn die sonst kaum tastbaren Lymphknoten hart und derb waren, so war das ein Zeichen, daß schon Tochtergeschwülste bestanden. Aber das war nicht der Fall, und dadurch stiegen die Heilungsaussichten der Patientin beträchtlich. Allen Anzeichen nach war der Krebs jetzt noch operabel.

Frau Mengede war jeder seiner Bewegungen mit angstgeweiteten Augen gefolgt. Jetzt fragte sie: »Was ist?«

»Wir müssen schleunigst etwas unternehmen. Es handelt sich um einen Tumor.«

»Also ... Krebs!«

Die Patientin schrie es fast.

Vera, die wieder ins Zimmer gekommen war, hatte diesen Ausruf gehört. Sie blieb erschrocken in der Tür stehen.

»Das ist durchaus nicht gesagt«, erklärte Dr. Berg, »aber operieren müssen wir trotzdem: Der Chirurg wird während der Narkose ein Stück des Tumors herausschneiden, histologisch untersuchen ... dann erst läßt sich entscheiden, ob die Geschwulst nicht vielleicht doch gutartig ist!«

»Und wenn nicht? Wenn es sich um Krebs handelt?«

Dr. Berg verstand, was in der Patientin vorging, er verstand sie nur zu gut. Dennoch durfte er nicht zögern, ihr die Wahrheit zu sagen. »Dann«, erklärte er, »müßten wir die Brust entfernen.«

»Nein!« Frau Mengede schlug unwillkürlich schützend beide Arme über die nackte Brust.

»Bitte«, sagte Dr. Berg, »es hat doch keinen Zweck ...«

»Nein, lieber will ich sterben ... als mein ganzes Leben ...« Frau Mengedes Stimme brach. »Ich würde keine richtige Frau mehr sein, Herr Doktor, wissen Sie, was das für mich bedeutet? Mein Mann ist doch noch jung, ich kann ihm nicht zumuten ...«

»Frau Mengede«, sagte Dr. Berg, »jetzt denken Sie doch auch einmal an Ihre Kinder! Wollen Sie die denn allein lassen? Und Ihr Mann, er liebt Sie doch sicher ...«

»Ja, aber gerade deshalb, dann wäre doch alles aus! Bitte, Herr Doktor, bitte nicht den Busen wegoperieren!«

»Wer weiß, ob das überhaupt nötig sein wird. Aber ich muß Sie auf das Schlimmste vorbereiten. Nun ziehen Sie sich erst mal wieder an!«

Er wandte sich um, sah in Veras blasses, entsetztes Gesicht. »Bitte«, sagte er, »stelle eine Verbindung mit der Klinik her! Ich muß mit Dr. Hellwege sprechen ...« Er legte seine Hand auf ihren Arm, drückte ihn beruhigend, um ihre Verkrampfung zu lösen. »Bitte, Vera, nimm dich zusammen!«

Mit starrem Gesicht tat sie, was er von ihr verlangte, winkte ihm zu, als die Verbindung hergestellt war. Dr. Berg bestellte ein Bett für den nächstmöglichen Termin, bat Dr. Hellwege, die Operation zu übernehmen.

Die Patientin hatte sich angezogen, trat hinter dem Wandschirm hervor. Sie tat ihm leid, aber er mußte hier energisch sein.

»Ich habe eben mit dem leitenden Arzt der Klinik telefoniert, in der ich ebenfalls arbeite. Er ist Chirurg, er will Sie Donnerstag aufnehmen ...«

»Donnerstag? Das ist ja schon übermorgen! Nein, das geht auf keinen Fall. Ich muß doch erst die Kinder unterbringen, mein Mann kann doch keinen Urlaub nehmen.«

»Dann nimmt er ihn sich eben außer der Zeit! Sein Chef soll sich ruhig an mich wenden, ich werde das vertreten. Also, Sie werden Donnerstag früh in der Klinik sein ... nüchtern. Fräulein Vera wird Ihnen noch die Adresse geben.«

Frau Mengede schluckte mit trockenem Mund. »Und, wenn ich nicht komme? Wie lange habe ich dann noch zu leben?«

»Sie werden kommen«, sagte Dr. Berg, »Sie sind viel zu tapfer und vernünftig, um Ihre Familie im Stich zu lassen. Sprechen Sie mit Ihrem Mann, oder schicken Sie ihn zu mir! Ich bin ganz sicher, daß er auch die Operation will ... und daß er Sie nachher nur doppelt lieben wird, weil Sie ihm und Ihren Kindern dieses Opfer gebracht haben!«

Als sie allein waren, kam Klaus Berg noch einmal auf Veras Verhalten zurück. Er meinte: »Jeder Mensch muß sich an solche Dinge erst gewöhnen. Dein Vater erzählte doch immer die schöne Geschichte, wie es ihm im Sezierzimmer übel wurde, und auch ich habe mal als Student eine lange Zeit das Gefühl gehabt, ich könnte es einfach nicht schaffen!«

»Ich werde mich nie daran gewöhnen«, sagte Vera, »nie!«

»Willst du aufgeben?« fragte er ruhig. »Du weißt, du bist freiwillig hier, der Vorschlag kam von dir. Ich würde durchaus Verständnis dafür haben, wenn du ...«

»Ja, du hast Verständnis«, sagte Vera plötzlich wild, »jede Menge Verständnis, jedenfalls bildest du dir das ein! Aber von mir verstehst du gar nichts! Du begreifst nicht, du willst einfach nicht begreifen, warum ich zu dir gekommen bin, daß ich doch nur ...«

Das Klingeln des Telefons unterbrach ihren Satz. Dr. Berg nahm den Hörer ab, meldete sich. Er hörte Kirstens Stimme.

»Ja, was ist?« fragte er, durch Veras Nähe einigermaßen irritiert.

Kirsten begriff nicht sofort. »Sie sind nicht allein, Herr Doktor?«

»Ich bin mitten in der Sprechstunde ...«

»Ich werde Sie nicht lange aufhalten, aber ich habe gerade etwas erfahren, was Sie wissen sollten.«

»Ja?«

»Die Düsseldorfer Polizei hat den Fall Rainer zur Bearbeitung nach Dinkelscheidt weitergeleitet. Sie müssen in den nächsten Tagen mit einer Vorladung rechnen ... oder damit, daß einer der Herren plötzlich bei Ihnen auftaucht!«

Klaus Berg spürte, wie sein Mund trocken wurde. »Woher weißt du das?« fragte er.

»Spielt keine Rolle. Aber ich bin ganz sicher. Sonst würde ich Sie doch nicht beunruhigen.«

»Ja. Vielen Dank«. Er drückte den Hörer auf die Gabel, starrte mit blicklosen Augen vor sich hin, zog die Unterlippe zwischen die Zähne.

»Das war Kirsten Lenz, nicht wahr?« fragte Vera lauernd. »Wieder mal eine Entbindung?«

»Nein.«

»Wollte sie dich vielleicht in einer privaten Angelegenheit sprechen?« – Vera hatte bei dieser Frage ein unschuldiges Jungmädchengesicht aufgesetzt.

Dr. Berg erwachte aus seiner Grübelei. »Verdammt«, sagte er, »verdammt! Und ich hatte gehofft, der Fall wäre endlich ausgestanden. Jetzt geht's also weiter. Ich werde in den nächsten Tagen zur Polizei müssen.«

»Hat die Hebamme dir das gesagt?«

»Ja.«

»Wie kommt sie dazu?«

»Sie wollte mich warnen. Sehr anständig von ihr.«

»Ich«, sagte Vera und betonte dieses Wort, »finde es einigermaßen sonderbar!«

»Sonderbar?« Er sah sie verständnislos an. Dann, ganz plötzlich begriff er, daß sie eifersüchtig war. »Vera«, sagte er, »was für eine Idee! Weiß Gott, deine Sorgen möchte ich haben. Das Haus fällt uns über dem Kopf zusammen, und du belastest mich auch noch mit so einem Blödsinn.«

»Ist es wirklich Blödsinn?«

»Aber ja.« Er nahm sie in die Arme, drückte sie heftig an sich. »Komm, sei lieb, Vera, mach's mir nicht noch schwerer.«

Sie klammerte sich an ihn. »Verzeih mir«, sagte sie leise,

»ich weiß, ich bin wirklich sehr dumm ... was wirst du jetzt tun?«

»Zuerst einmal zu meinem Vater fahren. Ich wollte ihn sowieso wieder mal besuchen. Er muß die Wahrheit erfahren.«

Der alte Doktor Berg nahm den Bericht mit einer Gelassenheit auf, die des Sohnes Liebe und Bewunderung für den einsamen, kranken Mann noch verdoppelte.

»Du scheinst nicht sehr überrascht zu sein?« fragte Klaus erstaunt.

Das Gesicht des Vaters verzog sich zu einem wehmütig-spöttischen Lächeln. »So verkalkt, mein Sohn, wie du denkst, bin ich denn doch noch nicht. Ich wußte gleich, daß etwas nicht stimmte, als du so Hals über Kopf nach Dinkelscheidt kamst ... und Zeitung lesen kann ich auch noch.«

»Aber bisher sind in den Zeitungsberichten doch noch keine Namen erwähnt worden!«

»Stimmt. Aber immerhin bin ich noch imstande, eins und eins zusammenzurechnen. Ich war gespannt, wann du mir endlich beichten würdest.«

»Ich hätte es dir am liebsten von Anfang an gesagt, Vater ...« Dr. Berg unterbrach sich. »Entschuldige, darf ich mir eine Zigarette anstecken?«

»Aber klar, gib mir, bitte, auch eine. Ich darf's zwar nicht, aber ein einziger Glimmstengel wird mich schon nicht umbringen.«

Dr. Berg tat seinem Vater den Gefallen.

»Wie gesagt, ich hätte dir alles längst erzählt, aber dein Gesundheitszustand ...«

Sein Vater grinste. »Soll das heißen, daß ich jetzt aus dem Gröbsten heraus bin? Das wäre eine gute Nachricht.«

»Doch, Vater. Ich habe eben mit dem Professor gesprochen. Er ist sehr zufrieden mit dir. Nur ... arbeiten solltest du natürlich nicht mehr.« Dr. Berg legte seine Hand auf das Knie des alten Herrn. »Tut mir leid, Vater ...«

»Mir nicht im geringsten«, sagte der Vater unerschüttert, »weißt du, daß es mir hier im Krankenhaus eigentlich ganz gut gefällt? Lach mich nicht aus, es ist wirklich so. Mal keine Verantwortung tragen, Ruhe haben, lesen können, Ärzte und Schwestern schikanieren, den lieben Gott einen guten Mann sein lassen ... ich finde das gar nicht schlecht; mir tut es geradezu gut. Mir schaudert bei dem Gedanken, daß ich wieder arbeiten müßte.«

»Sollst du ja auch nicht mehr, Vater. Der Professor sagt, es wäre am besten, du gingst nach deiner Entlassung erst mal in ein Sanatorium ... mindestens für sechs Wochen ... und dann werden wir weitersehen ...«

»Herrliche Aussichten!« Der alte Arzt rieb sich die Hände.

»Ich werde dich natürlich finanziell unterstützen, Vater, nur ...«

»Du willst heiraten, eine Familie gründen und mußt deine Pfennige zusammenhalten! Verstehe ich vollkommen, Klaus!«

»Das ist es nicht, Vater. An eine Heirat kann ich vorläufig gar nicht denken ... nicht, solange alles noch so ungeklärt ist.« Dr. Berg stand auf, begann in dem kleinen Krankenzimmer auf und ab zu gehen. »Ich weiß, was ich dir schuldig bin, Vater. Du hast meine Erziehung und mein Studium finanziert, da wäre es ja noch schöner ...«

Der alte Doktor beobachtete ihn von seinem Sessel am Fenster aus, wo er, eine dicke Decke um die Beine, die brennende Zigarette zwischen den gelben, zitternden Fingern, in schlaffem Behagen saß. Jetzt unterbrach er seinen Sohn: »Nun mach aber mal 'nen Punkt, Junge! Seit altersher ist es üblich, daß Eltern für ihre Kinder sorgen ... umgekehrt hat's Seltenheitswert.«

Dr. Berg kam auf ihn zu, blieb vor ihm stehen. »Vater, begreifst du denn nicht?! Solange ich dazu in der Lage bin, werde ich alles für dich tun, was in meinen Kräften steht. Aber es ist doch durchaus möglich ...« Plötzlich verließ ihn der Mut, die Dinge beim Namen zu nennen.

»Daß du verhaftet wirst?« fragte sein Vater ruhig.

»Ja! Selbst wenn man mir nichts beweisen kann ... du kennst Dinkelscheidt! Die Patienten würden mich im Stich lassen, ich müßte die Praxis aufgeben. Deine Praxis, Vater, für die du dich dein ganzes Leben lang aufgeopfert hast!«

»Ich glaube nicht, daß es so weit kommen wird.«

»Deinen Optimismus möchte ich haben, Vater!«

»Ich habe viele, viele Jahre gebraucht, um ihn mir anzueignen. Die Erfahrung, mein Sohn, hat mich die alte Binsenweisheit gelehrt: Das, was wir brennend erhoffen, tritt ebenso selten ein wie das, was wir zitternd befürchten – und wenn es wirklich geschieht, ist es weder so schön noch so furchtbar, wie wir es uns vorgestellt haben.«

»Nett, daß du mich zu trösten versuchst, Vater! Aber wenn ich verhaftet werde ...«

Sein Vater fiel ihm ins Wort ... »Das können sie nur dann, wenn diese Patientin ... Wie hieß sie doch gleich?«

»Frau Rainer.«

»Also, wenn Frau Rainer stirbt, das heißt, wenn man die Mullkompresse in ihrer Bauchhöhle findet. Vorläufig ist sie aber noch gesund und munter, das wirst du doch auch in der Zeitung gelesen haben ... eine bemerkenswerte Frau übrigens, läßt sich nicht so leicht ins Bockshorn jagen. Es kommt jetzt nur darauf an, daß du die Nerven behältst, Klaus. Sag ja und nein, wenn du verhört wirst, mehr aber auch nicht. Lüge nicht, das wäre sinnlos, aber erzähle auch nicht mehr, als unbedingt nötig ist.«

Dr. Berg straffte die Schultern. »Du hast recht, Vater!«

»Und wenn du ganz sicher gehen willst, dann nimm dir einen Rechtsanwalt. Laß dich beraten. Ich verstehe dich sehr gut, Klaus, du hast das Gefühl, etwas verpatzt zu haben, und dein Gerechtigkeitssinn verlangt, daß du dafür bestraft wirst ... aber im Leben geht's nicht gerecht zu, das solltest du wissen.«

»Aber ...«

Der alte Herr ließ ihn nicht zu Worte kommen. »Denk immer daran, daß der Patientin überhaupt nicht damit gedient ist, wenn du dich als Sündenbock festnageln läßt. In keiner Weise. Im Ernstfall täte ihr Mann besser daran, sich an Professor Hartwig zu halten, der hat die nötigen Moneten ... und das wird sein Anwalt ihm auch sicher raten. Aller Wahrscheinlichkeit nach aber – jetzt hör mir mal gut zu! – ist das verdammte Tuch sonstwo verschwunden, nur nicht in ihrem Leib. Ich kenne dich doch, Klaus ... nicht mal im Zustand der Volltrunkenheit und mit verbundenen Augen würde dir ein solcher Fehler unterlaufen!«

8

Claudia Hartwig traf am Nachmittag des nächsten Tages in Dinkelscheidt ein. Sie hatte es nach einer erregten Aussprache mit ihrem Mann unternommen, Vera nach Hause zurückzuholen. Die Zustände an der Klinik des Professors waren unhaltbar geworden. Die Presse hetzte, und Hartwig spürte überall Mißtrauen. Viele Betten in der Klinik standen leer – so konnte es nicht weitergehen. Man mußte sich offiziell von Dr. Berg distanzieren.

Langsam fuhr sie die Hauptstraße entlang, skeptische Neugier in den klugen Augen. Sie entdeckte das funkelnagelneue Schild an einem der engbrüstigen grauen Häuser: *Dr. med. Klaus Berg, prakt. Arzt und Geburtshelfer.*

»Der Herr Doktor ...«, begann Vera gewohnheitsmäßig, als sie die Tür öffnete. Dann erst erkannte sie die Mutter, stockte, sah sie mit weit geöffneten Augen fassungslos an.

»Ja, ich bin's wirklich«, sagte Claudia Hartwig lächelnd, »sieh mich nicht so an, als wenn ich ein Gespenst wäre! Willst du mich nicht hereinlassen?«

»Doch, natürlich, nur ... Klaus ist ...«

»Er macht Krankenbesuche, ja, ich weiß. Aber das schadet nichts. Es ist besser, wenn wir beide uns erst einmal allein unterhalten.«

»Entschuldige, Mutti, aber ich habe zu arbeiten! Die Krankenscheine ... die Abrechnung ...«

Claudia fiel ihr ins Wort: »... kann alles ruhig mal eine halbe Stunde warten!« Sie ging auf die offene Tür zu. »Ich nehme an ... ja, richtig, hier ist das Sprechzimmer!« Sie trat ein, sah sich um. »Besser als ich gedacht habe, ganz passabel, wirklich!«

Vera mußte ihr wohl oder übel folgen.

»Es ist so, wie Klaus es von seinem Vater übernommen hat! Später will er natürlich alles modernisieren.«

»Das wird ihm hoffentlich auch gelingen.« Claudia streifte ihre Handschuhe ab, betrachtete ihre Tochter prüfend. »Du siehst blaß aus, Liebling!«

Vera warf den Kopf in den Nacken. »Ich fühle mich aber wohl, Mutti! Falls du mir etwa einreden willst ...«

»Wie käme ich denn dazu! Du bist doch glücklich?«

Nach einem sekundenlangen Zögern, das der Mutter nicht entging, sagte Vera mit fester Stimme, fast herausfordernd: »Ja!«

»Und ist es Klaus auch mit dir?«

»Warum sollte er nicht?«

»Nun, ich könnte mir verschiedene Gründe denken. Immerhin ist es doch etwas sonderbar, daß er dich noch nicht geheiratet hat.«

»Mutti«, sagte Vera, »was soll denn das? Du kennst doch seine Situation. Er kann mich jetzt nicht heiraten, weil ... weil er mich nicht in die ganze Sache hineinziehen will.«

Claudia zog die Augenbraue hoch. »Sehr nobel«, sagte sie. Die Ironie in ihrer Stimme war nicht zu überhören.

»Warum sagst du das so?« fragte Vera scharf.

»Du weißt, ich habe Klaus immer sehr gern gehabt ...«

Vera fiel ihr ins Wort. »Bis er Pech gehabt hat, ja, ich weiß!«

»Du mißverstehst mich vollkommen. Es geht hier um etwas ganz anderes. Die Zeitungen haben den Fall aufgegriffen, das weißt du sicher selbst. Alle möglichen Reporter schnüffeln in Vaters Klinik herum. Sie werden ihren Weg auch hierher finden, Vera ... und sie werden darauf kommen, daß ausgerechnet du, die Tochter Professor Hartwigs, mit dem gescheiterten Oberarzt Dr. Berg zusammenlebst.«

»Das tue ich ja gar nicht, Mutti! Ich wohne in einem möblierten Zimmer und ...«

Claudia seufzte tief. »Das ist doch alles uninteressant, Vera. Du bist von Düsseldorf weggegangen, um bei Dr. Klaus Berg zu sein, das ist der springende Punkt. Das werden die Reporter herausfinden, und daran werden sie ihre Sensationsberichte anknüpfen ... begreifst du jetzt?«

Veras junges Gesicht war um einen Ton blasser geworden. »Mir ist es egal, was die Leute über mich reden«, erklärte sie trotzig.

»Aber mir und deinem Vater ist das keineswegs egal ... und Klaus könnte es auch nicht gleichgültig sein, wenn er dich noch liebte. Liebt er dich überhaupt, Vera? Bist du ganz sicher?«

Vera drehte sich um, wandte ihren schmalen geraden Rücken der Mutter zu, trat ans Fenster.

»Ich möchte wissen, wie du darüber denkst, Vera!«

Vera rührte sich nicht, schwieg.

»Na schön. Keine Antwort ist auch eine Antwort.« Claudia öffnete ihre Handtasche, zündete sich eine Zigarette an. »Wenn Klaus dich liebte«, sagte sie, »dann hätte er entweder Schluß gemacht, oder er hätte dich geheiratet. Aber er kann sich weder zu dem einen noch zu dem anderen aufraffen, und das beweist, daß du ihm ...«

Vera fuhr herum. »Hör auf damit, Mutti!« schrie sie. »Hör auf, ich kann es nicht hören!« Sie preßte die Hände vor die Ohren.

Eine ganze Weile standen sich die beiden Frauen schweigend gegenüber, bis Vera endlich langsam die Hände sinken ließ.

»Mutti«, sagte sie schwach, »verstehst du denn nicht ...«

In diesem Augenblick schrillte die Klingel an der Wohnungstür.

Vera hatte die Wohnungstür geöffnet. Draußen stand ein untersetzter Mann in kurzem dunklem Ulster.

»Der Herr Doktor ist nicht da«, sagte sie gleichgültig, »bitte, kommen Sie um vier Uhr wieder, dann ...«

»Kriminalpolizei«, sagte der Fremde und ließ für Sekunden einen Ausweis in einer Cellophanhülle sehen.

Erschrocken wich Vera zurück. »Ich sagte Ihnen doch schon, Dr. Berg ist fort.«

»Ja, ich weiß, ich habe Sie durchaus verstanden. Aber bis vier Uhr ist ja nur noch eine halbe Stunde, dann werde ich eben warten und mich inzwischen mit Ihnen unterhalten.«

»Mit mir? Was wollen Sie denn von mir? Ich bin doch polizeilich gemeldet«, stotterte Vera.

»Um so besser für Sie!« sagte der Mann ungerührt.

Ehe Vera noch mehr sagen konnte, erschien Claudia auf der Schwelle des Sprechzimmers.

»Ich bin die Mutter dieser jungen Dame«, erklärte Claudia Hartwig mit Würde, »und wer sind Sie?«

»Kriminalinspektor Görner.«

Bei dem Wortwechsel hatte niemand bemerkt, daß die Wohnungstür aufgeschlossen wurde und Klaus Berg zurückkam. Jetzt stand er verdutzt in der Tür, beobachtete die kleine Szene: Frau Claudia mit geröteten Wangen und blitzenden Augen dem Polizeibeamten gegenüber, als wenn sie jeden Augenblick auf ihn losgehen wollte, Vera, die totenblaß an der Wand lehnte.

»Nanu«, sagte er, »was ist denn hier los?«

Claudia unterbrach ihn: »Da ist Dr. Berg, Herr Görner. Sie können jetzt mit ihm reden! Aber Sie werden wohl gestatten, daß ich und meine Tochter uns zurückziehen!« Sie legte Vera schützend den Arm um die Taille. »Ich nehme an, es gibt hier einen Raum, wo wir ...«

Dr. Berg gab ihr seinen Schlüsselbund. »Geht hinüber in meine Wohnung, ja? Wir sehen uns später!«

Kriminalinspektor Görner machte keinen Versuch, den Abgang der beiden Damen zu verhindern. Er nahm den Hut ab und nahm auf einem Stuhl Platz. »Es ist mir gar nicht angenehm, Ihnen Schwierigkeiten machen zu müssen, Herr Doktor! Ihren Herrn Vater habe ich gut gekannt, und was Sie selbst betrifft, ich weiß, daß Sie Ihre Arbeit sehr ernst nehmen. So was spricht sich bei uns schnell herum.«

Dr. Berg setzte sich hinter seinen Schreibtisch. »Ich danke Ihnen«, sagte er kurz.

»Trotzdem ... ich muß meine Pflicht tun, Sie verstehen.« Görner seufzte leicht, zog ein Notizbuch aus der Innentasche seines Ulsters, blätterte darin. »Also ... der fragliche Fall hat sich am 18. September zugetragen, genauer gesagt: in der Nacht vom 18. auf den 19.!«

»Das wird mir ewig unvergeßlich bleiben«, sagte Dr. Berg, »für den 19. war meine Hochzeit angesetzt.«

»Ja, ich weiß, steht alles in den Akten. Sie wurden mitten aus der Polterabendfeier herausgerissen und waren ein bißchen angetrunken, stimmt's?«

»Es muß schon so gewesen sein. Ich selbst hielt mich für einigermaßen nüchtern.«

»Das tun alle, Herr Doktor, das ist nun mal so. Beiläufig ... wieviel haben Sie an jenem Abend getrunken? Ungefähr?«

Dr. Berg dachte nach. »Ein Glas Cognac zum Anwärmen ... nachher noch zwei oder drei Gläser Wein und schließlich ein Glas Sekt ...«

»In welchem Zeitraum?«

»Um acht ging's los, kurz vor zwölf rief Schwester Marie an ... also ungefähr in vier Stunden!«

»Na ja«, sagte Kriminalinspektor Görner und machte sich eine Notiz, »das sollte doch eigentlich einen Mann wie Sie nicht umwerfen.«

»Hat es ja auch nicht getan.«

»Sie waren also alle in bester Stimmung, bevor der Anruf kam. Oder hat es vorher schon irgendwelche Zwischenfälle gegeben? Erzählen Sie mir alles, es kann wichtig für Sie sein, Herr Doktor!«

Dr. Berg biß sich auf die Lippen, zögerte.

»Oder wollen Sie lieber überhaupt nichts aussagen, bevor Sie mit einem Rechtsanwalt gesprochen haben? Das wäre Ihr gutes Recht. Ich habe keinesfalls vor, Sie zu überrumpeln«, erklärte der Kriminalinspektor.

»Nein, nein, das ist es nicht ... ich habe nichts zu verbergen. Wenn sich herausstellen sollte, daß ich wirklich einen schwerwiegenden Fehler gemacht habe, so bin ich bereit, die Strafe dafür auf mich zu nehmen.«

»Diese Haltung ehrt Sie, Herr Doktor. Sagen Sie mir, bitte, jetzt aber auch die ganze Wahrheit! Was für einen Zwischenfall hat es an jenem Abend vor dem Telefonanruf gegeben?«

Dr. Berg atmete tief durch. »Keinen Zwischenfall. Eher ... eine gewisse Mißstimmung. Dr. Gorski, er war damals erster Assistenzarzt ...«

»Ich habe die Akten studiert, Herr Doktor!«

»Dann werden Sie ja auch wissen, daß Günther Gorski sich schon früher um die Tochter des Professors, meine Braut, bemüht hatte. Er ... verbarg seine ... na, sagen wir, schlechte Laune auch am Polterabend nicht. Seine ganze Haltung wirkte ernüchternd.«

»Ich verstehe. Kam es zu einem Wortwechsel zwischen Ihnen und Dr. Gorski?«

»Nein, im Gegenteil. Vera und ich baten ihn, uns seine Freundschaft zu erhalten, und er ging darauf ein. Wir stießen miteinander an.«

»In diese Situation hinein platzte dann also der Anruf der Schwester?«

»Nein«, sagte Dr. Berg, »meine Braut und ich waren auf den Balkon hinausgegangen. Eine Freundin meiner Braut rief mich wieder hinein. Professor Hartwig telefonierte noch, und aus den Wortfetzen, die ich mitbekam, entnahm ich sofort alles. Eine neue unerwartete Blutung der Patientin erforderte eine umgehende Operation. Die Patientin, Frau Rainer, war vor wenigen Tagen eingeliefert worden.«

»Mit medizinischen Einzelheiten wollen wir uns jetzt nicht belasten. Es genügt mir, wenn Sie mir bestätigen, daß eine Operation unaufschiebbar war.«

»Ja, das stimmt.«

»Und Sie? In der verständlichen Hochstimmung, in der Sie sich befanden, erklärten sich sofort bereit, den Fall zu übernehmen?«

»Nein, so war das nicht!« protestierte Dr. Berg. »Da müssen Sie ganz falsch unterrichtet worden sein. Es war mir mehr als unangenehm, aus meiner eigenen Polterabendfeier herausgerissen zu werden. Ich war ausgesprochen erleichtert, als Gorski sich bereit erklärte, den Fall zu übernehmen ... aber Professor Hartwig lehnte ab.«

»Warum tat er das wohl?« fragte der Kriminalinspektor, ohne Klaus Berg anzusehen.

»Danach müssen Sie Hartwig selbst fragen. Ich versuche nur, die Tatsachen zu rekonstruieren.«

»Aber Sie sind ganz sicher, daß Dr. Gorski sich als erster meldete und daß nicht Sie, sondern Professor Hartwig ihn ablehnte?«

Dr. Berg war ehrlich verblüfft. »Welchen Grund hätte ich denn haben sollen, Gorski abzulehnen? Er war ja der Nüchternste von uns allen.«

»Das geben Sie also zu?«

»Unbedingt. Ich sagte ja schon, er war schlechter Laune. Er hat den ganzen Abend kaum etwas getrunken.«

»Erst nachdem Professor Hartwig sich mit Gorski nicht einverstanden zeigte, erboten Sie sich also, die Operation durchzuführen?«

»Ja. Etwas anderes blieb mir ja nicht übrig, jedenfalls hatte ich damals den Eindruck. Heute weiß ich, daß es entschieden besser gewesen wäre, wenn ich mich dazu außerstande erklärt hätte.«

»Aber damals kam Ihnen der Gedanke nicht? Auch dann nicht, als Professor Hartwig sehr heftig protestierte?«

Dr. Berg starrte den Kriminalinspektor völlig verblüfft an. »Was sagen Sie da? Wiederholen Sie das, bitte, noch einmal! Professor Hartwig soll protestiert haben? Wie kommen Sie denn darauf?«

Der Kriminalinspektor maß ihn mit einem merkwürdigen Blick. »Ich habe die Vernehmungsprotokolle studiert, das sagte ich Ihnen doch schon.«

»Aber wer in aller Welt kann so etwas Blödsinniges behauptet haben?«

»Professor Hartwig selbst.«

Dr. Berg sprang so heftig auf, daß sein Stuhl ins Schwanken geriet. »Aber das ist doch absurd! Außer mir und Gorski kam doch überhaupt niemand als Operateur in Frage, und da er Gorski abgelehnt hat, blieb doch nur ich!«

»Bitte, Herr Doktor«, mahnte der Kriminalinspektor, »regen Sie sich nicht auf! Wir sind ja erst dabei, den Fall zu klären! Wenn Sie sagen, daß der Herr Professor Ihr Angebot sofort annahm ...«

»Nein, das tat er nicht! Er machte Einwendungen.«

»Also doch!«

Dr. Berg fuhr sich mit beiden Händen in die Haare. »Nein, nein, Sie verstehen das ganz falsch. Er sagte irgend etwas in dem Sinne, daß er mir das ausgerechnet an diesem Abend nicht zumuten könne! Aber es war keineswegs ein Protest, sondern eine ... eine reine Höflichkeitsformel!«

Kriminalinspektor Görner richtete sich auf, strich sich mit

dem stumpfen Ende seines Kugelschreibers über die Nase. »Passen Sie auf, Herr Doktor, jetzt werde ich Ihnen einmal eine ganz präzise Frage stellen! Professor Hartwig war doch Ihr Chef?«

»Ja.«

»Ich weiß nicht, wie die Verhältnisse in einem Krankenhaus sind, aber hätte Professor Hartwig als Ihr Chef Ihnen diesen Eingriff verbieten können?«

»Ohne weiteres.«

»Und Sie hätten sich diesem Verbot gefügt?«

»Selbstverständlich.«

»Nehmen wir mal an, Sie wären so betrunken gewesen, daß Sie trotz eines Verbotes in die Klinik marschiert wären ...«

»Ein Wink des Professors hätte genügt, und Gorski und Hartenstein hätten mich daran gehindert.«

»Es besteht aber doch die Möglichkeit«, sagte der Kriminalinspektor, offensichtlich immer noch nicht ganz überzeugt, »daß er Sie nicht vor Ihren ... na, sagen wir ... Untergebenen so blamieren wollte!«

Dr. Berg ballte die Fäuste, um seiner Erregung Herr zu werden. »Das sind doch alles Hirngespinste, Herr Inspektor! Professor Hartwig hat ja gar kein Verbot ausgesprochen, nicht einmal eine Warnung! Er hat ja nicht etwa gesagt: ›Junge, du bist nicht mehr ganz nüchtern, laß lieber die Finger davon!‹ Er hat lediglich erklärt, daß er mir diese Operation an meinem Polterabend nicht zumuten möchte ... und als ich mit irgendeinem dummen Witz über diesen Einwand hinwegging, zeigte er sich dankbar und erleichtert.«

Der Kriminalinspektor hob die Hand. »Gut, gut, Herr Doktor, ich habe Ihre Stellungnahme zur Kenntnis genommen. Jetzt mal zur Operation selbst. Sie wissen sicher, was man Ihnen vorwirft ... Sie sollen eine dieser Mullkompressen in der Bauchhöhle der Patientin vergessen haben.«

»Ja.«

Der Kriminalinspektor hob die Augenbrauen. »Heißt das, daß Sie sich schuldig bekennen?«

»Nein. Aber ich sehe keinen Weg, wie ich diesen Vorwurf entkräften könnte. Ich glaube mich noch zu erinnern, daß ich den Befehl gegeben habe, die benutzten und dann von mir wieder entfernten Tücher zu zählen. Aber ich muß zugeben, daß ich nicht abgewartet habe, bis mir die Ausführung dieses Befehls gemeldet wurde.«

»Warum nicht? Haben Sie dafür eine Erklärung?«

»Es ging um Leben und Tod der Patientin, Herr Inspektor. Der Anästhesist meldete, daß ihr Kreislauf zusammengebrochen war! Ich tastete also die Bauchhöhle ab, vergewisserte mich, daß alle Tücher entfernt waren ...«

»Haben Sie das wirklich getan?«

»Aber ganz bestimmt! Und dann begann ich, die Bauchhöhle zu schließen. Es ging um Sekunden!«

»Sie sind also ganz sicher, daß kein Tuch vergessen worden sein könnte?«

»Damals, im Augenblick der Operation, war ich es ... aber jetzt natürlich ... ich kann es beim besten Willen nicht beschwören! Ich erschrak zu Tode, als ich später erfuhr, daß ein Tuch fehlte. Es bedeutet für einen Chirurgen eine Art ... ständigen Alpdruck, daß einmal so etwas passieren könnte.«

»Und Sie hatten keine Möglichkeit, den Bauch wieder aufzuschneiden?«

»Nein. Eine zweite Operation hätte die Patientin mit Gewißheit nicht überlebt.«

»Herr Doktor«, sagte Kriminalinspektor Görner, »jetzt nur noch eine letzte Frage: Haben Sie eine Ahnung, wohin das vermißte Tuch verschwunden sein könnte, wenn es nicht in der Bauchhöhle der Patientin vergessen wurde?«

»Nein.«

»Haben Sie irgend etwas Auffälliges während der Operation bemerkt? Ich meine, hat sich irgendeiner der Anwesenden in irgendeiner Weise ungewöhnlich benommen?«

»Nein. Darüber kann ich nichts sagen. Ich war voll und ganz auf meine Arbeit konzentriert. Ich habe nicht gemerkt, was sich sonst noch im Raum abspielte.«

Der Kriminalinspektor erhob sich. »Dann danke ich Ihnen, Herr Doktor. Kommen Sie doch heute oder morgen ... den Zeitpunkt überlasse ich ganz Ihnen, ich weiß, Sie sind ein vielbeschäftigter Mann, zu mir auf die Stadtpolizei, damit wir ein ordnungsgemäßes Protokoll Ihrer Aussage aufsetzen. Ich denke, das dürfte doch auch in Ihrem Sinne sein!«

Berg ging die wenigen Schritte über den Flur, klingelte an der Tür seiner kleinen Wohnung.

Vera öffnete. Sie hatte ihren weißen Kittel ausgezogen, war im Mantel, aber im ersten Augenblick merkte Klaus das gar nicht.

»Endlich!« sagte er. »Ach, Vera, es ist nicht zu fassen ...« Er wollte sie in die Arme ziehen, aber sie wich zurück.

»Bitte, nicht«, sagte sie, »ich muß mit dir sprechen!«

Seine Arme sanken herab, er sah sie fassungslos an. Ihr Gesicht glich einer starren weißen Maske, in der nur die tiefblauen Augen lebendig waren. »Ich verlasse dich«, sagte sie eisig.

Er brauchte einige Sekunden, um diesen unerwarteten Schlag zu überwinden.

»Bitte, verlange keine Erklärung von mir«, sagte sie, »du weißt so gut wie ich, um was es geht. Ich kann nicht länger bei dir bleiben. Es würde dir ja auch nichts nützen, wenn ich mit in die Sache hineingezogen würde.« Sie reichte ihm mit spitzen Fingern die Wohnungsschlüssel.

»Schon gut«, sagte er müde, »ich verstehe durchaus. Wann willst du fort?«

Claudia Hartwig kam aus dem Wohnzimmer. »Jetzt«, sagte sie, »ich nehme Vera mit nach Düsseldorf.«

»Deshalb bist du also gekommen? Um Vera zurückzuholen? Gratuliere, das war schlau eingefädelt und bestens gelungen!«

»Ich wollte bei dir bleiben«, sagte Vera, »ich wollte es wirklich, Klaus. Ich wollte es mit dir zusammen durchstehen. Aber nun die Polizeiverhöre ...«

»Du brauchst dich nicht zu entschuldigen«, sagte er, »es hat wohl so kommen müssen. Ich war blind und dumm, daß ich das nicht von Anfang an gesehen habe.«

»Klaus, ich ...«

Vera kam nicht dazu, ihren Satz zu beenden. Claudia unterbrach sie: »Mach es nicht zu kompliziert, Liebling«, sagte sie. »Klaus ist ein erwachsener Mann, er weiß, daß er allein für das geradestehen muß, was er getan hat. Komm jetzt!«

»Kann ich noch irgend etwas für euch tun?« fragte Klaus Berg. »Soll ich ein Taxi bestellen?«

»Danke, nicht nötig. Ich bin mit dem Wagen gekommen.«

»Also dann ... leb wohl, Vera! Ich wünsche dir alles Gute!«

Veras Maske zerbrach. Tränen stiegen in ihre Augen, ihre Lippen zitterten. »Oh, Klaus, ich ... es tut mir so leid!«

»Mir auch, Klaus«, sagte Claudia, »ich konnte dich immer gut leiden, ich hätte dich gern als Schwiegersohn gesehen, aber du weißt ja selbst ...«

»Reizend von dir, das zu sagen«, erklärte Dr. Berg mit einer Ironie, die ihm selbst weh tat.

»Verachte uns nur, wenn dir das wohler tut«, sagte Claudia.

Er trat zu den beiden Damen auf den Flur hinaus, zog die Tür hinter sich zu. »Entschuldigt mich, bitte, jetzt ... ich habe zu tun!«

Er ging auf seine Praxis zu und drehte sich nicht mehr um. Er wußte mit schmerzlicher Klarheit, daß dieses Kapitel seines Lebens endgültig abgeschlossen war.

Am nächsten Morgen fühlte sich Klaus Berg elend. Ein bleierner Druck lastete auf seinem Gehirn. Trotzdem öffnete er die Praxis pünktlich wie immer.

Als erste Patientin kam ein neun Monate altes Mädchen, das von seiner Mutter auf den Armen in die Sprechstunde getragen wurde. Das Kind weinte leise, das helle blonde Haar war schweißverklebt, die Stirne heiß.

»Bitte, Herr Doktor, schaun Sie sich doch meine Ute mal an«, sagte die Mutter, »ich bin so in Sorge! Bisher war sie immer so fröhlich und gesund, aber gestern nachmittag wurde sie plötzlich so quengelig, wollte ihr Breichen nicht essen ... und in der Nacht hat sie dann erbrochen! Zum Glück bin ich aufgewacht.«

»Haben Sie Fieber gemessen?«

»Ja, sie hatte Temperatur. Aber das kommt und geht ja so bei den Kindern.«

»Bitte, ziehen Sie die Kleine doch aus und legen Sie sie auf den Untersuchungstisch«, sagte Dr. Berg, »meine Sprechstundenhilfe ist heute nicht da, da müssen Sie mir schon ein bißchen helfen ... Waren Sie schon einmal bei mir?«

»Nein. Aber ich wohne schräg gegenüber. In dem Haus, wo unten das Café ... es war der nächste Weg.«

Dr. Berg legte eine leere Karteikarte vor sich auf den Schreibtisch. »Ihr Name?«

»Gerda Hansel.«

»Und die Kleine heißt Ute?«

»Ja.«

»Wann ist sie genau geboren? Wie ist die Geburt verlaufen? Was für Krankheiten hat sie schon gehabt?«

Während Dr. Berg die nötigen Angaben aufnahm, hatte Frau Hansel das Kind ausgezogen. Er wusch sich die Hände, steckte der Kleinen dann ein Fieberthermometer unter den Arm.

»Drücken Sie, bitte, das Ärmchen fest an«, sagte er zu Frau Hansel, »damit das Thermometer nicht verrutscht. Ich werde schon mit der Untersuchung beginnen.«

Er nahm eine gründliche Bauchinspektion vor, horchte Herz und Lunge ab, ohne einen krankhaften Befund feststellen zu können. Als er das Thermometer herauszog, stellte er fest, daß Ute 40 Grad Fieber hatte. Er spiegelte die Ohren, schaute in den Rachen. Nichts.

Frau Hansel folgte jeder seiner Bewegungen mit ängstlichen Augen. Dr. Berg sprach während der Untersuchung immer wieder beruhigend auf Mutter und Kind ein.

»Was ist es, Herr Doktor? Was kann es bloß sein?«

»Ich mache noch eine Urinuntersuchung. Würden Sie die Kleine wohl aufsetzen und festhalten ... ja, so, mit angezogenen Beinchen ... es tut gar nicht weh, es ist gleich vorüber!«

Tatsächlich gelang es ihm, den kleinen, sterilen Metallkatheter schmerzlos in die Harnröhre des Kindes einzuführen. Er fing den ablaufenden Urin in einem Reagenzglas auf.

Trotzdem, dachte er, so geht es nicht. Ich brauche dringend eine Sprechstundenhilfe, eine, die ihr Fach versteht. Ich muß mich noch heute mit Kirsten in Verbindung setzen.

Er zog den Katheter wieder heraus. »So«, sagte er laut, »Sie können die Kleine wieder anziehen, Frau Hansel. Ich werde inzwischen den Urin untersuchen!«

Sein Verdacht bestätigte sich. Als er durch das Mikroskop sah, entdeckte er massenhaft Eiterkörperchen im Urin.

Er trat wieder zu Mutter und Kind zurück. »Bitte, erschrekken Sie nicht, Frau Hansel«, sagte er, »Ute hat eine Nierenbeckenentzündung ... aber das kriegen wir schon wieder hin, keine Sorge!«

»Eine Nierenbeckenentzündung ... wie ist denn das möglich?«

»Wahrscheinlich als Folge einer Erkältung. Jedenfalls kein Grund für Sie, sich aufzuregen. Ich schreibe Ihnen ein Rezept auf, besorgen Sie sich die Medikamente sofort und geben Sie dem Kind viel zu trinken ... Kamillentee, auch Fruchtsäfte ... damit die Nieren tüchtig durchgespült werden.«

»Danke, Herr Doktor.«

»Ich komme heute nachmittag einen Sprung zu Ihnen hinauf, ja? Ich bin sicher, dann wird Ute sich schon besser fühlen!« Er lächelte der Kleinen ermutigend zu und schob Mutter und Kind aus dem Zimmer.

Nach dem Mittagessen, das für Klaus Berg heute nur aus einem Schinkenbrot und einer Tasse Nescafé bestand, entschloß er sich, als erstes Hansels aufzusuchen.

Mit großen Schritten stieg er die Treppe des gegenüberliegenden Hauses hinauf, klingelte, die Bereitschaftstasche in der rechten Hand.

Frau Hansel öffnete erst, nachdem er noch ein zweitesmal, diesmal heftiger, geklingelt hatte. Ihr Gesicht wirkte verlegen und abweisend.

Er merkte sofort, daß etwas nicht in Ordnung war.

»Störe ich?« fragte er, »das täte mir leid! Ich kann natürlich auch später wiederkommen ...«

Frau Hansel unterbrach ihn: »Nein«, sagte sie schroff, »danke, Herr Doktor! Sie brauchen überhaupt nicht mehr zu kommen!«

Klaus Berg war es, als wenn er einen Schlag in die Magengrube bekommen hätte. »Das Kind ist doch nicht etwa ...?« stieß er hervor.

»Nein«, sagte Frau Hansel, »mit Ute ist alles in Ordnung. Die haben Sie noch nicht verkorkst!«

Er trat dicht auf sie zu. »Was soll das heißen? Warum sagen Sie mir so etwas?«

Frau Hansel klammerte sich an der Tür fest, entschlossen, keinen Schritt zurückzuweichen. »Das wissen Sie doch ganz genau! Sie sind doch der aus Düsseldorf, der die arme Frau auf dem Gewissen hat ... eine Mutter von drei Kindern! Ein Skandal, daß man so etwas wie Sie noch frei herumlaufen läßt!«

Dr. Berg rang nach Luft. »Ich ...«, brachte er mühsam heraus, »das ist ein Irrtum ... ein Mißverständnis ...«

»Ach, erzählen Sie mir doch nichts, die Zeitungen sind ja voll davon! Wenn ich bloß früher gewußt hätte, daß Sie das sind ... nie hätte ich meine Ute zu Ihnen gebracht! Ein Glück, daß ich noch rechtzeitig einen Wink bekommen habe ... ein Glück, kann ich bloß sagen!«

Er begriff, daß es zwecklos war. Wie hätte er der aufgeregten Frau erklären können, was wirklich geschehen war? Wie hätte er irgendeinem Laien verständlich machen können, daß dieses einmalige Versagen nichts mit seinen Fähigkeiten zu tun hatte?

»Entschuldigen Sie«, sagte er, drehte sich um und ging, mechanisch wie eine aufgezogene Marionette, die Treppe hinunter.

Frau Hansel lief ihm nach, beugte sich über das Geländer. »Bei mir brauchen Sie sich nicht zu entschuldigen«, keifte sie, »kümmern Sie sich lieber um Ihr Opfer! Sie glauben wohl, für Düsseldorf hat es nicht gereicht, aber für Dinkelscheidt sind Sie noch gerade gut genug? Aber wir sind auch Menschen, wir haben ein Recht auf unser Leben, und wir lassen uns nicht von so einem wie Sie zugrunde richten! Gehen Sie doch dahin, wo Sie hergekommen sind!«

Ihre Stimme hallte durchs Treppenhaus, und Dr. Berg war es, als wenn die ganze Stadt sie hören müßte. Eine Frau, die ihm entgegenkam, sah ihn aus entsetzten Augen an, wich zur Seite, als wenn sie sich vor seiner Berührung fürchtete.

»Mörder!« schrie Frau Hansel.

Das war das letzte, was Klaus Berg hörte, dann fiel die Haustür hinter ihm ins Schloß. Er stand auf der Straße, atmete tief durch, um sich zu beruhigen.

Er fühlte sich wie ein Mann am Pranger.

9

Am Abend fuhr Dr. Klaus Berg zu Kirsten Lenz und sprach sich mit ihr aus. Sie war viel zu energisch und temperamentvoll, um sich mit der Rolle einer Trösterin zufrieden und ausgefüllt zu fühlen.

Schon seit langem hatte sie mit dem Gedanken gespielt, auf eigene Faust Nachforschungen im Fall Dr. Berg anzustellen. Sie hatte einen Brief an die Operationsschwester Marie, die sie von einem gemeinsamen Ausbildungskurs her kannte, an die Klinik Professor Hartwigs nach Düsseldorf geschrieben, allerdings ohne Dr. Berg oder den Fall mit einer Silbe zu erwähnen. Sie hatte einfach versucht, die alte Verbindung mit der Schwester wieder aufzufrischen, jedoch ohne Erfolg.

Jetzt, da sie erleben mußte, wie sich das Netz immer enger und enger um Dr. Berg zuzog, entschloß sie sich, zu handeln. Kurzerhand fuhr sie an einem der nächsten Tage nach Düsseldorf, versuchte, Schwester Marie vom Bahnhof aus telefonisch zu erreichen. Eine andere Schwester teilte ihr mit, daß Marie bei einer Operation sei und frühestens um zwei Uhr zu sprechen wäre.

Kirsten fuhr mit der Straßenbahn zur Klinik Professor Hartwigs hinaus, beobachtete eine Weile das weiße, imposante Gebäude inmitten des winterlichen Parks, aber sie ging nicht durch das Tor, sondern schlenderte weiter, bis sie ein Café ganz in der Nähe fand.

Sie trat ein, bestellte sich eine Tasse Kaffee und ein Stück Kuchen, rief Punkt zwei Uhr wieder an.

Diesmal kam Schwester Marie selbst an den Apparat. Es dauerte eine Weile, bis Kirsten der Schwester klargemacht hatte, daß sie in Düsseldorf war, dann aber erklärte sich die andere ohne Umstände bereit, auf einen Sprung ins Café zu kommen.

»Ab acht Uhr haben wir operiert«, erzählte sie, »ich kann dir sagen, ich bin erledigt! Jetzt mache ich mich nur noch ein bißchen frisch.«

Aber es dauerte eine halbe Stunde, bis Schwester Marie kam. Sie hatte sich umgezogen, trug ein gut geschnittenes, etwas zu langes graues Wollkostüm mit schwarzem Persianerkragen, hauchdünne Strümpfe und Schuhe mit hohen Absätzen. Ihr hellblondes Haar war hochtoupiert, ihre Wangen von der frischen Luft leicht gerötet.

Die beiden begrüßten sich herzlich. Kirsten lud die Schwester zu Kaffee und Kuchen ein, bestellte sich selbst einen Cognac, zündete sich eine Zigarette an.

»Ich habe ja jeden Tag deinen Brief beantworten wollen«, sagte Schwester Marie, »ich hatte schon ein ganz schlechtes Gewissen deswegen, aber bei uns war immer so viel los.«

»Ihr seid also voll belegt?«

Schwester Marie schüttelte den blonden Kopf. »Nein, wir arbeiten zur Zeit mit halber Belegschaft!« Sie sah sich um, der Nebentisch war frei, und die anderen Gäste schienen mit sich selbst beschäftigt zu sein. Trotzdem senkte sie die Stimme. »Vielleicht hast du was in der Zeitung gelesen. Die Düsseldorfer Privatklinik, über die alle jetzt so herziehen, das sind wir!«

»Ja, ich weiß.«

»Ach so!« Schwester Marie war nicht weiter erstaunt. »Aber lassen wir jetzt mal diese unglückselige Geschichte, erzähl mir lieber von dir! Du arbeitest als Hebamme, nicht wahr? Macht es dir Spaß?«

»Marie«, sagte Kirsten Lenz, »ich will dir nichts vormachen. Ich bin nicht zum Spaß nach Düsseldorf gekommen, sondern eben wegen dieser unglückseligen Geschichte, wie du sie nennst. Weißt du, daß Dr. Berg jetzt in Dinkelscheidt praktiziert?«

»Du kennst ihn?«

»Ja, und ich kann mir einfach nicht vorstellen, daß ihm so ein Fehler unterlaufen sein könnte!«

»Das kann niemand«, sagte Schwester Marie entschieden, »aber du mußt bedenken, es war ja sein Polterabend, er hatte einiges getrunken ...«

»War er betrunken?«

»Nein, jedenfalls kam es mir nicht so vor.«

»Du hast ihn an diesem Abend gesehen?«

»Ich war doch bei der Operation dabei.«

»Herrlich«, sagte Kirsten, »das ist mehr, als ich zu hoffen gewagt hatte! Bitte, erzähle mir, was sich abgespielt hat ... erzähle es mir in allen Einzelheiten!«

»Das wird dir auch nicht weiterhelfen«, sagte Schwester Marie. »Tatsache ist, ich habe die Mullkompressen nicht gezählt. Berg behauptet, er hätte ›zählen‹ gesagt, aber wenn er das getan hat, so habe ich es überhört. Eine Meldung habe ich bestimmt nicht erstattet, und nachher hat eben eine gefehlt.«

Kirsten schwieg, starrte mit zusammengezogenen Augenbrauen vor sich hin.

»Es tut mir ja so leid«, sagte Schwester Marie, »uns allen! Ich könnte mich prügeln, daß ich nicht von mir aus die verdammten Dinger gezählt habe, bevor er zumachte. Aber es war ein solcher Wirbel. Du weißt ja selbst, wie das ist, wenn der Kreislauf der Patientin plötzlich zusammenbricht ... und im gleichen Augenblick wurden die neuen Blutkonserven hereingebracht, alles lief durcheinander ...«

»Und es besteht nicht die Möglichkeit«, fragte Kirsten, »daß in diesem Durcheinander eine der jüngeren Schwestern einen Fehler gemacht, ich meine, die Kompresse einfach weggeworfen hat?«

»Ich habe sie verhört, jede einzelne, ich habe jeder ins Gewissen geredet, bis sie dem Nervenzusammenbruch nahe waren. Aber das einzige, was dabei herausgekommen ist ... ich habe mich denkbar unbeliebt gemacht!«

Kirsten ließ nicht locker. »Das bringt mich auf eine andere Idee. Hatte Berg in der Klinik Feinde?«

Schwester Marie schüttelte den Kopf. »Dumme Frage. Du kennst ihn doch. Die Schwestern wären für ihn durchs Feuer gegangen.«

»Und die Kollegen?«

Diesmal zögerte Marie mit der Antwort.

»Also red schon«, sagte Kirsten, »es bleibt ja unter uns.«

»Der Oberarzt hatte natürlich Neider«, sagte Schwester Marie vorsichtig, »ist ja klar. Er war seit Jahren die rechte Hand des Professors, die Patientinnen himmelten ihn an, und jetzt stand er auch noch im Begriff, die einzige Tochter des Chefs, diesen Goldschatz, zu heiraten.«

»War einer von diesen Neidern bei der Operation zugegen?«

»Ja«, sagte Schwester Marie, »Dr. Gorski, unser jetziger Oberarzt. Versteh mich richtig, das soll nicht heißen, daß ich ihn beschuldige, obwohl ich ihn, ehrlich gestanden, nicht für einen Ehrenmann halte. Er ist einer von denen, weißt du, die die Schwestern gern zwicken, aber schikanieren, wenn sie es sich nicht gefallen lassen.«

»Die Typen kenne ich!«

»Na, dann brauche ich dir ja wohl nichts mehr zu erzählen! Der hätte dem Oberarzt bestimmt gern ein Bein gestellt ... bloß, so eine dicke Sache traue ich ihm doch nicht zu!«

»Aber«, sagte Kirsten hartnäckig, »immerhin war er bei der Operation dabei.«

Schwester Marie schüttelte den Kopf. »Das besagt doch nichts. Er hatte doch gar keine ...« Sie stockte mitten im Satz, ihre Augen wurden groß. »Gelegenheit«, ergänzte sie dann, aber es klang durchaus nicht überzeugt.

»Jetzt ist dir etwas eingefallen«, bohrte Kirsten, »bitte, sag mir alles!«

»Ich weiß nicht ...« Schwester Marie schob den leeren Teller von sich. »Der Kuchen war übrigens gut.«

»Also los, jetzt sag's mir schon!« drängte Kirsten. »Du darfst einfach nichts verschweigen, was Dr. Berg entlasten könnte.«

Marie seufzte. »Na schön, du sollst es wissen, aber du wirst enttäuscht sein. Mir ist nur eben eingefallen, als ich mir die

Schwestern vorknöpfte, da sagte mir Edeltraut, die jüngste, ein ziemlich albernes Ding, also, sie sagte mir heulend wie ein Schloßhund, daß Dr. Gorski sich während der Operation gebückt hätte ...«

Kirsten beugte sich vor. »Und ... weiter?«

»Nichts weiter. Mehr hat sie nicht gesehen.«

Kirsten zündete sich eine neue Zigarette an. »Aber er könnte etwas aufgehoben haben.«

»Stimmt. Könnte er. Aber dafür gibt es keinen Beweis.«

»Diese Mullkompressen«, sagte Kirsten, »waren doch sicher blutdurchtränkt. Nehmen wir einmal an, Dr. Gorski hätte eine aufgehoben und ... wohin getan? In die Hosentasche gesteckt, eine andere Möglichkeit hatte er nicht. Dann muß doch seine Hose blutig geworden sein!«

Schwester Marie unterbrach sie. »Kirsten, vergiß nicht, das alles liegt jetzt so viele Wochen zurück! Selbst wenn es sich so abgespielt hat, wie du jetzt gern annehmen möchtest, obwohl ich das für mehr als unwahrscheinlich halte ... dann kannst du mit der blutigen Hose auch nichts mehr beweisen. Die hätte Gorski längst zur Reinigung gebracht.«

Kirsten stieß eine Wolke Rauch aus, kniff die Augen zusammen. »Vielleicht hat er Angst gehabt, es könnte auffallen ... er muß ja ein verdammt schlechtes Gewissen gehabt haben. Vielleicht hat er nicht gewagt, die Hose zur Reinigung zu geben?«

»Dann hat er sie ... immer vorausgesetzt, daß deine Annahme richtig ist, einfach weggeworfen.«

»Oder auch nicht.« Kirsten legte beschwörend ihre Hand auf den Arm der Freundin. »Marie, Gorski wohnt doch auch in der Klinik, nicht wahr? Könntest du nicht mal bei Gelegenheit sein Zimmer durchsuchen? Das müßte dir doch möglich sein!«

Schwester Marie zuckte zurück. »Ich soll? Also, weißt du ...«

»Du riskierst ja nichts«, sagte Kirsten. »Wenn du nichts findest, wird er nie erfahren, daß du geschnüffelt hast ... und wenn du wirklich auf etwas Verdächtiges stößt, dann ist dein Vorgehen damit schon gerechtfertigt! Du mußt es bloß so einrichten, daß er dich nicht dabei erwischt.«

»Das wäre das wenigste. Gorski will dieses Wochenende, soviel ich weiß, in die Berge fahren.«

»Das wäre die Gelegenheit! Bitte, Marie, tu's! Das Ganze ist schrecklich genug für Dr. Berg ... aber stell dir nur vor, wenn er unschuldig wäre! Du mußt es einfach tun, du weißt doch, was für ein fabelhafter Mensch er ist!«

Vera Hartwig hatte, nachdem ihre Mutter sie aus Dinkelscheidt zurückgeholt hatte, nur zwei Tage in Düsseldorf verbracht – gerade lange genug, um eine elegante Wintersportausrüstung zusammenzustellen. Professor Hartwig und seine Frau waren der Meinung, daß Vera eine Erholung nötig hätte, und das junge Mädchen, das in so viele unvorhergesehene Schwierigkeiten gerissen worden war, war froh, daß die Eltern ihr jede Entscheidung abnahmen. Sie ließ sich ohne Begeisterung, aber auch ohne Aufbegehren in den Nachtschnellzug nach München verfrachten und kam am Vormittag des nächsten Tages in Garmisch-Partenkirchen an, wo der Vater ihr im Hotel ›Alpenrose‹ ein Zimmer mit Bad hatte reservieren lassen.

Das Wetter war sonnig klar, die Berge lockten. Vera fuhr mit ihren Skiern zur Zugspitze hinauf, hatte eine herrliche Abfahrt und begann das Leben wieder lebenswert zu finden.

Als sie am Samstagnachmittag kurz vor Sonnenuntergang in ihr Hotelzimmer zurückkehrte, strahlte ihr von dem kleinen Schreibtisch ein riesiger Strauß leuchtend roter Rosen entgegen. Sie wußte sofort, daß dies nur der Gruß eines Verehrers sein konnte, und die Namen verschiedener Herren, die sie kennengelernt hatte, schwirrten ihr durch den

Kopf, während sie den kleinen Umschlag öffnete. Sie las die wenigen Zeilen:

Bin im Hotel ›Zugspitzblick‹ abgestiegen. Ruf mich bitte an, wenn du Lust hast, mich zu sehen – aber nur dann. Ich habe große Sehnsucht nach Dir, Günther.

Sie rief ihn an.

Als sie vom Lift her auf ihn zuging, sprang er auf, und die unverhohlene Bewunderung in seinen Augen tat das ihrige dazu, sie für ihn einzunehmen.

»Prinzessin«, sagte er und beugte sich über ihre Hand, »mir fehlen die Worte ... du siehst hinreißend aus!«

»Ich habe mich ganz gut erholt«, wehrte sie lächelnd ab. Tatsächlich war sie sich durchaus bewußt, daß der goldschimmernde, hautenge Après-Ski-Anzug die Vorzüge ihrer jugendlichen Figur auf nahezu unstatthafte Weise hervorhob. Das Sonnenbraun ihrer Haut ließ ihre Zähne sehr weiß, die tiefblauen Augen sehr leuchtend erscheinen. »Aber erzähle mir nicht, daß du die weite Reise nur aus dem Grunde unternommen hast, um mir das zu sagen!«

Sein Blick wurde ernst. »Um dich wiederzusehen, Vera!«

»Nur deshalb?« fragte sie kokett.

»Ja. Ich kann dir nicht sagen, wie froh ich war, als ich erfuhr, daß du und Klaus ...« Ihr leichtes Stirnrunzeln warnte ihn, und er unterbrach sich sofort. »Aber wir wollen uns nicht den Abend mit diesen alten Geschichten verderben. Komm, gehen wir in die Bar, ich habe Lust auf einen Aperitif und du sicher auch. Skifahren macht durstig, habe ich mir sagen lassen.«

In der gemütlichen Bar, die mit Kuhglocken, Milchbutten und hölzernen Tränken ausgestattet war, führte er sie zu einem kleinen, etwas abseits stehenden Tisch, bestellte bei der herbeieilenden Kellnerin in Sennerinnentracht zwei Sekt-Cocktails.

»Wie geht es meinen Eltern?« fragte Vera. »Ich war bisher zu faul, um ihnen zu schreiben, aber ich denke, sie werden bald anrufen.«

»Gut«, sagte Gorski, »alles in Ordnung. Du brauchst dir keine Sorgen zu machen.«

»Und in der Klinik?«

Er legte seine schmale Hand auf ihren Arm. »Vera«, sagte er, »willst du mir einen Gefallen tun? Laß uns heute abend nicht von der Klinik sprechen. Wir haben nur diese eine Nacht und den morgigen Tag ... Montag früh muß ich wieder in Düsseldorf sein.«

»Schon?«

»Ich werde wiederkommen, wenn du es möchtest.«

Die Kellnerin brachte die Cocktails. Sie stießen an, tranken, plauderten. Später gingen sie zusammen essen, dann in ein kleines, intimes Lokal zum Tanz, und den ganzen Abend ließ Gorski es nicht zu, daß Vera über Klaus Berg redete. Er verstand es glänzend, sie abzulenken und zu unterhalten.

Vera hatte das Gefühl, sich seit langer Zeit nicht mehr so amüsiert zu haben.

Als er sie nach Mitternacht durch den frostklirrenden Schnee zu ihrem Hotel zurückführte, war es ihr ganz selbstverständlich, sich bei ihm einzuhängen. Sie war leicht beschwipst.

»Oh, Günther«, sagte sie atemlos, »ich wußte gar nicht, daß ich so ausgelassen sein kann!«

»Du hast es nur vergessen, Prinzessin! Deine strahlende Heiterkeit war immer das, was mich am meisten an dir fasziniert hat.«

»Dann ... bin ich wohl alt geworden.«

»Du hast keinen Grund, den Kopf hängen zu lassen. Es war schwer für dich, ich weiß es. Trotzdem glaube ich, es ist gut, daß alles so gekommen ist ... in einer Ehe mit Klaus wärst du nie glücklich geworden. Auch dann nicht, wenn er Oberarzt geblieben wäre.«

»Vielleicht hast du recht«, gab sie zögernd zu.

Er nahm sie in die Arme, küßte sie zärtlich. »Vera, liebe,

geliebte Vera, ich bin ja so froh ... so froh, daß du endlich aus deinem Traum erwacht bist.«

Sie schmiegte sich in seine Arme, erwiderte seine Küsse. »Ich auch, Günther«, flüsterte sie.

Nach der Krankenvisite am Sonntagmorgen zog Professor Hartwig hastig seinen weißen Kittel aus, wusch sich die Hände, ließ sich von einer Schwester in Jacke und Mantel helfen und verließ das Haus. Vor dem Portal wartete schon Schmitz, der Chauffeur, am Steuer des Wagens. Er hatte Anweisung, den Chef abzuholen und in die Stadt zu fahren. In der Weinstube ›Tigges am Türmchen‹ hatte Professor Hartwig eine Verabredung mit seinem alten Freund, Rechtsanwalt Dr. Holstermann.

»Gehen wir gleich in medias res«, sagte der alte Herr, als sie sich begrüßten und Professor Hartwig seinen Mantel ausgezogen hatte, »damit wir es hinter uns bringen, bevor die anderen kommen.«

Hartwig ließ sich schwer auf einen der hölzernen Stühle fallen. »Also ... wie sieht's aus? Hast du Einsicht in die Akten genommen?«

»Habe ich!« Dr. Holstermann nahm einen Schluck, »und ich muß dir sagen, es sieht nicht gut aus, leider.«

»Aber es ist doch noch gar nicht bewiesen, daß überhaupt ein Fehler gemacht worden ist! Soviel ich weiß, haben doch alle Untersuchungen der Patientin ergeben ...«

»Sicher. Bewiesen ist nichts. Gut möglich, daß der Prozeß auslaufen wird wie das Hornberger Schießen, aber ...«

»Diesen verdammten Prozeß sollst du verhindern! Ich will keinen Prozeß, Holstermann, das habe ich dir doch deutlich genug erklärt!«

Der Rechtsanwalt winkte dem Kellner, der seinen Kopf in das Hinterzimmer steckte. »Bringen Sie dem Herrn Professor ein Glas.« Er wandte sich wieder dem Freund zu. »Nun paß mal auf, ich bin ja kein Trottel. Ich begreife genau, daß du keinen Prozeß willst und warum du keinen willst. Aber dann hättest du mich nicht erst jetzt hinzuziehen sollen, sondern sofort, als die Sache passierte. Damals wäre noch alles möglich gewesen. Jetzt, nachdem dieser Gorski derart verheerende Aussagen gemacht hat, ist es zu spät.«

Professor Hartwig starrte den Rechtsanwalt an. »Wer?« fragte er, als ob er seinen Ohren nicht traute. »Dr. Günther Gorski?«

»Genau. Er hat dem Staatsanwalt ein Material in die Hand gegeben, das sich einfach nicht vertuschen läßt. Dr. Gorski ist der Hauptbelastungszeuge gegen deinen ehemaligen Oberarzt und damit auch gegen dich! Jetzt sag bloß noch, daß du das nicht gewußt hättest!«

Das Gesicht des Professors hatte sich gefährlich gerötet. »Ausgerechnet Gorski!« stieß er hervor. »So ein verdammter Kerl!«

Der Rechtsanwalt gab ihm ein mahnendes Zeichen, und Professor Hartwig verstummte, denn in diesem Augenblick kam der Kellner mit dem Weinglas.

Allmählich nahm das Gesicht des alten Arztes wieder seine normale Farbe an, aber seine Augen waren immer noch dunkel vor Empörung. »Hat man denn so etwas je gehört! Ein Arzt, der es darauf anlegt, seinen eigenen Kollegen hereinzureißen ... und das ausgerechnet an meiner Klinik! Erzähle mir nur nicht, daß Gorski das vielleicht nur aus Naivität und Dummheit getan hätte.«

»Da will ich dir gar nicht widersprechen«, sagte der Rechtsanwalt ruhig.

Professor Hartwig starrte vor sich hin. »Warum«, grübelte er, »warum hat er das nur getan?! Ganz abgesehen davon, daß es so ungefähr das Unanständigste ist, was es gibt, einen Kollegen, dem mal ein Malheur passiert ist, hereinzureißen ... Er muß doch wissen, daß er damit nicht nur Dr. Berg, sondern auch mir, der Klinik, letztlich sich selbst schadet.«

»Das kann ich gar nicht finden«, sagte der Rechtsanwalt ruhig. »Sich selbst hat er bisher doch nur genutzt. Hätte er die Sache nicht so aufgebauscht, wäre Berg doch heute noch Oberarzt bei dir.«

»Da bin ich nicht sicher«, unterbrach ihn Professor Hartwig, »stimmt, ich hätte ihn behalten, aber er wollte ja gehen. Der Fall hat ihm einen schweren Schock versetzt.«

»Aber immerhin, deine Tochter hätte er doch wohl geheiratet ... trotz dieser verpatzten Trauung damals ... oder etwa nicht?«

»Du meinst, es geht Gorski um Vera?«

»Ich habe so etwas läuten hören, daß die jungen Leute eine Zeitlang recht befreundet waren, und, von Liebe einmal ganz abgesehen, sie ist deine einzige Tochter, die Erbin der Klinik ... das sollte für einen ehrgeizigen jungen Arzt schon ein gewisser Anreiz sein.«

»Du hast recht«, sagte Professor Hartwig, »du hast tausendmal recht! Dieser Schuft, dieser Halunke ...

»Wenn du dich weiter so aufregst«, fiel ihm Dr. Holstermann ins Wort, »dann machst du es unmöglich, dir alles zu erzählen!«

»Rede!«

»Frau Rainer hat also ausgesagt, daß er, Dr. Gorski, sie darauf aufmerksam gemacht hat, daß es richtig wäre, ihrem Mann den Fall zu erzählen. Sie hatte das nämlich ganz bewußt vermieden, weil ihr Mann sehr leicht erregbar ist und weil sie ihn nicht unnötig beunruhigen wollte.«

»Ich verstehe«, sagte Professor Hartwig, »und dadurch kam es überhaupt erst zur Anzeige! Am liebsten möchte ich diesem verdammten Kerl den Hals umdrehen!«

»Es war noch anders«, sagte der Rechtsanwalt ruhig. »Trotz der Mahnung Dr. Gorskis konnte Frau Rainer sich nicht entschließen, mit ihrem Mann zu sprechen. Er hat es auch gar nicht durch sie erfahren, sondern durch einen anonymen Anruf!«

»Wieder Gorski!«

»Schon möglich. Aber das werden wir ihm niemals beweisen können. Es hat auch gar keinen Zweck, das zu versuchen. Selbst wenn wir ihn darauf festnageln könnten – jedes Gericht der Welt würde ihm abnehmen, daß er nur aus ärztlichem Verantwortungsgefühl gehandelt hat.«

»Ausgerechnet!« Professor Hartwig beugte sich vor. »Ganz ehrlich, Holstermann, was soll ich jetzt bloß tun?«

Der Rechtsanwalt knipste mit Bedacht die Spitze einer schlanken braunen Zigarre ab, schnupperte daran. »Gar nichts«, sagte er gelassen, »in diesem Stadium kannst du überhaupt nichts tun. Du mußt wissen, von welcher Seite die Gefahr droht, nicht von Frau Rainer und ihrem anscheinend recht cholerischen Mann. Die wissen gar nichts. Die wirkliche Gefahr kommt aus deinem eigenen Haus.«

»Gut. Ich habe begriffen. Ich werde mit Gorski reden!«

»Nur das nicht, Hartwig!« Der Rechtsanwalt war ehrlich erschrocken. »Das könnte wie Zeugenbeeinflussung aussehen, damit würdest du dich noch tiefer in die Nesseln setzen. Nein, Gorski gegenüber darfst du dir nichts anmerken lassen.«

Professor Hartwig stöhnte. »Du mutest mir allerhand zu!«

10 Kirsten Lenz hatte sich den ganzen Tag nicht vom Telefon entfernt. Aber es wurde acht Uhr abends, bevor sie aus Düsseldorf der Anruf, auf den sie so sehnlich gewartet hatte, endlich erreichte.

»Ja, Marie?« fragte sie aufgeregt, »natürlich, hier spricht Kirsten! Spann mich nicht auf die Folter! Was hast du gefunden?«

»Nichts.«

Die Enttäuschung war so groß, daß Kirsten sekundenlang keine Worte fand.

»Ich habe wirklich alles durchgestöbert«, versicherte Schwester Marie, »aber es gab einfach nichts zu finden. Ich habe es dir ja gleich gesagt. Es war überhaupt albern, anzunehmen ...«

»Ich weiß«, sagte Kirsten niedergeschlagen, »aber ein Ertrinkender greift eben nach einem Strohhalm.«

»Es tut mir leid, Kirsten! Grüß ... du weißt schon, wen! Sag ihm, ich halte ihm Däumchen, vielleicht kommt er doch noch mit einem blauen Auge davon.«

»Danke, Marie ... ich werde es ausrichten.«

Die Sprechstunden wurden für Dr. Klaus Berg mehr und mehr zur Qual. Kirsten hatte zwar recht gehabt, es gab einige Patientinnen, die ihn nicht im Stich ließen – aber es waren nicht mehr als vier oder fünf, die ihn während des ganzen Tages aufsuchten.

Die anderen blieben weg, manche mit fadenscheinigen Entschuldigungen, andere nahmen sich nicht einmal die Mühe, ihr Ausbleiben zu erklären. Niemand, außer Frau Hansel, wagte es, ihm den Verdacht, der gegen ihn entstanden war, ins Gesicht zu schreien. Aber das machte die Sache nicht besser. Dr. Berg kam sich vor wie ein Verfemter.

Auch jene Patientinnen und Patienten, die sich nicht abschrecken ließen, ihn aufzusuchen, erleichterten ihm die Situation nicht. Aus dem Wunsch heraus, ihn nicht zu verletzen, waren sie so besonders nett, daß es ihm nicht eine Sekunde lang möglich war, zu vergessen, in was für einer Ausnahmesituation er sich befand.

Professor Hartwig hatte, wenn auch äußerst widerwillig, den Rat Holstermanns befolgt. Er hatte Günther Gorski wegen seiner belastenden Aussage bei der Polizei nicht zur Rede gestellt. Da er aus Erfahrung wußte, wie schwer es ihm fiel, mit der Wahrheit hinter dem Berg zu halten, war er in der letzten Woche ganz bewußt jedem privaten Beisammensein mit dem frischgebackenen Oberarzt ausgewichen. Er hatte aber nicht vermeiden können, ihm tagtäglich in der Klinik zu begegnen, und die geschmeidige, übertrieben ehrerbietige Art des jungen Mannes war nicht dazu angetan, ihn zu besänftigen, sondern hatte im Gegenteil seiner Empörung immer neue Nahrung gegeben.

»Leisetreter«, murmelte er verächtlich durch die Zähne, als er am Donnerstagmorgen nach der Frühvisite seinen Assistenten und Gorski den Rücken wandte, um sein Arbeitszimmer aufzusuchen.

»Wie bitte?« fragte Schwester Marie, die an seiner Seite geblieben war, konsterniert.

Wie ein gereizter Stier sieht er aus, dachte die Schwester und mußte ein Lächeln unterdrücken.

Dieser Eindruck verstärkte sich noch, als Gorski seinem Chef nacheilte und wenige Meter hinter ihm rief:

»Kann ich dich einen Augenblick sprechen, Chef?«

Professor Hartwig fuhr herum, als wenn er den jungen Oberarzt im nächsten Moment auf die Hörner nehmen wollte. »Was willst du?« fragte er barsch. »Du weißt, ich habe wenig Zeit.«

Dr. Gorski lächelte gewinnend. »Ja, natürlich, Onkel Konrad, ich werde deine Aufmerksamkeit auch nur wenige Minuten in Anspruch nehmen.«

Sein Charme prallte wirkungslos an Professor Hartwig ab.

»Also, was gibt's?« grollte der Alte.

Dr. Gorski trat an ihm vorbei, öffnete die Tür zu seinem Zimmer. »Vielleicht gehen wir doch besser hinein«, sagte er gelassen.

Diese Aufforderung konnte Professor Hartwig schlecht abschlagen, aber das Gefühl, überfahren worden zu sein, stimmte ihn nicht eben freundlicher.

Er dachte nicht daran, dem ungebetenen Besucher einen

Platz anzubieten, lief selbst in dem großen, geschmackvoll eingerichteten Raum ruhelos auf und ab.

Dr. Gorski räusperte sich, um seiner Stimme Festigkeit zu geben. »Es handelt sich um nichts Außergewöhnliches, Onkel Konrad«, sagte er, »ich möchte dich nur bitten, mir dieses Wochenende freizugeben, möglichst von Freitagabend an.«

Professor Hartwig blieb vor ihm stehen. »Wenn ich mich recht erinnere«, sagte er, »hattest du doch erst vergangenes Wochenende frei?«

»Ja, stimmt. Eben deshalb brauche ich deine spezielle Erlaubnis.«

Professor Hartwig wollte schon lospoltern, aber gerade noch rechtzeitig fiel ihm Dr. Holstermanns Warnung ein. »Also gut«, sagte er mit Überwindung, »von mir aus. Wenn du einen Kollegen dazu kriegst, freiwillig mit dir zu tauschen.«

Dr. Gorski atmete auf. »Danke, Onkel Konrad, ich wußte es ja ...« Und die Türklinke schon in der Hand, fügte er arglos hinzu: »Vera wird sich bestimmt riesig freuen!«

»Halt!« brüllte Professor Hartwig. »Hiergeblieben! Was hat Vera damit zu tun?«

Dr. Gorski war zusammengezuckt, faßte sich aber rasch wieder. »Ich fahre zu Vera nach Garmisch«, erklärte er, »wußtest du das nicht? Ich dachte, Vera hätte euch von meinem letzten Besuch erzählt.«

»Lüg mich nicht an!« brüllte Professor Hartwig. »Ich habe dir verboten, meiner Tochter nachzustellen ... tu nicht so, als wenn du das vergessen hättest!«

»Aber, Onkel Konrad«, sagte Günther Gorski, ehrlich verwundert, »damals lagen die Dinge doch anders! Du hast mich gebeten, sie nicht zu verwirren, und das habe ich auch gehalten ... aber jetzt, wo es mit Klaus Berg endgültig aus ist ...«

»... jetzt glaubst du, daß dein Weizen blühen müßte? Das hast du dir fein ausgedacht, mein Junge ... aber du hast die Rechnung ohne den Wirt gemacht!«

Dr. Gorski senkte die Lider über die dunklen Augen. »Das verstehe ich beim besten Willen nicht.«

Professor Hartwig vergaß alle Vorsicht. »Sag mal, für wie blöd hältst du mich eigentlich? Du hast dir wohl eingebildet, ich alter Trottel würde nie darauf kommen, daß du Klaus Berg hereingerissen hast?«

Dr. Gorski wurde blaß, wich unwillkürlich einen Schritt zurück. »Hereingerissen?«

»Halt den Mund! Jetzt rede ich! Schlimm genug, daß diese Geschichte mit dem verdammten Tuch passiert ist, ausgerechnet in meiner Klinik ... aber du hast den ganzen Dreck doch erst aufgerührt! Du hast bei deiner Aussage vor der Polizei alles darauf angelegt, Klaus Berg zu belasten.«

»Ich habe nur die Wahrheit gesagt!«

»Das, was du Wahrheit nennst! Kannst du etwa beweisen, daß er das Tuch tatsächlich in der Bauchhöhle der Patientin vergessen hat?«

»Wo soll es denn sonst sein?«

»Was weiß ich! Jedenfalls war es nicht nötig, Frau Rainers Mann zu informieren ...«

»Aber der hätte es doch früher oder später sowieso erfahren!« Kaum war Dr. Gorski dieser Satz entschlüpft, als er ihn am liebsten wieder zurückgeholt hätte.

Professor Hartwig starrte ihn an. Dann sagte er mit einer Stimme, die doppelt gefährlich klang, weil sie plötzlich ganz ruhig geworden war: »Du hast es also getan ... du Lump, du Verräter, du ... Schweinehund!«

»Ich verbitte mir ...«

»Du hast dir gar nichts zu verbitten! Verdammt, was bist du doch für eine Laus! Eines sage ich dir ... laß deine Finger von Vera! Niemals werde ich meine Erlaubnis dazu geben, daß sie einen Kerl wie dich heiratet! Und was dein Wochenende betrifft ... der Urlaub ist gestrichen, verstanden?«

»Und wenn ich trotzdem fahre?«

»Dann brauchst du meine Klinik nicht mehr zu betreten!

Bilde dir bloß nicht ein, daß ich auf dich angewiesen wäre, es gibt Tausende von Ärzten, die genauso tüchtig sind wie du. Geh jetzt endlich! Ich kann deinen Anblick nicht länger ertragen!«

Dr. Bergs Vater sollte am Samstag aus dem Krankenhaus entlassen werden und von dort aus sofort in ein Sanatorium im Sauerland fahren. Klaus entschloß sich, den alten Herrn am Freitagnachmittag zum letztenmal zu besuchen und ihm einen Koffer voll Wäsche und Anzüge mitzubringen, die er inzwischen hatte reinigen und reparieren lassen. Er konnte sich einen solchen Abstecher mitten in der Woche durchaus erlauben, denn Hausbesuche hatte er so gut wie keine mehr.

Als Kirsten von diesem Plan erfuhr, erbot sie sich, ihn zu begleiten. Dr. Berg war das zwar nicht ganz recht, denn er hatte vor, seine Situation mit dem Vater endgültig zu klären, dann aber sagte er doch zu, weil es ihm nach kurzem Nachdenken so schien, als wenn es vielleicht gut wäre, bei dieser Gelegenheit auch Kirsten gleich vor die vollendete Tatsache zu stellen.

Auf der Fahrt nach Essen sprachen sie über alles mögliche, vermieden aber ganz bewußt, die Themen zu berühren, die sie wirklich interessierten. Sie waren beide froh, als sie das Ziel endlich erreicht hatten, das Gespräch, immer aneinander vorbei, war zu einer Qual geworden.

Der alte Herr empfing sie sehr munter in seinem Krankenzimmer. Er war vollständig angezogen, hatte aber über Hemd und Hose statt der Jacke einen abgewetzten Hausmantel gezogen.

»Na, das nenne ich aber eine Überraschung, Junge«, sagte er, »ich hatte gar nicht mehr erwartet, dich vor meiner Abreise noch zu sehen.«

Jetzt wurde er auf Kirsten aufmerksam, sagte zögernd: »Na, und das ist wohl ...«

Kirsten Lenz fiel ihm rasch ins Wort: »Kirsten Lenz aus Dinkelscheidt, Herr Doktor! Eigentlich müßten Sie sich an mich erinnern, wir haben uns schon kennengelernt.«

Der alte Herr sah von Kirsten zu seinem Sohn. »Also nicht deine Braut?«

»Ich habe keine Braut mehr, Vater«, erklärte Dr. Berg ein wenig steif, »Vera und ich haben uns im Guten getrennt.«

»Hat wohl die Nerven verloren, die Kleine?«

»Ja«, sagte Dr. Berg, »so kann man es auch nennen.«

»Setzt euch doch, Kinder, macht's euch bequem. Wo? Natürlich auf dem Bett. Das alte Klappergestell da ...«, er setzte sich selbst in den Sessel am Fenster, »... ist den Patienten vorbehalten!«

»Vater«, sagte Dr. Berg, »ich habe Kirsten mitgebracht, um ...« Er stockte.

»Um sie mir vorzustellen! Gut so, Junge, ein prächtiges Frauenzimmer, bin sehr mit ihr einverstanden!«

»Nein, Vater, ich meine, Kirsten ist schon in Ordnung, ich verdanke ihr viel. Ich hätte bestimmt nicht bis heute durchgehalten, wenn sie mir nicht immer wieder Mut gemacht hätte, aber ... es hat keinen Zweck mehr.«

Der alte Doktor runzelte die Stirn. »Möchten Sie mir mal erklären, Kirsten, was der Junge da sagt?«

Kirsten war blaß geworden. »Ich höre es auch zum erstenmal«, sagte sie, »und es fällt mir genauso schwer wie Ihnen, das zu verdauen.«

»Nun macht es mir doch nicht so schwer«, sagte Klaus erbittert, »ihr wißt beide ganz genau, was ich sagen will! Es hat keinen Zweck, ich muß die Praxis auflösen. Ich bin ein geschlagener Mann.«

Kirsten versuchte ihm zu helfen. »Es hat Schwierigkeiten gegeben, Herr Doktor«, sagte sie, »die Sache hat sich in Dinkelscheidt herumgesprochen, und Sie wissen doch, wie borniert die Leute sind.«

»Ich kann das nicht borniert finden«, sagte Klaus Berg hart, »höchstens vernünftig. Schließlich ... ich möchte mich auch nicht einem Arzt anvertrauen, von dem ich weiß, daß er bei Operationen nicht die nötige Vorsicht walten läßt!«

»Du mußt Geduld haben, Klaus«, mahnte der Vater, »mit der Zeit werden die Leute schon darauf kommen, daß du doch ein guter Arzt bist.«

»Ja! Fünf Patienten am Tag, von denen mindestens zwei schwangere Mädchen sind, die eine Abtreibung von mir verlangen, weil sie mich für einen dunklen Ehrenmann halten.«

»Klaus!« rief Kirsten entsetzt.

»Sieh mich nicht so an! Ja, es ist so ... ich wollte es dir bisher nur nicht erzählen, du hast Ärger genug mit mir. Es geht einfach nicht länger! Meine finanziellen Reserven sind erschöpft.«

»Ich habe dir angeboten ...«, sagte Kirsten.

»Ja, ich weiß. Aber das ist indiskutabel.« Dr. Berg beugte sich vor, zwang seinen Vater, ihn anzusehen. »Ich muß diese Betten in der Privatklinik monatlich pauschal bezahlen, auch wenn ich keinen Patienten habe ... aber, das muß ich einfach, denn ohne ein einziges Krankenhausbett bin ich erledigt. Und das ist noch nicht alles. Ich habe keine Sprechstundenhilfe, und ich werde auch keine bekommen, weil kein Mädchen, das etwas auf sich hält, zu einem verkrachten Arzt wie mir gehen würde.«

»Du übertreibst, Klaus«, widersprach Kirsten. »Ich habe mehrere Mädchen in Aussicht.«

»Ich könnte sie ja nicht einmal bezahlen!«

Der alte Herr und Kirsten schwiegen betroffen.

»Fangt ihr langsam an zu begreifen? Ich muß versuchen, in einem Labor unterzukommen. Etwas anderes gibt es für mich nicht mehr. Falls nicht ein Wunder geschieht ... und ich glaube nicht mehr an Wunder.«

Kirsten sah den alten Doktor prüfend an. »Ich hätte ja einen Vorschlag«, sagte sie, »aber es kommt natürlich darauf an, Herr Doktor, wie es mit Ihrer Gesundheit steht.«

»Einmalig!« versicherte der alte Herr. »Der Gedanke, jetzt in ein Sanatorium zu müssen, ist mir einfach zuwider!« Er reckte die Arme.

»Was soll das?« fragte Klaus Berg unbehaglich.

»Junge, Junge, hast du denn immer noch nicht kapiert? Ich werde das dämliche Sanatorium sausen lassen und mit dir nach Dinkelscheidt zurückkehren. Ich weiß, du hältst mich für ein bißchen verkalkt, und das mag auch stimmen ... aber um bei dir die Sprechstundenhilfe zu spielen, dazu reicht es allemal noch! Na, was sagst du jetzt?«

Kirsten sprang auf, drückte dem alten Herrn einen zärtlichen Kuß auf die Wange. »Herr Doktor, Sie sind wunderbar!«

Er schmunzelte. »Mehr! So eine Belobigung lasse ich mir gefallen!«

Kirsten Lenz rief: »Verstehst du denn nicht, Klaus? Wenn dein Vater mitkommt, bist du aus den Sorgen raus! Er kann dir nicht nur helfen, es wird auch mächtigen Eindruck auf die Dinkelscheidter machen, wenn er sich an deine Seite stellt! Ein beliebter und geachteter alter Arzt wie dein Vater! Oh, Klaus, ich bin ja so froh! Du bist doch einverstanden?«

»Das Sanatorium«, sagte der alte Herr, »läuft mir ja nicht weg. Da kann ich immer noch hin, wenn erst wieder alles im Lot ist ... Na, nun sag schon was, Klaus! Aber bloß nicht, daß dir unser Plan nicht paßt!«

Dr. Klaus Berg hatte Mühe, seine innere Bewegung zu verbergen. »Komisch«, sagte er, »wenn man in so eine Krise hineingerät, dann hat man zuerst das Gefühl, daß alles über einem zusammenbricht, bis man darauf kommt, daß auch solche Tiefschläge des Schicksals sein müssen. Denn erst wenn es einem richtig dreckig geht, lernt man die Menschen zu schätzen, die es wirklich gut mit einem meinen.«

»Also, du bist einverstanden, Klaus?« rief Kirsten.

»Als wenn ihr mir überhaupt erlauben würdet, anderer Meinung zu sein! Ja, ich bin einverstanden, Vater. Ich werde dir das niemals vergessen.«

Günther Gorski hatte es nicht gewagt, gegen den ausdrücklichen Wunsch Professor Hartwigs nach Garmisch zu fahren und Vera wiederzusehen. Zähneknirschend hatte er sich gefügt und seinen Dienst in der Klinik verrichtet, als wenn nichts geschehen wäre. Professor Hartwig gegenüber legte er die gleiche geschmeidige Höflichkeit an den Tag wie immer und setzte alles daran, es nicht zu einem neuen Zusammenstoß kommen zu lassen.

Aber das bedeutete nicht, daß er seinen Plan, Vera für sich zu gewinnen, aufgegeben hätte. Er war entschlossen, Glück und Karriere, wenn es nicht anders ging, auch zu erzwingen.

Er hielt Augen und Ohren offen, und so erfuhr er bald, daß Vera nach Düsseldorf zurückgekehrt war. Es blieb auch kein Geheimnis für ihn, daß sie jetzt Fahrstunden nahm. Durch ein scheinbar zufälliges, von ihm geschickt gelenktes Gespräch mit dem Chauffeur des Professors brachte er auch den Namen der Fahrschule heraus. Das war für ihn deshalb so wichtig, weil er es nach der letzten großen Auseinandersetzung nicht mehr riskieren wollte, Vera zu besuchen oder auch nur anzurufen. Er wollte und mußte sie auf neutralem Boden treffen.

Um halb vier parkte er vor dem Tor, das in den Hof der Fahrschule führte. Er zündete sich eine Zigarette an, wappnete sich mit Geduld. Es regnete in Strömen. Er ließ den Motor laufen, und die Scheibenwischer arbeiten.

Eine Viertelstunde später kam Vera von ihrer ersten Ausfahrt zurück, stieg vor dem Tor aus dem Schulwagen aus, der in den Hof hineinfuhr. Gorski beobachtete alles durch das herabgedrehte Fenster.

Vera war sichtlich guter Laune. Ihre Wangen glühten, ihre tiefblauen Augen leuchteten. Sie trug einen roten Lackledermantel mit dazu passendem Südwester, rote Lacklederstiefel an den schlanken Beinen. Der Regen schien ihr nichts auszumachen, sie wandte sich schon zum Gehen, als Günther Gorski hupte.

Sie drehte sich um, rasch stieg er aus, kam auf sie zu – sie begrüßte ihn mit einem blitzenden Lächeln, das aber dann, von einer Sekunde zur anderen, wie weggewischt war.

»Hallo, Vera«, sagte er unbefangen, »ich habe mir erlaubt, dich abzuholen.«

Sie schob beide Hände in die Manteltaschen, sagte zurückhaltend: »Tag, Günther!«

»Nanu, ich hatte aber eine etwas freundlichere Begrüßung erwartet!«

»Du bildest dir allerhand ein!« Sie wich seinem Blick aus.

»Sei nicht albern. Es kann doch kein Vergnügen für dich sein, im Regen spazierenzugehen.«

»Vielleicht doch.«

»Vera«, sagte er eindringlich, »wir waren doch die besten Freunde, als wir das letztemal auseinandergingen! Was ist denn plötzlich los mit dir?«

»Nichts, gar nichts. Schön, wir haben ein nettes Wochenende miteinander verbracht, was weiter? Das gibt dir doch kein Recht, mir aufzulauern.«

Er trat einen Schritt zurück. »Ich weiß zwar nicht, was hier gespielt wird«, sagte er heiser, »aber ich werde es herausbringen. Irgend jemand scheint gegen mich zu intrigieren. Auch dein Vater ist plötzlich so verändert mir gegenüber.«

»Tu doch nicht so!« rief sie heftig. »Du weißt genau, was los ist!«

»Wenn ich es wüßte«, sagte er, »glaubst du dann, ich wäre hierhergekommen? Wenn ich geahnt hätte, daß du mich nicht mehr magst ... ich wäre bis ans Ende der Welt gelaufen, statt mich dieser schrecklichen Enttäuschung auszusetzen.«

Sie sah ihn schweigend an, in ihrem jungen, lebendigen Gesicht arbeitete es.

»Leb wohl, Vera«, sagte er. »Es tut mir weh, daß du mich verurteilst, ohne mich angehört zu haben.« Er verzog sein Gesicht zu einem schiefen melancholischen Grinsen. »Aber da kann man wohl nichts machen. Leb wohl.« Er drehte sich um.

Vera brachte es nicht über sich, ihn so gehen zu lassen. Mit wenigen Schritten war sie bei ihm, legte ihre Hand auf seinen Arm. »Es tut mir leid, Günther.«

Er sah auf sie herab. »Also, komm, steig ein. Ich will ja nichts weiter als eine Erklärung! Jeder Angeklagte hat doch ein Recht darauf, zu hören, was ihm vorgeworfen wird.«

Damit sprach er genau das aus, was Vera empfunden hatte, seit ihre Mutter ihr alles erzählt hatte. Sie konnte es einfach nicht glauben, daß Günther Gorski, den sie schon so lange kannte, fähig gewesen sein sollte, seine Kollegen, Klaus Berg und den Vater zu verraten.

»Gut«, sagte sie, »wenn du darauf bestehst.«

Er öffnete die Autotür, ließ sie einsteigen, ging um den Wagen herum, setzte sich hinter das Steuer.

Sie zog ein Taschentuch hervor und wischte sich die Regentropfen ab, die wie Tränen über ihr frisches Gesicht liefen. »Du hast bei der Polizei gegen Klaus und gegen Vater ausgesagt!« stieß sie heftig hervor, um ihre Unsicherheit zu überspielen.

»Hätte ich denn lügen sollen?«

»Vater sagt, du hast Klaus mit deiner Aussage hereingerissen, und du hast Frau Rainer geraten, ihrem Mann alles zu sagen. Dann hast du ihn auch noch angerufen und ihm die ganze Sache erzählt!«

»Das soll mir erst einmal jemand beweisen.«

Sie fuhr herum, starrte ihn aus weit geöffneten Augen an. »Ist das alles, was du dazu zu sagen hast?«

»Ja, begreifst du denn nicht!« schrie er. »Ich mußte doch Klaus das Handwerk legen. Es geht doch einfach nicht, daß einer sich alles erlauben kann, daß einer alles bekommt, alles gewinnt ... und die anderen müssen dabeistehen und zusehen!«

»Die anderen«, sagte Vera kalt, »damit meinst du wohl dich?

Ich habe genug von dir. Vater hat ganz recht. Du bist nicht einmal wert, Klaus die Schnürsenkel zu binden.«

Sein Gesicht verzerrte sich. »Also so ist das! Du hast dich wieder mit Klaus versöhnt!«

»Nein!«

»Warum verteidigst du ihn dann? Warum lobst du ihn in den Himmel? Dir hat er doch nur Leid gebracht! Hast du die geplatzte Hochzeit schon vergessen? Und wie war er in Dinkelscheidt zu dir? Du brauchst mir gar nichts zu erzählen! Wenn er dich nicht wie den letzten Dreck behandelt hätte, wärst du doch nicht wieder zurückgekommen.«

»Nein, das stimmt nicht«, sagte sie plötzlich ganz ruhig, »ich habe mich von Klaus getrennt, weil ich zu schwach war, um den Kampf durchzustehen. Aber niemand weiß besser als ich, was für ein wunderbarer Mensch er ist. Er ist ein wirklicher Arzt aus Berufung.«

»Dann geh doch wieder zurück zu deinem wunderbaren Arzt«, brüllte er, »geh doch! Aber er wird dich wieder und wieder enttäuschen, denn für ihn zählen nur seine Patienten!«

»Deshalb eben bewundere ich ihn. Bitte, Günther, laß mich aussteigen. Das führt doch zu nichts.«

Aber er dachte nicht daran, anzuhalten. Verbissen erhöhte er noch das Tempo. In einer Kurve schleuderten die Räder über den nassen Asphalt. Wasser zischte zu beiden Seiten hoch.

Sie schrie auf. »Günther!«

»Jetzt will ich dir mal etwas sagen«, keuchte er, »es gibt nur einen Menschen, der dich wirklich liebt, und das bin ich! Nur ich! Du denkst, ich hätte es getan, um Oberarzt zu werden? Als wenn mir daran etwas läge! Deinetwegen, nur deinetwegen habe ich Klaus hereingerissen!«

Sie zuckte zurück, drückte sich dicht an die Tür, so weit von ihm entfernt wie nur möglich. Sein Gesicht hatte sich zu einer grauenhaften Grimasse verzerrt. Sie hatte das Gefühl, es mit einem Wahnsinnigen zu tun zu haben.

Es war, als wenn er ihre Gedanken erraten könnte. »Glaub nur nicht, daß ich verrückt bin ... oder vielleicht doch! Vielleicht ist Liebe eine andere Art von Verrücktheit! Ich wollte dich für mich haben, Vera, und ich wollte nicht zulassen, daß er dich unglücklich machte. Du wärst mit ihm unglücklich geworden, gib es doch zu! Ein Mann wie Klaus kann keine Frau glücklich machen.«

Vera war so verängstigt, daß sie es für das richtigste hielt, ihm zuzustimmen, um ihn nicht noch zu einer stärkeren Raserei aufzureizen. »Ja«, sagte sie, »ja, kann sein, Günther, du hast sicher recht.«

Er lachte auf. »Ich wußte es ja, ich wußte, daß du mir einmal dankbar sein würdest! Ja, ich hatte tausendmal recht, diese Hochzeit zu verhindern!«

Es dauerte einige Sekunden, bis sie die volle Bedeutung dieser Behauptung erfaßte. »Wie hast du denn das gemacht?« fragte sie mit zitternder Stimme, die Hand auf der Türklinke.

»Ich habe das Tuch verschwinden lassen, diese verdammte Mullkompresse, ich habe sie einfach eingesteckt! Da staunst du, was? Ein genialer Einfall!«

Vera schluckte schwer. »Daß du den Mut dazu hattest! Es hätte dich doch jemand beobachten können!«

»Ich habe eben alles riskiert ... für dich, Vera! Ich habe meine Ehre als Arzt aufs Spiel gesetzt – deinetwegen!« Er trat mit dem Fuß auf die Bremse, wollte sie in die Arme ziehen. »Du kannst mich nicht mehr verlassen, Vera, wir gehören zusammen ... du und ich, für alle Ewigkeit!«

»Laß mich!« schrie sie entsetzt.

»Aber, Vera, jetzt weißt du doch, wie sehr ich dich liebe, jetzt mußt du doch ...«

»Nichts muß ich!« schrie sie. »Du bist ein Lump ... du bist ja so gemein!«

Ehe er sie noch zurückhalten konnte, hatte sie die Tür aufgerissen und war aus dem fahrenden Auto gesprungen. Sie stolperte, fiel aufs Knie, stand wieder auf, rannte davon.

»Vera!« schrie er. »Vera!«

Aber da hatte sie sich schon unter die Fußgänger gemischt, ihr roter Mantel war in der Ferne, dann gar nicht mehr zu sehen.

Vera rannte weiter, wie gehetzt, kümmerte sich weder um die erstaunten Blicke der Passanten noch um die empörten und mißbilligenden Ausrufe. Sie war blind und taub für ihre Umgebung, bis sie einfach nicht mehr konnte und stehenbleiben mußte, um Atem zu holen.

Sie warf einen Blick zurück, fast erwartete sie, Günther Gorski hinter sich auftauchen zu sehen – aber sie entdeckte nur fremde, gleichgültige Gesichter.

Es regnete immer noch. Das Knie, auf das sie geschlagen war, brannte. Sie sah an sich herunter, entdeckte, daß der Strumpf gerissen war, die Haut aufgeschrammt.

Aber das war im Augenblick ohne Bedeutung. Viel wichtiger war, wie sie ihr Wissen ausnutzen konnte. Denn daß sie es nicht für sich behalten, daß sie nicht tatenlos zusehen konnte, wie ihr früherer Verlobter diffamiert wurde, darüber war sie sich klar.

Eine Telefonzelle tauchte vor ihr auf. Sollte sie Klaus Berg anrufen? Ihm alles erzählen? Schon war sie halb und halb entschlossen, da stellte sie fest, daß die Zelle besetzt war. Sie wartete eine Weile, dann verlor sie den Mut.

Nein, sie hatte Klaus verlassen, sie hatte sich ihm gegenüber mehr als schäbig benommen, sie konnte jetzt nicht einfach anrufen und ihm sagen, daß er unschuldig sei.

Langsam wandte sich Vera ab, ging weiter. An der Ecke war ein Standplatz für Taxis, aber er war leer. Bei diesem Wetter waren alle Autos unterwegs.

Vera wartete mit hochgezogenen Schultern. – Ich weiß die Wahrheit, dachte sie, doch wie kann ich sie beweisen? Gorskis Wort steht gegen meines. Bestimmt wird er lügen, wird behaupten, daß ich mir das alles nur ausgedacht habe, um

Klaus reinzuwaschen. Aber ich will die Wahrheit ans Licht bringen, ich muß es! Das ist das wenigste, was ich jetzt noch für Klaus tun kann.

Ein Taxi fuhr vor. Sie winkte, riß die Autotür auf, noch ehe es ganz hielt, stieg ein. »Zur Privatklinik Professor Hartwig«, sagte sie, »wissen Sie, wo die liegt?«

»Aber klar, Fräuleinchen«, sagte der Fahrer, »das ist doch die, wo sie den Patienten Verbandszeug im Bauch lassen? Wenn Sie auf mich hören, fahren Sie lieber woandershin ... wäre ja direkt schade um Sie!«

»Danke für Ihre gutgemeinten Ratschläge«, erklärte Vera scharf, »aber ich weiß darüber besser Bescheid als Sie! Ich habe Vertrauen zu Dr. Berg.«

»Ist das der Oberarzt? Na, Sie müssen es ja wissen, Fräuleinchen.«

»Ja«, sagte Vera mit fester Stimme, »ich weiß es, und ich werde es auch beweisen.«

Günther Gorski war langsam weitergefahren. Es dauerte einige Minuten, bis er wieder so weit bei Besinnung war, daß er begriff, was sich da eben zwischen ihm und Vera abgespielt hatte. Im gleichen Moment ergriff ihn Panik.

Er hatte ein Bekenntnis abgelegt, ausgerechnet Vera gegenüber! Wie war es dazu gekommen? Wie hatte er das tun können? – Ich muß wahnsinnig geworden sein, dachte er, ich habe tatsächlich den Verstand verloren!

Vera aber hatte ihm deutlich zu verstehen gegeben, daß alles sinnlos gewesen war – seine ehrlose Handlung, sein Verrat, die Scham, die er sich nicht hatte eingestehen wollen und die doch auf seinem Gewissen gelastet hatte, der grauenhafte Druck, unter dem er seither gelebt hatte – alles vergebens!

Professor Hartwig lehnte ihn als Schwiegersohn ab, und Vera, die sein Schicksal in der Hand hielt, hatte ihn kaltblütig verlassen!

Dr. Gorski atmete tief durch, zündete sich eine Zigarette an. Mit Unbehagen konstatierte er, daß seine Finger zitterten.

Nein, dachte er verbissen, es darf nicht alles verloren sein. Wenn ich auch Vera nicht bekommen kann, wenn auch Professor Hartwig mich entlassen wird – Klaus Berg soll nicht triumphieren! So leicht mache ich es ihm nicht. Das könnte ihm so passen – ich auf der Anklagebank und er, der ehrenwerte, der gewissenhafte Arzt als Zeuge! Nein, so weit wird es nicht kommen!

Vera soll erzählen, was sie will, niemand kann mir etwas beweisen. Ich werde alles ableugnen.

Günther Gorski war es, als wenn seine Lebenskräfte neu erwachten. Er gab Gas, brauste los, fuhr bei gelbem Licht über die Kreuzungen, nur von dem einen Gedanken besessen, schnell, ganz schnell in der Klinik zu sein!

Während er durch die Straßen raste, arbeitete sein Hirn fieberhaft, konstruierte eine Geschichte nach der anderen, verwarf sie wieder, suchte nach einer besseren.

Er bog in die Straße zur Klinik ein, wendete scharf vor dem Tor, ohne Gas fortzunehmen.

Das Auto kam auf dem regennassen Pflaster ins Schleudern. Noch im letzten Moment versuchte er das Steuer herumzureißen. Aber es war zu spät.

Der Wagen prallte frontal gegen einen der beiden Pfeiler der Toreinfahrt.

Aber das begriff Dr. Gorski nicht mehr. Er hörte nur einen dumpfen Aufprall, das Splittern von Glas. Dann verlor er das Bewußtsein.

11

Als Günther Gorski wieder zu sich kam, war das Gesicht Professor Hartwigs sehr nahe über ihm, sehr groß, mit ernstem durchdringenden Blick.

Er bäumte sich auf, fühlte sich im gleichen Augenblick von kräftigen Händen gepackt und niedergedrückt. »Nein!« schrie er. »Nein! Ich habe es nicht getan! Lüge ... alles Lüge!«

»Na, na, na«, sagte Professor Hartwig, »nun beruhige dich mal ...«

»Ich will nicht! Laßt mich los! Ich will ...«

»Ist ja schon gut«, sagte Professor Hartwig, »du hast wieder mal verdammtes Glück gehabt! Jetzt flicken wir dich zusammen und ...«

»Nein!« schrie Dr. Gorski noch einmal. Aber da spürte er auch schon die Spitze der Hohlnadel in die Vene seines rechten Armes eindringen. Er versuchte, sie mit der anderen Hand wegzuschlagen, aber sie gehorchte ihm nicht.

»Nein«, protestierte er noch einmal, dann versagte ihm die Stimme. Er sah schwarze Nacht auf sich zukommen.

Das letzte, was er wahrnahm, war die Stimme Dr. Hartensteins: »Er scheint betrunken zu sein ... das erklärt manches ...«

Dann verlor Gorski zum zweitenmal das Bewußtsein.

Die Ärzte standen um den Operationstisch und blickten auf ihn herab. »Nein«, meinte der Professor, »glaube ich nicht. Er riecht nicht nach Alkohol.«

»Dann ist er übergeschnappt.« Der Anästhesist lachte, und Schwester Marie wandte ihr Gesicht ab.

»Wahrscheinlich ist's der Schock«, ergänzte Professor Hartwig die Vermutungen. Er trat hinter den Operationstisch, tastete prüfend den Kopf Gorskis ab, den die Schwestern rasiert und desinfiziert hatten.

»Von Schädelbruch kann jedenfalls keine Rede sein«, sagte er. »Nur ein paar Hautrisse. Die haben wir rasch versorgt ... Sie schienen inzwischen den Arm, Kollege!«

»Lange nicht mehr gemacht«, sagte Hartenstein, »und trotzdem nicht vergessen!«

»Das ist wie mit dem Fahrradfahren«, meinte der Anästhesist.

Dann begannen die Ärzte stumm und konzentriert zu arbeiten. Schwester Marie reichte Professor Hartwig Nadel und Catgutfaden. Er legte die Nähte. Hartenstein richtete den Arm ein, versorgte ihn mit einer Schiene. Schwester Edeltraut stand ihm zur Seite.

Dr. Gorski begann zu murmeln.

»Er darf noch nicht zu sich kommen«, sagte Professor Hartwig, »ich bin noch nicht soweit!«

»Nur keine Sorge«, erklärte der Narkosearzt, »die Spritze reicht noch gute fünf Minuten.«

»Das Tuch«, murmelte Dr. Gorski, »ganz voll Blut ... ekelhaft!«

»Was sagt er?« fragte Dr. Hartenstein.

Er sah Professor Hartwig an, biß sich auf die Lippen.

»Niemand hat etwas gemerkt!« Dr. Gorskis Stimme wurde deutlicher. »Ich wußte es ja. An so etwas denkt keiner ... leider, Herr Professor, ein Tuch ist verschwunden ... Dr. Berg ... Nein, ich habe nicht gehört, daß er die Schwester zum Zählen aufgefordert hat! Das Tuch? Nein, das habe ich nicht mehr ... längst verbrannt. Niemand kann mir etwas nachweisen ...«

Die Ärzte und Schwestern im kleinen OP hielten den Atem an. Sie wagten nicht, sich anzusehen – das, was Dr. Gorski da in der Narkose von sich gab, war zu ungeheuerlich!

»Der Oberarzt war betrunken, Herr Kriminalkommissar«, redete Dr. Gorski weiter, »ich wollte die Operation machen, aber Professor Hartwig ... er traut mir nichts zu. Klaus hinten und Klaus vorne, so geht es immer ... der großartige Dr. Klaus Berg!« Er lachte höhnisch auf. »Ja, diesmal habe ich es ihm gegeben ... er wird Vera nicht heiraten. Nur keine Sorge, Vera, das lasse ich nicht zu ... das Tuch können die lange suchen ... ja, sucht nur, sucht ...«

Er bewegte sich unruhig, murmelte weiter, aber jetzt so undeutlich, daß kein Wort mehr zu verstehen war.

Professor Hartwigs Gesicht war versteinert. »Bitte, machen Sie weiter, Kollege«, sagte er beherrscht, legte die Nadel auf das Tablett, das Schwester Marie ihm hinhielt, und verließ den Raum.

Die anderen sprachen nicht. Jeder war sich über die Bedeutung von Dr. Gorskis unfreiwilligem Geständnis im klaren, aber keiner wagte, den Sachverhalt beim Namen zu nennen.

Klaus Berg, sein Vater und Kirsten Lenz saßen in dem kleinen altmodischen Wohnzimmer neben der Praxis zusammen und plauderten. Kirsten hatte Tee gekocht und einen selbstgebackenen Kuchen mitgebracht.

»Sechs Patienten heute, na bitte!« sagte Kirsten. »So viele hast du schon seit Wochen nicht mehr gehabt! Ich bin sicher, jetzt geht es aufwärts.«

Da klingelte das Telefon. »Schon wieder einer!« rief sie und sprang wie elektrisiert auf.

Die beiden Männer lachten.

»Freu dich nicht zu früh«, sagte Dr. Berg, »vielleicht ist es nur eine falsche Verbindung.«

»Wetten, daß nicht?« Kirsten nahm den Hörer ab, meldete sich: »Hier Praxis Dr. Berg ...« Sie lauschte, ihre Augen wurden groß. »Moment, bitte«, sagte sie und legte die Hand über die Sprechmuschel. »Klaus, komm, ein Anruf aus Düsseldorf ... Professor Hartwig möchte dich sprechen.«

Klaus Berg war mit wenigen Schritten bei Kirsten, nahm ihr den Hörer aus der Hand. »Guten Abend, Herr Professor. Ja, ich bin es selber ... danke, es ist alles in Ordnung!«

Professor Hartwig räusperte sich am anderen Ende der Leitung. »Klaus, es ist möglicherweise etwas Entscheidendes geschehen ...«

»Ja ...?«

»Es ist ... ich kann am Telefon nicht darüber sprechen. Eine ziemlich heikle Angelegenheit. Kannst du bald nach Düsseldorf kommen?«

»Wann?«

»Am besten noch heute. Es ist wirklich sehr wichtig für dich.«

»Gut. Dann fahre ich gleich los ... bis nachher also!« Dr. Berg legte auf.

»Jetzt brauchen sie dich also«, sagte Kirsten bitter.

»Kann sein, ich weiß nicht ...« Klaus Berg fuhr sich mit der flachen Hand über die Stirn. »Es scheint etwas geschehen zu sein.«

»Was?« fragte sein Vater.

»Das wollte mir Professor Hartwig am Telefon nicht sagen. Das beste wird sein, ich breche jetzt auf. Leistest du meinem Vater noch ein bißchen Gesellschaft, Kirsten?«

Sie nickte. »Ich glaube, das ist die Wendung«, sagte sie.

»Nur nicht so voreilig, Kirsten!«

»Ja, du hast recht, vielleicht ist es albern, aber ich habe das feste Gefühl ... jedenfalls, ich drücke dir beide Daumen.«

Er zog sie an sich, küßte sie flüchtig. »Ich danke dir, Kirsten ... für alles!« Er löste sich von ihr, wandte sich seinem Vater zu. »Bleib nicht auf meinetwegen. Es kann spät werden.«

»Schon gut, mein Junge. Ich halte die Festung.«

Kirsten machte eine Bewegung, als wollte sie Klaus Berg hinausbegleiten, aber dann verzichtete sie doch darauf. Sie blieb mit hängenden Armen stehen, bis die Wohnzimmertür ins Schloß fiel. Dann setzte sie sich wieder hin, zerkrümelte gedankenverloren ein Stück Kuchen zwischen den Fingern.

»Schweres Herz?« fragte der alte Herr verständnisvoll. »Mach dir keine Sorgen, Kirsten ... er kommt zurück.«

»Ich wünsche nur, daß er glücklich wird«, sagte sie leise. »Er verdient es wie kein anderer.«

Er stieg entschlossen die breiten flachen Stufen aus der Empfangshalle hinauf. Erst als er in dem langen Gang mit den vielen weißen Türen stand, wurde ihm bewußt, daß es hier für ihn keinen Raum mehr gab, in dem er sich aufhalten konnte. Er kam sich ein wenig lächerlich vor, aber es blieb ihm nichts anderes übrig, als sich in die Ecke mit den Korbsesseln und den Blattpflanzen zu setzen, in denen sich gewöhnlich die werdenden Väter aufhielten, um die Stunde der Geburt abzuwarten. Er zündete sich eine Zigarette an, bemühte sich, ein gleichgültiges Gesicht zu machen. Erstaunlich viele Schwestern huschten über den Gang, und obwohl sie sehr beschäftigt taten, war leicht zu durchschauen, daß es ihnen in Wahrheit nur darauf ankam, einen Blick auf den früheren Oberarzt zu werfen, dessen tragisches Schicksal ihnen willkommenen Gesprächsstoff lieferte.

Endlich tauchte Professor Hartwig auf, im eleganten Smoking, mit fliegendem, schwarzem Mantel, eine imposante Erscheinung; kam, beide Hände ausgestreckt, auf Dr. Berg zu, der sich rasch erhob.

»Mein lieber Klaus«, sagte er herzlich, »wie schön, daß du so schnell da bist! Meine Frau war ein wenig enttäuscht, daß du nicht nach Hause gekommen bist. Sie gibt heute abend eine kleine Gesellschaft und ...«

Dr. Berg fiel seinem früheren Vorgesetzten ins Wort: »Ich dachte, du wolltest etwas Dienstliches mit mir besprechen.«

»Habe ich auch, habe ich ... aber du kommst doch nachher noch auf einen Sprung zu uns herüber?«

»Ich möchte noch heute abend nach Dinkelscheidt zurück.«

Professor Hartwig schob seine Hand unter den Arm des jüngeren Kollegen. »Darüber werden wir später noch einmal reden! Es hat sich nämlich etwas ergeben, was die ganze Situation von Grund auf ändert ... du wirst staunen, mein Lieber!« Er führte ihn in sein Arbeitszimmer. »Nimm Platz, mach's dir bequem, darf ich dir einen Cognac anbieten?«

»Danke«, sagte Klaus Berg steif. In diesem Raum kam ihm die Erinnerung an jenen kühlen Abschied, den man ihm gegeben hatte, mit schmerzlicher Gewalt zurück.

Sie leerten die Gläser, und Professor Hartwig schenkte gleich nach. »Ich möchte dich bitten, daß du auf einen Prozeß verzichtest.« Er paffte eine dicke Rauchwolke in die Luft. »Mir ist völlig klar, daß ich da ein großes Opfer von dir verlange. Nachdem du all die Zeit den Sündenbock abgegeben hast, kannst du mit Recht verlangen, daß die Dinge jetzt in aller Öffentlichkeit geklärt werden ...«

Dr. Berg zog die Augenbrauen zusammen. »Ich verstehe kein Wort.«

»Du wirst es vielleicht für unverschämt halten, wenn ich dich bitte, doch auch an mich, an die Klinik, an deine Kollegen zu denken. Ich weiß, wir haben nicht viel für dich getan. Niemand ist für dich eingetreten, und doch ... ich muß dich darum bitten. Einen neuen Skandal könnte ich einfach nicht mehr verkraften.« Professor Hartwigs Stimme schwankte.

»Was ist geschehen?« fragte Berg.

Professor Hartwig holte ein Blatt Papier aus der Brusttasche seines Smokings. »Da, lies«, sagte er, »mein Rechtsanwalt hat es aufgesetzt ... es ist das Geständnis Günther Gorskis!«

Dr. Berg überflog die verschachtelten, inhaltsschweren Schriftsätze. Es verschlug ihm den Atem. »Nein«, sagte er, »nein ... das ist doch nicht möglich!«

»Doch«, sagte Professor Hartwig, »es ist die Wahrheit. Hätte ich mich seinerzeit von Gorski nicht ins Bockshorn jagen lassen, uns allen wäre manches erspart geblieben.«

Dr. Berg las das Schriftstück noch einmal. »Aber ... es ist doch gar nicht unterschrieben.«

»Stimmt. Doch das ändert nichts. Gorski wird es unterschreiben, wenn wir ihm nur die Situation klarmachen und ihn entsprechend unter Druck setzen.«

»Ich weiß nicht.« Dr. Berg konnte es immer noch nicht fassen. »Es ist riesig nett von dir, daß du mir helfen willst, aber ...«

»Davon kann doch gar keine Rede sein! Gorski hat gestanden, begreife doch ... er hat es Vera gesagt, und er hat es in der Narkose ausgeplaudert, dafür habe ich Zeugen. Du glaubst doch nicht, ich will ihm etwas in die Schuhe schieben? Er war es, so verstehe doch endlich ... er hat diese verdammte Mullkompresse verschwinden lassen, um dich abzuservieren!«

Dr. Berg holte tief Atem. »Entschuldige schon, du wirst mich jetzt sicher für ziemlich blöde halten, aber es will einfach nicht in meinen Kopf hinein, daß ein Arzt zu so etwas fähig sein soll.«

»Über das psychologische Problem können wir uns später mal unterhalten, Klaus. Das ist doch jetzt ganz uninteressant. Wichtig ist nur: Willst du den Prozeß? Bestehst du darauf, daß dieser Dreck in aller Öffentlichkeit aufgerührt wird? Es wäre das Ende von Gorskis Laufbahn als Arzt, aber darum ist es mir nicht zu tun ... es wäre auch das Ende meiner Klinik. Die Leute müssen ja glauben, daß es bei uns drunter und drüber geht.«

»Der ganze Ärztestand würde durch die Aufdeckung dieses Falles in Mißkredit geraten«, sagte Berg.

»Eben. Also entscheide dich. Genügt es dir, wenn der Fall niedergeschlagen wird?«

»Ja«, sagte Dr. Berg und war sich darüber klar, daß er damit auf jede wirkliche Rehabilitierung verzichtete.

Professor Hartwigs sorgenvolles Gesicht glättete sich. »Ich wußte, daß du so entscheiden würdest«, sagte er, »Claudia hat es zwar nicht für möglich gehalten, aber ich wußte es.«

Dr. Berg stand auf. »Dann haben wir uns also ausgesprochen.«

»Klaus«, sagte Professor Hartwig, »es ist selbstverständlich, daß ich mich erkenntlich zeige. Gorski fliegt raus, und du kommst wieder zu mir zurück. Du kriegst deine alte Stelle als Oberarzt, das ist doch wohl klar.«

»Für mich nicht«, erklärte Dr. Berg. »Ich danke dir für das Angebot, aber ich gehe nach Dinkelscheidt zurück.«

»Bist du wahnsinnig?«

Dr. Berg schüttelte den Kopf. »Durchaus nicht. Ich gehöre dorthin, denn dort leben Menschen, die mich lieben und mir bedingungslos vertrauen.«

Professor Hartwig erhob sich schwerfällig. »Du willst uns also nicht verzeihen?«

»Ich trage dir nichts nach, was denn auch? Wahrscheinlich hätte ich in der gleichen Situation genauso entschieden. Aber das ändert nichts daran, daß ich zurück muß und will.«

Professor Hartwig legte ihm den Arm auf die Schulter. »Aber doch noch nicht sofort. Gorski muß unterschreiben, und dann wäre ich dir auch sehr dankbar, wenn du persönlich mit den Rainers sprechen würdest. Es ist wichtig, daß sie ihre Anzeige zurückziehen, denn sonst ...«

»Das werde ich selbstverständlich noch erledigen.«

Dr. Günther Gorski wirkte so verändert, wie er da im Krankenbett lag, den kahlgeschorenen Kopf zum Teil bandagiert, das ebenmäßige Gesicht grau und verfallen, die geschlossenen Augen tief in den Höhlen, daß Dr. Berg ihn fast nicht erkannt hätte. Nichts von der Überheblichkeit und dem geschmeidigen Charme des ehrgeizigen Arztes war mehr da ...

Aber weder Dr. Berg noch Professor Hartwig empfanden Mitleid mit ihm, zu stark war ihre Verachtung.

Gorski erkannte Professor Hartwig, versuchte zu lächeln. »Wie mir das bloß passieren konnte«, sagte er schwach, »ich muß wohl ...«

Aber da trafen seine Augen auf Berg, und er stockte mitten im Satz. »Du, Klaus? Hier?« Seine Stimme klang verstört, seine Haut hatte eine fast grünliche Färbung angenommen.

»Ja«, sagte Berg beherrscht, »und ich nehme an, du weißt, worüber ich mit dir sprechen will.«

»Vera lügt«, keuchte Gorski, »wie kannst du ihr ein Wort glauben! Sie hat sich das alles ausgedacht. Sie wollte mich aushorchen, aber da bin ich nicht drauf hereingefallen und dann ...«

Professor Hartwig unterbrach ihn. »Merkwürdig nur, daß du in der Narkose genau das gleiche erzählt hast!«

»Ich!? Nein, nein ... das glaube ich nicht! Ihr wollt mir das nur einreden, mich einschüchtern ...«

Professor Hartwig zog sich einen Stuhl ans Bett. »Wenn du darauf bestehst«, sagte er langsam, »kann ich alle, die es mitgehört haben, hierher zitieren: Hartenstein, Marie, Edeltraut ...« Seine Hand lag schon auf der Klingel.

Günther Gorskis Stimme klang schrill. »Was beweist das? In der Narkose redet man alles mögliche, nur nicht die Wahrheit! Kein Gericht der Welt wird mich daraufhin verurteilen!«

Dr. Berg war am Fußende des Bettes stehengeblieben. »Da du dieses Thema selbst anschneidest ... sicher wird das Gericht dein Geständnis in der Narkose nicht als vollgültigen Beweis anerkennen. Aber nimm einmal Veras Aussage hinzu, und Schwester Edeltrauts Beobachtung ... sie wird beschwören, daß sie gesehen hat, wie du dich während der Operation gebückt hast!«

»Ja«, sagte Professor Hartwig, »nimm all das zusammen und male dir aus, wie es sein wird. Selbst wenn man dich nicht verurteilen würde, dein Ruf als Arzt wird nach dem Prozeß ruiniert sein. Sei dir darüber klar.«

Günther Gorski versuchte, sich in den Kissen aufzurichten. »Was wollt ihr von mir?«

»Deine Unterschrift unter ein Geständnis«, erklärte Professor Hartwig, »nichts weiter!«

»Ihr müßt mich für verrückt halten, wenn ihr mir das zumutet!«

»Es ist deine einzige Rettung, Gorski«, sagte Dr. Berg,

»wenn du dich weigerst, werden wir alles, was wir wissen, der Polizei mitteilen.«

Günther Gorski schwieg, in seinem Gesicht arbeitete es. »Und wenn ich unterschreibe«, fragte er endlich, »was dann?«

»Dann werden wir versuchen, das Ehepaar Rainer zur Zurücknahme der Anzeige zu bewegen«, sagte Professor Hartwig, »wir werden ihnen erklären, daß sich das Tuch gefunden hat. Deinen Namen werden wir, wenn es sich ermöglichen läßt, aus der Sache heraushalten.«

»Ihr habt irgendeinen teuflischen Plan«, sagte Gorski mißtrauisch, »denn dir, Klaus, müßte es doch eigentlich recht sein, wenn es zum Prozeß kommt ... wenn du Gelegenheit hast, mich zu vernichten!«

»Du kennst mich sehr schlecht, ich bin nicht wie du. Ich schäme mich deinetwegen ... schäme mich, daß ein Arzt, ein Kollege, zu einer solchen Gemeinheit fähig war!«

»Wozu brauchst du dann mein Geständnis?«

»Weil ich dir alles zutraue«, erwiderte Klaus Berg, »ich muß eine Sicherheit haben, daß du dir nicht neue Tricks ausdenkst, wenn wir jetzt von einer Anzeige absehen.«

»Und ich auch«, erklärte Professor Hartwig, »entweder du unterschreibst, oder Vera und ich gehen zur Polizei. Dann bist du dran.«

Günther Gorski zwang sich zu einem Lächeln, das wie eine Grimasse wirkte. »Laßt mich die Sache überschlafen, ja? Morgen früh ...«

»Nein«, sagte Professor Hartwig schroff, »hier und jetzt. Du hast keinen Anspruch auf eine Gnadenfrist. Wir wissen, was du getan hast, und daß du dich jetzt dazu bekennst, ist das wenigste, was wir von dir erwarten können.«

»Aber ich bitte dich, Onkel Konrad ...«

»Erinnere mich nicht daran, daß wir verwandt sind!« Professor Hartwig stand auf, sein Gesicht war wie aus Stein gemeißelt. »Ich nehme zur Kenntnis, daß du nicht unterschreiben willst. Aber dann sei dir auch darüber klar, daß ich von jetzt ab mit allen Mitteln gegen dich kämpfen werde. Ich werde den Fall der Ärztekammer übergeben und nicht eher ruhen, als bis dir deine Zulassung als Arzt entzogen worden ist. Dann kannst du sehen, wie du dich durchs Leben schlägst.«

Er ging mit schweren Schritten zur Tür, gab Dr. Berg einen Wink, ihm zu folgen.

»Halt!« rief Gorski hinter ihnen her. »Bitte, wartet doch ... zeigt mir den Wisch mal her!«

Professor Hartwig zog das Schriftstück aus der Smokingtasche, strich es glatt und legte es vor Günther Gorski auf die Bettdecke. Er griff mit der rechten Hand danach, las. Sein Gesicht wurde glühend rot, dann kalkweiß.

»Das ist ... ungeheuerlich ...«, stammelte er.

»Finde ich auch«, bestätigte der Professor ungerührt.

»Wer hat das aufgesetzt?«

»Mein Rechtsanwalt.«

Professor Hartwig schob das Bettischchen herüber, legte das Schriftstück darauf, drückte Gorski seinen Kugelschreiber in die Hand.

Günther Gorski unterschrieb.

»Morgen früh wird ein Krankenwagen dich in eine andere Klinik bringen. Ich lasse deine Sachen zusammenpacken. Sobald du eine neue Adresse hast, werden sie dir nachgeschickt. Es ist dir ja wohl klar, daß du an meiner Klinik als Mitarbeiter nicht mehr tragbar bist.«

Er steckte das Schriftstück ein, ging zur Tür. Aber Dr. Berg folgte ihm nicht sogleich. Er legte seine Finger auf den Puls des Kranken. »Ich werde sehen, daß dir eine Schwester noch ein Beruhigungsmittel gibt«, sagte er, »reg dich jetzt nur nicht unnütz auf. Du hast das Schlimmste schon überstanden, und das Leben geht immer weiter ... auch bei mir ist es weitergegangen.«

Professor Hartwig wartete draußen auf dem Gang.

Dr. Berg warf einen Blick auf seine Armbanduhr. »Es wird Zeit für mich«, sagte er, »ich muß zurück. Die Angelegenheit mit den Rainers kannst du wohl auch allein regeln. Dabei wird dein Rechtsanwalt dir nützlicher sein können als ich.«

»Das mag sein«, erwiderte der Professor, »aber ich wäre dir aus einem anderen Grunde dankbar, wenn du noch bliebest.«

Dr. Berg fürchtete, daß er ihn zu seiner Frau und Vera bringen wollte, und wehrte rasch ab. Aber Professor Hartwig hatte etwas anderes auf dem Herzen.

»Ich habe da einen schwierigen Fall«, sagte er, »und ich wäre dir dankbar, wenn du dir die Patientin einmal ansehen würdest.« Mit einem etwas verlegenen Lächeln fügte er hinzu: »Du weißt, ich habe immer viel auf dein Urteil gegeben ... und jetzt habe ich außer den jungen Springern niemanden mehr, mit dem ich mich beraten könnte.«

Klaus Berg war es nicht angenehm, zu einem Fall zugezogen zu werden, unter dem er sich nichts Rechtes vorstellen konnte. Aber er begriff, daß Professor Hartwig ihm einen Beweis seines Vertrauens geben wollte, und brachte es nicht über sich, ihn vor den Kopf zu stoßen. »Also gut«, sagte er, »um was handelt es sich?«

»Um eine Gebärende, 25 Jahre alt, kräftig, gesund, aber leider rh-negativ. Der Ehemann ist rh-positiv, du weißt, was das bedeutet. Im Blut der Mutter bilden sich Anti-Körper, die zu einer Schädigung des Kindes führen müssen. Es ist ihre zweite Schwangerschaft, sie hat schon einmal ein Kind im dritten Monat verloren.«

Dr. Berg war, fast gegen seinen Willen, interessiert. »Hast du den Coombs-Test durchführen lassen?«

»Ja, regelmäßig, alle vier Wochen! Bisher hielt sich alles in Grenzen, aber der letzte Test hat ergeben, daß die Zahl der Antikörper erheblich zugenommen hat.« Er fuhr sich mit der Hand über die Stirn. »Es war ja damit zu rechnen.

Durch die erste Schwangerschaft war die Patientin schon sensibilisiert.«

»Im wievielten Monat?« fragte Dr. Berg.

»Im siebten, das ist es eben. Das Kind wird noch kaum lebensfähig sein. Kaiserschnitt kommt also nicht in Frage. Aber wenn ich nichts tue ... womöglich stirbt die Frucht schon in den nächsten Tagen ab. Die Aussicht für den günstigen Verlauf einer dritten Schwangerschaft ist ja kaum gegeben. Und die Patientin wünscht sich ein Kind. Jungverheiratet, sehr fraulich ... du verstehst; Kinderlosigkeit wäre eine wahre Tragödie für sie.«

Dr. Berg zündete sich eine Zigarette an. »Es käme also darauf an, das Kind noch drei, höchstens vier Wochen am Leben zu erhalten?«

»Genau. Dann hätten wir es geschafft.«

Die beiden Ärzte sahen sich an.

»Da gibt es nur eine Möglichkeit«, sagte Dr. Berg schließlich, »du mußt das Blut des Kindes im Mutterleib austauschen. Das ist möglich. Ich habe mich lange mit diesem Problem befaßt.«

»Ich weiß«, sagte Professor Hartwig, »aber ... es ist eben doch ein Risiko dabei.«

»Stimmt. Ein sehr großes sogar. Aber wenn du sagst, daß das Kind jetzt noch nicht lebensfähig ist und daß es andererseits kaum eine Chance hat, bis zur Geburt durchzuhalten.«

»Ich habe das alles schon wieder und wieder überlegt«, sagte Professor Hartwig, »ich habe auch schon mit der Patientin darüber gesprochen. Sie liegt jetzt hier im Haus, damit wir sie unter ständiger Kontrolle haben. Sie ist bereit, alles mit sich geschehen zu lassen, was auch nur den geringsten Erfolg verspricht, aber ...« Er zuckte mit den Schultern.

»Das persönliche Risiko ist dir zu groß?«

»Ehrlich gestanden, ja. Ich habe das noch nie gemacht,

und ich bin zu alt, um etwas Neues zu versuchen. Außerdem ... meine Nerven haben unter all den Verwicklungen der letzten Zeit sehr gelitten. Dieser verdammte Gorski! Ich könnte ihn umbringen.«

Dr. Berg rauchte nachdenklich. »Wenn die Patientin damit einverstanden ist«, sagte er, »ich würde es machen.« Mit einem schwachen Lächeln fügte er hinzu: »Ich habe so und so nichts mehr zu verlieren.«

»Aber du hast etwas zu gewinnen! Wenn dir dieser Eingriff glückt«, sagte Professor Hartwig eifrig, »ist dein Ruf als Arzt wiederhergestellt. Ich werde selbstverständlich dafür sorgen, daß die Sache in die Presse kommt.«

Dr. Berg wehrte ab. »Darum geht's mir nicht«, sagte er, »vielmehr ... ich möchte mir gern selbst beweisen, daß ich kein Versager bin.«

»Das hat sich doch inzwischen erwiesen!«

»Nein. Nur weil ich unsicher war, weil ich mich nicht mehr genau erinnerte, konnte Gorski überhaupt mit seiner Intrige Erfolg haben. Ich habe ihm ganz schön in die Hände gearbeitet.«

»Darf ich dir also die Patientin vorstellen? Sie heißt übrigens Frau Kolbe ... eine sehr nette, sympathische Frau. Sie verdient es, daß du ihr hilfst.«

»Das verdient doch jede Kranke, ganz egal, ob sie nett oder unsympathisch ist ... ob sie Krankenkassen- oder Privatpatientin ist.«

Dr. Berg hatte sich diesen Seitenhieb auf Professor Hartwig nicht verkneifen können, setzte aber fast im gleichen Augenblick hinzu: »Entschuldige bitte, das war nicht persönlich gemeint.«

»Wahrscheinlich hast du recht«, gab Professor Hartwig zu, »wenn man aufs Geldverdienen angewiesen ist, gehen einem die Ideale allmählich flöten. Sei froh, daß du sie noch hast.«

Eva Kolbe schlief noch nicht. Sie war eine zarte Frau mit einem mädchenhaften Gesicht, langem goldblondem Haar. Ihre Augen leuchteten auf, als Professor Hartwig ihr in Dr. Berg den Arzt vorstellte, der bereit war, den lebenserhaltenden Eingriff vorzunehmen.

»Und da fragen Sie mich noch, ob ich einverstanden bin?« rief sie aus. »Ich würde alles tun, um mein Kindchen zu behalten ... alles!«

»Aber Sie kennen mich nicht«, sagte Dr. Berg.

»Es genügt doch, wenn Professor Hartwig Sie empfiehlt.«

»Ich möchte Ihnen aber trotzdem sagen, daß ich der Arzt bin, von dem die Zeitungen geschrieben haben, daß ich eine Mullkompresse in der Bauchhöhle einer Patientin vergessen habe ...«

»Aber das stimmt doch sicher nicht?«

»Nein, es stimmt nicht, und ich kann es jetzt beweisen. Trotzdem ...«

Frau Kolbe reichte ihm die Hand. »Ich habe Vertrauen zu Ihnen, Herr Doktor«, sagte sie, »wann wollen Sie den Eingriff vornehmen?«

»So bald wie möglich.« Dr. Berg wandte sich an Professor Hartwig: »Wann können die Vorbereitungen getroffen werden?«

»Morgen früh.«

»Also ... bis morgen dann!« Dr. Berg lächelte der Patientin ermutigend zu und verließ dann vor Professor Hartwig, der sich noch verabschiedete, das Zimmer.

Draußen auf dem Gang stand Vera, bezaubernder denn je in einem veilchenfarbenen Cocktailkleid, eine Nerzstola um die runden glatten Schultern geschlungen.

»Hallo, Klaus«, sagte sie mit erzwungener Unbefangenheit, »ich wollte eigentlich nur sehen, wo Vati bleibt. Nett, dich hier zu treffen!«

Sie reichte ihm die Hand.

Dr. Berg brachte kein Wort heraus.

Professor Hartwig erschien hinter ihm. »Ja, stell dir vor, Kindchen«, sagte er, »Klaus operiert morgen früh für mich. Eine schwierige Sache, aber ich bin überzeugt, daß er es schaffen wird.«

»Das finde ich wunderbar, Klaus!« rief Vera impulsiv. »Du kommst doch noch zu einem kleinen Wiedersehenstrunk zu uns herüber?«

Schmerzhaft empfand Dr. Klaus Berg, wie ihn die Erinnerung an all das, was er einmal für Vera empfunden hatte, überkam. Gleichzeitig aber wurde ihm bewußt, daß dieses Gefühl trotz allem keine Liebe war, nicht jene Liebe, die gibt und empfängt und stark genug ist, die Kämpfe eines langen Lebens zu überdauern.

»Tut mir leid, Vera«, sagte er freundlich, »aber ich glaube, es ist besser, ich gehe heute früh zu Bett. Du weißt, ich habe morgen einen schweren Tag vor mir.«

Ihr Lächeln erlosch. »Dann also ... bis morgen abend!«

Er schüttelte den Kopf. »Morgen abend werde ich schon wieder in Dinkelscheidt sein.«

Veras schöne, tiefblaue Augen wurden groß. »Du willst zurück? Aber warum denn? Ich habe gedacht, es wäre alles in Ordnung! Oder, hat Günther etwa nicht gestanden?«

»Doch«, sagte Dr. Berg, »trotzdem. Mein Platz ist nicht mehr hier, Vera!«

Jetzt mischte sich Professor Dr. Hartwig ein: »Aber ich hoffe doch, du wirst kommen, wenn ich hie und da für eine schwierige Operation deine Hilfe brauche!«

»Bestimmt«, versprach Klaus lächelnd, »wir können ein Abkommen auf Gegenseitigkeit treffen. Ich werde Patientinnen, die einer besonderen Betreuung bedürfen, in deine Klinik überweisen.«

»Na, wunderbar«, sagte Professor Hartwig, »dann bist du uns also doch nicht ganz verloren.«

Dr. Berg sah Veras enttäuschtes Gesicht, begriff, daß sie nach Günther Gorskis Ausbruch im Grunde ihres Herzens gehofft hatte, daß trotz allem, was zwischen ihnen geschehen war, doch noch alles wieder gut werden könnte. »Und wie sind deine Pläne für die Zukunft, Vera?« fragte er.

»Ich ... aber bitte, lach mich nicht aus ...« Sie errötete.

»Raus mit der Sprache«, drängte Professor Hartwig, »spann uns nicht auf die Folter!«

»Ich möchte Medizin studieren!« platzte Vera heraus. »Ich weiß, Klaus«, setzte sie hastig hinzu, »in deiner Praxis war ich ein ziemlicher Versager, aber gerade bei dir habe ich allerhand gelernt. Ich bin sicher, ich werde es schaffen.«

»Ich auch«, bestätigte Klaus Berg herzlich.

Vera küßte ihren Vater zärtlich auf die Wange. »Ich werde mir alle Mühe geben, Väterchen, und wenn ich darüber zu einer alten Jungfer werden sollte.«

»Ich glaube, in diesem Punkt, Vera, besteht für dich keine Gefahr!« sagte Klaus lächelnd. »Ich wünsche dir alles Glück und mir, daß wir gute Freunde bleiben.«

»Ja, halten wir's so, Klaus!« Sie reichte ihm mit einer freimütigen Geste die Hand.

Noch einmal sahen sie sich in die Augen, und beide fühlten, halb bedauernd, halb erleichtert, daß dies das Ende eines Lebensabschnittes für sie beide war.

12

In dieser Nacht schlief Dr. Berg in seinem alten Zimmer in der Klinik. Am nächsten Morgen stand er um sechs Uhr auf, denn er mußte, bevor er noch daran denken konnte zu operieren, mit den Laboranten sprechen. Der Erfolg der Operation hing zum großen Teil davon ab, daß im Labor alles klappte.

Professor Hartwig hatte Anweisung gegeben, daß das Labor, während der Blutaustausch des ungeborenen Kindes durchgeführt wurde, keine anderen Arbeiten annehmen, sondern ganz allein Dr. Berg und seinem Team zur Verfügung stehen sollte.

Dr. Berg versammelte die Laboranten, zwei Mädchen und einen älteren Kollegen um sich und erklärte ihnen erst einmal ganz genau, um was es ging. Wichtig war vor allem, daß die Blutgruppe des ungeborenen Kindes in Blitzesschnelle festgestellt wurde, daß genügend Blutkonserven zum Austausch bereitstanden, und daß die Kreuzprobe, mit deren Hilfe die Blutverträglichkeit kontrolliert wurde, rasch und präzise durchgeführt wurde. Den Blutkonserven, die für den Austausch in Frage kamen, mußte dann ein Mittel beigegeben werden, das die Gerinnungsfähigkeit vorübergehend herabsetzte.

Die Fragen der Laboranten zeigten, daß sie alles begriffen hatten. Dr. Bergs Eifer steckte sie an; die Tatsache, daß es sich hier um eine ganz ungewöhnliche Operation handelte, befeuerte sie. Dr. Berg war sicher, daß sie ihr Bestes geben würden.

Er sprach noch einmal mit der werdenden Mutter. Eva Kolbe war guten Mutes und voll Vertrauen. Er kontrollierte ihren Kreislauf, der denkbar gut war.

Die Herztöne des Kindes waren zwar schwach, aber das ließ sich Berg nicht anmerken. »Alles in Ordnung«, sagte er lächelnd, »wir werden es bestimmt schaffen!«

»Ja, das weiß ich«, sagte Frau Kolbe, »mein Mann und ich, wir wünschen uns dieses Kind so sehr ... so grausam kann der Himmel nicht sein, uns diesen Wunsch zu versagen!«

Dr. Berg gab Schwester Marie die Anweisung, die Patientin zur Operation vorzubereiten, besprach sich mit dem Anästhesisten.

»Ich bewundere Ihren Mut«, sagte der Kollege.

»Es ist eine ziemlich ungewöhnliche Operation, ich weiß. Aber in den Vereinigten Staaten hat man damit schon Erfolg erzielt. Dort würde man nicht zögern ...«

»Ja, dort!« sagte der Anästhesist.

Dr. Berg lächelte. »Und Sie glauben, daß die amerikanischen Ärzte so viel besser sind als wir?«

»Nein. Im Gegenteil. Ich bin ziemlich sicher, daß wir genauso gut sind wie die Besten drüben. Nur ... also ich an Ihrer Stelle würde es nicht wagen. Ich meine, in Ihrer Situation. Wenn irgend etwas schiefgeht, ganz ohne Ihr Verschulden, sind Sie erledigt. Einen zweiten Skandal können Sie sich doch nicht leisten.«

»Ich weiß.«

»Nicht, daß ich Sie unsicher machen will«, sagte der Narkosearzt. »Nur ... ist diese Operation wirklich unumgänglich notwendig?«

Früher und in einer anderen Situation wäre Dr. Berg von solchen Warnungen sehr wenig beeindruckt gewesen. Tatsächlich hatte er eine sehr unruhige Nacht verbracht und sich wieder und wieder all das auch gesagt, was sein Kollege jetzt so offen aussprach ...

Durfte er ein solches Risiko eingehen? Es ging ja nicht mehr um ihn und seine Karriere, sondern er mußte auch an Kirsten denken und an seinen Vater, die beiden Menschen, die ihm so sehr vertrauten. Durch Günther Gorskis Geständnis war das Schlimmste von ihm abgewendet worden. Es würde zu keinem Prozeß kommen, er konnte jetzt jedem, der ihn noch verleumdete, die Stirn bieten, unter Umständen sogar gerichtlich entgegentreten. Mit Geduld und hartnäckiger gewissenhafter Arbeit mußte es ihm gelingen, seinen Ruf als Arzt wiederherzustellen.

Diese schwierige Situation aber, auf die er sich da eingelassen hatte, konnte ihm das Rückgrat brechen.

»Ich werde noch einen letzten Test durchführen lassen«, erklärte er entschlossen.

»Tun Sie das.«

Während der Coombs-Test gemacht wurde, war Dr. Berg nahe daran, um ein Wunder zu beten – das Wunder, daß der

Gesundheitszustand des ungeborenen Kindes sich verbessert hatte, eine Operation überflüssig geworden war.

Aber als dann das Ergebnis vorlag, wußte er, daß er nichts anderes erwartet hatte – die Zahl der Antikörper im Blut des Kindes hatte sich erschreckend vermehrt. Es würde sterben müssen, wenn nichts geschah. Ein sofortiger Blutaustausch war die letzte Chance. Es gab kein Zurück mehr.

Als Dr. Berg sich die Hände gewaschen hatte und begleitet von Professor Hartwig und Dr. Hartenstein in den Operationssaal trat, lag die Patientin schon in Narkose. Grüne sterile Tücher deckten ihr Gesicht und ihren Körper ab, nur ihr Leib, schon sterilisiert, lag bloß.

Es herrschte atemlose Stille.

»Können wir?« fragte Berg zum Anästhesisten hinüber.

»Wir können!«

Dr. Berg nahm das Skalpell aus der Hand Schwester Maries entgegen. Rasch und geschickt setzte er den ersten Schnitt, einen Querschnitt von fast acht Zentimeter Länge.

Professor Hartwig, der ihm gegenüberstand, und Dr. Hartenstein, der zwischen den Beinen der Patientin Aufstellung genommen hatte, setzten die Hauthaken.

Dr. Berg durchtrennte das Fettgewebe unterhalb der Haut, dann, mit einem Längsschnitt die Muskulatur. Seine Assistenten setzten die Hauthaken neu, Dr. Berg wölbte sich das gespannte Bauchfell entgegen. Er hob es mit einer Pinzette an, Professor Hartwig auf seiner Seite tat das gleiche – jetzt konnte Dr. Berg es mit einem Scherenschlag eröffnen.

Schwester Marie reichte die vorgewärmten sterilen Tücher. Mit ihnen drängte Dr. Berg die Därme hinter und über die Gebärmutter zurück. Glatt und glänzend lag die Gebärmutter vor ihm in der eröffneten Bauchhöhle.

Ein kleiner Schnitt in ihrem oberen Bereich – Fruchtwasser spritzte heraus. Mit der rechten Hand fuhr Dr. Berg in die Schnittwunde ein. Eine lange, bange Sekunde – dann bekam er den einen Fuß des Ungeborenen zu fassen.

In diesem Augenblick hatte Dr. Berg alles vergessen, was für ihn auf dem Spiel stand. Er dachte nur noch an das Kind, dessen Leben in seiner Hand lag, an die Mutter, die all ihr Vertrauen auf ihn gesetzt hatte.

Schwester Marie reichte ihm die Hohlnadel. Er fand die Vene auf dem Fußrücken des Kindes, setzte die Nadel ein. Das Blut lief in den gläsernen Kolben.

Er schraubte den Kolben ab, schickte ihn zum Labor, befestigte die Nadel am Fuß des Kindes, setzte die Dreiwegehahnspitze auf. Nach etwa fünf Minuten hatte er einen halben Liter Blut abgezapft. Inzwischen war die Blutprobe des Kindes bestimmt, die Kreuzprobe mit dem Spenderblut gemacht worden. Schwester Marie schloß den Behälter mit der Blutkonserve an. Jetzt floß das neue Blut in den Körper des Kindes.

Dieser Vorgang – krankes Blut abzapfen, gesundes Blut zuführen – wurde so lange wiederholt, bis der Blutaustausch vollkommen durchgeführt war.

Dr. Berg nahm die Hohlnadel mit dem Dreiwegehahn ab, desinfizierte die kleine Wunde, steckte den winzigen Fuß behutsam in die Gebärmutter zurück, vernähte Gebärmutter und Fruchtblase, entfernte die Tücher.

»Zählen!« sagte er mit lauter Stimme.

Er wartete, bis Schwester Marie die Antwort gab: »Tücher gezählt, alle vorhanden!«

»Kreislauf?« wandte er sich an den Anästhesisten.

»Zufriedenstellend!«

»Sie können langsam beenden!«

Dr. Berg schob die Därme wieder an ihren Platz, vernähte sorgfältig, aber mit größter Eile das Bauchfell, die Muskulatur, die Fettschicht, die Haut.

Die Patientin kam zum Bewußtsein, kaum daß der letzte Stich getan war. »Mein Kind ...«, sagte sie schwach.

Dr. Berg hatte sich mit dem hölzernen Stethoskop über den Leib der werdenden Mutter gebeugt. Jetzt richtete er sich auf. »Alles in Ordnung«, sagte er, »es geht ihm besser denn je!«

Die Patientin atmete tief durch.

Dr. Berg nickte ihr lächelnd zu, wollte den OP verlassen.

»Herr Doktor«, sagte sie mühsam, »werden Sie auch bei der Geburt dabeisein?« Dr. Berg zögerte mit der Antwort.

»Bestimmt«, sagte Professor Hartwig an seiner Stelle, »Dr. Berg will ja auch wissen, was aus unserem Sorgenkind geworden ist!«

Draußen im Waschsaal fragte er: »Du wirst doch kommen, Klaus, nicht wahr?«

»Wenn du Wert darauf legst ...«

»Und ob! Du hast dich heute selbst übertroffen! Ein Jammer, daß du ...«

»Laß gut sein, Professor. Ich habe jetzt endlich den Platz gefunden, an den ich gehöre. Aber ich werde immer da sein, wenn du mich rufst. Dinkelscheidt liegt ja nicht außerhalb der Welt!«

Während Dr. Berg nach Hause zurückfuhr, sprachen Professor Hartwig und Dr. Holstermann mit dem Ehepaar Rainer, die der Rechtsanwalt ins Büro gebeten hatte.

Josef Rainer blieb mißtrauisch. Es war nicht einfach, ihm den Sachverhalt zu erklären, ohne den Namen Günther Gorskis preiszugeben.

»Also ganz ehrlich, ich kann Ihnen nicht glauben«, erklärte er. »Sie sagen, das Tuch hat sich gefunden? Wo ist es denn? Zeigen Sie es mir!«

»Nun hören Sie mal«, sagte Professor Hartwig, »es wäre uns doch ein leichtes, Ihnen irgendeine benutzte Mullkompresse unter die Nase zu halten, das geben Sie doch wohl zu? Tatsächlich existiert dieses Tuch nicht mehr, es ist verbrannt worden.«

»Dann haben Sie überhaupt keinen Beweis!«

»Wir haben ein Geständnis«, sagte Dr. Holstermann, »ein

schriftliches Geständnis. Einer der Mitarbeiter bei der Operation hat das Tuch verschlampt und nachher den Mut verloren, das zu bekennen.«

»Wer?« fragte Josef Rainer. »Nennen Sie mir den Namen, zeigen Sie mir das Geständnis!«

»Jetzt verstehe ich dich aber wirklich nicht mehr, Josef!« Brigitte Rainer konnte sich nicht länger zurückhalten. »Freue dich doch, daß ich außer Gefahr bin, daß alles nur ein Mißverständnis war!«

»Aber dessen bin ich eben noch gar nicht sicher!«

»Dir scheint es direkt Spaß zu machen, alle Welt in Aufregung zu versetzen!« rief sie. »Ich habe dir von Anfang an gesagt, daß du dich irrst! Ich hätte es doch spüren müssen, wenn irgend etwas von der Operation zurückgeblieben wäre. Aber du, du hast dich nur immer tiefer in diese fixe Idee verrannt ...«

»Aber erlaube mal«, brauste ihr Mann auf. »Ich war doch nur besorgt um dich!«

Dr. Holstermann griff ein. »Sie haben durch Ihr Vorgehen dem Ruf der Klinik und auch dem Ruf Dr. Bergs sehr geschadet, Herr Rainer.«

»Ja, der arme Dr. Berg«, sagte Brigitte Rainer impulsiv, »wie geht es ihm jetzt? Ich bin so froh, daß er rehabilitiert ist. Bitte, Herr Professor, wenn Sie ihn sehen, sagen Sie ihm doch, ich habe immer an ihn geglaubt, ich habe keine Minute lang angenommen, daß er ...«

»Ja, weil du vernarrt in ihn warst«, sagte ihr Mann heftig.

Sie lachte ein wenig. »O je, du bist eifersüchtig? Hast du etwa nur deswegen den ganzen Wirbel gemacht?«

»Frau Rainer ... Herr Rainer«, sagte Dr. Holstermann, »wir wollen ja nur zu einem Vergleich kommen, und nach Lage der Dinge sollte das doch leicht möglich sein. Sie, Herr Rainer, verpflichten sich, die Anzeige zurückzunehmen und auf jeden weiteren Angriff gegen die Klinik oder einen ihrer Ärzte zu verzichten. Professor Hartwig erklärt sich als Gegenleistung bereit, Ihnen, falls das verschwundene Tuch jemals in der Bauchhöhle Ihrer Frau gefunden werden sollte, zu ihren Lebzeiten oder nach ihrem Tod, Ihnen eine Entschädigung von einer halben Million zu zahlen!«

Herr Rainer holte tief Luft. »Eine halbe Million?« fragte er.

»Ja«, sagte Professor Hartwig, »ich bin auch bereit, mich zu einer Zahlung von einer Milliarde zu verpflichten, wenn Ihnen das lieber ist. Das Tuch ist nämlich während der Operation entfernt worden, geht das wirklich nicht in Ihren Schädel? Ergo kann es niemals gefunden werden, einfach deshalb, weil es nicht da ist!«

»Wir nehmen die Anzeige zurück«, sagte Frau Rainer.

»Wie kannst du das sagen?«

»Ich habe genug von diesem Theater, reichlich genug. Wir ziehen die Anzeige zurück, Herr Professor, und ich möchte mich auch im Namen meines Mannes bei Ihnen und Dr. Berg für all die Schwierigkeiten entschuldigen, die wir Ihnen bereitet haben! Sollte ich je wieder krank werden, werde ich in Ihre Klinik kommen ... das heißt, wenn Sie mich nach allem, was geschehen ist, überhaupt noch aufnehmen werden.«

Professor Hartwig versprach: »Jederzeit! Und sollte meine Tochter eines Tages heiraten, an ihrem Polterabend wird nicht mehr operiert!«

Selbst Josef Rainer lachte über diesen kleinen Scherz. »Ich bin sehr froh«, sagte er, »denn, wenn ich ehrlich sein soll, das Leben meiner Frau ist auch mit einer Milliarde nicht zu bezahlen!«

Er küßte sie zärtlich auf die Wange. »Verzeih mir, ich habe ja nur deinetwegen so gekämpft!«

Drei Wochen später wurde das Kind Eva Kolbes durch Schnittentbindung ans Licht der Welt geholt. Ein zweiter Blutaustausch rettete sein Leben. Das Siebenmonatskind war ein kräftig entwickelter Junge. Seine Eltern waren dankbar und überglücklich.

Der Fall – der erste geglückte Blutaustausch eines Ungeborenen im Mutterleib in Westdeutschland – ging durch alle Zeitungen. Der Name *Dr. Klaus Berg* wurde in den Artikeln der Tagespresse und auch in den Fachzeitschriften mit Achtung erwähnt. In Dinkelscheidt änderte sich die Stimmung von einem Tag auf den anderen.

Patienten strömten in Dr. Bergs Praxis, die er nie zuvor gesehen oder die sich seinerzeit sang- und klanglos von ihm zurückgezogen hatten. Sie versicherten ihm, daß sie niemals an ihm gezweifelt hätten. Er nahm es lächelnd zur Kenntnis, auch wenn er wußte, daß es nicht der Wahrheit entsprach. Es war nicht seine Aufgabe, die Menschen zu erziehen oder zu verurteilen, er sah seine Pflicht darin, allen Kranken zu helfen, soweit es seine Kräfte erlaubten, ob sie sich ihm gegenüber anständig verhalten hatten oder nicht.

Dr. Bergs Vater konnte jetzt unbesorgt in sein Sanatorium fahren, obwohl er keine rechte Lust mehr dazu hatte. Ihm hatte es viel Freude gemacht, Seite an Seite mit seinem Sohn zu arbeiten. Aber Dr. Berg bestand darauf, daß er alles nur Denkbare für seine Gesundheit tun müßte. Später, wenn er sich erholt hatte, würde man dann weitersehen.

In absehbarer Zeit würde man die Praxis vergrößern, die kleine Wohnung mit einbeziehen, ein Röntgenzimmer und ein Labor installieren müssen.

»Wenn du erst wieder wirklich auf dem Posten bist, Vater«, versprach Klaus Berg, »kannst du mir natürlich helfen. Wir werden es dann so einrichten, daß du nur arbeitest, soviel es dir Spaß macht, mich mal vertrittst, wenn ich nach Düsseldorf muß ... es wäre für mich einfach ideal, dich bei mir zu haben. Und du ziehst natürlich auch mit in meine neue Wohnung! Vielleicht mieten wir uns ein Häuschen am Stadtrand ... wie früher, als Mutter noch lebte. Wie würde dir das gefallen?«

»Tja, ich weiß nicht ...« Der alte Herr schmunzelte.

»Ob Kirsten das passen würde?«

»Glaubst du, daß ich sie um Erlaubnis bitten muß?«

»Wer weiß ...«

»Nein, Vater, ich habe dich lange genug allein gelassen. Du bleibst jetzt bei mir, und keine Frau der Welt wird uns auseinanderbringen!«

Diese tröstliche Versicherung erleichterte dem alten Herrn den Abschied. Guten Mutes fuhr er ab und versprach, die Kur ernst zu nehmen – jetzt wußte er ja wieder, für was es sich lohnte, länger zu leben.

An einem schönen Sonntag im Frühling machten Dr. Berg und Kirsten Lenz ihren lange gehegten Plan wahr – sie fuhren im Auto hinaus, um den kleinen Peter in seinem Heim aufzusuchen.

Als er zu ihnen ins Besuchszimmer kam, hätten sie ihn fast nicht erkannt – er konnte gehen, zwar mit Hilfe von Prothesen, aber er konnte gehen! Er schien gewachsen, war kräftiger geworden, selbstbewußter, strahlte über das ganze Gesicht. Er hatte sie nicht vergessen.

»Ich wußte, daß ihr kommen würdet«, sagte er, »ich hab's gewußt ... die anderen haben mich ausgelacht, aber das war mir egal!«

Kirsten schloß den Jungen in die Arme, sehr behutsam, um ihn nicht aus dem Gleichgewicht zu bringen. »Es hat lange genug gedauert, Peter«, sagte sie, »aber bei uns ist vieles geschehen.«

Peter sah neugierig zu Dr. Berg.

»Habt ihr endlich geheiratet?«

Kirsten wurde tödlich verlegen. »Aber, Peter, wie kommst du darauf?« rief sie.

Dr. Berg legte den Arm um ihre Schultern. »Noch nicht, Peter«, sagte er lächelnd, »aber du hast recht, eigentlich wäre das eine gute Idee!«

»Ja, bestimmt!« rief Peter. »Ihr paßt doch prima zusammen!«

»Na, was sagst du dazu, Kirsten?«

Sie lachte. »Einen Heiratsantrag habe ich mir eigentlich immer anders vorgestellt!«

»Aber du hast immerhin begriffen, daß es einer war! Also: ja oder nein? Bedenkzeit wird keine gegeben!«

Kirsten zögerte.

»Sag schon ja, Tante Kirsten«, rief Peter, »du möchtest doch ganz bestimmt!«

Sie mußte lachen. »Ich merke schon, ich bin durchschaut ... ja, ich möchte, Klaus!«

Sie küßten sich.

»Und zur Hochzeit«, rief Kirsten, »bist du natürlich eingeladen, Peter!«

»Au, prima!«

Dr. Berg legte ihm die Hand in den Nacken. »Willst du nicht unser Junge werden, Peter? Wenn wir verheiratet sind, wär's doch fein, wenn wir gleich einen großen Sohn hätten, möchtest du?«

»Natürlich mußt du während der Schulzeit hier im Heim bleiben«, setzte Kirsten rasch hinzu, »es gibt ja noch so vieles für dich zu lernen ... aber in den Ferien und übers Wochenende würden wir dich nach Hause holen ... zu uns nach Hause!«

»Und ich dürfte ... Vater und Mutter zu euch sagen?«

»Ja«, erklärten Dr. Berg und Kirsten wie aus einem Mund, und sie drückten sich, froh über diese Gleichstimmung, die Hände.

»Das wäre das Höchste«, sagte Peter andächtig.

Sie luden Peter in ein Gartenrestaurant ein und verbrachten einen fröhlichen und harmonischen Nachmittag miteinander.

Später, als sie, nun wieder allein, nach Dinkelscheidt zurückfuhren, sagte Klaus: »Eigentlich habe ich ein schlechtes Gewissen dir gegenüber, Kirsten! Ich habe dich ein bißchen überfahren!«

»Mit dem Heiratsantrag? Aber, Klaus, was glaubst du, wie lange ich schon darauf gewartet habe!«

Er legte seinen Arm um ihre Schultern, sie bettete ihren Kopf an seine Brust.

»Und mit Peter«, fuhr er fort, »wird dir das nicht zuviel? Ein körperbehinderter Junge und ein alter Mann im Haus ... denn Vater kann ich auch nicht im Stich lassen, ich habe ihm versprochen, daß er bei uns wohnen soll ... Und eigene Kinder wollen wir doch auch haben!«

Sie tat einen tiefen Atemzug. »Wunderbar!« sagte sie. »Ich bin so froh, daß du so denkst ... denn was wäre das schon für ein Glück, das man nur für sich allein haben will! Ein richtiges Glück muß man teilen können ... und je mehr man davon verschenkt, desto größer und kräftiger wird es. Ich fühle, unser Glück wird unermeßlich sein ... am liebsten möchte ich die ganze Welt mit einbeziehen!«

Klaus zog sie fester an sich. »Es gab eine Zeit«, sagte er nachdenklich, »da dachte ich, es hätte sich alles gegen mich verschworen, und doch ... heute weiß ich, daß alles so hat kommen müssen, damit ich dich finden konnte, Kirsten! Ich liebe dich sehr!«

Eng aneinandergeschmiegt fuhren sie in den sinkenden Abend hinein und wußten, daß viele Tage kommen würden, erfüllt von Arbeit und Sorgen, voll Freuden und Pflichten, ein ganzes Leben, durch das sie Seite an Seite gehen würden, in guten und bösen Zeiten, immer der Liebe des anderen und seines Vertrauens gewiß – ein gutes, erfülltes Leben.

MARIE LOUISE FISCHER

Marie Forester, die Frau mit dem Zweiten Gesicht

| 1 | Sie rannte wie gehetzt durch die engen Straßen Alt-Schwabings. Die Polizeistunde war vorbei, und nur aus wenigen Gaststätten drang noch Licht. Die Laternen schufen Inseln fahler Helligkeit. Dazwischen war es nachtdunkel.

Ein Betrunkener kam ihr schwankend und grölend entgegen. Sie beachtete ihn nicht, stürmte an ihm vorbei, hörte nicht, wie er hinter ihr herfluchte.

Ihre Turnschuhe machten kaum ein Geräusch auf dem unebenen Pflaster. In der Tasche ihres offenen Parkas steckte eine Taschenlampe. Sie hielt sie umklammert, damit das schwere Gewicht im Laufen nicht gegen ihren Schenkel schlug.

Sie überquerte den Nikolaiplatz, bog zielsicher in eine Gasse ein, die noch schmaler war als die anderen. Das hohe Brettertor, das nachts gewöhnlich geschlossen war, stand halb offen. Sie schlüpfte hinein. Die Laterne am Ende des langgestreckten Hofes brannte nicht. Ohne stehen zu bleiben, zog sie ihre Taschenlampe heraus und knipste sie an. Der Lichtkegel huschte über die Laderampe, die Hintertüren, den asphaltierten Boden.

Unter der zersplitterten Laterne fand sie ihn. Er lag zusammengekrümmt in einer Lache von Blut. Sein Gesicht war schneeweiß.

Sie kniete sich neben ihn, rief: »Günther, Günther, hörst du mich? Ich bin's, Marie! Ich bin bei dir!«

Aber er war nicht bei Bewußtsein.

Blut drang aus seinem Bauch. Ohne zu überlegen zog sie das Baumwollnachthemd, das sie unter ihrem Parka trug, aus der langen Flanellhose, nahm die Zähne zur Hilfe und riß einen breiten Streifen ab. Sie öffnete seine Jeans, fand die klaffende Wunde, verband sie, so gut es eben ging.

Dann sprang sie auf und trommelte mit beiden Fäusten gegen das Fenster zum Hof, unter dem er lag. Es schien eine Ewigkeit zu dauern, bis sich drinnen etwas rührte. Sie war nahe daran, das Glas mit der Taschenlampe zu zerschlagen, als endlich jemand reagierte.

Eine Männerstimme meldete sich, dumpf und abweisend. »Schleich dich! Wir san geschlossen!«

»Sie müssen aufmachen«, schrie sie, »sofort! Es ist etwas passiert! Ein Mann ist schwer verletzt!«

Das Fenster wurde geöffnet, und der Kopf eines kahlen älteren Mannes zeigte sich über dem Sims.

Marie richtete den Schein der Taschenlampe auf den Verwundeten. »Sie müssen den Notdienst anrufen! Bitte! Schnell!«

»Auch das noch!« sagte der Wirt und verzog sich.

Marie hörte ihn telefonieren. Sie kniete sich nieder, versuchte festzustellen, ob der Verletzte noch atmete, machte sich währenddessen heftige Vorwürfe, weil sie nicht als erstes jemanden in der Wirtschaft alarmiert hatte, statt sich um Günther zu kümmern. Sie hatte einmal mehr nur ihren Instinkt und nicht ihren Verstand sprechen lassen.

Der Notverband, den sie ihm angelegt hatte, war schon wieder blutdurchtränkt. Sie fragte sich, ob er überhaupt etwas genutzt hatte. Ihre Torheit schmerzte sie.

»Halte durch, Günther!« flüsterte sie und hielt seine eiskalte Hand. »Sie kommen schon, dich zu holen. Bald ist ein Arzt bei dir. Deine Wunde wird versorgt, und du wirst in ein sauberes weißes Bett gepackt.«

Der Signalton des Martinshorns war aus der Ferne zu hören, näherte sich rasch.

Marie stand auf. Sie konnte hier nichts mehr tun. Es war besser, sie machte sich auf und davon.

In diesem Augenblick erlosch ihre Taschenlampe; die Batterie spielte nicht mehr mit. Verwirrt blieb Marie stehen. Der Hof war jetzt völlig dunkel, bis auf den schwachen rötlichen Lichtschein, der aus dem Fenster des Wirtshauses drang. Der Ausgang war nicht mehr zu erkennen. Dennoch wagte sie einen Schritt in die Richtung, in der sie ihn vermutete.

»He, Fräulein, bleiben sie stehen!« dröhnte die Stimme des Wirtes. Er war wieder am Fenster erschienen, ohne daß Marie es bemerkt hatte, und mußte ihre Fluchtbewegung wahrgenommen haben. »Das könnte Ihnen so passen, mich mit den Bullen allein zu lassen!«

Sie begriff, daß es jetzt höchste Zeit war, sich abzusetzen. Ihre Augen hatten sich an die Dunkelheit gewöhnt, und sie spurtete auf das offene Tor zu.

Aber da flammten auch schon die Scheinwerfer des Polizeiautos vor ihr auf. Sie blieb geblendet stehen. Der Wagen versperrte den Ausgang, fuhr langsam auf sie zu.

»Einen Arzt!« schrie sie. »Er verblutet!«

Die Scheinwerfer erfaßten jetzt den Verletzten unter der zerbrochenen Laterne. Das Auto bremste, die Türen gingen auf, links und rechts sprang ein uniformierter Mann heraus.

Der eine beugte sich über den Verwundeten. »Den hat's schwer erwischt«, kommentierte er, ohne sonderlich beeindruckt zu sein.

»Er muß ins Krankenhaus!« verlangte Marie und stieß unwillkürlich mit dem Fuß auf. »Sofort!«

Der Polizeibeamte richtete sich auf. »Der Notarztwagen kommt gleich hinter uns«, sagte er, und sein Ausdruck veränderte sich, als er Marie genauer wahrnahm.

Sein Kollege hatte ein Notizbuch aufgeschlagen. »Ihre Personalien, bitte!«

»Aber die sind doch jetzt ganz unwichtig!« entgegnete Marie.

»Für uns nicht!« Der Polizist zückte einen Kugelschreiber. »Also ...«

»Ihr müßt zurücksetzen!« rief ein Mann von der Straße her. »Sonst können wir nicht rein!«

»Na also«, sagte der Polizist, der Günther untersucht hatte, »da ist der Onkel Doktor schon, Fräulein.« Zu seinem Kollegen gewandt, setzte er hinzu: »Ich fahr' raus.« Er klemmte sich auf den Fahrersitz und startete den Motor.

Als der Wagen zurücksetzte, überlegte Marie, ob sich ihr jetzt nicht eine letzte Gelegenheit bot zu verschwinden.

Aber der Polizist mit dem Notizbuch schien ihre Gedanken zu erraten. »Sie bleiben!« sagte er barsch. »Sie heißen?«

Paul Sanner hatte auf der Heimfahrt von einer Party zum Olympiagelände den Polizeifunk eingeschaltet. Obwohl er nicht vorhatte, noch zu arbeiten, hielt er es für wichtig, stets auf dem laufenden, ja, besser noch im voraus orientiert zu sein. Er war Journalist, und das war für ihn mehr als ein Job, sondern ein Beruf, der seinen natürlichen Neigungen und, wie er überzeugt war, auch seinen Fähigkeiten entsprach. Trotzdem war es ihm noch nicht gelungen, eine feste Anstellung bei einer Zeitung oder, was ihm noch viel erstrebenswerter schien, bei einem Magazin zu erreichen. So blieb ihm nichts anderes übrig, als freiberuflich für verschiedene Agenturen und Blätter zu schreiben, wie es sich eben ergab. Aber er war überzeugt, mit seinen 25 Jahren am Beginn einer großen Karriere zu stehen.

Die Nachricht, daß ein Mann in einem Winkel Alt-Schwabings niedergestochen worden war, erreichte ihn auf der Leopoldstraße. Sie hätte ihn an sich nicht sonderlich interessiert, denn dergleichen Zwischenfälle sind in jeder Großstadt gang und gäbe. Aber daß es eine junge Frau war, die das Verbrechen gemeldet hatte, ließ ihn aufhorchen. Zudem war er weder müde noch angetrunken, und der Tatort lag nur wenige Minuten entfernt. Kurzentschlossen bog er am Platz

‹Münchener Freiheit‹ nach rechts ab und fuhr mit erhöhter Geschwindigkeit – denn die glaubte er sich bei der gegebenen Situation und angesichts seines Presseausweises erlauben zu können – zu der angegebenen Adresse.

Als er in der Häberlgasse eintraf, war der grüne Einsatzwagen der Polizei gerade dabei, zurückzusetzen, während das Sanitätsauto mit laufendem Motor, rotierendem Blaulicht und leuchtenden Blinkern seitwärts stand.

Paul Sanner parkte seinen klapprigen VW schräg auf dem Bürgersteig, stieg aus und rannte los, ohne sich die Zeit zu nehmen, den Zündschlüssel abzuziehen. So gelang es ihm, sich zwischen den beiden Fahrzeugen in die Sackgasse zu drängen, während der Polizeibeamte die junge Frau noch vernahm.

Der Anblick, den sie ihm im Licht der Scheinwerfer bot, verschlug ihm, was selten vorkam, für Sekunden die Sprache. Das erste, was ihm an ihr auffiel, war ihr hellblondes, mehr als schulterlanges Haar, das zerzaust und zerwühlt wirkte, als wäre sie eben erst aus dem Bett gestiegen und hätte sich nicht die Mühe gemacht, sich zu frisieren. Ihr Gesicht mit der sehr glatten, sehr weißen Haut wirkte wie eine Maske aus Porzellan, von der sich der volle, ungeschminkte und dennoch sehr rote Mund scharf abzeichnete. Daß ihre Hände und die lange Hose blutverschmiert waren, ließ sich – und war – damit zu erklären, daß sie mit dem Verwundeten in Berührung gekommen war. Aber daß sie, obwohl es eine kühle Oktobernacht war, keine Strümpfe trug, sondern die nackten Füße in Turnschuhe mit achtlos gebundenen Senkeln gesteckt hatte, war schon sehr viel sonderbarer. Das Oberteil, das unter ihrem graugrünen Parka hervorlugte, sah nicht wie eine Bluse, sondern wie ein Nachthemd aus. Sie hätte für eine Pennerin gehalten werden können, aber etwas an ihrer Erscheinung – Paul Sanner konnte es nicht auf Anhieb definieren – verriet gute Herkunft und bürgerlichen Lebensstil.

Jetzt schien sie seinen entgeisterten, ungehemmt neugierigen Blick zu spüren und zog, ohne ihn zu erwidern, den Reißverschluß ihres Parkas mit einem Ruck hoch bis zum Hals.

»Fräulein Forester«, sagte der Polizeibeamte, »Sie kennen also den Mann?«

»Ja.« Ihre Stimme klang fest, wenn auch ein wenig heiser.

Paul Sanner trat nahe heran, um sich keine Einzelheit der Vernehmung entgehen zu lassen.

Der Polizist erkannte ihn. »Ah, Sie wieder mal, Sanner! Immer mit der Nase voraus, wie?«

Der Journalist grinste. »Reiner Zufall, Herr Wachtmeister.«

Zwei weißgekleidete Sanitäter und ein Arzt waren an ihnen vorbeigeeilt, damit sie sich um den Verletzten bemühen konnten.

»Name! Adresse!« drängte der Polizist. »Lassen Sie sich doch, bitte, nicht jedes Wort aus der Nase ziehen.«

»Er heißt Günther Grabowsky und wohnt auf der Leopoldstraße. Die Hausnummer weiß ich nicht. Unten im Haus ist ein Modegeschäft. ›Lilos Boutique‹ heißt es.«

Der Polizist machte sich Notizen. »Sie sind also mit diesem Grabowsky befreundet?«

»Nein oder doch.«

»Was denn nun?«

»Er ist mein Bruder. Mein Stiefbruder.«

»Sie sind also mit Ihrem Stiefbruder heute abend ausgegangen?«

Über die Torheit dieser Frage konnte Paul Sanner sich nur wundern. Aber er äußerte sich nicht, denn er wußte aus Erfahrung, daß es klüger war, sich nicht einzumischen, wenn die Polizei das Sagen hatte.

»Nein!« erklärte Marie Forester mit Entschiedenheit.

»Warum geben Sie es nicht zu? Es wäre doch nichts dabei.«

»Das weiß ich. Ich bin auch hin und wieder mit ihm ausgewesen, auch in einem von diesen Lokalen hier. Aber heute abend nicht.«

»Sie wollen behaupten, zu Hause gewesen zu sein?«

»Ja.«

»Und wie wollen Sie dann von dem Unfall erfahren haben? Wer hat Sie angerufen?«

»Niemand. Ich habe es auch gar nicht gewußt.«

»Dann war es reiner Zufall, daß Sie den Verwundeten gefunden haben?«

»Ja!« behauptete sie mit Nachdruck, wobei sie den Kopf in den Nacken warf.

Die Sanitäter trugen Günther Grabowsky an ihnen vorbei. Paul Sanner konnte in dem aschfahlen Gesicht keine Ähnlichkeit mit der jungen Frau entdecken.

Mit einer überraschenden Geste zupfte Marie Forester den Arzt, der der Trage folgte, am Ärmel seines Kittels. »Kann ich mitfahren?« fragte sie. »Ich bin seine Schwester.«

»Mit Ihnen bin ich noch nicht fertig«, wandte der Wachtmeister ein.

»Tut mir leid«, sagte der Arzt achselzuckend, »Sie sehen, es geht nicht.«

»Ich kann Sie bringen«, erbot sich Paul Sanner.

Jetzt, zum erstenmal, sah sie ihn an. Ihre blaugrauen Augen wirkten verschleiert. »Danke«, sagte sie kurz. Dann wandte sie sich dem Polizeibeamten zu. »Ich weiß wirklich nicht, was Sie von mir wissen wollen. Ich konnte nicht schlafen, und da habe ich mich entschlossen, noch ein bißchen spazierenzugehen.«

»Durch das nächtliche Schwabing?«

»Warum denn nicht? Man kann hier so gut wie anderswo laufen.«

»Und ganz zufällig sind Sie in diese Sackgasse hineingestolpert?« Er sah sich um, als würde er erst gerade jetzt die Umgebung wahrnehmen. »Die ist ja eigentlich mehr ein Hinterhof.«

»Gestolpert bin ich nicht«, widersprach Marie Forester.

»Also, ich muß Ihnen schon sagen, Ihre Erklärung überzeugt mich nicht«, sagte der Wachtmeister.

»Tut mir leid«, gab sie zurück.

»Sie sagen besser die Wahrheit. Wir bekommen sie bestimmt heraus.«

Marie Forester schwieg.

»So kommen Sie jedenfalls nicht davon. Sie melden sich morgen früh um neun Uhr auf der Polizeiinspektion in der Maria-Josepha-Straße drei.«

»Um neun Uhr muß ich im Institut sein.«

»Dann kommen Sie eben um acht. Bis dahin werden Sie sich hoffentlich überlegt haben, daß es besser ist, mit der vollen Wahrheit herauszurücken.« Der Wachtmeister steckte Notizbuch und Kugelschreiber ein und wandte sich zum Gehen.

»Wohin hat man den Grabowsky gebracht?« fragte Paul Sanner rasch.

»Krankenhaus ›Rechts der Isar‹«, antwortete der Polizist barsch.

»Danke für die Auskunft!« rief der Journalist ihm munter nach.

Kurz darauf hörten sie das Polizeiauto abfahren.

Paul Sanner lächelte dem sonderbaren Mädchen ermutigend zu. »So, jetzt bringe ich Sie in die Klinik, Fräulein Forester!«

Sie zögerte und sagte dann überraschend: »Danke. Das wird nicht mehr nötig sein.«

»Aber wieso denn nicht?«

Sie schauderte. »Jetzt kann ich ihm doch nicht mehr helfen, nicht wahr?«

»Aber Sie werden doch wissen wollen ...« Paul Sanner brach ab. Er hatte sagen wollen: ›Ob er überlebt oder nicht‹, war sich aber während des Sprechens klargeworden, daß diese Formulierung allzu brutal gewesen wäre.

»Ich verstehe schon«, erklärte Marie Forester.

»Es interessiert Sie nicht?« fragte Paul Sanner erstaunt.

Ihr voller Mund verzog sich zu einem schwachen Lächeln. »Ich denke, mein Bruder wird es überstehen.«

»Woher wollen Sie es wissen?«

»Ich weiß es nicht.« Sie zuckte die Achseln. »Ich habe nur so ein Gefühl. Daß alles gut werden wird.« Grußlos schritt sie davon.

»He, warten Sie!« rief er und lief ihr nach.

»Ich bin jetzt müde.«

»Na klar sind sie müde. Wie könnte es anders sein! Deshalb möchte ich Sie nach Hause fahren.«

»Ich kann sehr gut zu Fuß gehen.«

»Natürlich können Sie das.« Er trabte weiter eifrig neben ihr her. »Aber meinen Sie nicht auch, daß Sie für diese Nacht genug erlebt haben?«

»Es wird nichts mehr geschehen.«

»Tun Sie mir den Gefallen, und fahren Sie mit mir, Fräulein Forester! Ich habe auch so meine Gefühle, wissen Sie. Es ist mir verdammt unbehaglich bei dem Gedanken, Sie jetzt einfach allein zu lassen.«

Im Licht einer Laterne blieb sie stehen und sah an sich herunter. »Ich würde Ihren Wagen schmutzig machen.«

»Ach was! Das Blut ist doch längst getrocknet. Außerdem hat mein altes Vehikel schon ganz andere Strapazen überstanden. Also kommen Sie schon. Mir zuliebe.« Behutsam faßte er sie beim Arm und führte sie zu seinem VW zurück. Er öffnete ihr die Tür zum Beifahrersitz, wartete, bis sie es sich bequem gemacht hatte, schloß die Tür hinter ihr und stieg erst dann auf der anderen Seite ein.

»Lassen Sie immer die Zündschlüssel stecken?« fragte sie.

Er freute sich über diese natürliche Bemerkung und grinste sie an. »Nur wenn ich es sehr eilig habe. Und vorhin hat es ja wirklich sehr pressiert. Wenn ich nicht so rasch zur Stelle gewesen wäre, hätte ich Sie womöglich gar nicht kennengelernt.«

Er hoffte, daß sie den Ball auffangen und auf seinen Flirtversuch eingehen würde. Aber sie tat es nicht. Sie sagte nichts, sah ihn nicht einmal an, saß einfach da, die langen Beine von sich gestreckt, die Hände in den Taschen vergraben, leicht zusammengesunken.

Er ließ den Motor an, brachte das Auto auf die Fahrbahn und wendete. »Wohin also?«

»Zur Herzogstraße.«

»Zu Fuß ist das aber noch eine ganze Ecke.« Er fragte sich, warum sie, wenn sie schon in der Nacht spazierengehen mußte, nicht im modernen Teil Schwabings jenseits der Leopoldstraße geblieben war.

Sie äußerte sich nicht zu seiner Bemerkung.

Er unternahm einen neuen Versuch, sie zum Sprechen zu bringen. »Ich fürchte, ich habe mich nicht einmal vorgestellt.«

Diesmal reagierte sie. »Sie heißen Sanner, wenn ich den Polizisten richtig verstanden habe«, sagte sie in einem Ton, der deutlich machte, daß sie nicht im entferntesten daran interessiert war.

Er ließ sich nicht entmutigen. »Stimmt. Paul Sanner. Ich bin Journalist, Fräulein Forester.« Gleichzeitig wurde ihm bewußt, daß diese Erklärung überflüssig war, denn wenn die Forester nicht ganz dumm war – und so schätzte er sie nicht ein –, hatte sie sich das schon selber zusammenreimen können. So war er diesmal auch nicht enttäuscht, daß sie nicht darauf einging. »Das hatten Sie sich schon gedacht, wie?« fügte er hinzu.

»Ja, Herr Sanner«, sagte sie, wie es ihm schien, nur um nicht unhöflich zu sein.

»Darf ich fragen, was Sie studieren?«

Jetzt wurde sie etwas lebhafter. »Aber ich studiere gar nicht, nicht wirklich, meine ich. Das habe ich nie behauptet.«

»Nein, das haben Sie nicht, Fräulein Forester. Aber Sie erzählten dem Wachtmeister etwas von einem Institut, in das

Sie müßten. Daraus habe ich geschlossen, Sie wären Studentin.«

Wieder zog sie sich in sich selber zurück.

»Nun seien Sie doch nicht so geheimnisvoll! Ich verstehe ja: Sie sind jetzt müde, vielleicht sogar erschöpft. Aber ein bißchen könnten Sie sich doch mit mir unterhalten. Schließlich sind die paar Fragen, die ich Ihnen stelle, ja nicht taktlos.«

»Wollen Sie über mich in Ihrer Zeitung schreiben?« fragte sie überraschend.

»Ich muß Sie enttäuschen. Ich habe keine Zeitung, ich meine, ich habe keine feste Anstellung.«

»Aber Sie schreiben doch für irgendwelche Blätter?«

Das mußte er, wenn auch mit Unbehagen, zugeben.

»Ich will nicht in die Zeitung kommen.«

»Verstehe. Aber Sie können es bestimmt nicht verhindern, indem Sie die Geheimnisvolle spielen.«

»Ich spiele nicht.«

»Sehen Sie, ich könnte Ihnen jetzt hoch und heilig schwören, keine Zeile über Sie zu schreiben. Ich könnte mich sogar aus reiner Sympathie an diesen Schwur halten. In der Sache würde es gar nichts nutzen. Ich bin ja nicht der einzige Schreiberling in München, und viele Reporter haben gute Beziehungen zur Polizei.«

Dazu wußte sie keine Antwort oder wollte sie nichts sagen.

»Es wird schon nicht so schlimm werden«, tröstete er sie und zerbrach sich den Kopf, wie er sie zum Reden bringen könnte. Er hatte das Gefühl, es ganz falsch angefangen zu haben.

Nach einigem Überlegen entschloß er sich, von sich selber zu erzählen. »Ich stamme übrigens nicht aus München, sondern bin in Kassel geboren. Meine Eltern leben immer noch dort. Vor ein paar Jahren bin ich zum Studium hierhergekommen. Philologie. Dann hat es mir so gut gefallen, daß ich geblieben bin. Ob für immer oder vorläufig, das kann ich noch nicht sagen. In meinem Beruf muß man mobil sein. Ich wohne in der Keferloher Straße, ganz nahe am Olympiagelände. Da gibt es jede Möglichkeit, Sport zu treiben, und nachts ist es besonders eindrucksvoll, wenn Licht aus allen Fenstern der Hochhäuser fällt. Waren Sie schon einmal dort?«

Sie nickte.

»Interessieren Sie sich für Fußball?«

»Wir sind gleich da«, sagte sie statt einer Antwort.

Obwohl er absichtlich langsam gefahren war – auf den nächtlichen Straßen war kaum noch Verkehr – hatten sie die Herzogstraße schon erreicht.

»Halten Sie da vorne! Da! Vor dem großen Tor.«

Er bremste, wo sie es ihm angegeben hatte.

»Danke fürs Mitnehmen«, sagte sie und wollte rasch aussteigen.

Aber er war schneller als sie, lief um den VW herum und öffnete ihr die Tür.

»Danke«, wiederholte sie.

»Soll ich Sie nicht nach oben bringen?« erbot er sich. »Ich habe nicht die Absicht, Sie zu belästigen. Ich möchte nur ganz sicher sein, daß Sie heil nach Hause kommen.«

»Aber das bin ich ja schon.« Sie zog den Reißverschluß ihres Parkas ein Stück nach unten und holte aus der Innentasche einen Schlüsselbund hervor.

Links neben dem Tor, vor dem sie standen, war ein Blumenladen, rechts eine Musikalienhandlung; die Schaufenster waren nur matt beleuchtet.

Paul Sanner blickte zu dem düsteren Gebäude hoch. »Sieht aus wie ein Bürohaus.«

»Ist es auch«, bestätigte sie.

»Sie wohnen hier ganz allein?«

»Im Hinterhaus«, sagte sie und steckte einen ihrer Schlüssel in das Schloß des Tores.

»Aber dann müssen Sie ja noch über den Hof!«

»Macht nichts. Ich bin es gewohnt.«

»Bitte, lassen Sie mich Sie begleiten!«

»Ausgeschlossen!« Sie schenkte ihm ein schwaches Lächeln. »Im wahrsten Sinne des Wortes, verstehen Sie? Ich muß hinter mir abschließen. Das Tor darf nachts nicht offen sein.« Sie zog den schweren Flügel einen Spalt auf. »Gute Nacht, Herr Sanner.«

»Sehen wir uns wieder?«

»Wer weiß!« gab sie ausweichend zur Antwort, und schon war sie verschwunden.

Er hörte, wie sie von innen abschloß.

Paul Sanner wunderte sich über sich selbst. Er hätte über ihr Verhalten verärgert sein sollen, aber er war es nicht. Gerade ihre ablehnende Haltung reizte ihn, das Spiel nicht aufzugeben. Noch nachträglich beglückwünschte er sich, zum Tatort gefahren zu sein. Die Meldung über den Vorfall war nicht mehr als drei Zeilen wert. Aber er war sicher, daß mehr, viel mehr dahinterstecken mußte.

2   Der Hof war stockdunkel; die kleine Lampe über der Tür des Hinterhauses genügte nicht, ihn zu erhellen, sondern verstärkte noch den Eindruck pechschwarzer Finsternis. Aber Marie Forester empfand keine Spur von Furcht. Sie war sicher, daß ihr hier keine Gefahr drohte.

Ohne ihn wahrzunehmen, wich sie dem Lieferwagen der Computerfirma aus, die das Hinterhaus gemietet hatte. Es war stets die gleiche Stelle, an der er nachts geparkt wurde. Tagsüber ging es hier lebhaft zu. Es war ein ständiges Anfahren und Abfahren, Ausladen und Aufladen, Kommen und Gehen. Aber nach Geschäftsschluß lagen Haus und Hof völlig verlassen. Marie Forester hatte die einzige Privatwohnung, ein Atelier im fünften Stock unter dem Dach. Es machte ihr nichts aus, ja, es gefiel ihr sogar, und nicht nur deshalb, weil sie ihre Stereoanlage so laut aufdrehen konnte, wie sie wollte, ohne daß sie fürchten mußte, jemanden dadurch zu stören.

Ohne Angst schloß sie das leere Haus auf, trat ein, knipste die Beleuchtung an und schloß hinter sich ab. Mit dem Lift fuhr sie in den vierten Stock hinauf.

Dabei schoß es ihr durch den Kopf, daß ihr Bruder sie oft davor gewarnt hatte.

»Paß nur auf«, sagte er immer wieder, »früher oder später wird er einmal steckenbleiben, und du wirst die ganze Nacht darin verbringen müssen.«

»Und wenn schon!« lautete ihre stereotype Antwort. »Für eine Person ist Platz und Luft genug drin.«

Heute, gestand sie sich allerdings, wäre ihr ein solcher Zwischenfall höchst unwillkommen gewesen. Sie sehnte sich nach ihrem Bett und war froh, als sie aussteigen konnte. Die letzte Treppe mußte sie zu Fuß erklimmen, denn der Lift fuhr nicht bis zum fünften Stock.

Sie schloß ihr Atelier auf – das Deckenlicht hatte sie brennen lassen –, schlüpfte aus ihrem Parka und hängte ihn auf den runden Kleiderständer. Sie streifte sich die Turnschuhe von den Füßen, lief ins Bad, riß sich Hemd und Hose vom Körper, warf sie achtlos in eine Ecke, stieg in die Badewanne und duschte sich ab. Danach hüllte sie sich in ein großes Frotteetuch, löschte alle Lichter und schlüpfte in das Bettzeug der schon für die Nacht gerichteten Couch.

Kaum daß sie den Wecker gestellt hatte, war sie auch schon eingeschlafen.

Hauptwachtmeister Werner, der Marie Forester am nächsten Morgen empfing und sie in ein kleines, kahles Vernehmungszimmer führte, war ein ruhiger, erfahrener Beamter. Er bat sie, Platz zu nehmen, fragte sie sogar, ob sie einen Kaffee haben oder rauchen wollte, was sie beides ablehnte.

»Ist es Ihnen recht, wenn ich ein Tonband laufen lasse?« fragte er. »Dann kann einer meiner Leute es gleich anschließend abschreiben. Das ist angenehmer, als wenn ich selber tippe.«

Marie war einverstanden.

Mit einem Klick schaltete sich das Tonband ein und lief dann geräuschlos weiter.

Oberkommissar Werner zündete sich eine Zigarette an und zog einen schweren Porzellanaschenbecher mit der Reklame einer Autofirma näher an sich heran. Er schlug einen grasgrünen Ordner auf.

»Ihre Personalien haben wir also!« stellte er fest. »Sie heißen Marie Forester, sind zwanzig Jahre alt, in Bayreuth geboren und leben seit zwei Jahren in München. Ist das richtig?«

»Ja.« Sie merkte, daß sie die Hände verkrampft hatte, löste sie und versuchte, sich zu entspannen.

»Daß Sie nicht vorbestraft sind, haben wir inzwischen festgestellt. Aber hatten Sie jemals etwas mit der Polizei zu tun?«

»Nein.«

»Denken Sie genau nach!«

Angestrengt überlegte Marie die Antwort auf diese Frage. Dann gab sie zu: »Einmal. Ich war noch ein halbes Kind. Vierzehn Jahre alt. Da ist in der Nacht ein Feuer ausgebrochen. Im Bastelraum, der war in einem Nebengebäude. Damals besuchte ich ein Internat. Ich geriet in Verdacht, das Feuer gelegt zu haben. Aber ich hatte nichts damit zu tun.« Sie blickte ihn an, und die leicht verschleierte blaugrüne Iris verwandelte sich in ein intensives Blau. »Wirklich nicht.«

»Ist man grob mit Ihnen umgesprungen?«

»Nein. Der Polizist war eher nett. Ich hatte das Gefühl, daß er von Anfang an den Verdacht, den die anderen gegen mich hatten, nicht teilte.« Die Erinnerung an jene entsetzlichen Tage, in denen die Lehrer sie schikaniert und ihre Freundinnen sich von ihr distanziert hatten, überfiel sie mit Macht.

»Ist Ihnen nicht gut?« fragte der Kommissar besorgt.

Marie schüttelte den Kopf.

»Möchten Sie vielleicht ein Glas Wasser?«

»Nein, danke. Es geht schon.«

»Sie haben also keinerlei Ressentiments gegenüber der Polizei? Keine Abneigung gegen die ›Bullen‹, wie man heutzutage so schön sagt?«

»Nein. Bestimmt nicht.«

»Freut mich zu hören. Dann werden Sie uns also helfen, und das ist gut so. Gestern nacht standen Sie unter einem Schock. Verständlich.« Er schlug den Ordner zu. »Ich mache Ihnen einen Vorschlag: wir vergessen Ihre erste Aussage und fangen von vorne an.«

»Was ich Ihrem Kollegen gesagt habe, war die Wahrheit.«

»Fräulein Forester, ich fürchte, Sie machen sich nicht klar, um was es geht. Ihr Bruder ist niedergestochen worden. Ein Verbrechen, das wir aufdecken wollen. Es kann doch nicht in Ihrem Sinne sein, daß der Täter entkommt?«

»Warum fragen Sie nicht meinen Bruder?«

»Das werden wir tun.« Hauptwachtmeister Werner drückte mit einer fast brutalen Geste seine Zigarette aus. »Falls er überlebt.«

»Das wird er!« sagte Marie heftig. »Er darf nicht sterben!«

»Sein Tod würde die Situation für Sie ändern?«

»Nein! Natürlich doch. Es würde einen schweren Einschnitt in mein Leben ... in unser Familienleben bedeuten. Aber eine andere Aussage machen könnte ich trotzdem nicht.«

»Versuchen Sie es bitte noch einmal. Ganz von vorne. Vielleicht kommen wir dann der Wahrheit auf die Spur. Versuchen Sie es!«

»Es fing damit an, daß ich nicht einschlafen konnte. Das passiert mir nicht oft, aber manchmal. Plötzlich hatte ich es satt, mich hin und her zu werfen und mir dumme Gedanken zu machen. Wenn man nachts nicht schlafen kann, tut man das ja. Ich entschloß mich, noch ein bißchen herumzulaufen, um müde zu werden.«

»Sie haben nicht etwa einen Anruf bekommen?«

»Nein.«

»Denken Sie genau nach!«

»Nein. Es war ja auch schon sehr spät. Um diese Zeit ruft niemand mehr an.«

»Haben Sie auf die Uhr gesehen?«

»Ja, auf meinen Wecker. Es war fünf Minuten nach eins, als ich aufstand.«

»Also weit nach Mitternacht. Pflegen Sie öfter um diese Zeit durch die Stadt zu laufen?«

»Manchmal. Wenn ich nicht schlafen kann, wie gesagt.«

»Haben Sie denn keine Angst?«

»Nein.«

»Sie wissen nicht, daß solche Streifzüge für eine junge Frau gefährlich enden können?«

»Das schon. Aber nicht für mich. Ich habe einfach so das Gefühl, daß mir nichts passieren kann.«

»Wenn Sie meine Frau oder meine Tochter wären, würde ich es Ihnen verbieten.«

Marie reckte das Kinn. »Ich bin erwachsen – und unabhängig.«

Hauptwachtmeister Werner beugte sich zum Mikrophon. »Diese Zwischenbemerkung können Sie weglassen!« sagte er in amtlichem Ton. Dann wandte er sich wieder Marie zu: »Sie hatten es plötzlich so eilig, aus dem Haus zu kommen, daß Sie sich nicht einmal die Zeit nahmen, sich ordentlich anzukleiden?«

Sie blickte ihm fest in die Augen. »Stimmt. Mich überfiel eine Art ... ich weiß nicht, wie ich das nennen soll ... eine Art Budenangst. Ich hatte das Gefühl, die Decke würde mir auf den Kopf fallen. So ähnlich. Deshalb streifte ich mir nur eine lange Hose über mein Nachthemd, Turnschuhe über die Füße und zog meinen Parka an.«

»Finden Sie das nicht selber, jetzt im nachhinein, einigermaßen sonderbar?«

»Nein, wieso denn? Ich wußte doch, daß ich um diese Zeit niemandem mehr begegnen würde.« Sie machte eine kleine Pause. »Natürlich nahm ich meine Schlüssel und meine Taschenlampe mit.«

»Wieso ist das natürlich? Nachts in der Stadt eine Taschenlampe dabeizuhaben, meine ich.«

»Für mich schon. Ich wohne in einem Hinterhaus, und der Hof ist nicht beleuchtet. Außerdem«, fügte sie trotzig hinzu, »kann so eine schwere Lampe auch eine ganz gute Waffe sein – für den Fall, daß mich jemand anpöbeln wollte.«

»So ausgerüstet, rannten Sie also geradewegs nach Alt-Schwabing hinüber. Wieso das?«

»Auf den Weg habe ich gar nicht geachtet.«

Hauptwachtmeister Werner schlug den Ordner wieder auf. »Der Anruf des Wirtes erreichte den Notruf Punkt zwanzig nach eins. Wenn Sie um fünf nach eins aufgestanden sind, müssen Sie ja einen Affenzahn draufgehabt haben.«

Marie dachte nach. »Wahrscheinlich habe ich mich in diesem Punkt geirrt. Ich gebe zu, was die Uhrzeit betrifft, bin ich mir jetzt nicht mehr sicher. Wahrscheinlich war es vor und nicht nach eins, als ich aufgestanden bin.«

»Eben haben Sie noch mit Bestimmtheit behauptet ...«

Sie fiel ihm ins Wort: »Ja, da habe ich es auch noch geglaubt. Aber wenn Sie sagen, der Notruf kam schon um zwanzig nach – das muß ja registriert worden sein – muß ich mich eben vertan haben. Ich habe ja auch nicht sofort Alarm geschlagen, sondern mich erst über meinen verletzten Bruder gebeugt und versucht, ihm zu helfen. In so kurzer Zeit kann das einfach nicht alles passiert sein.«

»Jetzt erzählen Sie mir doch mal genau, wie Sie ihn gefunden haben.«

»Es fiel mir auf, daß das Tor zu der Sackgasse offenstand. Es ist sonst abends immer geschlossen. Auch die Laterne im hintersten Winkel brannte nicht, ja, vielleicht ist mir das sogar zuerst aufgefallen. Gewöhnlich kann man sie von der Straße aus sehen.«

»Sie scheinen sich erstaunlich gut dort auszukennen.«

»Erstaunlich würde ich nicht sagen. Ich gehe oft in Schwabing spazieren, dort, wo es noch einen gewissen dörflichen Charakter hat. Ich finde es malerisch und interessant. Außerdem übe ich mich darin, mir Einzelheiten einzuprägen.«

»Klingt überaus plausibel!« bemerkte der Hauptwachtmeister nicht ohne Ironie. »Wenn Sie mir jetzt noch erklären können, was Sie zum Teufel bewogen hat, in diese doch wahrscheinlich stockdunkle Sackgasse einzudringen.«

»So dunkel war es nicht. Es fiel ja Licht aus den rückwärtigen Fenstern, und ich hatte meine Taschenlampe.«

»Das erklärt gar nichts.«

Marie schwieg.

»Ihre Darstellung des Hergangs entbehrt jeder Logik. Soll ich Ihnen jetzt mal erzählen, was sich wirklich abgespielt hat?«

»Ich habe es Ihnen ja gerade geschildert.«

»Nein, das haben Sie nicht. Günther Grabowsky ist von jemandem niedergestochen worden, sei es nun Mann oder Frau, wahrscheinlich können wir aber davon ausgehen, daß es sich um einen Mann handelt, der ihm persönlich bekannt war. Nach der Tat hat er dann das große Nervenflattern bekommen und Sie angerufen, worauf Sie losgestürzt sind, um Ihren Stiefbruder zu suchen.«

»Nein!«

Der Hauptwachtmeister tat ihren Widerspruch mit einer Handbewegung ab. »Natürlich wäre es richtiger gewesen, wenn Sie den Notruf gewählt hätten. Dann wäre Ihr Bruder zwanzig Minuten früher gefunden worden. Aber das haben

Sie nicht gewagt, weil Sie fürchteten, dann den Namen des Informanten preisgeben zu müssen.«

»Nein!«

»Ich gebe zu, daß es nicht unbedingt der Täter gewesen sein muß, der Sie alarmiert hat. Es kann auch ein Zeuge gewesen sein. Aber auch durch dessen Aussage hätten wir den Täter eruiert.«

»Sie sollten mir keine Unlogik vorwerfen, Herr Hauptwachtmeister«, sagte Marie und warf den Kopf zurück. »Unterstellen wir mal, ich wäre angerufen worden – was ich allerdings nach wie vor mit Nachdruck bestreite –, dann hätte der Täter oder Zeuge nicht nur meinen Bruder kennen, sondern auch meine Telefonnummer haben müssen. Das wäre doch äußerst unwahrscheinlich.«

»Kann ich nicht finden.«

»Außerdem hätte ich sehr wohl den Notarzt alarmieren können. Nach Ihrer Darstellung hätte ich ja genau angeben können, wo der Verletzte zu finden war. Das hätte doch genügt. Meinen Namen hätte ich ja gar nicht zu nennen brauchen. Oder ich hätte einen falschen angeben können. Warum denn nicht?«

»Das fällt Ihnen erst jetzt ein. In der Nacht haben Sie nicht daran gedacht. Sie waren äußerst bestürzt, in echte Panik geraten.«

»Sie machen sich ein völlig falsches Bild von mir, Herr Hauptwachtmeister. Ich würde niemals wie eine kopflose Henne reagieren.«

»Ich glaube Ihnen kein Wort.«

»Das werden Sie schon noch. Spätestens, wenn Sie mit meinem Bruder gesprochen haben.«

»Falls es dazu kommt.«

»Ich finde es nicht anständig, daß Sie mir dauernd Angst einjagen wollen. Ich habe heute früh in der Klinik angerufen. Er hat die Nacht überlebt und ist so gut wie außer Gefahr.«

»Da bin ich gar nicht so sicher.«

»Aber ich!«

Ohne Marie anzusehen, zündete der Polizeibeamte sich eine neue Zigarette an. »Wechseln wir mal das Thema, ja? Sie kennen die Kreise, in denen er verkehrt.«

»Nicht sehr gut.«

»Wirklich nicht? Sie leben beide in derselben Stadt, fern von zu Hause, sind beide jung ...«

Marie fiel ihm ins Wort. »Günther ist fünf Jahre älter als ich.«

»Was macht das schon für einen Unterschied?«

»Einen gewaltigen. Außerdem haben wir nicht die gleichen Interessen.«

»Sie wissen also nicht, ob er mit Drogen zu tun hat?«

»Drogen?« wiederholte Marie verblüfft.

»Noch nie von so etwas gehört, wie?«

»Gehört schon und auch gelesen. Aber ich verstehe nicht, wie Sie darauf kommen, daß ausgerechnet mein Bruder ...«

Er ließ sie nicht aussprechen. »Weil es gerade in der Drogenszene häufig zu Schlägereien und Messerstechereien kommt, zum Beispiel, wenn ein Dealer einem Kunden den Stoff verweigert. Etwas Derartiges könnte hinter der Tat stecken. Der verschwiegene Winkel, in den sich die Streitenden zurückgezogen haben, spricht dafür.«

»Hören Sie, Herr Hauptwachtmeister! Ich kann zwar nicht beschwören, daß Günther nicht schon mal Hasch oder Marihuana genommen hat, obwohl ich das niemals mitgekriegt habe – aber ein Dealer ist er mit Gewißheit nicht!«

»Daß er sich Rauschgift besorgen wollte, halten Sie also für möglich?«

»Jetzt versuchen Sie, mir das Wort im Mund zu verdrehen!« rief Marie empört. »Was ich nicht ausschließen wollte, war ja nur, daß er es mal versucht haben könnte, wenn man es ihm auf einer Party angeboten hat oder so. Und Sie unterstellen sofort, daß er süchtig ist.«

»Unterstellen tue ich gar nichts. Ich versuche nur, der Wahrheit auf den Grund zu kommen. Aber Sie machen es mir verdammt schwer.«

»Ich habe Ihnen alles gesagt, was ich weiß. Jetzt wird es Zeit, daß ich zum Unterricht komme.«

»Sie besuchen das ›Privatinstitut Geissler‹?«

»Ja.«

»Wozu?«

»Komische Frage. Ich will malen lernen, besonders zeichnen. Die Aufnahmebedingungen für die Kunstakademie sind sehr schwer.«

»Malen wollen Sie also? Ist das nicht in der heutigen Zeit eine ziemlich brotlose Kunst?«

»Über meine Zukunft und meine Finanzen brauchen Sie sich aber nun wirklich keine Gedanken zu machen!« Marie griff nach ihrem Köfferchen, das ihre Zeichenutensilien enthielt, und stand auf.

Hauptwachtmeister Werner hielt sie zurück. »Nicht so hastig! Wir müssen noch das Protokoll aufsetzen.«

»Ich wette, das können Sie auch allein. Ich habe alles gesagt, was zu sagen war.«

»Eine letzte Frage ...«

»Ja?« Marie blieb abwartend stehen.

»Betätigt Ihr Bruder sich politisch?«

»Nein.« Vorsichtig setzte sie hinzu: »Soviel ich weiß.«

»Wie ist seine politische Einstellung?«

Marie verbiß sich die Frage, was dies denn mit dem Fall zu tun habe, denn sie hatte es jetzt sehr eilig fortzukommen. »Eher konservativ«, erklärte sie.

»Na dann!« sagte Hauptkommissar Werner ausdruckslos und stellte das Tonbandgerät ab. »Laufen Sie also los! Aber machen Sie nicht den Fehler Ihren Bruder zu besuchen, bevor wir ihn vernommen haben!«

»Das können Sie mir nicht verbieten!«

»Das will ich gar nicht, und ich setze ihm auch keinen

Wachtposten vor die Tür. Dafür ist der Fall nicht wichtig genug. Ich rate es Ihnen nur im Guten.«

»Warum?«

»Damit Sie nicht in den Verdacht der Absprache geraten. Sie können sich doch nichts Besseres wünschen, als daß er unbeeinflußt Ihre Darstellung bestätigt.«

»Ach so. Ja, natürlich.«

»Und vergessen Sie nicht, daß wir noch Ihre Unterschrift brauchen.«

»Ich könnte in der Mittagspause kommen.«

»Sehr schön. Vielleicht war bis dahin schon einer meiner Kollegen in der Klinik.«

»Hoffentlich!« erwiderte Marie und beeilte sich fortzukommen.

3

Paul Sanner hatte Marie noch vor der Vernehmung abfangen wollen, um sie wiederzusehen und ihr Mut zuzusprechen. Aber er war zu spät gekommen. Jetzt stand er im Empfangsraum des Polizeireviers vor der hölzernen Barriere und wartete auf sie. Dabei spitzte er gewohnheitsmäßig die Ohren, um möglichst viel von den Klagen und Anschuldigungen einer angeblich bestohlenen alten Frau und den Ausreden eines jungen Mannes, den man mit Kokain erwischt hatte, mitzubekommen. Es mochten sich ein paar Zeilen dabei herausschinden lassen. Er war damit so beschäftigt, daß er Marie, die aus einer rückwärtigen Tür des großen Raumes kam und sich zwischen den Schreibtischen durchschlängelte, die von uniformierten Beamten besetzt waren, gar nicht bemerkte. Erst als ein junger Polizist ihr die Barriere öffnete und sie fast unmittelbar vor ihm stand, erkannte er sie.

»Fräulein Forester!« rief er erfreut. »Da sind sie ja endlich!«
»Tut mir leid«, entgegnete sie kurz angebunden, »ich habe jetzt überhaupt keine Zeit.« Sie ging an ihm vorbei auf den Ausgang zu.

Er blieb an ihrer Seite. »Wenn Sie es eilig haben – ich bringe Sie gerne, wohin immer Sie wollen.«

Jetzt schenkte sie ihm ein Lächeln. »Zum Pündterplatz. Das wäre wirklich sehr nett von Ihnen.«

»Für Sie tue ich doch alles!« behauptete er überschwenglich.

Ihr Lächeln vertiefte sich. »Jetzt übertreiben Sie nur nicht.«

Er blickte sie bewundernd an. Sie war, was er schon in der Nacht zuvor geahnt hatte, ein wirklich schönes Mädchen. Das aschblonde, jetzt gründlich durchgebürstete Haar, umwogte ein schmales Gesicht, dem die stark ausgeprägten Jochbogen einen leicht slawischen Charakter gaben. Ihre Haut hatte immer noch jenes Porzellanweiß, das ihm schon in der Nacht aufgefallen war, aber jetzt waren ihre Wangen leicht gerötet, ob vor Erregung oder mit Hilfe eines kosmetischen Kunstgriffs vermochte er nicht zu beurteilen. Jedenfalls hatte sie das natürlich leuchtende Rot ihrer Lippen mit einem hellen Stift gedämpft, die Augenbrauen mit einem grauen Stift nachgezogen und die Wimpern getuscht. In ihrem Hosenanzug aus Waschleder wirkte sie sehr elegant, gerade weil er schon etwas abgewetzt war. Ihr Profil, das er jetzt beobachtete, während er neben ihr hereilte, zeigte eine gerade Nase und ein rundes Kinn, beides zu kräftig, als daß man sie in landläufigem Sinn als hübsch hätte bezeichnen können. Aber eine Schönheit war sie, das stand für ihn ganz außer Frage.

»Hat man Ihnen schwer zugesetzt?« fragte er, während er ihr die Tür seines klapprigen VW's aufriß; diesmal hatte er den Zündschlüssel zwar abgezogen, es aber nicht der Mühe wert gefunden, das Auto abzuschließen.

»Das kann man wohl sagen.« Als er sich neben sie gesetzt

hatte und den Motor anließ, fügte sie hinzu: »Ich finde es komisch, daß man gleich wie ein Verbrecher angesehen wird, bloß weil man Opfer geworden ist.«

»Tatsächlich? Hat man das?«

»Nicht direkt. Aber dieser Hauptwachtmeister hat mir doch tatsächlich erklärt, mein Bruder könnte zur Drogenszene gehören. Ausgerechnet Günther! Und wenn ich nicht betont hätte, daß er politisch rechts steht, hätte er ihn womöglich dem Terrorismus zugeordnet, zumindestens dem Umfeld.«

»Regen Sie sich nicht auf, Fräulein Forester! Da das alles nicht stimmt, kann Ihrem Bruder ja nichts passieren. Ich habe mich übrigens im Krankenhaus nach ihm erkundigt ...«

»Danke. Ich auch. Ich bin sicher, er wird es überleben.«

»Das ist doch die Hauptsache, nicht wahr?«

»Natürlich. Aber die Art, wie die Polizei mit einem umgeht, ärgert mich doch. Mir hat dieser Hauptwachtmeister kein Wort geglaubt.«

»Und Sie haben auch nichts zugegeben«, sagte er und bereute es sofort.

»Zugegeben?« wiederholte sie und blickte ihn an, wobei das leicht verschleierte Blaugrün ihrer Iris sich in ein intensives Blau verwandelte, ein Vorgang, der sich so schnell vollzog, daß Paul Sanner gleich darauf glaubte, es geträumt zu haben. »Was hätte ich zugeben sollen?« fragte sie.

»Ach, vergessen Sie's!« sagte er rasch. »Es war nur so ein dummer Spruch. Als Studenten sagten wir immer: Man soll nie was zugeben, was einem die Polizei nicht beweisen kann.« Er bog an der Münchener Freiheit in die breite, sehr belebte Herzogstraße ein und fuhr in Richtung Pündterplatz. »Überhaupt sollte es für uns doch andere Themen geben als diese scheußliche Geschichte. Unterhalten wir uns doch mal in Ruhe miteinander. Gehen wir morgen abend zusammen essen, ja?«

Ein wenig überrascht sah sie ihn an und nahm ihn jetzt

zum ersten Mal wirklich wahr. Bis zu diesem Augenblick war er für sie nichts als eine Art Marionette gewesen, der wie der Wirt, die Polizisten, der Arzt und die Sanitäter nur ihre Rolle in einem vorprogrammierten Stück gespielt hat. Er war ein charmanter junger Mann mit hellbraunem, weichem Haar und blauen Augen, die durch dunkle, auffallend dichte Wimpern besonders strahlend wirkten. Sie empfand, daß er ihr sympathisch war, zögerte aber dennoch, seine Einladung anzunehmen. Es war nicht ihre Art, rasch Bekanntschaften zu machen oder gar Freundschaften zu schließen.

»Kommen Sie, kommen Sie!« drängte er. »Was haben Sie schon zu verlieren? Da Sie offensichtlich sonst nichts vorhaben ...«

Sie war nahe daran, eine Ausrede zu erfinden, entschied dann aber, daß eine Lüge in diesem Fall absolut nicht dafür stand. »Na schön. Wo treffen wir uns?«

»Ich hole Sie ab.«

»Und wann?«

»Gegen acht.«

»Sie müssen schon pünktlich sein, denn ich werde auf der Straße auf Sie warten. Ich glaube, ich habe es Ihnen schon mal erklärt: nach sieben Uhr wird das Tor verschlossen.«

»Kann man denn nicht bei Ihnen klingeln?« fragte er erstaunt.

»Nicht von der Straße aus, nur von der Haustür.«

»Mein Gott, wie umständlich! Verstehen Sie mich bitte nicht falsch, mir macht das nichts aus. Aber wie können Sie dann überhaupt abends Freunde empfangen?«

»Das tue ich auch nicht«, bekannte sie.

»Nie?«

Er fragte das so verblüfft, daß sie es für richtiger hielt, ihr Geständnis abzumildern.

»Wer mich abends erreichen will, ruft mich vorher an!«

behauptete sie. »Und ich glaube, so sollten wir es auch morgen machen. Telefonieren Sie, wenn Sie genau wissen, wann Sie dasein werden, und ich komme hinunter.«

Sie hatten den Platz inzwischen erreicht, und Paul Sanner hatte gebremst, war aber, da er keinen Parkplatz fand, auf der Fahrbahn stehengeblieben. Noch während sie sprach, hatte sie schon die Tür geöffnet und ihr Köfferchen genommen, das sie neben ihren Beinen abgestellt hatte. Jetzt sprang sie heraus.

»Bis morgen abend!« rief er hinter ihr her, war aber nicht sicher, ob sie ihn noch gehört hatte. Er hätte ihr noch nachsehen mögen, wie sie auf ihren langen Beinen mit großen Schritten davonging. Aber um den Verkehr nicht zu behindern, riß er sich von ihrem Anblick los und fuhr weiter.

Ein seltsames Mädchen, dachte er.

Das ›Privatinstitut Geissler‹ war in einem schönen alten Haus mit prächtig verziertem Mauerwerk untergebracht, das einst eine private Villa gewesen war.

Marie eilte, nachdem der Pförtner ihr geöffnet hatte, durch die große, etwas düstere Halle, riß sich in der Garderobe die Jacke herunter, hing sie in ihren Spind und zog sich einen weißen Kittel über. Die summende Stille, die sie empfing, verriet ihr, daß der Unterricht schon begonnen hatte. Obwohl sie sich nicht durch eigene Schuld verspätet hatte, war es ihr doch sehr peinlich, zumal sie die erste Stunde, anatomisches Zeichnen, bei Professor Reisinger hatte, einer wirklichen Kapazität, von den Schülern bewundert, umschwärmt und auch gefürchtet.

Bernhard Reisinger hatte sich schon in jungen Jahren, er war erst zweiunddreißig, einen Namen als Kunstmaler gemacht, galt nicht nur als genial, sondern auch als Gesellschaftslöwe, so daß er über Mangel an Aufträgen, seien sie staatlich, städtisch oder privat, nicht zu klagen brauchte. Es hieß, daß er am Institut nur aus Freundschaft zu dessen Besitzerin und Direktorin Frau Henriette Geissler unterrichtete, die ihn am Beginn seiner Karriere nachhaltig gefördert hatte. Ihm verdankte die Kunstschule ihre Attraktivität.

Marie flog die breite Treppe hinauf und hoffte inständig, daß ihre Verspätung nicht auffallen würde. Wenn Professor Reisinger angeblich auch nur aus Gefälligkeit unterrichtete, pflegte er sich doch sehr auf die Arbeiten der einzelnen Schüler zu konzentrieren. Lautlos öffnete sie die Tür zu dem hellen hohen Raum, nur einen Spalt breit, durch den sie sich hineinzwängte, schloß sie genauso geräuschlos wieder hinter sich.

Aber Professor Reisinger, der sich über das Zeichenbrett Gregor Krykowkys gebeugt hatte, richtete sich sofort auf und blickte ihr entgegen. »Sie sind spät dran, Marie!« stellte er fest. »Gibt es jetzt etwas in Ihrem Leben, das Ihnen wichtiger ist als die Kunst? Oder haben Sie einfach verschlafen?«

Die anderen Schülerinnen kicherten über diesen Kommentar, aber Marie ärgerte sich. Dennoch hielt sie dem Blick seiner grünen, goldgesprenkelten Augen stand. »Verzeihen Sie, Herr Professor!«

»Bei mir brauchen Sie sich nicht zu entschuldigen, Marie! Sie lernen ja auch nicht mir zuliebe.«

»Nein, bestimmt nicht!« gab Marie zurück. Im selben Augenblick wurde ihr bewußt, daß diese Erwiderung kindisch gewirkt haben mußte.

»Dann also los! An die Arbeit! Verlieren Sie nicht noch mehr Zeit!«

Marie öffnete ihr schwarzes Köfferchen, holte ein rotes Seidentuch heraus, mit dem sie ihr langes Haar im Nacken zusammenband, und spannte ein grobkörniges Blatt auf ihren Zeichentisch. Dann fixierte sie das Modell, das im hellen Licht, das aus den großen Fenstern vom Garten her fiel, nackt auf einem Podest saß. Es war eine alte Frau mit Hängebrüsten, einem ausgeleierten Bauch, die entspannt, mit übergeschlagenen Beinen auf einem Schemel hockte. Auch das noch! dachte Marie. Ich werde nie begreifen, warum man so etwas skizzieren soll.

Aber natürlich wußte sie, daß es sein mußte. Sonst hätte Professor Reisinger, der selbst längst über die gegenständliche Malerei hinaus war, es nicht von seinen Schülern verlangt. Er war genau darüber orientiert, was für die Aufnahme in die Staatliche Kunstakademie von den Anwärtern verlangt wurde. Sie nahm einen Kohlestift und machte sich an die Arbeit.

»Hübsch, nicht?« flüsterte Anita Lehnertz, ihre Nachbarin zur Linken, ihr zu. »Wenn ich mir vorstelle, daß ich später auch mal so aussehen werde!« Anita war bildhübsch mit ihrer wohlproportionierten Figur, blondgelocktem Haar, das noch durch geschickt verteilte Strähnchen und himmelblaue Augen aufgehellt wurde.

»Du nicht!« gab Marie zurück.

»Wie kannst du da so sicher sein?«

»Die hat mindestens drei Kinder gehabt und sich außerdem sträflich gehenlassen.«

Anita, die sich ihr Studium als Fotomodell verdiente, lächelte. »Klar erkannt«, flüsterte sie.

Professor Reisinger näherte sich ihr von hinten. »Na, kleines Plauderstündchen?« fragte er.

»Wir haben nur über das Modell gesprochen«, verteidigte sich Anita.

»Gefällt Ihnen wohl nicht, Fräulein Lehnertz?«

Anita schauderte übertrieben. »Schlechte Aussichten für die Zukunft!«

»Das ist der Weg alles Irdischen.« Er beugte sich über ihr Zeichenbrett. »Schon recht ordentlich.«

Anita bedachte ihn mit einem hingebungsvollen Augenaufschlag. »Wirklich, Herr Professor?«

»Die Knie ein bißchen markanter, wenn es möglich ist.« Er ging weiter zu Marie.

Sie hatte sich schon zuvor schwergetan, aber jetzt, wo er

ihr auf die Finger schaute, wurde sie noch unsicherer. Ihre Hände gehorchten ihr plötzlich nicht mehr; sie wünschte, er würde wortlos weitergehen. Aber er tat es nicht. »Na, wie haben wir es denn, Marie?« fragte er.

»Es ist schwer.«

»Wollen Sie mir bitte erklären, was Ihnen solche Schwierigkeiten macht?«

»Freiwillig würde ich ein solches Objekt niemals wählen.«

»Und deshalb schönen Sie es. Das ist falsch, Marie. Machen Sie es drastisch. Eine Karikatur wird es bei Ihnen ohnehin nicht werden.« Er blieb weiter hinter ihr stehen.

Sie wagte nicht zu sagen, wie sehr er sie irritierte.

»Versuchen Sie es mal mit einem Bleistift!« wies er sie an.

»Oh!« sagte sie bestürzt. »Auf dem selben Blatt?«

»Warum nicht? Mit dem Bleistift kann man weniger mogeln, Marie, und darauf kommt es an.«

Sie gehorchte, suchte sich einen weichen Bleistift aus, verlängerte die Brüste, so daß sie, wie beim Vorbild, fast die Knie berührten.

»Schon besser, Marie«, lobte er und ging langsam weiter.

Sie atmete auf. Endlich gehorchte ihre Hand wieder ihrem Auge und ihrem Kopf.

Als er eine halbe Stunde später noch einmal zu ihr kam, sagte er anerkennend: »Na also, Marie! Ich wußte es ja. Sie können es, wenn Sie nur wollen.«

Diesmal bemühte sie sich gar nicht, in seinem Beisein weiterzumachen; sie ließ die Hand sinken und sah ihn an. »Ich finde, es wirkt spuckhäßlich.«

»Es gibt nicht nur schöne Dinge im Leben, Marie.«

»Das weiß ich, Herr Professor. Aber ich meine, man sollte auch das Häßliche liebevoll betrachten oder wenigstens mit Mitgefühl.«

»Später wird Ihnen das unbenommen bleiben. Aber als Anfängerin müssen Sie erst einmal lernen, die Realität so zu erfassen, wie sie ist.«

»Ja, Herr Professor«, sagte sie und senkte den Blick.

Er blieb noch eine Weile bei ihr stehen, und sie mußte wenigstens so tun, als ob sie weiterarbeitete, und ihre zitternde Hand zum Gehorsam zwingen.

Zwei Stunden später verließ Professor Reisinger mit einem fröhlichen »Bis nächsten Freitag, meine Damen und Herren!« das Klassenzimmer.

Wie auf ein Stichwort hin begannen die Zurückgebliebenen gleichzeitig zu reden. Das Modell dehnte und reckte sich und zog sich ungeniert an. Gregor Krykowsky, von seinen Kameraden und auch von Professor Reisinger als der Begabteste, Fleißigste und Ehrgeizigste anerkannt, versuchte noch einige Bewegungsskizzen zu machen. Die anderen verstauten ihre Zeichnung in großen Arbeitsmappen.

»Wie ich dieses anatomische Zeichnen hasse!« stieß Marie aus tiefstem Herzen aus.

»Aber er hat dich doch gelobt!« sagte Anita Lehnertz. »Laß mal sehen!«

Marie hielt ihr die noch offene Mappe hin.

»Na, so doll kann ich das aber nicht finden«, sagte sie abwertend.

»Habe ich auch nie behauptet.«

»Nach Reisis Worten hatte ich ein Meisterwerk erwartet.«

Susanne Brüning, Anitas ›häßliche Freundin‹, trat zu den beiden und zündete sich eine Zigarette an. »Das kommt nur, weil er ein Auge auf sie geworfen hat.«

»Komm mir nicht wieder mit diesem Quatsch!« konterte Marie wütend und verstaute ihre Mappe unter dem Tisch.

Susanne kniff ihre kleinen, sehr scharf blickenden Augen zusammen und musterte sie spöttisch. »Was regst du dich auf? Das kann dich doch nur ehren, und außerdem erleichtert es dir das Leben.«

»Nur leider stimmt es nicht«, sagte Anita nüchtern.

»Aber ja doch! Warum sonst sein ewiges ›Marie hin, Marie her‹? Mich spricht er mit ›Fräulein Brüning‹ an und dich als ›Fräulein Lehnertz‹.«

»Doch nur, weil Marie noch so ein Küken ist.«

»Anita hat recht«, sagte Marie entschieden, »er macht sich nicht das geringste aus mir. Er nimmt mich nicht einmal für voll. Laßt uns doch in den Garten gehen! Ein bißchen frische Luft würde uns allen bestimmt guttun.«

Dieser Vorschlag wurde angenommen. Nachdem Anita ihre Zigarette in einem leeren Farbtöpfchen ausgedrückt hatte, liefen sie nebeneinander die breite Treppe hinunter. Im Garten setzten sie sich auf ihren Lieblingsplatz dicht an der rückwärtigen Hausmauer, die von der Herbstsonne noch angenehm erwärmt wurde.

Die Unterhaltung verlief wie gewöhnlich. Susanne, die abends als Bedienung arbeitete, und Anita plauderten über ihre Erfahrungen, und Marie beschränkte sich darauf, zuzuhören und hin und wieder eine Zwischenfrage zu stellen. Heute, zum ersten Mal, kam ihr das sonderbar vor. Natürlich konnte sie nicht erzählen, was sie in der vergangenen Nacht erlebt hatte. Sie hätte es den Freundinnen so wenig erklären können wie der Polizei. Aber warum sagte sie nicht wenigstens, daß sie einen netten jungen Mann kennengelernt und sich mit ihm verabredet hatte? Weil sie nicht annahm, daß die anderen sich dafür interessierten? Weil sie nichts von sich preisgeben wollte?

Marie wußte es nicht. Zurückhaltung war ihr seit langem zur zweiten Natur geworden. Dabei sehnte sie sich so sehr danach, sich einmal auszusprechen.

Am Tag darauf nahm sich Marie ein paar Stunden frei und fuhr mit ihrem roten Flitzer, den sie selten benutzte, denn sie ging lieber zu Fuß, zum »Krankenhaus rechts der Isar« hinüber. Selbst mit dem Auto brauchte sie bei dem dichten Verkehr, der in der Stadt herrschte, nahezu eine halbe Stunde.

Aber sie kam pünktlich zur Besuchszeit an und stellte ihren Wagen auf dem großen Parkplatz ab.

In der Eingangshalle, die fast wie eine Großstadtstraße wirkte, gab es Geschäfte, in denen alles mögliche verkauft wurde, vor allem Obst, Süßigkeiten, Tabakwaren, Bücher, Zeitungen und Zeitschriften. Hier flanierten Patienten in Hausschuhen und Morgenmänteln, andere saßen allein oder mit Besuchern in der benachbarten Cafeteria. Die lebhafte, wenig krankenhaushafte Stimmung wirkte beruhigend auf Marie.

Hauptwachtmeister Werner hatte ihr mitgeteilt, daß Günther Grabowsky inzwischen vernommen worden war und ihr auch seine Zimmernummer angegeben. Sie hatte für ihren Stiefbruder besonders saftige Mandarinen besorgt, die sie in einem Netz mit sich trug. Die großen Plantafeln halfen ihr, sich in dem riesigen Haus zurechtzufinden, und wenig später trat sie nach kurzem Anklopfen in das Zweibettzimmer, in dem Günther lag. Er wirkte immer noch sehr blaß, seine dunklen Augen lagen tief in den Höhlen, außerdem war er unrasiert, aber er lächelte ihr tapfer entgegen. Sie beugte sich über ihn und küßte ihn auf beide Wangen. »Sei mir nicht böse, daß ich erst heute nach dir sehe. Die Polizei hatte es mir verboten.«

»Typisch!«

Sie warf einen prüfenden Blick auf das andere Bett, aber der Mann, der darin lag, beachtete sie gar nicht, sondern schien in die Lektüre eines Herrenmagazins vertieft. Dennoch senkte sie die Stimme zu einem Flüstern, als sie fragte: »Was hast du ihnen erzählt?«

»Über dich?«

»Ja, natürlich. Sie wollten mir nicht glauben, daß ich dich zufällig gefunden habe.«

»Kann ich mir vorstellen.«

Marie leerte ihr Netz auf Günthers Nachttisch und verstaute es in ihrer Handtasche.

»Mandarinen? Wunderbar!« sagte er. Beim Lächeln entblößte er seine schiefstehenden Zähne, die ihm etwas Lausbübisches gaben, das gar nicht in seinem Charakter lag; als Junge hatte er sich mit Erfolg gegen das Tragen einer Zahnspange gewehrt. »Du darfst mir gleich eine schälen.«

»Du kannst also schon wieder essen?«

»Unbesorgt. Die Zeit der intravenösen Ernährung ist überstanden.«

»Gott sei Dank!« Sie zog sich einen Stuhl ans Bett und setzte sich. »Hast du eine Serviette?«

»In der Schublade.«

Sie nahm sie heraus, breitete sie über ihren grauen Flanellrock, nahm eine der Mandarinen zur Hand und begann sie zu schälen. »Was ist nun wirklich passiert?«

»Weißt du das nicht?«

»Nein.«

»Aber wieso bist du dann darauf gekommen, mich zu suchen?«

»Ich ...« Marie stockte. »Nein, erzähl du erst! Wie konnte dir das passieren?«

»Eigene Dummheit. Aber ich schwöre dir: Nie wieder mische ich mich in so was ein. Ich saß gemütlich in einer Wirtschaft – ich hatte bis in die Nacht hinein gearbeitet – als ein Kerl an einem Nebentisch Krach mit seiner Frau oder seiner Freundin, was auch immer, jedenfalls mit einem weiblichen Wesen anfing. Als sie das Lokal verließen, war er furchtbar aufgebracht und natürlich auch nicht mehr nüchtern. Ich zahlte und ging ihnen nach. Er watschte sie und stieß sie in diese Sackgasse hinein.«

»Stand das Tor denn offen?«

»Nein, aber es war auch nicht verschlossen. Er stemmte sich mit der Schulter dagegen, und es schwang auf. Die Frau schrie.«

»Und da mußtest du den edlen Retter spielen?« Marie hatte die Mandarine geschält, jetzt teilte sie sie und steckte ihm ein Stück zwischen die Lippen.

Er saugte genüßlich daran und nickte.

»Die Polizei dachte, du hättest was mit Drogen zu tun.«

Er schluckte. »Typisch! Die nehmen immer gleich das Schlimmste an.«

»Daß du dich getraut hast, den beiden nachzugehen!«

»Ich hatte den Eindruck, daß er ihr was antun wollte. Wie hätte ich mich gefühlt, wenn ich am nächsten Tag in der Zeitung hätte lesen müssen, sie wäre umgebracht worden? Besser doch so.«

Sie steckte ihm das nächste Stück, das sie bis jetzt in der Hand gehalten hatte, in den Mund. »Schlimm genug. Du hättest dabei draufgehen können.«

Als er es gegessen hatte, sagte er: »Ich war mir übrigens keiner Gefahr bewußt. Der Kerl war viel schmächtiger als ich. Wie konnte ich denn ahnen, daß er ein Messer ziehen würde? Ich Trottel habe mir eingebildet, ihn mit ein paar klugen Onkel-Doktor-Floskeln beruhigen zu können.«

»Mach dir nichts draus! Du bist schließlich kein Irrenarzt.«

Er sah dankbar zu ihr auf. »Ich habe mich tatsächlich wegen meines Versagens geschämt.«

Während sie so an seinem Krankenbett saß und ihn fütterte, fühlte sie die alte Zuneigung aus Kindertagen in sich aufwallen. »Du hast mehr getan, als man von dir erwarten konnte.«

»Nett von dir, das zu sagen.«

»Das sollte kein Kompliment sein, sondern meine ehrliche Meinung. War die Polizei nicht auch dieser Ansicht?«

»Die wollten mir nicht abnehmen, daß ich die Leute vorher überhaupt nicht gekannt habe.«

»Ja, ich weiß. Meine Schuld.« Während des Gesprächs teilte Marie weiter Mandarinenschnitze aus, ja, sie schälte auch noch eine zweite.

»Wie, um Himmels willen, bist du dort hingekommen?« wollte Günther wissen.

»Ich bin gelaufen.«

»Aber wieso?«

Marie warf einen Blick zum anderen Bett hinüber. »Kannst du dir das nicht denken?«

Günthers Gesicht verfinsterte sich. »Immer noch? Ich dachte, das wäre vorbei.«

»Ich kann nichts dafür!« sagte sie heftig. »Und diesmal hat es dir ja wahrscheinlich das Leben gerettet. Also mach mir bitte keinen Vorwurf!«

»Das wollte ich nicht. Tut mir leid, wenn es so geklungen hat. Tatsächlich bin ich ...« Er suchte nach dem passenden Ausdruck. »... entsetzt.«

»Ich muß damit leben, nicht du.«

»Aber Vater meinte doch, es würde nach der Pubertät besser werden.«

»Das habe ich auch gehofft. Es war das erste Mal, seit ich ...« Sie unterbrach sich. »Du hast der Polizei gegenüber doch hoffentlich nichts durchblicken lassen?«

»Natürlich nicht. Glaubst du, ich will riskieren, für verrückt erklärt zu werden?«

»Konntest du eine Beschreibung des Täters geben?«

»Eine ziemlich gute sogar. Aber sie wollten mir nicht glauben. Zum Glück hat die Bedienung meine Version bestätigt. Daß ich an einem anderen Tisch gesessen habe, daß dieser Kerl und sein Mädchen sich gestritten haben und ich erst nach ihnen gegangen bin. Trotzdem sind sie skeptisch geblieben. Nach dem Motto: alles abgekartetes Spiel und so. Der Beamte, der mich verhört hat ...«

»War es Hauptwachtmeister Werner?« fiel sie ihm ins Wort.

»Ja, ich glaube schon. Ich habe nicht auf den Namen geachtet. Jedenfalls ist er überzeugt, daß ich den Täter kenne und daß seine Begleiterin dich nachträglich angerufen hat.«

»Rechnest du damit, daß der Bursche gefaßt wird?«

»Wohl kaum. Falls er nicht in der Verbrecherkartei steht. Die soll ich mir, wenn ich hier raus bin, noch durchsehen. Oder ich müßte ihm zufällig begegnen.«

»Würdest du die Polizei verständigen? Ich meine, wenn du ihn irgendwo sehen würdest?«

Er dachte nach. »Ich glaube nicht. Wahrscheinlich handelt es sich um ein armes Schwein. Nicht anzunehmen, daß er am laufenden Band Leute niedermetzelt.«

»Die Polizei wird dich sicher noch eine Weile im Auge behalten.«

»Falls sie nichts Besseres zu tun hat. Aber was soll's?! Ich habe mir nichts zuschulden kommen lassen, und ich habe auch nichts zu verbergen.« Während des Gesprächs hatte er rote Flecken auf den Wangen bekommen.

»Du, ich glaube, ich muß jetzt gehen«, sagte sie, sammelte die Schalen ein, stand auf und sah sich nach einem Papierkorb um.

»Schon?« fragte er enttäuscht.

Sie hatte einen Plastikeimer gefunden und warf die Mandarinenschalen hinein. Dann kam sie zu ihm zurück und beugte sich über ihn. »Das viele Reden strengt dich zu sehr an.« Sie legte ihm die Hand auf die Stirn. »Du hast Fieber.«

»Nur ein bißchen Temperatur. Die kommt nicht vom Reden, sondern von meiner Wunde.«

»Trotzdem. Ich werde dich bald wieder besuchen. Meinst du, daß ich mich an die Besuchszeiten halten muß?«

»Überhaupt nicht. Ich liege schließlich zweiter Klasse. Lilo kann auch erst nach Ladenschluß kommen.«

»Wie geht es ihr?« fragte Marie ohne sonderliches Interesse. Sie wußte, daß sie wahrscheinlich ungerecht war, aber sie konnte die Frau, mit der ihr Bruder zusammenlebte, nicht leiden.

Er ahnte nichts von ihren Gefühlen. »Der hat das Ganze natürlich einen gewaltigen Schrecken eingejagt. Erst mal, weil ich in der Nacht nicht nach Hause gekommen bin ...«

»Ich hätte sie anrufen sollen«, fiel ihm Marie ins Wort, »aber daran habe ich überhaupt nicht gedacht.«

»Die Vorwürfe kriegst nicht du, die werde ich einstecken

müssen. Sobald es mir wieder bessergeht. Vorläufig ist sie noch ganz Sanftmut und Besorgnis. Aber das dicke Ende kommt nach.«

»Hast du ihr ...« Marie zögerte weiterzusprechen.

Er erriet ihre Gedanken: »... von deinem Eingreifen erzählt? Nein. Wie hätte ich ihr das denn erklären können? Sie ist eine äußerst nüchterne, realistisch denkende Frau.«

Sie sahen einander tief in die Augen.

Sie dachte: Wie kann man nur eine so kalte, materialistische Person lieben? Außerdem ist sie ein paar Jahre älter als er. Schade um ihn!

Und er: Was ist sie für ein verrücktes junges Ding! Trotz allem, irgendwie hab' ich sie lieb.

Sie drückte einen zarten Kuß auf seine heiße Stirn. »Ich habe noch eine Frage«, sagte sie, als sie sich wieder aufgerichtet hatte.

»Ja?«

»Hast du an mich gedacht? Als es passierte, meine ich.«

»Nein. Nicht an dich und auch nicht an meine Mutter, oder daß sich mein verflossenes Leben vor mir abgespult hätte. Nichts in dieser Richtung. Ich habe nur den Schmerz gespürt. Nicht einmal, daß es mit mir aus sein könnte, habe ich gedacht. Und dann habe ich ja auch sehr schnell das Bewußtsein verloren.«

»Du sollst doch nicht so viel reden, Günther.«

»Du bringst mich dazu.«

»Das wollte ich nicht. Ein einfaches ›Ja‹ oder ›Nein‹ hätte mir genügt.« Sie lächelte ihm zu. »Dann bis bald und gute Besserung!« Sie wandte sich zum Gehen.

»Marie!« rief er ihr nach.

»Noch einen Wunsch?«

»Wie kommst du darauf, daß ich an dich gedacht haben könnte?«

»Liegt doch auf der Hand. Es hätte Gedankenübertragung sein können, nicht wahr?«

»Das wäre doch auch keine Erklärung.«

»Aber immerhin ein Hinweis. Besser als gar nichts jedenfalls.«

Als sie zur Tür ging, sah der andere Patient von seinem Magazin hoch. Sie nickte ihm zu und verließ rasch das Zimmer. Auf dem langen, hellen Gang blieb sie erschöpft stehen. Das Gespräch hatte sie angestrengt, fast so sehr wie ihren Bruder. Warum nur?

Sehr viel langsamer, als sie gekommen war, machte sie sich auf den Weg zum Ausgang. Es dauerte einige Zeit, bis sie sich eingestand, daß sie enttäuscht war.

Es war ihr so wichtig gewesen, ihren Bruder zu besuchen, sie hatte kaum erwarten können, daß sie endlich die Erlaubnis dazu erhielt. Dabei war sie unwillkürlich und ohne richtig nachzudenken davon ausgegangen, daß er sich genau so sehr nach ihrem Erscheinen gesehnt hatte. Sie hätte wissen müssen, daß er sich ihr durchaus nicht mehr so verbunden fühlte wie sie ihm. Er hatte jetzt ja Lilo, die ihm weit mehr bedeutete und die bestimmt schon vorher, wahrscheinlich am vergangenen Abend, bei ihm gewesen war.

Das stimmte sie traurig. Sie sagte sich, daß das dumm von ihr war. Doch diese Erkenntnis konnte nichts an ihrer Niedergeschlagenheit ändern. Er war ja nicht einmal wirklich mit ihr verwandt, blutsverwandt. Die zweite Frau ihres Vaters hatte ihn mit in die Ehe gebracht. Aber von klein auf, als sie sich sehr einsam fühlte, hatte sie ihren großen Bruder in ihm gesehen. »Von heute an ist Günther dein Bruder«, hatte der Vater ihr an dem Tag erklärt, als er Katharina, seine zweite Frau, geheiratet hatte.

Marie erinnerte sich noch, mit welch freudigem Stolz diese Eröffnung sie erfüllt hatte. Schon vorher, als Katharina mit ihrem Sohn zu ihnen gezogen war, um ihnen das Haus zu führen, hatte sie Günther bewundert und war ihm auf Schritt und Tritt gefolgt. Und jetzt sollte er ihr Bruder sein! Es hatte sie nie gestört, daß er diese Rolle mit sehr viel Überheblichkeit gespielt hatte – er war ihr ja wirklich in jeder Beziehung überlegen –, aber er war doch auch herzlich und fürsorglich ihr gegenüber gewesen und bisweilen von verstohlener Zärtlichkeit. Geduldig hatte er ihr alles erklärt, was sie wissen wollte, und unermüdlich neue Spiele für sie erfunden. Sie hatten sehr einsam gelebt in dem großen, alten Haus weit außerhalb des Dorfes. Bayreuth, die Stadt, in der sie geboren war, lag mehr als dreißig Kilometer entfernt.

Eine Zeitlang hatten sie sich sogar gegen die Mutter verbündet. Katharina hatte, trotz ehrlichen Bemühens, nie einen wirklichen Zugang zu ihr gefunden. Marie hatte immer gespürt, daß sie sie nicht wirklich liebhatte, sondern im Grunde ihres Herzens eifersüchtig auf sie war, vielleicht, weil sie ihrer früh verstorbenen Mutter so sehr glich, vielleicht auch, weil sie fand, daß der Vater sie zu sehr verwöhnte. Marie hatte nie viel darüber nachgedacht, sie hatte es als Tatsache hingenommen.

Günther gegenüber war Katharina noch strenger gewesen, viel zu streng, wie es den beiden Kindern schien. Von ihrem ersten Mann bitter enttäuscht, hatte sie jeden Zug Günthers, der sie an ihn erinnerte, auszumerzen gesucht. Sie hatte ihren Sohn in einem Maße beherrschen wollen, wie es ihr bei ihrem ersten Mann nicht gelungen war und wie es ihr bei ihrem zweiten, Maries Vater, nie gelingen würde. Sie war eine harte Frau, und diese Härte trieb die Kinder zueinander.

Dann, von einem Tag zum anderen, wie es Marie heute noch schien, hatte sich Günthers Haltung ihr gegenüber geändert. Er war ablehnend geworden, ja abweisend. Marie hatte sehr darunter gelitten. Viel später hatte sich ihre Beziehung dann wieder normalisiert. Aber mit der Vertrautheit der Kinderzeit war es vorbei gewesen, nicht mehr als ein Abglanz, der hin und wieder aufschien, war davon geblieben.

Als Marie das Krankenhaus verlassen hatte und zum Parkplatz gehen wollte, wurde ihr bewußt, daß es leichtsinnig gewesen wäre, sich jetzt hinters Steuer zu setzen. Zu viele Gedanken wirbelten ihr gleichzeitig durch den Kopf. Sie fühlte sich außerstande, sich auf den Straßenverkehr zu konzentrieren.

Kurz entschlossen wendete sie sich in die andere Richtung, schritt die Planckstraße hinunter und bog, kurz vor dem mächtigen Gebäude des Bayerischen Landtages, in einen Fußweg ein, der, durch Wiesen und Bäume gesäumt, an der Isar entlangführte. Es war merklich kühler hier unten als zwischen den Häusern; der Wind blies ihr ins Gesicht und zerrte an ihrem Haar. Aber Marie machte sich nichts daraus, obwohl sie ein wenig fror. Sie empfand es als wohltuend, ihren Gedanken nachhängen und kräftig ausschreiten zu können.

Nur wenige Spaziergänger waren hier unterwegs. Marie beachtete niemanden. Sie lief bis zum Friedensengel, der sich goldschimmernd zwischen dem herbstlichen Laub der alten Bäume vom mattblauen Himmel abhob, und kehrte erst dann wieder um.

Noch etwas war ihr inzwischen klargeworden. Zwar hatte sie keine Dankbarkeit von Günther erwartet – das, was sie getan hatte, war für sie selbstverständlich gewesen, sie hätte nicht anders gekonnt, auch wenn sie gewollt hätte –, aber doch ein freudiges Staunen darüber, daß sie ihn gefunden und ihm dadurch das Leben gerettet hatte. Statt dessen schien es ihm geradezu peinlich zu sein. Er hatte sie behandelt, als ob sie mit einem Makel behaftet wäre. In seiner Stimme hatte sogar ein gewisser Vorwurf geklungen, als sei es ihre Schuld, daß sie so war, wie sie war. Dabei hätte er besser als jeder andere Mensch wissen müssen, daß sie nichts dafür konnte. Wenigstens hätte er Mitgefühl zeigen können. Aber nicht einmal das hatte er getan.

»Ach was«, sagte sie zu sich selbst, »gib doch zu, daß du selber schuld bist! Du solltest längst wissen, daß niemand dich versteht oder auch nur versucht, es zu verstehen. Es war dein eigener Fehler, dir wieder einmal falsche Hoffnungen zu machen. Du mußt allein damit fertig werden. Du bist allein und wirst es bleiben.«

4

Marie hatte keine Lust, mit Paul Sanner auszugehen; sie versprach sich nichts davon. Aber sie wußte nicht, wie sie ihn abwimmeln konnte. Kopfschmerzen oder eine dringende Arbeit vorzuschützen schien ihr unredlich und billig. Also hoffte sie inständig, daß er sich nicht melden würde.

Aber als das Telefon dann nicht zur erwarteten Zeit klingelte, war sie überrascht über die leichte Enttäuschung, die sie empfand. Es fiel ihr plötzlich schwer, weiter an der Skizze ihres Bruders im Krankenbett zu arbeiten, die sie gerade begonnen hatte. Fast erleichtert legte sie den Zeichenblock aus der Hand, als das Telefon dann doch noch läutete, erhob sich, stellte ihre Stereoanlage ab, nahm den Hörer auf und meldete sich.

»Tut mir leid, Marie«, sagte er als erstes, »daß ich mich verspätet habe!«

»Macht ja nichts.«

»Jetzt werden Sie mich für einen ganz unzuverlässigen Menschen halten.«

»Überhaupt nicht.«

»Aber jetzt bin ich in zehn Minuten bei Ihnen!«

»Warten Sie!« rief sie rasch. »Sagen Sie mir bitte, was ich anziehen soll?«

»Sie sind noch nicht angezogen?« fragte er erstaunt.

»Natürlich bin ich das. Aber nicht zum Ausgehen.«

»Hatten Sie vergessen, daß wir verabredet sind?«

»Nein. Aber ich weiß doch nicht, was Sie vorhaben.«

»Ich habe uns einen Tisch im ›B Eins‹ reservieren lassen.«

»Was ist das?«

»Ein Lokal. Sie werden schon sehen.«

»Muß ich mich dafür schön machen?«

»Darum möchte ich doch sehr bitten. Damit ich stolz auf Sie sein kann.«

Wider Willen mußte sie lächeln. »Ich werde tun, was in meinen Kräften steht.«

»Sie brauchen sich nicht zu beeilen«, versicherte er, »ich werde warten, solange es nötig ist.«

Als sie dann, eine knappe Viertelstunde später, auf die Straße trat, sah sie tatsächlich blendend aus. Sie trug ein gutgeschnittenes Jackenkleid aus reiner Schurwolle, dessen helles Blau die Farbe ihrer Augen betonte, darunter eine weiße, mit Spitzen besetzte Bluse. Das starke Rot ihrer Lippen hatte sie mit einem hellen Stift gemildert, Wimpern und Augenbrauen getuscht und graublaue Lidschatten aufgelegt. Das blonde Haar bauschte sich um ihr klares Gesicht. Das Schönste an ihr aber war ihre porzellanglatte, schneeweiße Haut, völlig frei von Puder und Schminke.

Paul Sanner trat bei ihrem Anblick einen Schritt zurück. »Überwältigend!« stieß er hervor.

Sie lächelte ihm zu, aber ihre Augen blieben ernst. »Ich freue mich, daß ich Ihnen gefalle.«

»Gefallen ist gar kein Ausdruck!« Er nahm ihre Hand. »Nur eines stört mich ...«

»Ja?«

»Sie sind ja einen ganzen Kopf größer als ich!«

»Stimmt nicht. Höchstens ein paar Zentimeter.«

»Trotzdem. Ziehen Sie mir zuliebe das nächste Mal keine hochhackigen Pumps an!«

»Soll ich die Schuhe wechseln?«

»Nein, nein. So wichtig ist das nun auch wieder nicht. Wir

haben schon zuviel Zeit verloren.« Er führte sie zu seinem Auto, das er schräg auf dem Bürgersteig geparkt hatte, und öffnete ihr die Tür. »Ich bin nur froh, daß ich die alte Karre heute früh innen saubergemacht habe.«

Als sie sich setzte, wobei sich ihr Rock ein wenig nach oben verschob – sie strich ihn rasch wieder hinunter –, stellte er fest, daß die hohen Absätze ihre langen Beine besonders gut zur Geltung brachten.

»Vielleicht sollte ich es mal mit Plateausohlen und hohen Absätzen versuchen«, sagte er, als er sich neben sie hinter das Steuer setzte.

»Mir zuliebe wirklich nicht. Mir sind flache Schuhe viel bequemer. Ich dachte nur, Sie hätten gewünscht ...«

»Habe ich auch. Es war mein Fehler. Ist Ihnen eigentlich gar nicht aufgefallen, daß ich zu kurz geraten bin?«

Sie sah ihn von der Seite an. »Sind Sie ja gar nicht. Sie sind sehr gut proportioniert. Glauben Sie mir, ich weiß, wovon ich spreche.«

»Es stört Sie also nicht, sich mit einem kleineren Mann sehen zu lassen?«

»Du lieber Himmel, nein! Als ob es darauf ankäme!«

Er war jetzt voll damit beschäftigt, sein Auto zurückzusetzen und in den fließenden Verkehr einzuscheren. Erst als er das geschafft hatte, fragte er: »Worauf kommt es denn an?«

»Auf den Charakter«, antwortete sie mit Bestimmtheit.

Ihn überfiel ein leichtes Unbehagen. »Ich muß Ihnen gestehen, daß der auch nicht besonders ist.«

»Was soll ich Ihnen darauf erwidern? Mir scheint, Sie fischen nach Komplimenten.«

»Das jedenfalls ist normalerweise nicht meine Art.«

Sie entschied, das Thema zu wechseln. »Sagen Sie, wo liegt das ›B Eins‹ eigentlich?« fragte sie.

»Wie schon der Name sagt: Bismarckstraße eins.«

»Gott, bin ich dumm!«

»Man kommt nicht so leicht darauf, wenn man nicht schon

dagewesen ist. Es ist gar nicht weit von hier, eine Nebenstraße der Clemensstraße. Passen Sie auf, in fünf Minuten sind wir an Ort und Stelle.«

»Ach, ich habe noch keinen Hunger.«

»Ich kenne euch Mädels. Ihr ernährt euch am liebsten nur von Joghurt, Knäckebrot und Äpfeln, und das alles nur wegen der schlanken Linie.«

»Damit hatte ich bisher noch nie Probleme.«

»Um so besser. Mit mir werden Sie tüchtig essen.«

»Ich bin zu allem bereit.«

»Sagen Sie, wie geht es Ihrem Bruder? Wir wollten heute eigentlich nicht darüber sprechen, aber ich möchte doch wissen ...«

»Gut. Ich habe ihn besucht. Er ist auf dem Weg der Besserung.«

Obwohl sie bereitwillig Auskunft gegeben hatte, war etwas in ihrem Ton gewesen, das ihm riet, dieses Thema so bald nicht wieder anzuschneiden. Bisher war alles so glatt gegangen, viel leichter, als er erwartet hatte. Er mußte verhindern, daß sie ihre Abwehr gegen ihn wieder aufbaute. Also war es entschieden besser, es bei einem lockeren Geplänkel zu lassen.

»Da sind wir schon!« verkündete er, fuhr den Wagen auf eine Parkinsel und half Marie beim Aussteigen.

Sie sah sich um. Die Straße wirkte gutbürgerlich, und auch das Restaurant lag in einem Haus, das ehemals eine private Villa gewesen sein mußte. Es hatte sogar einen winzigen Vorgarten, der von einem dunkelbraun gestrichenen Holzzaun umgeben war. »Putzig«, sagte sie.

Er nahm ihren Arm und führte sie über die Fahrbahn. »Es wird Ihnen bestimmt gefallen«, versicherte er ihr.

Nebeneinander stiegen sie zwei Stufen hinauf, dann ließ er ihren Arm los und öffnete ihr die Tür, die in einen kleinen Vorraum führte. Noch eine Tür, und sie standen im Restaurant. Vor ihnen tat sich eine gewaltige Bar auf, die sich in

L-Form durch das ganze Lokal zog. Über ihr surrten zwei riesige Ventilatoren. Im Spiegel hinter ihr schimmerten alle nur denkbaren Flaschen und Gläser. Vor der Bar drängte sich junges, vergnügtes Publikum. Alle Hocker waren besetzt; einige Männer, die keinen Sitzplatz gefunden hatten, standen, das Glas in der Hand.

Paul, der vorausgegangen war, wurde mit fröhlichen Zurufen begrüßt. »Hallo, Paul!« – »Wie geht's dir, alter Junge?« – »Läßt du dich auch mal wieder blicken?«

Er gab die Begrüßungen in der gleichen Tonart zurück, hatte aber im selben Augenblick das Gefühl, daß dies vielleicht doch nicht der richtige Ort war, um ein Mädchen wie Marie Forester auszuführen. Er drehte sich zu ihr um und las am Ausdruck ihrer Augen, daß sie tatsächlich mehr als überrascht, ja fast verschreckt war. Sie hatte sich nicht von der Schwelle gerührt, und die Art, wie sie ihre Handtasche hielt, wirkte verkrampft.

»Wenn wir lieber woanders hingehen sollen?« fragte er rasch.

Einer der Männer war schon von seinem Hocker geglitten. »Setz dich, Mädchen!« rief er Marie zu. »Was willst du trinken?«

Marie hatte sich wieder gefaßt. »Danke, nein. Ich trinke gar nichts.«

»Macht nichts. Ist ja auch gesünder. Dann also einen Orangensaft, frisch gepreßt.«

»Nett von dir, Andy!« sagte Paul. »Aber ich denke, wir gehen gleich zu unserem Tisch. Wir haben einiges miteinander zu besprechen, und hier bei euch versteht man ja sein eigenes Wort nicht.«

Andy musterte Marie mit unverhohlener Bewunderung. »Eine neue Freundin? Da kann ich nur gratulieren.«

»Wir sehen uns vielleicht später, Andy.« Entschlossen faßte Paul sie beim Ellenbogen und bugsierte sie an der Bar und der Ecke mit den Bistrotischen vorbei in das eigentliche Lokal, einen großen Raum, der durch eine Spiegelwand unterteilt war. Auch er war mit Bistrotischen bestückt.

Sie hörten noch, wie jemand hinter ihnen an der Bar sagte: »Junges Glück! Da kannst du nichts machen!« und das darauf folgende Gelächter.

Paul entschuldigte sich bei Marie. »Machen Sie sich nichts draus! Die Bande hat kein Benehmen.«

»Ich bin nicht so empfindlich, wie Sie vielleicht glauben«, gab sie zurück.

Er sah ihr lächelnd ins Gesicht. »Wirklich nicht? Mir kommen Sie irgendwie vor wie das berühmte Kräutchen Rührmichnichtan.«

Ein Kellner in weißem Jackett, eine lange weiße Schürze vorgebunden, kam auf sie zu. »Guten Abend, Herr Sanner! Wir haben Ihnen Ihren Lieblingstisch reserviert.« Er wies auf einen Ecktisch unter einem großen bunten Plakat von Toulouse-Lautrec.

»Danke, Guido.«

»Wünschen Sie zu essen?«

»Deshalb sind wir hier.«

Paul zog Marie einen Stuhl zurecht, und sie setzten sich. Geschickt warf der Kellner ein blendend weißes Damasttuch über die rote Marmorplatte des Tisches.

»Jetzt werden Sie den Eindruck haben, daß ich hier Stammgast bin«, sagte Paul, »aber leider habe ich gar nicht so oft Gelegenheit herzukommen, wie ich eigentlich möchte.«

»Sie scheinen furchtbar viele Leute zu kennen«, bemerkte Marie.

»Halb so wild. Als Journalist kommt man eben herum. Übrigens ist das da draußen die übliche Clique, die man überall trifft. Vorlautes junges Volk mit zu viel Geld in den Taschen.«

»Dazu gehören Sie nicht.«

Der Kellner brachte die kleine, handgeschriebene Speisenkarte und legte sie Marie und Paul vor. »Einen Aperitif?«

»Ich möchte wirklich gern einen frischgepreßten Orangensaft«, sagte Marie.

»Und mir bringen Sie bitte einen Campari Soda«, bestellte Paul.

Er zog eine Packung Zigaretten aus der Tasche seines dezent gemusterten Jacketts und bot sie Marie an.

Sie schüttelte abwehrend den Kopf.

»Später?« fragte er. »Oder gar nicht?«

»Sehr selten. Ich habe es mir nie angewöhnt.«

»Da würde mein Vater eine Freude haben! Er ist nämlich Arzt, und er verteufelt das Rauchen.«

»Ach wirklich?«

»Was überrascht Sie so daran? Es ist doch allgemein bekannt, daß Rauchen der Gesundheit schadet. Darf ich mir trotzdem eine anstecken?«

»Ja, natürlich. Ich finde es nur komisch, daß Ihr Vater Arzt ist. Meiner nämlich auch.«

»Wunderbar, Marie! Ein gutes Omen. Paul Sanner senior ist Facharzt für Hals, Nasen, Ohren. Er ist sehr enttäuscht, daß ich nicht in seine Fußstapfen getreten bin.«

»Mein Vater, Cornelius Forester, ist praktischer Arzt, ein Landarzt. Von mir hat er nie erwartet, daß ich Medizin studieren sollte, obwohl bereits sein Vater und sein Großvater dieselbe Praxis hatten. Mein Stiefbruder wird sie später übernehmen.«

»Aber er heißt nicht Forester.«

»Mein Vater wollte ihn immer adoptieren. Aber sein leiblicher Vater hat sich dagegen gesträubt, obwohl er sich ansonsten so gut wie gar nicht um Günther gekümmert hat.«

»Aber inzwischen ist er doch erwachsen, nicht wahr?«

»Ja, natürlich. Fünfundzwanzig.«

»Genau wie ich.« Er grinste. »Ein schönes Alter!«

Der Kellner hatte die Getränke gebracht, und sie prosteten sich zu.

»Ich meine, dann könnte man die Adoption doch jetzt

noch nachholen, das heißt, wenn Ihr Vater und Ihr Bruder das noch wollen. Jetzt kann ihnen keiner mehr reinreden.«

»Aber was hätte das für einen Sinn?«

»Nur wegen der Tradition. Wahrscheinlich legt Ihr Vater Wert auf so was.«

»Sie reden, als ob Sie ihn kennen.«

»Ich kann ihn mir sehr gut vorstellen. Er ist so ein richtiger Arzt der alten Schule, nicht wahr? Einer, der auch feiertags für seine Patienten da ist und sich auch nachts aus dem Bett holen läßt.«

Marie freute sich. »Genau! Wenn der Tierarzt nicht erreichbar ist – der ist noch jung und will was vom Leben haben – hilft er sogar beim Kalben!«

Paul fand es an der Zeit, endlich etwas zu bestellen, aber er wollte das Gespräch nicht unterbrechen.

Marie war es, die vorschlug: »Ich glaube, wir sollten dem Kellner sagen, was wir essen wollen. Er ist zwar höchst diskret und rücksichtsvoll, aber allmählich muß er doch ungeduldig werden.«

»Haben Sie sich schon etwas ausgesucht?«

»Nein.«

»Worauf haben Sie denn Lust?«

»Es sollte schon etwas sein, das ich nur selten bekomme und das ich mir selbst nicht kochen kann.«

»Wie wäre es dann mit Rehmedaillons? Dazu gibt es Melonenpüree, Kartoffelkroketten und Preiselbeeren.«

Marie stimmte zu.

»Und vorher einen Feldsalat mit Entenbrüstchen?« schlug Paul Sanner vor.

»Nein, danke. Das ist mir zuviel.«

»Dann nehmen Sie doch eine Rehessenz! Das ist ein ganz, ganz leichtes klares Süppchen.«

»Nachher habe ich dann keinen Hunger mehr.«

»Sie brauchen es ja nicht aufzuessen!« drängte er. »Ein paar Löffel werden Ihnen bestimmt guttun.«

Marie gab nach, mehr aus Höflichkeit, als daß sie wirklich Lust auf diese Suppe gehabt hätte. Als sie dann aber – sehr heiß – serviert worden war, schmeckte sie ihr so gut, daß sie die Tasse bis auf den Grund leerte.

»Na also«, stellte Paul Sanner voller Befriedigung fest.

»Das mit der Adoption«, nahm Marie den unterbrochenen Gesprächsfaden wieder auf, »werde ich meinem Vater vielleicht tatsächlich mal vorschlagen.«

»Sollten Sie unbedingt.«

Marie spielte mit ihrer Gabel. »Ich kann mir bloß nur schwer vorstellen, wie es für Günther sein würde, mitten im Leben den Namen zu wechseln. Auf einmal nicht mehr Grabowsky, sondern Forester zu heißen.«

»Na, wenn schon. Wenn Sie heiraten, Marie, werden Sie wahrscheinlich auch den Namen Ihres Mannes annehmen. Früher war es ja allgemein üblich, aber heutzutage nutzen manche Männer die Ehe, ihren Namen zu wechseln.«

»Daran habe ich nicht gedacht«, gab Marie zu.

»Ich an Ihrer Stelle würde jedenfalls bei Forester bleiben. Ein hübscher Name. Klingt aber weder bayrisch noch fränkisch.«

»Er soll aus dem Englischen, vielleicht auch aus dem Schottischen kommen. Jedenfalls nennen die Leute unser Haus immer noch das ›Schottenhaus‹.«

»Klingt phantastisch.«

Der Kellner brachte eine Karaffe mit Rotwein und wollte einschenken.

»Mir bitte nicht!« erklärte Marie mit Bestimmtheit und sah Paul Sanner bittend an. »Ich habe Ihnen doch gesagt, daß ich keinen Alkohol vertrage.«

»Ein Schlückchen wird Ihnen bestimmt nicht schaden.«

»Leider doch.«

»Ich garantiere dafür.«

»Das können Sie nicht.«

»Aber doch. Verlassen Sie sich auf mich! Das ist ein ganz

leichter Landwein. Ich möchte doch mit Ihnen anstoßen.« Er probierte den Schluck Wein, den der Kellner in sein Glas gegossen hatte. »Sehr gut. Wirklich leicht.«

Der Kellner wandte sich an Marie. »Darf ich?«

Mit einem kleinen Seufzer gab Marie nach.

Der Kellner füllte erst ihr Glas, dann das von Paul Sanner, und zog sich zurück.

»Wir müssen doch endlich auf ›du und du‹ trinken«, sagte Paul Sanner.

»Müssen wir?«

»Unbedingt. Ist Ihnen nicht aufgefallen, daß alle jungen Leute sich heutzutage duzen? Jedenfalls hier in München. Sogar die nicht mehr ganz so jungen.«

»Ja, ich weiß.« Sie sah in seine strahlend blauen Augen und zögerte immer noch. Dabei hatte sie längst aufgehört, an ihn als ›Herr Sanner‹ zu denken; er war schon ›Paul‹ für sie geworden.

Er hob ihr sein Glas entgegen, stellte es dann aber plötzlich auf den Tisch zurück. »Es sei denn ...«, begann er und verstummte.

»Was?«

»... du hast einen triftigen Grund, nicht zu trinken.« Er lächelte ihr ermutigend zu. »Dann machen wir es einfach so. Ohne Wein.«

»Jetzt ist er doch schon eingeschenkt.«

»Macht nichts. Ich leere es für dich.«

Ihr ging ein Licht auf. »Sie denken ... du denkst, ich bin eine Alkoholikerin? Nein, nein, Paul, das bin ich nicht.«

»Es hätte meiner Bewunderung keinen Abbruch getan.«

»Ich fände es ganz schrecklich.«

»Reden wir nicht mehr darüber, Marie!«

Jetzt endlich erhob sie ihr Glas, und er stieß mit ihr an.

»Auf du und du, Marie!«

»Paul!« sagte sie zaghaft.

»Du, Paul«, verbesserte er.

»Du, Paul!« wiederholte sie folgsam.

»Klingt wie Musik aus deinem Mund!« Er trank.

Sie nahm einen winzigen Schluck.

»Erzähl mir bitte weiter von eurem Schottenhaus!«

»Es steht abseits von unserem Dorf, ungefähr drei Kilometer, so eine richtige Großstadtvilla aus der Zeit der Jahrhundertwende. Niemand weiß, warum mein Urgroßvater es dahingeklotzt hat. Entweder wollte er seiner Braut imponieren – sie stammte aus der Gegend – oder den Dörflern, vielleicht hat er auch geglaubt, Kornthal würde sich zu einer Stadt entwickeln.«

»Wie kam der alte Schotte überhaupt dorthin?«

»Das haben wir uns als Kinder auch immer gefragt. Aber niemand konnte es uns sagen. Alt kann er übrigens damals noch gar nicht gewesen sein.«

»Aber bestimmt ist er steinalt geworden.«

»Auch das weiß niemand. Er war Kapitän auf großer Fahrt, kam nur alle zwei Jahre nach Hause zurück, und dann war jedesmal ein neues Kind da. Seine Frau war also die meiste Zeit allein. Trotzdem – oder gerade deshalb – soll die Ehe sehr glücklich gewesen sein. Wenn er heimkam, herrschte Jubel und Trubel. Immer brachte er die tollsten Geschenke mit. Seide aus Indien, Elfenbeinschnitzereien, Schmuck, einmal eine Ladung frischer Kokosnüsse, worüber sich die Kinder natürlich besonders freuten. Dazu aber leider auch einen kleinen Affen. Von dem waren die Kinder zwar auch begeistert, ihre Mutter jedoch nicht so sehr, denn er turnte an den Vorhangstangen und den Kronleuchtern. Zu allem Überfluß entdeckte man dann eines Tages, daß er sämtliche Kokosnüsse – sie waren im Keller gelagert – geöffnet und die Milch ausgetrunken hatte, so daß sie alle schlecht geworden sind.«

»Und was ist aus ihm geworden?«

»Darüber schweigt sich die Familienchronik aus. Ich nehme an, er ist früh gestorben. Ich kann mir nicht so recht vorstellen, daß ein Affe in unserem Klima gedeihen könnte.«

»Und wie ging's weiter mit dem Ur-Ur-Urgroßvater?«

»Eines Tages verschwand er, genauer gesagt, er kam nicht mehr zurück. Seine Frau konnte es nicht fassen. Bis zu ihrem Lebensende hat sie auf ihn gewartet. Es heißt, daß sie schwermütig geworden ist.« Sie sah Paul aus ihren verschleierten Augen an. »Ist das nicht entsetzlich? Wenn eine große Liebe so endet? Aus heiterem Himmel? Ohne daß es vorher Kräche oder auch nur Unstimmigkeiten gegeben hat?«

»Du glaubst also, Auseinandersetzungen gehören zu einer Liebe?«

»Zum Ende einer Liebe jedenfalls. Ich möchte nicht einfach so verlassen werden.«

Er nahm ihre Hand. »Keine Angst, Marie! Dir würde niemand so etwas antun.«

Der Kellner servierte die Rehmedaillons; sie waren köstlich zartrosa. Marie und Paul aßen mit Genuß und sprachen wenig. Marie nippte an ihrem Wein, und Paul ließ sich nachschenken.

Erst als sie fast zu Ende gegessen hatten, sagte er: »Vielleicht war es ja gar kein böswilliges Verlassen. Vielleicht ist dem alten Knaben auf hoher See etwas zugestoßen.«

»Wenn, dann an Land. Natürlich hat die Familie, so gut es ging, nach ihm geforscht. Aber über die Reederei war nur zu erfahren, daß er in Singapur regulär von Bord gegangen und nicht wieder aufgetaucht ist.«

»Tolle Geschichte!« sagte er beeindruckt. »Da ließe sich was draus machen.«

»Für was?« fragte sie erstaunt.

»War nur so dahingesagt.« Er strahlte sie aus seinen blauen Augen an. »Vergiß es. Es ist eine dumme Angewohnheit von uns Journalisten. Wir überprüfen alles, was uns zu Ohren kommt, ob man darüber schreiben kann.«

»Aber es ist so lange her. Wen könnte das heute noch interessieren?«

»Niemanden. Es sei denn ...« Er unterbrach sich. »Vergiß es,

Marie!« – Aber bei sich dachte er: Das gäbe eine hübsche Hintergrundstory. Natürlich müßte man sie noch genauer recherchieren.

Sie war mißtrauisch geworden. »Hast du eigentlich über den Unfall meines Bruders berichtet?«

»Liest du denn keine Zeitungen?«

»Selten.«

Ein bemerkenswerter Mangel an Neugier, dachte er, ich an ihrer Stelle hätte bestimmt am nächsten Tag nachgeschaut. »Na ja«, sagte er, »es war auch nicht der Rede wert. Ein paar nichtssagende Zeilen, nichts weiter. Wenn es tödlich ausgegangen wäre, wäre es natürlich etwas anderes gewesen.«

»Dann hättest du mehr verdient«, erwiderte sie trocken.

»Marie! Ein solcher Sarkasmus paßt nicht zu dir!«

»Aber es ist doch so! Oder etwa nicht? Gewisse Reporter sind doch die reinsten Aasgeier.«

»Zu denen ich nicht gehöre!« brüstete er sich und spielte den Beleidigten. »Wenn du so von mir denkst ...« Mit einer heftigen Bewegung schob er den geleerten Teller von sich.

»Nimm's nicht persönlich!« bat sie. »Was soll ich schon von dir denken? Ich kenne dich doch kaum.«

»Aber du traust mir das Schlimmste zu.«

»Wenn das wirklich so wäre, säße ich nicht hier mit dir, nicht wahr?«

Seine Miene glättete sich. »Und ich bin froh, daß wir hier zusammen sind. Tut mir leid, daß ich so in die Luft gegangen bin. Aber ich bin nun mal ziemlich empfindlich, was meine Berufsehre betrifft.«

»Ich werd's mir merken«, versprach sie.

Er lachte.

»Was amüsiert dich so?«

»Jetzt hatten wir schon unseren ersten kleinen Krach!«

»Findest du das so erstrebenswert?«

»Und ob! Wenn man sich immer nur sein Sonntagsnachmittag-Ausgehgesicht zeigt, die glatte Fassade, kann man einander nicht näherkommen. Trinkst du noch einen Versöhnungsschluck mit mir?«

Sie hatte ihr Glas während des Essens fast ganz geleert.

»Nein, danke, wirklich nicht. Ich bin sowieso schon ein bißchen beschwipst. Sonst hätte ich das gar nicht gesagt. Das mit den Aasgeiern meine ich.«

»Ist ja gut. Du brauchst mir gegenüber nicht jedes Wort auf die Goldwaage zu legen. Wenn mir was nicht paßt, werde ich mich schon wehren.«

Der Kellner kam an den Tisch und schenkte ihm den Rest Rotwein aus der Karaffe ein.

»Wie wäre es mit einem Dessert, Marie?« fragte Paul.

»Danke, nein. Ich bin rundherum satt.«

»Die machen hier ein wunderbares ›Mousse au Chocolat‹.«

»Das glaube ich gern. Aber mir ist es einfach zuviel.«

»Dann nur für mich, Guido!«

»Du machst dir nichts aus gutem Essen?« fragte er, aber es klang mehr wie eine Feststellung.

»O doch!« widersprach sie. »Ich brutzele mir auch öfter selber mal was. Kochen macht mir Spaß.«

»Was sonst noch? Was dir Spaß macht, meine ich.«

»Musik. Klassische Musik am liebsten. Ich habe eine sehr gute Stereoanlage.«

»Wie wäre es, wenn du mich mal zu dir einladen würdest? Ich liebe ebenfalls klassische Musik, und ich würde mich gern davon überzeugen, was du am Herd zustande bringst.«

Sie lächelte. »Das kann ich mir vorstellen.«

»Ich möchte auch dein Atelier sehen. Alles, was du gemalt hast.«

»Das ist nichts Besonderes.«

»Ich erwarte nicht, daß du ein weiblicher Picasso bist.«

»Magst du Picasso?«

»Ja, sehr. Besonders seine ›Blaue Periode‹.«

»Die ist für Laien wohl auch noch am verständlichsten. Weißt du, die Sachen von Picasso darf man an sich nicht nur so einfach ansehen, man muß sich mit ihnen auseinandersetzen ...« Lebhaft sprach sie weiter über moderne Malerei.

Ihm wurde bewußt, daß sie das Thema absichtlich gewechselt hatte. Noch hatte er sie nicht so weit, daß sie ihn zu sich lassen wollte. Es war klüger, nicht weiter auf diesem Vorschlag zu beharren. So beschränkte er sich darauf, ihr scheinbar interessiert zuzuhören und nur hin und wieder eine Bemerkung einzustreuen, mit der er beweisen wollte, daß er kein Kunstbanause war.

»Ich bekomme manchmal Einladungen zu Vernissagen!« sagte er endlich. »Würde es dir Spaß machen, mich zu begleiten?«

»Nein!« sagte sie entschieden, spürte, daß das sehr hart geklungen hatte, und fügte eine Erklärung hinzu. »Weißt du, natürlich besuche ich Kunstausstellungen. Aber ich möchte mir alles in Ruhe ansehen. Eine Vernissage wäre für mich ein zu großer Rummel.«

»Bist du je auf einer gewesen?« fragte er etwas gereizt.

»Nein, aber ich kann mir sehr gut vorstellen, wie es da zugeht. Alle halten sich für die Größten, führen ihre feinsten Klamotten aus und trinken Champagner.«

»Es gibt auch Orangensaft.«

»Darauf kommt's doch nicht an. Nun tu nicht so. Du weißt genau, was ich meine. Reisi sagt ...«

Er fiel ihr ins Wort. »Wer ist Reisi?«

»Professor Bernhard Reisinger. Wir nennen ihn Reisi. Natürlich nur hinter seinem Rücken.«

Der Kellner servierte die Schokoladencreme, drei weiche Bälle, einer dunkelbraun, ein anderer beige und der dritte sehr hell, fast weiß. Alle waren sie mit Schlagsahne garniert.

»Sieht das nicht wundervoll aus!« rief Paul. »Ein Anblick, bei dem einem das Wasser im Mund zusammenläuft.«

»Sehr hübsch«, gab Marie zu.

»Du mußt es wenigstens probieren, sonst bin ich ernstlich

verstimmt. Von jedem ein Löffelchen!« Er führte einen Löffel der hellen Creme an ihre Lippen, die während des Essens ihre künstliche Farbe verloren hatten und jetzt wieder ihr starkes natürliches Rot zeigten, scharf abgegrenzt von ihrer weißen Haut.

Sie wußte nicht, wie sie sein Angebot ablehnen sollte, ohne zickig zu erscheinen, und ließ sich von ihm füttern wie ein Kind.

»Wirklich lecker«, gab sie zu.

»Mehr?«

Sie schüttelte den Kopf.

»Du mußt nicht denken, daß du mich beraubst. Ich komme auch mit der Hälfte aus. Außerdem können wir ja eine Portion nachbestellen.«

»Lieb von dir. Aber es wird mir mehr Spaß machen, dir zuzusehen, wie du es genießt.«

Er fragte zwischen zwei Löffeln: »Apropos Spaß! Gehst du gerne in Konzerte? Oder sind dir da auch zu viele Leute?«

»Jetzt willst du mich wohl auf den Arm nehmen! Natürlich stören mich die Konzertbesucher nicht. Die müssen ja still sitzen und zuhören.« Nach einer kleinen Pause, in der er weiter schleckte, fügte sie hinzu: »Nur, leider, man kommt so schwer an Karten.«

»Ich kann welche besorgen.«

»Ja, wirklich? Das wäre fabelhaft.«

»Pop ist wohl nichts für dich?«

»Aber ja doch! Nur stelle ich es mir ziemlich enervierend vor, den ganzen Abend nur einen Interpreten zu hören. Es sei denn Tina Turner.«

»Ganz mein Geschmack. Du, das machen wir. Wir gehen zusammen ins Konzert. Wie steht es mit Theater?«

»Jederzeit.«

»Oper?«

»Auch. Ich war in den letzten drei Jahren jeden Sommer mit meinem Vater bei den ›Bayreuther Festspielen‹.«

»Hui!« Er blickte sie über seinen Teller hinweg an. »Das hast du durchgestanden?«

»Etwas strapaziös ist es schon«, gab sie zu, »aber es lohnt sich.«

»Wenn man ein Wagner-Fan ist.«

»Nicht nur dann.«

Er kratzte die letzten Reste auf seinem Teller zusammen und machte dabei den Eindruck, als ob er ihn am liebsten ausgeleckt hätte. »Noch einen Kaffee?« fragte er.

Sie war es nicht gewöhnt, am Abend Kaffee zu trinken, und hätte am liebsten abgelehnt. Aber sie hatte das Gefühl, schon zu oft »Nein, danke« gesagt zu haben. »Wenn du gern möchtest.«

»Unbedingt. Kaffee sollte der Abschluß jeder guten Mahlzeit sein.« Er winkte dem Kellner, der sofort herbeieilte. »Zwei doppelte Espresso, Guido.«

»Mir nur einen einfachen«, bat Marie.

Als der Kaffee serviert wurde – sehr heiß und sehr schwarz in kleinen Tassen, dazu drei verschiedene Sorten von Zucker – rauchte sie Paul zur Gesellschaft eine Zigarette.

»Wir könnten noch irgendwohin tanzen gehen ...«, begann er.

Sie fiel ihm ins Wort. »Um diese Zeit? Es ist elf Uhr vorbei!«

Er lachte sie aus. »Was für eine kleine Landpomeranze du doch bist! Zwischen elf und zwölf geht es doch erst richtig los.«

»Wie kann man dann am nächsten Tag arbeiten?«

»Indem man sich gar nicht erst hinlegt, sondern sich unter die Dusche stellt und dann loszieht.«

»Für mich wäre das nichts; und ich glaube auch nicht, daß jemand nach einer solchen Nacht wirklich etwas leisten kann.«

»Reine Gewohnheitssache. Sag mal, was mußt du überhaupt ›leisten‹?« Er betonte das letzte Wort voller Ironie. »Soviel ich weiß, lernst du doch noch?«

»Ja, aber wenn du meinst, daß Kunst eine einfache Sache ist, irrst du dich gewaltig.«

»Das habe ich nicht behauptet. Aber in der Regel läßt man, wenn man aus der Provinz kommt, erst mal drei gerade sein und genießt sein Leben und die neue Freiheit.«

»Ich genieße es, jeden Tag etwas dazuzulernen.« Sie drückte ihre Zigarette aus. »Ich glaube, wir sollten jetzt wirklich aufbrechen.«

»Habe ich dich verletzt?«

»Nein, gar nicht. Ich habe nur festgestellt, daß du mich völlig falsch einschätzt.«

»Du bist schwer zu verstehen.«

»Dabei versuche ich, es dir leicht zu machen. Ich bin so offen wie nur möglich.«

»Wahrscheinlich ist es gerade das, was mich irritiert. Andere Mädchen versuchen, sich ins Licht zu stellen. Sie kokettieren, und das erwartet man auch als Mann. Aber du spielst einfach nicht mit.«

»Ich bin nicht wie andere Mädchen.«

»Wenn ich etwas gemerkt habe, dann das.«

Als er sie nach Hause fuhr, sagte er wie aus tiefen Gedanken heraus: »Aber es war doch ein schöner Abend.«

»Ja«, gab sie zu.

»Wir sollten das wiederholen.«

Vor dem Bürohaus in der Herzogstraße half er ihr aus dem Auto und begleitete sie zum Tor.

Sie reichte ihm zum Abschied die Hand. »Danke, Paul – für alles.«

Er zog sie an sich und küßte sie auf die Wangen. Sie ließ es geschehen. Aber als er ihren Mund suchte, wandte sie den Kopf ab.

»Gute Nacht, Marie!« sagte er. »Ich melde mich bald.«

Er wartete, bis sie das Tor aufgeschlossen hatte und verschwand, versuchte sich vorzustellen, wie sie den düsteren

Hof überquerte. Ob sie wohl auch heute eine Taschenlampe bei sich hatte? Nein, dazu war ihre Handtasche zu klein. Er war nahe daran gewesen, ihr anzubieten, sie zu ihrem Atelier hinauf zu begleiten. Aber er hatte es nicht getan, weil er wußte, daß sie es nicht zugelassen hätte. Zu seiner eigenen Überraschung machte er sich jetzt Sorgen um sie.

Zu dumm! – Er schüttelte über sich selbst den Kopf. Das Mädchen war bisher ohne seinen Schutz durchs Leben gekommen und würde es auch weiter schaffen, wahrscheinlich sogar besser als andere, die die Dinge leichter nahmen. Sie war nicht sein Problem. Er hatte genug mit sich selbst zu tun.

5 Als Marie ihr Atelier betrat, knipste sie als erstes alle Lichter an. Sie wohnte und arbeitete in diesem einen sehr großen Raum. Unter dem riesigen schrägen Dachfenster, durch das tagsüber das Nordlicht fiel, standen ihre Staffelei, ihr Zeichentisch, daneben ein Strahler mit einer starken Birne, so daß sie auch nachts zeichnen konnte. Einige Ölgemälde lehnten mit der bemalten Seite gegen die Wand. Nur wenn sie sich sehr stark fühlte, wagte sie sie umzudrehen und zu begutachten, denn sie war nicht mit ihnen zufrieden. Manchmal versuchte sie, sie zu verbessern, nicht selten zerstörte sie sie mit Spachtel und Terpentin und begann etwas Neues. Aquarelle, glaubte sie, gelangen ihr besser.

Im Wohnbereich gab es eine Couch, die jetzt schon für die Nacht als Bett hergerichtet war, einen schmalen dunkelbraunen Kleiderschrank, eine dazu passende Kommode, ein Bücherregal, einen kleinen runden Tisch, eine Stehlampe mit goldgelbem Schirm und einen Sessel. Auf dem gewachsten Bretterboden lag eine kostbare, rotgrundige Perserbrücke, die sie von zu Hause mitgebracht hatte; sie war das einzige Schmuckstück im Raum. An den weißgekalkten Wänden hingen weder Bilder noch Poster. Ihre Stereoanlage, mit der sie sowohl Radio hören als auch Platten und Kassetten abspielen konnte, hatte sie auf der Grenze zwischen Arbeits- und Wohnbereich aufgebaut; sie war mit vier starken Boxen in den Ecken des Raums verbunden. Bad und Küche, beide winzig, aber zweckmäßig ausgestattet, waren durch zwei nebeneinanderliegende Türen zu erreichen.

Marie liebte ihr Atelier, das sie sich selbst in dem alten Hinterhaus hatte ausbauen lassen; seine Kargheit, seine Großzügigkeit, seine Abgeschiedenheit sagten ihr ungemein zu. Gewöhnlich fühlte sie sich hier völlig eins mit sich und geborgen. Aber nicht in dieser Nacht, da sie von ihrem Ausgang mit Paul Sanner zurückkam. Sie hatte gewußt, daß ihr das Glas Wein und der späte Kaffee nicht bekommen würden, aber nicht geahnt, daß es wie ein Orkan über sie hereinbrechen würde. Die Möbel, die Gegenstände, ja sogar die Wände des Raumes waren für sie auf einmal nicht wirklich, sondern nur eine hauchdünne Fassade, die einen rotierenden, saugenden, düsteren, unaufhaltsam sich bewegenden Höllenabgrund vor ihr verbarg. Es war ihr, als ob das Atelier, das Haus, die ganze Stadt auf vulkanischem Gebiet erbaut wären, als ob sich in der nächsten Sekunde ein riesiger Krater auftun und alles verschlingen würde.

Es war nicht das erste Mal, daß sie in einen solchen Zustand geriet, von einem so überwältigenden Gefühl gänzlicher Entfremdung überfallen wurde. Aber diesmal war es schlimmer als je zuvor. Sie wußte, es gab nichts, was sie dagegen tun konnte; sie mußte geduldig warten, bis es vorüber war.

Niemand konnte ihr dabei helfen, auch ihr Vater, der tüchtige, erfahrene Arzt, nicht. Seine Diagnose hatte schlicht gelautet: »Überspanntheit.« Er hatte ihr Valium verschrieben; das hatte beruhigend auf sie gewirkt – nur zu beruhigend, denn es hatte ihre künstlerische Wahrnehmung geschwächt. Als ihr das bewußt wurde und sie es absetzte, hatten ihr die Hände nicht mehr gehorcht. Sie hatten so stark gezittert, daß sie keinen geraden Strich mehr hatte ziehen können. Dies seien ganz normale Entzugserscheinungen, hatte ihr Vater ihr erklärt. Daraufhin hatte sie nie mehr Valium genommen.

In dieser Nacht jedoch wäre Marie froh um eine Tablette gewesen, um eine einzige.

Sie wagte nicht, sich auszuziehen, sich ins Bett zu legen, denn wenn diese Wände aus Papier zusammenbrachen, wollte sie nicht im Nachthemd überrascht werden. Sich die Pumps von den Füßen streifend, kauerte sie sich in ihren Sessel. Ihr Verstand sagte ihr, daß es Hirngespinste waren, denen sie sich hingab. Aber waren sie es wirklich? Sie wußte doch, daß in diesem Augenblick, da sie sich in der scheinbaren Sicherheit ihrer vier Wände befand, überall auf der Welt Menschen qualvoll starben, Unfälle Hoffnungen durchkreuzten, Männer gefoltert wurden, Frauen gebaren, lautlose Schreie die Nacht durchbrachen. Andere, Glücklichere, mochten niemals daran denken, sich in falscher Sicherheit wiegen. Sie konnte es nicht.

Ihr einziger Trost: In diesem überwachen Zustand würde das Entsetzen nicht in ihr Leben greifen, nicht, wenn sie, wie jetzt, gewappnet war. Das geschah stets nur, wenn sie sich entspannte, wenn sie schlief oder kurz vor dem Einschlafen war. So war es auch in jener Nacht gewesen, als eine dämonische Angst um ihren Bruder sie gepackt hatte, als sie das Bild der zersplitternden Laterne gesehen hatte, das Aufblitzen eines Messers, und in die Nacht hinaus gestürmt war.

Wem hätte sie das erklären können? Sie verstand es ja selbst nicht. Hatte sie einen Hilferuf ihres Bruders empfangen? Er behauptete, nicht eine Sekunde an sie gedacht zu haben. Sie mußte es ihm glauben.

Damals, im Internat, als sie mit dem Entsetzensschrei »Es brennt!« aus dem Bett gesprungen war, hatte auch noch niemand das Feuer in der Dependance entdeckt. Es konnte also kein menschliches Gehirn gewesen sein, weder ein Bewußtsein noch ein Unterbewußtsein, das ihr die Schreckensnachricht übermittelt hatte. Es mußte ein Dämon gewesen sein, ein freundlicher Dämon, wenn eine solche Wesenheit denkbar war, denn nur durch sein Eingreifen und ihre Schreie, mit denen sie ihre Mitschülerinnen geweckt hatte, war der Brand gelöscht worden, bevor er auf das Schloß übergreifen konnte.

Für sie selbst allerdings waren die Folgen verheerend gewesen. Es war ihr nicht gelungen, den Verdacht zu entkräften, daß sie das Feuer gelegt oder zumindest fahrlässig verursacht hätte. Sonst hätte sie nichts davon ahnen können, war die vorherrschende Meinung ihrer Lehrerinnen, Erzieherinnen und Freundinnen gewesen. Am Nachmittag vor dem Unglück hatte sie, zusammen mit einigen anderen Mädchen, in der Dependance gebastelt. Sie wußte, daß die eine oder andere verbotenerweise dort geraucht hatte. Aber das konnte und wollte sie zu ihrer Verteidigung nicht vorbringen, noch weniger, daß sie schon früher Erlebnisse ähnlicher Art gehabt hatte.

An das erste konnte sie sich nur noch vage erinnern, an ein namenloses Entsetzen, das sie mitten in der Nacht gepackt hatte. Damals war sie erst drei Jahre alt gewesen, und sie war sich heute nicht mehr ganz sicher, ob sie nicht spätere Ereignisse auf diesen Vorfall projizierte. Ihre Großmutter, die Mutter ihrer Mutter, hatte in jener Nacht das Haus gehütet, und sie hatte erzählt, nicht ihr, sondern dem Vater, daß sie weder zu beruhigen noch zu trösten gewesen wäre.

Maries ›Anfall‹, wie sie es nannte, war genau zu dem Zeitpunkt passiert, als ihre Mutter, von einer Party heimkommend, auf einer vereisten Nebenstraße mit ihrem Auto ins Schleudern geraten und tödlich verunglückt war.

Aber das hatte man ihr verheimlicht, ihr auch vorläufig nichts vom Tod ihrer Mutter gesagt, sondern behauptet, sie sei bei Freunden geblieben und werde erst wieder heimkommen, wenn die Verkehrsverhältnisse sich gebessert hätten. Erst als Marie, die bis dato ein fröhliches Kind gewesen war, ihre Verstörung nicht abschütteln konnte, hatte der Vater sie auf die Knie genommen und ihr erzählt, daß die Mutter jetzt bei den Engeln im Himmel sei. Marie glaubte, sich an den rauhen Stoff seiner Tweedjacke und den Strom ihrer Tränen erinnern zu können.

Ihr Zweites Gesicht war durchaus nicht so spektakulär gewesen. Die Großmutter hatte das ›Schottenhaus‹ verlassen, Katharina und ihrem Sohn Platz gemacht und war in ihre Wohnung nach Nürnberg zurückgezogen. Marie hatte gewußt, daß sie sehr krank war. Es war darüber gesprochen worden. Aber es war nicht so, daß sie darüber nachgedacht oder gefürchtet hätte, daß sie sterben könnte. Doch die Wahnsinnsangst, die Marie zur Todesstunde der Großmutter überfiel, war von Todesqualen geprägt. Dämonen schienen um ihre Seele zu kämpfen und sie in eine Hölle ziehen zu wollen. Es war so grauenhaft gewesen, daß sie nicht einmal schreien, sondern nur stöhnen und um sich schlagen konnte. So hatte der Vater sie, als er von einem nächtlichen Krankenbesuch nach Hause kam, gefunden. Er hatte den Eindruck gehabt, daß sie von Krämpfen geschüttelt wurde.

»Marie, Marie, was ist mit dir?« hatte er gerufen und sie in seine Arme genommen. »Komm zu dir! Ich bin ja da! Es ist alles gut.«

Aber er hatte sie lange an sich pressen und in den Armen wiegen müssen – so hatte er später erzählt –, bis sie ein Wort hatte hervorbringen können. »Angst!«

»Wovor denn, Marie? Du bist doch zu Hause, in deinem eigenen Zimmer! Ich bin doch bei dir, dein Vater!«

»Der Tod, er will mich holen! Der Tod!«

In dieser Nacht durfte sie, was sonst niemals vorkam, bei ihrem Vater schlafen, und in dieser Nacht war es auch, daß ihre Großmutter gestorben war, das erfuhren sie am nächsten Tag. Der Tod war nicht als Erlösung zu ihr gekommen, sondern sie hatte noch leben wollen, und obwohl sie in Maries Augen eine alte Frau gewesen war, war sie zu jener Zeit erst achtundvierzig.

Natürlich hatten der Vater und auch Katharina diesen Tod mit Maries Anfall in Verbindung gebracht.

»Sie ist übersensibel«, hatte der Vater gesagt und sie eine Zeitlang mit Baldriantropfen behandelt.

Katharina jedoch, die sich sehr um sie bemühte, gelang es nie völlig, zu verbergen, daß ihre künftige Stieftochter ihr unheimlich war.

Günther hatte den nächtlichen Zwischenfall gar nicht zur Kenntnis genommen, und Marie war froh darüber. Sie wollte nicht besorgt und befremdet betrachtet, sie wollte nicht in Watte gepackt, sondern wie andere Kinder auch behandelt werden. Das war einer der Gründe, warum sie sich an Günther klammerte und seine rauhen Bubenspiele so über alles liebte.

Nur einmal – da hatte ihr Vater sich schon wieder verheiratet, und es war eine der seltenen Stunden, wo sie mit ihm allein war – bat sie ihn um eine Erklärung.

»Je weniger du darüber nachdenkst, desto besser«, war die Antwort gewesen.

»Das verstehe ich ja auch. Aber manchmal bekomme ich Angst, es könnte wieder passieren.«

»Das halte ich für ganz und gar unwahrscheinlich. Es wird sich auswachsen, paß nur auf.«

Das war eine tröstliche Antwort gewesen – ihr Vater war ja ein Doktor, zu dem die Leute von weither kamen, und er mußte es wissen –, deshalb hatte sie es dabei bewendet sein lassen.

Aber dann, als sie zwölf Jahre alt war, war es wieder geschehen, wenn auch diesmal ganz anders. Sie hatte gesehen, wie der Schulbus vor einer kleinen Brücke von der Straße abkam, den Abhang zum Fluß hinunterrutschte und sich überschlug; sie hatte das Fluchen des Fahrers und die Schreie der Kinder gehört.

Es war mitten in der Nacht, als sie das erlebte, und da es bei jenem Unfall heller Tag gewesen war, ja frühmorgens, wußte sie, daß dieses Unglück erst noch passieren würde. Sie saß aufrecht im Bett und hatte das Gefühl, daß sich ihre Haare sträubten.

Du hast nur geträumt, versuchte sie sich dennoch einzureden.

Dasselbe sagte auch ihr Vater, als sie sich am nächsten Morgen weigerte, zur Schule zu fahren.

»Aber es war so wirklich«, entgegnete sie.

»Jetzt hör mir mal gut zu: Es ist schon ungewöhnlich genug, wenn du es spürst, daß einem Menschen, der dir nahesteht, etwas Schlimmes passiert. Um die Wahrheit zu sagen, ich halte deine früheren Erlebnisse immer noch eher für Zufall. Aber daß du dir jetzt einbildest, in die Zukunft sehen zu können, ist reiner Unsinn. Ich weigere mich, zu glauben, daß die Zukunft vorausbestimmt ist. Wir müssen sie uns erst selber schaffen.«

»Aber wenn das, was ich wahrgenommen habe, eine Warnung sein sollte?«

»Warum sollte irgendwer ausgerechnet dich warnen sollen? Du fährst heute wie immer zur Schule, und damit basta.«

Marie hatte sich beugen müssen. Es fehlte ihr an Argumenten, gegen den Vater anzukommen. Sie war ihrer Sache auch gar nicht so sicher. Aber als sie dann bei hellem Sonnenlicht zum Kirchplatz lief, wo der Schulbus sie abholen und nach Holfeld, in den nächsten größeren Ort, bringen sollte, wuchs ihre Angst.

»Was ist los mit dir?« fragte der Fahrer. »Nun mach schon!«

»Bitte, Herr Kresse, würden Sie heute mal ausnahmsweise eine andere Strecke fahren? Nicht über die Brücke, sondern über Sontheim?«

»Ausgeschlossen. Dadurch würde ich gute zehn Minuten verlieren, und ihr kämt zu spät zur Schule.«

»Zu spät ist doch immer besser als gar nicht.«

»Du spinnst ganz schön, Marie!« rief ihr einer der Schüler zu, der schon eingestiegen war.

»Bitte, komm raus! Kommt alle raus! Fahrt heute nicht mit dem Bus!«

»Mach keine Fisimatenten, Mädchen«, drängte Herr Kresse, »sonst fahren wir ohne dich!«

»Tun Sie das nicht! Es wird etwas passieren! Oh, tun Sie es nicht!«

Aber der Fahrer hörte ihre letzten Worte schon nicht mehr; er hatte die Tür zuspringen lassen.

Marie sah die lachenden Gesichter ihrer Kameraden und war vor Entsetzen gelähmt. Der Bus kurvte um die Kirche und war in wenigen Minuten ihren Blicken entschwunden gewesen.

Marie erinnerte sich nicht mehr genau, wie sie den endlosen Vormittag verbracht hatte. Nach Hause zu gehen hatte sie nicht gewagt, und es gab im Dorf kein Café, in das sie sich hätte setzen können. Die Wirtschaft mochte sie nicht betreten. So war sie, ihre Schulmappe unter dem Arm, über die Wiesen und Felder gelaufen, hatte sich einmal, für kurze Zeit, in einer Scheune ausgeruht.

Als sie zur Mittagszeit, wie immer, nach Hause kam, starrte ihre Stiefmutter sie entgeistert an. »Du, Marie?«

Da wußte sie, daß ihr Gesicht sich bewahrheitet hatte. Der Bus war verunglückt, genau wie sie es vorausgesehen hatte. Ein Kind war tot, drei schwer verletzt, die anderen waren mit Prellungen, Quetschungen und leichteren Knochenbrüchen davongekommen.

Sie selber war von der Ungeheuerlichkeit dessen, was geschehen war, so überwältigt, daß sie nicht einmal hatte weinen können.

Der Vater hatte keine Erklärung. »Es war ein Zufall«, behauptete er, »es kann nur ein Zufall gewesen sein.«

Der Fahrer, der selbst schwerverletzt ins Krankenhaus nach Bayreuth hatte eingeliefert werden müssen, sagte aus, als er vernehmungsfähig war, daß Marie es gewesen sei, die ihn durch ihre völlig unbegründete Warnung nervös gemacht hätte. Die Polizei nahm ihm das nicht ab. Marie wurde in der Sache gar nicht befragt.

Aber es war unmöglich, daß die anderen mit ihr fortan wie ihresgleichen verkehrten. Immer schon war sie eine Außenseiterin gewesen. Jetzt war sie eine Verfemte geworden.

Der Vater nahm sie von der Schule und gab sie in ein Internat. Sie hatte sich darein gefügt, war, nachdem sie ihr Heimweh überwunden hatte, wenn auch nicht glücklich, so doch ganz zufrieden dort gewesen.

Bis das mit dem Feuer geschehen war.

Jetzt saß sie mitten in der Nacht in ihrem Atelier, wagte nicht, die Lichter auszuknipsen, wagte nicht, zu Bett zu gehen, denn es war ihr, als wäre sie von bösen Geistern umgeben.

Sie grübelte über ihr Schicksal nach. Wo lag ihre Schuld? Hätte sie ihre Furcht überwinden und mit den anderen ins Unglück fahren sollen? Hätte sie die Folgen vorausbedacht, hätte sie es vielleicht getan.

Nein, das stimmte nicht. Sie hätte es nicht über sich gebracht. Hätte sie bummeln und den Bus einfach verpassen sollen? Aber sie hatte doch den Fahrer warnen, versuchen müssen, die anderen zu retten. Sie hatte keine Wahl gehabt, auch nicht in jener Nacht, als sie die Flammen aufzüngeln sah. Vielleicht, versuchte sie sich einzureden, wäre das Feuer auch ohne ihren Aufschrei rechtzeitig genug entdeckt worden. Aber hatte sie es denn darauf ankommen lassen können? Ganz davon abgesehen, daß ihr Entsetzen so spontan und so stark gewesen war, daß sie gar nicht fähig gewesen war, das Für und Wider zu erwägen.

Günther jedenfalls hatte sie retten können. Er wäre ohne ihr Eingreifen gewiß in jenem dunklen, verlassenen Winkel verblutet. Dieses eine Mal gab es keinen Zweifel, daß ihre Vision einen Sinn gehabt hatte, daß sie dankbar für sie sein mußte. Aber warum war es Günther nicht? Warum hatte er sie angesehen, als ob sie nahezu reif für die Klapsmühle wäre?

Und warum mußte sie so sehr dafür büßen, daß sie sich einen vergnügten Abend gemacht hatte? Warum jetzt dieses qualvolle Gefühl der Entfremdung? War es eine Strafe? Wofür? Wollte Gott nicht, daß sie wie ein normaler Mensch lebte? Sollte sie eine Seherin sein?

Aber das wollte sie nicht. Es hätte sie in den Mittelpunkt gestellt, und es gab nichts, was ihr mehr zuwider gewesen wäre.

Wenn es nur einen Menschen gäbe, dem sie sich anvertrauen könnte! Aber diejenigen, die von ihrer seltsamen Gabe wußten, wollten nicht mit ihr darüber sprechen, wollten nichts davon hören. Günther, der Vater, die Stiefmutter verfolgten alle die gleiche Taktik. Sie versuchten so zu tun, als ob nichts Besonderes an ihr wäre, und machten sich vor, als könnten sie so dieses Besondere aus der Welt schaffen. Deshalb war Günther auch eher unangenehm berührt als froh darüber gewesen, daß ihre Vision sie zu ihm geführt hatte.

Wenn Paul wüßte, was mit ihr los war, wie würde er reagieren? Ahnte er etwas? Konnte sie es wagen, sich ihm anzuvertrauen? Durfte sie ihn überhaupt wiedersehen? Sie kannte ihn jetzt gut genug, um zu wissen, daß kaum ein Treffen mit ihm ganz ohne Alkohol abgehen würde. Wie konnte sie ihm auch klarmachen, was für Folgen ein einziger Schluck für sie hatte.

Hätte sie ihn doch in dem Glauben gelassen, daß sie Alkoholikerin wäre! Aus dummem Stolz, reiner Selbstliebe hatte sie ihm widersprochen.

Jetzt kauerte sie hier, starrte die Wände an, denen sie nicht mehr vertraute, starrte auf Gegenstände, die nicht mehr sie selbst waren, und fühlte sich von Dämonen umzingelt. War es das wert?

Sie entschied, ihn nie wiederzusehen.

Aber als Paul sich dann meldete – es waren inzwischen zehn Tage vergangen – und tatsächlich Karten für ein Konzert mit Tina Turner hatte, waren ihre Bedenken zwar nicht verflogen, aber sie konnte der Versuchung nicht widerstehen. Sie begleitete ihn in die Olympiahalle, und es wurde ein aufregender Abend. Das Glas Sekt, das er ihr in der Pause anbieten wollte, lehnte sie ab; sie trank ein Glas Wasser, während er einen Schnaps kippte. Wieder küßte er sie zum Abschied auf die Wangen, und diesmal nahm ihr Atelier sie wie ein Heim auf, das ihr Schutz bot. Die Abgeschiedenheit und Stille empfand sie nach dem Menschentrubel und dem Dröhnen der Lautsprecher als besonders wohltuend.

Sie war überzeugt, ihre Beziehungen zu Paul in den Griff bekommen zu können.

Das nächste Mal lud er sie zu einem Besuch in die ›Kleine Komödie‹ im Bayerischen Hof ein. Es wurde ein Boulevardstück gespielt, und es gab häufig Anlaß zu befreiendem Gelächter. Im Erfrischungsraum nahm sie wieder nur ein Glas Wasser zu sich, während er ein Pils trank und eine Zigarette rauchte. Seinen Vorschlag, nach dem Theater noch den Nachtclub ›Trader Vic's‹ aufzusuchen, lehnte sie mit freundlicher Bestimmtheit ab.

Paul Sanner ließ es sich auch nicht verdrießen, sich weiter um sie zu bemühen. Er rief sie immer wieder an und hatte Karten für diese oder jene Veranstaltung. Daß er es in unregelmäßigen Abständen tat und niemals beim Abschied schon eine Verabredung für ein nächstes Treffen vorschlug, machte seine Einladungen noch unwiderstehlicher. Sie begann sich an ihn zu gewöhnen, und wenn er einmal längere Zeit nichts von sich hören ließ – was durchaus vorkam – war sie beunruhigt, ohne es sich einzugestehen.

Weihnachten näherte sich.

»Ich muß über die Feiertage nach Hause, Paul«, sagte sie, als sie eines Abends Anfang Dezember vor dem schon geöffneten Tor in der Herzogstraße standen; insgeheim hoffte sie, daß er sie bitten würde, auf den Besuch zu verzichten.

Aber er zeigte sich von ihrer Ankündigung keineswegs betroffen. Er fragte nur lächelnd: »Ins Schottenhaus? Und wie lange wirst du bleiben?«

»Wahrscheinlich bis zu den ›Heiligen Drei Königen‹, bestimmt aber bis nach Silvester.«

»Du wirst mir fehlen.«

»Und was machst du? Fährst du auch nach Hause?«

»Du vergißt, daß ich schon ein ziemlich großer Junge bin. Außerdem bin ich bei meinem Vater in Ungnade gefallen. Nein, nein, ich bleibe in München.«

»Du feierst allein?«

»Mach dir um mich keine Sorgen. Ich werde schon ein paar Freunde auftreiben.«

»Du wolltest mir deine Telefonnummer geben.«

»Wozu? Du würdest mich doch nicht erreichen. Ich bin fast nie zu Hause.«

»Ich könnte es wenigstens versuchen.«

»Nein, ich will nicht, daß du dir wegen nichts und wieder nichts deine schönen Künstlerhände wundwählst. Ich werde mich wieder bei dir melden.« Als er spürte, daß diese Erklärung sie nicht befriedigte, fügte er hinzu: »Habe ich das nicht immer getan?«

»Doch, das hast du.«

»Na also. Wenn du Wert darauf legst, daß wir an den Feiertagen miteinander telefonieren ...«

»Nein, nein.«

Er ließ sich nicht unterbrechen: »... dann gib mir die Nummer von eurem ›Schottenhaus‹.«

Aber der Gedanke, daß sie ihren Eltern eine Erklärung darüber abgeben sollte, wer Paul war, wie sie ihn kennengelernt hatte und wie sie zu ihm stand, behagte ihr nicht. »Lieber nicht«, sagte sie.

Er durchschaute sie. »Ist es dir deinen Eltern gegenüber peinlich, daß du einen Freund hast?«

»Bist du denn mein Freund?«

»Hast du das immer noch nicht geschnallt!«

Er nahm sie in die Arme und küßte sie zärtlich. Zum ersten Mal ließ sie es sich gefallen, und sie fühlte, daß sie nahe daran war, schwach zu werden.

»Du bist ein sehr süßes Mädchen«, sagte er nachher und sah ihr lächelnd in die Augen.

»›Süß‹ ist wohl nicht ganz der richtige Ausdruck.«

»Doch, Marie. Deine Lippen sind süß wie Honig. Nimmst du mich noch auf einen Sprung mit zu dir hinauf?«

»Nein, nicht, Paul.«

»Ich würde so gern wissen, wie du lebst.«

»Ich glaube, du weißt mehr von mir als ich von dir.«

Etwas unbehaglich trat er von einem Fuß auf den anderen. »Das bildest du dir doch nur ein.«

»Also, gute Nacht, Paul.«

»Ich habe momentan sehr wenig Zeit, Marie. Ich weiß nicht, ob ich mich vor den Feiertagen noch einmal für dich freimachen kann.«

»Ich habe auch ziemlich viel zu tun.«

»Weihnachtsgeschenke basteln?«

»Das auch.« Sie reichte ihm die Hand.

Aber er nahm sie nicht, sondern zog sie in die Arme und küßte sie noch einmal auf den Mund. »Ich werde dich sehr vermissen, Marie.«

»Ich dich auch«, erwiderte sie und ärgerte sich sofort, daß ihr dieses Geständnis über die Lippen gekommen war.

Rasch entschlüpfte sie ihm durch das Tor und schloß hinter sich ab.

Paß auf dich auf, alter Junge, sagte Paul Sanner zu sich selbst, du läßt dich tiefer in diese Geschichte ein, als dir guttut!

6

Marie hatte mit ihrem Bruder abgemacht, daß sie gemeinsam mit ihm in seinem Auto, einem Golf, der mit Winterreifen ausgerüstet war, nach Holfeld fahren wollte. Am Morgen des 22. Dezember holte er sie in ihrem Atelier ab.

Er sah sich forschend um. »Ziemlich kahl hier bei dir«, stellte er fest.

Sie war dabei, ihren Lammfellmantel anzuziehen. »Mir gefällt es so.«

»Immer noch allein?«

»Auch das paßt mir.«

»Ich finde es unnatürlich.«

Sie hatte schon die Bemerkung auf den Lippen, daß andere Leute sein Zusammenleben mit einer fünf Jahre älteren Frau unnatürlich finden könnten, aber sie unterdrückte sie um des lieben Friedens willen.

»Hast du was Neues gearbeitet?« fragte er und wollte eines der gegen die Wand gelehnten Ölbilder umdrehen.

»Laß das!« sagte sie scharf.

»Du lieber Himmel! Was bist du für eine Künstlerin, wenn du deine Werke nicht sehen lassen willst.«

»Es sind keine Werke, sondern nur Versuche.«

»Ich möchte nur wissen, ob du Fortschritte gemacht hast.«

»Wenn nicht, wäre es traurig. Ich arbeite mindestens neun Stunden am Tag.«

»Du übertreibst.«

»Findest du?«

»Ja, Marie. Solange du jung bist, solltest du dein Leben genießen. Eines Tages wirst du ja doch heiraten und ...«

»Nein!« unterbrach sie ihn.

Er lächelte, und seine schiefen Zähne gaben ihm den gewohnten lausbübischen Ausdruck. »Ach, mach dir doch nichts vor!«

»Du solltest mich kennen, Günther.«

»Das tue ich.«

»Warum redest du dann solchen Quatsch?«

Sie standen sich gegenüber und sahen sich an, sie in ihrem Lammfellmantel, das blonde Haar glänzend und glatt gebürstet, er in einem sehr modischen türkisfarbenen Anorak, der gar nicht zu ihm paßte, einem vorzeitigen Weihnachtsgeschenk seiner Freundin.

»Wahrscheinlich«, sagte er, »will ich damit einer Hoffnung Ausdruck geben.«

Sie blieb scheinbar ganz ruhig, nur ihre sonst leicht verschatteten Augen nahmen jenes intensive Blau an, das ihre Erregung zu signalisieren pflegte. »Du willst mich unter der Haube haben?«

»Ja«, gab er unumwunden zu.

»Aber ich belaste dich doch nicht.«

»Doch, das tust du.«

»Ich habe nicht den Eindruck, daß du dich überhaupt um mich kümmerst.«

»Durch deine bloße Existenz.«

»Weißt du, Günther, ich glaube, es ist doch besser, wenn ich meinen eigenen Wagen nehme. Anscheinend können wir nicht fünf Minuten zusammensein, ohne miteinander zu streiten.«

»Du bist verrückt.«

»Nein, nur vernünftig. Ich will dir nicht über Gebühr zur Last fallen.«

»Ach, Marie, ich bitte dich!« Er nahm sie flüchtig in die Arme. »Sei doch nicht so überempfindlich. Es ist doch nur natürlich, daß ich mir Sorgen um dich mache.«

Sie schmiegte sich an ihn. »Brauchst du doch nicht.«

Er legte die Hand unter ihr Kinn, so daß sie zu ihm aufsehen mußte. »Wir wollen den Eltern nichts von meinem Unfall erzählen, ja?«

»Warum nicht? Es ist doch noch einmal gutgegangen.«

»Es würde sie nur unnötig beunruhigen.« Er nahm ihren Koffer auf, der neben der Bettcouch gestanden hatte. »Ist das alles, was du mitnimmst?«

Sie versuchte, ihm den Koffer abzunehmen. »Ja. Aber ich kann ihn sehr gut selber runtertragen. Ich kann auch in meinem eigenen Auto fahren. Die Straßen sind ja nicht vereist.«

»Aber wie es im Januar sein wird, weiß niemand.« Er hielt den Koffer fest im Griff. »Wir hatten abgemacht, daß du mit mir fahren würdest, und das verlange ich jetzt auch von dir.« Er spürte ihren Zorn, und seine Stimme wurde milder: »Sei lieb, Marie! Ich verspreche dir auch, nicht mehr zu streiten.«

»Du willst mich so haben, wie ich nun einmal nicht bin.«

»Kann schon sein, aber ich sehe nicht, was falsch daran ist, wenn man sich ein ganz normales Mädchen als Schwester wünscht.« Er sah, daß ihre Augen sich verdunkelten, und fügte rasch hinzu: »Ich weiß, es ist nicht deine Schuld. Du kannst nichts dafür, Marie. Aber wenn du dich nach einem netten jungen Mann umschauen würdest, statt hier allein in deiner Mansarde zu hocken ...«

»Günther!«

»Verzeih! Das sind nur so die Gedanken, die ich mir über dich mache, und Lilo meint auch ...«

Sie trat ihm mit aller Kraft gegen das Schienbein. Aber da sie Winterstiefel mit weicher Sohle trug, tat es ihm nicht allzu weh.

Er lachte nur und gab den Koffer nicht her. »Immer noch

die kleine Wildkatze! Zum Raufen sollten wir inzwischen doch zu alt sein, meinst du nicht?«

»Dann hör auf, mich auf die Palme zu bringen!«

»Schon versprochen. Bis Bayreuth werden wir nur noch gepflegte Konversation miteinander machen.«

»Bis Kornthal«, verlangte sie. »Auch genehmigt.« Er wandte sich der Tür zu. »Also, komm schon!«

Es blieb ihr nichts anderes übrig, als ihm zu folgen. »Aber wäre es nicht wirklich besser, wenn jeder für sich ...«

»Kommt überhaupt nicht in Frage. Die Eltern könnten denken, wir hätten uns verzankt.«

Er merkte nicht, wie sehr er sie mit dieser Bemerkung kränkte. Sie hatte sich auf das Zusammensein mit ihm gefreut, aber jetzt war ihr die ganze Reise gründlich verleidet. Es war ihr deutlich geworden, wie unbequem ihm ihre Existenz war und daß er sie nur der Eltern wegen in seinem Auto mitnahm. Sie wünschte, sie könnte ihn hassen oder daß er ihr zumindest gleichgültig wäre. Aber ihre Gefühle ließen sich nicht befehlen. Sie hatte ihn trotz allem immer noch lieb.

Sie schloß die Tür hinter ihm ab, versenkte den Schlüsselbund in ihre Handtasche und lief hinter ihrem Bruder die Treppe hinunter zum Lift. Mit ihnen im Aufzug fuhren zwei Büroangestellte, die sie flüchtig kannten und grüßten. »Ich fahre über die Feiertage nach Hause«, erklärte sie auf eine Frage hin.

»Dann ist ja niemand mehr da, der auf unsere Computer aufpaßt!« witzelte einer der Angestellten.

»Ich hoffe doch, daß alle bis zum Fest verkauft sind«, gab sie zurück. Ihr wurde bewußt, daß die beiden sie und Günther neugierig musterten, und fügte hinzu: »Das ist übrigens mein Bruder.«

»Ach so«, sagte der eine der beiden Männer.

»Nicht viel Ähnlichkeit«, stellte der andere fest.

»Frohe Weihnachten!« wünschten beide.

»Warum hast du denen das gesagt?« fragte Günther, als sie zusammen in den zur Zeit sehr belebten Hof gingen, in dem er auch seinen Wagen geparkt hatte.

»Nur so. Man spricht eben mit den Leuten.«

»Daß ich dein Bruder bin, meine ich.«

»Weiß nicht.« Sie zuckte die Achseln. »Wahrscheinlich, weil ich dich nicht kompromittieren wollte. Eine Freundin kann man sich aussuchen, eine Schwester muß man hinnehmen.«

»Ich habe nie geleugnet, daß du auf deine Art sehr gut aussiehst.« Er öffnete den Gepäckraum und warf ihren Koffer hinein. »Das weißt du ja auch selber. Die beiden Kerle haben dich nur so mit den Augen verschlungen.«

Marie lachte. »Das bildest du dir doch nur ein. Sie waren bloß erstaunt, mich mit einem Mann zusammen zu sehen. Wahrscheinlich sah ich mich deshalb bemüßigt, ihnen die Situation zu erklären.« Er schloß die Türen auf, und sie stiegen ein. Sie rückte den Sitz so zurecht, daß sie ihre Beine lang ausstrecken konnte – Lilo war erheblich kleiner als sie –, und gurtete sich an. Die Fahrt aus der Stadt hinaus verlief schweigend.

Erst als sie die Autobahn erreicht hatten, begann er zu reden. »Ich habe Lilo sehr gern«, begann er.

»Das habe ich immer vorausgesetzt. Sonst würdest du wohl kaum mit ihr leben.«

»Aber du magst sie nicht?«

»Auf mein Urteil darfst du nichts geben. Außerdem kenne ich sie ja kaum.«

»Du solltest uns mal besuchen.«

»Sobald ihr mich einladet.«

»Ist dazu wirklich eine offizielle Einladung notwendig?«

»Ich hatte bisher immer den Eindruck, daß ihr lieber miteinander allein sein wollt.«

»In gewisser Weise stimmt das auch. Sie ist geschafft, wenn sie den ganzen Tag im Geschäft gestanden hat, und ich habe so viel für meine Prüfungen zu büffeln.«

»Kann ich mir vorstellen.«

»Trotzdem solltet ihr euch endlich näher kennenlernen. Sie ist wirklich ein feiner Kerl. Sehr großzügig, sehr verständnisvoll.«

Marie schwieg und wartete, worauf er hinauswollte.

»Sie hält auch die Wohnung fabelhaft in Ordnung. Natürlich helfe ich ihr, wo ich kann. Das ist ja eine Selbstverständlichkeit. Auch beim Kochen. Lilo kocht fabelhaft, wenn sie Zeit und Lust dazu hat. Kurzum, ich habe das große Los mit ihr gezogen.«

»Gratuliere!« sagte Marie trocken.

»Wir streiten uns fast nie, und wenn, dann meist wegen der Eltern. Sie kann nicht verstehen, warum Katharina und Cornelius sie ablehnen.«

»Tun sie das denn?«

»Das weißt du genau.«

»Bisher habe ich nur gewußt, daß Katharina nicht gerade begeistert von eurer Verbindung ist. Von einer so krassen Ablehnung, wie du es jetzt darstellst, habe ich nichts geahnt.«

»Ich habe vorgeschlagen, sie zu Weihnachten einzuladen. Aber da bin ich auf Granit gestoßen.«

»Von mir aus hätte sie ruhig mitkommen können«, behauptete Marie, »mich hätte sie nicht gestört.« Noch während sie es aussprach, wurde ihr bewußt, daß dies eine konventionelle Lüge war, und sie verbesserte sich sofort. »Das stimmt natürlich nicht. Gestört hätte sie mich wahrscheinlich doch. Wir haben die Feiertage bisher ja immer ganz unter uns verbracht. Aber ich hätte mich damit abgefunden. Es kann ja nicht immer alles beim alten bleiben.«

»Nicht auszudenken, wenn sie erst erfahren, daß wir heiraten wollen.«

Überrascht sah Marie ihn an. »Willst du das denn?«

»Sie möchte es, und ich finde, ich bin es ihr auch schuldig.«

»Weil sie dich bei sich aufgenommen hat? Für dich sorgt? Daraus ergibt sich doch nicht die Verpflichtung, sie zu heiraten. Falls du nicht selber den ganz starken Wunsch dazu hast, solltest du es lieber sein lassen.«

»Sie hat so viel für mich getan.«

»Aber doch ganz freiwillig. Sprich mit Vater, daß er dir mehr Geld gibt, damit du dich wieder selbständig machen kannst. Vielleicht solltest du auch mal deinen eigenen Erzeuger anhauen.«

»Ausgerechnet du rätst mir so etwas. Du weißt ja nicht, was finanzielle Sorgen sind.«

»Das stimmt, und ich bin sehr froh darüber, daß ich Großmutters Vermögen geerbt habe. Aber ich weiß, was es heißt, allein zu leben. Ich glaube, genau das ist es, wovor du dich von Anfang an gedrückt hast. Wie lange hast du denn im Studentenheim gewohnt? Doch höchstens ein paar Monate.«

»Du hast das nie nötig gehabt.«

»Versteh mich doch richtig, Günther! Ich mache dir ja keinen Vorwurf daraus. Warum solltest du nicht schön und komfortabel leben, wenn du die Gelegenheit dazu hast? Aber aus diesem Grund eine lebenslange Bindung einzugehen scheint mir doch zumindest unrealistisch.«

»Lilo ist ein sehr wertvoller Mensch.«

»Kann sie sich ein Leben auf dem Land vorstellen? Kannst du sie dir als Frau eines Landarztes denken? Denn deshalb studierst du doch Medizin. Um später Vaters Praxis zu übernehmen. Oder bist du inzwischen davon abgekommen? Das wäre eine schreckliche Enttäuschung für ihn.«

»Das können wir uns immer noch überlegen. Bis ich so weit bin, vergehen immerhin noch mindestens fünf Jahre.«

»Na und? Du solltest jetzt schon wissen, was du willst. Abgesehen davon, daß es für Cornelius – und auch für deine Mutter – ein schwerer Schlag wäre, sähe die Zukunft auch für dich nicht gerade rosig aus. Ich bin zwar nicht besonders gut informiert, aber selbst ich habe schon von einer bevorstehenden Ärzteschwemme gehört.«

»Das ist nur Panikmache der alten Hasen, die den Nachwuchs abschrecken wollen.«

»Wenn du dir da so sicher bist, muß ich es dir glauben.«

»Ein tüchtiger Arzt findet immer sein Auskommen.«

»Bist du sicher, daß Lilo damit zufrieden sein wird?«

»Sie hat ja immer noch ihre Boutique.«

»Ob die ihr, wenn sie erst älter ist, auch noch Spaß machen wird?«

»Ach, Marie, mit dir kann man ja nicht reden«, sagte er ärgerlich.

»Im Gegenteil. Ich finde, unser Gespräch hat recht gut geklappt. Ich habe dir einen kleinen Vorgeschmack darauf gegeben, was die Eltern von deinen Heiratsplänen halten werden. Du kannst dich jetzt schon darauf einstellen.«

»Ich werde erst gar nicht davon anfangen.«

»Wird wohl auch besser sein. Um des lieben Friedens willen.«

»Ich sehe schon, es wird mir nichts anderes übrigbleiben, als heimlich zu heiraten.«

»Ob das klug wäre?«

»In deinen Augen natürlich nicht.«

»Nicht einmal in deinen, denn sonst hättest du es längst getan.«

»Mein Gott, Marie, du redest daher, als hättest du die Weisheit mit Löffeln gegessen! Aber was ist mit deinem eigenen Leben? Was soll aus dir werden?«

»Wenn ich Glück habe, eine gute Malerin; wenn es dazu nicht reicht, wohl eine kleine Kunstgewerblerin. Hauptsache, ich kann das machen, wozu ich Talent habe und was mir Freude macht.«

»Bisher hat es nicht einmal zur Aufnahmeprüfung in die Kunstakademie gereicht.«

»Ja, die ist leider furchtbar schwer.« Marie seufzte. »Es heißt, da haben von dreihundert Bewerbern nur acht eine Chance.«

»Und warum wohl? Weil die wissen, daß man von der Kunst nicht leben kann, wenn man nicht außergewöhnlich gut ist oder ein Genie in Eigenwerbung.«

»Das ist mir völlig klar.«

»Warum machst du dann nicht etwas ganz Normales?«

»Es hat eine Zeit gegeben, wo ich Ärztin werden und Vaters Praxis übernehmen wollte.«

»Du? Da lachen ja die Hühner.«

»Aber in der Familie ist man davon ausgegangen, daß du derjenige welcher sein würdest.«

»Und was wäre dann aus deinen künstlerischen Ambitionen geworden?«

»Ich hätte mich mit dem Status eines Amateurs begnügt. Nun, da es sich anders entschieden hat, will ich meine Begabung so weit entwickeln, wie es eben möglich ist.«

»Es hat nie große Malerinnen gegeben.«

»Andere Frauen hatten nicht die Möglichkeiten wie ich. Sie hatten nicht die Gelegenheit, wirklich zu lernen, sie waren nicht so konventionell und finanziell unabhängig wie ich, und vielen ist sicher zu früh ein Mann ins Gehege gekommen.«

»Du bildest dir wohl noch etwas darauf ein, daß du keinen Freund hast?«

»Jedenfalls würde ich eines Mannes wegen nie meine Malerei aufgeben.«

»Hat dir eigentlich schon jemand gesagt, daß du überspannt bist?«

Marie empfand einen Anflug von Bitterkeit, aber sie versuchte diesen wegzulachen. »Wieder und wieder«, gestand sie. »Der erste war mein Vater.«

»Aber du weigerst dich, zurück auf den Teppich zu kommen.«

»Ich glaube, Günther, du siehst die Zusammenhänge falsch.« Marie wurde sehr ernst. »Du bildest dir ein, daß die Entscheidungen allein in unserer Hand liegen. Aber das tun sie nicht. Es gibt schicksalhafte Mächte, denen wir ausgeliefert sind. Sie bestimmen unser Leben. Wir können uns leiten lassen oder gegen sie ankämpfen. Ein Sieg ist nicht möglich.«

»Willst du etwa bestreiten, daß es einen freien Willen gibt?«

»Den gibt es nur begrenzt. Es liegt an uns, ob wir anständig sind oder dem Bösen in uns nachgeben. Du weißt ja: ›Das Dichten und Trachten des menschlichen Herzens ist böse von Jugend an.‹«

»Deine Philosophie ist mir zu hoch.«

»Ich habe gar keine, Günther. Ich spreche nur von meinen Erfahrungen, und ich versuche, mich im Leben zurechtzufinden. Das ist gar nicht so einfach.«

Eine Weile fuhren sie schweigend weiter durch eine winterliche Landschaft, die, des Laubs und der Farben beraubt und noch nicht von Schnee bedeckt, eintönig und trostlos wirkte.

Endlich sagte er: »Wenn du die Dinge so siehst, dann wäre es doch gemein von mir, Lilo sitzenzulassen.«

»Du läßt sie ja nicht sitzen, wenn du sie nicht heiratest. Sie hat dich ja auch bestimmt nicht unter der Bedingung bei sich aufgenommen, daß du es ihr versprichst. Ich wette, am Anfang war von Heirat nie die Rede.«

Er widersprach ihr nicht, und sie nahm es als ein Zeichen, daß sie mit ihrer Behauptung den Nagel auf den Kopf getroffen hatte.

»Du mußt wissen, was du tust. Ich habe kein Recht, mich da einzumischen. Nur finde ich, du solltest dich nicht zu etwas drängen lassen, was du selber vielleicht nicht wirklich willst.«

Danach schwieg er lange, und sie fürchtete schon, ihn verärgert zu haben. Aber sie mochte keines ihrer Worte zurücknehmen. Sie hatte ja nur, so ehrlich, wie es ihr möglich war, erklärt, wie sie die Dinge sah, und sie hatte es noch milde ausgedrückt. Tatsächlich war ihr die Vorstellung, daß er Lilo heiraten könnte, schrecklich, nicht einmal so sehr der Eltern, sondern Günthers wegen.

»Du magst Lilo nicht«, sagte er endlich.

»Auf mich kommt es in dieser Geschichte am allerwenigsten an. Ich habe bisher kaum etwas mit ihr zu tun gehabt, und das würde sich, wie die Dinge liegen, auch durch eine Heirat nicht ändern.«

»Du bist eifersüchtig, genau wie Katharina.«

Jetzt war es an Marie zu schweigen.

»Darauf weißt du nichts zu sagen!« warf er ihr vor.

»Ich brauche nur ein bißchen Zeit, mich bis auf den Grund meiner schwarzen Seele zu erforschen.« Nach einem tiefen Atemzug gab sie zu: »Ja, du könntest recht haben.«

»Wußte ich doch!« trumpfte er auf. »Objektiv ist nämlich an Lilo nichts, aber auch gar nichts auszusetzen.«

Als Marie sich nicht dazu äußerte, fügte er hinzu: »Jetzt komm mir bitte nicht damit, daß sie ein paar Jährchen älter ist als ich. So was spielt heutzutage überhaupt keine Rolle mehr. Und daß sie eine unglückliche Ehe hinter sich hat, kann man ihr auch nicht ankreiden. Sie war fast noch ein Kind, als sie auf den Kerl hereingefallen ist.«

»Das kann jedem passieren«, stimmte sie friedfertig zu.

»Also, was hast du dann gegen sie?«

»Nichts. Außer daß ich eifersüchtig auf sie bin.«

»Komm, komm, nun tu nicht so! Irgend etwas stört dich doch an ihr.«

»Um dir die Wahrheit zu sagen: ich habe bisher noch nie darüber nachgedacht.«

»Das nehme ich dir einfach nicht ab.«

»Doch, Günther. Es erschien mir nicht wichtig genug. Sie war ja nicht deine erste Freundin, und ich glaubte, sie würde auch nicht die letzte sein. Daß du sie heiraten wolltest, daran habe ich nicht im Traum gedacht.«

»Jetzt weißt du es.«

»Ja.«

»Dann solltest du mir auch sagen, was du gegen sie einzuwenden hast.«

»Ich weiß nicht, Günther. Sie ist intelligent, sie hat möglicherweise auch Humor, sieht blendend aus. Daß sie immer tipptopp gekleidet ist, versteht sich von selbst.«

»Aber?«

Es fiel Marie nicht leicht, die richtigen Worte zu finden. »Sie tritt mit einer solchen Selbstsicherheit, mit einer solchen Bestimmtheit auf, weiß immer sofort alles nach ihrem Geschmack und ihrer Einstellung zu arrangieren.«

»Na und? Ich sehe das positiv. Sie ist eben sehr tüchtig.«

»Ja, das ist sie. Und deshalb dachte ich, daß es für einen jungen Mann wie dich ganz lehrreich und erzieherisch wäre, mit ihr zusammenzuleben.«

»Das ist es auch. Ich freue mich, daß du das begreifst.«

»Vorübergehend«, schränkte Marie ein, »für ein paar Monate, ein paar Jahre, bis zur Beendigung deines Studiums.«

»Das sehe ich nicht ein. Wir harmonieren großartig miteinander. Was würde sich durch eine Heirat ändern?«

»Ach, Günther, sie kommt mir so beherrschend vor.«

»Sie ist nicht die Spur herrschsüchtig.«

»Das habe ich ja auch nicht behauptet. Beherrschend habe ich gesagt. Sie erinnert mich – nicht vom Äußeren her, sondern vom Wesen – ein bißchen an Katharina. Denk mal, wie lange du gebraucht hast, um dich von ihr loszustrampeln, frei zu werden, erwachsen. Ich fürchte, ich fürchte, gegen Lilo wird dieser Kampf noch schwerer werden.«

»Warum sollte ich kämpfen? Ich fühle mich ja sauwohl bei ihr.«

»Bist du sicher, daß du dir da nichts vormachst?«

»Ganz sicher.«

»Und warum treibst du dich dann nachts in Kneipen rum? Allein? Wo sie es dir doch bestimmt liebend gern zu Hause gemütlich machen würde.«

»Ein bißchen Freiheit braucht der Mensch.«

»Teilt sie diese Meinung?«

Das tat Lilo keineswegs. Aber er mochte es nicht zugeben. Nach seiner Verletzung hatte er ihr hoch und heilig versprechen müssen, seine Streifzüge durch das nächtliche München aufzugeben. Er hatte ihr nachgegeben, weil er verstand, wie entsetzt sie darüber war, daß man ihn niedergestochen hatte. Auch ihm selber hatte der Schreck noch in den Knochen gesessen. Aber er hatte damit gerechnet, daß sie beide Abstand von diesem Erlebnis gewinnen würden. Danach, hatte er geglaubt und glaubte es auch heute noch, würde alles wieder wie früher werden. Er konnte auf die Dauer nicht jeden Abend mit ihr vor dem Fernseher hocken oder Back Gammon spielen. Mit ihr zusammen auszugehen, wie sie es wollte, war nicht dasselbe wie ein Wirtshausbesuch mit Freunden oder auch allein.

Er warf seiner Stiefschwester einen prüfenden Seitenblick zu. »Du bist mir wieder einmal unheimlich, Marie.«

Sie lachte. »Braucht es aber nicht. Ich kenne dich doch, und ich habe einfach zwei und zwei zusammengezählt.«

»Wir wollen das Thema ›Lilo‹ ad acta legen, ja?«

Damit war Marie nur zu einverstanden. Sie hoffte inständig, daß damit auch das Thema ›Heirat‹, zumindest vorläufig, erledigt wäre. In der Erwartung, bald wieder in ihrem Elternhaus zu sein, tauchten Erinnerungen an ihre Kinderzeit in ihr auf, und sie sprach mit Günther darüber. Überrascht mußte sie feststellen, daß er manche gar nicht kannte, jedenfalls nicht so, wie sie sie im Gedächtnis hatte. Dafür erzählte er von einer Prügelei unter den Dorfbuben, bei der er sich sehr hervorgetan haben wollte, von der sie aber gar nichts wußte.

»Du kannst das nicht vergessen haben«, behauptete er. »Ich kam damals mit zerschundener Nase und zerrissenem Hemd nach Hause, und Katharina hat sich natürlich schrecklich aufgeregt. Sie war nahe daran, mir zusätzlich ein paar hinter die Ohren zu geben.«

»Das habe ich wahrscheinlich gar nicht mitgekriegt.«

»Doch! Du standest dabei und hast geschrien: ›Tu ihm nichts! Tu ihm nichts! Er kann ja nichts dafür!‹ – Ich glaube, das war meine Rettung.«

»Wie alt war ich damals?«

»Höchstens fünf.«

»Komisch. Man glaubt, daß die Vergangenheit hinter einem liegt wie ein vollendetes Bild, das für jeden, der sie erlebt hat, gleich aussieht. Tatsächlich scheint sie sich jedem anders einzuprägen.«

»Das ist doch, speziell in unserem Fall, ganz normal. Wir waren schließlich altersmäßig ein ganzes Stück auseinander, du ein Mädchen, ich ein Junge.«

»Ich glaube nicht, daß das des Rätsels Lösung ist.«

»Du geheimnist mal wieder zuviel in die Dinge hinein.«

»Das Leben ist geheimnisvoll, Günther.«

»Nur für dich. Du hast ja noch nie mit beiden Beinen auf der Erde gestanden.«

Danach verstummte das Gespräch. Es schmerzte Marie, daß sie sich nicht einmal Günther, der ihr von allen Menschen, ihren Vater vielleicht ausgenommen, am nächsten stand, mitteilen konnte. Es lag daran, daß er sie nicht verstehen wollte, das begriff sie nur zu gut. Alle Fragen, die an seiner Vorstellung von Realität rüttelten, blockte er ab, während sie unentwegt versuchte, den Dingen auf den Grund zu gehen. Für sie war er immer der Stärkere gewesen, der große Bruder, den sie bewundert hatte. Plötzlich begriff sie, daß er in Wahrheit schwach war. Er brauchte eine Welt, in der Dinge fest gefügt an ihrem Platz standen. Er brachte weder die Kraft noch den Mut auf, etwas in Frage zu stellen.

Obwohl sie keinen ihrer Zweifel verlauten ließ, begann er sich wie so oft in ihrer Gegenwart unbehaglich zu fühlen. Er war nicht bereit, sich in ihre ›Spinnereien‹, wie er es bei sich nannte, hineinziehen zu lassen. Da sie aber nicht einmal den Versuch machte, ihm ihre Gedanken näher zu erklären, hatte er das Gefühl, ihm wäre eine Tür vor der Nase zugeschlagen worden. Das kränkte ihn, und gleichzeitig wurde er sich seiner Inkonsequenz bewußt. Wie konnte er sich nur darüber ärgern, daß sie ihm nicht erzählte, was er ohnehin nicht hören wollte!

Bevor er bei Bayreuth-Laineck die Autobahn verließ, schlug er vor: »Vielleicht sollten wir eine Pause machen und einen Happen essen.«

»Wenn du müde bist.«

»Nein, ich dachte an dich. Es ist Mittagszeit.«

»Ich habe keinen Hunger. Wenn es dir nichts ausmacht, fahren wir lieber durch.«

»Na schön.«

»Aber nur, wenn du wirklich noch kannst.«

»Na, erlaube mal, schließlich bin ich die Strecke München – Kornthal schon über fünfzigmal in einem Rutsch durchgefahren.«

Sie fand, daß er überempfindlich reagierte, sprach es aber nicht aus.

Sie fuhren jetzt auf der Bundesstraße 2 in Richtung Bindlach. Die hügelige, bewaldete Landschaft wurde immer vertrauter.

»Ich freue mich auf Zuhause!« rief sie spontan.

Er schwieg.

»Du etwa nicht?« fragte sie nach einer Weile.

»Ach, weißt du, Familientreffen sind immer so eine Sache.«

»Ich versteh' durchaus, was du meinst. Die Eltern haben sich noch nicht richtig daran gewöhnt, daß wir erwachsen geworden sind, und wir sind es nicht mehr gewöhnt, so viel Rücksicht zu nehmen, wie sie es sich erwarten. Es wird schwierig werden, da gebe ich dir recht. Aber ich freue mich trotzdem.«

»Für dich ist es auch leichter, weil du unabhängig bist. Und du bist keine Verbindung eingegangen, die sie nicht akzeptieren.«

»Für dich ist es also nur ein reiner Pflichtbesuch?«

»So kann man es nennen.«

»Du lieber Himmel! Warum hast du dir dann keine Ausrede einfallen lassen?«

»Weißt du eine? Sie wären tödlich beleidigt, wenn ich nicht nach Hause käme.«

»Stimmt«, sagte sie, »ich habe dumm dahergeredet. Entschuldige bitte! Es geht mir nur gegen den Strich, daß du nicht gern nach Hause fährst.«

»Mir auch, das darfst du mir glauben. Alles wäre ganz anders, wenn sie Lilo akzeptieren würden.«

»Der Gedanke, daß sie Weihnachten allein in ihrer schönen Wohnung ist, muß schmerzlich für dich sein«, sagte sie einfühlsam.

»Das ist es!« brach es aus ihm heraus. »Ich komme mir wie ein Schurke vor! Aber wie hätte ich es ändern können? Cornelius zahlt mir mein Studium, obwohl er gar nicht dazu verpflichtet ist. Ich kann es mir einfach nicht erlauben, ihn vor den Kopf zu stoßen.«

»Vielleicht würde er dich für undankbar halten, das stimmt. Aber seine Zahlungen würde er sicher nicht einstellen. So ist er nicht. Wahrscheinlich würde er es sogar verstehen. Wer wirklich darunter leiden würde, wäre deine Mutter.«

»Und ihn würde es zornig stimmen, weil ich sie leiden ließe. Ach, Marie, du kannst dir nicht vorstellen, wieviel ich dafür geben würde, endlich unabhängig zu sein.«

»Das wird man wohl nie, Günther, solange es Menschen gibt, die einen lieben.«

»Du weißt nicht, wie beneidenswert du bist!«

»Weil ich keine Mutter habe, die Sehnsucht nach mir hat und sich Sorgen um mich macht?«

»Nun werd' bloß nicht sarkastisch! Du weißt genau, wie ich es meine.«

»Geld ist für mich nicht so wichtig, Günther.«

»Weil du darüber verfügen kannst, seit du achtzehn bist.«

»Nun ja, es ist angenehm, weil ich mich nicht von heute auf morgen um einen Broterwerb bemühen muß. Aber das ist ja auch dir, dank Cornelius, erspart geblieben.«

»Ohne Lilo käme ich nicht über die Runden.«

»Ich hoffe für dich, daß dies nicht der eigentliche Grund ist, warum du mit dem Gedanken an eine Heirat spielst. Viel besser wäre es, du würdest dir einen Nebenjob suchen.«

»Dann würde es womöglich noch länger dauern, bis ich fertig bin.«

»Aber du würdest unabhängig sein. Das willst du doch.«

»Du verstehst mich nicht«, erwiderte er ärgerlich.

»Das kommt dir nur so vor, weil ich nicht das sage, was du von mir hören möchtest.«

Daraufhin hüllte er sich in Schweigen. Sie war ganz froh darüber, denn die Debatte war ihr sinnlos erschienen und hatte sie ermüdet. Günther war erwachsen; er mußte selbst wissen, was er wollte, und mußte auch bereit sein, mögliche Folgen auf sich zu nehmen. Auch war ihr während des Gesprächs klargeworden, daß es ihm nicht nach ihrem Rat, sondern ihrer Zustimmung verlangte. Aber die konnte sie ihm nicht guten Gewissens geben.

Warum, fragte sie sich, war er nicht bereit, sich wenigstens beiläufig mit ihren Problemen zu befassen? Er tat sie als Verrücktheiten ab, und damit hatte es sich.

Auch schien es ihr unfair, daß er sie um ihr Vermögen beneidete. Da sie es wegen ihrer unsicheren Zukunftsaussichten nicht angreifen wollte, sondern ausschließlich von den Zinsen und Dividenden lebte, hatte sie im Schnitt nicht mehr, vielleicht sogar weniger als er zur Verfügung. Zudem rechnete sie damit, daß er später das ›Schottenhaus‹, zumindest aber die Praxis bekommen würde, da der Vater sie – mit Recht – als versorgt betrachtete. Sie gönnte es ihm ja auch und würde nie auf die Idee kommen, darum zu streiten. Aber wenn man es bei Licht betrachtete, war er es, der sie von ihrem Erbe verdrängte. Dieser Gedanke schien ihm noch nie gekommen zu sein.

Marie überlegte, ob sie ihn darauf ansprechen sollte, unterließ es dann aber doch. Sie wollte nicht den Eindruck erwecken, neidisch zu sein. Vielleicht würde ihm selbst eines Tages bewußt werden, daß sie mit Hilfe seiner Mutter übervorteilt worden war; wenn nicht, würde das an den Tatsachen nichts ändern. Es würde alles so kommen, wie es kommen mußte.

Sie fuhren jetzt durch Kornthal, ein großes Dorf, dessen Höfe weit verteilt waren. In der Ortsmitte, um Kirche und Wirtshaus gruppiert, gab es noch schöne alte Fachwerkhäuser. Hier hatten sie beide einst die Grundschule besucht. Erinnerungen, gute und böse, stürmten auf Marie ein. Sie hatte schon fast ein ›Weißt du noch?‹ auf den Lippen, aber als sie Günthers verkniffenen Gesichtsausdruck sah, unterdrückte sie diese Frage. Für ihn hatte die Vergangenheit offensichtlich keine Bedeutung mehr.

Wenige Kilometer weiter tauchten die ersten Häuser von Holfeld vor ihnen auf, jenem kleinen Ort, kaum größer als ein Weiler, in dem sie aufgewachsen waren. Wie schön diese weite, ruhige fränkische Landschaft unter ihrem hohen Himmel im Vergleich mit jeder Großstadt ist! mußte Marie unwillkürlich denken. Wie herrlich wir hier laufen, klettern und toben konnten! Es wurde ihr ganz warm ums Herz, und doch, das wußte sie mit Bestimmtheit, würde sie nie wieder hier leben können.

Dann kam das ›Schottenhaus‹ in Sicht, und es wirkte mit seinen drei Stockwerken, mit den Erkern und Türmchen so absurd in der flachhügeligen, lieblichen Landschaft wie seit eh und je. Schon als Kind, wenn sie aus der Schule kam, war ihr das bewußt geworden. Im Sommer, wenn es vom Laub der mächtigen Eichen und Buchen fast verborgen war, konnte man davon träumen, daß man ein Märchenschloß vor sich hatte. Zu dieser Jahreszeit aber, in der die Äste sich starr und kahl von der grauen Fassade abhoben, war nicht zu übersehen, daß es völlig fehl am Platz stand. Dabei entbehrte es durchaus nicht einer altväterlichen Würde.

7

Günther hielt auf der Auffahrt an. »Steig du schon aus!« sagte er. »Ich fahre den Wagen gleich in die Remise.«
»Und mein Gepäck?«
»Bringe ich dir.«
Marie öffnete die Tür, stieg aus und lief auf die breite, im Lauf der Jahre gedunkelte Eichentür zu, die tagsüber nie verschlossen war. Gleich daneben war ein glänzend poliertes Messingschild angebracht, auf dem in schwarzen, verschnörkelten Buchstaben die Praxis von Doktor Cornelius Forester, Sprechstunde von 8 bis 12, angezeigt war.

Marie stieß die Tür mit der Schulter auf – wie oft sie das in ihrem Leben schon getan hatte! – und trat in den breiten, düsteren Flur, der mit quadratischen schwarzen Fliesen ausgelegt war. Dann lief sie die Treppe mit den ausgetretenen hölzernen Stufen zum ersten Stock hinauf. Das Erdgeschoß wurde von Dr. Forester für Wartezimmer, Behandlungsräume und Labore genutzt.

Marie fand die Mutter in der Küche beim Abwasch.
»Da bist du ja endlich, Marie!« rief sie ihr entgegen. »Wir haben schon zu Mittag gegessen.«
Marie umarmte sie und küßte sie flüchtig auf die Wange.
»Habt ihr unterwegs Rast gemacht?«
»Nein, wir sind durchgefahren.«
»Aber dann müßt ihr doch hungrig sein.«
Marie legte ihren Mantel ab. »Hält sich in Grenzen, Katharina. Notfalls mache ich mir später ein Brot.«

»Aber Günther braucht eine warme Mahlzeit. Wo steckt er eigentlich?«

Während Marie Auskunft gab, mußte sie daran denken, wie wenig die Stiefmutter sich verändert hatte. Immer noch war sie voll maßloser Sorge um ihren Günther, der nun wirklich groß genug war, um sich selber helfen zu können. Auch äußerlich war sie sich gleich geblieben, eine herbe, dunkelhaarige Frau, die nie sonderlich hübsch war, die jetzt eher besser aussah als in ihrer Jugend, weil die Strenge ihrer Züge zu ihren Jahren paßte. In ihrem Haar zeigte sich noch kein graues Fädchen, aber vielleicht war es auch getönt.

Marie löste die Schleife ihrer Küchenschürze. »Laß mich hier fertig machen«, erbot sie sich, denn sie wußte, daß Katharina auf die Begegnung mit ihrem Sohn brannte.

Die Stiefmutter warf einen mißbilligenden Blick auf Maries Mantel, den sie achtlos über einen Stuhl geworfen hatte. »Und was ist damit?«

»Den räume ich später auf.« Marie band sich die Schürze um, krempelte die Ärmel hoch und tauchte die Hände in das heiße Seifenwasser.

Katharina erhob keinen weiteren Einwand, sondern eilte ins Treppenhaus. Wenig später konnte Marie mit anhören, wie sie Günther mit jener erzwungenen Zurückhaltung begrüßte, mit der sie seit Jahren ihre Liebe zu tarnen versuchte. Gleichzeitig konnte sie es sich nicht versagen, ihn sogleich mit Fragen nach seiner Gesundheit und den Fortschritten seines Studiums zu bestürmen.

»Katharina, Katharina, das hat doch Zeit!« entgegnete Günther mit kaum verhohlenem Ärger. »Wir haben ja noch tagelang Gelegenheit, alles zu besprechen.«

»Du bist so mager geworden.«

»Das war ich doch immer, zumindest in deinen Augen.«

»Aber jetzt siehst du wirklich schlecht aus. Diese Frau scheint dich nicht ausreichend zu verpflegen.«

Bum pardautz! dachte Marie. Das ging aber schnell. Schon

war das Thema auf dem Tisch, das wir unbedingt ausklammern wollten.

»Diese Frau«, erwiderte Günther, »heißt Lilo Haas, ich habe dir den Namen oft genug genannt, und sie kocht ausgezeichnet.«

Damit es nicht gleich in den ersten Minuten zum offenen Streit kam, beschloß Marie, sich einzumischen. »Günther«, rief sie, »soll ich uns ein paar Eier und Speck in die Pfanne hauen?«

»Nein, nein«, wehrte Katharina ab, »laß mich das machen. Oder möchtest du lieber etwas anderes, Günther?«

»Ist mir scheißegal.«

»Günther, wie kannst du nur!« rief Katharina entsetzt. »Ein so häßlicher Ausdruck! Du scheinst wirklich in schlechte Gesellschaft geraten zu sein.«

Ehe Günther antworten konnte, rief Marie dazwischen: »Hast du denn vergessen, wie oft du ihm dieses Wort verbieten mußtest, als er noch ein Junge war?«

Marie hörte Günther die Treppe hinaufpoltern.

»Einem Jungen«, rief Katharina, »kann man so etwas gerade noch durchgehen lassen, aber für einen erwachsenen Mann, der bald ein Doktor sein will, ist es völlig unmöglich!«

Sie kam zurück, setzte eine große schwarze Eisenpfanne auf eine Platte des Elektroherdes und begann Speck zu schneiden.

Die Küche war geräumig, es gab Platz genug zwischen dem Herd, der Spüle, den Schränken an den Wänden und dem rechteckigen Tisch in der Mitte. Dennoch waren sich die beiden Frauen im Weg, sobald Katharina zu hantieren begann. Nahezu ängstlich vermieden sie es, sich zu berühren, und vielleicht geschah es gerade dadurch öfter, als es notwendig gewesen wäre. Marie war froh, als sie die letzte Gabel abgetrocknet und in die Schublade gelegt hatte.

»So, das war's«, sagte sie erleichtert.

»Und der Spülstein?«

»Aber, Katharina, den brauche ich doch gleich wieder!«

»Ich möchte nicht wissen, was für eine Wirtschaft du in München führst!«

»Du wirst lachen: eine sehr ordentliche.« Marie war nicht bereit, nur um des lieben Friedens willen eine Arbeit zu übernehmen, die in ihren Augen völlig sinnlos war. »Wo ist Cornelius?« fragte sie und nahm ihren Lammfellmantel auf.

»Er hat sich hingelegt.«

Marie erschrak. Das kannte sie bei ihrem Vater nicht. »Geht es ihm nicht gut?«

Katharina zuckte die Achseln. »Doch, doch. Er wird eben älter. Wie wir alle.«

»Ich gehe jetzt rauf und packe meinen Koffer aus.«

»In zehn Minuten wird gegessen. Sag auch Günther Bescheid. Ich will nicht durchs ganze Haus schreien müssen.«

Maries Zimmer im ›Schottenhaus‹ war ein großer, mit alten Möbeln, einem schönen Teppich, bunten Kissen und Vorhängen gemütlich eingerichteter Raum. Gardinen gab es nicht. Die beiden Fenster gewährten Ausblick auf den kleinen Park hinter dem Haus, den Teich, den hölzernen, weißgestrichenen Pavillon und das weite Land dahinter. Erst als Marie es betrat, überkam sie das Gefühl, wirklich wieder zu Hause zu sein.

Um Katharina nicht zu verärgern, nahm sie sich nicht die Zeit auszupacken, hängte nur ihren Mantel in den Schrank, wusch sich in dem anliegenden kleinen Bad die Hände und cremte sie ein. Danach ging sie sofort zu Günther hinüber.

Er stand am Fenster und rauchte.

»Du hattest recht«, sagte sie, »es hat nicht den Anschein, daß es ein gemütliches Weihnachtsfest wird.«

Er grinste sein täuschendes Lausbubenlächeln. »Auch ich habe so meine Ahnungen.«

»Gehn wir lieber gleich runter, damit Katharina nicht auch noch die Eier verbrutzeln.«

»Wie soll ich mich bloß verhalten?«

»Laß uns gemeinsam versuchen, ihnen klarzumachen, daß wir erwachsen sind und uns nicht mehr reinreden lassen.«

»Du hältst also zu mir?«

»Habe ich das nicht immer getan?«

Er drückte seine Zigarette aus und packte sie bei den Schultern. »Ja, das hast du. Ist dir eigentlich klar, warum ich mich seinerzeit – lang, lang ist's her – so ... na, wie soll ich es nennen ... von dir zurückgezogen habe?«

Sie sah ihm in die Augen. »Das habe ich nie verstanden.«

»Weil ich mich in dich verliebt hatte«, gestand er mit einem schiefen Lächeln, das den Ernst seiner Erklärung mildern sollte. »Bruder und Schwester – so etwas geht doch nicht.«

Das verschleierte Blau ihrer Iris wandelte sich in ein intensives Leuchten. »Ist das wahr?«

»Aber ja.«

»Warum hast du es mir dann nicht erklärt? Dein Verhalten hat mich sehr verletzt, weißt du.«

»Wahrscheinlich habe ich mich geschämt.«

»Aber eigentlich«, sagte sie, »sind wir ja gar keine Geschwister. Ich meine, wir sind nicht wirklich verwandt – nicht blutsverwandt.«

Er ließ seine Hände sinken. »Es ist vorbei, Marie. Deshalb konnte ich es dir jetzt auch sagen.«

Marie war aufgewühlt. Tausend Fragen schossen ihr durch den Kopf. Hätte sie seine Gefühle erwidert, wenn er sie ihr gestanden hätte? Oder wäre sie schockiert gewesen? Wie alt waren sie beide gewesen, als er sich von ihr abgewandt hatte? Würde sie ihn jetzt noch lieben können? Ihn als Mann sehen, nicht als Bruder? Oder war er ihr zu vertraut?

Aber natürlich hatte er recht. Es war zu spät, darüber nachzudenken. Jetzt liebte er Lilo Haas. Das wäre nicht passiert, wenn seine Zuneigung für sie stärker gewesen wäre. Was er Verliebtheit nannte, war doch wohl nichts anderes als eine pubertäre Verwirrung gewesen.

»Du hast mir immer mehr bedeutet als ich dir«, sagte sie.
»Stimmt nicht, Marie«, erwiderte er lächelnd. »Das bildest du dir nur ein.«

Sie blickten sich lange an, einer den anderen erkundend.

Aus dem Treppenhaus rief Katharina: »Günther! Marie! Wo steckt ihr denn?«

»Oje!« riefen beide wie aus einem Mund.

Sie mußten lachen, nahmen sich bei der Hand und rannten die Treppe hinunter.

Dr. Cornelius Forester sahen sie erst beim Abendessen, das bei Lampenlicht im Speisezimmer eingenommen wurde. Es war, wie alle Zimmer im ›Schottenhaus‹, ein hoher Raum, aber die Decke war nicht, wie in den Jugendzimmern, holzverkleidet, sondern mit Stuckgirlanden verziert. Es war ein schönes Zimmer mit hohen Fenstern, durch die tagsüber viel Licht hereinkam. Aber es war ein wenig zu reich möbliert. Es gab nicht nur eine riesige eichene Kredenz, die die eine Schmalseite einnahm – über ihr hing ein entsprechend breiter alter Gobelin in dunklen Farben, dessen Darstellung kaum noch zu erkennen war –, sondern auch noch ein Schrank mit Glastüren, hinter denen das ›gute‹ Geschirr, altes Meißner Porzellan, zu sehen war. Über dem ovalen Tisch hing eine Lampe mit goldfarbenem Schirm, daneben baumelte ein birnenförmiger Bernstein, der als Glocke diente; mit ihrer Hilfe hatte man in früheren Zeiten das Personal aus der Küche zum Auftragen oder Abdecken gerufen.

Schon als sie noch Kinder waren, herrschte in diesem Raum immer eine gewisse Feierlichkeit, die sie zwang, ihre besten Manieren zu zeigen. Daran hatte sich bis heute nichts geändert. Sie aßen Brot und Aufschnitt mit Messer und Gabel – auch ein Buttermesser fehlte nicht – und tranken Tee dazu.

Cornelius Forester hatte sowohl Marie als auch Günther mit jener gedämpften Herzlichkeit begrüßt, die seine Art war, hatte sie ganz kurz in die Arme genommen und gleich wieder freigegeben. Er war ein großer, hagerer Mann, dessen frische Gesichtsfarbe in auffallendem Gegensatz zu seinem früh ergrauten, jetzt bereits schlohweißen Haar stand. Obwohl er eine kräftige Nase und ein ausdrucksstarkes Kinn hatte, wurde sein Gesicht doch von seinen klugen, sehr lebendigen Augen beherrscht.

Das Abendessen verlief ruhig und friedvoll, für Marie allerdings anstrengend, denn belanglose Konversation lag ihr nicht und ermüdete sie rasch. Sie wurde auch schnell satt und hätte sich am liebsten so bald wie möglich auf ihr Zimmer zurückgezogen, aber sie wußte aus Erfahrung, daß dies unmöglich war. Sie mußte warten, bis Katharina als erste aufstand und damit offiziell ›die Tafel aufhob‹. So saß sie denn ziemlich teilnahmslos da, beschränkte sich darauf zuzuhören und zerschnitt ein Gürkchen in kleine Stücke, die sie sich eines nach dem anderen in den Mund steckte, um irgendwie beschäftigt zu sein. Hin und wieder sah sie zu Günther hinüber und überlegte, ob er wohl ebenso empfand wie sie. Wahrscheinlich hätte er auch lieber über seine Probleme gesprochen, als mit vorgetäuschtem Gleichmut zu plaudern. Sie fand es erstaunlich, daß weder Katharina noch der kluge Vater das zu merken schienen.

Endlich faltete Katharina ihre Serviette zusammen und erhob sich.

Erleichtert sprang Marie auf. »Laß mich die Küche machen!«

Katharina wehrte ab. »Aber du bist zu Besuch, Kind!«

»Nicht doch! Ich bin zu Hause.«

»Marie hat recht«, entschied der Vater. »Ruh dich mal aus, Katharina!«

»Soll ich dir nicht wenigstens helfen?«

»Nicht nötig. Das ist für mich doch nur ein Klacks.«

Tatsächlich war sie sehr schnell mit dem Verstauen der Reste im Kühlschrank und dem kleinen Abwasch fertig, obwohl sie sich noch besondere Mühe gab, das Spülbecken zu scheuern und blank zu polieren. Dann ging sie zu den anderen in das sehr behagliche, mit bequemen, schon etwas abgenutzten Ledermöbeln ausgestattete Wohnzimmer hinüber.

Cornelius hatte einen Bocksbeutel aufgemacht und drei Gläser gefüllt; ein viertes stand leer auf dem Tisch. Offensichtlich hatten alle schon etwas getrunken. Der Vater hatte sich eine Feierabendzigarre angesteckt, Günther rauchte eine Zigarette. Mitten auf dem niedrigen Tisch stand eine silberne Schale mit selbstgebackenen Weihnachtsplätzchen.

Cornelius lächelte Marie entgegen. »Wie schön, daß wir wieder einmal alle beisammen sind!« Er hob die Flasche mit Frankenwein und das leere Glas und machte zögernd Anstalten einzuschenken. »Du trinkst doch ein Glas mit uns, Marie?«

»Nein, danke, Vater!« Sie zeigte die Flasche Mineralwasser vor, die sie aus der Küche mitgebracht hatte.

Mit leichtem Stirnrunzeln vergewisserte er sich: »Immer noch nicht?«

»So ist es«, bestätigte Marie, nahm Platz und füllte ihr Glas mit Wasser.

Damit war für Cornelius das Thema offensichtlich erledigt. Er wandte sich wieder Günther zu und fragte, wie er bei seinem zweiten Staatsexamen abgeschnitten hätte.

Wie sehr hätte Marie sich gewünscht, daß er mehr von ihr hätte wissen wollen, wie gerne hätte sie sich mit ihm ausgesprochen!

Ob er ihr einmal Gelegenheit dazu geben würde? Noch wagte sie es zu hoffen, und doch wußte sie schon in ihrem innersten Herzen, daß es nicht dazu kommen würde. Im Gegensatz zu Katharina haßte der Vater Auseinandersetzungen, »das Wühlen in Problemen, das doch nichts bringt«, wie er es zu nennen pflegte. Für ihn stand der Familienfriede an erster Stelle.

Aber was war das für ein Friede, der künstlich dadurch erhalten wurde, daß alle Probleme konsequent unter den

Tisch gekehrt wurden? Nicht zum ersten Mal fiel Marie auf, daß sie durch diese Taktik so gut wie nichts über ihren Vater wußte. Wie war die Ehe ihrer Eltern gewesen? Was hatte er beim plötzlichen Tod ihrer Mutter empfunden? Liebte er Katharina, oder hatte er sie nur aus Gründen der Zweckmäßigkeit geheiratet? Wie standen die beiden jetzt zueinander? Waren sie einigermaßen zufrieden mit ihrem Leben, oder ödeten sie sich gegenseitig an?

Keine dieser Fragen würde ihr jemals erlaubt sein.

Sie war sicher, daß er sie und auch Günther liebte, und dennoch hielt er sie stets auf Distanz. Ihre Veranlagung machte ihm gewiß Kummer, aber in seinen Augen war es das Beste, nicht darüber zu sprechen. Auch was er von ihrem Ziel, Malerin zu werden, hielt, war nie über seine Lippen gekommen. Sie hegte den Verdacht, daß er es für nichts anderes als eine Marotte hielt. Aber angedeutet hatte er es mit keiner Silbe.

Vielleicht, dachte sie, wird er in seiner Praxis und bei seinen Hausbesuchen mit so viel Schmerz, Elend und Ärger konfrontiert, daß er alles, was problematisch scheint, von seinem Heim und seiner Familie konsequent fernhalten will. Wenn es so war, konnte sie es verstehen. Aber gegenseitige Offenheit, auch wenn sie zu einer Auseinandersetzung geführt hätte, wäre ihr viel lieber gewesen.

Während der ganzen Weihnachtsferien blieb die Atmosphäre wie am ersten Tag.

Cornelius taktierte äußerst vorsichtig, um nur ja nicht an Fragen zu rühren, die Marie tatsächlich zusetzten. Auch wenn die anderen abends munter becherten, bot er ihr nie wieder einen Schluck Alkohol an. Günther folgte seinem Beispiel, nicht nur Marie gegenüber. Auch das Thema Lilo Haas klammerte er, wie auch der Vater, völlig aus, während Katharina darauf brannte, ihre Meinung zu vertreten. Marie konnte sie gut verstehen. Aber die beiden Männer ließen es nicht zu. So konnte keine echte Freude am familiären Zusammensein aufkommen, und nicht selten hatte Marie das Gefühl, ersticken zu müssen.

Günther empfand ähnlich wie sie. Wann immer sich eine Gelegenheit bot, verließen sie das Haus und streiften durch Wiesen und Wälder. Die eisigkalte Luft und die körperliche Anstrengung taten beiden gut. Marie genoß es, mit dem Bruder allein zu sein, obwohl es sie gleichzeitig auch verletzte, daß er nicht bereit war, auf sie einzugehen. Aber es war immer noch besser, über Probleme zu sprechen anstatt sie totzuschweigen.

Am heiligen Abend wurde eine schöngewachsene Blautanne aufgestellt. Marie und Günther schmückten sie gemeinsam. Später gab es großzügige Geschenke, für beide eine vollständige Skiausrüstung.

»Damit ihr zusammen in die Berge fahren könnt«, bemerkte Cornelius.

Marie und Günther sahen sich an. Nahm er wirklich noch an, daß sie ihre Wochenenden gemeinsam verbrachten?

Maries Geschenke erregten die größte Aufmerksamkeit. Sie hatte für jeden einen Pullover gestrickt, selbst entworfen, mit komplizierten Mustern und ausgesucht schönen Farben. Die Freude und Bewunderung waren groß, aber auch sie blieben nicht ohne einen Wermutstropfen.

»Zu so was hast du wirklich Talent«, äußerte Katharina anerkennend und hielt sich ihren Pullover vor, der in zarten Pastelltönen gehalten war.

Cornelius pflichtete ihr bei. »Hast du schon mal überlegt, ob du nicht einen Beruf daraus machen könntest?« fragte er vorsichtig.

Obwohl Marie sich nach Offenheit gesehnt hatte: Tiefer hätte er sie nicht kränken können. »Hast du eine Ahnung, wieviel Zeit ich brauche, um so ein Stück anzufertigen?« fragte sie scharf.

»Mindestens vierzig Stunden«, sagte Günther, »das weiß ich

von ...« Er brach mitten im Satz ab, weil er Lilos Namen nicht erwähnen wollte.

»Wenn es hinkommt!« bestätigte Marie. »Könnt ihr mir vielleicht sagen, wer das bezahlen sollte?«

Günther nahm sie tröstend in die Arme und küßte sie auf die Wangen. »Höchstens ein Millionär! Und so werde ich mir in deinem Pullover auch vorkommen. Wie ein Krösus.«

»Tut mir leid«, sagte Cornelius, »ich habe von diesen Dingen leider keine Ahnung.«

»Ist ja schon gut.« Marie rang sich ein Lächeln ab. »Ich weiß ja, daß du es nicht bös gemeint hast.« So war der Frieden, wenigstens oberflächlich, wiederhergestellt.

Am nächsten Morgen half Marie in der Küche, weil es so von ihr erwartet wurde. Aber Katharina und sie behinderten sich gegenseitig mehr, als sie sich unterstützten. Sosehr sie sich auch bemühten, sie waren kein gutes Team.

»Im nächsten Jahr«, schlug Marie vor, »werde ich das Weihnachtsessen mal allein kochen.«

»Traust du dir das zu?«

»Warum nicht?«

»Eine Gans zu braten ist nicht ganz einfach.«

»Ich glaube, es kommt eher auf die Gans an. Wenn sie jung und zart ist ...«

Katharina fiel ihr ins Wort: »Sie ist keine gute Köchin, nicht wahr?«

Marie wußte sofort, wer mit ›sie‹ gemeint war. »Ich habe noch nie bei Lilo gegessen, aber du könntest es ja mal ausprobieren.«

»Wie stellst du dir das vor?«

»Ganz einfach. Fahrt doch mal ein Wochenende nach München und laßt euch von ihr einladen.«

»Du stehst also auch auf ihrer Seite?« rief Katharina und errötete vor Erregung bis in die Haarspitzen.

»Nein, überhaupt nicht, aus tausenderlei Gründen. Aber es

könnte bestimmt nichts schaden, wenn ihr sie kennenlernen würdet. Was wäre schon dabei?«

»Ich lehne diese Person ab.«

»Wie kannst du das so genau wissen, wenn du sie nicht einmal kennst?«

»Was ich über sie weiß, genügt mir vollauf – eine Frau, die sich einen fünf Jahre jüngeren Mann, einen Studenten, als Liebhaber nimmt ...«

»So eine fleischfressende Pflanze, wie du sie dir vorstellst, ist sie mit Sicherheit nicht. Sie ist eher ein kühler Typ, sehr sicher, sehr bestimmend.«

»Eine anständige Frau tut so etwas nicht.«

»Es scheint dir völlig entgangen zu sein, daß die Moralbegriffe sich in den letzten Jahren allgemein sehr verändert haben!«

»Warum trittst du so für sie ein?«

»Weil Günther sie liebt. Das allein sollte für dich Grund genug sein, sie wenigstens zu beschnuppern.«

»Beim ›Beschnuppern‹, wie du es reichlich vulgär ausdrückst, würde es dann nicht bleiben. Weißt du, daß er sie uns ins Haus schleppen wollte?«

»Ja.«

»Ist das alles, was du dazu zu sagen hast?«

»Ich finde es ganz natürlich, daß er euch zusammenbringen will.«

»Da bin ich aber anderer Meinung. Man konfrontiert seine Eltern nicht mit der Geliebten.«

»Und wenn sie nun mehr ist als das? Ich meine, gerade daß er sie euch vorstellen will, spricht doch dafür.«

»Das kann nicht dein Ernst sein!«

»Ich habe mit der ganzen Geschichte überhaupt nichts zu tun, Katharina. Aber ich finde, du solltest mal darüber nachdenken. Indem du sie grundsätzlich ablehnst, machst du es dir zu einfach. Du treibst Günther förmlich dazu, sie vor dir in Schutz zu nehmen.«

»Ich werde mich nie mit dieser Person anfreunden können.«

»Ich, ehrlich gestanden, auch nicht. Aber wir müssen uns damit abfinden, daß Günther sie liebt. Etwas anderes bleibt uns gar nicht übrig.«

»Nie und nimmer.«

Marie mußte einsehen, daß dieses Gespräch zu nichts führen konnte. »Ich werde jetzt schon mal den Tisch decken«, sagte sie und verließ, fast fluchtartig, die Küche.

8

Nach dem sehr deftigen Mittagessen wollte Dr. Cornelius Forester sich etwas ausruhen. Aber daraus wurde nichts. Ein Patient rief an, klagte über heftige Schmerzen und bat um eine Visite.

»Immer diese Feiertage!« sagte Cornelius, als er in seine pelzgefütterte Jacke schlüpfte. »Wahrscheinlich ist es die Galle.«

»Ich werde jetzt einen Verdauungsspaziergang machen«, kündigte Günther an; er war während der Mahlzeit auffallend schweigsam gewesen.

»Warte, bis wir mit der Küche fertig sind«, bat Marie, »dann komme ich mit.«

»Lauft nur los!« sagte Katharina. »Ich mach' das schon allein.«

»Ausgerechnet heute!« protestierte Marie, gab aber schließlich dem Drängen der Stiefmutter nach, nur zu froh, von der ungeliebten Abwascharbeit befreit zu sein.

Als sie wenig später das Haus verließen, schlug Günther sofort die Richtung zum Dorf ein. »Ich muß telefonieren«, erklärte er.

Marie begriff, daß er Lilo anrufen wollte und warum er das nicht vom Elternhaus tat. Eine Weile gingen sie schweigend nebeneinander her. Es hatte leicht zu schneien begonnen. Es waren winzige Flocken, die durch die Luft wirbelten und, wenn sie ihre erhitzten Gesichter berührten, sofort tauten. Aber auf dem gefrorenen Boden würde der Schnee wohl liegen bleiben.

Marie freute sich darüber. »Vielleicht können wir in ein paar Tagen schon unsere neuen Skier ausprobieren.«

Er ging nicht darauf ein.

Sie hängte sich bei ihm ein. »Sag mal, was ist eigentlich los mit dir?«

»Nichts!« behauptete er abweisend.

»Bitte, Günther! Mir brauchst du doch nichts vorzumachen. Du warst schon die ganze Zeit so komisch.« Als er sich immer noch nicht äußerte, entschloß sie sich, direkt vorzugehen. »Hat Cornelius dich etwa ins Gebet genommen?«

»Wie kommst du darauf?«

»Weil ihr beide im Wohnzimmer beisammen wart, während wir gekocht haben. Ich habe mich sofort gefragt, über was ihr miteinander gesprochen habt.«

»Er hat mir zweihundert Mark angeboten«, platzte Günther heraus.

Sie blickte erstaunt in sein zorngerötetes Gesicht. »Wofür?«

»Damit ich Lilo verlasse und mir eine eigene Bleibe suche.« Günther atmete tief durch. »Er ist sehr taktvoll vorgegangen, du kennst ihn ja. Kein böses Wort über Lilo, keine Kritik an meinem Verhalten. Statt dessen hat er sich selber beschuldigt, mich finanziell nicht gut genug ausgestattet zu haben. Mit zweihundert Mark mehr – im Monat, versteht sich –, meint er, müßte ich mich freier und unabhängiger fühlen.«

»Und wie hast du darauf reagiert?«

»Ich habe ihm klipp und klar gesagt, daß er sich seine Moneten sonstwohin stecken kann.«

»Oje! Das wird ihn verletzt haben.«

»Du weißt, wie sehr ich ihn achte und schätze. Aber damit ist er entschieden zu weit gegangen. Zweihundert Mark, damit ich Lilo verlasse!« Günther schnaubte förmlich.

»Ich finde, du reitest zu sehr auf diesen zweihundert Mark rum. Die Summe ist doch im Grunde völlig unwichtig. Ich wette, auch wenn es sich um einen Tausender handelte, würdest du Lilo nicht aufgeben.«

Er dachte kurz nach. »Du hast recht«, sagte er dann.

In diesem Moment wußte Marie, daß keine Macht der Welt Günther davon abhalten würde, Lilo Haas zu heiraten. Jeder Versuch, ihn durch Rat und Tat umzustimmen, war verlorene Liebesmühe. Wahrscheinlich sah er selber noch nicht klar, aber tatsächlich war sein Schicksal bereits entschieden.

»Du darfst Cornelius nicht böse sein«, sagte sie, »er wollte dich bestimmt nicht kränken. Ich bin sicher, wenn es nach ihm gegangen wäre, hättest du Lilo auch mitbringen dürfen. Es ist Katharina, die sich mit Händen und Füßen gegen eure Verbindung sträubt.«

»Ja, ich weiß«, sagte er düster. »Aber ich sehe nicht ein, warum er sich immer auf ihre Seite schlagen muß. Warum setzt er ihr den Kopf nicht zurecht?«

»Kennst du jemanden, dem das je gelungen wäre?«

»Trotzdem, ich finde seine Haltung erbärmlich.«

»Er muß mit ihr leben.«

Der spitze Turm der Kirche von Holfeld tauchte vor ihnen auf, dann die Dächer, deren altersdunkle Ziegel schon weiß eingepudert waren. So nahe am Ziel, gingen sie unwillkürlich noch schneller und hatten bald darauf die Dorfstraße erreicht.

»Und was willst du Lilo sagen?« fragte Marie ein wenig atemlos.

»Keine Ahnung. Wir hatten ausgemacht, daß wir uns über die Feiertage nicht anrufen wollten. Aber jetzt muß ich einfach ihre Stimme hören.«

Die Telefonzelle stand neben dem Wirtshaus. Günther ging hinein und vergewisserte sich, daß der Apparat funktionierte. Dann öffnete er die Tür noch einmal und zog ein paar Markstücke aus seiner Hosentasche.

»Tu mir einen Gefallen, Marie, und besorg mir Zigaretten. Du kennst ja meine Marke.«

Sie überlegte nicht lange, ob er wirklich Zigaretten brauchte oder ob er nur unbeobachtet sein wollte, sondern zog gleich los.

Die Wirtshaustür ließ sich nur schwer öffnen, dahinter hing noch ein dicker Vorhang, der die Kälte abhalten sollte. Trotzdem war es in dem breiten Gang mit dem ausgetretenen Steinfußboden noch kühler als draußen; jedenfalls kam es Marie so vor. Da das Fenster über der Tür von dem Vorhang verdeckt war, fiel kein Tageslicht herein. Der Gang wurde von einer einzigen Glühbirne erleuchtet, die an einem Draht von der Decke hing.

Marie erschauerte.

Der Zigarettenautomat stand ganz hinten, unmittelbar neben den Toiletten. Als Marie darauf zuging, öffnete sich die Tür der Wirtsstube, und zwei Männer kamen heraus. Es waren junge Bauern, die Marie nur flüchtig kannte. Sie brummten einen Gruß, den sie freundlich erwiderte.

Als sie an ihr vorbei waren, sagte der eine mit gedämpfter Stimme, aber immer noch deutlich genug: »Sieh mal da! Die Hexe vom ›Schottenhaus‹!«

»Halt's Maul!« gab der andere grob zurück.

Dann arbeiteten sie sich durch Vorhang und Tür auf den Dorfplatz hinaus. Aber Marie war überzeugt, daß sie draußen weiter über sie herzogen.

Einen Augenblick war es ihr, als hätte man ihr einen Schlag versetzt. Sie stand wie erstarrt, wußte nicht mehr, was sie hier wollte oder sollte. Dann riß sie sich zusammen, setzte ihren Weg fort, warf Günthers Münzen in den Automaten und zog die Zigarettenpäckchen.

Als sie ins Freie trat, stand Günther noch im Telefonhäuschen. Marie hatte keine Lust mehr, mitten auf dem Platz auf ihn zu warten. Zwar waren nur wenige Menschen unterwegs, und die beachteten sie kaum. Trotzdem kam sie sich wie am Pranger vor. Sie wandte sich um und lief davon.

Günther holte sie erst ein, als das ›Schottenhaus‹ schon in Sicht kam. »Was ist in dich gefahren?« fragte er.

Sie gab ihm seine Zigaretten. »Ich hatte keine Lust, dumm herumzustehen. Wie geht es Lilo?«

»Ich fahre nach München.«

Erstaunt blieb sie stehen und sah ihn an. »Wieso?«

»Ich will sie nicht länger allein lassen.«

»Die Eltern werden sich furchtbar aufregen.«

»Ach was. Ich breche ja nicht auf der Stelle auf. Einen Tag hänge ich höflichkeitshalber noch an.«

»Und wie willst du es ihnen erklären?«

»Daß ich Ski fahren möchte. Weißt du was, komm doch mit! Sie scheinen ja zu glauben, daß wir zusammen skifahren.«

»Ja«, sagte Marie zögernd, »das ist keine schlechte Idee.«

Sie liefen nebeneinander her, beide in ihre Gedanken versunken. Das Schneetreiben war inzwischen dichter geworden, und das hohe Haus mit seinen Zinnen und Türmchen wirkte jetzt märchenhaft, aber auch bedrohlich.

Zwar zog es Marie nicht zurück in die Einsamkeit ihres Ateliers. Aber ohne Günther, auf die Gesellschaft der gewiß verbitterten Stiefmutter angewiesen, würde es zu Hause unerträglich werden. »Du hast recht«, sagte sie, »ich schließe mich dir an. Ich habe auch wirklich keine Lust, mit der Bahn zurückzufahren.«

Beim weihnachtlichen Nachmittagskaffee verkündete sie ihren Entschluß: »Günther und ich würden gern für den Rest der Ferien in die Berge fahren. Natürlich nur, wenn ihr uns deswegen nicht böse seid.«

»Natürlich nicht«, antwortete Cornelius sofort.

»Ich verstehe das nicht!« erklärte Katharina. »Wieso auf einmal? Ich dachte, ihr wolltet bis zum sechsten Januar bleiben.«

»Hatten wir auch vor«, bestätigte Günther, »aber der schöne Schnee ...«

»... und die neuen Skier!« fügte Marie hinzu.

»Ihr könnt genausogut hier damit herumrutschen. Der Hügel hinter dem Teich ist hoch genug.«

»Aber, Katharina«, wandte Günther ein, »ein Hügel ist doch nicht das gleiche wie ein Berg!«

»Du merkst doch, daß die Kinder nicht bleiben wollen!« sagte Cornelius. »Also laß sie ziehen. Reisende soll man nicht aufhalten.«

»Und ich habe mir den Kopf zerbrochen, für die nächsten vierzehn Tage ein Programm mit euren Lieblingsspeisen aufzustellen!«

»Ich kann verstehen, daß du enttäuscht bist«, sagte Günther halbherzig.

»Enttäuscht ist gar kein Ausdruck. Wir sehen euch so selten. Jetzt seid ihr kaum zwei Tage hier, da treibt's euch schon wieder fort.«

»Morgen bleiben wir ja noch«, murmelte Marie schuldbewußt.

»Habt ihr denn überhaupt schon ein Quartier?« wollte Cornelius wissen. »In den Alpen, meine ich.«

»Ach, das arrangieren wir von München aus«, behauptete Günther leichthin, »notfalls fahren wir morgens raus und abends zurück. Das ist wirklich kein Problem.«

»Warum bleibt ihr nicht wenigstens über Silvester?« drängte Katharina.

»Laß die Kinder!« sagte Cornelius. »Ich möchte nicht, daß sie den Aufenthalt hier als reine Pflichtübung absolvieren.« Marie und Günther schwiegen betreten.

Katharina konnte sich nicht länger beherrschen. »Ich wette, daß diese Lilo hinter der ganzen Geschichte steckt!« rief sie aufgebracht.

»Und wenn es so wäre«, gab Günther zurück, »wer könnte es mir verargen? Da ihr sie hier nicht haben wolltet ...«

Katharina fiel ihm ins Wort. »Nie, nie hätte ich geglaubt, daß du so undankbar sein kannst, Günther! Was hat Cornelius nicht alles für dich getan, und das aus freien Stücken!«

»Hör auf damit, Katharina!« verlangte Cornelius. »Du weißt, ich will nichts davon hören. Warum könnt ihr nicht friedlich miteinander umgehen? Wenigstens heute, am Weihnachtsfeiertag? Ich hasse dieses törichte Gezänke.«

Marie und Günther verstummten und widmeten sich mit vorgetäuschtem Appetit dem Stollen. Katharina schob ihren Teller mit dem angebissenen Stück wütend zurück.

»Würdest du mir bitte noch eine Tasse Kaffee einschenken?« fragte Günther.

Katharina reagierte nicht; sie wollte die anderen nicht merken lassen, daß sie am ganzen Leib zitterte.

»Ich mach' das schon.« Marie stand auf, ging um den Tisch herum, nahm die schwere, bauchige Kanne und füllte Günthers Tasse. »Du auch noch, Cornelius?«

»Ja, bitte, Marie!« Er beobachtete seine Tochter. »Wenn Günther uns tatsächlich seiner Freundin wegen verlassen will, warum bleibst du dann nicht wenigstens?«

»Wir möchten Ski fahren«, entgegnete sie ruhig.

»Wir haben noch gar nicht miteinander sprechen können.«

»Falls du das wirklich vorhast, steht uns morgen der ganze Tag zur Verfügung.«

Aber wie Marie nicht anders erwartet hatte, raffte sich der Vater auch am nächsten Tag nicht zu einem Gespräch unter vier Augen auf. Er wollte nichts von ihren visuellen Erlebnissen hören. Sie waren ihm unheimlich, paßten nicht in sein realistisches Weltbild. Marie spürte auch, daß er mehr Günthers als ihretwegen besorgt war.

Katharina dachte nicht daran, ihren Zorn und ihre Enttäuschung zu verbergen. Marie bot sich ihr nicht wie sonst zur Hilfe in der Küche an; sie wollte nicht mit ihr allein sein, nicht wieder nach Günthers Beziehungen zu Lilo Haas ausgequetscht werden und sah auch nicht ein, warum sie die Strafpredigt, die Günther zugedacht war, einstecken sollte. Lieber nahm sie es in Kauf, daß Katharina sich über ihre mangelnde Hilfsbereitschaft beschwerte.

Sie tat es während des Mittagessens.

»Du wirst doch sonst sehr gut allein in der Küche fertig«, erwiderte Cornelius gelassen.

Marie hielt es nicht der Mühe wert, eine Entschuldigung zu erfinden.

»Sonst«, erklärte Katharina wütend, »sind wir ja auch nur zwei Personen.«

»Was regst du dich auf?« sagte Günther. »Ab morgen werdet ihr das ja auch wieder sein.«

Katharina knallte ihre Serviette auf den Teller, sprang auf und stürzte aus dem Zimmer. »Es war nicht notwendig, sie so zu reizen«, tadelte Cornelius milde.

»Ist aber doch wahr!« maulte Günther. »Erst ist sie wütend, weil wir nicht bleiben wollen, dann beschwert sie sich indirekt, daß wir ihr zuviel Arbeit machen.«

»Sie liebt dich sehr, Günther.«

»Auf eine Liebe, die nur darin besteht, mich einzuengen und mir Vorschriften zu machen, kann ich pfeifen.« Er trank einen Schluck Wein und stellte das Glas hart auf den Tisch. »Außerdem sehe ich nicht ein, warum Marie dauernd helfen soll. Schließlich hat sie Ferien.«

»Aber sie hat doch wohl auch während des Semesters nicht allzu viel zu tun.«

Marie starrte ihren Vater an, mit Augen, deren Iris sehr blau geworden waren. »Ich danke dir für dein Verständnis.«

»Ich kann nicht finden, daß du dir einen Zacken aus der Krone brichst, wenn du Katharina hilfst.«

»Sicher nicht. Ich habe es bisher ja auch immer getan. Aber

begreifst du wirklich nicht, warum ich mich heute gedrückt habe? Bist du so unsensibel?«

Cornelius machte ein Gesicht, als traute er seinen Ohren nicht. »Marie! Wie redest du denn mit mir?«

»Wie's mir ums Herz ist. Etwas mehr Offenheit kann in unserer Familie bestimmt nicht schaden.«

Er konnte seine Betroffenheit nicht verbergen, trank hastig seinen Kaffee aus und stand auf. »Ich habe noch zu tun«, behauptete er. »Macht euch noch einen schönen Nachmittag.«

»Er drückt sich wieder«, stellte Günther fest, als sie allein waren.

Denselben Vorwurf hätte Marie auch ihm machen können. Aber sie tat es nicht, denn sie wollte keinen neuen Streit heraufbeschwören. Außerdem wußte sie im tiefsten Innern, daß er unfähig war, über seinen Schatten zu springen. Das konnte sie ebensowenig von ihm verlangen, wie von ihrem Vater.

»Ich hätte lieber den Mund halten sollen. Schließlich weiß ich seit langem, wie er ist. Aber diesmal ist mir einfach der Kragen geplatzt.«

»Mach dir nichts draus, Marie! Ein kleines Gewitter reinigt die Atmosphäre.«

»In diesem Haus wäre schon ein gewaltiges dazu nötig.«

Bis zur Abreise begegneten sich die Familienmitglieder mit einer betonten Höflichkeit, die schon fast an Feindseligkeit grenzte. Als Marie der Stiefmutter ihre Hilfe anbot – sie hatte, da Katharina sich nicht hatte blicken lassen, mit Günther zusammen den Abwasch des Kaffeegeschirrs erledigt und auch den Abendbrottisch gedeckt –, lehnte sie eisig ab.

Erleichtert zog sich Marie auf ihr Zimmer zurück und zeichnete vom offenen Fenster aus den Gartenpavillon, dazu Bäume und Büsche um den kleinen Teich im fallenden Schnee. Es war eine schwierige Aufgabe, da das Bild sich ständig veränderte. Am Ende hatte sie eine ganze Reihe von Skizzen geschafft. Erst als ihre Finger starr vor Kälte wurden, gab sie auf.

Dann kramte sie ihre alten Mappen heraus, in denen sie frühe Zeichnungen und Aquarelle aufbewahrte, die ihr erhaltenswert erschienen waren. Mit Freude stellte sie fest, wie sehr sie sich inzwischen verbessert hatte, wenn sie auch noch weit davon entfernt war, ihren eigenen Stil zu finden. Entschlossen zerriß sie ein Blatt nach dem anderen, ohne recht zu wissen, warum sie das tat. Wenn mir etwas zustoßen sollte, dachte sie, dann sollen sie diese kindischen Bilder nicht in meiner Hinterlassenschaft finden. Als ihr diese Überlegung bewußt wurde, stutzte sie: Rechnete sie denn mit ihrem Tod? Nein, das war keine Vorahnung, das war Unsinn. Das angestrengte Starren in den fallenden Schnee hinaus und der Aufenthalt in dem alten Haus hatten sie melancholisch gestimmt, das war alles. Dennoch fuhr sie fort, die Blätter in kleine Schnipsel zu zerreißen, bis Katharina sie zum Abendessen rief.

Die Stimmung bei Tisch war gespannt. Vergeblich versuchten Marie und Günther, beide sehr behutsam, die Eltern aufzuheitern. Sie selber hatten Mühe, sich nicht anmerken zu lassen, wie froh sie waren, es bald überstanden zu haben. Da sie jetzt die Stunden zählen konnten, bis es soweit war, wären sie gern bereit gewesen, sich so zu geben, wie es von ihnen erwartet wurde. Aber Cornelius und Katharina gaben ihnen keine Chance. Ohne es mit Worten auszudrücken, ließen sie sie ständig fühlen, wie maßlos enttäuscht sie waren. Die Geschwister sahen darin, wohl nicht zu Unrecht, den Versuch, ihnen ein schlechtes Gewissen einzuimpfen, und lehnten sich innerlich dagegen auf.

Auch der Abschied am nächsten Morgen verlief ohne Herzlichkeit.

Katharina hatte ein kräftiges Frühstück bereitet: Spiegeleier auf Speck und gebratene Würstchen. Sie aßen in der Küche. Marie, die gewöhnlich morgens nur eine Tasse Kaffee und ein Glas Saft zu sich nahm, tat so, als ließe sie es sich schmecken. Sie trödelten herum, um nur ja nicht den Eindruck zu erwecken, daß sie es eilig hätten, fortzukommen.

Nachher zündete Günther sich eine Zigarette an, und Marie rauchte zur Gesellschaft mit.

»Worauf wartet ihr denn noch?« fragte Katharina gereizt. Sie hatte sich nicht zu ihnen gesetzt, sondern hantierte am Herd.

»Auf Vater«, sagte Marie.

»Cornelius ist schon in seiner Praxis und möchte nicht gestört werden.«

Marie und Günther wechselten einen Blick.

Katharina hatte wohl selbst gemerkt, wie hart das geklungen hatte, und fügte mildernd hinzu: »Er läßt euch grüßen und wünscht euch eine gute Reise.«

»Na, immerhin«, sagte Günther.

Absichtlich ließen sie sich Zeit, ihre Zigaretten zu Ende zu rauchen und den Kaffee auszutrinken.

Das war ein Fehler.

»Na, mit einem Mal scheint ihr es ja gar nicht mehr so eilig zu haben«, meinte Katharina hoffnungsvoll, »zu Hause ist es wohl doch am schönsten.«

Hastig drückte Günther seine Zigarette aus und sprang auf. »Darüber möchte ich jetzt nicht diskutieren.«

Marie folgte seinem Beispiel.

Günther wollte seine Mutter in die Arme nehmen, aber sie wich zurück und machte sich steif.

»Na denn nicht«, sagte er wie ein ungezogener Junge und wandte sich zur Tür, »ich bringe jetzt unser Gepäck nach unten.«

»Ich danke dir, Katharina«, sagte Marie.

»Wofür?«

»Für alles, du weißt schon.«

»Nicht der Rede wert.«

»Es tut mir leid, daß es schiefgelaufen ist.«

»Du mußt dich nicht entschuldigen«, entgegnete Katharina, wobei sie das ›Du‹ betonte.

»Wir haben einfach Lust, unsere Skier auszuprobieren. Ist das so schwer zu verstehen?«

»Hör auf damit, Marie! Du kannst mich nicht für dumm verkaufen. Er kann, scheint es, nicht länger als drei Tage ohne diese Person auskommen – oder sie nicht ohne ihn.«

»Auch wenn es so wäre – er wird dich immer liebhaben.«

»Oh, darauf lege ich keinen Wert. Aber daß er es über sich bringt, Cornelius so zu kränken ...«

Marie ließ sie nicht aussprechen, sondern umarmte sie flüchtig. »Auf Wiedersehen, Katharina, und bis bald! Kommst du mit hinunter?«

Katharina schwieg abweisend.

Günthers schriller Pfiff klang wie Musik in Maries Ohren. Sie schenkte ihrer Stiefmutter noch ein versöhnliches Lächeln, schnappte sich ihren Mantel und lief hinaus.

9

Am frühen Nachmittag kamen Marie und Günther in München an. Es war eine anstrengende Fahrt gewesen, da die Autobahn teilweise verschneit, vereist oder unzureichend geräumt war. Ständig waren Schneeflocken, wie ein weißer Vorhang, vom Himmel gefallen und hatten die Sicht behindert. Die Wischer hatten es kaum geschafft, die Scheiben freizuhalten. Marie hatte zudem unbequem gesessen, da sie ihre Skier, in Ermangelung von Halterungen, im Innern des Wagens quer hatten verstauen müssen.

Unterwegs hatten sie wenig miteinander gesprochen. Sie waren nicht in der Lage gewesen, ihre widerstreitenden Gefühle – Erleichterung, seltsam gepaart mit Niedergeschlagenheit – zu verstehen, geschweige denn auszusprechen. Bei Günther kamen noch Trotz und eine gewisse Beschämung hinzu.

Auch in München schneite es, aber es gab noch keine Wälle an den Straßenrändern. Noch lag etwas wie feiertägliche Ruhe über der Stadt, und die dünne Decke war, auch auf den Fahrbahnen, noch erstaunlich weiß geblieben. Marie nahm sich vor, sofort mit ihrem Skizzenblock loszuziehen.

Günther fuhr in mäßigem Tempo zur Herzogstraße und parkte sein Auto im Hinterhof, in dem es sehr viel weniger geschäftig als gewöhnlich zuging. Gemeinsam bemühten sie sich, Maries Skier herauszuziehen. Dann öffnete er den Kofferraum und entnahm ihr Gepäck.

In ihrem Atelier angekommen, stellte sie die Skier in dem winzigen Raum zwischen Küche und Bad an die Wand.

Er setzte ihren Koffer ab. »So, das wär's also.«

»Schönen Dank.«

Sie standen sich etwas verlegen gegenüber.

»Wenn du Silvester nichts vorhast, kannst du zu uns kommen«, schlug er vor.

»Danke. Ich werde es mir überlegen.« Beide wußten, daß Marie sein Angebot nicht annehmen würde.

»Mach's gut, Marie!«

Sie lächelte ihn liebevoll an. »Immer.«

Er stand unentschlossen vor ihr, zögerte den Abschied hinaus.

»Ist noch was?« fragte sie.

»Nur, daß ich dir noch sagen muß ...« Er stockte. Es fiel ihm offensichtlich schwer, die richtigen Worte zu finden. »Ich bin sehr froh, daß du zu mir gehalten hast. Froh und dankbar.«

»Nun mach bloß nicht aus 'ner Mücke 'nen Elefanten!«

»Ist aber doch wahr! Wenn du nicht mit mir gekommen wärst – nicht auszudenken!«

»Das habe ich aber nicht nur deinetwegen getan.«

»Nicht nur. Stimmt schon. Trotzdem – es kommt mir komisch vor, dich jetzt hier so allein zu lassen.«

»Ach was!« sagte sie lächelnd. »Mach dir um mich keine Gedanken. Ich bin ein großes, erwachsenes Mädchen und komme schon zurecht.« Aber sie freute sich über seine Besorgnis.

»Du kannst mich jederzeit anrufen.«

»Das weiß ich doch.« Sie umarmte ihn und küßte ihn auf die Wangen. »Aber jetzt verzieh dich bitte! Ich habe noch etwas vor, und frag bloß nicht, was. Es geht dich nämlich nichts an.« Energisch schob sie ihn zur Tür.

Bevor er ging, erwiderte er ihre Umarmung. Dann war sie allein. Aber sie empfand es nicht als bedrückend, sondern als wohltuend. Sie nahm sich gerade noch Zeit, sich frisch zu machen, so sehr zog es sie mit ihrem Skizzenblock auf die verschneiten Straßen hinaus. Einkaufen und Kofferauspacken konnten bis zur Dämmerung warten.

Die nächsten Tage verbrachte Marie mit Zeichnen, Aquarellieren, Lesen, Träumen und Nachdenken. Es störte sie nicht, daß sie keine Gelegenheit hatte, sich zu unterhalten. Das einzige, was ihr wirklich fehlte, war der Unterricht. An Silvester, entschied sie, würde sie die Eltern und Günther anrufen, um ihnen Glück zu wünschen, und dann genau wie immer zu Bett gehen.

Als am späten Nachmittag das Telefon klingelte – sie war gerade erst nach Hause gekommen und noch im Mantel –, war sie überrascht. Während sie sich auf ihre Couch fallen ließ, nahm sie den Hörer ab und meldete sich.

»Marie?« meldete sich Paul Sanner erstaunt. »Du bist schon zurück?«

Sie lachte. »Wieso rufst du an, wenn du nicht glaubst, daß ich in München sein könnte?«

»Auf gut Glück! Marie, es ist ja so schön, daß du wieder da bist! Ich kann es gar nicht fassen.«

»Nimm dir ruhig Zeit, dich an den Gedanken zu gewöhnen.«

»Ist was passiert? Ich dachte, du wolltest bis nach den ›Heiligen Drei Königen‹ bleiben.«

»Stimmt. Aber dann habe ich es mir anders überlegt.«

»Hat es Knies gegeben?«

»So könnte man es nennen.«

»Weiß ich aus Erfahrung. Solche feiertäglichen Familientreffen sind meist sehr problematisch.«

Der fröhliche, teilnahmsvolle Ton seiner Stimme tat ihr unendlich wohl.

»Ich gebe zu, ich bin reichlich spät dran mit meiner Einladung«, fuhr er fort, »aber ich würde wahnsinnig gern mit dir das neue Jahr beginnen.«

»Tut mir leid, Paul«, entgegnete sie impulsiv.

»Du hast also was Besseres vor?« – Er sagte es leichthin, dennoch klang es enttäuscht.

»Ja.«

»Was denn? Nun sag schon!« drängte er.

»Warum willst du es wissen?«

»Vielleicht ist mein Angebot doch verlockender. Ich verspreche dir Musik, Tanz und Heiterkeit.«

»Hört sich gut an«, gab sie zu.

»Gut genug, um die andere Verabredung sausen zu lassen?«

Sie war nahe daran, ihm etwas vorzumachen. Das wäre leicht genug gewesen, denn die Auswahl an Bällen und Dinners in allen Preislagen war groß. Aber dann dachte sie: Warum soll ich ihn belügen? Es ist doch so unnötig. – »Ich will früh zu Bett gehen«, gestand sie.

»Das lasse ich nicht zu.«

Sie lachte. »Du tust gerade so, als hättest du ein Recht, über mich zu verfügen.«

»Ich nehme es mir. Um deinetwillen. Ich finde es unmöglich, daß ein so schönes Mädchen wie du die tollste Nacht im Jahr verschlafen will.«

»Aber das mache ich immer.«

»Sag lieber, du hast es immer so gemacht. Von jetzt an nicht mehr. Du kommst mit mir.«

»Du kennst mich doch jetzt schon ein bißchen, Paul. Du solltest wissen, daß ich einfach nicht der Typ für so etwas bin.«

»Unsinn! Du wirst dich fabelhaft amüsieren.«

»Das kann ich mir nicht vorstellen.«

»Versuch es wenigstens! Ich verspreche dir: Wenn es dich anödet, bringe ich dich noch vor Mitternacht nach Hause.«

Marie wurde unsicher. Sie fragte sich, ob es denn wirklich unumgänglich war, sich von allem abzukapseln, was anderen Leuten Vergnügen bereitete. Sie brauchte ja keinen Alkohol zu trinken. Wie lange war es her, daß sie einmal unbeschwert gewesen war? Sie konnte sich nicht erinnern.

Er spürte ihr Zögern. »Also abgemacht, Marie! Ich hole dich ab.«

»Ich müßte mir erst noch die Haare waschen.«

Er lachte vergnügt über seinen Erfolg. »Na, wunderbar! Dafür hast du jede Menge Zeit. Um neun Uhr werde ich vor dem Tor auf dich warten. Also, bis dann!«

Er ließ ihr keine Zeit für eine Erwiderung, vielleicht weil er befürchtete, sie könnte es sich im letzten Augenblick noch anders überlegen, sondern legte abrupt auf.

Marie seufzte schwer. Ihr Verstand sagte ihr, daß sie sich besser nicht von Paul Sanner hätte überreden lassen sollen. Aber ihr Herz sehnte sich nach menschlicher Wärme, nach Ansprache und Fröhlichkeit.

Als alle Glocken der Stadt Mitternacht verkündeten und die Menschen sich umarmten und küßten, wurde Marie bewußt, daß sie nie zuvor so ausgelassen gewesen war.

Natürlich hatte sie dann doch getrunken, erst nur Saft, dann hatte sie an Pauls Glas genippt, später, da es nun egal war, sich Wein einschenken lassen.

Zuletzt hatte er Champagner bestellt. »Mach dir keine Sorgen wegen der Rechnung!« hatte er vergnügt gesagt. »Ich bin Gast des Hauses.«

Vielleicht, hatte sie gedacht, werde ich es später bereuen. Aber was soll's? Um so mehr werde ich es jetzt genießen.

Paul hatte sie zu einem Lokal im Herzen Münchens gebracht, in der Nähe des Viktualienmarktes, und sie hatte sich zunächst darüber gewundert, denn in Schwabing gab es mehr als genug Gaststätten, in denen man hätte feiern können. Aber schon bald war sie dem besonderen Reiz dieses Etablissements erlegen. Es war im Stil der Jahrhundertwende eingerichtet: Es gab Häkelgardinen vor den Fenstern, rote Lampenschirme mit Pleureusen, holzgetäfelte Wände, Parkettboden und eine gläserne, von unten beleuchtete Tanzfläche. Für diese eine Nacht war es bunt und phantasievoll dekoriert. Die Kellner, alle jung und hübsch, trugen gestreifte Westen über weißen Hemden und hatten Silberflitter auf den Wangen und im Haar. Eine kleine Band, drei junge Herren im Smoking, spielte auf.

Auch Paul trug einen Smoking, der ihn sehr distinguiert aussehen ließ. Marie, die kein Abendkleid besaß, hatte ihr kleines Schwarzes mit tiefem Dekolleté an. Zwar besaß sie echten Schmuck von ihrer Mutter und Großmutter her, aber der lag in Bayreuth im Safe. Statt dessen hatte sie eine selbstgefertigte Kette und ein dazu passendes Armband aus goldlackierter Kordel angelegt, was ausgesprochen dekorativ wirkte.

Sie war sehr schön in dieser Nacht; es war ihr bewußt, und Pauls Blicke bestätigten es ihr immer wieder. Ihre vollen roten Lippen, die sie nicht wieder nachgezogen hatte, grenzten sich scharf von ihrer porzellanglatten Haut ab, die von einem rosigen Schimmer überhaucht war. Ihre blaugrauen, verschleierten Augen wirkten geheimnisvoller denn je.

Anfangs war sie mehrmals von anderen Gästen aufgefordert worden, aber sie hatte jedesmal freundlich abgelehnt.

»Nein, danke, sehr lieb von Ihnen. Aber ich tanze nur mit meinem Freund.«

Paul und Marie hatten oft zusammen getanzt, und da sie Ballerinas trug, paßten sie gut zusammen. Sie hatte wenig Übung, aber er führte sie sehr sicher, und nachdem die frohe Stimmung ihre leichte Verkrampfung gelöst hatte, schwebte sie förmlich in seinen Armen dahin. Die Nähe seines für einen Mann eher zierlichen Körpers war ihr angenehm wie auch sein männlich herber Geruch, betont von einem Hauch Eau de Toilette.

Sie hatte das Gefühl, ewig so weitertanzen zu mögen, und so blieben sie bis zum letzten Walzer.

»Was jetzt?« fragte er, als er ihr in den Mantel half. »Gehen wir noch ins ›Donisl‹? Auf eine Weißwurst und ein Bier?«

»Zu profan«, erwiderte sie lächelnd.

»Du hast recht.«

»Es war eine wunderbare Nacht! Aber jetzt möchte ich nach Hause.«

Seine blauen Augen funkelten sie an. »Dein Wunsch sei mir Befehl«, erklärte er mit altmodischer Grandezza.

Vor dem Tor zum Hof erwiderte sie seine Küsse voller Zärtlichkeit.

Dann gab er ihren Mund frei, hielt sie aber weiter in den Armen und blickte ihr im Schein der Laterne in die Augen. »Schade, daß es schon vorüber ist.«

»Möchtest du noch eine Tasse Kaffee bei mir trinken?«

»So eine gute Idee hätte ich dir gar nicht zugetraut!«

Sie schloß das Tor auf, ließ ihn in den dunklen Hof ein und schloß dann wieder ab. Mit sicherem Schritt ging sie vor ihm her, vorbei an den abgestellten Autos und Lieferwagen, auf die beleuchtete Tür des Hinterhauses zu.

»Daß du dich das traust!« sagte er, nachdem sie eingetreten waren. »Nacht für Nacht.«

»Nun, gewöhnlich komme ich nicht um diese Zeit«, erklärte sie lächelnd.

»Trotzdem. Ich glaube, ich hätte nicht den Mut dazu.«

»Warum sollte ich mich fürchten? Hier ist doch keine Menschenseele. Nur manchmal verzichte ich auf den Lift. Es wäre zu dumm, damit steckenzubleiben.«

Im Aufzug machte er keine Anstalten, sie zu küssen, sondern steckte sich eine Zigarette an. Dann folgte er ihr über die letzte Treppe zum Atelier hinauf.

Als sie aufgeschlossen hatte, lag der Raum in hellem Mondlicht vor ihnen. Paul sah sich sofort nach einem Aschenbecher um, fand eine Kupferschale auf dem Tisch vor der Couch und drückte seine Zigarette darin aus. Dann legte er Schal und Mantel ab und warf sie über den Sessel. Marie nahm sie auf und versorgte sie im Zimmer zwischen Bad und Küche. Als sie zurückkam, wollte sie die Deckenlampe einschalten. Aber er fing ihren Arm auf dem Weg zum Schalter ab. »Bitte, kein Licht, Marie! So ist es schöner.« Er küßte sie zärtlich.

Sie lag weich in seinen Armen und erwiderte seine Küsse.

Aber dann wurde er leidenschaftlicher. »Zieh dich aus!« flüsterte er. »Sonst machen wir dir noch dein süßes Kleid kaputt.«

Sie wehrte sich. »Nein, nein! Bitte nicht!«

»Jetzt werd' nicht zickig!«

»Paul, bitte!« Sie stieß ihn von sich, nicht gerade grob, aber heftig genug, um ihn zu ernüchtern.

»Wenn du nicht willst«, fragte er erstaunt, »warum hast du mich dann mit heraufgenommen?«

»Ich wollte dir einen Kaffee machen, und das werde ich jetzt auch tun.« Sie wandte sich ab.

Er griff nach ihr. »Unsinn! Das war doch nur ein Vorwand. Das weißt du genausogut wie ich.«

»Nein, Paul. Ich möchte wirklich ...«

»Aber ich nicht. Vergiß den dummen Kaffee.«

Er löste seinen Griff nicht, aber ihr Körper war jetzt in Abwehr gespannt. Er glaubte auf dem Grund ihrer Augen Furcht zu lesen.

»Marie«, drängte er, »sag mir ganz ehrlich: Hast du schon mal mit einem Mann geschlafen?«

»Nein.«

»Ach du lieber Himmel!« Er gab sie frei.

»Das ist doch keine Schande«, behauptete sie in einem Ton, als müsse sie sich verteidigen.

»Sicher nicht, Marie. Heute wolltest du es endlich mal ausprobieren, ja? Aber dann hast du es doch mit der Angst zu tun bekommen?«

»Nein.«

»Was war es dann? Marie, ich kenne dich jetzt einigermaßen. Du gehörst nicht zu den Mädchen, die einen Mann erst anheizen und dann ...«

Sie fiel ihm ins Wort: »Ich wollte das nicht. Ich meine, ich habe dich nicht absichtlich angeheizt, wie du das nennst.«

»Wie würdest du es denn bezeichnen?«

»Ich bin nicht auf die Idee gekommen, daß du denken könntest ...«

»Marie, ich bitte dich, stell dich nicht dumm! Ich nehme dir ja ab, daß du keine Erfahrungen hast. Aber du müßtest dir doch vorstellen können, was sich ein Mann denkt, wenn eine Frau ihn mitten in der Nacht mit auf ihr Zimmer nimmt.«

»Ja, schon«, gab sie zu.

»Aber?«

»Ich mußte es riskieren«, platzte sie heraus.

Er blickte sie entgeistert an, mit halb geöffnetem Mund, buchstäblich starr vor Staunen. Dann warf er sich in einen Sessel und zündete sich eine Zigarette an. Es dauerte einige Züge, bis er die Sprache wiederfand. »Würdest du mir das bitte näher erklären?«

Sie blieb vor ihm stehen. »Es ist schwer.«

Er zog sie auf seinen Schoß. »Versuch es! Bitte! Mir zuliebe.«

»Es ist so. Du weißt doch, ich vertrage keinen Alkohol.«

»Den Eindruck hatte ich aber nicht.«

»Es kommt erst hinterher. Dann – es ist so – ich kriege Zustände.«

»Jetzt auch?«

»Nein. Nur wenn ich allein bin. Deshalb wollte ich, daß du noch bei mir bleibst.« Er zog ihren Kopf an seine Schulter und streichelte ihr Haar. »Wie lange?«

»Ich weiß es nicht genau. Bis Sonnenaufgang, denke ich.«

»Gut. Ich bleibe. Aber erzähl mir mehr von deinen ›Zuständen‹!«

Sie versuchte es, so gut sie konnte.

»Hört sich ziemlich schrecklich an«, lautete sein Kommentar.

»Ist es auch. Ich hätte gar nicht mit dir ausgehen sollen. Aber ich wollte so gern wie die anderen sein. Wenigstens einmal im Jahr.«

»Du bist nicht wie die anderen. Das habe ich sofort gespürt. Damals, als ich dich das erste Mal gesehen habe.«

Sie hob den Kopf und sah ihm in die Augen. »Ja?«

»Ja, Marie. Den Polizisten hast du etwas vormachen können. Aber mir nie.«

Sie rutschte von seinem Schoß, trat an das große Fenster und blickte in die Nacht hinaus.

»Marie«, bat er, »hab doch Vertrauen zu mir!«

Sie schwieg.

»Welcher intelligente Mensch hätte dir denn die Story abnehmen können, daß du ›zufällig‹, ›auf einem Spaziergang‹, deinen schwerverletzten Bruder gefunden hättest? Dazu noch in diesem versteckten Winkel? Natürlich wußtest du, was und wo es ihm passiert war, bevor du aus dem Haus gestürzt bist. Du hattest es gesehen.« Er sprach das letzte Wort mit überdeutlicher Betonung aus.

Jetzt endlich drehte sie sich wieder zu ihm um. Ihre Haut wirkte im Mondlicht geisterhaft blaß, das Blau ihrer Augen sehr tief. »Warum hast du es mir nie gesagt?«

»Ich hoffte, du würdest eines Tages von selbst darüber reden. Wenn du erst Vertrauen zu mir gewonnen hättest.«

»Jetzt habe ich es also getan.«

»Nein, Marie, das hast du nicht. Du hast nur zugegeben, was ich von Anfang an gewußt habe. Kein Wort mehr.«

»Genügt das nicht?«

»Nein. Ich will alles wissen.«

»Dann wirst du mich nicht mehr mögen.«

»Wie kommst du denn darauf?«

»Ich werde dir unheimlich sein. Manchmal bin ich es mir selber.«

»Weil du dich dagegen sträubst. Du begreifst nicht, daß deine Veranlagung etwas ganz Besonderes aus dir macht. Für mich jedenfalls sind außersinnliche Wahrnehmungen nicht unheimlich – oder doch nur gerade so viel, daß es angenehm ist –, sondern interessant. Weißt du was, Marie? Jetzt kochst du uns am besten doch einen Kaffee, und dann erzählst du mir alles.« Als sie noch zögerte, stand er auf. »Ich begleite dich in die Küche und halte dir die Dämonen fern.«

»Sie ist winzig«, gab Marie zu bedenken.

»Dann stelle ich mich eben in die Tür. Komm, Marie! Sei lieb.«

Sie trat auf ihn zu und sagte aufatmend: »Im Grunde, Paul, bin ich froh, endlich mit jemandem über alles reden zu können.«

10 Als Paul Sanner seine Wohnung betrat – er war viel länger als bis zum Sonnenaufgang bei Marie geblieben –, war es bereits kurz nach sieben Uhr früh. Dennoch war er überrascht, seine Frau beim Frühstück anzutreffen.

Nora war berufstätig, Sekretärin bei einem Elektrokonzern, und sie pflegte an Feiertagen auszuschlafen. Aber heute saß sie bei Kaffee und Toast im Wohnzimmer, ungeschminkt, aber adrett anzusehen, das lange schwarze Haar im Nacken zusammengebunden, eine zierliche junge Frau in einem Morgenmantel aus heller Seide, dessen Ärmel sie an den Handgelenken hochgekrempelt hatte.

»Du bist schon auf?« rief er überrascht.

»Und du bist schon zurück?« erwiderte sie spitz.

Er beugte sich zu ihr hinab, um sie zu küssen, aber sie wandte das Gesicht ab, so daß seine Lippen nur ihre Wange streiften.

»Du stinkst«, stellte sie fest.

»Ich habe ein bißchen viel geraucht«, gab er zu.

»Nicht nur das. Deine Freundin scheint ein ziemlich aufdringliches Parfum zu benutzen.« Schnuppernd krauste sie die feine Nase. »Moschus oder etwas in der Richtung.«

»Ich habe keine Freundin.«

»Dann eben die Frau, mit der du zusammen warst.«

Er gähnte, ohne sich die Hand vor den Mund zu halten. »Ich bin todmüde, Liebling. Dies ist wirklich nicht der richtige Augenblick, mir eine Szene zu machen.«

»Trinkst du einen Kaffee mit mir?« fragte sie, bemüht, versöhnlich zu sein. »Es ist noch welcher in der Kanne.«

»Danke, nein. Ich habe die halbe Nacht Kaffee getrunken. Jetzt will ich nur noch unter die Dusche und mich wenigstens ein paar Stunden hinhauen.«

»Ein wirklich verheißungsvoller Jahresbeginn, nicht wahr?«

»Kommt ganz darauf an, was man daraus macht.«

Unschlüssig stand er da, immer noch im Mantel. Er wagte es nicht, sich sofort zurückzuziehen, um seine Frau nicht noch mehr zu kränken. Andererseits war er tatsächlich erschöpft. Er hatte keine Lust, Nora länger zuzusehen, wie sie an ihrem dünn bestrichenen Toast knabberte. Er fühlte sich nicht wohl in seiner Haut. Das Zimmer mit seinen modernen Möbeln und den gerahmten Kunstdrucken an den Wänden erschien ihm heute besonders langweilig. Mit Maries Atelier hielt es jedenfalls keinen Vergleich aus. Das einzig Spektakuläre an seiner Wohnung, den Blick auf das kühn konstruierte Zeltdach der Olympiahalle, hatte Nora hinter Gardinen versteckt. Darüber hatten sie lange diskutiert, aber er hatte sich nicht durchsetzen können. Sie hatte darauf beharrt, daß ein Zimmer nur mit Gardinen gemütlich würde.

Ärger darüber wallte in ihm auf, Ärger, der ihm als Rechtfertigung für seine eigene Handlungsweise diente, während sie ihn aus ihren schwarzen Vogelaugen mißtrauisch musterte.

»Ich gehe jetzt ins Bad«, verkündete er endlich.

»Ja, tu das! Aber mach keine zu große Unordnung.«

Ihr lehrerinnenhafter Ton paßte ihm nicht, aber er unterdrückte eine Erwiderung.

In dem Eingangsraum, von dem die Türen ins Schlafzimmer, ins Bad und in die Küche führten, legte er seinen Mantel ab, hängte ihn über einen Bügel, seinen weißen Schal darüber. Die Wohnung war viel zu klein für seine Bedürfnisse, aber sie konnten sich keine größere leisten, und so mußte er auf absehbare Zeit auf ein eigenes Arbeitszimmer verzichten, das er sich so sehr wünschte. Werktags, wenn Nora außer Haus war, ging es gerade noch, aber an Sonn- und Feiertagen wurde ihm die Enge immer unerträglicher. Einmal mehr versuchte er sich einzureden, daß er keinen Grund hatte, unzufrieden zu sein. Immerhin waren die Räume hell und gut geschnitten, und Nora hielt sie sauber und ordentlich. Wenn Kleidungsstücke herumlagen oder Dinge nicht an ihrem Platz standen, war es immer seine Schuld.

In dem kleinen, weiß gekachelten Bad zog er sich langsam aus, legte Hose, Jacke, Krawatte und Weste über den kleinen Schemel – er wollte sie später aufräumen – und stellte seine Lackschuhe davor. Seine anderen Kleidungsstücke warf er in den Kunststoffbehälter für schmutzige Wäsche. Dann nahm er sein Shampoo, stellte die Wassertemperatur auf über 40 Grad ein, brauste sich ab und seifte sich ein. Nachdem er noch einmal erst heißes, dann eiskaltes Wasser auf sich hatte niederprasseln lassen, schob er die Plastiktür beiseite.

Nora stand vor ihm, ein großes Frottiertuch mit beiden Händen weit ausgebreitet. Unwillkürlich lächelte sie ihn an. – Wie hübsch er doch ist, dachte sie, mit diesen schmalen Hüften, dem flachen Bauch und der glatten Brust!

Er ließ sich von ihr einhüllen, stellte aus den Augenwinkeln fest, daß sein Anzug und seine Schuhe schon verschwunden waren.

»Danke, Liebling. Jetzt fühle ich mich wie ein neuer Mensch.«

»Nur nehme ich an, der neue Mensch flirtet auch.« Sie biß sich auf die Lippen, nachdem ihr diese Bemerkung herausgerutscht war; sie hatte sich versöhnen wollen, konnte aber ihre spitze Zunge nicht in Zaum halten.

Er nahm es ihr nicht übel, sondern küßte sie auf die Nasenspitze. »Nur mit dir, Liebling!« behauptete er.

Sie rubbelte ihm das Haar trocken.

Wenig später lag er, immer noch in das Frottiertuch gehüllt, in seinem Bett. Am liebsten hätte er die Augen geschlossen und die Welt um sich herum vergessen.

Aber Nora blieb hartnäckig bei ihm. »Ich will dir ja keine Vorwürfe machen ...«, begann sie.

»Dann tu's auch nicht!«

»... aber du wirst dir hoffentlich denken können, daß ich mir Sorgen gemacht habe!«

»Bist du bitte so lieb und ziehst die Vorhänge zu.«

Sie erfüllte seinen Wunsch. Aber die Vorhänge waren nicht undurchlässig, so daß der Raum jetzt von einem matten gelben Licht erfüllt war, in dem die Gegenstände ihre scharfen Konturen verloren.

Nora setzte sich auf die Bettkante neben ihren Mann. »Die halbe Nacht habe ich wach gelegen«, klagte sie.

»Du hättest mich nicht allein losziehen lassen sollen.«

»Also habe ich wieder mal die Schuld. Das hätte ich mir denken können. Aber ich konnte meine Mutter nicht allein lassen – ausgerechnet am ersten Silvester nach Vaters Tod!«

»Dies Problem, Liebling, haben wir doch nun schon zur Genüge diskutiert«, erinnerte er sie und schloß die Augen.

»Ich habe ja auch nicht von dir erwartet, daß du uns Gesellschaft leisten würdest, obwohl das, bei Licht betrachtet, wohl auch nicht zuviel verlangt gewesen wäre ...«

»Ich hatte beruflich zu tun«, verteidigte er sich mechanisch und wurde sich bewußt, wie endlos diese Reibereien sich wiederholten und wie satt er sie hatte.

»... aber ich konnte doch nicht damit rechnen, daß du die ganze Nacht fortbleiben würdest!«

»Hör mal, Liebling«, sagte er matt, »ich mache dir einen Vorschlag zur Güte: Du läßt mich erst mal ein paar Stunden ausschlafen, und dann erkläre ich dir alles.«

Jetzt ging sie zum direkten Angriff über: »Was du dir nachher zurechtlegst, interessiert mich nicht. Ich will wissen, wo du wirklich warst.«

»Später, Liebling.«

»Gib zu: Du warst bei einer Frau.«

»Ja«, gestand er zermürbt.

»Paul!«

»Nicht, wie du jetzt denkst. Ich habe nicht mit ihr geschlafen.«

»Das glaube ich dir nicht.«

»Ich habe mir ihre Geschichte erzählen lassen, eine hochinteressante Geschichte. Mit ein bißchen Glück werde ich einen richtigen Knüller daraus machen.«

»Berichte!«

»Nicht jetzt, Liebling!« Er öffnete die Augen und schälte sich aus seinem Tuch. »Hör mal, Liebling, wenn du so wenig geschlafen hast – warum legst du dich nicht einfach auch noch ein bißchen hin?« Er streckte seine schlanken, glatten Arme nach ihr aus.

»Jetzt? Am frühen Morgen?«

»Warum nicht? Erinnerst du dich noch, wie wir ...«

Sie verschloß seinen Mund, erst mit der Hand, dann mit ihren Lippen, bis er nur noch erstickte Laute von sich gab. Dann streifte sie ihren Morgenmantel ab und kuschelte sich neben ihm ins Bett.

Er zog sie an seine Brust. »Versprechen kann ich dir nichts«, murmelte er in ihr seidiges schwarzes Haar, das sich von dem Band gelöst hatte, »ich bin wirklich sehr müde.«

Aber als er ihren vertrauten Körper eng an dem seinen spürte und ihm der saubere Geruch ihrer Haut in die Nase stieg, war er dann doch nicht zu müde, sie zu lieben.

Noch lange hinterher hielt sie ihn fest umschlungen. »Hörst du, du darfst mich nie verlassen«, flüsterte sie.

Aber da war er schon eingeschlafen.

Paul Sanner und Marie trafen sich jetzt häufig, wenn auch in unregelmäßigen Abständen. Aber nie wieder nahm sie ihn mit in ihr Atelier, sosehr er auch darauf drängte. Es hatte ihr wohlgetan, ihm alles über sich zu erzählen, und sie war ihm dankbar für sein Interesse und Verständnis. Sie spürte eine starke Zuneigung für ihn, war sich ihrer Gefühle aber nicht sicher.

Als er sie eines Abends aus dem Kino nach Hause brachte und sie sich auf der Straße küßten, sagte er: »Ich komme noch auf einen Sprung zu dir.«

Sie wehrte ab. »Lieber nicht.«

»Kannst du mir einen einzigen Grund für deine abweisende Haltung nennen?«

»Ich bin stocknüchtern«, sagte sie und lächelte ihn im Schein der Laterne an.

»Wenn es nur das ist! Es ist noch Zeit genug, erst einen zu heben.«

»Du weißt, ich vertrag' es nicht.«

»Wenn ich bei dir bin, werden sich die bösen Geister nicht an dich heranwagen.«

»Da bin ich mir gar nicht so sicher.«

»Marie, was ist los mit dir? Warum weichst du mir aus?«

»Ich will nicht, daß wir etwas tun, was wir beide nachher bereuen.«

»Was ist schon dabei, wenn zwei erwachsene Menschen miteinander ins Bett gehen?« Sobald er es ausgesprochen hatte, wußte er, daß es ein Fehler gewesen war.

Genau diese Einstellung war es, die Marie an ihm störte. Aber sie konnte es nicht in Worte kleiden. »Ich mag dich sehr, Paul«, sagte sie statt dessen.

»Das will ich hoffen.«

»Du würdest mir fehlen, wenn du dich nicht mehr blicken ließest.«

»Genau das wird über kurz oder lang geschehen. Ich bin kein Mann, der sich an der Nase herumführen läßt.«

»Wenn du es so siehst«, sagte sie beherrscht, »kann ich es auch nicht ändern.«

Er packte sie bei den Oberarmen und schüttelte sie leicht. »Marie! Marie! Was erwartest du eigentlich von mir? Eine Liebeserklärung? Schwüre ewiger Treue?«

Sie riß sich los. »Nur, daß du mich in Ruhe läßt!«

»Das kannst du haben!« gab er aufgebracht zurück, ließ sie stehen und setzte sich hinter das Steuer seines Wagens.

Ohne sich noch einmal umzusehen, schloß Marie das Tor auf, betrat den düsteren Hinterhof und schloß hinter sich ab. Sie spürte eine herbe, schmerzliche Enttäuschung über Pauls Verhalten, aber es bestärkte sie noch in dem Gefühl, standhaft bleiben zu müssen. Unter Druck wollte sie auf keinen Fall nachgeben. Sie hatte sich an Paul gewöhnt, an seine Aufmerksamkeit, sein Interesse, seine lustigen Geschichten.

Aber lieber wollte sie ihn nie mehr wiedersehen, als sich zu etwas drängen zu lassen, was sie selber nicht von ganzem Herzen wollte.

Paul Sanner war wütend, nicht einmal so sehr auf Marie als auf sich selbst. Er hatte alles falsch gemacht. In der Silvesternacht hätte er sie nehmen sollen, als sie beschwipst und erregt gewesen war. Aber er hatte den günstigen Augenblick verpaßt. Jetzt war sie sich der Gefahr bewußt und würde nicht mehr so leicht zu überrumpeln sein. Sie war ein altmodisches Mädchen, eine kleine Provinzlerin, und nicht bereit, mir nichts dir nichts mit einem Mann ins Bett zu gehen. Das hatte er von Anfang an klar erkannt. Warum hatte er dann nicht so reagiert, wie sie es wohl von ihm erwartet hatte? Warum hatte er nicht von Liebe gesprochen? Ihr den Traum einer gemeinsamen Zukunft vorgegaukelt? Es wäre doch nicht das erste Mal gewesen, daß er eine Frau belog.

Es war etwas in ihrem Wesen, das ihn zwang, ehrlich zu sein. Oder vielleicht lag es auch daran, daß er durchaus nicht mit allen Sinnen danach trachtete, sie zu verführen. Aber er mußte es tun, denn dies, so glaubte er, war die Voraussetzung, an ihre Geschichte zu kommen. Erst wenn sie zu Wachs in seinen Händen geworden war, würde sie bereit sein, damit an die Öffentlichkeit zu treten – ihm zuliebe. Sie selber besaß kein Fünkchen Geltungssucht.

Nora merkte sofort, daß etwas nicht stimmte, als er die Wohnung betrat. Sie stellte den Fernseher ab und drehte sich nach ihm um.

»Schon zurück?«

Er gab keine Antwort auf ihre rhetorische Frage, legte seinen Mantel ab, ging in die Küche und holte sich ein Glas und eine Flasche Bier aus dem Kühlschrank. Er wäre jetzt gern mit seinen Überlegungen allein gewesen, aber es blieb ihm nichts anderes übrig, als sich zu ihr zu setzen. Ins Schlafzimmer wäre sie ihm bestimmt nachgekommen.

»Ärger mit Marie?« fragte sie ihn sehr direkt.

»Ich weiß nicht, wie ich es ihr beibringen soll«, gab er zu.

»Wie du sie ins Bett kriegen kannst, willst du wohl sagen.«

»Ich bitte dich, Nora! Wie oft soll ich dir noch erklären, daß es mir überhaupt nicht darum geht! Ich bin einzig und allein an ihrer Geschichte interessiert.«

»Aber die hat sie dir doch erzählt.«

»Was nutzt mir das, wenn sie nicht bereit ist, sie zu autorisieren? Sie muß ihren Namen dazu hergeben, Fotos aus ihrer Kindheit, von heute, ein paar von ihren Zeichnungen. Ohne das würden die Leser das Ganze für selbst erfundenen Unsinn, vielleicht sogar für Schwindel halten.«

»Bist du ganz sicher, daß es das nicht ist?«

»Hundertprozentig.«

»Für mich hat alles, was du mir von ihr erzählt hast, wie Interessantmacherei geklungen.«

»Ist es aber nicht.« Er hatte sich Bier eingeschenkt, nahm einen kräftigen Schluck und zündete sich eine Zigarette an.

Sie schob ihm einen Aschenbecher zu.

»Mit dem authentischen Material könnte ich einen richtigen Knüller daraus machen«, fuhr er fort, »ich könnte ihn der ›Quick‹ anbieten, vielleicht auch dem ›Stern‹. Das wäre endlich mein Durchbruch.«

Sie musterte ihn spöttisch und ein wenig mitleidig aus ihren schwarzen Vogelaugen. »Paß bloß auf, daß es nicht am Ende eine riesige Blamage wird.«

»Du mußt mir alles vermiesen, du kannst nicht anders, nicht wahr?«

»Jemand muß dich doch warnen.«

»Es wird die Story meines Lebens.«

»Du solltest dich realeren Aufgaben widmen, Liebling.«

»Nein, ich gebe nicht auf. Noch nie hat sich mir etwas so Großes angeboten.«

»Wie du mir Marie geschildert hast«, sagte Nora nachdenklich, »ist sie eher scheu.«

»Ja, das stimmt.«

»Selbst wenn du sie also rumkriegen könntest – und das traue ich dir durchaus zu –, hast du schon mal daran gedacht, was es für sie bedeuten würde, ins Licht der Öffentlichkeit gezerrt zu werden?«

»Als Malerin«, behauptete er, »könnte ihr ein bißchen Publicity auch nicht schaden.«

»Genausogut könnte sie sich als Monster auf dem Oktoberfest ausstellen lassen.«

»Stehst du auf ihrer oder auf meiner Seite?«

»Immer nur auf deiner, Liebling.«

»Dann rede nicht so dumm daher. Denk lieber darüber nach, wie ich an das Material herankommen kann.«

Er drückte seine Zigarette aus, und eine Weile schwiegen sie beide.

»Du könntest«, schlug Nora dann innerlich widerstrebend vor, »schon mal damit beginnen, sie zu fotografieren.«

»Was ich brauche, ist ihre Einwilligung.«

»Wenn du ein paar hübsche Fotos von ihr machst – Fotos, auf denen sie sich selber gefällt –, kriegst du die wahrscheinlich eher. Es gibt wohl kaum einen Menschen, den es nicht reizen würde, als Star in einer Illustrierten zu erscheinen.«

»Das ist vielleicht«, gab er zu, »gar keine schlechte Idee.« Aber seine Miene hellte sich nicht auf. Er grübelte darüber nach, wie er sich mit Marie versöhnen sollte, ohne sich etwas zu vergeben. Sein brüsker Abgang vor wenigen Minuten war denkbar ungeschickt gewesen.

Nora beobachtete ihn besorgt. »Besser wäre es natürlich«, riet sie ihm vorsichtig, »du ließest die ganze Geschichte sausen.«

Er brauste auf. »Ausgeschlossen! Das kann ich nicht.«

»Aber warum denn nicht, Liebling? Du hast bisher doch immer dein Auskommen gehabt.«

»Wenn du nicht wärst, könnte ich nicht einmal die Miete für diese miese Bleibe zahlen.«

Sie war verletzt, denn sie fühlte sich wohl in ihrem Heim, das sie gemeinsam eingerichtet hatten. »Sprich doch nicht so!«

»Aber es stimmt. Seit Jahren krebse ich so dahin. Was bringe ich schon unter? Hier mal ein paar Zeilen für ›dpa‹, da ein kleiner Bericht für den Lokalteil. Es ist zum Wahnsinnigwerden.«

»Ich wußte gar nicht, daß du so unglücklich bist«, sagte sie betroffen.

»Hast du etwa geglaubt, daß ich mit dem Leben, das ich führe, zufrieden sein könnte?«

»Ja«, erklärte sie schlicht.

»Du kennst mich nicht.«

»Ich habe gedacht, es würde dir Spaß machen, so viel herumzukommen, überall beliebt zu sein, eingeladen zu werden oder Spesen zu machen. Daß du von maßlosem Ehrgeiz besessen bist, habe ich nie geahnt.«

»Jetzt endlich bietet sich mir eine Chance, die ganz große Chance. Sie ist sozusagen zum Greifen nahe. Und da soll ich verzichten?«

»Du hast dich verändert, seit dieses Mädchen in dein Leben getreten ist.«

»Ich war immer so. Warum, glaubst du, bin ich Journalist geworden?«

»Weil dir, nachdem du dein Studium abgebrochen hast, nichts Besseres eingefallen ist.«

Wütend knallte er sein Glas auf den Tisch, drückte seine Zigarette aus und sprang auf. »Mit dir kann man ja nicht reden!«

»Weil du die Wahrheit nicht verträgst. Wenn du so warst, wie du jetzt tust, hättest du längst gründliche Recherchen gemacht.«

»Über was, wenn ich bitten darf?«

»Über den Rhein-Main-Donau-Kanal zum Beispiel!« antwortete sie prompt. »Vor Jahren gab es großes Geschrei deswegen. Was ist inzwischen daraus geworden?«

»Wen interessiert das schon?«

»Eine ganze Menge Leute, wenn du es richtig aufarbeiten würdest. Es muß ja auch nicht unbedingt der Kanal sein. Es gibt unzählige Probleme, in die du dich hineinknien könntest. Wenn du nur wolltest.«

»Aber keines ist so sensationell wie dieses Mädchen mit dem Zweiten Gesicht!«

Jetzt stand auch Nora auf. »Allmählich«, sagte sie, »gewinne ich den Eindruck, daß es dir gar nicht um die Geschichte geht, sondern um das Mädchen.«

»Du mit deiner dämlichen Eifersucht!«

»Vielleicht bist du dir selbst noch nicht darüber klar. Du neigst ja dazu, dir etwas vorzumachen. Aber frag dich mal ehrlich: Hätte dir ein Mann, ganz gleich, ob alt oder jung, diese Spökenkiekerstories erzählt, hättest du sie dann ernst genommen? Bestimmt nicht. Du hättest darüber gelacht. Nur weil sie von einem schönen Mädchen stammt, bist du fasziniert.«

»Ich frage mich wirklich, warum ich dir überhaupt davon erzählt habe.«

»Weil du ein Alibi für die Silvesternacht brauchtest. Erinnerst du dich nicht?«

Wortlos ließ er sie stehen, ging in den Vorraum hinaus, zog seinen Mantel über und verließ die Wohnung. Er hatte kein bestimmtes Ziel, er wollte nur allein sein, und die nächtlichen Straßen waren die einzige Zuflucht, die sich ihm bot.

Nora tat ihm unrecht. Davon war er überzeugt. Wie hatte er aber auch Verständnis von ihr erwarten können. Sie war ja schon immer eine prosaische Seele gewesen. Nur im Alltag war sie brauchbar. Auf seinen Höhenflügen hatte sie ihn nie begleiten können.

Wie anders war Marie! Sie war empfindsam, geheimnisvoll und hatte Phantasie. Und sie besaß den Schlüssel zu seinem künftigen Erfolg.

Einer plötzlichen Eingebung folgend, betrat er eine Telefonzelle nahe dem Eingang zur Olympiahalle und wählte ihre Nummer.

11 Marie schlief noch nicht. Sie saß an ihrem Zeichentisch und versuchte, im hellen Licht der Strahler drei ihrer Skizzen auf ein großes Blatt zu übertragen und dabei eine harmonische Komposition zu finden. Um sich voll konzentrieren zu können, hatte sie sogar darauf verzichtet, Musik zu hören.

Das Läuten des Telefons ließ sie zusammenfahren. Sie erwartete keinen Anruf und dachte, es müßte sich um eine falsche Verbindung handeln. Also ließ sie es klingeln und arbeitete weiter. Erst nach Minuten, als ihr das Läuten auf die Nerven zu gehen begann, ließ sie ihren Stift sinken und nahm ab.

Aber sie meldete sich nicht wie gewöhnlich mit ihrem Namen, sondern nur mit einem zögernden: »Ja?«

»Wie gut, daß du da bist!« rief Paul Sanner am anderen Ende der Leitung.

Sie erkannte seine Stimme sofort, sagte aber nichts.

»Ich habe dich doch hoffentlich nicht im Schlaf gestört?«

»Daran hättest du früher denken sollen.«

»Es tut mir unendlich leid, Marie!«

»Zu deiner Beruhigung: Ich bin noch nicht im Bett.«

»Alles tut mir leid, Marie. Ich habe mich schauderhaft aufgeführt heute abend.«

»Gestern«, berichtigte sie, »Mitternacht ist schon vorbei.«
»Unwichtig. Jedenfalls habe ich mich schändlich benommen. Das ist mir erst nachträglich aufgefallen. Kannst du mir noch einmal verzeihen?«
»Ich habe es schon vergessen.«
»Wirklich?«
»Es war ja nicht wichtig.«
»Dann sei doch ein bißchen netter, Marie! Deine Stimme klingt, als ob du mir doch böse bist.«
»Um Himmels willen, Paul, was erwartest du denn? Du überfällst mich mitten in der Nacht mit deinem Anruf ...«
»Um dich um Verzeihung zu bitten!«
»Das hätte doch bis morgen Zeit gehabt.«
»Nein, Marie. Ich konnte nicht schlafen bei der Vorstellung, daß du böse auf mich bist.«
»Bin ich aber gar nicht.« Nach einer kleinen Pause fügte sie hinzu: »Höchstens ein bißchen enttäuscht. Ich hatte gedacht, wir wären Freunde. Na ja, vielleicht war das mein Fehler. Ich weiß, daß ich in manchen Dingen ziemlich naiv bin.«
»Du bist ganz in Ordnung. Es war alles meine Schuld.«
»Um so besser.«
»Wann können wir uns treffen, Marie?«
»Ich glaube, es ist besser, wenn wir uns eine Weile nicht sehen.«
»Also bist du mir doch böse.«
»Nein, Paul, ich möchte nur nicht wieder eine solche Szene erleben.«
»Das wirst du auch nicht. Ich verspreche es dir.«
»Wenn wir nicht beide aufpassen, wird sich immer wieder eine ähnliche Situation ergeben.«
»Du bist sehr hart, Marie.«
Darauf wußte sie nichts zu sagen.
»Du kannst mich doch nicht einfach so hängen lassen«, drängte er weiter.
»Ruf mich gelegentlich wieder an. Wir werden dann sehen.

Aber eins sage ich dir gleich: Meine Schule beginnt. Ich habe nicht mehr so viel Zeit.«

»Aber doch am Wochenende.«

»Ich bin jetzt todmüde, Paul. Bitte, laß mich schlafen gehen.«

»Erst möchte ich wissen ...«

Sie ließ ihn nicht aussprechen. »Gute Nacht, Paul«, sagte sie und legte auf.

Nach wenigen Minuten klingelte es wieder. Sie hatte darauf gewartet, nahm den Hörer ab, drückte auf die Gabel und legte ihn neben den Apparat. So brauchte sie in dieser Nacht keine Störung mehr zu befürchten.

Aber sie lag lange wach und versuchte sich über ihre Gefühle klarzuwerden. Sie mochte Paul Sanner sehr und hatte sich stets wohl in seiner Gesellschaft gefühlt. Wenn sie mit ihm zusammen war, vergaß sie ihre Einsamkeit. Doch sie liebte ihn nicht.

Oder hatte sie vielleicht eine falsche Vorstellung von der Liebe? Genügte normalen Menschen dieses bißchen Sympathie, um sie zueinanderzutreiben? Stellte sie zu hohe Ansprüche?

Zu niemandem war sie je so offen gewesen wie zu Paul. Aber er war es nicht ihr gegenüber. Das spürte sie plötzlich ganz deutlich. Er pflegte viel von sich zu erzählen, aber oft in Form von Anekdoten, die sich meist zu einer lustigen Pointe zuspitzten. Man wußte nie, wieviel Wahrheit sie enthielten und wieviel Erzählerwürze. Nein, sie kannte ihn nicht wirklich.

Aber war das Grund genug, sich von ihm zurückzuziehen? Würde es nicht genügen, ihn auf Distanz zu halten?

Als Marie sich am ersten Tag nach den Weihnachtsferien auf den Weg zum ›Privatinstitut Geissler‹ machte, fühlte sie sich geradezu beschwingt; erst jetzt wurde ihr bewußt, wie sehr ihr der – oft sehr strenge – Unterricht gefehlt hatte.

Anita Lehnert und Susanne Brüning, beide sehr schick in

Pelzmänteln, lange Kaschmirschals um die Schulter geschlungen, waren im Begriff, die alte Villa zu betreten. Als sie Marie herbeieilen sahen, blieben sie stehen und lachten ihr entgegen. Die drei jungen Frauen begrüßten sich überschwenglicher, als es sonst ihre Art war.

»Nun kann der alte Trott ja wieder weitergehen«, rief Susanne vergnügt.

»Mir hat er gefehlt«, bekannte Marie.

»Ihr werdet lachen, mir auch«, stimmte Anita zu.

»Was habt ihr in den Ferien gemacht?« erkundigte sich Marie.

»Uns erholt. Was sonst?« entgegnete Anita.

Nebeneinander stiegen sie die flachen Stufen hinauf und betraten die Halle.

»Ich war skifahren. Es war herrlich!« erklärte Susanne.

»Kann ich mir vorstellen«, sagte Marie.

»Das klingt, als hättest du gearbeitet!« Anitas Stimme klang mißbilligend.

»Ein bißchen«, gab Marie zu.

»Man kann es auch übertreiben.«

Sie hängten ihre Mäntel in die Garderobe und zogen sich frische weiße Kittel über.

»Nur so«, entschuldigte sich Marie, »wenn ich Gelegenheit hatte.«

»Du brauchst dich nicht zu verteidigen!« Susanne legte den Arm um Maries Schultern. »Du bist ein freier Mensch in einem freien Land und kannst in deiner Freizeit tun und treiben, was du willst.«

Die anderen stimmten in ihr Gelächter ein, und die Spannung begann sich zu lösen.

»Außerdem stehen wir ja nicht miteinander im Wettbewerb«, fügte Susanne hinzu, »ich meine, es nutzt nichts, wenn eine von uns etwas mehr tut und etwas besser ist als die andere. Nur wer wirklich gut ist, schafft den Sprung auf die Kunstakademie.«

Anita seufzte. »Ja, und auch das heißt noch lange nicht, daß man tatsächlich etwas wird.«

Weiterschwatzend liefen sie die breite Treppe hinauf. Die Tür zu ihrem Klassenzimmer stand noch offen, aber schon hatten sich die meisten Schüler und Schülerinnen in dem hellen, hohen Raum versammelt. Einige standen noch plaudernd beisammen, andere – unter ihnen natürlich Gregor Krykowsky – waren schon dabei, ein neues Blatt auf ihrem Zeichentisch aufzuziehen. Marie, Anita und Susanne grüßten fröhlich nach allen Seiten, und Marie hatte das Gefühl, hier mehr zu Hause zu sein als irgendwoanders. Aber sie ließ sich nicht aufhalten, sondern ging sofort an ihren Zeichentisch.

Professor Reisinger trat ein, und alle verstummten und beeilten sich, an ihre Plätze zu kommen. Er brachte einen jungen Mann mit und stellte ihn als das neue Modell vor. Dann wies er ihn hinter den Paravent, wo er sich ausziehen sollte.

Er wandte sich der Klasse zu. »Na, wie war es in den Ferien? Alle gut erholt? Froh und munter? Bereit zu neuem Schaffen?«

Seine Fragen wurden lauthals bejaht. Nur Marie blieb stumm. Sie hatte noch nie einen nackten Mann gemalt, und es war ihr unbehaglich bei dieser Vorstellung. – Hoffentlich läßt er wenigstens seinen Slip an! dachte sie.

Aber er tat es nicht, sondern trat, wie Gott ihn geschaffen hatte, auf das Podium. Er war blond, hellhäutig und muskulös. Während Professor Reisinger ihm Anweisungen gab, wie er stehen sollte – »Ganz entspannt, ganz natürlich, keine besondere Pose fürs erste!« –, zwang Marie sich, auf sein Geschlechtsteil zu sehen. Es war durchaus nicht bemerkenswert oder abstoßend, wirkte höchstens ein bißchen erbärmlich. Sie atmete auf und begann zu skizzieren. Zuerst machte sie sich einige Anhaltspunkte für die Proportionen der Unterschenkel, Oberschenkel, der Hüft- und Brustpartie. Dann begann sie die Schultern zu zeichnen. Mit drei Strichen bekam sie sie hin, danach befaßte sie sich mit dem Ansatz des Halses und dem Brustkorb.

Sie arbeitete so konzentriert, daß sie Professor Reisinger, der hinter sie getreten war und ihr über die Schulter blickte, gar nicht bemerkte. Als er sie ansprach, zuckte sie zusammen, und der Bleistift entglitt beinahe ihren Fingern. Sie hoffte inständig, daß er ihre Verwirrung nicht bemerken würde. Wie immer, wenn er ihr nahe kam, klopfte ihr Herz schneller.

»Sehr schön, Marie«, lobte er.

Sie zwang sich, ihn anzusehen. »Ist's richtig so?«

»Man merkt, daß Sie in den letzten Wochen was getan haben.«

»Ja«, sagte sie und senkte den Blick, denn sie konnte ihm nicht länger in die Augen sehen. Diese faszinierenden Augen mit den goldenen Punkten in der grünen Iris verwirrten sie.

»Was?« fragte er.

»Nichts Anatomisches. Nur so ein bißchen skizziert.«

»Nach der Natur?«

»Ja.«

»Dann bringen Sie Ihre Mappe doch das nächste Mal mit!«

»Es ist wirklich nichts von Belang. Nur Fingerübungen sozusagen.«

»Trotzdem.«

Sie atmete auf, als er weiterging, brauchte aber noch eine ganze Weile, bis sie sich wieder konzentrieren konnte. Sie ärgerte sich über sich selbst. Ihre Reaktion auf seine Nähe, seine sehr gelassenen, eher ermunternden Worte war kindisch. Plötzlich durchzuckte es sie wie ein Blitz. War es möglich, daß sie ihn anhimmelte wie alle anderen Schülerinnen auch? Nur daß die es sich selbst gestanden und es auch zeigten. Susanne pflegte ihn mit verführerischen Augenaufschlägen zu traktieren, und Anita war ständig bemüht, ihn mit mehr oder weniger gescheiten Fragen länger als notwendig an ihrem Platz festzuhalten. »War Reisi heute nicht himmlisch?« sagten sie oft oder: »Den würde ich bestimmt nicht von der Bettkante stoßen.« Es war ihnen völlig egal, daß sie sich mit dieser Schwärmerei lächerlich machten.

Bisher hatte Marie sich eingeredet, über ein solches Gefühl erhaben zu sein. Jetzt erst begriff sie, daß sie genauso empfand, es sich aber, im Gegensatz zu den anderen, um keinen Preis anmerken lassen wollte. Deshalb, nur deshalb war sie in seiner Nähe so verkrampft.

Aber diese Erkenntnis machte es nicht besser. Sie konnte ihre Schwärmerei nicht abstreifen wie ein unnützes Kleidungsstück, und genausowenig vermochte sie unbefangen mit ihm zu flirten, wie es die anderen taten. Es blieb ihr nichts anderes übrig, als weiterzumachen wie bisher.

Früher als gewöhnlich forderte Professor Reisinger das Aktmodell auf, sich wieder anzuziehen. »Machen wir Schluß für heute«, sagte er zu der Klasse gewandt, »ich habe euch etwas mitzuteilen.«

Alle Augen wandten sich ihm zu.

»Na, hoffentlich was Gutes!« rief Susanne vorlaut.

»Für mich schon. Ich habe den Auftrag für ein Wandgemälde in einem neuen Postamt in Giesing bekommen. Kunst am Bau, ihr wißt schon.«

Einige riefen: »Glückwunsch!« oder »Beziehungen muß man haben!«, aber die meisten schwiegen betroffen. Sie fürchteten, daß diesen einleitenden Worten die Ankündigung folgen würde, daß Unterrichtsstunden ausfallen oder völlig eingestellt werden müßten. Marie erwartete es mit sehr gemischten Gefühlen.

Aber es stellte sich heraus, daß Professor Reisinger auf etwas ganz anderes hinauswollte. »Ich würde mich freuen, wenn einige von euch mir dabei helfen könnten. Keine Angst, daß ihr was versäumt. Das Ganze findet in den Osterferien statt.«

Die jungen Leute begannen miteinander zu tuscheln und sich zu beraten.

»Es handelt sich um eine rein technische Arbeit«, fuhr Reisinger fort, »aber ich denke, es würde eine ganz nützliche Erfahrung sein. Außerdem brauche ich Hilfe. Zehn Mark die Stunde, mehr ist nicht drin.«

»Du lieber Himmel!« sagte Susanne halblaut. »Für zehn Mark gehe ich nicht mal aufs Klo!«

»In den Osterferien habe ich wirklich was Besseres vor«, erklärte Anita.

»Ausbeutermethoden!« knurrte ein Schüler in der hintersten Reihe.

Nur Gregor Krykowsky meldete sich, wie nicht anders zu erwarten war.

»Ich freue mich, Gregor«, sagte Reisinger und ließ den Blick über den Kreis seiner Schüler gleiten. »Sonst noch jemand?«

»Ich«, erklärte Marie kurzentschlossen.

Alle sahen sich nach ihr um.

»Sie, Marie?« fragte Reisinger erstaunt. »Ich weiß nicht, ob das eine Arbeit für ein zartes Mädchen, wie sie es sind, ist.«

»Sie schätzen mich falsch ein, Herr Professor. Ich bin ziemlich stark.«

»Trauen Sie sich wahrhaftig zu, auf einem Gerüst herumzuturnen?«

»Warum nicht? Ich bin gänzlich schwindelfrei.«

»Sind Sie sicher?«

»Ich bin früher mit Vorliebe auf die höchsten Bäume geklettert.« Dann kam ihr der Gedanke, daß er ihre Mitarbeit vielleicht nicht nur aus Fürsorge ablehnte. »Aber wenn Sie mich nicht dabeihaben wollen ...«

»Davon kann keine Rede sein!« unterbrach er sie rasch. »Also, Gregor und Marie. Sehr schön. Ich sage euch Bescheid, wenn es soweit ist. Das wär's dann für heute.« Mit wehendem weißen Kittel verließ er den Raum.

Wie Marie nicht anders erwartet hatte, begannen Susanne und Anita und auch einige andere, sie zu hänseln. Wie sie nur so blöd sein könnte, sich ausnützen zu lassen und daß sie sich wohl bei ›Reisi‹ Liebkind machen wolle. Diese und ähnliche Bemerkungen ließ sie mit stoischer Ruhe über sich ergehen. »Ich glaube einfach, daß es mir Spaß machen wird«, verteidigte sie sich.

Das war die Wahrheit, wenn auch nicht die ganze. Wenn sie öfter und für längere Zeit mit ihrem Professor beisammen war, hoffte sie, würde sich ihr Verhältnis zu ihm vielleicht entspannen und normalisieren. Andererseits bot dieser Auftrag ihr einen triftigen Grund, in den nächsten Ferien nicht ihre Eltern besuchen zu müssen. Das allein schon war die Sache wert.

Paul Sanner wußte nicht mehr, wie er an Marie herankommen sollte. Wenn er sie anrief, meldete sie sich nicht; wenn er Glück hatte und sie erreichte, wimmelte sie ihn ab. Aber der Plan, ihre Erlebnisse zu einer Story zu verarbeiten, war inzwischen zu einer fixen Idee von ihm geworden. Er konnte ihn nicht mehr aufgeben.

Abgesehen davon wurde sie durch ihre Haltung für ihn immer reizvoller. Er war an rasche Erfolge gewöhnt und auch überzeugt, daß sie ihm zustanden. Daß ein Mädchen, um das er sich geduldig bemüht hatte, nichts von ihm wissen wollte, war eine ganz neue Erfahrung für ihn. Sie bohrte sich ihm wie ein Dorn ins Fleisch.

Einmal schlenderte er sogar auf der Herzogstraße in der Nähe ihres Ateliers herum, in der Hoffnung, daß der Zufall sie ihm in die Arme treiben würde. Aber er bekam sie nicht zu Gesicht.

So kam er auf die Idee, dem Zufall nachzuhelfen. Er wußte, daß sie freitags nur bis 13 Uhr Unterricht hatte, und wartete, verborgen im Eingang eines dem ›Institut Geissler‹ gegenüberliegenden Hauses auf sie. Marie kam in Begleitung von zwei anderen Mädchen heraus. Sie plauderten noch eine Weile miteinander, während eine Schar anderer junger Leute an ihnen vorbeieilte, die dann in ihre Autos stiegen oder sich in Richtung Clemens- und Herzogstraße verteilten.

Paul fürchtete schon, daß Marie und die beiden anderen zusammen bleiben, vielleicht gemeinsam zu Mittag essen würden. Aber da fuhr ein Porsche vor, hielt an, und ein Herr in schwarzer Pelzjacke stieg aus. Nach kurzem Wortwechsel kletterten die beiden anderen Mädchen in das Auto, der Herr mit der Pelzjacke schwang sich hinter das Steuer, und Marie blieb allein zurück. Ohne dem Auto hinterherzusehen, machte sie sich, die Hände tief in den Taschen ihres Lammfellmantels, mit weitausgreifenden Schritten auf den Heimweg. Paul folgte ihr mit einigem Abstand und setzte sich erst in Trab, als sie die Herzogstraße erreicht hatte.

»Marie!« rief er.

Sie drehte sich um, überrascht, erwartungsvoll und irritiert. In diesem Augenblick knipste er sie mit der Kamera, die er bereitgehalten hatte.

»Was soll das?« fragte sie unwillig.

»Bitte lächeln: Nur eine Sekunde!«

Aber sie wandte sich ab und ging weiter.

Er beeilte sich, an ihre Seite zu kommen. »Marie, bitte! Nun sei doch nicht so!«

»Ich sehe keinen Sinn darin, mich fotografieren zu lassen.«

»Ich wette, du bist fotogen.« Er lief einen Schritt voraus und hob wieder seine Kamera.

Sie hielt abwehrend die Hand vor die Linse. »Wenn du nicht sofort mit dem Unsinn aufhörst, ist es endgültig aus mit uns.«

Er gab es auf und steckte die Kamera in die Fototasche zurück. »Du stehst dir selbst im Weg, Marie!« behauptete er. »Ein so schönes Mädchen wie du. Hast du dich schon einmal richtig porträtieren lassen? In einem Atelier?«

»Ich wüßte nicht, wozu das gut sein sollte.«

»Wenn du eine Ausstellung machst ...«
»Es ist noch lange nicht soweit.«
Sie kamen an einer Pizzeria vorbei.
»Wollen wir nicht einen Happen essen?« schlug Paul vor.
Marie blickte ihn nachdenklich an und mußte sich zugeben, daß er ihr gefiel mit seinen dichtbewimperten blauen Augen, dem weichen Haar und dem hübschen, sensiblen Mund. Er wirkte sehr adrett mit dem weißen Hemdkragen über dem roten Pullover, die unter dem nicht ganz hochgezogenen Reißverschluß seines Anoraks hervorlugten.
»Nett, dich wiederzusehen«, sagte sie.
»Das Vergnügen hättest du eher haben können.«
Sie gingen die wenigen Schritte zurück zum Eingang der Pizzeria und betraten, an dem weißen, gemauerten Holzkohleofen vorbei, den dichtbestückten Raum. Zum Glück war es nicht so voll wie gewöhnlich – Marie hatte hier schon öfter gespeist, wenn sie keine Lust gehabt hatte zu kochen –, und sie fanden einen Ecktisch, an dem sie miteinander reden konnten. Paul half Marie aus dem Mantel, schälte sich aus seinem Anorak und hing beides an einen der Kleiderständer. Als ein junger Italiener kam, in schwarzem Anzug und weißem Hemd, und sie nach ihren Wünschen fragte, bestellte Marie einen gemischten Salat und eine Flasche Mineralwasser. Paul eine Salamipizza und ein Achtel Rotwein.
Dann sah er sie fast anbetungsvoll an. »So ein Zufall, daß wir uns heute getroffen haben.«
»So zufällig war das ja nun auch wieder nicht«, entgegnete sie betont sachlich.
Sofort meldete sich sein schlechtes Gewissen. »Wie meinst du das?«
»Na, ich bin doch dauernd hier in der Gegend.«
»Aber ich fast nie.«
»Und was hattest du heute hier zu tun?«
Blitzschnell dachte er sich eine Erklärung aus. »Ich hab' zwei alte Leutchen interviewt, fünfundsiebzig Jahre verheira-

tet, das mußt du dir mal vorstellen. Ich habe sie auch geknipst. Deshalb der Apparat.«

»Sind sie noch gut drauf?«

»Und wie! Kaum zu glauben.«

»Vielleicht«, sagte Marie nachdenklich, »sind sie nur so alt geworden, weil sie einander hatten.«

Der Kellner brachte die Getränke, schenkte ein und legte Besteck und Papierservietten auf. Paul hielt Marie sein Zigarettenpäckchen hin, aber sie schüttelte den Kopf. Er trank einen Schluck und zündete sich eine Zigarette an. »Hast du eigentlich deine neuen Skier schon ausprobiert?« fragte er wie beiläufig.

»Bin noch nicht dazu gekommen.«

»Dann wird es aber höchste Zeit. Der Winter ist bald vorbei.«

Sie lächelte. »Der nächste kommt ganz bestimmt.«

»Ich fahre jedenfalls morgen nach Kitz. Wenn du Lust hast, kannst du dich anschließen.«

Sie sah ihn schweigend an.

»Nicht, was du jetzt denkst!« fügte er hastig hinzu. »Kein Wochenendausflug. Wir brechen frühmorgens auf und fahren, sobald der Liftbetrieb eingestellt wird, wieder zurück. Ist das ein Vorschlag?«

»Ja, schon«, gab sie zögernd zu.

»Ein Tag in den Bergen«, sagte er lockend, »ich bin sicher, es wird herrlich werden. Aber du kannst es dir in Ruhe überlegen. Ich fahre auf alle Fälle.« Er grinste. »Anschluß findet man doch immer.«

»Ja, du!«

Pauls Pizza und Maries Salat wurden serviert. Während der Mahlzeit sprachen sie kaum. Marie überlegte, was dagegensprach, Paul nach Kitzbühel zu begleiten, und fand keinen vernünftigen Grund. Nichts konnte harmloser sein als so ein Tagesausflug und kaum etwas unverbindlicher.

Als sie ihren Salat gegessen hatte – Paul war noch mit seiner Pizza beschäftigt –, erklärte sie: »Ich weiß nicht, warum ich nicht mitkommen sollte.«

Er strahlte sie an. »Wunderbar! Du wirst es bestimmt nicht bereuen.«

Sie spielte mit ihrer Gabel. »Unter einer Bedingung.«

»Und die wäre?«

»Ich zahle für mich selbst.«

»Wenn du darauf bestehst.«

»Ja, das tue ich. Und ich möchte mich auch am Preis fürs Benzin beteiligen.«

»Das, Marie«, protestierte er mit vollem Mund, »kommt nun wieder nicht in Frage. Ein andermal vielleicht. Aber in diesem Fall wäre ich ja auch allein gefahren.«

Das sah sie ein und gab in diesem Punkt nach.
Bei einem Espresso für ihn, einer Tasse Cappuccino für sie besprachen sie dann die Einzelheiten. Er ließ es auch zu, daß sie getrennt zahlten.

Natürlich verstand er, daß sie ihre Beziehungen auf eine kameradschaftlichere Basis stellen wollte. Es war ihm nicht recht, aber er begriff, daß es immer noch weit besser als ein völliger Abbruch war, und gab sich damit zufrieden.

Später ließ Marie sich von Paul in seinem alten VW zur Leopoldstraße fahren. Vor dem Haus, in dem Günther und Lilo Haas wohnten, war kein Parkplatz frei. So blieb Paul nichts anderes übrig, als in der zweiten Reihe zu halten, um Marie aussteigen zu lassen.

»Ich warte dann vor der Boutique auf dich«, erbot er sich.

»Nicht nötig. Ich gehe zu Fuß zurück.«

»Mit den Skiern?«

»Na, wenn schon! Es ist ja nicht weit.«

»Ich könnte aber doch ...«

»Nett von dir. Also bis morgen!« Sie schlängelte sich zwischen den Autos am Fahrbahnrand hindurch auf den Bürgersteig.

Lilos Wohnung lag im ersten Stock, direkt über ihrem Geschäft. Marie lief die Treppe hinauf und klingelte. Sie hoffte sehr, daß Günther zu Hause wäre. Wenn nicht, müßte sie Lilo bitten, ihr die Skier herauszugeben. Das war keine angenehme Vorstellung.

Doch sie hatte sich umsonst gebangt. Günther öffnete ihr, in Hemdsärmeln, eine Herrenschürze vorgebunden. Einen Augenblick sahen sich die Geschwister etwas verblüfft an.

Er faßte sich als erster und verzog den Mund zu einem lausbübischen Lächeln. »Freut mich, dich zu sehen, Marie! Ich hätte dich längst einmal anrufen sollen.«

»Ich kann mir doch vorstellen, daß du viel zu tun hast. Darf ich fragen, was du da gerade machst?«

»Du wirst lachen, ich koche.«

Sie war beeindruckt, aber auch ein wenig amüsiert. »Fabelhaft!«

»Das heißt, ich bereite einen Auflauf für heute abend vor. Bitte, komm mit in die Küche. Ich muß aufpassen, daß die Nudeln nicht zu weich werden.«

Da Marie nicht lange bleiben wollte, zog sie ihren Mantel erst gar nicht aus, sondern knöpfte ihn nur auf. »Du entwickelst ungeahnte Talente«, sagte sie, während sie ihm folgte.

Die Küche war verhältnismäßig groß, mit Fenstern zum Hof hinaus. Vor einer Eckbank, mit bunten Kissen belegt, stand ein quadratischer Tisch. Marie nahm an, daß Lilo und Günther hier ihre meisten Mahlzeiten einnahmen. Sie fand diese Küche jedenfalls erheblich einladender als Lilos supermodern eingerichtetes Wohnzimmer.

Jetzt lag auf der hölzernen Tischplatte keine Decke, sondern ein Brettchen, ein Messer, eine dicke Scheibe gekochter Schinken, von der der Fettrand sorgfältig abgeschnitten war, und eine Schüssel, schon halb mit kleingewürfeltem Schinken gefüllt. In einem großen Topf auf der Keramikplatte des Herdes brodelte Wasser.

Günther fischte mit einer Gabel eine Nudel heraus und

probierte, ob sie schon gar war. »Es hat lange gedauert, bis ich darauf gekommen bin, daß mir Kochen Spaß macht.«

»Zu Hause«, sagte Marie, »hattest du ja auch keine Gelegenheit dazu.«

»Katharina hätte Krämpfe gekriegt, wenn ich mich in der Küche hätte betätigen wollen«, pflichtete er ihr bei.

»Aber Lilo läßt dich.«

»Sie schätzt es sogar.« Wieder verzog er den Mund. »Allerdings nur unter der Bedingung, daß hinterher wieder alles blitzblank ist. Die Putzfrau, sagt sie, will sie für mich nicht spielen.«

»Sehr verständlich.«

»Aber setz dich endlich! Zieh deinen Mantel aus.«

»Ich will nur meine Ski holen.«

»Ach so!« Etwas nervös blickte er auf seine Armbanduhr und probierte noch einmal.

»Du mußt sie an die Wand werfen«, schlug Marie vor. »Wenn sie kleben bleiben, sind sie richtig.«

»Das scheint mir nicht gerade die fachmännische Methode zu sein«, erwiderte er und blickte sie an, mißtrauisch, daß sie sich über ihn lustig machen könnte.

»Bist du schon Ski gefahren?« erkundigte sie sich.

»Fast jedes Wochenende. Mit Lilo.«

»Ihr scheint euch doch sehr gut zu ergänzen.«

»Genau das ist es, was ich euch immer beizubringen versuche.« Wieder fischte er eine Nudel heraus, und jetzt war er mit dem Ergebnis zufrieden. »Al dente.« Er schüttete den Inhalt des Topfes in ein Sieb, ließ die Nudeln abtropfen und reichlich kaltes Wasser darüber laufen. Dann schaltete er den Herd aus und wandte sich seiner Schwester zu. »Lilo und ich«, sagte er herausfordernd, »haben uns nun doch entschlossen, zu heiraten.«

»Wie zu erwarten war«, entgegnete Marie gelassen.

Er atmete sichtlich auf; es schien, als wäre er auf eine Szene gefaßt gewesen. »Am fünfzehnten April. Das ist der Mittwoch vor Ostern. Für den Karsamstag hat Lilo eine Vertretung, so daß wir ein paar Tage verreisen können.«

»Und wohin soll's gehen?«

»Nach Venedig.«

»Hui, wie romantisch.« Marie lachte. »Das klassische Ziel für eine Hochzeitsreise.«

»Was ist daran so komisch? Wenn wir mehr Zeit hätten ...«

»Schon gut, Günther. Venedig ist ganz in Ordnung. Ich wollte dich nicht ärgern.« Sie war wieder ernst geworden. »Wissen die Eltern Bescheid?«

»Nein!« Nach einer kleinen Pause fügte er hinzu: »Könntest du es ihnen nicht sagen?«

»Das ist deine Angelegenheit, Günther. Ich würde es dir ja abnehmen, wenn ich mir etwas davon verspräche. Aber ich fürchte, sie würden es noch schlechter aufnehmen, wenn du es ihnen nicht selbst mitteilst.«

Er seufzte. »Wahrscheinlich hast du recht.«

Sie versuchte, das Gespräch abzubrechen. »Zeigst du mir jetzt, wo meine Skier sind?«

»Natürlich, ja. Sofort.« Er wischte sich die Hände an seiner Schürze ab. »Wirst du kommen, Marie?«

»Wenn du Wert darauf legst.«

»Großen sogar. Cornelius und Katharina werden bestimmt fernbleiben, und wenn nicht wenigstens du dabei bist, könnte der Eindruck entstehen, meine Familie hätte etwas gegen diese Heirat.«

Dazu hätte Marie einiges zu sagen gehabt, aber sie beschränkte sich darauf, ihm zuzustimmen. »Könnte schon sein.«

12

Am nächsten Morgen stand Marie um acht Uhr früh startbereit, ihre Skier geschultert, vor dem Tor auf der Straße. Alles, was sie womöglich im Laufe des Tages brauchen würde – Kamm, Sonnencreme, Geld, Ausweis – hatte sie in die Taschen ihres sehr modischen, in Pastellfarben gehaltenen Overalls verstaut. Die Skischuhe hatte sie neben sich gestellt und die Sonnenbrille ins Haar geschoben. Noch war der Himmel über der Stadt graudunstig und verhangen, aber es sah ganz danach aus, daß er sich aufklären würde.

Wenig später hielt Paul Sanners VW neben ihr auf dem Bürgersteig. Er begrüßte sie fröhlich und ließ sich nicht anmerken, daß er sich erst nach einer heftigen Szene von zu Hause hatte loseisen können. Er hatte die Vorhaltungen seiner Frau auch schon abgeschüttelt. Marie tat ihre Skischuhe in den Kofferraum, während er ihre Skier auf dem Dachgestell befestigte.

Bevor sie einstiegen, standen sie sich noch einen Augenblick gegenüber und musterten sich. Er kam sich in seiner alten Skihose und einem reichlich abgetragenen Anorak im Vergleich mit ihr etwas schäbig vor und konnte sich eine Bemerkung darüber nicht verkneifen.

»Du siehst wie eine Sonntagsfahrerin aus.«

Sie lachte. »Kunststück! Alles nigelnagelneu.«

»Da!« Er warf ihr ein großes braunes Kuvert zu.

»Was ist das?« fragte sie erstaunt.

»Du kannst es öffnen, wenn wir unterwegs sind.«

Sie kletterten auf ihre Sitze, legten die Gurte an, und Paul scherte rückwärts in die Fahrbahn ein. Marie öffnete den Umschlag. Ein Foto von ihr kam zutage, schwarzweiß, auf Hochglanzpapier abgezogen, 15 mal 20 Zentimeter. Sehr lebendig, das blonde Haar ein wenig zerzaust, mit einem halb erfreuten, halb irritierten Ausdruck blickte sie sich selbst darauf an.

»Na, was sagst du nun?« fragte er selbstgefällig. »Ich habe es noch gestern abend entwickelt.«

»Nett. Darf ich es behalten? Ich möchte es meinen Eltern schicken.«

»Aber ja, natürlich. Ich habe mehrere Abzüge gemacht.«

»Wozu?« Sie steckte das Foto in das Kuvert und legte es auf den Rücksitz.

»Na, erstens habe ich es für mich geknipst, und zweitens möchte ich dich bei der ›Abendzeitung‹ zur ›Wahl der schönen Münchnerin‹ anmelden.«

»Das wirst du schön bleiben lassen.«

Sie fuhren jetzt die Leopoldstraße in Richtung Siegestor hinunter.

»Ich verstehe dich nicht, Marie. Warum bist du so darauf bedacht, dein Licht unter den Scheffel zu stellen?«

»Bin ich ja gar nicht. Aber diese Wahl ist doch nur sinnvoll für Mädchen, die mit ihrem Äußeren Karriere machen oder Geld verdienen wollen. Die kriegen dann anschließend einen Job als Fotomodell oder Mannequin.«

Er lachte. »Hochinteressant! Du rechnest also von vornherein damit, daß du zumindest unter die drei ersten kommst.«

»Unsinn! Das habe ich nicht behauptet.«

»Aber es ging aus deiner Bemerkung ganz deutlich hervor. Die Fotos der meisten Mädchen tauchen ja nur ein- oder zweimal in der Zeitung auf, um dann für immer in der Versenkung zu verschwinden. Zu denen zählst du dich jedenfalls nicht.«

»Wenn man an einem Wettbewerb teilnimmt, will man doch auch siegen. Sonst hätte das Ganze keinen Sinn.«

»Also doch!«

»Aber ich bin durchaus nicht bereit, mich zur Schau zu stellen. Wir sollten das Thema also fallen lassen.«

Sie waren nach links abgebogen und fuhren am ›Haus der Kunst‹ vorbei auf das Denkmal des ›Friedensengels‹ zu, der sich goldglänzend gegen den verhangenen Himmel jenseits der Isar abzeichnete.

Marie dehnte sich behaglich. »Ach Paul«, sagte sie, »ich glaube, es wird ein wunderbarer Tag.«

Es war ihm klar, daß sie das Thema wechseln wollte, und er tat ihr vorerst den Gefallen. »Hoffentlich«, sagte er.

Erst als sie die Stadt verlassen hatten und auf der Autobahn in Richtung Salzburg fuhren – der Himmel war jetzt nicht mehr grau, sondern zeigte ein ganz zartes, helles Blau – fing er wieder damit an. Er wußte, er mußte es heute schaffen, oder es würde nie gelingen. Ihre Beziehungen wurden immer lockerer anstatt sich, wie er gehofft hatte, zu festigen. Jetzt war sie ihm bis Kitzbühel, also eine gute Stunde lang, ausgeliefert, und er mußte alle Register ziehen.

»Du magst mich doch, Marie«, begann er.

»Das weißt du.«

»Würdest du mir einen großen Gefallen tun?«

Sie warf ihm einen raschen, forschenden Seitenblick zu. »Kommt darauf an.«

»Ich möchte so gern über deine Erlebnisse schreiben. Du weißt schon.«

»Wer hindert dich daran?«

»Um Erfolg zu haben, müßte ich die Geschichte dokumentieren können.«

»Wie das?«

»Mit Fotos. Von dir, deinem Elternhaus, deinem Atelier und so weiter. Natürlich würde ich deinen Namen nicht nennen. Ich würde höchstens ›Marie F.‹ schreiben. Klingt doch gut, nicht wahr?«

Marie war nicht dumm. Pauls Andeutungen enthüllten ihr sofort die Ungeheuerlichkeit seines Vorhabens. Wenn sie darauf einginge – aber sie dachte nicht eine Sekunde daran – würde sie bekannt werden wie ein bunter Hund. Sie würde sich dem allgemeinen Gespött aussetzen, dem Verdacht, eine Wichtigtuerin zu sein oder gar eine moderne Hexe. Am liebsten hätte sie ihm das sofort ins Gesicht gesagt. Aber sie wußte, daß ein Streit dann unvermeidlich wäre, und sie wollte keinen Mißklang in diesen Tag bringen, auf den sie sich so sehr gefreut hatte.

Also fragte sie ausweichend: »Wie ›Christine F.‹ in den ›Kindern vom Bahnhof Zoo‹?«

»So ähnlich. Du hast es erfaßt. Nur daß du deine Geschichte nicht selbst zu schreiben brauchst, sondern ich der Erzähler wäre.«

»Ach so.«

»Es würde ein richtiger Knüller werden, und ich könnte einen solchen Erfolg dringend brauchen.«

»Ich werde darüber nachdenken.«

»Es steckt auch eine Menge Geld darin. Ich würde dir dreißig Prozent meines Honorars abgeben.« Als sie ihn leicht verwundert ansah, verbesserte er sein Angebot. »Wenn du willst, sogar die Hälfte. Wir machen fiftyfifty, Marie. Was hältst du davon?«

»Du kannst dein Geld behalten.«

»Kommt nicht in Frage. Ohne dich hätte ich die Story ja nicht.«

»Ich finde das riesig nett von dir, Paul, aber ich brauche kein Geld.«

»Quatsch! Denk nur mal an später. Du kannst deinen Eltern doch nicht ein Leben lang auf der Tasche liegen, und wer weiß, wann du was verdienst.«

»Ich bin jetzt schon unabhängig, Paul. Ich habe ein bißchen was geerbt. – Nein, mit Geld kannst du mich wirklich nicht locken.«

Er war überrascht. »Du hast Vermögen?«

»So könnte man es nennen.«

»Warum hast du mir das nie gesagt?«

»Es besteht kein Grund, das jedem auf die Nase zu binden.«

»Ich dachte, daß ich etwas mehr als ›jeder‹ für dich wäre. Du hättest es wenigstens andeuten können.«

Ihr Lächeln war amüsiert und überlegen. »Hättest du mir einen Heiratsantrag gemacht, hätte ich es dir bestimmt sofort eröffnet.«

In Pauls Hirn wirbelte es. Bisher hatte er sie für eine mittellose Studentin wie tausend andere gehalten, wenn auch mit einem sicher gutverdienenden Vater im Hintergrund. Jetzt sah die Situation mit einem Schlag anders aus. Sie hatte nicht nur die Rechte an ihrer Geschichte, sie besaß auch Vermögen. Damit wurde sie für ihn zu einer interessanten Partie. »Gut«, sagte er, »einverstanden. Heiraten wir also.«

Sie lachte. »Das kommt ein bißchen plötzlich, Paul.«

»Aber ich meine es ernst«, behauptete er, und im Augenblick entsprach das tatsächlich seinen Gefühlen. Er war entschlossen, sich von Nora scheiden zu lassen. Daß er noch verheiratet war, würde er Marie gestehen, sobald er ihr Jawort hatte.

»Ich werde darüber nachdenken«, versprach sie.

»Was gibt es da groß zu überlegen? Ich werde ein erfolgreicher Journalist und du eine bekannte Malerin. Das paßt doch prächtig.«

»Ich weiß nicht, Paul.«

»Aber ich! Ich habe mich damals auf Anhieb in dich verliebt, und inzwischen ist mehr daraus geworden. Jetzt liebe ich dich.«

Sie waren auf die Inntal-Autobahn abgebogen und fuhren jetzt Richtung Innsbruck. Das Blau des Winterhimmels hatte sich vertieft, und die schneebedeckten Gipfel der Voralpen schienen zum Greifen nahe.

»Man kann eine solche Entscheidung nicht übers Knie brechen, Paul. Du solltest klug genug sein, das zu wissen. Wenn wir den Tag mit solchen Problemen belasten, können wir ihn nicht genießen, und dazu, Paul, bin ich wild entschlossen. Halt also endlich den Mund, oder sprich von etwas anderem, sonst werde ich ernstlich böse.«

Das brachte ihn dann zum Schweigen, konnte ihn aber nicht daran hindern, Pläne für eine sorglose Zukunft zu spinnen.

Obwohl noch Schnee auf den Wiesen lag, waren die Fahrbahnen trocken. Paul Sanner und Marie kamen gut voran, bogen hinter Kufstein von der Autobahn ab und trafen wie erwartet kurz nach neun in Kitzbühel ein.

Auf der Einbahnstraße, die die Fußgängerzone umrundete, durchquerten sie den malerischen Ort und fuhren weiter bis zum Parkplatz unterhalb des Jochbergs. Sie hatten Glück und fanden eine Lücke, wo sie den VW abstellen konnten, stiegen aus, wechselten die Schuhe und holten die Skier vom Dach. Sie stapften zur Talstation, mußten eine Weile anstehen und fuhren dann mit der Gondel 2000 Meter hoch. Oben angekommen, cremten sie sich erst einmal gründlich ein. Über Tirol war der Himmel strahlend blau, und die Sonne brannte fast frühlingshaft. Weder Marie noch Paul waren geübte Skifahrer, deshalb wählten sie eine der einfachsten Abfahrten, um ihr Glück zu probieren. Alles lief glatt, Maries neue und Pauls alte Ski funktionierten tadellos. Unten an einer Sessselliftstation angekommen, gratulierten sie sich vergnügt, fuhren wieder hoch, eine andere Abfahrt hinunter und tummelten sich so den ganzen Vormittag im Schnee.

Gegen Mittag legten sie auf der ›Jägerwurzen‹ eine Pause ein. Marie fand einen Platz auf der Sonnenterrasse. Paul holte für beide an der Theke des urigen Holzhauses Würstchen und Semmel, für sich selbst einen ›Jagertee‹ – ein Gemisch aus Rotwein, Schnaps und diversen Gewürzen –, für Marie einen Tee ohne Alkohol. Sie waren entspannt und guter Laune und hatten ihre Probleme, wenn auch nicht vergessen, so doch beiseitegeschoben.

Als sie aufbrachen, kamen ihnen Neuankömmlinge von der Sesselliftstation entgegen. Marie erkannte Professor Bernhard

Reisinger sofort, wenn sie auch zuerst ihren Augen nicht trauen wollte. Er war der letzte, den sie in diesem Umfeld erwartet hätte. Blendend aussehend in einem silbrig schimmernden Overall, ragte er schon allein durch seine Größe aus dem Pulk des ›gemeinen Fußvolks‹ heraus. Das rote Stirnband, mit dem er sein langes braunes Haar gebändigt hatte, gab ihm etwas Indianerhaftes. An seiner Seite ging eine nicht mehr ganz junge Frau in einem sehr eleganten, mit Nerz verbrämten Anorak.

Marie wußte selbst nicht, warum ihr diese Begegnung so unangenehm war – vielleicht nur deshalb, weil sie nicht darauf vorbereitet war – und hoffte, ungesehen davonzukommen.

Aber da hatte der Professor sie schon entdeckt. »Marie!« rief er. »Das ist aber eine Überraschung!« Er vertrat ihr den Weg und schüttelte ihr herzlich die Hand. »Sehr vernünftig von Ihnen, auch mal etwas für Ihre Fitneß zu tun.« Er musterte Paul. »Ihr Freund?«

»Nein. Nur ein Bekannter.« Sie stellte ihn vor.

Reisinger hatte seine Begleiterin ebenfalls herbeigewinkt. »Das ist Marie Forester«, sagte er lächelnd, »meine Lieblingsschülerin! Frau Anna Sarowsky.«

Sie blieben nur kurz beieinander stehen und wechselten einige belanglose Worte, bevor sie sich trennten.

Aber danach war Paul die Stimmung verhagelt. »Seit wann bin ich nicht mehr dein Freund?« schimpfte er. »Möchtest du mir das nicht erklären? Erinnerst du dich nicht mehr an Silvester? Da hast du allen möglichen Typen gesagt: ›Ich tanze nur mit meinem Freund.‹ Und jetzt auf einmal?«

»Vielleicht, weil Reisi kein gewöhnlicher Typ ist.«

»Ein Arrogantling erster Güte ist er! Wie er mich angeguckt hat! Als ob ich eine Fliege wäre, die er gerade in seinem Suppenteller entdeckt hat.«

»Du übertreibst.«

»Und seit wann bist du seine Lieblingsschülerin?«

»Das war doch nur ein Scherz, Paul.«

»Ich finde das durchaus nicht komisch.«

»Und ich hatte bisher gedacht, du hättest Sinn für Humor.« Sie wandte sich entschlossen ab. »Ich nehme jetzt mal die südliche Abfahrt.«

Er war zu aufgebracht, um ihr zu folgen. –

Erst nach vier Uhr, als der Gondel- und Sesselbahnbetrieb eingestellt worden war, trafen sie sich wieder bei seinem Auto.

Er wartete schon auf sie, hatte seine Skier auf dem Dach befestigt. »Na, endlich!« sagte er. »Ich dachte schon, dir wäre was passiert.«

»Ich wollte es nur bis zur letzten Minute auskosten.«

»Gehen wir noch auf einen Sprung ins ›Stamperl‹?« schlug er vor.

»Lieber nicht. Denk an die Heimfahrt. Wenn du was trinken willst, solltest du besser bis München damit warten.«

»Aber gerade jetzt habe ich Lust.«

»Bitte, Paul!«

Er hatte ihr die Skier und Stöcke abgenommen und auf dem VW montiert. »Übrigens ... was ich dir noch sagen wollte ... ich habe mich vorhin saublöd benommen.«

»Leider kann ich dir nicht widersprechen.«

»Es soll nicht wieder vorkommen«, versprach er reuevoll.

»War ja halb so wild.«

»Warum bist du dann abgehauen?«

»Ich wollte allein sein. Das war wohl auch nicht sonderlich nett von mir. Wenn es sein muß, können wir darüber noch unterwegs reden. Bitte, laß uns endlich fahren.«

»Müssen wir denn unbedingt heute schon nach München zurück?«

Sie hatte die Schuhe gewechselt, richtete sich auf und sah ihn verwundert an. »So war es ausgemacht.«

»Ja, ich weiß. Aber man kann seine Pläne doch auch mal umstoßen, nicht wahr? Besonders, wenn sich einiges geändert hat.«

»Was hat sich geändert?« fragte sie verständnislos.

»Ich habe vorhin Fritz Weppert getroffen, den Schauspieler, der hat mir für morgen nachmittag ein Interview versprochen.«

»Den könntest du doch auch in München treffen.«

»Eben nicht. Er ist wahnsinnig beschäftigt, und ich bin heilfroh, daß ich ihn hier am Wickel habe. Kannst du das nicht begreifen?«

»Doch, Paul, wenn du es mir so erklärst. Dann fahre ich eben mit der Bahn.«

»Sei doch nicht so dickköpfig, Marie! Wir könnten uns einen netten Abend machen, in der ›Tenne‹ oder im ›Drop in‹. Ich verspreche dir, darauf zu achten, daß du nichts außer Limonade zu trinken kriegst.«

»Nett von dir. Aber wo sollten wir jetzt noch unterkommen? Es ist bestimmt alles belegt.«

»Mach dir darüber keine Gedanken. Der kluge Paul hat vorgesorgt. Ich habe auf alle Fälle Zimmer reservieren lassen – wohlverstanden: zwei Zimmer. In Aurich, hier ganz in der Nähe und nicht zu teuer.«

»Das war sehr voraussehend von dir!« lobte sie ihn mit unverhüllter Ironie. »Aber ich möchte doch lieber nach Hause. Bitte, bring mich zum Bahnhof!«

»Hör mal, das ist doch Quatsch«, sagte er.

»Überhaupt nicht«, widersprach sie.

»Du müßtest unterwegs umsteigen.«

»In Wörgl, ich weiß. Was macht das schon!«

»Ist verdammt umständlich mit den Skiern.«

»Die laß ich dir. Du kannst sie mir morgen abend bringen. Oder ein andermal.« Sie stieg ins Auto. »Meine Stiefel auch.«

Er hatte sich hinter das Steuer gesetzt. »Du bist so was von unvernünftig ...«

»Weil ich weiß, was ich will? Weil ich mich an unsere Abmachungen halte?«

»Wir könnten uns einen netten Abend machen!«

»Das werden wir auch. Jeder für sich allein.« Sie drehte sich um, angelte den Umschlag mit ihrem Foto vom Rücksitz, zog den Reißverschluß ihres Overalls auf und steckte ihn hinein.

»Du läßt dich nicht umstimmen, Marie?«
»Ganz bestimmt nicht, Paul. Gib's auf.«

Paul mußte sich eingestehen, daß dieser Ausflug mit Marie ein totaler Reinfall gewesen war. Oder doch nicht? Immerhin hatte er ihm Gelegenheit gegeben, seine Wünsche anzumelden. Sie war zwar nicht darauf eingegangen, aber sie hatte auch nicht rundweg abgelehnt.

Das Interview mit dem Münchner Schauspieler hatte er erfunden. Dennoch kam er sich nicht wie ein Lügner vor. Es waren immer einige Prominente in Kitzbühel, und vielleicht würde er morgen wirklich Gelegenheit haben, mit dem einen oder anderen zu sprechen. Genausogut hätte er allerdings auch, wie geplant, mit Marie nach München zurückfahren können. Aber er fürchtete, wenn er jetzt nachgab, sein Gesicht zu verlieren. Er war zu weit vorgeprescht, um jetzt klein beizugeben. Es geschah ihr ganz recht, die ungemütliche Fahrt mit dem Zug machen zu müssen.

Nachdem er Marie am Bahnhof abgesetzt hatte, kehrte er im ›Stamperl‹ ein, traf Bekannte aus München, mit denen er dann weiterzog und ziemlich versumpfte. Erst am nächsten Mittag stand er wieder auf der Piste. Er vermißte Marie. Ohne sie war es nur der halbe Spaß. Dennoch landete er später wieder im ›Stamperl‹ und konnte sich von der fröhlichen Runde nur schwer losreißen. Aber da die meisten am Montagmorgen zur Arbeit mußten, kam es verhältnismäßig früh zum allgemeinen Aufbruch. Noch vor acht Uhr traf er in München ein.

Von einer Telefonzelle in Ramersdorf rief er Marie an. Sie meldete sich nicht. Er fuhr in die Innenstadt und versuchte, sie vom Platz ›Münchener Freiheit‹ aus zu erreichen. Wieder bekam er keinen Anschluß. Er begriff es nicht. Er hatte fest damit gerechnet, daß Marie ihn mit ihrer Skiausrüstung erwarten, ihn wahrscheinlich auf der Straße kurz abfertigen, aber doch zur Stelle sein würde.

Was er nicht ahnte, war, daß Susanne, von ihrem Freund versetzt, Marie eingeladen hatte, mit ihr die ›Kammerspiele‹ zu besuchen, in denen ein Stück des zeitgenössischen Schriftstellers Franz Xaver Kroetz gegeben wurde.

Paul hatte sich viele schöne Worte zurechtgelegt; jetzt war er verärgert. Er dachte nicht anders, als daß sie absichtlich nicht ans Telefon ging. Aber immerhin hatte er ja ihre Sachen, und so konnte die Verbindung nicht für immer abgebrochen sein. Er fuhr zum Olympiapark.

Noch ehe er die Tiefgarage erreichte, sah er seine Frau aus dem Haus kommen. Er holte sie ein, hielt neben ihr und kurbelte das Fenster herunter. »Hallo, Nora! Wo willst du hin?«

»Zu meiner Mutter«, erklärte sie.

»Ich bring' dich!« erbot er sich. Schon als er es aussprach, wußte er, daß er das Falsche gesagt hatte. Er hätte sie bitten sollen, jetzt, da er nach Hause kam, bei ihm zu bleiben.

»Wie reizend von dir«, erwiderte sie, ging um den Wagen herum und stieg durch die Tür ein, die er ihr von innen geöffnet hatte.

»Oder wollen wir nicht lieber etwas anderes unternehmen?« fragte er.

»Ist deine Unternehmungslust noch immer nicht gestillt?«

»Ich bin froh, wieder bei dir zu sein.«

»Nachdem du das Wochenende mit einer anderen verbracht hast. Mit dieser Marie – wie heißt sie noch?«

»Wie kommst du darauf?« fragte er im Brustton der Empörung.

»Zwei Paar Ski auf dem Dach.«

»Aber das besagt doch nichts.«

»Nur, daß du mit einer Frau in Kitz warst. Mir hast du weismachen wollen, du wärst auf Interviews aus.«

»War ich auch, Nora, das mußt du mir glauben. Marie habe ich nur mitgenommen, weil ich sie weichkochen wollte.«

»Also doch!«

»Aber sie ist schon gestern abend zurückgefahren, mit dem Zug. Ihre Skier sind der schlagende Beweis dafür.«

»Das verstehe ich nicht.«

»Aber ich bitte dich, Nora! Wenn wir zusammen gewesen wären, hätte ich sie doch mitsamt ihren Skiern abgeladen.«

»Kann sein oder auch nicht.«

»Du machst mich mit deiner Eifersucht noch wahnsinnig.«

»Und du mich mit deinen ewigen Seitensprüngen.«

»Die du dir nur einbildest!«

»Warum hast du mir nicht gesagt, daß du mit dieser Person fahren würdest?«

»Um dich nicht aufzuregen. Das liegt doch auf der Hand.«

»Das mindeste, was ich von dir erwarte, ist Ehrlichkeit.«

»Du solltest dich besser kennen. Genau das, was du nicht vertragen kannst, ist die Wahrheit. Was kann harmloser sein, als mit einem Mädchen Ski zu fahren?«

»Wenn es so harmlos gewesen wäre, hättest du mich ja mitnehmen können.«

»Damit du mir meinen schönen Plan verpatzt?«

»Damit ich dich hätte daran hindern können, mit ihr ins Bett zu gehen.«

»Aber das bin ich nicht. Ich schwöre es bei Gott und allen guten Geistern. Du schätzt Marie ganz falsch ein.«

»Dich aber nicht, Paul.«

»Ich gebe zu, ich habe Fehler gemacht, Nora. Aber ich dachte, das läge endlich alles hinter uns.«

»Nicht, wenn du schon wieder damit anfängst.«

»Mit Marie ist alles ganz anders.«

»Das behauptest du.«

»Es ist auch so. Ihre Skier sind doch der greifbare Beweis.«

»Sie ist verdammt attraktiv, das wirst du doch wohl zugeben.«

»Aber sie ist nicht mein Geschmack. Viel zu anspruchsvoll.«

»Gerade deshalb ist sie gefährlich.« Sie wandte sich ihm zu, packte ihn beim Arm und sah ihn flehend an. »Gib sie auf, Paul! Ich bitte dich.«

»Wie könnte ich das, da ich sie gar nicht habe? Laß mich los, sonst passiert noch ein Unglück.«

Sie gab ihn frei. »Hör auf, dich weiter um sie zu bemühen. Um sie und ihre verdammt unglaubwürdige Geschichte.«

Sie waren über die Leopoldstraße in die Innenstadt gefahren. Jetzt bog er nach links in Richtung Stadtteil Lehel ein. »Allmählich«, sagte er, »halte ich es nicht mehr mit dir aus.«

»Du wirst lachen: Mir geht es mit dir genauso.«

»Dann wäre es wohl das beste, wir würden uns trennen.«

»Und wovon willst du leben?« Sie merkte, daß sie zu weit gegangen war, und fügte rasch hinzu: »Entschuldige, Paul, so habe ich das nicht gemeint!«

»Ich werde mich schon irgendwie durchschlagen.«

Sein Gleichmut wirkte bedrohlicher auf sie, als wenn er sich verletzt gezeigt hätte.

»Paul«, sagte sie mit ganz kleiner Stimme, »bitte!«

Sie fuhren am Restaurant ›Piroschka‹ vorbei, und er war nahe daran, ihr vorzuschlagen, den Wagen zu parken, einzukehren und sich in Ruhe auszusprechen. Er war auch sicher, daß sie auf seinen Vorschlag eingegangen wäre. Nur konnte er sich nicht dazu überwinden. Er war ihrer ständigen Vorhaltungen überdrüssig und sehnte sich danach, den Abend allein zu verbringen. So sagte er statt dessen: »Frag mal deine Mutter, was sie daraus schließt, daß ich die Skier eines Mädchens mit mir herumkutschiere.«

»Besser nicht. Sie hat nie sehr viel von dir gehalten.«

»Danke für die Blumen.«

»Ich wollte ihr so gern beweisen, daß ich glücklich mit dir sein würde.«

»Auch ein Grund für eine Ehe.«

»Paul, bitte, sei doch nicht so! Du kannst doch nicht behaupten, daß alle meine Verdächtigungen aus der Luft gegriffen sind.«

»Was Marie Forester betrifft, jedenfalls.«

»Vielleicht hast du bei ihr bisher noch nicht landen können, aber das besagt doch nicht ...«

Sie hatten den ›St.-Anna-Platz‹, wo ihre Mutter wohnte, erreicht, und er bremste. »Komm nicht zu spät, Nora«, sagte er, »und weck mich nicht, wenn du nach Hause kommst. Ich bin ziemlich geschafft, weißt du. Und schönen Gruß an deine Mutter.«

Sie hatte die Türklinke bereits in der Hand. »Willst du nicht mit raufkommen?«

»Nach allem, was du mir eben über die Einstellung deiner Mutter offenbart hast?«

»Als wenn du das nicht längst gewußt hättest!« Nora stieg aus, beugte sich aber noch einmal in den Wagen hinein. »Weißt du was? Du kannst mich mal!« Nach dieser ausgesprochen undamenhaften Bemerkung schlug sie die Tür so heftig zu, daß das Auto in seinen Grundfesten bebte.

13

In der nächsten Unterrichtsstunde bei Professor Reisinger – Anatomisches Zeichnen – fragte er Marie wieder nach den Skizzen, die sie in den Ferien gemacht hatte. Sie hatte sie nicht dabei, gab auch keine Erklärungen darüber ab. Zu behaupten, daß sie sie vergessen hätte, hielt sie für unnötig.

Er blieb hinter ihr stehen und verfolgte ihre Bemühungen, den jungen Mann aufs Papier zu bringen, der diesmal eine kraftmeierische Pose eingenommen hatte: rechtes Bein auf einem Schemel gebeugt, den rechten Arm erhoben, die Faust geballt.

Marie fühlte sich, wie immer, wenn er ihr auf die Finger blickte, verunsichert und ungeschickt.

»Waren Sie in den Ferien zu Hause?« fragte er.

»Ja.«

»War es schön?«

Sie war nahe daran, seine Frage zu bejahen, dachte aber dann, daß sich eine Lüge nicht lohnte. »Nein«, gestand sie.

»Es hat Spannungen gegeben?«

»Ja.«

»Ihre Eltern machen sich Sorgen um Sie?«

»Nein. Dazu besteht ja auch kein Grund. Es ist ...« Sie stockte. »... es ging um meinen Bruder.«

»Und was treibt der Lümmel?«

Sie mußte lachen. »Er ist mit der falschen Frau liiert. Jedenfalls in den Augen meiner Eltern. Sie ist ein paar Jahre älter als er.«

»Muß ja nicht unbedingt ein Schaden sein.«

»Sie wollen nicht einsehen, daß man solche Dinge nicht ändern kann.«

»Was für Dinge?«

Sie blickte auf und sah ihm in die grünen, goldgesprenkelten Augen, die sie teilnahmsvoll und doch leicht amüsiert betrachteten.

»Schicksalhaftes«, sagte sie, »Liebe, Haß, Eifersucht, Hörigkeit. Mit denen muß jeder Mensch allein fertig werden.«

»Sehr weise gedacht, Marie«, sagte er und ging weiter.

»Was hatte denn Reisi so lange privat mit dir zu quatschen?« fragte Anita in der Pause.

»Nichts Besonderes.«

»Er hält sich bei dir immer länger auf als bei allen anderen.«

»Kommt dir nur so vor.«

»Eins schreib dir hinter die Ohren: Es hat keinen Zweck, dem schöne Augen zu machen. Der geht dir doch nicht ins Netz.«

»Du mußt es ja wissen.«

Susanne mischte sich ein: »Hört auf, euch zu zanken! Was soll denn das? Jede von uns hat das Recht, mit Reisi zu flirten. Das ist im Schulgeld eingeschlossen.«

Anita und Marie lachten, und die Spannung begann sich zu lösen.

Aber dann konnte Marie es doch nicht dabei bewenden lassen. »Ich habe es nicht getan«, erklärte sie, »wirklich nicht.«

»Schon möglich, daß du es gar nicht merkst«, sagte Susanne friedfertig.

»Ich bin immer froh, wenn er endlich weitergeht.«

»Weil er dich kribbelig macht, nicht wahr? Genau das ist ein verdächtiges Zeichen.«

»Ach, laßt mich doch in Ruhe!« rief Marie wütend, weil sie spürte, daß Susanne den Nagel auf den Kopf getroffen hatte.

Aber als die anderen sie auslachten, stimmte sie mit ein. Sie lachte über ihre eigene Dummheit.

Als Marie und ihre beiden Freundinnen ein paar Tage später das ›Privatinstitut Geissler‹ verließen – der Himmel über München war blau, und es lag ein Hauch von Frühling in der Luft –, kam eine zierliche schwarzhaarige Frau auf sie zu und vertrat ihnen den Weg. Sie trug einen gutgeschnittenen beigen Stoffmantel, ihr Gesicht war sehr sorgfältig, vielleicht ein wenig zu stark geschminkt.

»Sind Sie Marie Forester?« fragte sie ohne jeden Gruß.

Marie bejahte.

»Ich muß Sie sprechen.«

»Dann tun Sie es.«

Susanne und Anita schwankten zwischen Neugier und Diskretion.

Marie spürte es. »Bleibt nur«, sagte sie, »ich habe keine Geheimnisse.«

»Ich bin Nora Sanner, Pauls Frau!«

Das war eine Eröffnung, die Marie eigentlich hätte erschüttern müssen. Sie wunderte sich, daß es nicht der Fall war. Ganz gelassen, die Hände tief in die Taschen ihres Anoraks vergraben, blickte sie auf Pauls Frau herab.

»Das haben Sie nicht gewußt, Sie Hellseherin, nicht wahr?«

Susanne und Anita wechselten einen erstaunten Blick. Marie verzog keine Miene.

»Hören Sie auf, ihm nachzustellen!« verlangte Nora.

»Das habe ich nicht getan.«

»Geben Sie doch zu, Sie versuchen ihn zu ködern, mit Ihrer Jugend, Ihrer Schönheit, Ihren verrückten Geschichten.«

»Sie irren sich wirklich, Frau Sanner. Er ist es, der mir nachläuft.«

»Nachdem Sie ihn verrückt gemacht haben!«

»Ich kann Ihnen nur den einen Rat geben: Rücken Sie ihm den Kopf zurecht, und passen Sie in Zukunft besser auf ihn auf!«

»Ich brauche Ihre Ratschläge nicht, Sie ... Sie Flittchen! Sie gewissenloses Flittchen!«

»Hoppla!« sagte Anita. »Liebe Frau, das geht jetzt aber entschieden zu weit!«

»Ganz meine Meinung«, stimmte Susanne zu. »Fassen Sie sich lieber mal an die eigene Nase. Wenn Sie Ihren Mann nicht halten können, sind Sie selbst schuld.«

»Sie haben sich überhaupt nicht einzumischen!« fauchte Nora Sanner außer sich.

»Ihr Pech, daß Sie uns das nicht verbieten können. Das hier ist ein öffentlicher Platz, und Sie machen hier eine öffentliche Szene«, konterte Susanne.

»So ist es!« bestätigte Anita. »Wenn Sie Marie unter vier Augen sprechen wollten, hätten Sie sie lieber zu einer Tasse Tee einladen sollen.«

»Und die ganze Angelegenheit in freundschaftlicher Form regeln sollen.«

Die Freundinnen gaben sich gegenseitig das Stichwort.

»Anstatt sich wie ein Fischweib aufzuführen.«

»Armer Paul! Der wird schon wissen, warum er bei anderen Frauen Trost sucht.«

Nora funkelte die beiden wütend an; es sah fast so aus, als wollte sie sie anspucken. »Ach was!« fauchte sie und wandte sich wieder Marie zu. »Ich verlange von Ihnen, daß Sie ihn von jetzt an in Ruhe lassen!«

»Ich werde genau das tun, was ich für richtig halte«, erklärte Marie mit fester Stimme, »und jetzt lassen Sie mich bitte vorbei!« Sie zog die rechte Hand aus der Tasche, streckte ihren langen, starken Arm aus und schob Nora Sanner beiseite.

Die Freundinnen folgten ihr.

»Mensch, war das eine Verrückte!« rief Susanne. »Wie kann man sich nur so aufführen!«

»Hattest du was mit ihrem Mann?« fragte Anita.

»Ich hätte wissen müssen, daß er verheiratet ist« erklärte Marie. »Er hat mir nie seine Telefonnummer und Adresse gegeben, angeblich weil er meistens nicht zu Hause war. Aber ich habe nicht darüber nachgedacht.«

»Hast du nun mit ihm gebumst? Ja oder nein?« forschte Anita.

»Ich finde, das geht dich nichts an. Ich erkundige mich ja auch nie nach deinen Männergeschichten.«

»Mir hat auch noch nie eine eifersüchtige Ehefrau aufgelauert.«

»Tolle Logik! Also schön, wenn du darauf bestehst: nein. Er ist zwar sehr sympathisch und anziehend – wahrscheinlich würde er euch auch gefallen –, aber irgendwie ...« Sie zuckte die Achseln. »... ich kann es euch schwer erklären ... ich habe ihm nicht so richtig über den Weg getraut.«

»Da hast du Glück gehabt«, sagte Susanne.

»Aber wieso?« widersprach Anita. »Was wäre schon gewesen, wenn?«

»Es ist immer übel, wenn man feststellen muß, daß man

hereingelegt worden ist. Wenn er Marie von seiner Ehe erzählt hätte, wäre es was anderes gewesen, ein einkalkuliertes Risiko sozusagen.«

»Hast du schon mal was mit einem verheirateten Mann gehabt?«

»Wer nicht?« gab Susanne lakonisch zur Antwort.

Anita wandte sich wieder Marie zu: »Wieso hat sie dich eine Hellseherin genannt?«

»Ich weiß nicht.« Marie suchte nach einer plausiblen Erklärung. »Wahrscheinlich war es purer Hohn, weil ich Paul eben nicht durchschaut habe.«

»Sie hat aber auch etwas von verrückten Geschichten gesagt, mit denen du ihn geködert haben sollst«, erinnerte sich Susanne.

»Er ist furchtbar neugierig, Journalist von Beruf, und er hat mich so lange gelöchert, bis ich ihm von meiner Kindheit erzählt habe.« Wieder zuckte sie die Achseln. »Er fand es interessant.«

Die Freundinnen ließen es dabei bewenden.

»Und was wirst du jetzt tun?« fragte Susanne. »Schluß mit ihm machen?«

»Ich denke, dazu habe ich allen Grund.«

»Ich würde mich nicht einschüchtern lassen«, ermutigte sie Anita.

Währenddessen hatten sie die Herzogstraße erreicht und waren beinahe schon vor dem Haus angekommen, in dem Marie wohnte.

»Wißt ihr, worauf ich jetzt Lust hätte?« fragte Susanne und gab sich gleich darauf selbst die Antwort: »Auf ein Eis! Laufen wir doch zum ›Boulevard Leopold‹! Vielleicht kann man schon draußen sitzen.«

Anita griff ihren Vorschlag begeistert auf. Nach einigem Zögern stimmte auch Marie zu. Sie hätte sich zwar lieber in ihr Atelier zurückgezogen, um mit ihren Gedanken allein zu sein. Aber sie begriff, daß es klüger war, mit den Freundinnen beisammenzubleiben und mit ihnen über den Zwischenfall zu reden, als ihnen die Gelegenheit zu geben, es hinter ihrem Rücken zu tun.

Wenige Tage später rief Paul an.

Marie gab sich freundlich, wenn auch leicht distanziert am Telefon, erklärte sich aber damit einverstanden, daß er abends ihre Skier vorbeibringen wollte. Sie trafen sich auf der Straße vor dem Tor. Er versuchte sie zu küssen, aber die Skier waren einer Umarmung im Wege. Marie bedankte sich, daß er sie ihr gebracht hatte, wollte ihm die Skier und auch die Skischuhe abnehmen.

»Bitte nicht!« sagte er. »Ich trage sie dir hinauf.«

Marie war einverstanden. Sie mußten sich aussprechen, und das besser heute als morgen.

Während sie den Hof überquerten und im Lift nach oben fuhren, redeten sie über Belanglosigkeiten. Er erkundigte sich, wieso er sie am vergangenen Sonntag nicht hatte erreichen können, und sie fragte ohne sonderliches Interesse, ob es noch nett in Kitz gewesen wäre und ob sein Interview zustande gekommen sei. Im Atelier angekommen, forderte sie ihn auf, die Skier und Stöcke an die Wand zu lehnen und verstaute die Schuhe in der Kammer zwischen Bad und Küche. Als sie zurückkam, hatte er seinen Mantel ausgezogen und über die Couch geworfen, die noch nicht für die Nacht hergerichtet war. Er erwartete Marie mit ausgebreiteten Armen. Sie wich ihm aus und war voll damit beschäftigt, den Reißverschluß ihres Anoraks aufzuziehen.

»Was hast du, Marie?« fragte er unsicher.

Er wollte ihr aus dem Anorak helfen, aber sie ließ es nicht zu und hängte ihn selbst über einen Bügel.

»Setz dich erst mal«, forderte sie ihn auf, »ja, auf die Couch!« Sie selbst nahm in dem kleinen Sessel Platz und sah ihm in die Augen. »Du hättest mir nicht verschweigen dürfen, daß du verheiratet bist.«

Er senkte die dichten dunklen Wimpern und zündete sich nervös eine Zigarette an. »Du hast mich nicht danach gefragt.«
»Das ist eine lausige Erklärung.«
»Marie, bitte, du weißt doch, wie du bist! Einem verheirateten Mann hättest du nie eine Chance gegeben.«
»Ein Grund mehr, aufrichtig zu sein.«
»Anfangs hatte ich keine Gelegenheit, und es schien auch nicht so wichtig. Später hatte ich Angst, dich zu verlieren.«
»Du hast mich gar nicht besessen, Paul.«
»Daß du enttäuscht sein würdest, wenn dir das besser gefällt.«
»Wie auch immer: Ich fürchte, mehr gibt es dazu nicht zu sagen.«
»Du bist mir böse?«
»Nein. Ich möchte nur nichts mehr mit dir zu tun haben.«
»Meine Ehe ist nicht gut. Als ich sagte, daß ich dich heiraten wollte, war es die Wahrheit. Ich habe wirklich vor, mich scheiden zu lassen.«
»Davon hast du mir vorsichtshalber aber nichts gesagt.«
»Das war dumm von mir. Ich gebe es zu. Marie, ich bitte dich jetzt noch einmal: Heirate mich.«
»Das werde ich nicht, Paul. Ich würde es auch dann nicht tun, wenn du frei wärst.«
»Aber meine Ehe ist die Hölle. Ich muß da raus.«
»Dann laß dich scheiden. Nur rechne nicht auf mich. Ich will mit dieser ganzen Angelegenheit nichts zu tun haben.«
»Wie konnte es nur so schief mit uns laufen? Ich hatte fest vor, es dir schonend beizubringen.« Er drückte seine Zigarette in dem kupfernen Schälchen aus. »Wie hast du es überhaupt erfahren?«
»Durch deine Frau. Sie hat mir aufgelauert, um mich zu beschimpfen.«
»O Gott!« stieß er hervor und war jetzt ehrlich erschüttert.
»Nimm's nicht zu tragisch! Ich habe es unbeschadet überstanden.«

»Trotzdem – sie muß wahnsinnig geworden sein.«
»Sie liebt dich, und sie ist eifersüchtig. Das ist alles.«
»Ich werde mir nie verzeihen, dich in eine solche Situation gebracht zu haben.«
»Gib dich in Zukunft gutgläubigen Mädchen gegenüber nicht mehr als Junggeselle aus.«
»Das habe ich nicht getan!«
»Natürlich nicht!« Ihre Stimme klang jetzt sarkastisch. »Du hast nur verschwiegen, daß du verheiratet bist. Paul, du bist wirklich unverbesserlich!«
»Ich bin nicht allein schuld. Deine Naivität, Marie ...«
Sie fiel ihm ins Wort: »Schon gut, schon gut. Ich gebe zu, ich habe es dir zu leicht gemacht. Ich jedenfalls werde für die Zukunft daraus lernen.«
Er streckte seine Hand aus und berührte ihren Arm. »Nun, wo du Bescheid weißt und die Karten sozusagen offen auf dem Tisch liegen – können wir nicht Freunde bleiben?«
»Waren wir das je?« Sie sah ihn an, und ihre Augen wurden sehr klar und sehr blau.
Unwillkürlich zog er seine Hand zurück.
»Machen wir uns doch nichts vor, Paul!« fuhr sie fort. »Du hast dir mein Vertrauen erschlichen. Ich hatte geglaubt, du hättest Verständnis für mich. Dabei war alles, was du wolltest, Material für eine dämliche Illustriertenstory.«
»Das ist eine Idee, die ich immer noch für gut halte«, behauptete er trotzig.
»Sie ist abgeschmackt. Ich denke nicht daran, mich durch dich zum Gespött der Menschheit machen zu lassen.«
»Marie, überleg's dir! Bitte! Zuerst warst du doch gar nicht so dagegen.«
»Irrtum! Ich habe die bloße Vorstellung einer solchen Möglichkeit von Anfang an gehaßt.«
»Aber mir würde es so viel bedeuten, Marie!« sagte er flehend und sah aus wie ein kleiner Junge, dem man sein Lieb-

lingsspielzeug nehmen will. »Für mich würde es ein enormer Schritt in eine erfolgreiche Zukunft sein.«

»In meinen Augen wäre es seelische Prostitution.« Marie stand auf. »Genausogut könntest du mich auf die Straße schicken.«

»Kann ich bitte ein Glas Wasser haben?«

»Es wäre besser, du verschwändest endlich.«

»Bitte, Marie!« Er zündete sich eine Zigarette an. »Ich bin völlig durcheinander, und meine Kehle ist wie ausgedörrt.«

»Du rauchst zuviel«, stellte sie mitleidslos fest, ging aber dann doch in die Küche. Im Lichtschein, der aus dem Atelier fiel, öffnete sie den Kühlschrank, holte eine Flasche Mineralwasser heraus, nahm ein Glas aus dem Hängeschrank und wollte einschenken.

Da überfiel es sie. Mit rabenschwarzen Wogen packte sie eine Verzweiflung, die nicht aus ihrem Inneren kam, sondern sie wie aus dem Abgrund der Hölle überfiel. Sie stöhnte auf, schwankte, war einer Ohnmacht nahe und mußte alle Kraft aufbieten, um nicht die Besinnung zu verlieren.

Weit riß sie die Augen auf. Dann sah sie es: das grauenhaft verzerrte, leichenblasse Gesicht einer schwarzhaarigen Frau, ein Glas, in das eine Unzahl weißer Tabletten fiel.

Marie schrie auf. Glas und Flasche entglitten ihren Händen und zerschellten auf den Fliesen. Sie sackte zusammen und wäre zu Boden gesunken, in die Scherben und Nässe, wenn Paul nicht herbeigestürzt wäre und sie im letzten Augenblick aufgefangen hätte.

»Marie!« rief er. »Liebling, was hast du?«

Er führte sie, die wie Blei an ihm hing, ins Atelier, schob seinen Mantel fort und bettete sie auf der Couch. Ihr kreideweißes Gesicht wirkte jetzt geradezu durchscheinend, selbst ihr sonst so roter Mund hatte alle Farbe verloren, und ihre geschlossenen Augen lagen tief in umschatteten Höhlen. Er kniete vor ihr, hilflos, wußte nicht, was er tun sollte.

»Marie«, stammelte er, »was ist dir? Hast du dich verletzt? Bitte, Marie, komm wieder zu dir! Soll ich einen Arzt rufen? Ja, das werde ich tun.« Er richtete sich auf, ging zum Telefon und nahm den Hörer ab.

Da vernahm er von ihr einen Laut, kaum mehr als ein Krächzen, dennoch genug, um ihn zu veranlassen, aufzulegen und sich ihr wieder zuzuwenden.

Marie zwang sich, die Augen aufzuschlagen, rang nach Worten. »Du mußt gehen, Paul!«

»Aber ich kann dich doch jetzt nicht allein lassen.«

»Du mußt, Paul, schnell!«

»Unsinn, Liebes. Ich bleibe bei dir, bis es dir wieder besser geht.«

»Deine Frau ... sie versucht, sich umzubringen.«

»Nora? Nein. So etwas würde sie nie tun.«

»Ihr habt euch gestritten, nicht wahr?«

»So etwas kommt in den besten Familien vor«, sagte er mit dem kläglichen Versuch, seine letzte eheliche Auseinandersetzung zu bagatellisieren. Doch siedend heiß erinnerte er sich, daß er die Szene mit der Drohung beendet hatte, in dieser Nacht überhaupt nicht nach Hause zu kommen. Dann war er davongestürmt.

»Beeil dich, Paul! Du mußt zu ihr. Fahr, so schnell du kannst.«

»Und was ist mit dir?«

»Mach dir um mich keine Sorgen!« sagte sie schwach. »Ich erhole mich schon wieder.«

Er drückte seine Zigarette aus, die in dem Kupferschälchen glimmte, beugte sich zu ihr nieder und küßte sie auf den Mund.

Sie war zu schwach, um sich zu wehren.

»Bis bald, Marie!«

Zögernd sah er sich um, nahm seinen Mantel auf und überlegte, ob er noch etwas für sie tun könnte. Die Lampe ausknipsen? Das Deckenlicht einschalten?

Dann endlich begriff er, daß keine Zeit zu verlieren war, und stürmte davon.

Erleichtert schloß Marie die Augen.

Eine Stunde später läutete das Telefon.

Marie fühlte sich schon wieder wohl. Sie hatte die Scherben in der Küche aufgesammelt und in den Abfalleimer getan, die Fliesen gewischt und die Couch für die Nacht gerichtet. Jetzt nahm sie den Hörer ab und meldete sich mit ganz normaler Stimme.

»Du hattest recht, Marie«, sagte Paul Sanner am anderen Ende der Leitung.

»Ja, ich weiß.«

»Ich habe sie schnell in das ›Schwabinger Krankenhaus‹ gebracht.«

»Sehr gut.«

»Glaubst du, daß sie wieder gesund wird?«

»Sicher. Man wird ihr den Magen auspumpen, und in ein paar Tagen ist sie wieder okay.«

»Und wie geht es dir, Marie?«

»Sehr gut. Es ist überstanden.«

»Sag mir, wie konnte sie das tun?«

»Das solltest du dich fragen, Paul.«

»Ich ... ich kann es nicht verstehen. Ich bin entsetzt, Marie. Sie war doch immer eine so vernünftige Person.«

»Unsere sogenannte Vernunft ist oft nicht mehr als eine dünne Decke.«

»Ich werde dich auf dem laufenden halten.«

»Danke, Paul. Das wird nicht nötig sein.«

»Aber es muß dich doch interessieren ...«

Sie unterbrach ihn. »Nein, überhaupt nicht. Leb wohl.«

Nora Sanner lag totenbleich und völlig ermattet auf dem Krankenhausbett, als Paul sie zum ersten Mal besuchte. Da ihr schwarzes Haar sich nicht wie sonst um ihr Gesicht bauschte, sondern schweißverklebt und zurück gebürstet war, wirkte es sehr schmal und sehr klein. Ihre Vogelaugen hatten jeden Glanz verloren.

»Lieb, daß du nach mir siehst«, sagte sie.

»Aber Nora, das ist doch selbstverständlich.« Er reichte ihr ein Sträußchen tiefvioletter Parmaveilchen.

Sie nahm es kurz in die Hand, aber es entlockte ihr kein Lächeln. »Tu sie in ein Zahnputzglas! Ich werde später die Schwester um eine Vase bitten.«

Sie teilte das Zimmer mit zwei anderen Frauen, die sich möglichst unbeteiligt gaben. Die Jüngere der beiden hatte Clips in die Ohren gesteckt und hörte Radio, die Ältere schien in einen Roman vertieft. Sie hatten bei Pauls Eintritt nur kurz aufgeblickt. Dennoch verstärkte ihre Anwesenheit Pauls Verlegenheit. Er stand etwas hilflos da und sah sich um. Aber es gab kein Waschbecken.

»Im Bad!« erklärte Nora. »Hinter der Tür links. Meines ist das mittlere.« Er hatte den Türgriff schon in der Hand, als sie ihm nachrief: »Paul!«

Er drehte sich zu ihr um.

»Hast du mir was zum Anziehen mitgebracht?«

»Ja, natürlich.« Er kam zurück und nahm mit der linken Hand den kleinen Koffer auf, den er am Fußende ihres Bettes abgestellt hatte. »Wohin?«

»Stell ihn erst mal auf den Stuhl! Hast du auch an meinen Morgenrock gedacht?«

»Ja, sicher. Wie lange wirst du bleiben müssen?«

»Danach habe ich noch nicht gefragt. Versorge bitte erst mal die Blumen, ja?«

Als er die Veilchen ins Wasser gestellt hatte und zurückkam, war Nora, schon in ihrem Morgenrock aus heller Seide und ihren Lackpantöffelchen, dabei, die restlichen Kleidungsstücke in ihren Spind zu räumen.

»Ja, darfst du denn aufstehen?« fragte er erstaunt.

»Warum denn nicht? Ich soll mich so viel wie möglich bewegen. Nur ...« Sie zuckte die Achseln. »... das ist leichter gesagt als getan. Ich fühle mich ziemlich schlapp.«

»Du Ärmste!«

Sie warf ihm einen Blick zu, der ihn deutlich fühlen ließ, daß sie sich sein Mitleid am liebsten verbeten hätte. Aber sie sagte nur kühl: »Stell das Glas auf meinen Nachttisch.«

Erst jetzt merkte er, daß er es immer noch unentschlossen in der Hand hielt, und kam sich wie ein Tölpel vor.

»Gehen wir hinaus«, schlug sie vor.

Auf dem Gang bot er ihr den Arm an, um sie zu stützen. Aber sie lehnte ab. »Nein, danke. Laß nur.«

»Ich bitte dich, Nora!«

Am Ende des Ganges, in dem es nach Bohnerwachs und Desinfektionsmitteln roch, standen zwei Korbsessel und ein kleiner runder Tisch. Auf die steuerte Nora zu. Paul folgte ihr. Die Erleichterung, mit der sie sich setzte, war deutlich spürbar. Er nahm ihr gegenüber Platz und zog Zigaretten und Feuerzeug aus der Manteltasche. Dabei fiel ihm auf, daß sie ihn nicht gebeten hatte abzulegen, obwohl es in der Klinik sehr heiß war.

»Ich weiß nicht, ob man hier rauchen darf«, gab sie zu bedenken.

»Das ist doch völlig egal«, sagte er und zündete sich eine Zigarette an.

»Was ich nicht verstehe«, sagte sie, »wieso bist du so früh am Abend nach Hause gekommen?«

»Wäre es dir lieber, ich hätte dich nicht gerettet?«

»Nein. Jetzt bin ich froh, daß ich noch lebe.«

»Wie konntest du so etwas tun?«

»Ich weiß es nicht, Paul. Natürlich war es absolut idiotisch. Ich war nicht mehr ich selbst. Dazu kam ...« Sie zögerte. »... ich habe heute früh meine Tage bekommen. Davor bin ich oft etwas nervös und aufgedreht, irgendwie außer Form.«

»Bisher hast du das stets bestritten.«

»Es ist nicht angenehm, zugeben zu müssen, daß man so von körperlichen Vorgängen abhängig ist.«

»Hätte ich das gewußt, hätte ich dich nicht allein gelassen.«

»Aber du mußt es doch geahnt haben, sonst wärst du nicht zurückgekommen.«

Er nahm seine letzte Zigarette aus der Schachtel und benutzte diese als Aschenbecher. »Nicht ich. Marie.«

»Du willst mir weismachen ...«

»Es ist die Wahrheit. Sie hat es gesehen.«

Nora verzog das Gesicht zu einer verächtlichen Grimasse. »Nun, das war nicht schwer. Sie wußte, daß ich eifersüchtig war, daß wir Krach hatten ...«

»Davon habe ich ihr nichts erzählt«, warf er ein.

»... da brauchte sie nur zwei und zwei zusammenzuzählen.«

»Ich wäre nie darauf gekommen.«

»Du bist eben unsensibel.«

»Das höre ich zum ersten Mal.« Er drückte seine Zigarette in der Schachtel aus, um sich gleich darauf eine neue anzuzünden.

»Wir sollten aufhören, die Vergangenheit durchzukauen, sondern lieber über unsere Zukunft nachdenken.«

»Warum willst du nicht zugeben, daß du Marie dein Leben verdankst? Wenn sie mich nicht zu dir gejagt hätte, wärst du tot. Du haßt sie ganz ohne Grund. Sie will weder als Frau etwas von mir wissen, noch will sie, daß ich ihre Geschichte veröffentliche.«

»Immerhin«, sagte Nora, »das ist beides sehr gescheit von ihr.«

»Ich freue mich, daß du schon wieder boshaft sein kannst.«

»Paul, ich habe über uns nachgedacht. So geht es doch nicht weiter.«

»Bisher hast du immer so getan, als ob du mich liebtest.«

»Das stimmt wahrscheinlich nach wie vor. Aber es kommt mir vor, als würdest du alles daransetzen, meine Liebe zu zerstören.«

»Das bildest du dir nur ein.«

»Natürlich bin auch ich daran schuld. Das leugne ich gar nicht. Der springende Punkt ist: Bisher habe ich immer geglaubt, stark zu sein, stärker als du. Jetzt bin ich über mich selbst erschrocken. Zutiefst erschrocken. Ich habe erfahren, daß ich nicht für mich einstehen kann.«

»Meinst du, ich wäre weniger entsetzt?«

»Dann wirst du einsehen, daß wir unser Leben ändern müssen.« Sie straffte die schmalen Schultern unter dem seidenen Morgenrock. »Wir sollten uns trennen, Paul.«

Er war verblüfft. »Du schlägst eine Scheidung vor?«

»Ich habe vorerst nur von Trennung gesprochen. Wir müssen Abstand voneinander gewinnen. Dann können wir sehen, wie es mit uns weitergeht.«

»Und wie stellst du dir das praktisch vor?« fragte er unbehaglich.

»Du suchst dir eine eigene Bleibe!« erklärte sie, aber das Zittern in ihrer Stimme verriet, wie schwer ihr dieser Entschluß fiel.

»Du wirfst mich raus?«

»So könnte man es nennen«, sagte sie, und ihre Stimme gewann an Festigkeit.

»Du weißt, wie schwer in München eine Wohnung zu finden ist und wieviel selbst die kleinste Bude kostet!«

»Das ist dein Problem.«

Er war nahe daran, darauf hinzuweisen, daß seine schwankenden Einkünfte kaum für seinen Lebensunterhalt ausreichten. Aber das verbot ihm ein Rest von Stolz und auch die Furcht, seiner Frau durch ein solches Geständnis für immer und völlig ausgeliefert zu sein. »Du bist sehr hart«, sagte er nur.

»Es fällt mir nicht leicht, Paul, aber ich sehe keine andere Möglichkeit.«

»Und wenn ich dir nun verspreche ...«

Sie schnitt ihm das Wort ab: »Nein, Paul. Das hast du schon

zu oft getan. Wenn ich darauf hören würde, finge nur alles von vorne an, und ich habe nicht die Kraft, es noch einmal durchzustehen.«

Er gab sich geschlagen. »Na gut, ich werde es versuchen.«

»Das ist zu wenig. Du mußt es tun. Ich wünsche, daß du aus der Wohnung bist, wenn ich hier herauskomme.«

»Wann wird das sein?«

»Es kommt auf die Diagnose des Psychologen an. Sobald er mich nicht mehr für suizidgefährdet hält, werde ich entlassen. Das kann schon in ein paar Tagen sein.«

»So schnell? Aber Nora, das ist völlig unmöglich.«

»Wenn du willst, schaffst du es auch. Schlüpf einfach vorübergehend bei einem von deinen Freunderln unter. Du hast ja genügend von der Sorte.« Mühsam, sich mit den Händen auf den Lehnen des Sessels abstützend, erhob sie sich. »Du brauchst mich nicht in mein Zimmer zu begleiten. Die wenigen Schritte schaffe ich schon.«

Auch Paul war aufgestanden. Jetzt sah er seiner Frau hilflos nach. Er wußte, er hätte sie in die Arme nehmen, zärtlich zu ihr sein, ihr seine Liebe versichern sollen.

Aber er hatte es nicht über sich gebracht.

Er konnte nicht vergessen, wie er sie in der vergangenen Nacht vorgefunden hatte: fast besinnungslos, und selbst in diesem Zustand noch voller Abwehr. Sie war nicht mehr die Nora gewesen, die er einst geliebt hatte. Nichts war von ihrem Selbstbewußtsein, ihrer spitzen Zunge, ihrer praktischen Intelligenz und ihrem Frohsinn geblieben. Sie war ihm völlig fremd geworden, ja, sie war ihm sogar entmenscht erschienen. Ihr bläulich schimmerndes, verzerrtes Gesicht, die verdrehten Augen, von denen nur noch das Weiß der Netzhaut sichtbar gewesen war, ihr eiskalter, fast starrer Körper – er fürchtete, diesen Eindruck nie vergessen zu können.

Nora hatte recht. Nach ihrer Wahnsinnstat konnten sie nicht einfach wieder zur Tagesordnung übergehen und weiter miteinander leben, als wäre nichts geschehen. Er fühlte sich erleichtert, daß sie ihn von ihrer Gegenwart befreite.

Aber wie sollte er jetzt leben? Wo? Und wovon?

Eines war sicher: Auch von Marie konnte er keine Hilfe erwarten. Trotzdem war er überzeugt, daß sie ihn sehr gern gehabt hatte. Sie hatte ihm eine Chance geboten, nur hatte er sie nicht genutzt.

Paul Sanner war ein Mensch, der dazu neigte, sich etwas vorzumachen. Dieses eine Mal jedoch konnte er sich der Erkenntnis nicht verschließen, daß er selbst es war, der sich alles vermasselt hatte.

14

Marie hatte eine ihrer Lieblingsplatten aufgelegt, die erste Symphonie in c-moll von Johannes Brahms. Die wunderbare Musik klang mächtig aus allen vier Lautsprechern ihrer Stereoanlage, denn obwohl im Bürohaus noch nicht Feierabend war, wußte sie, daß sie niemanden damit störte. So kam es, daß sie das Läuten an der Wohnungstür zuerst gar nicht hörte. Aber dann vernahm sie es doch als einen schrillen Mißton.

Sie hob den Kopf, ließ den Pinsel sinken und überlegte. Ungelegener hätte ihr ein Besuch nicht kommen können. Völlig ungeschminkt, in einem langen, bis zum Hals geschlossenen, verwaschenen blauen Baumwollkittel, das Haar zurückgebunden, sah sie wahrscheinlich verboten aus. Ihre Arbeit, ein kleines Aquarell mit Ölfarben auf eine viermal so große Leinwand zu übertragen, hatte sie völlig gefangen genommen. Sie beschloß, weiterzumachen.

Aber das Läuten verstummte nicht, wie sie erhofft hatte. Der unerwünschte Besucher blieb hartnäckig.

Wer mochte es sein? Paul? Eine Mitschülerin? Oder ein Eilbote?

Marie begriff, daß es ihr nicht gelingen konnte, sich totzustellen. Die Musik tönte bis ins Treppenhaus und verriet ihre Anwesenheit. So entschloß sie sich endlich, doch zu öffnen, steckte den Pinsel in ein Glas mit Terpentin, wischte sich die Hände am Kittel ab, schaltete die Stereoanlage aus und riß die Tür auf.

Vor ihr stand, in einem eleganten, eng gegürteten Trench, Professor Bernhard Reisinger.

Zu behaupten, Marie sei überrascht, wäre eine Untertreibung gewesen. In Wirklichkeit war sie fassungslos. Professor Reisinger war der letzte, den sie auf der Schwelle ihres Ateliers erwartet hätte. Sie war nicht imstande, seinen Gruß zu erwidern oder überhaupt ein Wort hervorzubringen.

Ihre Verwirrung amüsierte ihn offensichtlich. Leicht auf den Zehen wippend, die grünen, goldgesprenkelten Augen fest auf ihr Gesicht gerichtet, fragte er: »Na, was ist, Marie? Wollen Sie mich nicht hereinbitten?«

»Es ... es ... ist nicht aufgeräumt«, stammelte sie.

»Das haben die Wohnungen junger Mädchen nun mal so an sich«, erwiderte er.

Sie begriff, daß er sich nicht abwimmeln lassen würde, und ergab sich in ihr Schicksal. »Wenn es Sie nicht stört.« Sie wich zur Seite.

»Sonderlich erfreut scheinen Sie über meinen Besuch ja nicht gerade zu sein«, stellte er fest.

»Ich ... es ist bloß ... ich hatte Sie nicht erwartet.«

Er war ins Atelier getreten und sah sich um. »Schön haben Sie es hier, Marie!«

Tatsächlich war die gemütliche Wohnecke des großen Raumes durchaus ordentlich, davon abgesehen, daß ihre Skier immer noch gegen die Wand lehnten.

Er trat darauf zu, klopfte mit dem Knöchel des Zeigefingers dagegen und sagte: »Eine ausgezeichnete Marke.«

»Ich bin noch nicht dazugekommen, sie in den Keller zu bringen.«

»Die Dinger machen sich doch sehr dekorativ hier.«

»Ja, das stimmt. Vielleicht habe ich es deswegen immer wieder aufgeschoben.«

»Jedenfalls freue ich mich, daß Sie auch sportlich sind.«

»Bin ich eigentlich gar nicht, das heißt, ich mache mir nicht viel daraus. Ski fahren, schwimmen, hin und wieder Tennis, wenn sich eine Gelegenheit ergibt, dann ist aber schon Sense.«

»Tennis? Spiele ich auch. Vielleicht sollten wir mal eine Partie zusammen versuchen.«

Marie fühlte sich jetzt entspannter; sie entsann sich ihrer Pflichten als Gastgeberin. »Wollen Sie nicht ablegen, Herr Professor?«

»Doch, das werde ich. Mit Vergnügen. Aber den ›Professor‹ lassen wir jetzt mal weg, ja?« Er löste den Gürtel seines Trenchs und zog ihn aus.

Marie nahm ihm den Mantel ab, hängte ihn sorgfältig über einen Bügel und an den Garderobenständer. »Leider habe ich nichts zu trinken im Haus«, entschuldigte sie sich, »nichts Alkoholisches, meine ich.«

Lächelnd blickte er auf sie herab; in Stiefeln, rostroten Hosen und einem grünen T-Shirt wirkte er sehr jung, sehr groß und gar nicht professoral.

»Wie kommen Sie darauf, es könnte mir nach einem Schnaps gelüsten?«

»Immerhin ist Cocktailstunde, nicht wahr?«

Er warf einen Blick auf seine Armbanduhr. »Ich wäre dankbar für eine Tasse Tee, wenn es Ihnen nicht zuviel Mühe macht, Marie.«

»Nein, natürlich nicht, nur ...« Sie zögerte.

Es war ihr unangenehm, ihn in ihrem Atelier allein zu lassen. »Es dauert einige Zeit.«

»Das macht ja nichts. Inzwischen kann ich mir in Ruhe Ihre Sachen ansehen.«

Sie starrte ihn an und rührte sich nicht von der Stelle.

»Was, glauben Sie, weswegen ich gekommen bin!« fragte er.

»Ich weiß es nicht.«

»Wir haben jetzt Ende März, und Sie haben mir immer noch nicht Ihre Skizzen aus den Weihnachtsferien gezeigt.«

Es stimmte. Er hatte sie immer wieder danach gefragt, aber sie hatte sich nicht überwinden können, sie ihm vorzulegen.

»Sie sind nichts Besonderes«, wehrte sie auch diesmal ab.

»Wollen Sie die Beurteilung nicht lieber mir überlassen, Marie?«

»Ich weiß, daß Sie mehr davon verstehen als ich«, gab sie zu.

»Aber?«

»Es ist nur ... ich bin mit allem, was ich mache, noch unzufrieden.«

»An diesen Zustand werden Sie sich gewöhnen müssen. Ich selber habe noch nie das Gefühl gehabt, daß mir ein Werk voll und ganz geglückt ist, und ich bezweifle, daß einer der ganz Großen das je erlebt hat. Die Vorstellung zwischen dem, was man schaffen möchte, und dem, was man schaffen kann, klafft wohl stets auseinander.«

»Das glaube ich nicht.«

»Kein Vertrauen zu mir, was?«

Sie dachte nach. »Doch«, sagte sie dann langsam, »Ihnen könnte ich vertrauen.«

»Warum tun Sie es dann nicht?«

»Ich habe Angst«, gab sie zu.

»So oft enttäuscht worden?«

»Nein. Das ist es nicht.«

Er wandte sich von ihr ab und schlenderte zur Staffelei. »Nun, ich bin nicht gekommen, um Seelenmassage zu betreiben.«

Sie lief ihm nach. »Es tut mir leid, ich kann es nicht erklären. Im allgemeinen habe ich genügend Selbstbewußtsein, aber was meine Arbeit betrifft ...«

»Dies hier«, sagte er mit einem Blick auf ihr angefangenes Ölbild, »wird doch sehr ordentlich.«

»Ordentlich?« wiederholte sie und konnte nicht verhindern, daß ihre Stimme enttäuscht klang.

»Es zeigt, daß Sie anfangen, Ihr Handwerk zu beherrschen. Kunst wird es erst, Marie, wenn Sie nicht mehr mit dem Material kämpfen müssen.«

»Ja, ich weiß«, sagte sie kleinlaut.

»Kümmern Sie sich jetzt um unseren Tee, und lassen Sie mich hier in Ruhe stöbern!«

»Warum interessieren Sie sich für meine Sachen?«

»Ich interessiere mich für Sie, Marie. Haben Sie das noch nicht gemerkt?«

»Sie dürfen sich nicht über mich lustig machen. Bitte nicht!«

»Warum sonst würde ich meine Zeit damit vertun, Ihnen auf die Bude zu rücken?«

Der Blick seiner grünen, goldgesprenkelten Augen war durchdringend. Marie mußte sich zwingen, ihm, ohne die Lider zu senken, standzuhalten. Ihr Herz klopfte wie rasend, und sie hoffte inständig, daß er es nicht merkte.

»Ich gehe jetzt in die Küche«, sagte sie endlich.

»Ja, tun Sie das, Marie.«

Mit weichen Knien verließ sie das Atelier. Sie hätte sich liebend gern gesetzt, aber in ihrer winzigen Küche gab es keinen Stuhl. Also lehnte sie sich gegen die Spüle und zwang sich, tief durchzuatmen.

Die anderen hatten sie immer schon damit aufgezogen, daß er eine Schwäche für sie hatte. Aber konnte das denn möglich sein? Auf der Piste hatte er sie seine Lieblingsschülerin genannt. Doch da hatte sie wirklich gedacht, dies sei nur ein Scherz. Jetzt wußte sie, daß es stimmte. Warum sonst hätte er sie aufgesucht? Das hatte er bei keiner anderen je getan, jedenfalls bei keiner aus ihrer Studienklasse, sie hätte es bestimmt erfahren.

Trotzdem durfte sie keine törichten Schlüsse aus dieser Tatsache ziehen. Sie war kein Teenager mehr, und wenn sie sich jetzt in ihre Schwärmerei noch hineinsteigerte, würde sie sich lächerlich machen. Genau das aber war es, was sie nicht wollte. Von Anfang an hatte sie sich gezwungen, ihn nur ja nicht spüren zu lassen, was er ihr bedeutete. Daran durfte sich nichts ändern.

Zweifellos war er sich seiner Wirkung voll bewußt. Er besaß alles, was eine Frau nur begehren konnte: Männlichkeit, Humor, Intelligenz, Begabung, ja vielleicht sogar Genie. Sein Problem konnte nicht darin bestehen, Eroberungen zu machen, sondern sich die Anbeterinnen vom Leibe zu halten. In diesem Punkt, das schwor sie sich, sollte er mit ihr keine Schwierigkeiten haben.

Als sie in das Atelier zurückkam, ein Tablett in beiden Händen, eine frische weiße Decke unter den Arm geklemmt, war sie sich ihrer ganz sicher. »Würden Sie das Tablett einen Augenblick halten, Herr Professor?« bat sie.

Er hatte eines ihrer Ölbilder, das mit dem Rücken zum Raum gestanden hatte, umgedreht. »Was ist das?«

»Darüber können wir uns gleich unterhalten. Lassen Sie mich erst den Tisch decken.«

Folgsam nahm er ihr das Tablett ab. Sie räumte einige Kleinigkeiten, das kupferne Schälchen und ein Buch, vom Tisch, legte die weiße Decke darauf und ordnete die Tassen, die Kanne, Sahne, Zitrone und Zucker darauf an.

»Sie machen das ja wie eine perfekte Hausfrau«, stellte er fest.

»Nichts leichter als das«, sagte sie und lehnte das leere Tablett gegen den Schrank.

Während sie auf das Kochen des Wassers gewartet hatte, war sie aus ihrem Kittel geschlüpft und trug jetzt einen Kilt, rote Kniestrümpfe und einen hellblauen Pullover. Das Haar trug sie immer noch streng zurückgebunden. Sie nahm im Sessel Platz, so daß er die einzige andere Sitzgelegenheit benutzen mußte, die Couch.

»Ich wußte nicht, was Sie mögen, Sahne oder Zitrone«, sagte sie, während sie ihm einschenkte.

»Weder noch!« sagte er und nahm einen Schluck. »Donnerwetter, der ist aber gut!«

»Ich mache ihn in zwei Kannen«, erklärte sie, »deshalb hat es etwas länger gedauert. In der einen lasse ich die Blätter ziehen, dann siebe ich ihn in die andere ab.«

Er lächelte sie bewundernd an. »Es hat sich unbedingt gelohnt. Ich glaube, ich werde öfter mal zum Tee bei Ihnen hereinschauen.«

»Aber bitte mit Vorankündigung.«

»Versprochen.« Er trank genüßlich seinen Tee. »Ich muß zugeben, ich habe Sie heute absichtlich überrumpelt.«

»Warum?« Sie sah ihn über den Rand ihrer Tasse hinweg forschend an.

»Wenn ich mich angemeldet hätte, hätten Sie wahrscheinlich wieder Ausflüchte vorgebracht.«

»Nein.«

»O doch. Geben Sie es nur zu: Am liebsten hätten Sie mich eben wieder rausgeworfen.«

»Tut mir leid, wenn Sie mich für unliebenswürdig halten«, sagte sie steif.

»Im Gegenteil, Sie sind sehr liebenswert, Marie. Aber entsetzlich scheu. Sie dürfen mich auslachen, aber es kommt mir vor, als hätten Sie ein Geheimnis zu verbergen.«

»Unsinn!« behauptete sie mit Nachdruck.

»Es ist natürlich auch möglich, daß ich selbst etwas in Sie hineingeheimnisse, was gar nicht vorhanden ist.«

»Mag sein.«

»Menschen mit Phantasie neigen dazu. Und doch, Marie, ich werde das Gefühl nicht los, daß etwas Besonderes an Ihnen ist.«

»Wie haben Sie meine Skizzen gefunden?« fragte sie, um vom Thema abzulenken.

»Wie ich erwartet habe. Sie zeigen, daß Sie wirklich gearbeitet haben.«

Marie war enttäuscht, wollte es ihn nicht merken lassen und es nicht einmal sich selbst gegenüber zugeben.

»Daß Sie begabt sind, wissen Sie ja«, fügte er hinzu.

»Also hat Ihnen Ihr Besuch nichts Neues gebracht«, sagte sie.

Er lachte. »Irrtum! Eine Menge sogar. Jetzt weiß ich, wie Sie leben, daß Sie, wie ich, Brahms lieben und daß Sie einen sehr feinen, sicheren Strich entwickeln. Die Kollegen haben mir von Ihrem ausgezeichneten Farbgefühl erzählt. Aber gerade Dilettanten verstehen es manchmal vorzüglich, sich mit einer ansprechenden Farbgebung über mangelnde Strukturen hinwegzumogeln. Ich muß zugeben, etwas in der Art hatte ich befürchtet. Aber Ihre Winterskizzen beweisen eine genaue Beobachtungsgabe und eine sichere Hand.« Er unterbrach sich. »Kann ich jetzt bitte noch eine Tasse Tee haben? Ich rede daher, als stünde ich auf dem Katheder.« Er hielt ihr seine Tasse entgegen. Auf der sehr weißen, glatten Haut ihrer Wangen zeigte sich ein Hauch von Farbe. »Danke, Herr Professor.« Sie schenkte ihm ein.

»Wofür?«

»Die schönen Worte, die Sie für meine Arbeit gefunden haben.«

»Klang es nicht ein bißchen geschwollen?«

»In meinen Ohren war es Musik.«

Er sprang auf und holte das Gemälde, das er bei ihrem Eintritt in der Hand gehabt hatte. »Erklären Sie mir aber doch jetzt einmal diese Darstellung!«

»In Öl bin ich ziemlich schwach«, erklärte sie ausweichend, »aber ich versuche es eben immer wieder.«

Das Bild war in dunklen Farben gehalten: Schwarz, verschiedene Töne von dunklem Blau, wenige Aufhellungen durch Grau und, von diesem Untergrund abgehoben, ein grelles Karmesinrot.

»Sie werden es noch lernen!« antwortete er ungeduldig.

»Aber bitte, erzählen Sie mir, was Sie da malen wollten?«

»Einen Traum.«

»Dann muß es ja wohl ein Alptraum gewesen sein.«

»Es ist mir nicht gelungen«, sagte sie achselzuckend, »ich habe keine Bewegung hineingebracht. Es sollte wie ein alles verschlingender Wirbel sein, aber tatsächlich wirkt es statisch.«

»Ein Urwirbel?«

»Ich weiß es nicht. Es war einer dieser Träume, für die einem die Erklärung fehlt. Er hat mich tagelang verfolgt.«

»Und durch dieses Bild haben Sie sich davon zu befreien versucht.«

»Ja«, gab sie zu, »so könnte es gewesen sein.«

»Sie wissen es nicht mehr?«

»Es ist schon lange her, daß ich es gemalt habe. Ich war ganz neu in München. Ich erinnere mich nur noch, daß mich dieser Traum sehr betroffen ...« Sie suchte nach dem richtigen Wort. »... beunruhigt hat. Natürlich hat es mich enttäuscht, daß ich ihn nicht bannen konnte. Irgendwann habe ich ihn dann vergessen, und auch das Bild.«

»Es ist gar nicht so schlecht. Es hat etwas Expressionistisches.«

»Es ist nicht annähernd das, was es sein sollte.«

»Wollen Sie weitere Versuche in dieser Richtung machen? Vielleicht könnte das einmal Ihre Linie werden.«

»Nein, nein, ich glaube nicht. Es ... es wäre qualvoll.«

»Dann vergessen wir es wohl besser«, sagte er und lehnte das Gemälde wieder mit der bemalten Seite zur Wand. Er reckte sich und sah auf seine Armbanduhr. »Tja, Marie, es wird wohl Zeit für mich.«

Sie erhob sich rasch, als hätte sie auf sein Signal zum Aufbruch gewartet. »Ich danke Ihnen, daß Sie gekommen sind, Herr Professor!«

Lächelnd blickte er auf sie herab. »Immer förmlich, wie, Marie?«

»Sie finden mich wohl ziemlich komisch«, beklagte sie sich.

»Ganz und gar nicht, Marie.« Er legte ihr seine Fingerspitzen unter das Kinn, so daß sie ihm in die Augen sehen mußte. »Werden Sie den anderen von meinem Besuch erzählen?«

»Bestimmt nicht, Herr Professor!« versprach sie rasch, um sich gleich darauf zu verbessern. »Garantieren kann ich nicht dafür. Es ist möglich, daß es mir irgendwann mal rausrutscht.«

»Glaube ich nicht, Marie. Es ist nicht Ihre Art, etwas Unbedachtes zu sagen. Aber verstehen Sie mich richtig: Ich will Sie keineswegs zum Schweigen vergattern. Ich fände es nur schön, wenn wir ein Geheimnis miteinander hätten.«

»Ja, Herr Professor.«

Er nahm ihr den Trench ab, den sie vom Bügel genommen hatte, und schlüpfte hinein. »Also, bis bald, Marie!«

Sie wollte ihm die Tür zum Treppenhaus öffnen, aber er kam ihr zuvor und war schon draußen, ehe sie ein Wort der Erwiderung finden konnte.

In der nächsten Unterrichtsstunde behandelte Professor Reisinger sie nicht anders als sonst, und Marie war froh darüber. Nach ihrem Beisammensein unter vier Augen hatte sie sich vor der Begegnung im Klassenzimmer ein wenig gefürchtet. Sie hatte zumindest einen Moment der Peinlichkeit erwartet. Aber das Gegenteil trat ein. Zu ihrer Verwunderung stellte sie fest, daß sie sich jetzt ihm gegenüber etwas freier fühlte. Das Herzklopfen war geblieben, aber es gelang ihr immerhin, ruhig weiterzuzeichnen, während er ihr auf die Finger blickte.

Er schien es zu merken. »Ausgezeichnet, Marie!« lobte er. »Machen Sie nur weiter so. Sie kriegen das hin.«

Hatte er sie vielleicht nur deshalb aufgesucht? Um ihr zu helfen, sich zu entkrampfen?

Diese Idee war ihr noch gar nicht gekommen, aber nun hielt sie sie für durchaus denkbar, und sie war ein wenig enttäuscht. Gleich darauf tröstete sie sich wieder. Auch das würde ja nur beweisen, daß er ein gewisses Interesse an ihr hatte. Für eine Schülerin, die er für unbegabt hielt, hätte er sich diese Mühe gewiß nicht gemacht.

Strahlend lächelte sie zu ihm auf. »Ich hoffe es, Herr Professor.«

Gegen Ende der Stunde rief er: »Marie! Gregor! Kommen Sie doch mal zu mir! Nein, lassen Sie Ihre Zeichnungen liegen. Ich möchte etwas mit Ihnen besprechen.«

Marie und Gregor Krykowsky eilten zu ihm hin, während die anderen ihnen neugierig nachschauten und sie im Gespräch mit dem Professor beobachteten. Aber er sprach so gedämpft, daß nur die wenigsten ein Wort verstehen konnten.

»Sie wissen, daß wir in drei Wochen mit unserem Wandbild anfangen. Nun habe ich mir gedacht, es wäre ganz gut, wenn Sie sich schon vorher geistig und seelisch auf diese Arbeit einstellen könnten.«

»Was stellt es dar?« fragte Marie neugierig.

»Ist das Sujet realistisch oder abstrakt?« wollte Gregor wissen.

»Sie werden sehen. Ich will es Ihnen zeigen. Der Entwurf steht in meinem Atelier. Die Frage ist nur: Wann haben Sie beide Zeit?«

Marie und Gregor sahen sich an und sagten wie aus einem Mund: »Immer.«

Der junge Professor lächelte. »Ich freue mich ja über Ihren Eifer, aber so einfach ist die Sache nicht. Sie sollten das Bild bei Tageslicht sehen. Ich möchte aber nicht, daß Sie deswegen den Unterricht schwänzen. Also käme wohl nur das Wochenende in Frage, falls Sie da nichts anderes vorhaben.«

Marie und Gregor versicherten übereinstimmend, daß dies nicht der Fall sei.

»Samstag haben Sie sicher noch einiges zu besorgen, also sagen wir Sonntag um zehn?«

Beide versprachen pünktlich zu sein.

Natürlich bestürmten Susanne und Anita sie anschließend mit Fragen nach der Bedeutung dieser Unterhaltung.

Marie berichtete freimütig, es war ja kein Geheimnis. »Ich freu' mich schon!« bekannte sie.

»Das kann ich mir denken!« sagte Anita. »Zu Reisi ins Atelier – du bist wirklich ein Glückspilz!«

»Hör mal, wie wär's, wenn wir auch dort aufkreuzten?« schlug Susanne vor.

»Warum nicht?« gab Marie gelassen zurück. »Wenn ihr euch traut.«

»Ich fände nichts dabei. Auch wenn wir nicht mit euch pinseln, haben wir doch das gute Recht, uns die Vorlage anzusehen.«

»Ja, sicher«, stimmte Marie gutmütig zu.

»Es würde aufdringlich wirken«, gab Anita zu bedenken, »und aufdringlich sein mag ich nicht.«

»Nun sei mal nicht so zimperlich! Aber je länger ich darüber nachdenke: das Ganze lohnt den Aufwand nicht.«

»Jetzt redest du wie der Fuchs von den sauren Trauben. Gib ruhig zu, daß du Marie beneidest.«

»Marie und Gregor!« Susanne betonte das *und*. »Nein, so toll kann ich das wirklich nicht finden. Ja, wenn er sie allein aufgefordert hätte!«

Das Gerede der Freundinnen konnte Maries Vorfreude nicht beeinträchtigen.

Am Abend rief Günther Grabowsky bei Marie an.

Nach der Begrüßung und dem üblichen »Wie geht's, wie steht's?« sagte er: »Lilo läßt dich Sonntag zum Mittagessen bitten.«

»Diesen Sonntag?« fragte Marie alles andere als erfreut.

»Ja, genau. Nun sag bloß nicht, du hast zuviel zu tun! Peter kommt auch und ...«

Marie fiel ihm ins Wort. »Wer bitte ist Peter?«

»Peter Hirsch. Habe ich dir nie von ihm erzählt? Ein Kommilitone von mir und ... na ja, man könnte es so ausdrükken ... mein bester Freund. Er soll den zweiten Trauzeugen machen, und Lilo meint, es wäre netter, wenn ihr euch schon vorher kennenlernen würdet.«

»Ich soll Trauzeuge spielen? Das hast du mir gar nicht gesagt.«

»Wir mußten uns das ja auch erst überlegen. Lilos Bekannte sind ja alle recht nett, aber auch ziemlich spießig, das findet sie selbst. Deshalb haben wir uns entschlossen, dich und Peter um diesen Gefallen zu bitten.«

»Und das erfahre ich so en passant.«

»Ich war sicher, du würdest es gern tun.«

Marie wunderte sich über ihren Bruder. Er mußte doch wissen, daß eine aktive Beteiligung an dieser unerwünschten Hochzeit sie noch tiefer in den Konflikt zwischen ihm und den Eltern hineinziehen würde. Dennoch glaubte sie, daß ihr nichts anderes übrigblieb, als zuzustimmen. »Selbstverständlich«, sagte sie, »nur diesen Sonntag paßt es mir schlecht.«

»Hast du schon eine Verabredung? Dann sag einfach ab. Unsere Einladung ist wichtiger.«

»Du bist ganz schön egozentrisch, Günther. Um wieviel Uhr soll es denn sein?«

»Um eins wird gegessen, aber wir erwarten euch eine halbe Stunde vorher zu einem Aperitif. Für dich natürlich keinen Alkohol, sondern ein Glas frischgepreßten Orangensaft.«

»Mineralwasser tut's auch.«

»Nicht zu diesem Anlaß. Das Ganze soll ein bißchen festlich werden, weißt du. Lilo grübelt schon seit Tagen über das Menü nach. Also, du kommst?«

»Na schön.«
»Ich kann mich auf dich verlassen?«
»Frag nicht so blöd. Das weißt du doch.«

15

Diese doppelte sonntägliche Einladung stellte Marie vor ein Problem. Ins ›Privatinstitut Geissler‹ ging sie fast immer ungeschminkt, aber Lilo Haas, die sich sehr stark anmalte, konnte sie so nicht gegenübertreten. Sie hätte es als eine Demonstration ihrer unverbrauchten Jugend empfinden können, als eine Herausforderung ihr, der wesentlich Älteren, gegenüber.

Deshalb entschloß sich Marie, Lidschatten aufzulegen, die Wimpern zu tuschen und die Augenbrauen nachzuziehen. Auf Make-up verzichtete sie, weil ihre reine, porzellanglatte Haut das nicht benötigte. Auch den Lippen ließ sie ihr natürliches, kräftiges Rot, steckte aber den hellen, deckenden Stift in ihre Handtasche. Sie war früh aufgestanden, um sich ihr langes blondes Haar zu waschen und zu fönen, so daß es ihr glänzend und locker über die Schultern fiel.

Zum Glück war es ein klarer, sonniger Frühlingstag, noch nicht allzu warm, so daß sie ihr hellblaues Wollkostüm mit der Spitzenbluse anziehen konnte, das sie im Herbst bei ihrem ersten Ausgang mit Paul Sanner getragen hatte. Flüchtig dachte sie daran, sich neue Garderobe zu besorgen, verwarf den Gedanken aber gleich wieder. Anprobieren langweilte sie, und sie würde schon noch eine Weile mit ihren alten Sachen über die Runden kommen.

Da sie nicht die erste – genauer gesagt, nicht mit Professor Reisinger allein – sein wollte, verließ sie das Haus erst kurz vor zehn. Ihr Auto ließ sie stehen und ging zu Fuß. Professor

Reisingers Atelier und wahrscheinlich auch seine Wohnung lagen im ›Kurfürstenhof‹, einem modernen Gebäudekomplex an der Belgradstraße, dem ein Hauch von Luxus anhaftete. Bis dorthin brauchte sie etwa zwanzig Minuten, traf mit der gewünschten Verspätung ein, fand das Türschild und fuhr in den fünften Stock hinauf.

Professor Reisinger öffnete ihr die Tür; er trug Jeans, Turnschuhe und ein verschossenes T-Shirt. »Na endlich, Marie!« rief er. »Wir dachten schon, Sie hätten uns versetzt.«

»Das würde ich nie tun«, versicherte sie ernsthaft.

Er nahm sie bei der Hand und zog sie unter das schräge Fenster, dorthin, wo sein großes Atelier am hellsten war, und musterte sie mit unverhohlener Neugier. »Jetzt verstehe ich!« behauptete er. »Um so ein Kunstwerk aus sich zu machen, brauchten Sie natürlich Zeit.«

Sie hielt seinem Blick, ohne mit der Wimper zu zucken, stand und dachte nicht daran, eine Erklärung abzugeben.

Statt ihrer sagte Gregor, der breitbeinig und stämmig vor der Staffelei stand, in schwarzer Hose, weißem Hemd und schwarzer Lederjacke verhältnismäßig fein gekleidet: »Schließlich ist Sonntag.«

Marie schenkte ihm ein dankbares Lächeln.

»Verzeiht mir, Kinder!« witzelte Professor Reisinger. »Ich vergaß, daß ihr die bürgerlichen Eierschalen noch nicht abgeworfen habt!«

»Schon möglich!« gab Gregor zu. »Aber was soll's?«

Marie trat neben ihn vor die Staffelei, auf der das unvollendete Porträt einer Dame stand, in der sie Reisingers Begleiterin auf der Piste erkannte. Hier war sie sehr elegant, mit entblößten Schultern und antikem Schmuck dargestellt.

»Na, wie gefällt's Ihnen, Marie?« fragte Professor Reisinger.

»Die Ähnlichkeit ist unverkennbar.«

»Genau darauf kommt es den Kunden an. Sie wollen aussehen, wie sie sind, nur ein bißchen schöner und edler.«

»Zu so etwas würde ich mich nicht hergeben«, sagte Gregor kritisch, »lieber kehre ich zu meinen Fahnen zurück.« – Er war gelernter Maschinensticker, und sein Ausflug in die Kunst war nur ein Versuch.

»Was denken Sie, Marie?«

»Oskar Kokoschka«, sagte sie vorsichtig, »hat nicht so gedacht wie Sie.«

Reisinger zeigte sich durchaus nicht gekränkt, sondern lachte. »Ja, Kokoschka! Da haben Sie recht, Marie. Aber der konnte es sich auch leisten.« Er nahm das Porträt von der Staffelei und stellte statt dessen ein auf dickem Papier gemaltes, auf Sperrholz aufgezogenes Aquarell darauf. »Was haltet ihr davon?«

»Es erinnert mich an eine Frühlingswiese«, sagte Marie, »obwohl weder Blumen noch Gräser zu erkennen sind.«

»Großartig, Marie! Genau den Eindruck habe ich erwecken wollen.«

»Entschuldigen Sie, Herr Professor«, wandte Gregor ein, »aber auf mich wirkt es wie eine Tapete.«

»Ich freue mich über Ihren kritischen Geist, Gregor! Doch Sie müssen sich das Aquarell in zehnfacher Vergrößerung vorstellen. Die Fläche, die wir bemalen wollen, ist acht Meter breit und fünf Meter hoch, entsprechend habe ich den Entwurf maßstabgerecht kleiner gehalten.«

»Aha«, sagte Gregor, nicht sehr überzeugt.

»Wir könnten die Übertragung natürlich mit Hilfe von Schablonen durchführen, aber einmal abgesehen davon, daß nicht eine Form völlig der anderen entspricht, bin ich davon überzeugt, daß das Gemälde lebendiger wird, wenn wir freihändig arbeiten.«

»Das wird schwierig werden«, gab Marie zu bedenken.

»Für einen Anstreicher bestimmt. Aber ihr seid doch Künstler. Ich verlange auch gar nicht, daß die einzelnen Formen haargenau kopiert werden. Ihr dürft schon euren schöpferischen Geist mitsprechen lassen. Das darf natürlich nicht so weit gehen, daß man hier Marie Foresters Handschrift, dort die von Gregor Krykowsky erkennt, und zwischendrin auch mal die von Bernhard Reisinger.«

»Ich glaube kaum, daß das passieren wird, wenn wir alle die gleichen Farben benutzen.«

»Sehr richtig, Marie. Darauf kommt's an. Wir müssen uns vor Beginn darauf einigen, ob uns das Gelb zu gelb oder das Blau zu hell erscheint.«

»Was heißt hier einigen? Ich nehme an, daß Sie doch das große Sagen haben!« wandte Gregor ein.

»Stimmt. Ich trage die Verantwortung und muß auch die Entscheidung treffen. Doch ich werde mich gern von euch beraten lassen.«

»Da wir gerade beim Thema sind: Mir ist das Gelb zu buttergelb«, sagte Gregor.

»Aber das muß so sein!« widersprach Marie. »Es ist das Gelb der Post, nicht wahr, Herr Professor?«

»Klar erkannt, Marie. Aber ich wäre Ihnen schon sehr dankbar, wenn Sie, wenigstens während unserer gemeinsamen Arbeit, auf eine Titulierung verzichten würden.«

»Ich werd's versuchen«, versprach sie.

Sie diskutierten noch eine Weile über den vorliegenden Entwurf und die Möglichkeiten der Ausführung. Dann zeigte Professor Reisinger ihnen ein anderes Werk, das die jungen Leute mehr beeindruckte: ein Ölbild, in Blau- und Grautönen gehalten, mit faszinierenden Strukturen, die wie geprägt wirkten.

»Wenn ich so etwas könnte«, meinte Gregor, »würde ich mich nicht dazu hergeben, Wände für die Post zu bemalen.«

»Sie sicher nicht«, erwiderte Reisinger freundlich, »Sie haben ja einen Beruf erlernt, der seinen Mann ernährt. Aber ich muß von meiner Malerei leben.«

»Ließe sich dieses Werk denn nicht verkaufen?« fragte Marie. »Ich könnte mir vorstellen ...« Sie verstummte.

»Es bei sich aufzuhängen«, half ihr Reisinger den Satz zu vollenden.

»Ja. Es müßte doch an jeder weißen Wand wirken. Allerdings müßte man alle anderen Farben im Raum sehr zurücknehmen.«

»Sie haben recht, Marie, es ließe sich ohne weiteres verkaufen, aber unter seinem Wert, und das will ich nicht. Deshalb warte ich noch.«

»Wie lange?«

»Bis die Museen sich um meine Werke bemühen.«

»Das verstehe ich schon«, sagte Gregor. »Trotzdem finde ich es falsch, daß Sie Ihr Talent verhökern.«

»Ich könnte mich damit entschuldigen, daß ich auf diese Weise Menschen, die freiwillig nie eine Ausstellung besuchen würden, Kunst nahebringe.«

»Daran ist was Wahres«, gab Gregor zu.

»Aber auch eine ganze Portion Heuchelei. Ich war ein bettelarmer Student. Die Jahre, die ich gejobt und gehungert habe, stecken mir immer noch tief in den Knochen. Jetzt will ich endlich anständig leben, und ich finde, ich habe ein Recht darauf.«

»Aber es müßte doch nicht gerade dieses riesige Atelier sein, noch dazu im ›Kurfürstenhof‹, und ich wette, Ihre Wohnung ist auch entsprechend.«

»Ja, Gregor, Sie haben es erfaßt!« bestätigte Professor Reisinger gelassen. »Genau dieser Lebensstil verschafft mir Aufträge, die ich sonst nicht bekommen würde – Aufträge, die Sie und Marie natürlich ablehnen würden.«

»Über dieses Problem habe ich noch nie nachgedacht«, sagte sie.

»Das brauchen Sie auch nicht, Marie. Ich kenne Sie. Sie könnten jahrelang nur für sich selbst arbeiten, sogar ohne die Hoffnung, eines Tages für die Öffentlichkeit entdeckt zu werden.«

»Ist das schlecht?«

»Es ist beneidenswert. Aber Gregor könnte das nicht. Sobald er merkt, daß er nicht ›ankommt‹, wie man heutzutage so schön sagt, wird er alles hinwerfen und reumütig in Väterchens Fabrik zurückkehren. Deshalb sollte er, meine ich, die Klappe nicht ganz so weit aufreißen.«

»Verzeihen Sie, Herr Professor«, sagte Gregor betroffen.

»Da gibt's nichts zu verzeihen. Ich schätze Offenheit.« Er warf einen Blick auf seine Armbanduhr. »Es ist schon zwölf vorbei. Wie wäre es, wollen wir nicht zusammen essen gehen?«

»Wäre mir eine große Ehre, Herr Professor«, stimmte Gregor zu, sehr erleichtert darüber, daß er nicht in Ungnade gefallen war.

»Tut mir leid«, sagte Marie, »ich bin eingeladen.«

»Von einem Verehrer?«

»Nein.« Sie war sich klar darüber, daß sie ihm keine Erklärung schuldig war, und fügte dennoch hinzu: »Von meinem Bruder und seiner Verlobten.«

»Das ist natürlich unaufschiebbar.«

Marie unterdrückte einen Seufzer; in Wirklichkeit wäre sie viel lieber mit ihrem Professor und Gregor zusammengeblieben, aber sie wollte es sich nicht anmerken lassen.

»Sind Sie mit dem Auto gekommen, Gregor?« fragte Reisinger.

»Ja, Herr Professor.«

»Sehr gut. Dann brauche ich meines nicht eigens aus der Tiefgarage zu holen. Fahren Sie uns zum ›Englischen Garten‹, ja? Ich nehme an, Sie haben auch Lust, beim ›Chinesischen Turm‹ ein Bier zu trinken.«

Gregor strahlte. »Unbedingt, Herr Professor.«

Da Marie von dem Besuch im Biergarten ausgeschlossen war, wollte sie sich jetzt verabschieden.

Doch der Professor kam ihr zuvor. »Warten Sie!« sagte er. »Ich hole mir nur noch schnell meine Jacke.« Er verschwand durch eine Innentür und kam wenig später, eine abgewetzte Wildlederjacke über die Schultern gehängt, zurück. »Können wir Sie irgendwo absetzen, Marie?«

»Ja, bitte. An der Leopoldstraße.«

Gemeinsam fuhren sie im Lift hinunter, und Marie fühlte sich durch die körperliche Nähe der beiden Männer etwas bedrängt. Plötzlich war sie ganz froh, nicht mit ihnen zusammenbleiben zu müssen. Von allem anderen abgesehen, war ihr empfindliches helles Kostüm nicht die richtige Bekleidung, um auf einem gewiß nicht ganz sauberen Gartenstuhl zu sitzen.

Als sie auf die Straße traten, sah Reisinger sich um. »Wo steht Ihr Auto?«

»Ecke Georgenstraße.«

»Dann holen Sie es bitte!«

Gregor trabte davon, und Marie blieb mit ihrem Professor allein zurück.

»Wir hätten ihn genausogut begleiten können«, sagte sie.

»Unnötige Energieverschwendung.«

»Ich gehe gern spazieren.«

»Ja, ich weiß. Das hat mir die Mannigfaltigkeit Ihrer Skizzen verraten.«

Marie nahm sich das Herz, ihm eine Frage zu stellen – es war das erste Mal, daß sie sich von sich aus an ihn wandte, aber es war ihr nicht bewußt. »Stimmt das, was Sie uns vorhin erzählt haben?«

Er verstand sofort, worauf sie anspielte. »Daß ich so arm war, meinen Sie?«

»Genau. Das kann ich mir gar nicht vorstellen. Sie sind nicht der Typ, meine ich.«

Er lachte. »Da haben Sie wahrscheinlich recht, Marie. Von Haus aus war ich ein verhätscheltes Muttersöhnchen. Aber meine Eltern hatten sich eine andere Karriere für mich vorgestellt. Arzt, Notar oder Diplomat sollte ich werden. Als ich dann noch das Pech hatte, ein Einser-Abitur zu machen ...«

»Pech nennen Sie das?«

»In meinem Fall schon. Es bestärkte meine Eltern in der Überzeugung, daß ich ein Intellektueller werden sollte.«

»Haben Sie das nicht von vornherein befürchtet? Ich meine, hätten Sie nicht einfach schlechter abschneiden können?«

»So einfach ist das nicht, Marie. Haben Sie es schon mal versucht?«

»Im Gegenteil. Ich mußte mich immer bemühen, besser zu sein.«

»Umgekehrt ist es genauso schwierig. Es braucht Stärke und Selbstüberwindung, um absichtlich Fehler zu machen und sich dümmer zu stellen, als man wirklich ist. Vielleicht könnte ich es heute. Damals jedenfalls noch nicht. Außerdem hatte ich doch nicht erwartet, daß meine Eltern so konsequent sein würden. Mein Vater weigerte sich schlichtweg, mein Studium an der Kunstakademie zu finanzieren. Er verbot auch meiner Mutter, mir etwas zuzustecken, und sie hielt sich daran.« Er zog eine Grimasse. »Sie redeten sich ein, es wäre zu meinem Besten.«

»Hätten Sie nicht klagen können?«

»Ach, Marie, wer prozessiert schon gern mit den eigenen Eltern? Sie hätten es auch nicht getan.«

»Dann haben Sie sich also ganz allein durchgeschlagen?«

»Ja, und heute kann ich sagen, daß es mir gewiß nichts geschadet hat. Ich bin erwachsen geworden.«

»Ich bewundere Sie«, sagte Marie aus tiefstem Herzen.

»Das, meine liebe Marie, beruht auf Gegenseitigkeit.«

Sie senkte den Blick. »Und jetzt – sind Ihre Eltern nicht doch sehr stolz auf Sie?«

»Nein, können sie gar nicht. Dann müßten sie ja zugeben, unrecht gehabt zu haben. Ein bißchen kann ich ihnen schon damit imponieren, daß ich Geld verdiene. Ansonsten halten sie alles, was ich treibe, für Firlefanzerei und warten darauf, daß es ein schlechtes Ende mit mir nimmt.«

»Das tut mir leid für Sie.«

»Es macht mir nicht das geringste aus, Marie. Ich weiß, daß ich meinen Weg gehen werde. Und wie steht es mit Ihnen?«

»Ich bin mir da gar nicht so sicher. Ich glaube nur, daß ich

Talent habe, und empfinde das als eine Verpflichtung, das Beste daraus zu machen.«

»Und wie stellen sich Ihre Eltern dazu?«

»Natürlich sähen sie es auch lieber, wenn ich etwas ›Vernünftiges‹ machen würde. Aber da ich ein Mädchen bin, nehmen sie es nicht so tragisch. Wahrscheinlich rechnen sie damit, daß ich früher oder später doch heiraten werde.«

»Und wollen Sie das, Marie?«

»Bestimmt nicht.«

»Und wenn Sie doch Ihr Herz verlieren?«

»Wird das für mich kein Grund sein, meine Arbeit aufzugeben.«

Sehr nachdenklich, ein wenig ironisch und ein wenig zärtlich blickte er sie an. »Das glaube ich Ihnen sogar, Marie.«

Gregor fuhr vor, mit einem sehr imposanten, sehr gepflegten BMW älteren Jahrgangs. Er sprang heraus und riß die Türen auf. »Bitte einsteigen, die Herrschaften!«

Professor Reisinger nahm vorne Platz. Marie setzte sich nach hinten.

»Es hat etwas länger gedauert!« entschuldigte sich Gregor. »Irgend so ein Volltrottel hatte meine Kiste ziemlich eingeklemmt.«

»Macht nichts, Gregor, wir haben uns sehr angeregt unterhalten«, erwiderte der Professor.

»So?« Gregor warf ihm einen leicht mißtrauischen Seitenblick zu, bevor er losfuhr.

»Was erscheint Ihnen daran unglaubhaft, Gregor?«

»Na ja, ich weiß nicht. Marie Forester ist nicht gerade ein Mädchen, das viel redet.«

»Aber sie kann zuhören. Das müßte Ihnen doch schon aufgefallen sein.«

»Nein.«

Marie fühlte sich in die Verteidigung gedrängt. »Du befaßt dich ja auch nur mit dir selbst.«

Gregor lachte auf. »Ich fürchte, das hat gesessen.«

Er bog in die Franz-Josef-Straße ein. Es herrschte an diesem frühlingshaften Sonntag nur wenig Verkehr, und wenige Minuten später näherten sie sich der Kreuzung Leopoldstraße.

Marie klopfte ihm von hinten auf die Schulter. »Laß mich bitte hier raus.« Gregor bremste.

»Genau hier?« fragte der Professor. »Sollen wir Sie nicht noch ein Stückchen bringen?«

»Nein, danke.« Marie hatte die Türklinke schon in der Hand. »Es sind nur noch ein paar Schritte. Viel Spaß im Biergarten!« Sie stieg aus und warf die Tür zu, blieb stehen und sah dem davonfahrenden Wagen nach. Sie hob die Hand zum Gruß, aber die beiden Männer nahmen keine Notiz mehr von ihr.

Sie hatte es nicht anders erwartet und empfand dennoch ein leises Gefühl der Enttäuschung.

Die Eingangstür des großen Mietshauses, in dessen Erdgeschoß Lilo Haas ihre Boutique hatte, war nicht verschlossen. Dennoch klingelte Marie unten, bevor sie in den ersten Stock hinauflief.

Günther empfing sie an der geöffneten Wohnungstür. »Da bist du ja endlich!«

»Komme ich zu spät?« Sie küßte ihn flüchtig auf die Wange. »Ich habe mich so sehr beeilt, wie ich konnte.«

»Lilo dachte schon, du würdest uns versetzen.«

»Ich doch nicht.«

Sie trat an ihm vorbei in die kleine, fensterlose Diele, in der auch jetzt, am hellen Tag, das elektrische Licht brannte. Er knipste es aus, nachdem er die Tür hinter ihr geschlossen hatte. Marie bemerkte, daß er sich, in einem dunklen Anzug mit weißem Hemd und grauer Seidenkrawatte, sehr fein gemacht hatte.

»Du siehst gut aus«, stellte sie fest, »wie ein richtiger Onkel Doktor.«

Er ging nicht darauf ein; offensichtlich nervös, war ihm nicht nach Scherzen zumute.

Das große, immer tadellos aufgeräumte Wohnzimmer, das auf Marie stets den Eindruck machte, als ob es, wie es war, dem Schaufenster eines Möbelhauses entnommen wäre, wirkte heute durch einen dicken Strauß bunter Tulpen, der in einer bauchigen Vase mitten auf dem Glastisch stand, etwas anheimelnder.

Lilo blickte auf, als sie eintrat. Sie trug ein sehr elegantes rotes Kleid – vielleicht Chemiefaser, eher aber Seide – und war so stark geschminkt, daß Marie sich fragte, wie sie wohl unter dieser Kriegsbemalung aussehen mochte. Ihr kunstvoll frisiertes Haar war silberblond gefärbt.

Marie ging auf sie zu, reichte ihr die Hand und sagte mit bemühter Freundlichkeit: »Grüß dich, Lilo!«

»Nett, daß du gekommen bist. Darf ich dir Peter Hirsch vorstellen?«

Der junge Mann, der Lilo gegenübergesessen hatte, stand auf und verbeugte sich. Er war groß, breitschultrig, und der helle Flanellanzug, den er trug, wie Günther mit Hemd und Krawatte, schien ihm ein wenig zu eng geworden zu sein. Das blonde Haar trug er sehr kurz geschnitten.

Auch ihm reichte Marie die Hand. »Ja, ich weiß«, sagte sie artig lächelnd, »Sie sind Günthers Freund, nicht wahr?«

»Momentan nicht«, erwiderte er, während er ihr kräftig die Hand schüttelte.

»Was soll das heißen?« fragte sie erstaunt.

»Daß ich ihm böse bin, weil er mir eine so schöne Schwester vorenthalten hat.«

»Süßholzraspler!«

Er blickte sie aus klaren grauen Augen an. »Es ist mir ernst.«

Lilo rauchte nervös. »Setzt euch doch bitte!«

Marie nahm in dem freien Sessel Platz.

Günther kam herein und drückte ihr ein Glas Orangensaft

in die Hand. »Für einen kleinen Schluck wird die Zeit gerade noch reichen.«

Er setzte sich neben Lilo auf die Couch. Peter Hirsch hatte im anderen Sessel Platz genommen. Alle Möbel waren niedrig und mit Leder bezogen.

Marie war nicht abgeneigt gewesen, von den Erlebnissen des Vormittags zu erzählen, aber in dieser merkwürdig steifen Runde verlor sie schnell die Lust dazu. Auch fürchtete sie, daß die anderen, besonders Lilo, den Eindruck gewinnen könnten, sie möchte sich interessant zu machen versuchen. So saß sie einfach da, die schlanken Beine seitwärts angeknickt, die Hände im Schoß, und wartete ab, wie sich die Dinge entwickeln würden.

Günther bot noch einmal Aperitifs an, und alle griffen zu. Anscheinend hofften sie, auf diese Weise die Spannung zu lösen. Lilo trank Sherry, die beiden jungen Männer hatten sich für ›Whisky on the rocks‹ entschieden. Lilo und Günther rauchten.

»Wir überlegen gerade, wohin wir nach der Trauung essen gehen sollen«, sagte Lilo; sie griff zu einer neuen Zigarette und ließ sich von Günther Feuer geben.

Marie war froh, daß sie nichts von ihrem Besuch in Professor Reisingers Atelier berichtet hatte.

»Es gibt doch eine Menge guter Lokale hier im Umkreis«, meinte Peter.

»Ich plädiere immer noch für ›Feinkost Käfer‹«, erklärte Lilo.

»Aber da sitzt man doch wie auf dem Präsentierteller«, protestierte Günther.

»Nicht, wenn wir uns ein Extrazimmer reservieren lassen.«

»Es gibt kaum Parkmöglichkeiten«, gab Günther zu bedenken.

»Wir können doch einfach ein Taxi nehmen.«

Peter wandte sich an Marie. »Was sagen Sie dazu, Fräulein Forester?«

»Ich denke, daß alles schon entschieden ist.«

Günther fuhr hoch. »Wieso das?«

»Na, es ist doch offensichtlich, daß Lilo unbedingt zu ›Käfer‹ will, und da ihr beiden keinen Gegenvorschlag habt, der euch genauso am Herzen liegt, wird sie sich ganz sicher durchsetzen.«

Lilo wurde böse. »Du tust gerade so, als wäre ich ...«

Günther legte ihr die Hand auf den Arm und sagte besänftigend: »Bitte nicht, Lilo!«

»Ist aber doch wahr!«

Marie verzog keine Miene.

»Vielleicht haben Sie ja auch einen besonderen Wunsch, Fräulein Forester«, drängte Peter.

»Ganz und gar nicht.«

»Helfen Sie uns trotzdem! Sie leben doch, wie ich weiß, schon einige Zeit in München. Vielleicht kennen Sie ein nettes Restaurant.«

»Ja. Das ›B Eins‹.«

»Das ist die Idee! Wie wär's damit?«

Lilo drückte ihre Zigarette aus und erhob sich. »Ich muß mich jetzt ums Essen kümmern. Wir können später noch darüber sprechen. Deckst du bitte schon den Tisch, Günther?« Sie entschwand in Richtung Küche.

Marie lächelte Peter zu. »Da haben Sie's. Abgeschmettert.« Sie stand auf. »Ich helfe dir, Günther.«

»Nicht nötig. Laß mich das machen.« Er nahm die Vase mit den Tulpen und stellte sie auf einen Beitisch. »Du weißt ja nicht Bescheid. Versuch lieber, Peter zu unterhalten.«

Marie setzte sich wieder. »Ich werde mein möglichstes tun.«

»Ich habe das vorhin ganz im Ernst gemeint!« behauptete Peter. »Wie kommt es, daß wir uns noch nicht kennengelernt haben, Fräulein Forester?«

Günther kam mit einem lackierten Tablett und sammelte Gläser und Aschenbecher ein. »Sei nicht so feierlich, Peter! Sie heißt ›Marie‹.«

»Wenn es Ihnen recht ist, Fräulein Forester?«

»Warum nicht, Peter.«

»Und je eher ihr euch duzt, um so besser.« Günther breitete eine Flanelldecke über den Tisch, bevor er ein weißes Damasttuch darüber breitete.

»Sobald wir ein Glas Wein zum Anstoßen haben«, sagte Peter.

»Ich muß Sie enttäuschen. Ich trinke keinen Alkohol.«

»Wie wäre es dann mit einem Bruderschaftskuß?«

»Ich küsse auch nicht«, wehrte sie lächelnd ab, »aber ich bin gern damit einverstanden, daß wir uns duzen. Ohne alles Drum und Dran.«

»Du bist ein ziemlich schwieriges Mädchen, Marie.«

»Kann schon sein.«

»Schwierig ist gar kein Ausdruck«, bestätigte Günther, »sie ist dazu prädestiniert, eine alte Jungfer zu werden.«

Peter lachte. »Ich fürchte, das ist reines Wunschdenken, alter Junge.«

Günther verteilte die Platzteller. »Stimmt nicht. Ich würde mich freuen, wenn ich mit Nichten und Neffen rechnen könnte.«

»Da machst du dir was vor. In Wahrheit wäre dir eine für alle Ewigkeit unberührte Schwester, eine Heilige, weit lieber.«

»Hört auf mit dem Unsinn!« verlangte Marie energisch. »Eine Heilige bin ich nun wirklich nicht und habe auch nicht den Ehrgeiz, eine zu werden.« Um abzulenken, fragte sie: »Was gibt's Gutes?«

»Wart's ab!« entgegnete Günther und ordnete geschickt das blankgeputzte Besteck an. Dann ging er in die Küche, um den Wein zu holen.

»Dein Bruder liebt dich sehr«, behauptete Peter.

»Hält sich in Grenzen. Hast du auch Geschwister?«

Peter erzählte, und Marie war froh, daß das Gespräch sich nicht mehr ausschließlich um sie drehte.

Günther kam zurück, eine Flasche Weißwein in der einen, einen Korkenzieher in der anderen Hand.

»Laß mich das machen«, erbot sich Peter.

»Einverstanden.« Günther reichte ihm beides, öffnete die Tür einer Vitrine, nahm vier Gläser heraus und stellte sie auf den Tisch. »Was fehlt jetzt noch?«

»Salz und Pfeffer«, bemerkte Marie.

»Ja, natürlich.« Günther enteilte wieder.

»Ein gut erzogener Junge«, spöttelte Peter, die Weinflasche zwischen den Knien.

»Zu Hause hat er sich immer nur bedienen lassen.«

»Sagen wir also lieber: gut dressiert«, verbesserte Peter sich.

»Ich finde es fabelhaft, daß er Lilo nicht den ganzen Haushaltskram allein überläßt«, verteidigte Marie ihren Bruder.

»Wer weiß, wie lange es dauert«, meinte Peter nüchtern. Mit einem leisen »Plopp« zog er den Korken aus der Flasche, schenkte sich einen Schluck ein und probierte. »Nicht schlecht«, meinte er anerkennend und füllte die Gläser.

Lilo balancierte ein Tablett mit dampfenden Suppentassen herein. Günther folgte ihr mit den Salz- und Pfefferstreuern. Sie verteilte die Tassen, und sie setzten sich.

»Guten Appetit!« wünschte Lilo. »Warum hast du den Wein schon eingeschenkt, Günther?« fragte sie dann, nicht gerade unfreundlich, aber doch ziemlich streng.

»Ich war der Übeltäter«, erklärte Peter.

Lilo lächelte ihn versöhnlich an. »Macht ja nichts.«

»Aber ich hätte es nicht tun sollen?« hakte Peter nach.

»Zur Suppe trinkt man keinen Wein.«

»Oje, oje!« Peter stellte sein Glas, das er schon in der Hand gehabt hatte, mit gespieltem Entsetzen wieder ab. »Quel fauxpas!«

Marie hatte inzwischen von der Suppe gekostet; es war eine klare Bouillon mit Markklößchen, die zweifellos weder aus einer Dose noch aus dem Gefrierfach stammte. »Köstlich, Lilo!«

Die beiden Männer stimmten ihr zu.

»Freut mich, daß es euch schmeckt.« Lilo lächelte geschmeichelt, plötzlich fuhr sie auf. »Günther! Du hast die Servietten vergessen!«

»Entschuldigt vielmals!« Günther war schon auf den Beinen und bückte sich, um die Schublade der Vitrine aufzuziehen.

»Nicht die Papierservietten«, wies Lilo ihn zurecht, »die damastenen! Sie sind im Schlafzimmer.«

Nach diesen kleinen Pannen verlief die Mahlzeit friedlich, abgesehen davon, daß der Tisch zu niedrig war, um bequem daran essen zu können.

Lilo entschuldigte sich deswegen. »Ich sehne mich nach dem Tag, an dem wir uns endlich ein Speisezimmer leisten können. Die Wohnung ist einfach zu klein. Aber sie liegt so bequem direkt über meinem Geschäft.«

»Ihr habt doch eure schöne, geräumige Küche«, erinnerte Marie.

»Nur Proletarier essen in der Küche«, erwiderte Lilo.

»Dann kann ich ja von Glück sagen, daß ich gegen eine solche Versuchung gefeit bin.« Marie lachte. »Meine Küche ist so winzig, daß nicht einmal ein Stuhl hineinpaßt.«

Da sie es nicht gewohnt war, reichlich zu essen, war sie nach der Suppe schon satt. Nur aus Höflichkeit ließ sie sich danach noch eine Scheibe Roastbeef, eine kleine runde karamelisierte Kartoffel und einen Löffel grüne Erbsen auftun.

Das Roastbeef war sehr saftig und rosa, innen sogar rot, und Marie, die kein blutiges Fleisch mochte, bat um das Kantenstück, was ihr die Mißbilligung ihrer künftigen Schwägerin einbrachte.

»Du scheinst nicht zu wissen, was gut ist«, sagte sie.

»O doch. Ich bin überzeugt, der Braten könnte nicht besser gelungen sein. Ich wette, daß wir bei ›Käfer‹ kaum so etwas Gutes bekommen werden.«

Da auch die Freunde ihre Kochkunst lobten, war Lilo

rasch wieder versöhnt. Günther und Peter aßen, im Gegensatz zu Marie, mit gewaltigem Appetit. Als das blutige Fleisch sie zu zynischen Medizinerwitzen anregte, stoppte Lilo die Unterhaltung energisch und lenkte das Gespräch auf ein anderes Thema. Marie unterstützte sie dabei.

Zum Nachtisch gab es eine prächtige ›Charlotte royal‹.

Marie hob sich schon beim Anblick der Schlagsahne, mit der das runde Biskuitgebilde dekoriert war, der Magen. »Sei mir nicht böse, Lilo«, bat sie, »aber ich mag wirklich nichts mehr.«

»Du bist mal wieder zickig«, behauptete ihr Bruder.

»Willst du nicht wenigstens probieren?« fragte Lilo mit erhobenem Küchenmesser. »Oder möchtest du erst deinen Kaffee haben?«

»Wenn du wüßtest, was Lilo sich mit diesem Dessert für Mühe gegeben hat«, sagte Günther vorwurfsvoll.

»Kann ich mir schon vorstellen. Ich kriege so ein Kunstwerk bestimmt nicht hin. Vielleicht schneidest du mir ein Stück zum Mitnehmen ab, Lilo. Dann könnte ich es essen, wenn ich wieder Hunger habe.«

»Sollst du kriegen«, versprach Günther, »falls wir etwas übriglassen.«

»Wenn nicht, könnt ihr ja nur froh sein, daß ich schon satt bin.«

Tatsächlich gelang es den beiden jungen Männern, der ganzen ›Charlotte‹ den Garaus zu machen, was Lilo anscheinend als persönlichen Erfolg verbuchte. Anschließend servierte sie Kaffee, Günther Likör, und Marie, die als einzige nüchtern war, bemerkte, wie die Gesichter der anderen sich röteten, ihre Stimmen lauter, ihre Aussprache undeutlicher wurde. Wie immer, wenn ein Gespräch um nichts und wieder nichts ging – alle Probleme und Konflikte wurden sorgfältig ausgeklammert –, begann sie sich bald zu langweilen und ermüdete. Sie verabschiedete sich so rasch, wie es die Höflichkeit eben zuließ.

Weder Lilo noch Günther machten ernsthafte Anstalten, sie zurückzuhalten. Das hatte sie auch nicht anders erwartet. Es überraschte sie jedoch, daß Peter ebenfalls aufbrach.

»Das wäre also überstanden«, sagte er vergnügt, als sie wieder auf der Straße standen, »und ich glaube, die beiden da oben sind mindestens so froh darüber wie wir.«

»Aber es war doch sehr nett.«

»Es hatte die Heiterkeit eines Leichenschmauses an sich, und so etwas Ähnliches war es ja auch.«

»Das Essen war jedenfalls hervorragend. Es hat mir richtig leid getan, daß ich einen so kleinen Magen habe.«

»Ich liebe Mädchen mit kleinen Magen.«

»Von denen gehen heutzutage zwölf auf ein Dutzend«, erwiderte sie lächelnd und reichte ihm die Hand zum Abschied.

»Zu dumm, daß ich mein Auto nicht dabeihabe. Ich lasse es immer stehen, wenn ich annehme, daß ich einiges trinken werde.«

»Das ist sehr vernünftig von dir.«

Er hatte ihre Hand erfaßt und hielt sie immer noch fest. »Ich hätte dich so gerne nach Hause gefahren.«

»Absolut unnötig.« Endlich gelang es ihr, ihm ihre Hand zu entziehen. »Es sind nur ein paar Schritte zu Fuß.«

»Dann darf ich dich begleiten? Ein kleiner Spaziergang könnte mir nur guttun.«

»Da hast du wohl recht«, sagte sie und setzte sich in Richtung ›Münchener Freiheit‹ in Bewegung.

Er war mit wenigen Schritten an ihrer Seite. »Was hältst du von dieser Heirat?«

»Darüber möchte ich nicht diskutieren.«

»Also nichts.«

»Das habe ich nicht gesagt.«

»Wenn du begeistert davon wärst ...«

Sie fiel ihm ins Wort: »Ich will nicht darüber sprechen, Peter, und damit basta.«

»Vielleicht wird es dich trotzdem interessieren, daß ich Günther gewarnt habe.«

»Was soll das jetzt noch? Die Entscheidung ist gefallen.«

»Andererseits«, fuhr Peter fort, »kann ich Lilo auch verstehen. Sie hat natürlich Angst, daß Günther sie, ohne Ring am Finger, verlassen könnte, sobald er sein Studium beendet hat.«

»Du bist ganz schön hartnäckig, wie?«

»Im allgemeinen nicht. Aber momentan bin ich leicht besoffen.«

»In Anbetracht dieser edlen Selbsterkenntnis sei dir noch einmal verziehen.«

»Danke, Marie. Ich weiß selbst nicht, warum ich auf diesem Thema herumreiten muß.«

»Für mich ist es jedenfalls gestorben.«

Eine Weile gingen sie schweigend nebeneinander her.

An der Ecke Herzogstraße blieb Marie stehen. »So, und hier trennen sich unsere Wege«, erklärte sie energisch. »Da vorne ist die U-Bahn-Station. Wenn du weiter neben mir herläufst, verirrst du dich am Ende noch.«

»Ach Marie! Ich würde dich so gerne wiedersehen.«

»Das wirst du ja auch. Schon nächsten Donnerstag.«

»Es ist zu blöde, daß ich so furchtbar wenig Zeit habe.«

»Dann geht's dir genauso wie mir.« Sie reichte ihm die Hand.

Aber diesmal nahm er sie nicht. »Du mußt das verstehen, Marie. Ich stehe kurz vor dem zweiten Staatsexamen. Ich muß studieren, bis mir der Kopf raucht.«

»Ich habe auch viel zu arbeiten.« Sie ließ ihre Hand sinken.

»Du?« fragte er erstaunt. »Ich dachte, du malst.«

»Und du meinst, das ist keine Arbeit?«

»Doch nicht im eigentlichen Sinn.«

Sie lachte. »Du bist naiv, Peter. Also, bis dann!« Sie wandte sich ab und ließ ihn stehen.

Er folgte ihr noch einige Schritte, rief: »Marie, bitte!«

Aber sie ließ sich nicht aufhalten, sondern eilte unbekümmert weiter. Sobald sie sicher war, ihn abgeschüttelt zu haben, hatte sie ihn auch schon vergessen.

16

Paul Sanner ging es ohne Nora besser, als er erwartet hatte. Er hatte wieder einmal Glück gehabt. Einer seiner Freunde, ein Schauspieler, war zu Dreharbeiten nach Afrika gereist. Er würde einige Monate fortbleiben und hatte Paul bis dahin seine elegante kleine Junggesellenwohnung im Stadtteil Bogenhausen anvertraut. Paul fühlte sich dort mehr als wohl, empfand es als angenehm, allein zu sein, nach Belieben kommen und gehen zu können. Zudem brauchte er weder Miete noch Wasser und Strom zu bezahlen. Es war ein fast paradiesischer Zustand, wenn er auch wußte, daß dies nicht von Dauer sein konnte.

Doch er nutzte diese Schonzeit, um konzentrierter als sonst zu arbeiten. Es gelang ihm tatsächlich, eine Artikelserie über Suchtkrankheiten zu schreiben, für die er schon Monate zuvor recherchiert hatte, und diese sehr günstig an eine Boulevardzeitung zu verkaufen.

Dennoch setzte ihm sein verfehltes Abenteuer mit Marie immer noch zu. Es verletzte seine Eitelkeit, daß er bei ihr nicht hatte landen können, und gerade weil sie sich so spröde gezeigt hatte, war sie für ihn begehrenswerter als alle anderen Frauen. Um von ihr loszukommen, so glaubte er, mußte er erreichen, daß sie mit ihm schlief. Er war so besessen von ihr, daß er sogar eine Heirat ernsthaft erwog. Warum auch nicht? Eine Frau mit Vermögen würde ihn nicht belasten.

So kam es, daß Marie, als sie eines späten Nachmittags

nach Hause kam, ihn auf der Treppe zu ihrem Atelier sitzen sah.

»Paul!« rief sie überrascht.

Er war schon auf den Beinen. »Ich muß dich sprechen, Marie!«

Er wollte sie an sich ziehen, aber der Ausdruck ihres Gesichts verriet ihm, daß jetzt nicht der richtige Zeitpunkt für Zärtlichkeiten war; resigniert ließ er die Arme wieder sinken. Sie ging an ihm vorbei und schloß die Tür auf. Er drängte sich hinter ihr ins Atelier und stieß die Tür zu.

»Also, setz dich!« sagte sie, stellte ihr Köfferchen mit Malutensilien zu Boden, zog ihre Windjacke aus und hängte sie an einen Haken des Garderobenständers.

Er blieb stehen und sah sie an. Sie wirkte sehr frisch in einem einfachen, blau-weiß gestreiften Baumwollkleid, das völlig ungeschminkte Gesicht von einem Hauch Frühlingsfarbe getönt. Er fand sie schöner denn je.

»Wie geht es deiner Frau?« fragte sie.

»Es ist vorbei.«

»Das kann nicht sein«, rief sie erschrocken, und ihre leicht verschleierten Augen nahmen jenes intensive Blau an, das ihn von Anfang an fasziniert hatte.

»Sie ist nicht gestorben, wenn du das meinst.«

»Himmel, warum redest du dann so daher?«

»Wir haben uns getrennt. Endgültig.«

»Warum hast du das nicht gleich gesagt?« Sie ließ sich in den kleinen Sessel fallen. »Hör mal, wenn du eine Tasse Kaffee willst, mußt du ihn dir selbst machen. Ich war den ganzen Tag auf den Beinen und habe keine Lust dazu.«

»Nein, danke. Nicht nötig!« Er zündete sich eine Zigarette an.

»Setz dich endlich. Es macht mich nervös, wenn du so herumstehst.«

»Nora und ich haben uns getrennt. Begreifst du endlich, was das für uns bedeutet?« Erst als er diese bedeutsame Frage vorgebracht hatte, entschloß er sich, Platz zu nehmen; er ließ sich auf die Couch sinken.

»Für mich nichts«, erklärte sie und schob ihm das Kupferschälchen für seine Zigarettenasche hin.

»Ich lasse mich scheiden, Marie. Verstehst du denn nicht? In einem Jahr bin ich ein freier Mann.«

»Wenn du dich so darüber freust, muß ich dir wohl gratulieren.«

»Du nicht?«

»Warum sollte ich?«

»Jetzt steht niemand mehr zwischen uns. Wir können heiraten.«

»Ich glaube, ich habe dir schon mehr als einmal erklärt, daß ich das nicht will.«

»Und warum nicht?«

»Sag mir lieber, warum ich es sollte. Mein Leben gefällt mir so, wie es ist. Du freust dich über deine neu gewonnene Freiheit, das verstehe ich ja. Aber du müßtest doch auch begreifen, daß ich meine Freiheit erst gar nicht verlieren will.«

»Du wirst schon noch merken, daß ein Leben zu zweit viel erfreulicher ist.«

»Darum hast du Nora auch verlassen, nicht wahr?«

»Ach Nora! Wir haben viel zu früh geheiratet. Das war ein Fehler. Wir waren ja fast noch Kinder.«

Marie blickte Paul Sanner nachdenklich an. Er war einige Jahre älter als sie selbst, und dennoch empfand sie ihn als absolut unreif. Lag es an seinem Äußeren? Dem leicht gelockten Haar, den blauen Augen mit den dichten Wimpern? Sie wußte es nicht. »Und jetzt bist du erwachsen?« fragte sie.

»Ja, natürlich.«

»Das kann ich leider nicht finden. Ein erwachsener Mann würde doch einem Mädchen, das er kaum kennt, keinen Heiratsantrag machen.«

»Das wollte ich auch gar nicht. Du hast mich dazu getrieben.«

»Ach so.«

»Ich wollte dir nur klarmachen, daß ich jetzt wieder frei bin. Das muß es für dich doch viel angenehmer machen, mit mir herumzuziehen.«

»Ich habe gar nicht die Absicht, mit dir ›herumzuziehen‹, wie du es nennst.«

»Und doch hast du es getan!«

»Stimmt!« gab Marie zu. »Aber ich weiß selbst nicht mehr, was ich mir dabei gedacht habe.« Mit einem leichten Lächeln fügte sie hinzu: »Wahrscheinlich bin ich deinem Charme erlegen.«

Er sah sie flehend an. »Marie, bitte gib mir noch eine Chance!«

»Ich mag dich sehr gern, Paul, wirklich. Aber es hat keinen Zweck mit uns.«

»Warum, Marie? Sag mir, warum. Nur weil ich dir anfangs nicht gleich reinen Wein eingeschenkt habe?«

»Das drückst du aber sehr poetisch aus, Paul.«

»Direkt belogen habe ich dich jedenfalls nicht. Bestimmt hätte ich dir die Wahrheit gesagt, wenn du mich nur danach gefragt hättest.«

»Wollen wir nicht endlich die Vergangenheit ruhen lassen?«

Paul drückte seine Zigarette aus und sprang auf. »Marie, das ist ein prächtiger Vorschlag! Laß uns all diese dummen Mißverständnisse vergessen. Fahr mit mir in die Schweiz!« Er wollte sie aus ihrem Sessel reißen.

Sie stieß ihn zurück. »Bitte, benimm dich!«

»Getrennte Zimmer und getrennte Rechnung, wenn du darauf bestehst!« drängte er.

»Nein.«

»In Scuols-Tarasp liegt über Ostern garantiert noch Schnee. Ich war schon öfter dort. Wir könnten Ski fahren.«

»Das glaube ich dir ja, Paul. Aber selbst wenn ich Lust

dazu hätte, könnte ich dich nicht begleiten. Ich muß ein Wandgemälde ausarbeiten.«

Er schaltete sofort, wich einen Schritt zurück und zündete sich eine neue Zigarette an. »Mit deinem Professor, wie?«

»Und einem Studienkollegen, ja.«

»Soll ich dir jetzt mal was sagen? Du läßt dich von diesem Arroganzling ausnutzen.«

Sie zuckte gleichmütig die Achseln und schwieg.

»Wie kannst du nur so dumm sein! Für den bist du doch nichts als eine billige Arbeitskraft, ein dummes kleines Ding, das ihn anhimmelt.«

»Danke, Paul.«

»Nun sei nicht gleich eingeschnappt. Du weißt doch, wie ich es meine.«

»Ich bin nicht beleidigt, Paul, sondern nur gelangweilt.« Sie gähnte ostentativ. »Aufs äußerste gelangweilt.«

»Man hat mir schon manches vorgeworfen, aber noch nie, daß ich ein Langeweiler bin.«

»Selbst ich habe dich mal ganz amüsant gefunden. Kann ich mir gar nicht mehr vorstellen.«

»Jetzt wirst du gemein.«

»Ich versuche nur, mich zu wehren. Du überfällst mich in meiner Wohnung, verwickelst mich in sinnlose Auseinandersetzungen und spürst nicht einmal, wie sehr du mich ermüdest.«

Er warf einen Blick auf seine Armbanduhr. »Es ist noch nicht einmal sechs.«

»Das ist keine Sache der Uhrzeit, Paul. Du hast jetzt alles gesagt, was zu sagen war, und ich habe es mir angehört. Was willst du noch?«

Er unternahm einen letzten Vorstoß: »Gehen wir zusammen essen. Bei einem Glas Wein ...«

Sie fiel ihm ins Wort: »Du weißt, daß ich nicht trinke.«

»In einer gemütlichen Atmosphäre könnten wir viel besser über alles reden.«

»Du hast, weiß Gott, genug geschwatzt.«
»Ich hätte nie gedacht, daß du so hart sein könntest.«
»Du weißt eben noch sehr wenig von mir.«
»Bitte, gib mir Gelegenheit dich besser kennenzulernen. Das ist doch das einzige, was ich von dir will.«
»Du hattest sie, und du hast sie verpatzt. Jetzt drück deine Zigarette aus und schwing dich!«
»Marie, bitte!« protestierte er, drückte seine Zigarette aber dennoch in der kleinen Kupferschale aus.
»Deine Instinktlosigkeit nervt mich. Warum begreifst du nicht endlich, daß bei mir nichts zu holen ist?«
»Du hattest mich mal sehr gern.«
»Habe ich immer noch. Wir hätten gute Freunde werden können, wenn du nicht mehr von mir verlangt hättest.«
»Gut. Damit bin ich zufrieden. Laß uns gute Freunde sein.«
»Ohne gemeinsame Wochenenden und ohne Überraschungsbesuche – einverstanden!«
Sie stand auf und begleitete ihn, um ihm den Abgang zu erleichtern, zur Tür. Sie ließ es auch zu, daß er sie in die Arme nahm. Aber als er sie küssen wollte, drehte sie den Kopf zur Seite, so daß seine Lippen nur ihre Wangen streiften.
»Mach's gut, Paul!«
»Bis bald, Marie!«
Als sie endlich die Tür hinter ihm geschlossen hatte, atmete sie auf. Sie war überzeugt, daß dieses Kapitel ihres Lebens nun abgeschlossen war. Nicht einmal Paul konnte ernstlich glauben, daß eine Freundschaft zwischen ihnen denkbar war. Aber es war besser, so auseinanderzugehen als in Streit und Erbitterung.
Marie nahm das Kupferschälchen vom Tisch, leerte es in der Küche in den Abfallkübel und polierte es, bis es wieder sauber und glänzend war.

Ein paar Tage später – Marie kam gerade vom Einkaufen nach Hause – klingelte in ihrem Atelier das Telefon. Sie beeilte sich nicht sonderlich, aufzuschließen, nahm sich sogar noch die Zeit, die Lebensmittel im Kühlschrank zu verstauen, aber es läutete hartnäckig weiter. Als sie dann doch den Hörer abnahm und sich meldete, war Cornelius Forester am anderen Ende der Leitung.

»Du, Vater?« fragte sie überrascht.

Seine Stimme klang sehr ungehalten. »Ich habe schon den ganzen Tag versucht, dich zu erreichen.«

»Aber du weißt doch, daß ich arbeite.«

»Was du so Arbeit nennst«, schnaubte er.

Sie schwieg erstaunt; es war das erste Mal, daß er ihr deutlich zu verstehen gab, wie wenig er von ihrem Beruf hielt.

»Es ist etwas Unglaubliches passiert«, grollte er. »Günther hat uns eine Heiratsanzeige geschickt. Keinen Brief, keine Erklärung – eine Heiratsanzeige! Was sagst du dazu?«

»Ziemlich ungewöhnlich.«

»Hast du davon gewußt?«

»Daß er heiraten will – ja.«

»Warum hast du uns das nicht mitgeteilt?«

»Das ist doch nicht meine Sache, Vater. Mir hat er erzählt, daß er euch seinen Standpunkt klarmachen wollte.«

»So? Hat er das? Das wäre noch einigermaßen ehrenhaft gewesen. Aber eine Heiratsanzeige!«

»Ich bin sicher, er hat versucht, es euch zu schreiben. Aber wahrscheinlich hat er nicht die richtigen Worte gefunden. Du weißt doch, daß es einem so gehen kann. Da hat er wohl gedacht, die Anzeige wäre unzweideutig.«

»Du verteidigst ihn wohl immer?«

»Nein, Vater. Auch in meinen Augen ist sein Vorgehen brutal. Ich versuche nur zu verstehen, wie es dazu kommen konnte. Günther war doch immer ein höflicher und gut erzogener Mensch.«

»Dahinter steckt diese Person. Sie hat ihn gezwungen, uns diesen Schlag ins Gesicht zu versetzen.«

»Lilo Haas? Nein, ganz bestimmt nicht, Vater. Es gibt kaum jemanden, der mehr auf äußere Formen hält als sie.«

»Du scheinst sie ja gut zu kennen.«

»Nur flüchtig. Aber es ist auffallend, wie etepetete sie ist.«

»Was sollen wir denn jetzt tun? Katharina hat einen Nervenzusammenbruch erlitten. Ich habe ihr eine Beruhigungsspritze gegeben und sie ins Bett stecken müssen.«

»Schlimm, daß es sie so mitnimmt.«

»Wirst du es Günther erklären?«

»Warum machst du das nicht selbst?«

»Ich fürchte, ich habe keinen Einfluß mehr auf ihn.«

»Meinst du, ich?«

»Ich werde seine Unterstützung streichen.«

»Hör mal, Vater, das wäre doch ganz schlecht. Dadurch würdest du ihn völlig von ihr abhängig machen.«

»Er hat's ja so gewollt. Wenn er schon heiraten muß, dann soll auch seine Frau für ihn aufkommen.«

»Muß denn dieser blöde Familienknatsch ewig weitergehen? Günther hat sich für Lilo entschieden. Ob es euch nun paßt oder nicht, ihr müßt euch darauf einstellen. Für mich ist diese Frau auch nicht das Gelbe vom Ei. Aber es hätte schlimmer kommen können.«

»Katharina erträgt es nicht.«

»Hast du dich schon mal gefragt, ob es überhaupt ein Mädchen geben könnte, das ihr als Schwiegertochter willkommen sein würde? Die Frau müßte erst noch gebacken werden.«

»Du stellst dich also auf Günthers Seite?«

»Ich habe seit eh und je dort gestanden, und ich weiß nicht, warum ich mit einem Mal umschwenken sollte, bloß weil mir seine Heirat nicht paßt.«

»Du hältst sie also auch für ein Unglück?«

»Nein. Sie gehört zu den ganz gewöhnlichen Ereignissen,

die alle Tage passieren. Warum sollte er sich eine Frau aussuchen, mit der ich befreundet sein könnte? Oder mit der ihr euch verstehen könnt? Er muß ja mit ihr leben, nicht wir.«

»Aber sie paßt doch schon rein altersmäßig überhaupt nicht zu ihm, vom Milieu, aus dem sie stammt, einmal ganz abgesehen.«

»Von ihrem sogenannten Milieu habe ich keine Ahnung. Habt ihr etwa einen Detektiv auf sie angesetzt? Und sie kommen sehr gut miteinander aus, jedenfalls momentan. Für die Zukunft gibt es keine Garantie.«

»Du nimmst das so gelassen hin ...«

»Genau das solltet ihr auch tun! Findet euch mit seiner Entscheidung ab. Etwas anderes bleibt euch ja auch nicht übrig.«

»Diese Frau wird sich niemals in Franken einleben.«

»Wartet es doch einmal ab! Vielleicht bekommt sie ihre Boutique leid. So lustig kann es ja auch nicht sein, vom Morgen bis zum Abend im Laden zu stehen. Vielleicht begeistert sie sich eines Tages fürs Landleben. Vielleicht fügt sie sich drein, wenn sich herausstellt, daß Günther anderswo keine lukrative Stellung findet. Und wenn nicht, was wäre schon dabei? Ist es dir wirklich so wichtig, daß deine Praxis in der Familie bleibt? Sollte dir Günthers Wohl nicht mehr am Herzen liegen?«

»Diese Heirat ist nicht zu Günthers Wohl.«

»Wie kannst du da so sicher sein? Du kennst Lilo ja nicht einmal. Ich könnte mir vorstellen, daß sie dir gefällt. Sie ist so perfekt, das magst du doch. Gib deinem Herzen einen Ruck und komm zur Hochzeit nach München! Bring Katharina mit! Ihr würdet den beiden eine Riesenfreude machen, und die Fehde wäre begraben.«

Cornelius Forester schwieg eine Weile. Dann sagte er, und seine Stimme klang erschöpft: »Darauf würde sich Katharina niemals einlassen.«

»Finde ich ganz schlecht. Überleg mal, ob du nicht selbst

die falsche Frau gewählt hast. Du warst doch immer ein verständnisvoller Mensch, und sie ist so unerbittlich.«

»Sie leidet schrecklich.«

»Das glaube ich dir ja. Aber sie sollte eigentlich alt genug sein, sich mit dem Unvermeidlichen abzufinden.«

»Du bist also überzeugt, daß sich nichts mehr ändern läßt?«

»Ja.«

Er seufzte hörbar. »Nun, jedenfalls bin ich froh, daß ich mit dir gesprochen habe.«

»Laß dich nicht verrückt machen, Vater! Diese Ehe ist bestimmt keine Tragödie. Wenn ihr nur guten Willens seid, wird sich alles einspielen. Lilo spricht nicht darüber, aber ich bin sicher: sie hungert danach, von euch anerkannt zu werden.«

17 Am nächsten Morgen begannen die Osterferien. Aber Marie, Professor Reisinger und Gregor fuhren nicht sofort nach Giesing hinaus. Erst mußte die Betonfläche, auf die das Gemälde übertragen werden sollte, mit Säure behandelt und anschließend abgewaschen werden, um den Untergrund zu neutralisieren. Diese Arbeit hatte Professor Reisinger seinen Schülern nicht zumuten wollen, sondern Arbeiter damit beauftragt.

Er, Marie und Gregor machten sich erst einmal daran, seinen Entwurf in Quadrate aufzuteilen und zu vergrößern, um handliche und möglichst genaue Unterlagen für die Wandmalerei zu haben. Das war keine eigentlich künstlerische Aufgabe, aber Marie machte sie Spaß, allein schon weil sie den Streitgesprächen der beiden Männer zuhören konnte. Es wurde ihr bewußt, daß sie sich immer glücklich fühlte, wenn sie mit ihrem Professor zusammen war. Als die Freundinnen sie am letzten Unterrichtstag damit geneckt hatten, hatte sie es natürlich nicht zugegeben. Aber es war so. Sie hoffte inständig, er würde es nicht bemerken.

Zu Mittag aßen sie in Professor Reisingers Küche Pizza, die er bestellt hatte. Es war ein großer, heller, ganz in Weiß und Chrom gehaltener Raum, in dem alle nur denkbaren Geräte zur Erleichterung der Hausarbeit eingebaut waren.

»Es wäre natürlich schön«, sagte Reisinger, »wenn ihr die Feiertage durcharbeiten könntet, damit wir bis zum Semesterbeginn ganz bestimmt fertig werden. Es wäre ja das einzige Mal in eurem Leben. Wenn allerdings eure Religion euch das verbietet ...« Er ließ den Satz, eine unausgesprochene Frage, in der Schwebe.

»Ich bin Protestant«, erklärte Gregor, »und Karfreitag ist unser höchster Feiertag.«

»Schon in Ordnung.«

»Ich kann Gründonnerstag nicht«, sagte Marie.

»Ist das Ihr persönlicher höchster Feiertag?«

»Ich muß zur Hochzeit meines Bruders.«

»Handelt es sich dabei um jenen Lümmel, der Ihren Eltern so viel Sorgen macht?«

»Daran erinnern Sie sich?« fragte Marie erstaunt.

»Aber ja. Dann wird also am Donnerstag das große Familienversöhnungsfest stattfinden?«

»Wenn es nur so wäre! Aber seine Mutter ist ...« Marie suchte nach Worten, um Katharina in kein so schlechtes Licht zu stellen. »... sie ist nach wie vor nicht einverstanden.«

»Ist sie denn nicht auch Ihre Mutter?«

»Sie hat mich nur aufgezogen. Meine leibliche Mutter ist verunglückt, als ich noch ganz klein war.« Sie stutzte. »Aber ich weiß gar nicht, warum ich Ihnen das erzähle.«

»Wahrscheinlich, weil Sie spüren, Marie, daß es mich interessiert.«

»Ich könnte ein paar Stunden vor der Trauung kommen, und ein paar Stunden nach dem Essen.«

»Nein, Marie. Vorher müssen Sie sich schön machen, und nachher werden Sie einen Schwips haben.«

»Ich trinke nie.«

»Aus Prinzip nicht?«

»Nein, weil es mir nicht bekommt.«

Er sah sie fragend an.

»Das ist schwer zu erklären, mir ist dann ... als wäre die Welt aus den Fugen oder so ähnlich.«

»Einen Kater muß man hin und wieder mal in Kauf nehmen«, sagte Gregor nüchtern.

»Es ist etwas anderes.«

Professor Reisinger blickte sie so merkwürdig an, daß Marie das Gefühl hatte, zuviel gesagt zu haben.

»Also wenn ich es nur eben einrichten kann, komme ich am Nachmittag«, versicherte sie rasch.

»Nötig wäre es nicht.«

»Aber ich komme doch gern! Und außerdem ist es für mich ein guter Vorwand, mich so rasch wie möglich zu verdrükken.«

Die Männer lachten.

»Fürchten Sie, daß es so langweilig werden wird?« fragte Reisinger.

»Ätzend. Dessen bin ich sicher.«

»Arme Marie.«

»In unserer Familie sind Hochzeiten immer eine große Gaudi«, meinte Gregor.

»Für mich ist es überhaupt die erste, die ich mitmache. Abgesehen von der meines Vaters, und an die kann ich mich komischerweise gar nicht mehr erinnern. Wahrscheinlich haben sie es sehr diskret gemacht. Jedenfalls haben Günther und ich keine Blümchen gestreut oder dergleichen.«

»Sie müssen mir mal von Ihrer Kindheit erzählen, Marie!« bat Reisinger.

»Ach, die war ziemlich langweilig«, antwortete sie ausweichend. Sie hatten ihre Teller geleert, und Marie wollte aufstehen, um Geschirr und Besteck wegzuräumen.

Reisinger kam ihr zuvor. »Nein, lassen Sie mich das machen, Marie! Ich bin heute der Gastgeber.« Schnell und geschickt stellte er alles in die Spülmaschine und wischte mit einem Küchenpapier Krümel und Ränder vom Tisch. »Die Gläser nehmen wir mit ins Atelier«, bestimmte er, »und auch das Wasser.« Er schenkte sich den Rest ein und nahm eine frische Flasche Mineralwasser aus dem Kühlschrank. »Auf geht's, Leute!«

Bis gegen fünf Uhr arbeiteten sie durch. Dann machten sie sich auf den Weg, die nötigen Acryldispersionsfarben zu besorgen. Wieder benutzten sie Gregors BMW, der auch zum Transport der Eimer dienen sollte. Marie dachte bei sich, daß dem Professor sein eigenes Auto wohl zu schade dafür war, und sie konnte es verstehen.

Marie und Gregor waren sich darin einig, daß sie matte Pastellfarben gewählt hätten, aber der Professor entschied sich für glänzende kräftige Farben. »Ihr werdet schon sehen, die machen mehr daher. Mischen und abtönen können wir sie immer noch, wenn sie uns zu bunt sind.« Er entschied auch, daß sie am nächsten Morgen um sieben Uhr mit dem Ausmalen beginnen sollten. »Auf dem Bau geht es zwar schon früh los, aber für uns muß es hell sein. Wie kommen wir hin?«

»Mit der U-Bahn«, schlug Gregor vor.

»Sie müssen auf alle Fälle Ihren Wagen nehmen, Gregor!«

»Na klar, wegen der Eimer. Aber ansonsten ...«

Es stellte sich heraus, daß Gregor im Stadtteil Laim wohnte, und daß es ein beträchtlicher Umweg für ihn sein würde, Marie und den Professor abzuholen.

»Ich kann Sie fahren«, erbot sich Marie.

»Sieh an! Sie haben ein Auto?«

»Ja, aber ich benutze es nur selten. Von meiner Wohnung bis zum Institut ist es ja nur ein Katzensprung.«

»Eine Sonntagsfahrerin also?«

»So schlimm ist es nicht. Sie können sich mir ruhig anvertrauen, Herr Professor.«

»Dann machen wir es umschichtig. Morgen holen Sie mich ab, Marie, und übermorgen ich Sie. Sie brauchen nur zu klingeln. Ab sechs Uhr dreißig werde ich startbereit sein.«

Sie trennten sich voll guter Laune und tatenfroh.

Marie wußte, daß es keinen Sinn hatte, früher zu Bett zu gehen als gewöhnlich; sie würde doch nicht schlafen können. Aber sie nutzte den Abend, sich zu baden, die Haare zu waschen, die Nägel zu schneiden und zu feilen. Sie stellte den Wecker, legte sich frische Unterwäsche zurecht und einen der hellblauen Overalls, die sie sich eigens für das Malen mit den Acryldispersionsfarben gekauft hatte. Dann machte sie es sich in ihrem Sessel bequem, legte die Füße auf die schon zur Nacht gerichtete Couch und nahm einen spanischen Roman zur Hand, mit dem sie sich zur Zeit beschäftigte. Sie wollte ihn heute zu Ende lesen, und um sich besser konzentrieren zu können, verzichtete sie auf musikalische Untermalung.

Das Klingeln des Telefons störte sie sehr. Sie ließ es eine Weile läuten, in der Hoffnung, der Anrufer würde aufgeben. Aber da dies nicht geschah, nahm sie schließlich den Hörer ab, wenn auch mit einem tiefen Seufzer, und meldete sich.

»Wie gut, daß ich dich erreiche, Marie!« sagte Katharina atemlos, als wäre sie gerannt oder sehr erregt.

»Geht es dir etwas besser?«

»Unmöglich, so wie die Dinge stehen!«

»Nimm's doch nicht so tragisch, Katharina! Eine Heirat, was bedeutet das heutzutage schon? Die Leute lassen sich doch reihenweise scheiden.«

»Von dir hätte ich so leichtfertige Ansichten nicht erwartet.«

»Aber es ist nun mal so. Wenn es nicht klappt, kann Günther sich doch einfach wieder scheiden lassen. Da Lilo die

Boutique hat, würde er nicht einmal für ihren Unterhalt aufkommen müssen.«

»Es wären vergeudete Jahre.«

»So solltest du das nicht sehen, Katharina. Er lernt einiges bei ihr: kochen, den Tisch decken, aufräumen, wahrscheinlich auch bügeln und putzen.«

»Das wird er niemals nötig haben.«

»Wer weiß! Ein Mann, der seinen Haushalt selbst führen kann, ist immer besser dran als einer, der auf fremde Hilfe angewiesen ist.«

»Dazu habe ich Günther nicht geboren und nicht erzogen.«

Marie dachte bei sich, daß dies vielleicht ein Fehler gewesen war, aber sie sprach es nicht aus, um die Stiefmutter nicht noch mehr aufzuregen.

»Du mußt uns helfen, Marie!«

»Mit Vergnügen! Ich werde alles tun, was in meinen Kräften steht.«

»Du mußt Günther von dieser unseligen Idee abbringen.«

»Unmöglich!«

»Du kannst es, wenn du nur willst.«

»Wie stellst du dir das vor? Das Aufgebot ist längst bestellt, der Tisch für das Hochzeitsmahl reserviert ...«

Katharina fiel ihr ins Wort: »Das läßt sich alles noch rückgängig machen.«

»Selbst wenn Günther sich dazu entschließen würde – aber das wird er ganz bestimmt nicht –, sie würde es ihm nie verzeihen.«

»Was spielt das schon für eine Rolle? Wir dürfen ihn nicht in sein Unglück laufen lassen. Du mußt das verhindern, Marie. Um jeden Preis.«

»Kannst du mir auch verraten, wie?«

»Das weißt du selbst am besten.«

»Nein, Katharina. Ich habe keine Ahnung.«

»Tu einfach so, als hättest du eine – eine deiner bösen Ahnungen. Du kannst das doch so gut. Tu so, als hättest du einen Blick in seine Zukunft geworfen und gesehen, daß diese Ehe ein schlechtes Ende nimmt.«

Marie verschlug es die Sprache.

»Denk an das Unglück mit dem Schulbus! Da hast du doch auch alle so verrückt gemacht, daß der Fahrer tatsächlich in den Graben gefahren ist.«

»Du glaubst, das war alles nur Mache?«

»Was spielt das denn für eine Rolle? Du hast es damals getan, dann kannst du es jetzt auch tun – wo es wirklich darauf ankommt.«

»Das hast du dir ja fein ausgedacht.«

»Vielleicht wäre es sogar besser, du würdest ihr einen Schrecken einjagen. Günther kennt dich zu gut. Vielleicht ist sie für so etwas noch empfänglicher.«

»Nein, Katharina.«

»Sei nicht so hart, Marie! Denk nach! Jetzt hängt alles von dir ab.«

»Ausgeschlossen, daß so eine verdammte Lüge zu etwas Gutem führen könnte.«

»Es wäre nichts weiter als eine Notlüge.«

»Nein.«

»Ist dir Günthers Glück denn vollkommen gleichgültig?«

»Er hat, wie jeder erwachsene Mensch, ein Recht darauf, sich nach eigenem Ermessen zu entscheiden. Ob er dadurch glücklich oder unglücklich wird, ist sein Risiko. Das kann ihm niemand abnehmen.«

»Wir sind seine Familie. Wir müssen ihn beschützen.«

»Er ist gerade dabei, eine neue Familie zu gründen.«

»Familie? Das ist doch lachhaft! Glaubst du denn, daß diese Frau ihm je Kinder schenken wird? Bis Günther sie ernähren kann, ist sie doch zu alt dazu.«

»Das ist ihr Problem, nicht deines.«

»Marie, ich rufe dich nicht an, um mit dir zu diskutieren. Ich bitte dich um deine Hilfe. Wann hätte ich das je zuvor getan? Rette Günther!«

»Hast du mit Cornelius darüber gesprochen?«

»Ja, natürlich.«

»Und was hält er davon?«

Katharina zögerte mit der Antwort: »Er meint, du seist zu egoistisch, uns zu helfen«, gestand sie schließlich.

»Egoistisch?« Das Wort gab Marie einen Stich. Für egoistisch hatte sie sich nie gehalten. Aber war sie es nicht vielleicht doch? Sie hatte sich so tief in ihre eigene Welt vergraben.

»Ich bin nicht dieser Ansicht«, behauptete Katharina mit Nachdruck, »ich bin sicher, du wirst uns nicht im Stich lassen.«

»Was du verlangst, ist völlig unmöglich.«

»Du mußt es nur wollen, Marie! Denk nur daran, wie oft du dich schon als Seherin aufgespielt hast. Bitte laß mich ausreden! Ich mache dir ja keinen Vorwurf deswegen; du weißt, ich habe es nie getan. Sicher war es keine reine Schauspielerei. Ein bißchen Angst hat dahinter gesteckt, vielleicht auch ein bißchen Hysterie, und dann ist der Zufall dir unwahrscheinlich zu Hilfe gekommen. Aber Interessantmacherei war es doch auch. Sonst hättest du einfach den Mund gehalten. Jetzt endlich kannst du dein seltsames Talent mal nutzbringend anwenden – für Günther, für mich, für deinen Vater, und nicht nur, um dich selbst in den Mittelpunkt zu stellen.«

Marie schwirrte der Kopf. Noch nie hatte sie Katharina so lange reden hören.

»Du mußt es einfach tun. Es ist eine Verpflichtung.«

»Ich werde darüber nachdenken«, sagte Marie schwach.

»Dazu ist keine Zeit. Du mußt eingreifen. Sofort. Sag ihnen, du hättest gesehen, wie sie sich gegenseitig umbringen. Das wäre nicht einmal aus der Luft gegriffen. Die Zeitungen sind doch täglich voll von solchen Geschichten.«

»Du verlangst also von mir, daß ich mir anmaße, Schicksal zu spielen?«

»Warum denn nicht? Es ist doch nur zu Günthers Bestem.«
»Das du natürlich sehr viel besser kennst als er selbst.«
Katharina überhörte die Ironie. »Ja«, sagte sie mit Festigkeit, »ich bin seine Mutter. Deshalb verlange ich von dir ...«
»Nein!« protestierte Marie. »Nein! Hör endlich auf, mich zu quälen!«
»Ich will ja nur ...«
»Nein. Ich habe mir genug anhören müssen. Schluß damit.«
»Wenn du uns nicht diesen Gefallen tust, wenn du es nicht wenigstens versuchst, brauchst du nie mehr nach Hause zu kommen.«

Wortlos legte Marie auf. Erst jetzt merkte sie, daß ihr die Knie weich geworden waren, und sie zitterte. Sie war schokkiert.

Es war nicht Katharinas unverhohlene Drohung, die ihr zusetzte. Die würde sie gar nicht wahrmachen können. Das ›Schottenhaus‹ gehörte immer noch Cornelius, und Marie bezweifelte stark, daß er es ihr je verbieten würde. Selbst wenn es geschähe, hätte das kaum noch Bedeutung für sie. Bei ihrem letzten Besuch hatte sie deutlich gespürt, daß es kein wirkliches Zuhause mehr für sie war. Sie war ihm längst entwachsen.

Wie Katharina über sie dachte, das war es, was sie so sehr erschüttert hatte. Sie begriff nicht, daß Katharina sie so sehen konnte – als eine krankhafte Interessantmacherin. Hatte sie schon immer so von ihr gedacht?

Marie versuchte sich zu erinnern. Mit ziemlicher Sicherheit wußte sie, daß keine derartige Bemerkung je gefallen war, jedenfalls nicht in ihrer Gegenwart. Allerdings hatte Katharina sie auch nie mütterlich tröstend in die Arme genommen. Marie hatte immer gedacht, daß dies an ihrem eher strengen Naturell und einem Mangel an Liebe gelegen hätte. Nie wäre sie darauf gekommen, daß die Stiefmutter sie so hart beurteilte und wirklich ablehnte.

Wußte der Vater das? Er mußte es zumindest ahnen. Und

wie stand er selbst zu ihr? Sie war sich seiner Liebe immer so sicher gewesen. Zwar hatte sie gespürt, daß ihre Visionen ihm unheimlich waren. Aber das konnte doch nichts an seiner Liebe ändern. Oder doch?

Marie ließ sich auf die Couch sinken.

Als seine Frau ihm vorgeschlagen hatte, sie, Marie, für ihren Plan zu gewinnen, sollte er gesagt haben: ›Sinnlos. Dazu ist sie zu egoistisch.‹ Das konnte stimmen. Es war genau die Art ihres Vaters, eine ihm unangenehme Diskussion abzublocken.

Aber dachte er wirklich so über sie? War sie ihm denn keine gute Tochter gewesen? Es hatte eine Zeit in ihrer Kindheit gegeben, wo sie ihm nachgelaufen war wie ein Hündchen. Immer hatte sie versucht, ihm Freude zu machen, und immer hatte sie darunter gelitten, daß er zu wenig Zeit für sie hatte, sich zu wenig Zeit für sie nahm, wie sie es empfand.

Er mußte das gespürt haben. Vielleicht hatte er sogar sich deswegen Vorwürfe gemacht. Konnte er glauben, daß sie ihre Geschichten nur erfunden oder wenigstens größtenteils erfunden hätte, um seine Aufmerksamkeit auf sich zu lenken?

Das war möglich. Marie traute es ihm zu. Das könnte erklären, warum er niemals wirklich mit ihr darüber gesprochen, sie nie ausgefragt hatte. Es mußte doch Bücher zu diesem Thema geben, zu denen gerade er als Arzt Zugang hatte. Aber damit, daß er sich selbst eine Erklärung für ihr Problem zurechtgelegt hatte, sah er es als gelöst an. Ihr zu helfen hatte er sich nie bemüht.

Marie fühlte sich einsamer denn je.

Mit einem Ruck stand sie auf. Nur kein Selbstmitleid, sagte sie sich, du weißt, das bringt nichts. Du bist kein Waisenkind mehr, sondern eine erwachsene Frau. Was könnte es dir heute noch nützen, wenn dein Vater dich verstanden, deine Stiefmutter dich geliebt hätte? Zweifellos hätte es dir deine Kindheit leichter gemacht. Aber du bist auch so damit fertig geworden und wirst auch in Zukunft damit fertig werden. Du bist stark, Marie.

Nach diesem Zuspruch fühlte sie sich wohler. Sie ging in die Küche, holte sich die Milchflasche aus dem Eisschrank, schenkte sich ein Glas ein und trank es in einem durstigen Zug aus. Dann ging sie ins Atelier und begann zu skizzieren – was, das war ihr selbst nicht ganz klar. Als sie merkte, daß es Bernhard Reisingers Gesicht war, das dabei herauskam – die hohe Stirn, der feste Mund, die Augen mit dem durchdringenden Blick –, zerriß sie das Blatt und warf es in den Papierkorb.

Die Dämmerung war inzwischen hereingebrochen, aber sie mochte noch kein Licht anmachen. Sie trat zu ihrer Stereoanlage, suchte eine Platte aus dem Stapel – die ›Jupitersymphonie‹ von Mozart –, und legte sie auf. Aber die sehr klare, seelenvolle Musik beruhigte sie nicht so, wie sie erhofft hatte. Sie setzte sich wieder und schloß die Augen, um die Klänge auf sich einwirken zu lassen. Es fiel ihr schwer, sich zu entspannen. Katharinas aufgeregte Worte hallten noch in ihr nach.

Plötzlich kam ihr eine Idee, und sie verstand nicht, wieso sie nicht sofort daran gedacht hatte. Sie öffnete die Augen und richtete sich auf. Der Hauptgrund, warum sie das Ansinnen ihrer Stiefmutter so grundsätzlich und kategorisch abgelehnt hatte, war ja der gewesen, daß sie fürchtete, sich dadurch an ihrer übersinnlichen Begabung zu versündigen. Wenn sie ganz bewußt eine Schau abzog, um einen bestimmten Zweck damit zu erreichen, würde sie dieser Gabe nicht mehr würdig sein. Sie fühlte, daß sie ihr dann weggenommen würde.

Aber wäre nicht gerade das ein Motiv, es doch zu tun? Wie oft hatte sie ihre Fähigkeit, hinter die Dinge sehen zu können, verwünscht. Warum brachte sie es jetzt nicht über sich, sie aufs Spiel zu setzen?

Marie verstand sich selbst nicht mehr. Jetzt bot sich ihr die

Gelegenheit, die Schranke, die sie von ihren Mitmenschen trennte, niederzureißen. Wenn sie nur wollte, würde sie werden wie alle anderen. Sie hatte sogar noch eine achtbare Entschuldigung vorzubringen: Katharina zuliebe würde sie darum kämpfen, ihren Bruder vor einer, wie auch sie glaubte, nicht gerade wünschenswerten Ehe zu bewahren.

Warum schreckte sie davor zurück? Sie hatte sich doch nie gescheut, in das Schicksal einzugreifen. Aber sie hatte es immer nur getan, wenn ihr ›Zweites Gesicht‹ es ihr befahl. In diesem Fall, das wurde ihr bewußt, hatte sie nicht das Recht dazu. Weder sie noch ihre Eltern konnten ahnen, was Günther und Lilo in ihrem tiefsten Innern verband. Sie sahen ja nur die Äußerlichkeiten: daß sie eine Geschäftsfrau war, geschieden und einige Jahre älter als er, daß er noch mitten im Studium steckte und in ihren Augen noch zu jung war, um sich zu binden. Aber sie hatten sich doch nicht von ungefähr zusammengefunden, und wahrscheinlich war es ihnen bestimmt, zusammenzubleiben, wenigstens für die nächsten Jahre.

Nein, sie durfte nicht eingreifen. Sie konnte es nicht. Aus purem Egoismus Theater zu spielen würde sie zerstören. Sie würde nie mehr die werden, die sie war. Danach würde sie kein gewöhnliches Mädchen sein, wie sie es ersehnte, sondern schlecht – einmal ganz davon abgesehen, daß sie sich eine solche schauspielerische Leistung aus dem Stegreif gar nicht zutraute.

Entschlossen stand sie auf. Wie blöd von mir, dachte sie, mich von Katharina derart durcheinanderbringen zu lassen. Dabei habe ich doch gewußt, daß sie in ihrer Affenliebe zu Günther immer schon ein bißchen verrückt war. Inzwischen scheint sie immer mehr überzuschnappen. Ich werde Vater anrufen und ihn bitten, doch noch zur Hochzeit zu kommen. Mehr zu tun steht mir nicht zu.

Marie knipste die Stehlampe an und räumte Zeichenblock und Bleistift auf. Dann nahm sie ihren spanischen Roman zur Hand. Aber sie konnte sich nicht mehr auf die Geschichte konzentrieren. Die Buchseiten waren für sie nur noch mit Worten bedrucktes Papier.

Am nächsten Morgen kam Professor Reisinger so rasch aus dem ›Kurfürstenhof‹, wie er es versprochen hatte. In weniger als einer Minute, nachdem sie geklingelt hatte, stand er schon vor ihr.

»Guten Morgen, Marie!« rief er fröhlich und faßte sie bei der Schulter. »Gut sehen wir beide aus, nicht wahr?«

Er trug wie sie Turnschuhe und einen blauen Overall, nur daß seiner abgenutzt und ein wenig verwaschen aussah, während ihrer brandneu war. Sie war ungeschminkt, und ihr roter Mund zeichnete sich scharf, von einer dünnen weißen Linie abgegrenzt, von ihrem hellen Gesicht ab. Unter ihren Augen lagen leichte Schatten, denn sie hatte eine unruhige Nacht hinter sich.

Er bemerkte es. »Tut mir leid, daß Sie so früh aus den Federn mußten, Marie.«

»Oh, das hat mir eigentlich nichts ausgemacht.«

»Aber?« setzte er nach.

»Schlecht geschlafen.«

»Erzählen Sie mir, was Sie geträumt haben.«

»Ich muß Sie enttäuschen. Nichts.«

Sie stiegen in Maries kleines rotes Auto, und er hatte Mühe, seine langen Beine unterzubringen. Sie half ihm, seinen Sitz so weit wie möglich zurückzuschieben.

»Dann hat es gestern irgendeine Aufregung gegeben. Oder hatten Sie Angst, zu verschlafen?«

Marie schaltete, gab Gas und fuhr an. Sie überlegte, ob sie seine Frage nicht einfach bejahen sollte. Aber zu ihrer Überraschung hatte sie Lust, mit ihm zu reden. »Nein«, sagte sie, »ich hatte mir ja den Wecker gestellt, und er läutet ziemlich laut.«

»Also hat es Ärger gegeben.«

»Meine Stiefmutter ist immer noch aus dem Häuschen, weil mein Bruder heiraten will. Sie will sich nicht damit abfinden.«

»Und was haben Sie damit zu tun?«

»Sie verlangt von mir, es zu verhindern.«

»Aber wie?«

»Das ist eine gute Frage. Es ist eigentlich unmöglich.«

Sie durchquerten die Stadt, in der weniger Verkehr herrschte als gewöhnlich. Die meisten Studenten waren schon nach Hause und eine Menge Münchner in die Ferien gefahren. So kamen sie zügig voran.

Marie hatte erwartet, daß es Reisinger nervös machen würde, sich von ihr chauffieren zu lassen. Wenn sie Günther fuhr, was selten vorkam, pflegte er sie mit seinen Warnungen zu traktieren: »Vorsicht! – Ein Radfahrer! – Paß auf! Die Ampel springt gleich um!« Und dergleichen unerbetene Ratschläge mehr. Dazu kamen nicht gerade ermunternde Bemerkungen wie: »Oje! Das ist gerade noch einmal gutgegangen.«

Professor Reisinger äußerte nichts dergleichen. Er zuckte nicht einmal zusammen, als sie tatsächlich einmal jäh auf die Bremse stieg, um nicht bei Rot über die Kreuzung zu fahren.

»Entschuldigen Sie bitte!« sagte sie mit einem scheuen Seitenblick.

Er lächelte ermunternd. »Kann doch jedem passieren.«

»Mein Bruder hält mich für die schlechteste Autofahrerin der Welt.«

»Das sind Sie mit Sicherheit nicht, Marie. Aber sein Urteil scheint Ihnen viel zu bedeuten.«

»Wie das so ist, man gewöhnt sich daran, zu seinem großen Bruder aufzusehen. Er ist übrigens gar nicht mein wirklicher Bruder, sondern der Sohn meiner Stiefmutter. Wir sind wie Geschwister miteinander aufgewachsen.«

»Und wie stellen Sie sich zu dieser Hochzeit?«

»Für optimal halte ich die Verbindung auch nicht.« Nach

einer kleinen Pause, während der sie seinen forschenden Blick auf sich fühlte, fügte sie ehrlich hinzu: »Aber dabei spielt wohl auch eine gewisse Eifersucht mit, genau wie bei seiner Mutter.«

»Hängen Sie so sehr an ihm?«

»Früher ja. Wie eine richtige Schwester.«

»Wollen Sie mir davon erzählen?«

»Das ist doch uninteressant.«

»Für mich nicht. Ich war ein Einzelkind. Ich kann mir gar nicht vorstellen, wie das ist, einen großen Bruder oder eine kleine Schwester zu haben. Man wird weniger egoistisch dadurch, gewöhnt sich daran zu teilen, nicht wahr?«

»Ich würde das nicht so verklärt sehen. Geschwister kämpfen wohl auch gegeneinander, um sich durchzusetzen. Bei uns war das nicht so. Wir hatten genug damit zu tun, uns gegen den Druck von oben zu wehren.«

Marie plauderte über ihre Kindheit, ihre Eltern, das ›Schottenhaus‹, sehr darauf bedacht, kein Thema, das mit ihren ungewöhnlichen Fähigkeiten zusammenhing, auch nur zu streifen.

Er hörte ihr aufmerksam zu, stellte Fragen und nahm Anteil. Trotzdem begriff sie nicht, warum sie ihm das alles erzählte, und noch weniger, warum er es offensichtlich hören wollte. Sie verstummte unvermittelt, weil ihr ihr Gerede plötzlich aufdringlich vorkam.

»Was haben Sie mit einem Mal, Marie?« fragte er sofort.

»Nichts. Nur ... ich bin es nicht gewohnt, über mich selbst zu sprechen.«

»Sie sind ein stilles Wasser, Marie.«

»Was wollen Sie damit sagen?«

»Ich bin überzeugt, daß Ihr Leben voller Geheimnisse ist.«

Sie öffnete den Mund, um lauthals zu protestieren, schloß ihn aber gleich wieder, ohne mehr als einen erstickten Laut hervorgebracht zu haben. Sie konnte diesen Mann, der ihr vertraute, nicht belügen.

»Was wollten Sie gerade sagen?« fragte er.
»Daß Sie mehr in mir sehen, als ich bin.«
»Und ich bin überzeugt, daß mehr in Ihnen steckt, als Sie zugeben.«
»Eine sehr schlechte Basis.«
»Finde ich nicht. Wir müssen uns besser kennenlernen, Marie. Nun, ich will nicht ungeduldig sein. Wir haben ja gerade damit angefangen.«

Das neue Postgebäude in Giesing war ein moderner Zweckbau. Weil er in einer Siedlung mit Einfamilien- und Doppelhäusern stand, hatte man ihn niedrig gehalten. Noch war er nicht fertiggestellt, und als Marie und ihr Professor eintrafen, waren die Arbeiter schon am Werk. Marie parkte zwischen anderen Fahrzeugen. Sie stiegen aus und sahen sich suchend nach Gregors altem BMW um.

Reisinger warf einen Blick auf seine Armbanduhr. »Noch keine sieben«, stellte er fest.

»Gregor wird bestimmt pünktlich sein«, bemerkte Marie.

Da sahen sie ihn auch schon kommen.

Reisinger brachte ihn mit hochgeworfenen Armen dazu, das Auto zu stoppen und ein Fenster aufzukurbeln.

»Fahren Sie rückwärts an den Eingang heran, so nahe es geht. Parken können Sie, wenn wir ausgeladen haben.«

»Aye, Aye, Sir!« Gregor legte parodierend die Spitze seiner flachgestreckten Hand an die breite Stirn und grinste.

»Scherzkeks«, sagte der Professor.

Marie lachte. Sie waren alle drei gut gelaunt und voller Tatendrang. Mit vereinten Kräften holten sie die Farbeimer aus dem Kofferraum und trugen sie in die Halle.

Sie war sehr groß und wirkte noch geräumiger, da die Schalter noch nicht eingebaut waren. Sie sollten gegenüber dem Eingang liegen, der jetzt erst eine Öffnung ohne Tür war. Rechterhand vom Eingang gab es eine drei Meter hohe Glaswand, von der aus die Decke aufsteigend zur gegenüberliegenden Seite führte. Das war die Wand, auf die das Gemälde kommen sollte.

Das Gerüst war schon aufgebaut. Es bestand aus vier Leitern, die im Boden und in den Seitenwänden verankert waren. Auf ihnen waren, in verschiedenen Höhen, jeweils drei breite Bretter befestigt. Das Gerüst wirkte schwindelerregend, und Marie entdeckte ein wenig überrascht, daß Gregor bei seinem Anblick blaß wurde.

Aber vorerst ging es darum, die Farben auszuprobieren und gegebenenfalls zu mischen oder abzutönen. Der Betonunterboden der Halle bot ihnen genügend Raum dazu. Professor Reisinger räumte seinen Schülern dabei ein gewisses Mitspracherecht ein – besonderen Wert schien er auf Maries Meinung zu legen –, behielt sich aber das letzte Wort vor.

»Wir malen von oben nach unten«, entschied er dann, »die Farben tropfen zwar nicht, wenn ihr euch nicht allzu ungeschickt anstellt – aber trotzdem. Marie, Sie nehmen die linke Seite, ich die rechte und Gregor die mittlere.«

Die jungen Leute nickten. Marie klemmte sich ihre Vorlage unter den Arm, nahm einen Eimer mit abgetöntem Blau und kletterte hoch. Sie war als erste oben. Professor Reisinger folgte ihr. Die oberste Stufe lag 3 Meter 20 über dem Boden, so daß sie mit ausgestrecktem Arm den Rand der Decke erreichen konnten.

Gregor unterbrach seinen Aufstieg auf halber Höhe. »Mir ist heute nicht gut«, murmelte er.

Reisinger blickte auf ihn hinab; er hatte ihn kaum verstanden. »Was ist mit Ihnen?« fragte er laut.

Gregor klammerte sich verzweifelt an die Leitersprossen. »Ich weiß es selbst nicht.«

»Steigen Sie wieder runter!«

»Aber ich sollte doch ...«

»Wenn Sie vom Gerüst fallen, nützt das niemandem. Also runter mit Ihnen.«

»Es ist mir peinlich. Ich dachte wirklich, ich wäre schwindelfrei.« Vorsichtig begab sich Gregor an den Abstieg.

Marie und ihr Professor hüteten sich, ihn auszulachen, wechselten aber einen belustigten Blick.

»Keine Schande, Gregor«, sagte Reisinger. »Sie fangen dann eben mit dem mittleren Teil unten an.«

Marie machte die Höhe gar nichts aus. Flink wie ein Eichhörnchen kletterte sie hinab und wieder hinauf, wenn sie sich neue Farbe holen oder ihren Pinsel auswaschen mußte. Aber nach einiger Zeit begannen ihre Arme und ihr Rücken zu schmerzen, und sie war froh, als der Professor eine Pause verkündete.

Sie ließen sich auf einem Stapel von übriggebliebenen Brettern nieder. Marie hatte sich eine Thermosflasche mit starkem, gesüßtem Tee mitgebracht, der Professor trank Mineralwasser und Gregor Bier.

»Ihr Glück, daß Sie nicht oben arbeiten, Gregor«, scherzte Reisinger, »sonst hätte ich Ihnen den Alkohol glatt verbieten müssen.«

»Alle Arbeiter beim Bau trinken«, verteidigte sich Gregor.

»Die sind's ja auch gewohnt – das Klettern und das Trinken.«

»Ich begreife ehrlich nicht, wieso mir so komisch geworden ist. Ich muß gestern abend was Schlechtes gegessen haben.«

Um von seinem Mißgeschick abzulenken, erzählte Marie, wie sie und ihr Bruder einmal ein Sonnenbad auf dem Dach des ›Schottenhauses‹ genommen hatten. Sie hatten das zwar heimlich getan, weil ihnen klar war, daß die Eltern das nicht billigen würden, waren aber völlig überrascht gewesen von dem Ausmaß der Aufregung, als es herauskam. Das Strafgericht war fürchterlich gewesen.

Nur zu bald war die Pause um, und sie machten sich wieder an die Arbeit. Sie kamen gut voran, aber der Vormittag wurde Marie lang, obwohl der Professor immer wieder eine

Pause einlegen ließ. Mittags schickte er Gregor eine Brotzeit für alle aus dem gegenüberliegenden Gasthof holen.

Marie dehnte und reckte sich.

»Geht's noch, Marie?« fragte Reisinger besorgt.

»Ganz schön ungewohnt«, gab sie zu.

»Ich weiß, es ist Knochenarbeit, eigentlich nicht das Richtige für ein Mädchen.«

»Es wird mich schon nicht umbringen.«

»Wenn es Ihnen zuviel wird, hören Sie einfach auf! Sie brauchen sich nicht zu genieren.«

»Ach was, ich schaff das schon.« Um nichts in der Welt hätte sie zugegeben, daß sie sich fast am Ende ihrer Kräfte fühlte.

Auf ihrem Holzstapel sitzend, verzehrten sie Würstchen, Semmeln und Kraut. Gregor trank Bier dazu, Marie und der Professor stillten ihren Durst mit Wasser. Reisinger erzählte Anekdoten aus der Zeit, in der er so hart gejobbt hatte. Marie hing an seinen Lippen. Diese gemütliche Stunde allein war ihr schon die ganze Plackerei wert.

Dennoch atmete sie auf, als um 15 Uhr endlich Feierabend war. Vorher kam der Professor noch auf ihre Seite des Gerüstes hinüber und lobte ihre Arbeit. Auch mit Gregors Malerei zeigte er sich zufrieden.

»Ihr macht das wunderbar, ihr beiden!« sagte er. »Ich wüßte nicht, was ich ohne euch getan hätte.«

»Sie hätten bestimmt jemand anderen gefunden«, erwiderte Gregor, »es gibt arbeitslose Künstler genug.« Er war den ganzen Tag stiller als gewöhnlich gewesen; sein Schwindelanfall wurmte ihn.

Sie verabschiedeten sich, setzten sich in ihre Autos, und Marie fuhr den Professor zum ›Kurfürstenhof‹ zurück.

»Sie haben sich großartig gehalten, Marie«, sagte er zum Abschied, »vergessen Sie nicht: Morgen bin ich es, der Sie abholt.«

»Ich werde auf der Straße auf Sie warten«, versprach sie.

Das tat sie dann auch. Bereits fünf Minuten vor der verabredeten Zeit stand sie vor dem Tor. Als der Professor in einem eleganten schwarzen Porsche 911 vorfuhr, erkannte sie ihn erst nicht, bis er das Fenster herabließ und ihr zuwinkte.

Sie lief zu ihm hin. »Ist das Ihr Auto?«

Er lächelte ihr zu. »Guten Morgen, Marie! Gefällt er Ihnen?«

»Was für eine Frage! Er ist großartig, das wissen Sie selbst. Aber Gregor wird natürlich platzen.«

»Was schert uns Gregor? Kommen Sie, steigen Sie ein!«

Marie zögerte. »Er ist viel zu schön, um damit zur Baustelle zu fahren.«

»Dazu ist er eigentlich auch nicht gemacht. Er ist mehr oder weniger eine Imponierkutsche.«

»Nehmen wir doch lieber mein Autochen, ja? Das ist noch ganz verdreckt von gestern.«

»Klingt vernünftig. Also, falls es Ihnen nichts ausmacht ...«

»Mir? Ach du lieber Himmel! Ich fahre Sie doch mit Vergnügen. Sie können Ihr Luxusgefährt in unserem Hof abstellen ... oder doch lieber nicht. In der Tiefgarage vom ›Kurfürstenhof‹ steht er sicherer.«

»Na gut. Ich warte dann vor der Haustür auf Sie.«

»Moment noch!« rief Marie. Er hatte schon den Gang eingelegt, um rückwärts in den Verkehr auf der Herzogstraße einzuscheren; jetzt bremste er. »Ja?«

»Würden Sie mir, bitte, noch helfen, das Tor zu öffnen?« fragte Marie und wußte selbst nicht, woher sie den Mut zu dieser Forderung nahm. »Natürlich kann ich es auch allein, aber zu zweit geht's leichter und schneller.«

Professor Reisinger parkte vor der Einfahrt und stieg aus. Marie hatte die Schlüssel für das große Tor schon aus ihrem Koffer gekramt und sperrte es auf. Gemeinsam schoben sie die schweren Flügel nach hinten.

»Danke«, sagte sie, »ich fahre Ihnen gleich hinterher.« Sie lief zu ihrem Auto, das halb versteckt hinter einem Lieferwagen der Computerfirma stand. Das Tor zu schließen war unnötig, es wäre ohnehin regulär in einer halben Stunde geöffnet worden.

Mit knapper Verspätung trafen sie auf der Baustelle ein, wo Gregor schon auf sie wartete. Der Tag verlief ohne Zwischenfälle. Marie hatte am Abend zuvor ihre Muskeln in einem heißen Bad entspannt und empfand die körperliche Arbeit nicht mehr als ganz so anstrengend. Reisingers Plaudereien aber als genauso interessant.

»Ich habe es mir überlegt«, erklärte sie während der Mittagspause, »ich komme morgen doch. Die Trauung meines Bruders ist um halb zwölf, also kann ich vorher noch gut und gern drei Stunden arbeiten. Umgezogen bin ich rasch.«

»Das ist nicht nötig, Marie«, wehrte Reisinger ab.

»Ich will es aber«, beharrte sie, »und außerdem muß ich Sie ja herbringen.«

»Und wie komme ich zurück?«

»Ausnahmsweise könnte Gregor Sie ja mal fahren.«

Dazu erklärte sich der junge Mann sofort bereit.

»Ich habe auch einen Entschluß gefaßt«, sagte Professor Reisinger, »wir werden am Karfreitag nicht arbeiten. Wir kommen so gut voran, daß wir es uns durchaus leisten können, den Feiertag zu heiligen.« Dagegen war nichts einzuwenden. Marie nahm die Entscheidung sogar mit einer gewissen Erleichterung auf. Sie war ihrem Professor gegenüber nicht mehr so schüchtern. Dennoch war die Vorstellung, einen ganzen Tag mit ihm allein zu verbringen, etwas erschreckend für sie gewesen. Nicht nur Gregor wollte ja zu Hause bleiben, auch von den Handwerkern, die häufig durch die Halle gingen, hin und wieder auch einmal stehenblieben und ihnen zuschauten, würde übermorgen niemand da sein. Sie überlegte, ob dies auch der Grund für den Professor gewesen war, die Karfreitagsarbeit ausfallen zu lassen. Natürlich wagte sie diesen Gedanken nicht einmal anzudeuten.

18

Die Trauung von Lilo und Günther Grabowsky fand in der Mandelstraße statt. Marie kam zwar nicht zu spät zum Standesamt, aber doch in allerletzter Minute, kurz bevor das Brautpaar aufgerufen wurde. Atemlos entschuldigte sie sich. In ihrem schlichten eleganten grauen Seidenkleid mit weißen Handschuhen und rasch geschminktem Gesicht sah sie bezaubernd aus.

Peter Hirsch strahlte sie an. »Hauptsache, du bist da!«

»Wir dachten schon, du würdest uns hängenlassen«, sagte Günther mürrisch.

Sie küßte ihn rasch auf die Wange. »Habe ich das je getan?«

»Dein Ausbleiben hat wirklich nichts zur allgemeinen Beruhigung beigetragen.«

Marie wandte sich an die Braut: »Ich hoffe nur, du bist mir nicht auch noch böse, Lilo. Ich hatte noch was zu tun.«

»Ich muß wohl dankbar sein, daß sich überhaupt ein Mitglied der hehren Sippe Forester zu uns herabläßt.«

Marie lachte und überhörte ihren Sarkasmus. »Nun, jetzt gehörst du ja auch gleich zu unserer ›hehren Sippe‹. Hoffentlich steigt es dir nicht zu Kopf.«

Der Aufruf der Standesbeamtin machte dem Geplänkel ein Ende. Die kleine Gesellschaft betrat einen hübschen, holzgetäfelten Raum. Durch hohe Fenster fiel das Licht des Frühlingstages herein.

Die Beamtin vollzog die Zeremonie ohne übertriebene Feierlichkeit, fand aber doch einige mahnende und ermunternde Worte über den Sinn der Ehe – Ausführungen, die sie wahrscheinlich schon mehr als hundertmal gemacht hatte, die sie aber jetzt ganz so vorbrachte, als wären sie einzig und allein auf Günther und Lilo gemünzt. Das Paar gab sich das Jawort, tauschte Ringe, was Marie nicht erwartet hatte, und dann waren sie Mann und Frau. Marie und Peter gratulierten, küßten die Braut und den Bräutigam, und Peter, einmal in Fahrt, küßte auch Marie. Sie ließ es lächelnd geschehen.

Dann mußten sich die Brautleute noch in ein großes Buch einschreiben, Lilo zum ersten Mal mit ihrem neuen Namen, danach kamen die Zeugen an die Reihe.

Im Vorraum knipste ein Berufsfotograf einige Bilder – das Brautpaar stehend, die Braut sitzend, der Bräutigam dahinter, und danach das Paar inmitten der Zeugen. Dann war alles vorüber.

Noch eine Weile standen sie auf der kleinen Treppe draußen im Sonnenlicht.

Lilo klammerte sich an Günthers Arm; sie war sehr schick in ihrem eierfarbenen Kostüm mit dazu passendem Hütchen. »Siehst du, Liebling, es war gar nichts dabei«, sagte sie.

»Es war schön«, meinte Marie.

»Kurz und schmerzlos«, erklärte Peter.

Günther schwieg. Ihm war wohl bewußt, dachte Marie, von welch gravierender Bedeutung diese kurze Amtshandlung tatsächlich war.

Peter hatte die Brautleute samt ihrem Gepäck von zu Hause abgeholt, zum Standesamt gefahren und wollte sie nach dem Essen zum Flughafen bringen. Jetzt forderte er Marie auf, ihr Auto stehenzulassen und bei ihm einzusteigen. Sie lehnte freundlich dankend ab, denn sie wollte unabhängig sein und nicht womöglich später notgedrungen noch ein paar Stunden mit ihm verbringen müssen.

Er verstand es, wollte aber gerade deswegen nicht aufgeben und drängte weiter. »Nun sei nicht so, Marie! Gib deinem Herzen einen Ruck!«

»Genau diese Art von Ruckerei ist es, die mein Herz nicht verträgt«, erwiderte sie lächelnd, wandte sich ab und ging zu ihrem Auto.

Wie sie sich schon gedacht hatte, war für das Hochzeitsessen ein Tisch bei ›Feinkost Käfer‹ bestellt worden. Marie gab sich nicht die Mühe, sich an Peters Auto anzuhängen, sie konnte ja sicher sein, spätestens bei ›Käfer‹ mit den anderen zusammenzutreffen. Sie fuhr quer durch die Stadt und über die Isar und stellte ihren Wagen auf dem Parkplatz des ›Österreichischen Gymnasiums‹ ab. Von dort aus ging sie zu Fuß.

Sie bedauerte, daß die Eltern sich nicht hatten erweichen lassen, zur Hochzeit zu kommen. Sie hatte den Vater angerufen und ihn angefleht. Aber es hatte alles nichts genutzt. Sie war mit ihren Argumenten wie gegen eine Wand gestoßen.

»Ich kann es Katharina nicht antun«, hatte Cornelius gesagt.

»Warum bringst du sie nicht zur Vernunft?«

»Unvernünftig ist einzig und allein Günthers Entscheidung.«

»Begreifst du denn nicht? Wenn ihr euch so kompromißlos gegen Lilo stellt, werdet ihr Günther verlieren.«

»Das ist ein Risiko, das wir eingehen müssen.«

Marie war betroffen gewesen, und sie war es immer noch. Daß die Eltern die Verbindung zu verhindern versucht hatten, konnte sie noch verstehen, aber daß sie jetzt nicht willens waren, sich in das Unabänderliche zu fügen, ging ihr nicht in den Kopf.

»Das kann ich Katharina nicht antun«, hatte der Vater gesagt – ein Satz, der sich ihr, wie sie glaubte, unauslöschlich eingeprägt hatte. Nun, es stimmte, mit ihr würde er bis ans Ende seiner Tage leben müssen. Aber bedeuteten sie und Günther ihm denn gar nichts mehr?

Marie erkannte, daß sie über das Ausbleiben der Eltern erleichtert sein mußte. Cornelius war zwar ein beherrschter Mann, dem man zutrauen konnte, daß er sich seine Enttäuschung nicht hätte anmerken lassen und zumindest Konversation gemacht hätte; Katharina jedoch war dazu nicht imstande. Sie würde der Zeremonie auf dem Standesamt mit steinerner Miene beigewohnt haben, nicht im geringsten darum bekümmert, daß sie durch ihre düstere Gegenwart allen anderen die Stimmung verdarb.

Als sie durch die Schwingtür das Feinkosthaus betrat,

schob Marie entschlossen alle trüben Gedanken weit von sich. Sie wollte vergnügt und heiter sein, um Lilo und Günther den Hochzeitstag nicht zu verderben. Zwar wäre sie sehr viel lieber bei Bernhard Reisinger und Gregor auf dem Bau geblieben, aber da es nicht sein konnte, wollte sie das Beste aus der Situation machen.

Oben angekommen, blieb sie etwas hilflos in dem großen, durch Stufen unterteilten Raum stehen. ›Käfer‹ war nicht gerade ein Lokal, in dem sie zu verkehren pflegte. Dann sah sie einen Geschäftsführer in schwarzem Smoking an einem Pult stehen. Er war dabei, eine Eintragung in einem gewaltigen Buch vorzunehmen. Sie schlängelte sich zu ihm durch, grüßte und fragte nach der ›Hochzeitsgesellschaft Grabowsky‹. Er sah auf, und sein Gesicht erhellte sich bei ihrem Anblick. Aber er mußte nachblättern, bevor er die richtige Reservierung fand.

Dann winkte er eine junge Frau herbei. Sie war mit schwarzem Rock, weißer Hemdbluse und karierter Weste sehr korrekt, vielleicht ein wenig streng gekleidet. Das intelligente Gesicht war makellos zurechtgemacht. Ihr gab der Geschäftsführer die Anweisung, ›die junge Dame‹ ins ›Meißner Stübchen‹ zu führen.

Marie folgte ihr einen gewundenen, teppichbelegten Gang entlang, der eng wirkte, weil er seitwärts mit alten Kinderwagen, Schaukelpferden und anderen urigen Antiquitäten ausgeschmückt war.

Vor einer offenen Tür blieb ihre Wegweiserin stehen. »Hier ist es, bitte!«

Marie warf einen Blick in den Raum. »Oh«, sagte sie überrascht, »ich bin die erste!«

»Darf ich Ihnen einen Aperitif bringen lassen? Einen Sherry vielleicht? Einen Erdbeercocktail oder ein Glas Champagner?«

»Danke, nein!« sagte Marie spontan, besann sich jedoch und fügte hinzu: »Ich hätte gern ein Glas Wasser.«

»Überkinger? Adelholzener? Perrier?«

»Perrier, bitte!«

Marie blieb allein und hatte Gelegenheit, sich gründlich umzusehen, ohne schlecht erzogen zu wirken. Der Raum war fensterlos, und beide Längswände waren mit Vitrinen verstellt, in denen kostbares altes Porzellan zu sehen war. Das wirkte hübsch und eindrucksvoll, aber Marie dachte unwillkürlich, daß jemand mit einem Schwips sich hier nie wohl fühlen könnte. Die Gefahr, gegen eine dieser Vitrinen zu stoßen, schien beträchtlich.

Der ovale Tisch war festlich gedeckt, mit Kerzen und Arrangements von hellroten Rosen geschmückt. Die Stühle, dunkel und hochlehnig, erinnerten Marie an jene im Speisezimmer ihres Elternhauses. Da sie Lilos Sitzordnung nicht vorgreifen wollte, blieb sie vorerst stehen und überlegte schon, daß es einigermaßen sonderbar wirken würde, wenn sie ihr Wasser einfach so mit sich herumtrug. Aber diese Sorge erwies sich als unbegründet. Die anderen waren vor dem Kellner da, brachen lachend und scherzend herein.

Es gab das übliche Hin und Her: »Wieso bist du schon da?« – »Wo habt ihr so lange gesteckt?« – »Immer diese verdammte Parkplatzsucherei!«

Lilo nahm an der einen Längsseite des Tisches Platz, rechts von ihr Günther; dann wies sie Peter an, sich ihr gegenüber hinzusetzen, Marie ihm zur Rechten. Auf ihren Tellern, unter den kunstvoll gefalteten Servietten, fanden sie eine in zierlichen, verschnörkelten Buchstaben ausgedruckte zusammengeklappte Karte. Auf der Vorderseite stand ›Hochzeit Lilo und Günther Grabowsky‹, darunter das Datum. Auf der Innenseite war die Speisenfolge des Menüs aufgeführt: ›Pilzessenz, Forelle blau, Wildschweinmedaillons, Walderdbeeren.‹ Marie stellte erleichtert fest, daß das Essen nicht allzu schwer sein würde.

Ein junger Kellner kam mit einer kleinen bauchigen Flasche Perrier, wollte wissen, wer es gewünscht hatte und schenkte sie Marie dann zur Hälfte ein.

»Marie, ich bitte dich!« rief Peter. »Du wirst doch an einem solchen Tag kein Wasser trinken?«
»O doch! Es ist mein Lieblingsgetränk, weißt du?«
Günther bestellte eine Flasche Champagner.
Aber Lilo redete es ihm aus: »Das ist zuviel. Denk daran, Peter muß uns ja noch zum Flughafen bringen. Für jeden ein Glas, ja?«
Der Kellner hielt den Kugelschreiber über seinem Auftragsblock gezückt und wartete die endgültige Entscheidung ab.
Sekundenlang schien es, als ob Günther verärgert wäre. Dann aber fing er sich wieder und lächelte seiner Frau zu. »Du hast natürlich recht, Liebling.« Er wandte sich an den Kellner: »Drei Gläser Champagner also, und bringen Sie mir dann bitte die Weinkarte!«
»Vier Gläser!« rief Peter dazwischen. »Marie sollte doch wenigstens einen Schluck zum Anstoßen bekommen.«
»Nein«, erklärte Günther resolut, »sie verträgt nichts.«
»Du hast einen verteufelt strengen Bruder, Marie.«
»Ich habe eine empfindliche Leber«, behauptete sie.
»Zu schade! Ich war nahe daran, dir einen Heiratsantrag zu machen, aber jetzt werd' ich mir das doch noch mal überlegen.«
Marie lachte. »Das kann ich nur zu gut verstehen.«
Der Champagner wurde serviert. Man stieß auf das neuvermählte Paar an, Marie mit ihrem Wasserglas. Günther suchte auf der Karte einen leichten Weißwein aus.
Peter konnte sich immer noch nicht damit abfinden, daß Marie keinen Alkohol trank. Er hielt ihr sein Glas an die Lippen. »Nimm ein Schlückchen von mir!«
Sie schüttelte den Kopf. »Du bist ein lieber Kerl, Peter, aber schrecklich schwer von Begriff.«
Der Champagner stieg allen rasch ins Blut, und die Stimmung wurde ausgelassen. Wie stets in solchen Situationen fühlte Marie, die nicht an der überschäumenden Laune der

anderen teilhaben konnte, sich sehr einsam. Sie sah, wie die Gesichter sich röteten, und erlebte mit, wie alberne Scherze als Geistesblitze bejubelt wurden. Sie spürte, daß ihr eigenes Lächeln immer verkrampfter wurde.

»Mein Gott«, rief Lilo, »mir wird ganz schwindlig! Ich hätte heute früh doch etwas essen sollen.«

»Hast du nicht?« hakte Peter nach. »Das war ein Fehler.«

»Ich hätte nichts runtergebracht. Ob ihr's glaubt oder nicht: Ich war aufgeregt wie ein kleines Mädchen.«

»Man heiratet ja auch nicht alle Tage«, sagte Marie, nur um etwas zur Unterhaltung beizutragen.

Obwohl sie ihre Bemerkung dumm und banal fand, wunderte sie sich nicht, daß die anderen darüber lachen konnten. Sie war froh, als die ›Pilzessenz‹ aufgetragen wurde, die sich als eine klare, aromatische Suppe entpuppte. Zur Forelle ließ Günther dann den Wein einschenken und bestellte für Marie eine zweite Flasche Perrier. Die Unterhaltung floß weiter mühelos, ohne daß ein ernsthaftes Thema zur Sprache kam. Man lobte das Essen, den Wein und stellte Mutmaßungen an, wie das Wetter in Venedig sein würde.

Marie langweilte sich.

Die Wildschweinmedaillons wurden serviert, mit Preiselbeeren, Kartoffelkroketten und einer delikaten Sauce, und mit gebührender Begeisterung verzehrt, eine zweite Flasche Wein serviert und geleert.

»Du bist ja so still, Marie«, sagte Peter.

»Mir schmeckt's, und ich amüsiere mich«, behauptete sie.

»Laß dir nichts vormachen, Peter!« sagte Lilo. »Sie trauert über den Verlust ihres geliebten Bruders.«

»Keinen Streit bitte!« sagte Günther scharf.

Marie blickte ihrer Schwägerin gelassen in das leicht angespannte Gesicht. »Ich hoffe sehr, daß ihr glücklich werdet.«

»Im Klartext heißt das: Du zweifelst daran.«

»Ich weiß so wenig darüber, wie ihr euch euer künftiges Leben vorstellt. Ihr habt mir nie etwas darüber erzählt.«

»Es scheint dir entgangen zu sein, daß wir schon seit Jahren zusammen sind.«

»Aber nun seid ihr verheiratet. Das verändert doch einiges.«

»Ich bin jetzt seine Frau – Lilo Grabowsky, und eines Tages werde ich Frau Doktor sein.«

»Ja, wer seinen Doktor nicht selbst macht, muß ihn erheiraten«, witzelte Peter.

Die kleine Spannung löste sich.

Marie hätte gern gefragt, ob Lilo Kinder haben wollte und ob sie sich vorstellen könnte, später einmal ins ›Schottenhaus‹ zu ziehen, nicht aus müßiger Neugier, sondern weil sie den Eltern gern darüber berichtet hätte. Aber sie unterließ es, weil Lilos Aggressivität deutlich zu spüren war – eine Aggressivität, die sich nicht so sehr gegen ihre eigene Person, sondern gegen sie als die Vertreterin der Familie Forester richtete.

»Ich denke nicht, daß ich Günther von heute ab ganz und gar verloren habe«, sagte sie friedfertig, »sondern ihr werdet mir doch erlauben, euch hin und wieder zu besuchen.«

»Du bist jederzeit willkommen, Marie«, sagte Günther rasch, »das ist doch selbstverständlich.«

»Obwohl du dich bisher«, fügte Lilo hinzu, »nicht gerade umwerfend um uns gekümmert hast.«

»Bisher«, erwiderte Marie lächelnd, »wart ihr ja auch noch nicht verheiratet.«

»Bravo, Marie!« rief Peter. »Das war eine glänzende Replik!« Er bot ihr eine Zigarette an. »Oder rauchst du etwa auch nicht?«

»Selten«, sagte sie und bediente sich.

Er gab ihr Feuer.

Auch Günther und Lilo rauchten.

»Wir sind schon alle wieder so verdammt nüchtern!« behauptete er. »Wie wäre es, wenn wir zum Kaffee noch einen Cognac nähmen?«

»Ihr dürft euch das erlauben«, entgegnete Peter, »ich nicht. Ich muß euch ja noch chauffieren.«

»Möchtest du, Lilo?«

»Gerne, man heiratet schließlich nur einmal.« Dann merkte sie, daß das nicht den Tatsachen entsprach und verbesserte sich: »Das wird heute meine letzte Hochzeit sein.«

»Und wenn nicht«, sagte Peter, »macht's schließlich auch nichts.«

Günther und Marie lachten.

Aber Lilo schoß ihm einen bösen Blick zu. »Du kannst manchmal recht ungehobelt sein. Im Umgang mit deinen Patienten wirst du höflicher sein müssen.«

»Bin ich ins Fettnäpfchen getreten?« fragte Peter unbekümmert. »Tut mir leid, Lilo, es war nicht böse gemeint. Ich wollte nur ausdrücken, daß Heiraten doch Spaß macht. Das habe ich heute erst so richtig gemerkt.«

Das Essen zog sich in die Länge. Die Walderdbeeren wurden serviert; sie waren winzig, schmeckten süß und herb zugleich. Marie nahm ein wenig Crème fraîche dazu und dachte, daß sie sich heute das Abendessen sparen konnte. Dann kam der Kaffee – Lilo, Günther und Peter hatten sich einen doppelten Espresso bestellt, Marie einen kleinen – und die jungen Eheleute gönnten sich einen alten Cognac dazu. Alle kosteten von dem kleinen Backwerk, das zum Kaffee gereicht wurde. Das Gespräch plätscherte dahin.

Marie unterdrückte das Verlangen, auf die Uhr zu schauen; sie wußte, daß es ohnehin zu spät war, noch zur Baustelle hinauszufahren. Aber das sinnlose Gerede und die unterschwellige Spannung ermüdeten sie.

Sie atmete auf, als Peter mahnte: »Jetzt wird's aber Zeit, Leute! Wir wollen doch nicht auf den letzten Drücker zum Flughafen kommen.«

Günther ließ sich die Rechnung bringen, schob seine Kreditkarte auf das Silbertablett und unterschrieb, als der Kellner das Formular brachte, mit der Würde eines Familienvaters, wobei er nicht vergaß, ein Trinkgeld einzusetzen. Marie überlegte, ob er tatsächlich die Kosten für das üppige Mahl übernommen hatte oder ob Lilo ihm das Geld zurückgeben würde. Jedenfalls machte es so einen besseren Eindruck, als wenn sie gleich selbst gezahlt hätte.

»Fährst du mit uns zum Flughafen?« fragte Günther seine Schwester.

Sie waren auf den Flur hinausgetreten.

»Nein, laßt uns lieber hier Abschied nehmen. Wir wollen es nicht zu feierlich machen.«

Als sie die Treppe hinuntergingen, drängte Peter sich an Maries Seite. »Wann sehen wir uns wieder?«

»Sobald du dein Staatsexamen in der Tasche hast.«

»Ist das ein Versprechen?«

»Du kannst mich jederzeit anrufen. Günther hat meine Nummer.«

»Das werde ich tun. Verlaß dich drauf!«

An der Straßenecke vor dem Feinkosthaus küßte Marie ihren Bruder und wünschte ihm alles Gute.

»Paß auf dich auf, Marie!« sagte er. »Wir melden uns, sobald wir zurück sind.«

Lilo begleitete diese Darstellung geschwisterlicher Liebe mit einem Lächeln, hinter dem sie jedoch einen Anflug von Eifersucht nicht verbergen konnte.

Marie umarmte die Schwägerin innig – nicht aus einem Impuls heraus, sondern sie hatte das schon lange vorgehabt, ohne daß sich ihr bisher eine Gelegenheit geboten hätte. »Glaub mir, Lilo«, sagte sie eindringlich, »ich bin nicht gegen dich. Schreib dir das hinter die Ohren.«

Peter ließ es sich nicht nehmen, Marie zum Abschied zu küssen. Dann hielt er sie auf Armeslänge von sich und sagte: »Etwas Gutes scheint es doch zu haben, wenn man nicht trinkt.«

Sie lachte. »Eine ganze Menge sogar.«

»Du bist die einzige von uns, die noch taufrisch wirkt.«

»Danke für die Blumen. Aber jetzt zischt los, sonst verpaßt ihr noch den Flieger.«

Marie sah den anderen nach, die sich in Richtung Holbeinstraße auf den Weg zu Peters Auto machten. Lilo drehte sich noch einmal um und winkte ihr zu. Marie nahm es als ein gutes Zeichen.

19 Eine knappe Stunde später schloß Marie die Tür zu ihrem Atelier auf. Sie war mit einer großen Tüte beladen, denn sie hatte die Gelegenheit wahrgenommen, bei Käfer für die Osterfeiertage einzukaufen. Es war voll vor den einzelnen Theken gewesen, aber die Bedienung hatte, liebenswürdig und geduldig, dem Ansturm standgehalten.

Marie verstaute ihre Delikatessen im Eisschrank und legte das Obst – drei Apfelsinen und drei Kiwis – auf eine Kristallschale, die sie auf den kleinen Tisch im Wohnbereich ihres Ateliers stellte. Dann zog sie ihr seidenes Kleid aus, tat es über einen Bügel und hängte es zum Lüften an den Garderobenständer. Dann streifte sie ein leichtes Baumwollkleid über, tauschte ihre hochhackigen Pumps gegen bequeme flache Schuhe und machte sich daran, ihre Zeichenutensilien hervorzuholen. Dabei fiel ihr Blick auf eine Gardenie, die sie vor wenigen Tagen gekauft hatte. Die Topfpflanze hatte ihr gefallen, und sie hatte mit dem Gedanken gespielt, sich eine der samtig weißen Blüten zur Feier der Hochzeit an ihr Kleid zu stecken. Das war ihr dann doch zu übertrieben erschienen, und sie hatte darauf verzichtet.

Jetzt stellte sie fest, daß die Pflanze sich verwandelt hatte. Zwischen den kräftig grünen, stark gemaserten Blättern zeigte sich nur noch eine der Blüten im ursprünglichen Weiß, zwei hatten sich in verschiedenen Nuancen gelb verfärbt, eine vierte, noch immer durchaus ansehnlich, war schon bräunlich geworden und stand kurz vor dem Verwelken. Darüber hinaus hatte die Pflanze noch einige vielversprechende dicke, eiförmige Knospen.

Marie war fasziniert. Die Pflanze schien ihr Vorfrühling, Frühling, Sommer und Herbst gleichzeitig zu repräsentieren – Werden, Blühen und Vergehen. Wenn sie nicht sofort etwas unternahm, die Erscheinung festzuhalten, würde sie für immer verloren sein. Ohne Zweifel würde die Gardenie sich bis zum morgigen Tag wieder verändert haben, vielleicht zu einem Bild des Verfalls geworden sein.

Ursprünglich hatte Marie vorgehabt, im ›Englischen Garten‹ auf Motivsuche zu gehen. Nun wechselte sie rasch ihr Kleid gegen einen weißen Kittel und machte sich daran, die einzelnen Farbtöne festzuhalten. Dazu benutzte sie Chinesischweiß, Zitronengelb bis Goldgelb, Ocker bis Römischbraun, Grün, Seegrün und Laubgrün, je nach Lichteinfall für die Blätter. Sie traute sich zu, die Pflanze als Ölbild zu verewigen, aber sie wußte, die Zeit würde nicht reichen, es heute noch fertigzustellen. Deshalb legte sie nur die Farben fest und begann die Gardenie dann sehr behutsam und genau zu skizzieren. Bis zum Abend gelang es ihr, die Zeichnung zu vollenden. Selten war sie mit einer ihrer Arbeiten so zufrieden gewesen. Aber die Beine schmerzten ihr, und das künstliche Licht wäre für ihre Malerei nicht günstig gewesen. Sie freute sich schon auf den kommenden Tag, hoffte, es würde ihr gelingen, das Ölbild in einem Wurf auf die Leinwand zu bannen.

Froh gestimmt räumte sie auf, machte sich für die Nacht zurecht, ging zu Bett, las bei Radiomusik noch ein paar Seiten in ihrem spanischen Roman, bevor sie einschlief.

Jäh erwachte sie mit einem Gefühl des Grauens, das ihr nur zu bekannt war. Verschwommen sah sie ein Gerüst vor sich – war es jenes Gerüst der Baustelle, auf der sie arbeitete? –, hörte einen gräßlichen Schrei und sah es zusammenbrechen. Eine Gestalt im hellblauen Overall – war es sie selbst oder Bernhard Reisinger? – stürzte in die Tiefe.

Marie saß aufrecht im Bett; sie war schweißgebadet. Hatte sie das Unheil nur geträumt oder war es eine ihrer Visionen gewesen? Sie wußte es nicht. Weniger denn je war sie auf ein derartiges Ereignis vorbereitet gewesen. Sie brauchte einige Minuten, um zu sich zu kommen.

Sie tastete nach ihrem Wecker. Es war sechs Uhr. Um diese Zeit war sie in den letzten Tagen aufgestanden, um Professor Reisinger abzuholen und nach Giesing zu fahren. Aber heute brauchte sie das nicht, sie hatte frei.

Ohne zu überlegen, kletterte sie aus dem Bett, wusch sich, zog sich an und schlüpfte in ihren Overall. Eine Macht, die stärker war als sie selbst, trieb sie zur Baustelle hinaus. Sie mußte sich überzeugen, ob die Gefahr, die sie erschreckt hatte, real oder nur ein Hirngespinst war.

Die Baustelle lag verlassen, kein Fahrzeug stand auf dem Parkplatz, der Eingang zur neuen Post war mit Brettern verbarrikadiert.

Marie ließ sich nicht aufhalten. Mit aller Kraft, über die sie verfügte, riß sie eines der überquerstehenden Bretter, die Unbefugten den Eintritt verwehren sollten, ab und schlüpfte durch das entstandene Loch in die Halle. Dabei mußte sie auch daran denken, daß dies auch leicht bösen Buben möglich gewesen wäre, um sich Baumaterial anzueignen oder Zerstörungen anzurichten.

Das Gerüst stand wie immer an der hohen Wand. Farbeimer und Pinsel waren sorgfältig aufgeräumt, auch der Bretterstapel, auf dem sie, Gregor und Reisinger sich auszuruhen pflegten, war noch vorhanden. Kein Eindruck hätte friedlicher und harmloser sein können. Dennoch tat Marie, was sie sich vorgenommen hatte. Sie kletterte auf das Gerüst hinauf und untersuchte die Tragfähigkeit und die Verankerung jeden einzelnen Brettes. Um sich nicht selbst in Gefahr zu bringen, arbeitete sie sich die Leitern hinauf, von unten nach oben. Alles schien in Ordnung. Keines der Bretter war morsch oder angeknackst, jedes saß fest.

Dann, als sie links oben auf dem äußersten Brett, ihrem alten Arbeitsplatz, stand und das Brett in der Mitte untersuchte, über das der Professor einmal zu ihr herübergekommen war, fand sie den Fehler. Sie kniete sich daneben.

Die Stimme Bernhard Reisingers ließ sie zusammenfahren. Sie war so mit ihrer Entdeckung beschäftigt gewesen, daß sie ihn nicht hatte hereinkommen hören.

»Marie, um Himmels willen, was machen Sie denn da?« fragte er laut.

Fast hätte sie das Gleichgewicht verloren. Sie klammerte sich an die Leiter. »Ich hab's!« rief sie.

»Was haben Sie?«

»Kommen Sie herauf, dann werden Sie es sehen.« Sie wies auf die ihr gegenüberliegende Leiter. »Aber treten Sie nur ja nicht auf das mittlere Brett!«

Professor Reisinger, im Overall arbeitsmäßig angezogen wie sie selbst, stieg herauf.

»Was sehen Sie?« fragte Marie.

Er bückte sich. »Das Brett scheint ein paar Zentimeter überzustehen.«

»Es scheint nicht nur so, es ist so. Auf meiner Seite ist es zu knapp befestigt. Die Schrauben an den Klemmen können nicht richtig greifen. Ich klettere jetzt runter, damit Sie sich selbst vergewissern können. Aber treten Sie nur ja nicht auf das Brett!«

Beide stiegen hinab und begegneten sich vor dem Gerüst.

»Guten Morgen, Marie!« sagte er. »Darf ich fragen, was Sie hier zu tun haben? Wußten Sie mit Ihrem freien Tag nichts anzufangen?«

»O doch, Herr Professor! Ich wollte mich nur überzeugen, ob das Gerüst auch in Ordnung ist.«

»Sie sind ein seltsames Mädchen.«

»Überhaupt nicht. Mir ist nur eingefallen, daß wir das Gerüst nie untersucht haben.«

»Es ist von Fachleuten errichtet.«

»Ich weiß. Aber es geht doch um unsere Sicherheit.«

Der Professor kletterte auf Maries Seite hinauf, bis das fragliche Brett in seiner Sichthöhe war. »Großer Gott, Sie haben recht!« rief er erschrocken. »Es ist total schlampig befestigt.« Er kam wieder herunter.

»Ein Glück für Gregor, daß er dort nicht arbeiten wollte.«

»Wie sind Sie daraufgekommen, Marie?«

Sie zuckte die Achseln.

»Ein Traum?«

»Ich bin mir nicht sicher.«

Mit Mühe hielt sie dem durchdringenden Blick seiner grünen, goldgesprenkelten Augen stand.

»Ich weiß nicht, wie ich Ihnen danken soll, Marie. Stellen Sie sich vor, gerade heute wollte ich im Mittelteil arbeiten.«

»Als wenn ich es geahnt hätte.«

»Sie haben es geahnt, nicht wahr, Marie?«

»Komischerweise – ja.«

»Sie haben häufig solche Ahnungen?«

»Hin und wieder.«

»Und dann unternehmen Sie etwas?«

»Ja.«

»Gelingt es Ihnen, das Unheil abzuwenden?«

»Leider nicht immer.«

Er packte sie bei den Schultern und schüttelte sie leicht. »Marie, Marie, was soll ich dazu sagen?«

»Diesmal ist es ja gutgegangen.«

Einen Augenblick schien es, als wollte er sie in die Arme nehmen. Dann aber tat er das Gegenteil: Er ließ sie los, stieß sie sogar von sich.

Marie hatte das Gefühl, sich verteidigen zu müssen. »Ich glaube, Gregor hat es auch gespürt. Er konnte es nur nicht ausdrücken. Deshalb wollte er nicht hinauf. Dabei hatte er doch vorher behauptet, er sei schwindelfrei.«

»Jedenfalls wird ihm diese Erklärung sehr willkommen sein.«

»Bitte erzählen Sie es ihm nicht!«

»Sie wollen nicht, daß die anderen es erfahren?«

»Natürlich nicht. Es war Pech, daß Sie mich erwischt haben.«

»Und was hätten Sie getan, wenn ich nicht gekommen wäre?«

»Darüber habe ich noch nicht nachgedacht.«

»Aber ich weiß, was wir jetzt unternehmen werden. Wir gehen ins Wirtshaus, und ich rufe die Firma an.«

»Heute ist Karfreitag«, erinnerte sie ihn.

»Darauf kann ich in diesem Fall keine Rücksicht nehmen. Kommen Sie mit, Marie! Ich wette, Sie haben noch nicht gefrühstückt. Während Sie etwas zu sich nehmen, werde ich telefonieren.«

Gemeinsam machten sie sich daran, den Eingang zur Posthalle wenigstens notdürftig zu verbarrikadieren. Marie staunte, wie geschickt Reisinger dabei vorging. Er scheute sich nicht, mit seinen schmalen, sensitiven Künstlerhänden kräftig zuzupacken.

Eine halbe Stunde später – Marie und ihr Professor waren, mit Mineralwasserflaschen beladen, auf dem Rückweg zur Post – kurvte ein Kombi mit quietschenden Rädern auf den provisorischen Parkplatz und hielt mit einem dramatischen Ruck neben Reisingers Porsche.

»Wenn er mir jetzt auch noch in meine Karre fährt«, sagte Reisinger, »kann er was erleben.«

Aber nichts dergleichen geschah. Der Chef der Firma ›Leiter und Gerüste Moser‹, den sie aus seiner Feiertagsruhe aufgescheucht hatten, wollte nur seiner Verärgerung bildhaft Ausdruck geben. Er war ein mächtiger Mann mit breiten

Schultern und einem Glatzkopf, gekleidet in einen grauen Anzug, mit weißem Hemd und Krawatte.

Er stürmte auf Marie und Reisinger zu und brüllte sie an, ohne sich Zeit für einen Gruß zu nehmen: »Was, zum Teufel, haben Sie hier heute überhaupt zu suchen?«

»Als Künstler«, entgegnete Reisinger gelassen, »sind meine Arbeitszeiten nicht an vorgeschriebene Tage gebunden.«

»Ich bin hierhergefahren, weil ich mir dachte, daß mit dem Gerüst etwas nicht in Ordnung ist«, erklärte Marie.

Er starrte sie aus geröteten Augen wütend an. »So, das dachten Sie also?«

Marie ließ sich nicht einschüchtern. »Ja.«

»Verstehen Sie etwas vom Gerüstebau?«

»Genug, um zu erkennen, daß ein Brett nicht richtig befestigt ist.«

»Dann lassen Sie sich eines sagen: Ich arbeite seit dreißig Jahren im Gerüstebau, und bei mir kommt so etwas nicht vor.«

Jetzt mischte Reisinger sich ein. »Hören Sie auf, meine Schülerin anzuschreien. Sie hat den Fehler ja nicht gemacht, sondern entdeckt.«

»Frauen«, schnaubte Moser, »haben am Bau nichts zu suchen. Sie bringen nur Unglück, und das nicht nur am Bau.«

Marie lachte. »Eine wahrhaft bewundernswerte Einstellung.«

»Reden Sie nicht länger herum«, drängte Reisinger, »sondern sehen Sie sich den Schaden endlich an.«

»Ich werde das Gerüst morgen früh von meinen Leuten überprüfen lassen.«

»Nein. Sie werden es selber reparieren, und zwar sofort.«

»Ich warne Sie! Eine Meisterstunde wird Sie teuer zu stehen kommen, und Sie werden mir das aus Ihrer eigenen Tasche bezahlen. Für solche Mätzchen kommt die Post nicht auf.«

»Gerade weil Sie der Meister sind, will ich, daß Sie sich

persönlich mit dem Fall befassen. Oder wäre es Ihnen lieber, ich engagiere einen Gutachter und gehe vor Gericht?«

»Für Ihre Drohungen werden Sie mir geradestehen müssen.«

»Mit Vergnügen! Falls Sie meinen Namen am Telefon nicht genau verstanden haben – ich bin Professor Bernhard Reisinger.«

Moser wollte sich nicht anmerken lassen, daß der Titel ihn beeindruckte. »Ein Professor sind Sie? Na ja.«

Reisinger hob die Mineralwasserflaschen auf, die er vor der Begegnung zu Boden gestellt hatte. »Also los, Mann, machen Sie schon!«

Marie folgte seinem Beispiel, und zusammen gingen sie auf den Eingang der Posthalle zu. Der Professor machte keine Anstalten, die Balken zu entfernen, und gab auch Marie ein Zeichen, diese Arbeit dem Fachmann zu überlassen. Moser tat es mit brutaler Gewalt. »Also, was soll das Ganze?« rief er. »Das Gerüst steht doch!«

Marie deutete nach oben. »Das mittlere Brett ist nicht richtig befestigt.«

»Gewäsch! Ich werde Ihnen das Gegenteil beweisen.« Moser machte sich daran hinaufzuklettern, schwungvoll wie ein Athlet.

»Er wird doch nicht?« fragte Marie angstvoll.

»Keine Sorge!« Reisinger legte ihr beruhigend eine Hand auf die Schulter. »Seinen Hals wird er schon nicht riskieren, nur um uns zu imponieren.«

Tatsächlich entdeckte Moser schon beim Aufstieg, daß das mittlere Brett überlappte. Er grunzte etwas Unverständliches, stieg ganz nach oben und trat darauf, aber jetzt doch sehr, sehr vorsichtig. »Da seht ihr's!« rief er. »Es hält!«

Er balancierte hinüber, und es war ihm anzumerken, wie erleichtert er war, als er die jenseitige Leiter erreicht hatte. Beim Hinabsteigen untersuchte er das schlecht verklemmte Brett. »Na ja«, gab er endlich zu, »das sieht nicht sehr schön aus.«

»Die Untertreibung des Jahres!« rief Reisinger. »Es ist eine unsägliche Schlamperei, und das wissen Sie sehr gut.«

»Kann mal vorkommen«, brummte der Mann. »Wie gesagt, ich werde morgen früh ...«

»Nein, Sie werden es jetzt richten!« fiel ihm Reisinger ins Wort. »Jetzt sofort!«

Moser sprang zu Boden und sah an sich herunter. »Ich bin nicht entsprechend angezogen«, brummte er.

»Sie brauchen Ihren Anzug doch nur auszuziehen. Wir lassen Sie allein, wenn es Ihnen peinlich ist.«

Mosers Kopf war puterrot geworden. »Wenn Sie darauf bestehen ...«

»Ja, das tue ich.«

Endlich gab der Mann sich geschlagen. »Muß nur noch mein Handwerkszeug holen«, murmelte er und verließ die Baustelle.

»Gehn wir raus, Marie. Wenn wir zusehen, wie der rummurkst, geht's bestimmt nicht schneller.«

An der Rückseite des Gebäudes fanden sie einen Platz, auf den die Sonne schien, und ließen sich auf einem Holzstapel nieder.

»Ich wußte gar nicht, daß Sie so energisch sein können«, bemerkte Marie.

»Das muß man zuweilen.«

»Zu uns sind Sie nie so.«

»Ihr seid ja auch vergleichsweise harmlose Schäfchen.«

»Ach«, sagte Marie lachend.

»Nicht, daß ich euch alle über einen Kamm schere«, erläuterte er, »aber ihr seid doch alle jung, mehr oder weniger davon besessen, zu lernen und etwas aus eurem Leben zu machen, kurzum keine Gegner. Vielleicht wird der eine oder andere von euch später mal ein Rivale werden.«

»Und mit dem werden Sie dann anders umspringen? Keine sehr angenehme Vorstellung.«

»Wenn man sich durchsetzen will, muß man nicht nur mit

List und Schläue vorgehen, sondern auch mal die Ellenbogen gebrauchen. Sonst bleibt man auf der Strecke.«

Sie seufzte. »Das könnte ich nie.«

»Sie werden das auch nicht nötig haben, Marie. Sie haben andere Waffen.«

»Waffen?« wiederholte sie erstaunt.

»Sie wecken in Ihren Mitmenschen das Bedürfnis, Sie zu beschützen und Ihnen das Leben zu erleichtern. Haben Sie das noch nie bemerkt?«

Sie dachte nach. »Nein«, sagte sie dann mit Bestimmtheit, »das habe ich nicht, und ich glaube auch nicht, daß dem so ist.«

»Mir ist es jedenfalls von Anfang an mit Ihnen so ergangen.«

»Dann müssen Sie die große Ausnahme sein.«

»Nein, Marie. Sie strömen etwas aus, was einen zu Ihnen hinzieht.«

»Das bilden Sie sich nur ein«, protestierte Marie spontan und fügte, über sich selbst erschrocken, rasch hinzu: »Entschuldigen Sie bitte! Ich wollte nicht unverschämt sein.«

Er lächelte sie an. »Mir ist es lieber, Sie sind ein bißchen frech, als daß Sie sich immer so vollkommen beherrschen. Sie machen es Ihren Mitmenschen sehr schwer, an Sie heranzukommen. Wahrscheinlich ist das auch der Grund, warum Sie die Sympathie nicht fühlen, die Sie auslösen.«

Marie sprang auf. »Ich möchte mir ein bißchen die Beine vertreten«, erklärte sie.

»Sie haben es nicht gerne, wenn man über Sie spricht, nicht wahr?«

»Ich hasse es!«

»Warum?«

Sie zuckte die Achseln.

»Sie sind von einer Aura der Einsamkeit umgeben, Marie.«

»Ich mag einfach niemanden mit meinen Problemen belemmern.«

»Das ist ein Fehler. Zum zwischenmenschlichen Kontakt gehört nicht nur, daß man zuhört – das können Sie ja ausgezeichnet –, sondern auch, daß man sich aussprechen kann.«

»Sie haben recht«, sagte Marie. Ihr wurde bewußt, daß sie immer darauf gewartet hatte, daß jemand sich mit ihren Problemen befassen würde, aber niemals hatte sie es ausdrücklich verlangt. Sie war verletzt, weil weder ihr Vater noch Katharina noch Günther sich damit hatten auseinandersetzen wollen. Aber sie hatte es nicht über sich gebracht, ihre Verzweiflung offen zu zeigen. Vielleicht war es ein Fehler gewesen, daß sie keine Forderungen gestellt hatte.

»Werden Sie sich ändern, Marie?« fragte Reisinger.

»Ich fürchte, ich kann es nicht.« Sie dachte an Paul Sanner, dem sie so viel von sich preisgegeben und der sie dann bitter enttäuscht hatte.

»Sie haben kein Vertrauen, ist es das?«

»Vertrauen ist gefährlich.«

Jetzt stand auch er auf. »Jedenfalls haben Sie mir heute das Leben gerettet.«

»Vielleicht auch nur mir selbst.«

»Nein, mir. Ich bin es, der ahnungslos auf das mittlere Brett geklettert wäre. Wissen Sie, was das bedeutet?«

»Sie brauchen mir nicht besonders dankbar zu sein ...«

Er ließ sie nicht aussprechen. »Nein, darauf will ich nicht hinaus. Ich will Ihnen klarmachen, daß Sie von nun an für mich verantwortlich sind.«

»Oh!« machte sie, und dann sagte sie: »Aber das war doch nur bei den alten Chinesen so.«

»Genau in diesem Punkt denke und fühle ich wie ein Chinese.«

»Da habe ich aber Glück, daß Sie durchaus ein Mann sind, der für sich selbst sorgen und einstehen kann. Sie brauchen mich nicht.«

»Da wäre ich mir an Ihrer Stelle gar nicht so sicher.«

Ein nie gekanntes Glücksgefühl überkam sie, und sie

kämpfte mit all ihrer Kraft dagegen an. Sei keine Gans! ermahnte sie sich. Nimm ihn nicht ernst! Er ist ein versierter Flirter. Mach dir bloß selbst nichts vor!

Er lächelte, als könnte er ihre Gedanken lesen. »Sie mißtrauen sogar sich selbst, Marie.«

»Nein, ich ...« Sie war froh, daß ihre Erklärung, von der sie wußte, daß sie wenig glaubwürdig klingen würde, unterbrochen wurde.

Moser kam um die Ecke, in einem sauberen grauen Overall – er hatte also, entgegen seiner Behauptung, seine Arbeitskleidung dabeigehabt –, seine Werkzeugtasche unter dem Arm. »Jetzt sitzt das Brett!« verkündete er. »Sie können Tango darauf tanzen, wenn Sie wollen.«

»Das ist nicht gerade das, was wir vorhaben«, entgegnete Reisinger.

»Es tut uns leid, daß wir Sie stören mußten, Herr Moser«, sagte Marie freundlich, doch mit einiger Ironie.

»Entschuldigen muß ich mich ja wohl.« Er kratzte sich hinter dem Ohr. »Aber erst hab' ich gedacht, ihr spinnt's – hab' schon allerhand durchgemacht mit hysterischen Weibsbildern. Na, und dann ist mir halt der Schreck in die Knochen gefahren ...«

»Und Sie haben Ihren Ärger an uns ausgelassen«, ergänzte Marie.

»Sauber hätt' ich dagestanden, wenn was passiert wäre.«

»Es ist ja noch einmal gutgegangen.«

»Weil ihr aufgepaßt habt. Schönen Dank auch, sage ich. Aber der, wenn ich den erwische, der da geschlampt hat, der kann was erleben.« Der Meister wünschte ihnen noch einen schönen Tag und trollte sich dann zu seinem Kombi.

»Dann werde ich mich jetzt mal an die Arbeit machen«, sagte Reisinger.

»Ich auch!« Da Marie nicht wußte, ob ihm ihr Angebot willkommen war, fügte sie hinzu: »Da ich nun schon einmal hier bin.«

Aber er machte keinen Versuch, sie nach Hause zu schikken.

Vierzehn Tage später war das Wandgemälde fertig. Es kam zwar noch nicht voll zur Geltung, weil das Gerüst es verstellte – Reisinger wollte es, der besseren Haltbarkeit wegen, noch mit farblosem Acryldispersionslack überstreichen lassen –, aber es war jetzt schon zu sehen, daß es in seiner Farbenpracht der Halle eine ausgesprochen heitere Note verleihen würde. Niemandem, der hier warten mußte, würde die Zeit lang werden. Selbst Gregor gab zu, daß es gelungen war, und Marie war stolz auf ihre Arbeit, als handelte es sich um einen eigenen Entwurf. Ein wenig traurig war sie aber auch, weil dies das Ende der Gemeinsamkeit mit ihrem Professor, ihren Plauderstunden und Neckereien war.

Er merkte es wohl. »Es kann wieder mal was anfallen, wobei ich eure Mitarbeit brauche, meine jungen Freunde«, sagte er tröstend.

»Wollen Sie nicht zum Abschluß einen ausgeben?« schlug Gregor vor.

»In unseren bespritzten Overalls können wir uns kaum irgendwo sehen lassen, aber kommt mit zu mir. Ich habe ein paar Flaschen Bier im Eisschrank, und wir können uns eine Pizza heraufkommen lassen, einverstanden?«

»Ein bißchen phantasielos«, wagte Marie einzuwenden.

Die Männer sahen sie an.

»Ich könnte was kochen«, fügte sie hinzu, »Steaks und Salat vielleicht. Das geht schnell.«

»Eine gute Idee!« stimmte Reisinger zu. »Aber wenn schon gekocht wird, dann von uns allen zusammen.«

»Aber warum soll ich nicht ...«, begann Marie.

Er ließ sie nicht aussprechen. »Ich weiß, daß es Ihnen nichts ausmachen würde, Marie, aber ich lasse mich nun mal nicht gerne bedienen. Das gehört sich meiner Meinung nach nicht für einen erwachsenen Menschen.«

»Interessant«, meinte Gregor, »Ihre Frau wird zu beneiden sein, falls Sie dann auch noch an Ihrem Standpunkt festhalten.«

Marie dachte, daß dem Professor viel daran liegen mußte, seine Unabhängigkeit zu bewahren, aber sie sprach es nicht aus. Somit war das Thema erledigt.

Gemeinsam kauften sie noch in Giesing ein, unter vielen Scherzen und Gelächter, ausgelassen wie Kinder, deren Ferien gerade begonnen haben. Dabei, dachte Marie, stand ihnen genau das Gegenteil bevor: die ereignislose und zuweilen sogar nervende Unterrichtszeit. Aber sie ließ sich von der guten Laune der Männer anstecken.

In Reisingers geräumiger Küche im ›Kurfürstenhof‹ wurden dann die Rollen verteilt. Es stellte sich heraus, daß Gregor nicht kochen konnte. Er wurde dazu verdonnert, Zwiebeln und Schnittlauch zu schneiden. Marie übernahm das Putzen des Salates und bereitete auch die Sauce, während Reisinger sich um die Steaks kümmerte.

Die Mahlzeit geriet prächtig. Man überschüttete sich gegenseitig mit Lob, und die Männer, die fleißig Bier tranken, wurden immer vergnügter. Marie hingegen, die sich an ihr Mineralwasser hielt, wurde still und stiller. Sie merkte es selbst, und mit Anstrengung gelang es ihr, hin und wieder einen Satz, eine Frage oder ein Lachen in die Unterhaltung einzubringen.

»Was ist mit Ihnen?« fragte Reisinger besorgt. »Warum sind Sie denn nicht fröhlich?«

»Das stimmt nicht. Ich bin vergnügt, ja, ich glaube, ich bin sogar glücklich.«

»Aber?«

»So ein Tag wie heute wird nie wieder kommen!« platzte sie heraus.

»Oh, Marie, Marie, wie kann man nur so dumm sein! Es liegen noch Tausende solcher Tage vor Ihnen, Tage, an denen Sie noch viel glücklicher sein werden als heute.«

Sie lächelte ihn entschuldigend an. »Natürlich haben Sie recht. Es war blöd von mir, so etwas zu sagen. Wahrscheinlich ist mir das nur plötzlich so vorgekommen, weil ich anfange, müde zu werden.«

»Also keine böse Ahnung?«

»Was soll das heißen?« fragte Gregor dazwischen.

»Nein«, versicherte Marie, »überhaupt nicht.«

»Nun, dann verkündige ich hiermit das Ende unserer Party. Sie, Marie, fahren gleich nach Hause ...«

»Erst muß die Küche aufgeräumt sein.«

»Das Geschirr in die Maschine stellen kann ich auch allein.«

»Daran zweifle ich nicht, Herr Professor. Aber ich gehöre auch zu den Menschen, die sich nicht gern bedienen lassen.«

»Ich schon«, erklärte Gregor, streckte seine Beine unter dem Tisch und zündete sich eine neue Zigarette an. »Mir macht das gar nichts aus.«

Sie forderten ihn nicht auf, ihnen zu helfen. Reisinger versorgte Geschirr und Besteck in der Maschine, Marie spülte die Holzbrettchen und Küchenmesser mit der Hand ab und wischte den Tisch sauber. Dann war alles erledigt, und es galt, Abschied zu nehmen.

Reisinger machte es kurz. »Wir sehen uns dann Mittwoch im Institut«, sagte er.

Marie bewahrte Haltung und rang sich ein Lächeln ab. »Bis dann also!«

Während Reisinger und Gregor noch ein paar Worte wechselten, ging sie sehr aufrecht zur Tür.

Es war noch heller Tag, als Marie nach Hause fuhr. Dennoch fühlte sie sich wie ausgelaugt. Sie war sehr früh aufgestanden, und die Ausgelassenheit der anderen hatte sie erschöpft. Außerdem ärgerte sie sich über sich selbst. Gregor, an dessen Meinung ihr sehr wenig und Reisinger, an dessen Meinung ihr ungeheuer viel lag, mußten sie für eine fade Person halten. Sie hatte sich dämlich benommen. Wenn schon die Fröhlichkeit der anderen eine gewisse Melancholie bei ihr hervorgerufen hatte – das war ihr nicht zum ersten Mal passiert –, hätte sie sich diese Stimmung wenigstens nicht anmerken lassen sollen. Jetzt kam sie sich selber wie eine Spielverderberin vor.

Das Tor in der Herzogstraße war noch nicht geschlossen, und so konnte sie geradewegs in den Hof hineinfahren. Sie parkte ihr Auto, stieg aus und schloß ab. Die Grüße und Zurufe zweier Männer, die Computer in einen Lieferwagen luden, erwiderte sie nur mit einem flüchtigen Lächeln. Sie war erfüllt von dem Wunsch, allein zu sein.

Plötzlich stand Paul Sanner vor ihr. Wie aus dem Nichts war er aufgetaucht, er mußte sich wohl hinter einem der Autos verborgen haben. »Hallo, Marie!« rief er mit einem etwas unsicheren Lächeln. »Endlich erwisch' ich dich!«

Nie war sie weniger erfreut gewesen, ihm zu begegnen. »Was fällt dir ein, mir aufzulauern?« fauchte sie ihn an.

Er hielt ihr ein rundes, flaches, in Stanniolpapier eingewickeltes Etwas entgegen. »Ich habe dir eine Engadiner Nußtorte mitgebracht.«

»Iß sie selber!«

»Aber, Marie ...«

»Ich mag es nicht, wenn man mich überfällt. Das habe ich dir schon mehrmals gesagt. Wenn du was von mir willst, dann ruf mich vorher an.«

»Ich hab's ja versucht, aber ich habe dich nie erreicht.«

»Dein Pech. Jetzt laß mich gefälligst in Frieden.«

»Aber Marie, sei doch nicht so!«

»Merkst du nicht, daß du mir auf den Wecker fällst?«

Sie stieß ihn zur Seite und ging an ihm vorbei auf die Tür zum Hinterhaus zu.

Er lief ihr nach. »Ich werde dich bestimmt nicht lange aufhalten!«

»Du bildest dir doch nicht ein, daß ich dich mit nach oben nehme?«

»Nur auf ein paar Minuten!«

»Nein. Schwing dich!«

Er blieb ihr auf den Fersen.

Sie drehte sich plötzlich um. »Muß ich Gewalt anwenden?«

Er war gegen sie geprallt und ins Stolpern geraten. »Das würdest du doch nie tun.«

»Und ob! Wenn du dich nicht verzischst, kannst du was erleben.«

Es wurde ihm bewußt, daß sie nicht nur größer war als er, sondern wohl auch stärker. Dennoch ließ er sich nicht einschüchtern, sondern vertraute darauf, daß sie nicht brutal sein könnte. »Marie«, flehte er, »so hab doch ein Herz!«

Vielleicht hätte sie sich erweichen lassen, nur um der peinlichen Szene ein Ende zu machen.

Aber da rief einer der beiden Angestellten herüber: »Was ist los, Marie? Belästigt Sie der Typ?«

»Ja, leider.«

»Wenn Sie es wünschen, setzen wir ihn auf die Straße.«

»Das wäre nett von Ihnen.«

Drohend näherten sich die beiden Männer.

Mit Pauls Tapferkeit war es vorbei. »Tun Sie mir nichts«, rief er, »ich geh' ja schon.« Er flüchtete sich zum Tor, drehte sich dann aber noch einmal um. »Ich ruf dich an, Marie!«

Doch da war sie schon im Haus verschwunden.

Später, als sie in der Badewanne lag und sich endlich entspannte, kam es ihr vor, als wäre sie unnötig grob zu Paul gewesen. Sie überlegte, was er von ihr gewollt haben mochte. Aber es interessierte sie nicht wirklich. Er war nicht mehr so adrett gewesen wie zu Beginn ihrer Bekanntschaft. Anscheinend lebte er jetzt tatsächlich von seiner Frau getrennt und hatte niemanden mehr, der ihm die Hemden bügelte. Armer Paul! Sie bereute es fast, daß sie ihn so schlecht behandelt hatte.

Aber vielleicht war es auch ganz gut so. Vielleicht war sie jetzt für immer von ihm befreit.

Beim Unterricht im ›Privatinstitut Geissler‹ verhielt sich Professor Reisinger Gregor und Marie gegenüber betont distanziert, sehr viel unpersönlicher als vor den Osterferien, die sie zusammen verbracht hatten. Vielleicht wollte er damit verhindern, daß einer von beiden sich einen vertraulichen Ton herausnahm oder die anderen sich zurückgesetzt fühlten. Marie verstand das sehr gut, aber es schmerzte sie dennoch. Sie hoffte nur, es könnte ihr helfen, ihre Fixierung auf ihn loszuwerden. Der immer wieder aufflammende Wunsch, sich ihm ohne Wenn und Aber, auf Gedeih und Verderben in die Arme zu werfen, erschreckte sie. Er war wider jede Vernunft. Es kostete sie sehr viel Kraft, äußerlich kühl zu bleiben.

Als er sie einige Wochen später nach dem Unterricht zu sich rief – sie allein –, war sie mehr als überrascht. Während die anderen lachend und schwatzend das Klassenzimmer verließen und das Modell sich noch anzog, trat sie so gelassen, wie es ihr möglich war, auf ihn zu. Sie sagte nichts, sah ihn nur fragend an.

»Marie«, sagte er, »was ich Sie schon lange fragen wollte: Haben Sie inzwischen Ihre Bewerbung bei der Kunstakademie eingereicht?«

»Nein. Wieso?«

»Die Anmeldefrist läuft Ende Juni ab, und jetzt haben wir Mai.«

Sie war verwirrt, denn sie hatte sich darauf eingestellt, noch ein weiteres Jahr das Privatinstitut zu besuchen. Der Verdacht schoß ihr durch den Kopf, daß er sie loswerden wollte. Aber sie verwarf ihn sofort wieder. Sie hatte sich immer korrekt verhalten. Es war unmöglich, daß sie ihm lästig geworden war.

»Ich könnte Ihnen helfen, Ihre besten Arbeiten zusammenzustellen«, schlug er vor.

Sie fand die Sprache wieder. »Ja, glauben Sie denn, daß ich schon soweit bin?«

»Unbedingt.«

»Da bin ich mir nicht so sicher.«

»Typisch! Wenn Ihnen niemand einen Anstoß gibt, werden Sie bis ans Ende Ihrer Jahre hier sitzen und Ihre Fingerübungen machen.«

»Das ist nicht wahr!« protestierte sie verletzt.

Er lächelte. »Um so besser! Also tun Sie schleunigst, was ich Ihnen gesagt habe. Wie gesagt, ich bin gern bereit, Ihnen dabei zu helfen.«

»Danke, Herr Professor, aber das wird nicht nötig sein.«

»Warum so kratzbürstig?«

»Weil Sie mich wie ein Baby behandeln.«

Er lachte. »Das kommt Ihnen aber wirklich nur so vor, Marie. Seit wann schickt man Babys auf die Kunstakademie?«

Darauf wußte sie keine Antwort.

»Werden Sie also meinen Rat befolgen?«

»Ja, Herr Professor.«

Das Modell, ein alter Mann, hatte sich inzwischen angezogen und kam hinter dem Paravent hervor. Er bat den Professor um seine Unterschrift, damit er sich seine Gage abholen konnte, und verabschiedete sich dann. Marie war stehengeblieben.

»Noch etwas?« fragte Reisinger.

»Ich habe ein Ölbild gemalt. Ob ich es mit einreichen soll?«

»Es gefällt Ihnen also?«

»Es ist das Beste, was ich je gemacht habe.«

»Gemälde abzugeben ist nicht üblich. Aber zeigen Sie es mir!«

»Ja, Herr Professor.«

»Keine Ausreden bitte. Bringen Sie es mit, gleich in die nächste Stunde.«

»Mache ich.«

Natürlich wollten Susanne und Anita unbedingt wissen, warum ›Reisi‹ sie zu sich gerufen hatte. Aber sie verriet es ihnen nicht. Sie war entschlossen, erst dann zuzugeben, daß sie ihre Bewerbung eingereicht hatte, wenn sie wirklich aufgenommen war. Ihre Verschwiegenheit führte natürlich zu Neckereien, die in abenteuerliche Mutmaßungen ausarteten. Doch das nahm Marie gelassen in Kauf. So konnten die Freundinnen wenigstens nicht glauben, sie litte an Selbstüberschätzung oder – was ihr noch unangenehmer gewesen wäre – der Professor bewertete ihr Talent zu hoch. Sie fürchtete, daß die anderen, nicht zuletzt der ehrgeizige Gregor, ihr das ernstlich übelnehmen könnten.

Gleich nach ihrer Heimkehr machte Marie sich daran, ihre besten Arbeiten zusammenzustellen. Das war gar nicht so einfach. Immer wieder schwankte sie zwischen zwei fast gleichwertigen Skizzen. Nachträglich fand sie es dumm, daß sie Reisingers Hilfe abgelehnt hatte. Aber sein Vorschlag war so überraschend gekommen, daß sie sich geradezu überfahren gefühlt hatte. Nachdem sie eine gute Stunde sortiert und wieder umsortiert hatte, war sie nahe daran, ihn nachträglich doch noch um Hilfe zu bitten. Aber das wäre einer Niederlage gleichgekommen, deshalb machte sie mit zusammengebissenen Zähnen weiter.

Mitten in der Nacht stand sie noch einmal auf, um ihre Auswahl zu überprüfen. Aber sie fand nichts daran auszusetzen, und um nicht noch einmal in Zweifel zu geraten, brachte sie die Mappe gleich am nächsten Morgen zur ›Akademie der Bildenden Künste‹ in der Akademiestraße und gab sie einschließlich ihrer anderen Bewerbungsunterlagen im Sekretariat ab.

Danach fühlte sie sich wesentlich besser. Ein entscheidender Schritt war getan. Wenn es diesmal nicht klappte, würde sie es eben nächstes Jahr noch einmal versuchen müssen. Doch obwohl sie selbst gar nicht auf den Gedanken gekommen wäre, sich um einen Platz auf der Kunstakademie zu bemühen – sie wußte, von Hunderten von Bewerbern wurde höchstens eine Handvoll genommen –, war sie jetzt doch voller Zuversicht. Sie vertraute auf Reisingers Urteil.

Es kostete sie Überwindung, ihr Ölbild zum nächsten Unterricht mitzubringen. Es war ein kleines Gemälde, 25 x 35 Zentimeter, und stellte die Gardenie dar. Sie hatte es mit einfachen Leisten rahmen lassen, und es schmückte jetzt die Wand über ihrem Bett. Nur sehr widerstrebend nahm sie es ab und steckte es in einen Leinenbezug.

Wenn sie diesmal ihr Versprechen nicht hielt, mußte Reisinger sie für eine dumme Gans halten. Vielleicht würde es ihn auch auf die Idee bringen, sie noch einmal in ihrem Atelier aufzusuchen, und sie war sich nicht sicher, ob sie ihre Gefühle dann würde unter Kontrolle halten können. Also brachte sie es zum nächsten ›Anatomischen Zeichnen‹ mit.

Mit steinerner Miene enthüllte sie ihr Gemälde vor der Klasse.

Die Reaktionen ihrer Mitschüler waren nicht gerade überwältigend. Aber das nahm Marie hin. Sie wußte, daß die Ursache aller kritischen Bemerkungen meist nichts anderes als purer Neid war. Das Aufleuchten in Reisingers ausdrucksvollen Augen hatte ihr mehr als jeder Kommentar bestätigt, daß es eine gute Arbeit war.

»Also, meiner Ansicht nach«, mäkelte Gregor, »ist das nichts als platter Realismus.«

»Ich habe nicht den Eindruck, daß Marie die Natur nur abgemalt hat«, erklärte Professor Reisinger.

»Stimmt, ich habe einiges hinzugefügt. Alle Knospen waren noch ganz grün. Ich habe diese hier einen Spalt breit geöffnet, so daß das kommende Weiß sichtbar wird, und diese arme, ganz verwelkte Blüte war beim Stadium des Malens noch nicht da. Ich habe sie hinzugefügt.«

»Wollen Sie mit dem Bild etwas aussagen?«

»Es spricht doch für sich selbst.«

»Ja?«

»Es zeigt, wie schnell Schönheit vergeht!« Professor Reisinger wandte sich an die Klasse:

»Schreiben Sie sich das hinter die Ohren, meine jungen Freunde!« Er sah Marie in die Augen. »Ein wundervolles Bild. Wenn Sie sich einen Namen gemacht haben, wird es bestimmt einen Käufer finden.«

»Ich werde es nie hergeben. Dazu liebe ich es zu sehr.«

In gehobener Stimmung kehrte Marie auf ihren Platz zurück. Die wohlwollende Beurteilung ihres Professors machte sie glücklich. Aber selbst wenn auch er an ihrem Werk herumkritisiert hätte, wäre das nur halb so schlimm gewesen, dachte sie. Wichtig war, daß sie den Mut gefunden hatte, ihr Werk zu präsentieren. Von nun an war sie bereit, sich als Künstlerin der Öffentlichkeit zu stellen.

20

In der Nacht darauf hatte Marie einen grauenhaften Traum. Es war ihr, als wären Dämonen losgelassen, welche die Menschen in einen bodenlosen Schlund reißen wollten.

Sie erwachte schweißgebadet und völlig außer sich. Mondlicht erfüllte ihr Atelier mit gespenstisch bleichem Glanz.

Sie versuchte, ihr Erlebnis abzutun. Es war nur ein Traum, sagte sie sich, ein Traum, nichts weiter.

Ja, es war nur ein Traum gewesen, keine jener Visionen, die sie im wachen Zustand überfielen. Aber dennoch war ihr, als müßte er eine Bedeutung haben. Sie fühlte, daß etwas Schreckliches bevorstand, nicht unmittelbar, aber es würde geschehen. Obwohl ihr vor Angst die Zähne klapperten, wußte sie, daß das Grauen nichts mit ihr zu tun hatte, sondern mit Menschen, die ihr nahestanden.

Angestrengt versuchte sie, sich an Einzelheiten zu erinnern. Eine Explosion, Schreie, splitterndes Glas, glühendes Metall, Blut, Blut, Ströme von Blut, zerrissene Körper.

Eine Gasexplosion? Nein. Es war ihr, als hätte das Entsetzliche vor einem Haus stattgefunden, einer grauen Mauer, einem Portal, einem öffentlichen Gebäude. Eine Bombe wahrscheinlich.

Und wer von all den Menschen, die zu Schaden kamen, stand ihr nahe? Bernhard Reisinger? Nein! Ihr Bruder? Auch nicht. Niemand aus ihrem Kurs.

Plötzlich hatte sie die Antwort: Paul Sanner.

Es wurde ihr übel bei dieser Vorstellung. Paul, ausgerechnet Paul, der hübsche, charmante Junge mit den schönen blauen Augen und dem weichen gelockten Haar.

Sie mußte versuchen, das Unglück zu verhindern. Aber was tun? Sie wußte nicht, wann und wo die Bombe hochgehen würde. Wenn sie sich an die Polizei wandte, würde man sie nur auslachen. Falls sie aber an jemanden geraten würde, der sie ernst nahm, würde man sie zumindest verdächtigen, Verbindung zu einer Terrororganisation zu haben. Man würde sie stundenlang verhören und nicht begreifen, daß sie nur ihren Traum schildern konnte.

Blieb nur die Möglichkeit eines anonymen Hinweises. Aber der konnte nur etwas nutzen, wenn sie wenigstens das Gebäude angeben konnte, wo es passieren würde. Sie mußte versuchen, es zu finden.

Nachdem sie diesen Entschluß gefaßt hatte, wurde ihr besser. Auf nackten Sohlen ging sie in die Küche, goß sich ein Glas Milch ein, nahm es mit ans Bett und trank es sehr langsam, in kleinen Schlucken, aus. Danach schlief sie ein, total erschöpft.

Am nächsten Morgen fuhr sie ihr Auto aus dem Hof und machte sich auf die Suche. Sie war entschlossen, dem Unterricht im Institut fernzubleiben. Nichts war jetzt wichtiger, als das Gebäude zu finden. Einen Stadtplan auf dem Beifahrersitz, kurvte sie kreuz und quer durch München. Bei jedem Amt hielt sie an. Aber sie fand nicht das Portal, das sie nur kurz, fast blitzartig in ihrem Traum wahrgenommen hatte, oder wenn sie auf das Richtige traf, konnte sie es doch nicht identifizieren.

Drei Tage lang hielt sie durch, war von morgens bis abends unterwegs. Erst nachdem sie auch jeden Außenbezirk abgeklappert hatte, gab sie auf. Sie mußte sich eingestehen, daß es sinnlos war.

Wenn Paul sie doch aufsuchen würde! Sosehr sie sich auch über sein letztes unangemeldetes Auftauchen geärgert hatte, so sehr wünschte sie ihn jetzt herbei, damit sie ihn warnen konnte. Aber sie mußte sich eingestehen, daß das sehr unwahrscheinlich war, nachdem sie ihn das letzte Mal so schlecht behandelt hatte. Ihr blieb nur noch die Möglichkeit, von sich aus Verbindung mit ihm aufzunehmen. Sie wußte zwar nicht, wo er Unterschlupf gefunden hatte, aber sicher stand er noch unter seiner alten Adresse im Telefonbuch.

Diese Idee erwies sich als richtig. Marie rief am Abend an, und seine Frau meldete sich.

»Hier spricht Marie Forester«, begann sie das Gespräch. »Frau Sanner, ich weiß nicht, ob Sie sich noch an mich erinnern ...«

»Aber sicher! Sie sind doch das Flittchen, das mir meinen Mann genommen hat.«

»Das habe ich nicht, Frau Sanner! Paul und ich sind total auseinander.«

»Was wollen Sie dann noch?«

»Würden Sie mir bitte seine Adresse geben?«

»Damit Sie ihn wieder einfangen können?«

»Das ist überhaupt nicht meine Absicht, Frau Sanner. Bitte hören Sie mir nur fünf Minuten zu! Ich fürchte, daß er in Gefahr ist.«

»Unsinn!«

»Ja, es ist durchaus möglich, daß ich mich irre, aber ich habe das Gefühl ...«

»Sie werden mir doch nicht weismachen wollen, daß Sie das Zweite Gesicht haben? Paul ist ein Phantast, bei dem zieht das. Aber mir dürfen Sie damit nicht kommen.«

»Bitte, Frau Sanner, sagen Sie mir, wo er wohnt!«

»Das könnte Ihnen so passen.«

»Dann sagen Sie ihm wenigstens, daß ich angerufen habe.«

»Damit er wieder zu Ihnen rennt?«

»Damit ich ihn warnen kann. Er soll sich bitte in nächster Zeit von allen Häusern fernhalten, die ein Portal haben, von allen öffentlichen Gebäuden.«

»Einen größeren Quatsch habe ich noch nie gehört.«

»Auch wenn Sie mir nicht glauben wollen – es kann doch nicht schaden, wenn er vorsichtig ist.«

»Lassen Sie ihn endlich in Ruhe!«

»Er hat sich doch von Ihnen getrennt, jedenfalls hat er mir das gesagt, also kann es Ihnen doch ganz egal sein ...«

Nora Sanner fiel ihr ins Wort: »Wenn eine Schlampe ihn ruiniert? Sie werden lachen, das ist mir keineswegs gleichgültig. Ich habe endgültig genug von Ihnen, und Paul auch. Falls Sie uns noch einmal belästigen, werde ich die Polizei hinzuziehen.«

Marie hörte, wie die andere den Hörer auf die Gabel knallte. Sie war niedergeschmettert. Nichts, gar nichts hatte sie mit ihrem Anruf erreicht. Wahrscheinlich, dachte sie, wäre es klüger gewesen, Nora Sanner in ihrer Wohnung aufzusuchen, anstatt zu telefonieren. Vielleicht hätte sie sie, Auge in Auge, doch beeindrucken können. Aber dazu war es jetzt zu spät. Sie hatte die Gelegenheit verpaßt.

Eine quälende Woche lang war Marie nicht ins ›Institut Geissler‹ gegangen. Sie hatte weder zeichnen noch malen noch lesen können. Nicht einmal die Musik war ihr ein Trost gewesen.

Aber es war nichts passiert.

Endlich begriff sie, daß es so nicht weitergehen konnte. Sie mußte ihr normales Leben wieder aufnehmen, wenn sie nicht vor die Hunde gehen wollte. Sie durfte sich nicht verrückt machen lassen. Vielleicht, redete sie sich ein, hatte sie sich ja auch getäuscht, Bedeutung in einen Alptraum gelegt, die ihm nicht zukam. Sie entschloß sich, wieder zum Unterricht zu gehen.

Die Freundinnen fragten nicht viel. Marie sah so elend aus, daß man annehmen mußte, sie wäre krank gewesen. Tiefe bläuliche Schatten lagen um ihre Augen.

»Geht's dir wieder besser?« fragte Susanne teilnahmsvoll, und Anita erklärte: »Fein, daß du wieder da bist!«

Marie war froh, nicht lügen zu müssen.

Auch Professor Reisinger stellte keine Fragen, sondern blickte sie nur sehr aufmerksam an. Marie spürte, daß er sich Gedanken ihretwegen machte, und senkte den Blick. Er trat hinter sie, als sie ihre ersten Striche zu Papier brachte. Sie konnte das Zittern ihrer Hände nicht verbergen.

Gregor Krykowsky stürmte in die Klasse – es war fünf Minuten nach Unterrichtsbeginn – und schrie: »Ein Attentat! Ich habe es gerade im Autoradio gehört. Vor einem Zeitungsgebäude ist eine Bombe explodiert! Mindestens zwölf Personen sind verletzt. Es handelt sich um ...«

Marie hörte nichts mehr. Es war ihr, als versänke sie in einen samtschwarzen Abgrund. Dann verlosch ihr Bewußtsein.

Als Marie wieder zu sich kam, sah sie geradewegs in Bernhard Reisingers Augen, die sie liebevoll und besorgt beobachteten.

»Du bist lange weg gewesen, Marie«, sagte er, »wir wollten schon den Notarzt rufen.«

Sie wußte nicht, wo sie war, aber sie wollte nicht danach fragen. Sie wunderte sich, daß er sie duzte. Tatsächlich kam es ihr so vor, als wäre sie gestorben und in einer anderen Welt. »Es tut mir leid«, sagte sie schwach.

Dann merkte sie, daß sie nicht mit Reisinger allein war. Die alte Frau Geissler stand hinter ihm und lächelte ihr ermunternd zu. Marie begriff, daß sie nicht im Himmel war, sondern daß man sie in Frau Geisslers Wohnung gebracht hatte.

Jetzt reichte die alte Dame Reisinger ein Glas mit Cognac. Er legte den Arm um Marie, richtete ihren Oberkörper auf und führte das Glas an ihre Lippen.

»Aber ich darf keinen Alkohol …«, krächzte sie.

»Trinken Sie nur, Kindchen«, drängte Frau Geissler, »es wird Ihnen guttun!«

Marie öffnete den Mund, um zu protestieren. Aber sie war zu schwach, und er nutzte die Gelegenheit ihr den Cognac einzuflößen. Sie wehrte sich nicht dagegen. Heiß rann ihr das Getränk durch die Brust, brannte in ihrem Magen und löste ihre Verkrampfung. Sie fühlte sich plötzlich befreit und geradezu ein wenig schwindlig.

»Das war doch gar nicht schlimm, Marie?« fragte er lächelnd.

»Nein, nicht … natürlich nicht«, stammelte sie, »nur nachher, wenn ich allein bin, dann … dann gerät die Welt für mich aus den Fugen.«

»Ich lasse dich nicht allein, Marie«, erklärte er mit Nachdruck.

Da tat sie etwas, das für sie in normalem Zustand völlig unvorstellbar gewesen wäre. Sie warf sich ihm an die Brust und brach in Tränen aus.

Er ließ sie weinen, hielt sie tröstend umfangen, streichelte ihren Rücken und drückte kleine Küsse auf ihr Haar und ihre Wangen.

Es dauerte lange, bis der Sturm vorüber war. Dann gab er ihr ein großes weißes Taschentuch. Sie trocknete ihre Tränen und putzte sich die Nase.

»Ist es nun gut?« fragte er.

»Verzeihen Sie mir!«

»Da gibt es nichts zu verzeihen. Was eben geschehen ist, habe ich mir schon lange gewünscht. Jetzt wirst du mir alles erzählen – alles, was ich noch nicht weiß.«

»Sie werden mich auslachen, Herr Professor ...«

»Weg mit dem ›Professor‹! Für dich bin ich es nicht mehr. Und weg auch mit dem ›Sie‹.«

»Aber ich kann nicht ...«

»Doch, du kannst es. Versuch es nur! Sag: ›Bernd, ich habe Vertrauen zu dir!‹«

Sie sprach die Worte nach und wunderte sich, wie glatt sie ihr über die Lippen gingen.

»... und ich habe dich lieb«, soufflierte er weiter.

»Ich bin ganz wahnsinnig in dich verliebt«, gab sie zu.

»Trifft sich wunderbar.« Jetzt war er es, der sie in die Arme nahm. »Ich liebe dich nämlich.« Er küßte sie mit zärtlicher Leidenschaft.

Frau Geissler ging nicht aus dem Zimmer, aber sie trat diskret ans Fenster und schaute in den Garten hinunter.

»Es ist mir egal, ob du es ernst meinst oder mit mir spielst ...«, begann Marie.

»Wie kommst du darauf, ich könnte mit dir spielen?«

»Aber ein Mann wie du ...«

»Ich bin nur ein ziemlich normaler Mann, aber du bist ein ganz ungewöhnliches Mädchen. Streite es nicht ab: Du siehst hinter die Dinge und auch in die Zukunft.«

»Nur selten, und es macht mich nicht glücklich.«

»Du wirst lernen, deine Hellsichtigkeit in deine Kunst einzubringen.«

»Ich will es versuchen.«

»Es wird dir schon gelingen, und je stärker du deine ungewöhnliche Begabung sublimierst, werden auch die Schrekkensvisionen schwächer werden.«

»Aber zuweilen sind sie doch nötig, damit ich ...«

»Du darfst deine Aufgabe nicht darin sehen, die Welt zu retten. Wenn ein Unglück geschehen soll, dann geschieht es, auch wenn du dich auf den Kopf stellst.«

»Aber ich hatte mehr als einmal die Möglichkeit, eines zu verhindern.«

»Dann war es so bestimmt, Marie. Laß dich durch das alles nicht verrückt machen. Von jetzt ab – wenn du etwas siehst oder träumst oder ahnst – wirst du immer erst zu mir kommen. Wir werden darüber sprechen und gemeinsam überlegen, was zu tun ist.«

Aus verweinten Augen strahlte sie ihn an. »Das wäre schön, Bernd! Du hältst mich also nicht für hysterisch oder ...«

»Ich halte dich für das, was du tatsächlich bist: ein ganz wunderbares Mädchen!«

Es stellte sich heraus, daß Paul Sanner tatsächlich zu den Opfern der Explosion gehörte. Eine Autobombe war von Terroristen vor dem Eingang eines Gebäudes gezündet worden, das im Besitz eines bekannten Münchner Zeitungsverlages war. Die Polizei vermutete, daß es sich bei den Attentätern um eine rechtsextremistische Gruppe handelte, die Rache für eine betont ausländerfreundliche Artikelserie nehmen wollte.

Damit hatte Paul allerdings nichts zu tun. Er hatte aus anderweitigen beruflichen Gründen das Verlagshaus betreten wollen, war aber zu seinem Glück noch so weit entfernt gewesen, daß er nicht ins Zentrum der Explosion geraten war. Dennoch hatte die Druckwelle ihn zu Boden geschleudert, und Teile des Autowracks hatten ihn schwer an Kopf und Beinen verletzt. Man hatte ihn ins ›Klinikum Rechts der Isar‹ gebracht.

Marie besuchte ihn dort zehn Tage später. Als sie durch die Eingangshalle schritt, die fast einer Einkaufsstraße glich, erinnerte sie sich daran, daß sie schon einmal hier gewesen war. Damals hatte ihr Bruder im Krankenhaus gelegen. Sie war zu ihm geeilt, mit dem Gefühl, sich um ihn kümmern zu müssen. Dabei hatte er sie gar nicht gebraucht, weil Lilo für ihn dagewesen war. Der Vorfall schien ihr Jahre zurückzuliegen, aber als sie jetzt nachrechnete, kam sie darauf, daß seitdem kaum mehr als acht Monate vergangen waren. Aber was war in dieser Zeit nicht alles geschehen? Sie und ihr Leben hatten sich völlig verwandelt.

An einem der Kioske erstand sie einen Stapel Magazine für Paul und hoffte, daß er schon wieder so weit auf dem Weg der Besserung war, daß er sie lesen konnte. Dann eilte sie weiter, orientierte sich an einer der großen Orientierungstafeln und lief durch lange Korridore, Treppen hinauf, bis sie das Zimmer fand, in dem Paul lag.

Obwohl sein Kopf bandagiert war, erkannte Marie ihn sofort. Sie war erleichtert, daß seine schönen blauen Augen mit den dichten dunklen Wimpern unbeschadet geblieben waren. Er war sauber rasiert und hatte auf der linken Wange ein riesiges Pflaster.

Als sie eintrat, hörte er Radio, zog die Stöpsel aber sofort heraus. »Marie!« rief er. »Schön, daß du auch einmal nach mir schaust!«

»Ich wußte nicht, wann du so weit genesen warst, um wieder Besuch empfangen zu können.«

»Das sollte auch kein Vorwurf sein, Marie. Ich freue mich ja so, daß du überhaupt gekommen bist. Wenn dein Ausdruck auch nicht ganz zu einem Krankenbesuch paßt.«

»Ich habe dir ein paar Illustrierte mitgebracht«, sagte sie und legte die Zeitschriften auf seinen Nachttisch.

Er ließ sich nicht von dem Thema abbringen. »Du strahlst wie eine Katze, die den Sahnetopf ausgeschleckt hat.«

»Ich bin so froh, daß du überlebt hast.«

»Unkraut vergeht nicht!« meinte er scherzhaft. »Das hast du als Kind sicher auch oft gesagt. Aber bitte, setz dich doch!«

Sie zog sich einen Stuhl heran, nahm Platz und schlug die Beine übereinander.

Er erinnerte sich, daß sie früher die Füße immer brav nebeneinander gestellt hatte. »Du hast dich sehr verändert«, bemerkte er.

»Ich habe versucht, dich zu warnen, Paul.«

»Ja, ich weiß. Nora hat es mir erzählt. Die Arme ist ganz geknickt, daß sie dir nicht geglaubt hat. Sie macht sich schreckliche Vorwürfe, und ich habe sie ihr nicht ausgeredet. Ein bißchen Reue ist immer heilsam. Dabei wäre es sicher auch passiert, wenn ich es vorher gewußt hätte. Ich hätte mich doch nicht einfach ins Bett legen können.«

»Vorsichtiger wärst du wahrscheinlich doch gewesen.«

»Ja schon. Aber ob es mir was genutzt hätte? Ich denke, es war mir so bestimmt.«

»Mag sein. Das ist ein weites Feld. Darüber könnte man stundenlang reden.«

»Aber du hast wenig Zeit.«

»Wie geht es dir, Paul? Wie lautet der ärztliche Befund?«

»Mein Kopf hat zum Glück keinen ernsthaften Schaden erlitten, nur ein paar äußere Verletzungen. Die wird man nicht mehr sehen, wenn erst die Haare wieder gewachsen sind, versichert man mir. Und natürlich eine Gehirnerschütterung, also halb so wild.« Er tippte auf das Pflaster. »Hier werde ich eine sehr markante Narbe behalten, falls ich mich nicht einer Schönheitsoperation unterziehe. Aber ich denke, das werde ich sein lassen. Der Schmiß wird mir eine interessante Note verleihen.«

Marie lachte. »Paul, du bist unverbesserlich.«

»Nur mein linkes Bein«, berichtete er, »das ist leider futsch.«

Ihr Lachen erstarb. »Oh, Paul!«

»Sie mußten es abnehmen, zum Glück unter dem Knie.

Reg dich also nicht auf. Ich werde wieder laufen können, sogar tanzen, hat mir der Professor versichert.«

»Was sagt Nora dazu?«

»Sie will mich wieder zurückhaben. Das ist jedenfalls mein Eindruck. Sie glaubt, das Unglück hat mich geläutert.«

»Und du?«

»Ob ich geläutert bin?«

»Ob du zu ihr zurückwillst?«

»Weiß ich noch nicht. Es bleibt Zeit genug, das zu überlegen. Wenn ich hier entlassen werde, schicken sie mich erst mal für Wochen zur Rehabilitation, damit ich wieder gehen lerne. Im Augenblick genieße ich, daß sie mich mit allem versorgt, was ich so brauche.«

»Du hast wirklich ein Talent, das Beste aus jeder Situation zu machen.« Marie stand auf. »Aber jetzt muß ich mich beeilen.«

»Kommt nicht in Frage. Erst will ich hören, was mit dir passiert ist. Du bist übrigens unerhört schick. Ist das was Neues?«

»Ja.« Marie trug ein helles, leichtes, sehr modernes Kostüm aus naturbelassener Baumwolle, darunter ein rosenrotes Top, das den milchweißen Ansatz ihres Halses betonte. »Ich freue mich, daß ich dir darin gefalle.«

»Du hast mir immer gefallen, und das weißt du auch. Also jetzt raus mit der Sprache. Warum strahlst du wie ein Honigkuchenpferd?«

»Ich habe mich verlobt.«

»Mit jenem Arroganzling?«

»Mit Bernhard Reisinger, wenn du den meinst.«

»Das habe ich kommen sehen.«

»Unmöglich!«

»Aber ja doch. Es war so eine gewisse Spannung zwischen euch, und wenn du nur seinen Namen sagtest ... aber lassen wir das. Tut nichts zur Sache. Du schläfst also mit ihm, und es macht dir Spaß.«

»Du hast eine ziemlich banale Art, dich auszudrücken.«

»Du schwebst also im siebten Himmel, was nicht zu übersehen ist. Trotzdem sollte das kein Grund sein, sich gleich zu verloben. Verdammt spießig. Überhaupt – wer verlobt sich schon noch heutzutage?«

»Bernd und ich.«

»Warum?«

»Es schien uns angebracht.« Marie setzte sich wieder. »Natürlich haben wir es noch nicht offiziell gemacht.«

»Was haben denn deine Mitschülerinnen dazu gesagt? Ich wette, die sind vor Neid geplatzt.«

»Ich gehe nicht mehr ins Institut. Jetzt, da ich Bernds Verlobte bin – von mir aus, nenn es auch Freundin –, wäre das nicht korrekt. Aber ich habe mich an der Kunstakademie beworben, und Bernd ist überzeugt, daß man mich nehmen wird.«

»Aber soviel ich weiß, lehrt er dort auch.«

»Ich werde mich nicht bei ihm einschreiben.«

»Sieh mal einer an! Mir scheint, ihr habt das alles schon sehr genau geplant.«

»Ich nicht. Bernd. Ich bin einfach zu glücklich, um noch glasklar denken zu können.«

»Dann war das mit der Verlobung also auch seine Idee?«

»Ja. Aber mir gefällt es. Du weißt, ich bin ein sehr bürgerliches Mädchen.«

»Ja, das warst du immer.«

»Ich will ihn mit meinem Bruder bekannt machen und ihn meinen Eltern vorstellen. Vielleicht kann das helfen, die Familienfehde aus der Welt zu schaffen. Zu unserer offiziellen Verlobung werde ich alle einladen, und es wird ihnen nichts anderes übrigbleiben als zu kommen.«

»Du bist naiv, Marie.«

»Das habe ich mir schon mehr als einmal von dir anhören müssen.«

»Alle werden sich in die Haare bekommen, und eure schöne Verlobung wird eine einzige Katastrophe werden.«

»Ausgeschlossen! Bernds Eltern werden ja auch dabei sein, also werden sich meine Leute zusammennehmen müssen.«

»Marie, die kleine Friedensstifterin!« spottete er.

»Was ist schlecht daran, ihnen eine Chance zu geben, miteinander auszukommen? Übrigens wird es mein letzter Versuch sein. Falls sie dann immer noch nicht bereit sind, sich zu vertragen, können sie mir gestohlen bleiben, alle miteinander. Wichtig für mich sind jetzt nur noch Bernd und meine Malerei.«

»Du solltest dich nicht zu sehr auf ihn verlassen«, warnte Paul.

»Wenn ich keinem Menschen Vertrauen schenken könnte, müßte ich ein Einsiedlerleben führen.« Nachdenklich fügte sie hinzu: »Genau das ist es eigentlich, was ich in den vergangenen Jahren getan habe.«

»Ich weiß. Und ich habe versucht, dich da herauszuholen.«

»Aber leider mit Taschenspielertricks.« Jetzt stand sie endgültig auf und reichte ihm zum Abschied die Hand.

»Aber wir hatten doch auch Spaß miteinander?« fragte er, fast flehend.

»Ja, das hatten wir«, gab sie zu. Sie beugte sich über ihn und küßte ihn auf die gesunde Wange. »Mach's gut, Paul, und leb wohl!«

»Ich wünsche dir alles Glück auf Erden!« erwiderte er ernsthaft. »Du hast es verdient, Marie.«

Sie lief mit undamenhafter Hast die Gänge entlang und die Treppen hinunter. Bernhard Reisinger hatte sie zum Klinikum gebracht. Anschließend wollten sie zu einer Gartenparty am Starnberger See, zu der einer seiner Mäzene sie eingeladen hatte.

Bevor sie das Krankenhaus verließ, warf sie noch einen Blick in die Cafeteria. Er hatte gesagt, daß er dort einen Kaffee trinken wollte, wenn es länger dauern sollte. Aber er war nicht unter den Patienten und Besuchern.

Er stand auf dem Parkplatz neben seinem Porsche, eleganter als gewöhnlich gekleidet, in Flanellhosen und einem Ton in Ton karierten Jackett, und ließ sich die Sonne auf die Nase scheinen. Als sie auf ihn zukam, lächelte er ihr entgegen.

Sie wollte es nicht, fand es völlig unpassend, sich ihm hier, in aller Öffentlichkeit, in die Arme zu werfen. Aber sie tat es doch. Sie konnte nicht anders.

Er zog sie an sein Herz. »Vergangenheit bewältigt, Marie?«
»Ja, Bernd. Für immer.«

Die Golds und die Harris sind Nachbarn und seit vielen Jahren eng befreundet. Das gleiche gilt für ihre Kinder, Chris und Emily, die unzertrennlich zusammen aufgewachsen sind. Deshalb wundert es niemanden, daß sich ihre innige Freundschaft mit der Zeit in eine Liebe verwandelt, die sicher Bestand haben wird. Aber dann erhalten die Eltern der beiden eines Nachts eine schreckliche Nachricht: Emily ist tot – gestorben an einem Kopfschuß. Es ist noch eine einzige Kugel in dem Gewehr, das Chris aus dem Waffen-schrank seines Vaters entwendet hat – die Kugel, die er für sich selbst vorgesehen hatte ...

Aus welchem Grund wollten sich die beiden das Leben nehmen? War ihre Liebe bedroht? Eltern und Polizei stehen vor einem Rätsel, das sich nur allmählich entschlüsseln läßt ...

ISBN 3-404-14426-0

Australien im 19. Jahrhundert: Die Stadt Broom im Nordwesten bildet das schillernde Zentrum der australischen Perlenfischerei. Hier wird nach den »Tränen des Mondes« getaucht, wie die Ureinwohner die wertvollen Austernperlen nennen, hierhin zieht es Seeleute und Vagabunden, hier treffen die europäischen Einwanderer auf einen wilden, unerschlossenen Kontinent und die uralte Kultur der Aborigines.

Und hier begegnen sich auch die junge Olivia Hennessy, die durch ein Feuer Besitz und Familie verloren hat, und der Abenteurer John Tyndall. Gemeinsam wollen sie mit der Perlenfischerei ihr Glück machen. Aus Freundschaft wird Liebe, und sie erleben eine kurze Zeit der Seligkeit. Bis Tyndalls totgeglaubte Frau auftaucht und nicht nur Anspruch auf das Vermögen ihres Mannes erhebt ...

ISBN 3-404-14498-8